華山歸還

화산귀환
10

비가 장편소설

목차

33장	34장	외전
저 매화검존 아닌데요?	뭔 산적이 이래?	구원 究原
007	141	269

33장

저 매화검존 아닌데요?

성도의 지배자이자 사천의 지배자인 당가는 언제나 고요에 잠긴 문파였다. 독과 암기를 다루는 문파 특성상, 그들에게는 평소에도 언제나 침착한 태도가 강요되었기 때문이다.

하지만 그런 사천당가가 오늘따라 조금 소란스러웠다.

"아직 멀었어?"

"아이고! 여기 왔습니다! 여기 검남춘(劍南春) 스무 동이! 백화주(白花酒) 스무 동이! 그리고 금존청(金尊淸)과 오량주(五粮酒)입니다!"

당가 안으로 나무 수레들이 줄지어 들어오고, 사람들이 달라붙어 그 안에 실린 번쩍번쩍 빛나는 술동이들을 조심스레 옮기고 있었다.

"이게 뭐야! 내가 분명 서른 동이씩은 가져오라고 했을 텐데?"

"아이고, 나으리! 이 귀한 것들을 한 번에 그리 많이 구할 수가 없었습니다! 지금 구하는 족족 날라 오고 있으니 조금만 더 기다려 주십시오!"

"최대한 서두르도록! 알겠는가?"

"예! 누구 말씀이시라고 저희가 소홀하겠습니까!"

술뿐만이 아니었다. 활짝 열린 대문으로 수레가 수도 없이 오고 갔다. 당가의 주방 역시 음식을 마련하느라 여념이 없었다.

"준비는 잘되고 있겠지?"

"물론입니다, 총관님! 걱정 마십시오!"

믿음직한 대답이 돌아왔음에도, 총관이라 불린 이는 잔뜩 인상을 찌푸리며 주변을 돌아보았다. 그러고는 굳은 목소리로 신신당부했다.

"내 자네들을 못 믿는 것은 아니나, 이 잔치에 가주께서 무척 신경을 쓰고 계시네. 혹여나 문제가 생긴다면 욕을 먹는 정도로는 끝나지 않을 거야. 무슨 말인지 알겠는가?"

"지, 지당하신 말씀이십니다."

총관의 경고에 숙수가 식은땀을 뻘뻘 흘리며 연신 고개를 끄덕였다.

"귀한 손님을 맞는 자리일세. 만전을 기하도록 하게."

다시 한번 창고와 주방을 쓱 둘러본 총관이 빠른 걸음으로 밖으로 나갔다. 그가 서둘러 향한 곳은 가주의 처소였다.

"가주님. 상수입니다."

"들어오게."

조심스레 문을 열고 들어가니 상석에 앉은 당군악과 그 좌우를 지키고 있는 당패, 당잔의 모습이 보였다. 당상수가 공손히 아뢰었다.

"준비는 거의 끝났습니다."

"굳이 이렇게 호들갑을 떨 필요는 없는데 말이야."

이거 다 가주님이 시키신 일인데요?

어안이 벙벙한 얼굴로 당상수가 대답을 못 하자 당패가 낮게 헛기침했다. 그 신호를 알아먹은 당상수가 고개를 푹 숙였다.

"그래도 손님이 오시는데, 당가의 면이 떨어져서야 되겠습니까? 총관으로서의 제 마음을 부디 이해해 주십시오."

"자네가 정 그렇다면야."

당상수가 고소를 머금었다. 항상 근엄하고 묵직한 당군악이지만, 화산이라는 이름이 나올 때는 그 무게감이 조금 가시는 느낌이었다.

물론 이해가 안 되는 건 아니었다. 친우라는 건 그런 존재이니까. 더욱이 출가시킨 딸까지 돌아오는데 그 마음이야 오죽하겠는가.

"친우라고는 하나, 강호는 그 실력으로 자신을 증명하는 곳이다. 너희는 화산의 제자들 앞에서 결코 부끄럽지 않게 행동해야 한다!"

"예, 가주님. 명심하겠습니다!"

"그리고 화산이 아무리 지금 기세가 좋다지만, 당가 역시 화산에 뒤지는 곳이 아니다. 당당함을 잃지 말거라."

당군악이 근엄하게 소리치자 당잔과 당패가 일제히 고개를 숙였다.

"그리고……"

당군악이 뭐라 더 말을 이어 가려던 찰나였다.

"가주님! 지금 화산 분들이 오고 계십니다!"

쾅! 밖에서 누군가 외치자마자 방 안에 굉음이 울렸다. 조금 전까지 행동거지를 주의시키던 당군악의 자리는 어느새 텅 비어 있었다. 당잔과 당패는 반쯤 부서져 덜렁거리는 문을 멍하니 바라보다가 한숨을 푹 내쉬었다.

"……하신 말씀을 지키셔야 할 텐데."

당잔이 작게 중얼거리자, 당패가 혀를 찼다.

"쯧. 너는 아버지의 말씀을 이해하지 못했구나."

"예?"

"우리보고 지키라 하시지 않았느냐. 당신께서는 예외인 거지."

"아……."

그제야 말뜻을 깨달은 당잔은 한숨처럼 탄식을 흘렸다.

"빌어먹을, 당가! 당가다!"

"자, 잠시만요, 사숙! 저기 우리 집! 우리……!"

"시끄러워! 너희 집은 나중에 가!"

집을 찾는 조걸의 안타까운 외침을 깔끔하게 무시한 화산의 제자들이 눈에 핏발을 세우고 당가로 돌진했다.

"비키십쇼!"

"나오세요! 아, 좀 나오시라고!"

"누가 혜연 스님 머리 좀 닦아 드려라! 빛이 잘 안 나는 모양이다! 반짝여야 사람들이 보고 피하지!"

"아니, 아까부터 자꾸 누구냐고! 인성은 어디다 팔아먹고 왔냐!"

콰르르르르르르! 수레는 거침없이 당가를 향해 돌진했다. 꽁지에 불이 붙은 말들이 끌어도 이보다 빠를 순 없을 것이었다. 목표를 눈앞에 둔 제자들의 눈은 독기와 광기가 뒤섞여 번들거렸다.

"으아아아아아아! 도착이다!"

"도착! 도……!"

그런데 그들이 대문을 뚫듯이 밀고 들어가는 순간. 내내 삐걱거리며 비명을 지르던 바퀴가 튕겨 나가며 수레가 그대로 뒤집혔다.

"응?"

"어엇?"

수레째 허공에 부웅 떠오른 화산의 제자들이 하나둘 고스란히 땅에 처박히기 시작했다. 쿵! 쿵! 쿠웅! 손님을 환대하기 위해 대문 안쪽에 정렬해 있던 당가의 식솔들은 어정쩡하게 팔을 들어 올린 채 그 광경을 멍하니 바라보았다.

엉망진창으로 널브러진 화산 제자들의 모습에 당군악의 눈썹이 미미하게 떨렸다. 묘한 정적이 이어지던 그때, 앞으로 엎어졌던 한 사람이 튕기듯 벌떡 일어났다.

"크응!"

크게 코를 풀어 안쪽에 맺힌 코피를 뿜어낸 이는 보무도 당당하게 앞으로 뚜벅뚜벅 걸어왔다. 마치 장판파의 장비와 같은 기세로!

당군악의 눈썹이 더욱 격하게 경련하기 시작했다.
마침내 모두의 앞에 선 이가 양팔을 벌리며 격하게 허리를 접었다.
"아버지! 소소 돌아왔습니다!"
더없이 극적이고 화려한 귀환이었다.

· ※ ·

사천당가의 접객청은 모처럼 반가운 손님들로 가득했으나, 왜인지 묘하게 고요하기만 했다. 당군악이 복잡 미묘한 얼굴로 말없이 당소소를 바라보았다. 당소소는 눈을 반짝이며 그런 아버지를 마주 보았다.
당군악은 할 말을 고르는 듯 입을 몇 번이고 달싹이다가 그만 눈을 질끈 감아 버렸다.
'잘못된 건 아닌데.'
정말 잘못된 건 아니다. 당소소도 이제 당당한 화산의 제자이자, 어엿한 무인이다. 그러니 지금의 모습이 훨씬 더 자연스럽다고 할 수 있다.
하지만 과거 한 떨기 꽃 같던 딸을 어제 본 듯 생생하게 기억하는 당군악으로서는, 지금의 모습이 조금 낯설어 보이는 걸 어찌할 수 없었다. 심지어 딸이 화산에 들어간 뒤로 처음 본 게 아님에도 그랬다.
양 갈래로 대충 질끈 묶어 올린 머리. 당가에서 입던 옷과는 달리 지독히 편해 보이는 무복. 그리고 건강해 보이는 구릿빛 피부까지.
'괜찮은데?'
그래, 괜찮지! 사실 아무려면 어떤가. 내 딸이 이리 건강한데!
생각을 마치고 눈을 뜬 당군악의 얼굴에 흐뭇한 미소가 함빡 어렸다.
"오느라 고생이 많았구나."
"아닙니다, 아버지!"
당소소가 우렁차게 대답했다. 접객청이 울릴 만큼 큰 목소리였다.

"……좀 작게 말해도 된다."

"예!"

당군악의 뚱한 시선이 청명에게로 돌아갔다. 청명이 뭐가 문제냐는 듯 눈을 동그랗게 뜨고 고개를 갸웃했다.

"왜요?"

이 새끼가 남이 애지중지 키운 딸내미를 산적으로 만들…….

'아니지. 산적이고 나발이고 건강하면 좋…….'

두 가지 생각이 맞부딪치며 머릿속을 어지럽혔다. 당군악의 입가가 미미하게 떨렸다. 도무지 입장이 정리되질 않는다, 도무지!

"그, 그래. 네가 오래간만에 집에 오니 좋구나."

"예! 저도 좋습니다."

……소소야. 이 아비에게만이라도 예전처럼 편하게 말을 해 다오. 제발.

당군악은 어쩔 수 없이 몰려오는 서글픔에 어깨를 축 늘어뜨렸다.

하지만 당군악이 받은 충격은 화산으로 간 당소소를 처음 보는 당패가 받은 것에 비하면 아무것도 아니었다.

"……소소야. 그……. 어……. 마, 많이 변했구나."

"네? 똑같은데요?"

그래, 네가 그렇다면 그런 거겠지. 허허허.

당패가 어색하게 입꼬리를 올리며 당소소를 바라보다 슬그머니 시선을 돌렸다. 그러고는 훨씬 더 어색한 목소리로 청명을 향해 말했다.

"……그간 강녕하셨습니까, 청명 도장."

"네!"

그 발랄한 대답에 당패의 얼굴엔 겸연쩍은 기색이 가득 들어찼다.

예전 그는 당군악과 비무를 하는 청명의 등에 비수를 던진 적이 있다. 그 일로 소가주의 자리에서 밀려나 이제 당잔과 차기 가주 자리를 두고 경쟁을 하는 처지가 되어 버렸다.

물론 그 일로 인해 청명에게 품은 악감정 따위는 전혀 없었다. 그는 무인으로서 절대 해서는 안 될 일을 저질렀고, 이 순간까지도 청명에게 죄송스러운 마음을 품고 있었으니까.

그뿐이랴. 당패는 청명에게 새삼 감탄했다. 청명은 이미 과거에 있던 일 따위는 신경 쓰지 않는다는 듯 환하게 웃으며 그의 인사를 받아 주었으니까. 자신이 청명의 입장이었다면 저럴 수 없었을 것이다.

'저리도 대범하다니. 이게 그릇의 차이겠지.'

처음 만났을 때의 청명은 그저 화산의 도사 중 하나에 불과했다. 하지만 지금은 천하제일 후기지수라는 말로도 완전히 표현할 수 없을 만큼, 거물 중의 거물이 되어 버렸다.

그러니 당패는 청명이라는 사람의 그릇에 놀랄 수밖에 없었다. 고개를 숙이며 인사하는 목소리 또한 겸허하기 그지없었다.

"감사합니다."

"네? 뭐가요?"

"제 잘못을 잊어 주신 것에……."

살짝 말끝을 흐렸던 그는 잠시 심호흡을 하고는 다시 입을 뗐다.

"그때는 제가 어리석었습니다. 제대로 된 사과도 하지 못했던 점을 부디 용서해 주시기 바랍니다."

하지만 청명은 이번에도 영문을 모르겠다는 듯 고개를 갸웃했다.

당패가 살짝 의문을 품은 순간, 옆에서 지켜보던 백천이 청명의 옆구리를 쿡 찌르더니 그의 귀에 대고 작게 속삭였다.

"저분이 예전에 너한테 칼 박았던 그분이다."

"뭐? 그게 이 새끼야?"

언제 해맑게 웃고 있었냐는 듯 청명은 눈을 새하얗게 뜨며 당패를 보았다. 그래, 이놈이 알았으면 저럴 리가 없지. 백천은 얼굴을 감싸며 한숨을 내쉬었다.

생각해 보면 청명은 당패를 거의 본 적이 없다. 당군악을 따라온 당패를 슬쩍 본 이후로는 칼을 맞고 쓰러졌던 게 전부다. 그 뒤로는 당패가 뇌옥에 갇혔으니 더더욱 볼 일이 없었고.

"아니, 이게 진짜 뒈지려고! 어디서 얼굴을 내밀어? 네 배에도 칼 한 번 박아 줄……."

"소가주시다."

"……그럴 수도 있지, 뭐. 헤헤. 예전 일은 잊고 앞으로 잘 지내 봐요."

순식간에 일어난 태도 변화에, 당패의 등은 식은땀으로 흥건해졌다.

다른 의미로 그릇이 크네. 정말 다른 의미로.

그 과정을 가만 지켜보던 당군악은 더없이 흐뭇하게 웃었다.

'이놈들이랑 동맹을 맺은 게 정말 잘한 일일까?'

어……. 약간, 아주 약간 후회가 되는 것 같기도 하고…….

당군악은 이내 후회를 날려 버리겠다는 듯이 크게 헛기침했다.

"크흠. 어쨌든 오느라 정말 고생들이 많았네. 정말……. 그래, 정말 고생이 많아 보이더군."

사람이 수레를 끌고 왔으니 얼마나 힘들었겠는가. 그리하라고 시키는 청명도 청명이지만, 시킨다고 하는 제자들도 이해할 수 없었다.

"그래. 먼 길 와 준 친우가 반갑긴 하네만, 대체 무슨 일인가?"

"응? 못 보셨어요? 수레에 실린 것들."

"뭘 꽁꽁 싸매 놓은 건 봤는데."

"아. 비 맞는다고 싸 놔서 아직 확인 못 하셨구나."

"먼저 온 서찰에도 자네에게서 설명을 들으라고만 적혀 있더군."

"별거 아니에요. 저희가 쓸 검 좀 만들려고 재료를 가지고 온 거예요."

"재료?"

"네. 만년한철이요."

"아, 난 또 뭐라고. 한철이로구……. 뭐? 만년한철?!"

당군악이 말을 하다 말고 기겁하며 소리를 버럭 질렀다.
"정말 만년한철이냐? 그게 다? 마, 만년한철이 땅 파면 나오는 물건도 아닐진대, 그 많은 만년한철이 대체 어디에서 났단 말이냐?"
"화산에 파묻혀 있었는데요?"
대답을 들은 순간, 당군악의 몸에서 생기가 삽시간에 빠져나갔다.
그가 정신을 되찾기까지는 생각보다 오랜 시간이 걸렸다. 그 와중에 '당가 조상 놈들은 뭐 하는 것들이기에 한철도 안 나는 땅에다가 자리를 잡았느냐'라는 천인공노할 소리가 들려왔지만, 당가의 식솔들은 조용히 그 말을 못 들은 것처럼 뇌리에서 지워 버렸다.
"여, 여기 냉수입니다. 아버지."
당잔이 내민 냉수를 단숨에 들이켠 당군악이 얼른 몸을 일으켰다. 평소답지 않게 다급한 움직임이었다.
"일단은 내가 확인을 해 봐야겠다. 그게 진짜 한철인지."
당군악이 빠르게 발을 옮겨 접객청을 나서자, 그의 식솔들과 화산의 제자들이 뒤를 따랐다.
거의 달리다시피 가는 도중, 윤종이 백천을 향해 슬며시 물었다.
"그런데 사숙. 만년한철이 그렇게 귀한 물건입니까? 아니, 귀한 줄 알고는 있었는데 가주님 반응이 너무……."
"……내가 뭘 알겠느냐?"
다들 귀하다 하니까 그냥 그런가 보다 하는 거지.
그때, 당군악이 걸음을 멈추고 고개를 휘휘 젓더니 총관을 찾았다.
"총관! 총과아안!"
"예, 가주님!"
당상수가 기겁을 하며 뛰쳐나왔다. 당군악이 어지간한 일로는 이리 소리를 질러 찾는 일이 없다는 걸 알기에 놀랄 수밖에 없었다.
"화산에서 끌고 온 수레는 어디에 있느냐!"

당상수가 뭐 그리 호들갑이냐는 듯 태연하게 답했다.

"수레라면 바퀴가 부러져 수리도 할 겸 뒷공방 앞에다 놔두었습니다."

"거기 실린 것들은?"

"그 옆에 같이 가져다 놓았……. 아아아아아악!"

앞에 서 있던 당상수를 거의 내던지듯 밀쳐 버린 당군악은 가공할 속도로 공방 쪽을 향해 달려갔다.

과연 공방 앞에는 닳다 못해 고철이 되어 버린 수레가 놓여 있었다. 가까이 다가가니 수레 위에 실린 짐 역시 똑똑히 보였다.

"거, 거적……. 끄윽."

당군악이 가슴을 움켜잡았다. 그 귀한 만년한철이 더러운 천으로 칭칭 감긴 꼴을 보고 충격을 받은 것이다.

"이…… 이 극악무도한 녀석들 같으니! 이게 뭔지는 알고 저리 관리한단 말이냐! 이 천벌을 받을 것들!"

버럭 소리를 지른 그는 급기야 소매에서 비침을 뽑아 화산의 제자들에게 마구 던져 대기 시작했다.

"아, 아니, 이 양반이 갑자기 왜 이러셔?!"

흡사 다른 사람처럼 구는 당군악의 태도에 살짝 당황한 청명은 얼른 검을 뽑아 들고 날아드는 비침을 마구 쳐 내었다. 그 와중에도 당소소에게로 날아드는 비침은 단 하나도 없다는 것이 어이가 없었다.

그러고도 분이 안 풀렸는지 씩씩거리던 당군악은 이내 떨리는 손으로 수레에 씌워진 천을 벗겨 내었다. 그러자 묵은 때가 가득한 금속이 마침내 그 모습을 드러냈다.

분명 처음에는 잘 제련되었을 것이다. 하지만 지금은 상태가 그다지 좋지 않아 겉모습만 가지고는 이 금속이 무엇인지 파악하기도 어려울 지경이었다. 그러나 당군악은 정확하게 알 수 있었다.

"후욱! 후욱!"

몇 번이고 심호흡한 그가 조심스럽게 금속의 표면에 손을 대었다. 손끝으로 차가운 한기가 훅 밀려들었다. 그의 눈이 커다래졌다.

"마, 맞구나. 진짜 한철이야!"

이 정도 한기를 품고 있다면 상품 중에서도 최상품이었다.

당군악은 황급히 모든 천을 벗겨 내었다. 그러더니 경악과 흥분이 뒤섞인 눈으로 수레에 쌓인 한철을 이리저리 살펴보며 가쁜 숨을 토했다.

"마, 만년한철을 이만큼이나……!"

"헤헤. 맞죠?"

청명이 슬그머니 다가와 고개를 쏙 내밀었다. 그러자 당군악의 고개가 부러질 듯 돌아 청명을 향해 고정되었다. 살짝 움찔한 청명이 물었다.

"……아니에요? 아닌데? 맞을 텐데?"

눈에 핏발이 선 당군악이 청명을 덥석 잡아 그대로 집어 던졌다.

"이게 어떤 물건인 줄이나 아느냐! 같은 무게로 치면 황금보다 백 배는 더 비싼 물건이다. 아니, 백 배가 다 무어냐. 이제는 구할 수도 없어서 부르는 게 값인 무가지보란 말이다!"

날아갔던 청명이 아무렇지도 않게 제자리로 돌아와 고개를 갸웃했다.

"네? 그렇게나요? 예전에는 그 정도까지는 아니었던 것 같은데."

"대체 언제 적 이야기를 하고 있는 거냐? 만년한철 값이 폭등한 지가 벌써 백 년이다. 마교와의 전쟁 이후로는 한철이 씨가 말랐단 말이다!"

아, 어쩐지. 그럼 이해가 좀 되는…….

"이 정도 양이면 화산을 모조리 팔아도 못 구한다! 그런데 그걸 이런 거적때기로 둘둘 말아서 수레에 얹어서 와? 잃어버리기라도 하면 어쩌려고! 너희들은 간이 쇠로 만들어졌느냐!"

"아니, 그래 봐야 쇳덩어리지 뭐."

뭐 그런 것 가지고 언성을 높이냐는 듯 입을 삐쭉대는 청명의 모습에 당군악은 순간 혈압이 올라 눈앞이 핑 돌아 휘청이다 수레를 짚었다.

쇳덩어리? 쇳덩어리이이? 만일 당가 식솔 중 한 놈이 저런 말을 지껄였다면 입속에 숯을 쑤셔 넣고 입을 꿰매 버렸을 것이다. 하지만 상대는 한철이 얼마나 귀한지도 모르는 칼잡이었다.

'바라지 말자.'

그래. 화를 내어 무엇 하겠나. 이 녀석은 원래 그런 놈인 것을.

"후우, 그래……. 그래서 대체 이 귀한 걸 왜 여기까지 짊어지고 왔나?"

"검 만들려고요. 매화검."

청명이 천연덕스럽게 대답했다. 당군악의 눈가가 경련을 일으켰다.

"이걸로 검을 만든다고?"

잠깐 차분해지나 했던 얼굴이 다시금 시뻘겋게 달아올랐다. 하지만 그는 이내 당가의 가주답게 침착함을 되찾았다.

'아니, 아니지. 일단은 흥분하지 말고.'

몇 번 심호흡을 한 그는 청명을 똑바로 보며 물었다.

"혹시 문파의 신물을 만들 셈이냐?"

"아뇨. 그냥 매화검 만들 건데요. 사형들 주게요."

"……미쳤어?"

끝내 참지 못하고 험한 말을 토해 낸 당군악이 입에서 불을 뿜었다.

"왜? 차라리 황금으로 검을 만들고 다니지. 아니, 차라리 황금이 낫지! 이걸로 검을 만들면 검 하나로 장원을 사고도 남을 텐데, 도대체 언제부터 화산이 그렇게 부유한 문파가 됐느냐?!"

"헤헤. 잘 모르시는 모양인데. 제가 돈이 좀 많거든요."

자랑스레 말한 청명이 뿌듯하다는 듯 배를 쭉 내밀었다.

말문이 막힌 당군악은 결국 그 자리에 주저앉았다. 살면서 지른 고함을 모두 합쳐도 오늘 지른 것만 못할 것 같았다.

"……역시 제정신이 아니로구나."

물론 아닌 줄은 진작 알았지만 그래도 반쯤은 제정신일 거라 믿었건만.

"만들 수 있죠? 당가는 만들 수 있을 것 같아서 가져왔는데, 안 된다고 하면 다른 데 알아보고요."

당군악의 머리가 빠르게 팽팽 돌아갔다. 이윽고 생각을 정리한 그는 흥분을 싹 제거하고 자리에서 일어나며 진중하게 고개를 끄덕였다.

"물론 만들 수 있네. 사천당가의 제련술이라면, 만년한철검을 만드는 건 그리 어렵지 않은 일이지."

"오! 그럼……."

"대신 조건이 있네."

당군악이 두 눈에서 빛을 내뿜었다. 그러고는 더없이 진지하게 말했다.

"저 한철 좀 떼어 주면 안 되겠는가?"

"……."

"많이 안 바랄 테니까, 조금만 주게. 친구 좋다는 게 뭔가! 하하하!"

뒤쪽에서 상황을 멍하니 지켜보던 당소소가 슬며시 고개를 돌렸다. 항상 자랑스럽기만 했던 아버지가…… 이상하게 오늘은 조금 부끄러웠다.

* ◈ *

쪼르르륵. 사천의 명물, 천홍(川紅)이 천천히 잔에 따라졌다. 사람을 편안하게 해 주는 부드러운 향이 방 안에 은은히 번져 나갔다. 잔을 든 이가 절도 있되 다도(茶道)에 어긋나지 않은 몸짓으로 차를 음미했다.

"한잔들 하겠는가?"

부드러운 음성. 하지만 그 말투 뒤에 담긴 은은한 묵직함은 말하는 이의 신분을 새삼 실감하게끔 했다. 다만…….

"지금 와서 그렇게 침착한 척하셔도 달라지는 게 없거든요?"

청명이 비쭉거리며 말했다. 찻잔을 내려 둔 당군악이 슬쩍 주위를 돌아보았다. 방에 앉은 화산의 제자들이 뚱한 표정으로 그를 바라보고 있었다. 심지어는 딸내미까지도 뾰로통한 얼굴이었다.
 모두의 날 선 눈길을 받은 당군악이 겸연쩍은 듯 낮게 헛기침을 했다.
 '흥분했어.'
 그것도 과히 흥분했다. 근 십여 년 사이 이렇게 정신을 놓았던 적이 또 있었던가 싶을 정도로 말이다.
 일단은 분위기를 환기해야 한다. 생각을 정리한 당군악이 다시 근엄한 목소리로 입을 떼었다.
 "내가 주책을 부렸다고 생각하겠지만……."
 "네."
 당군악은 새삼 청명이 어떤 놈인지를 다시 떠올렸다.
 "……물론 좀 흥분한 건 사실이지만, 그만큼이나 그 만년한철이 귀한 물건이기 때문일세."
 "아……. 네."
 아무래도 영 반응이 좋지 않았다. 슬쩍 모두의 눈치를 본 당군악은 민망함을 감추며 다시 부드러운 미소를 머금었다.
 "그러니 일단은 차나 한잔씩 들고……."
 하지만 청명이 더 들을 것도 없다는 듯 그의 말허리를 잘랐다.
 "아무래도 좋으니까 본론부터 빨리 들어가죠. 그래서, 한철검 만들어 주실 수 있다는 거죠?"
 당군악이 눈을 가늘게 뜨고 청명을 보았다. 이놈은 어찌 도사이면서 사천 사람보다 성미가 더 급한지. 그래도 화제가 바뀐 건 좋은 일이었다.
 "중원에 한철의 씨가 마르면서 그를 다루는 기술도 실전되고 있는 게 사실이네. 하나 다행스럽게도 아직 당가엔 한철을 다루는 법이 내려오고 있지."
 "네. 그럼 만들어 주세요."
 그 태연한 대답에 당군악이 골치 아프다는 듯 미간을 찌푸렸다.

"그런데 정말로 검을 만들 셈인가? 다시 말하지만 지금 한철은 황금 따위와는 비교도 할 수 없을 만큼 값진 물건이네. 그런데 굳이 그 귀한 한철로 검을 만든다는 건…….."

당군악이 열심히 설명을 이어 나갔지만 청명은 여전히 심드렁했다.

"그래 봐야 철이죠."

"그냥 철이 아니라니까!"

당군악은 포기하지 못하고 계속 만류했지만, 청명은 어깨만 으쓱해 보일 뿐 제 의견을 접을 기미가 없었다.

"무슨 말씀인지는 알지만, 돈은 많아요. 벌 방법도 많고요. 그런데 이건 이제 다른 데서는 못 구한다면서요."

"그렇지."

"그럼 당연히 검을 만들어야죠. 괜히 다른 데다 낭비했다가 나중에 만들고 싶을 때 못 만들면 배 아파서 안 돼요."

그 태연자약한 설명에 당군악은 결국 고개를 내젓고 말았다.

'확실히 제정신은 아니야.'

하지만 그게 청명답다.

"알겠네. 자네가 그렇게까지 말한다면 만들어 줘야지. 대신 대금은 제대로 지불해 줘야겠네."

"친구 사이에 대금이라니!"

"친구 간의 거래일수록 더욱 확실히 해야 하는 법이지."

당군악이 이것만은 물러설 수 없다는 듯 목에 힘을 주고 버텼다. 그가 도저히 물러설 것 같지 않아, 청명은 입을 삐죽 내밀었다.

"얼마나 받으시게요?"

"돈은 됐네. 대신에 자네가 가져온 한철을……."

"아, 그건 안 된다니까요!"

"좀 주게, 좀! 저렇게나 많은데! 그거 좀 떼어 간다고 티나 나는가?"

당군악의 언성이 슬그머니 높아지자, 청명이 영 마음에 들지 않는 듯 팔짱을 끼고 뚱하게 그를 보았다.

"한철은 어디다 쓰시게요. 팔아먹는 게 낫다더니."

"……그건 검 같은 걸 만들 때의 이야기고."

당군악이 한숨을 푹 내쉬었다.

"자네도 알겠지만, 암기라는 건 소모품이네. 고급 암기일수록 얇고 미세하게 만들어야 하는데, 그러다 보니 아무리 조심히 사용한다고 해도 결국은 닳기 마련이네. 한번 발출하고 나면 회수도 쉽지 않고."

"네. 그렇죠."

"하지만 역설적으로 그렇기에 오히려 더 좋은 쇠로 만들어야 하는 법이지. 내 말 무슨 말인지 이해겠는가?"

"네. 그러니까 만년한철로 만들고 싶은 암기가 있다는 거잖아요."

"정확하네."

당군악의 눈이 불꽃처럼 이글거렸다. 그로선 보기 드문 반응이었다.

재물 같은 건 아무래도 좋다. 누가 어떤 것을 얻든 별 관심이 없다. 하지만 한철이 관련되어 있다면 상황이 조금 달라진다.

사천당가에 있어 더 튼튼하고 더 정교한 암기는 그 무엇과도 바꿀 수 없는 보물이다. 암기가 정교해지는 것만으로 무위가 상승한 것과 같은 효과를 얻을 수 있으니까.

"당가에는 만년한철에 버금가는 강도의 소재가 아니면 만들 수 없는 암기가 몇 있네. 한철을 구하는 게 극도로 힘들어진 이후로는 최대한 사용을 자제하며 보존하려 했지만, 그 역시 한계가 있었다네."

"한철을 구한 김에 그걸 다시 만들고 싶으시다?"

청명은 뭔가 깊은 고민에 빠진 듯 고개를 좌우로 까딱거렸다.

"무언가 마음에 걸리는 부분이라도 있는가?"

잠깐 망설이던 그는 여전히 고민이 묻어나는 목소리로 말했다.

"아뇨. 뭐…… 그런 건 아니고. 머리로 생각하기에는 당가가 더 강해지면 화산에도 도움이 될 테니 당연히 해 드려야 할 텐데."

"……텐데?"

청명이 히죽, 입꼬리를 끌어 올렸다.

"그런데 막상 한철이 귀하다는 소리를 들으니까 떼어 주기 배가 아프고 그러네요. 귀하단 소리만 안 들었어도 흔쾌히 줬을 것 같은데."

그 솔직한 말에 당군악이 빙그레 웃었다.

내가 이런 걸 돕겠다고 만인방까지 갔었구나. 왜 그랬을까, 왜.

"쯧. 뭐 어쩔 수 없죠. 사람이 이리 착하면 안 되는 거지만, 그래도 당가주님이니까 제가 특별히 한 번은 들어드릴게요. 조금만 떼어 쓰세요."

"고맙……."

"조금만!"

"……정말 눈물 나게 고맙구만."

당군악이 이를 악물며 대답했다. 정말 고마워해야 할 일이건만, 이리 고맙지 않게 만드는 것도 재주라면 재주다.

고개를 휘휘 내저은 당군악이 자리에서 일어나며 손짓했다.

"그럼 시간 끌 것 없겠지. 가세나."

"네? 어디로요?"

그의 입가에 묘한 미소가 걸렸다.

"한철을 다룰 수 있는 분에게 가야지."

"화산 분들, 오랜만에 뵙습니다!"

"아이고, 아가씨! 더 건강해지셨습니다!"

당군악을 따라 당가의 깊은 곳으로 향하는 내내, 마주하는 사람들이 저마다 밝은 얼굴로 인사를 해 왔다. 그 환대에 화산의 제자들은 저도 모르게 슬그머니 미소를 지었다.

"저번이랑은 많이 다르네요."

윤종의 말에 백천은 새삼스러운 눈길로 주변을 둘러보았다. 실제로 그들을 바라봐 오는 당가인들의 눈에는 호의가 가득했다.

이전에도 손님 자격으로 당가를 방문했었지만, 저런 시선은 느껴 보지 못했다. 오히려 경계 가득한 눈빛을 받았었지. 그 모습을 떠올리니 그리 길지 않은 시간 동안 참 많은 게 바뀌었다는 생각이 들었다.

"당가가 더는 화산을 외인으로 생각하지 않기 때문입니다."

그들의 대화를 들은 당패가 빙그레 웃으며 설명을 해 주었다.

"화산 분들은 잘 모르시겠지만, 당가는 함부로 친구를 만드는 문파가 아닙니다. 오대세가라는 이름으로 다른 세가들과 연합하기는 하지만, 그건 필요에 의한 일이지요."

"……그렇죠."

"하지만 화산과의 관계는 다릅니다. 가주님께서는 당가가 화산과 진심으로 서로를 지탱하는 관계가 되기를 원하십니다. 그런 가주님의 마음을 가솔들도 아는 것이지요."

진의는 통한다는 정론과 같은 말에 백천이 고개를 끄덕였다. 그때, 반대편에 있던 당잔이 그들에게만 들릴 만큼 작게 속삭였다.

"그리고 일전에 청명 도장께서 원로원을 박살 내 주신 덕분에 가주님의 입지가 많이 올랐습니다. 그 덕분에 가문도 빠르게 발전하고 가솔들의 생활도 좀 더 편해졌지요. 그러니 다들 화산을 반기는 겁니다."

백천은 순간 생각했다. 여기저기 산재한 문제들 대부분을, 청명이 사람을 두들겨 패서 해결하고 있는 것 같다고.

"그런데 지금 저희는 어디로 가고 있는 겁니까?"

"공방으로 갑니다."

"아까 보니 공방은 저쪽인 것 같던데……."

무슨 그리 당연한 것을 묻느냐는 듯, 당잔이 대수롭지 않게 대꾸했다.

"사천당가에 공방이 하나일 리 없지요. 당가 내의 공방만 십여 개에 달합니다."

"……규모가 엄청나네요."

"지금 가고 있는 곳은 공방 중에서도 가장 중요하다면 중요하고, 가장 쓸모없다면 쓸모없는 곳입니다."

"예? 그게 무슨 말씀이신지……."

"가 보시면 알 겁니다."

전각들이 모인 곳을 지나자 잘 꾸며진 정원이 나타났다. 그 정원을 통과해 안쪽으로 향하자 지금까지 보이던 웅장한 전각과는 달리 낡고 오래된 공방이 그 모습을 드러냈다.

"여기 내려놓으면 되네."

품고 온 한철을 조심스레 마당에 내려놓은 화산의 제자들은 다시 당군악을 따라 공방 한쪽 옆에 있는 집으로 향했다. 금방이라도 쓰러질 것 같은 낡은 초가집이었다. 사람이 사는지도 의심스러울 지경이었다.

초가집의 문 앞에 선 당군악은 어울리지 않게 공손한 자세로 서서는 나지막하게 입을 열었다.

"종조부님. 군악입니다."

더없이 조심스러운 목소리였다. 당가의 가주인 당군악이 자세를 낮추니 다른 이들도 반사적으로 손을 모으고 엉거주춤 고개를 숙였다.

"종조부님."

하지만 몇 차례 불러도 대답이 없었다. 살짝 떨떠름한 얼굴로 기다리던 당군악이 조심스레 초가의 문을 열었다. 그러자 작은 방 안에 한 백발 노인이 너무도 평온한 얼굴로 누워 있는 것이 보였다.

청명이 뚱한 표정으로 고개를 갸웃거리더니 툭 말했다.

"죽은 것 같은데?"

"말을 인마, 말을 좀!"

"주둥아리, 확 그냥 진짜!"

당군악이 살짝 긴장한 얼굴로 노인을 조심스럽게 흔들었다.

"종조부님. 종조부님?"

하지만 웬만큼 흔들었음에도 노인은 쉽사리 깨어나지 않았다.

"봐, 죽었잖아."

"다물라고, 이 새끼야! 누가 이 새끼 입 좀 꿰매! 좀!"

청명의 말에 화산 제자들의 언성이 높아졌다. 그 덕분인지 미동도 하지 않던 노인이 움찔하더니 느리게 눈을 떴다.

"종조부님, 저 군악입니다."

"응? 군악이가 누구야?"

"……가주입니다, 종조부님. 기억이 안 나십니까? 열흘 전에도 인사를 드렸는데."

"네가 가주라고? 명(銘)이는 어디 가고?"

"……아버지께서는 돌아가신 지가 십 년이 넘었습니다."

둘의 대화를 듣고 있던 청명의 얼굴이 슬슬 일그러지기 시작했다. 그는 결국 못내 불안한 듯 당패를 돌아보며 물었다.

"저기요. 그런데 저 영감님은 누구세요?"

"현 당가의 최고 어른이신 '당조평(當造平)' 어르신이십니다. 가문에서는 저분의 성함보다는 '신수(神手) 어른'이라는 호칭을 주로 씁니다."

당패가 한껏 자랑스럽고 뿌듯한 얼굴로 설명했다.

"현 당가의 최고 장인이십니다. 귀신과도 같은 손재주로 못 만드는 암기가 없는 분이시지요. 당가의 무학을 이끄는 분이 가주님이라면, 당가의 공방을 이끄는 분이 바로 저분이십니다. 현재 강호에서 저분보다 뛰어난 장인은 존재하지 않을 겁니다. 심지어 당가의 역사를 통틀어도 저분만 한 장인은 흔치 않지요."

아……. 좋은데. 다 좋은데…….

청명이 불안하게 흔들리는 눈동자를 돌려 문제의 장인을 바라보았다.

"그래서 네가 누구라고?"

"……당군악입니다, 종조부님. 당군악."

청명의 한쪽 뺨이 미미한 경련을 일으켰다.

"……그런데 영 상태가 안 좋아 보이시는데? 어디 아프세요?"

당패가 겸연쩍은 얼굴로 뒷머리를 긁적였다.

"그게, 워낙 고령이시다 보니 최근에는 영 이지가 맑지 못하십니다. 평소에는 이 정도까지는 아닌데, 오늘따라 조금 심하신……."

이제는 청명의 뺨과 눈가, 나아가 얼굴 전체가 파들파들 떨렸다.

"이지가 맑지 못하다고요? 그거 결국 노망났다는 소리 아니에요?"

"……아니, 노망까지는 아니고……."

당패를 노려보던 청명의 시선이 다시 당조평에게로 향했다.

"그래, 가주께서 어떤 일로 이 늙은이를 찾으시었소?"

오? 어느새 정신을 차린 듯한 당조평을 향해 당군악이 고개를 숙였다.

"종조부님. 한철을 다뤄야 할 일이 있습니다. 아무래도 종조부님께서 좀 나서 주셔야 할 것 같습니다."

"한철. 으음, 그래. 한철이라."

당조평이 새하얀 수염을 쓸어내리며 고개를 주억거렸다.

"한철이라면 내가 나서야……. 한철……. 음, 만년한철."

당조평이 뭔가 고민이 된다는 듯 심각한 얼굴로 미간을 찌푸린 채 중얼거렸다. 그에 당군악이 조심스럽게 물었다.

"무슨 문제라도 있으십니까?"

"그게 말일세."

"예, 종조부님."

당조평이 당군악을 한참이나 바라보다가 고개를 갸웃거리더니 말했다.

"자네는 누군가? 명이는 어디 가고?"

청명의 얼굴이 금방이라도 터질 것처럼 시뻘겋게 달아오르며 푸들푸들 경련했다.
"아니! 만년한철을 다루는 사람한테 가자더니 뭔 노망난 양반을 찾아와?! 왜 화산이고 당가고 제대로 돌아가는 게 없어!"
결국 청명은 참지 못하고 꽥 소리를 질렀다. 백천이 그의 입을 황급히 틀어막았다. 그러고는 식은땀을 흘리며 황급히 사과했다.
"하하하하하. 죄송합니다! 이 새끼가 미쳐서는, 하하하!"
"좀 닥치라고! 제발 좀!"
청명을 잡아끄는 화산의 제자들은 이제 거의 울먹거리고 있었다. 보아하니 당가에서 가장 배분이 높은 분 같은데, 그런 사람한테 노망이라니!
하지만 청명은 모두의 손을 뿌리치며 버럭 외쳤다.
"뭐, 내가 못 할 말 했어? 장인은 빌어먹을. 정신이 있어야 장인이지! 없는데 그게 장인이야? 그냥 노망난 할아버지지!"
그때 흐리멍덩한 눈으로 주변을 돌아보던 당조평이 청명을 바라보았다. 그런데 그 순간, 노인의 마른 몸이 크게 움찔했다. 내내 초점 없던 두 눈에 기이한 빛이 어렸다.
무언가에 경악한 듯 청명을 보던 당조평은 이내 입을 쩌억 벌렸다. 흡사 귀신이라도 본 듯한 반응이었다. 당조평의 입술이 파르르 떨렸다.
"어? 어어······. 매······."
"종조부님?"
조금 당황한 당군악이 의아한 목소리로 물었지만, 크게 동요한 당조평은 대답 대신 부들부들 떨리는 손으로 청명을 가리켰다.
"매화검존?"
응? 이 영감이 진짜 노망이 났나! 누구 보고 매화검······.
아, 나 매화검존 맞지? 하하······. 하하하······.
'이게 뭔 상황이여, 대체?'

청명은 순간 말을 잃고 말았다. 입 안이 바짝 마르는 것과 동시에 등줄기에 식은땀이 폭포수처럼 흐르기 시작했다.

뜬금없는 말에 백천이 의문 어린 얼굴로 노인을 바라보았다. 아니, 저 영감님이 갑자기 무슨 소리를 하는 거지…….
"매화검존? 지금 누구보고 그러시는 거냐?"
"청명이 같은데요?"
백천은 청명을 돌아보고는 저도 모르게 고개를 갸웃했다.
'그런데 쟤는 갑자기 왜 저렇게 식은땀을 바짝바짝 흘리고 있지?'
그가 아는 한, 지금껏 청명이 이런 모습을 보인 적은 없었다. 염라대왕 앞에 끌려가도 태연하게 사기를 칠 인간이 청명 아니던가.
'이게 뭔 일이지?'
백천이 의아한 눈빛으로 청명을 훑다가 다시 당조평을 돌아보았다.
빛이 꺼져 가는 듯하던 노인의 두 눈에는 어느새 격정이 휘몰아치고 있었다. 잔뜩 주름진 눈가엔 눈물까지 그렁그렁했다.
"검존 어르신……."
그렇게 끝내 눈물을 뚝뚝 쏟아 내며 몸을 떨던 노인은 순간 우뚝 멈추었다. 그러더니 인상을 찌푸리며 중얼거렸다.
"응? ……아닌가?"
분위기가 싸하게 가라앉은 가운데, 청명의 어색한 웃음소리만 들렸다.
"맞나?"
"하, 하하. 하하……."
"아닌 것도 같고?"
그의 말 한마디 한마디에 청명은 옆구리를 찔린 사람처럼 흠칫했다.
'대체 어느 장단에 춤을 춰야 돼?'
정신이 온전하지 않은 사람을 상대하려니 청명도 어쩔 도리가 없었다.

일단 말이 먹혀야 설득하든 닦달하든 해 볼 텐데 말이다.

"매화……. 응? 내가 누구라고 했더라?"

결국 곁에 있던 당군악이 한숨을 푹 내쉬며 끼어들었다.

"종조부님. 매화검존께서는 벌써 백 년 전에 돌아가셨습니다."

그 말에 당조평의 눈가에 맺혀 있던 눈물이 순식간에 말라붙었다.

"그렇군, 그래. 아니구만. 하긴 검존 어르신은 저리 훤칠하게 생기지 않았었지. 겉모습은 도사답지 않게, 딱 사기꾼처럼 생겼었는데……."

아니, 근데 저놈이?

"그래도 알고 보면 참으로 도인다운 분이셨어. 강하고 또 고상하셨지."

"헤헤헤. 그렇죠."

"성격이 좀 나쁘셨지만……. 아니, 많이 나빴지. 많이."

청명의 이마에 핏대가 솟아올랐다.

"……그립구만. 검존 어르신께서 내 머리를 쓰다듬어 주시던 때가 엊그제 같은데, 벌써 세월이 이렇게 지나 버렸어."

당조평이 쓸쓸하게 읊조리며 먼 하늘을 바라보았다. 무척이나 애절해 보이는 그 모습에 모두가 절로 숙연해졌다. 딱 한 사람은 빼고.

골똘히 고민하던 청명은 이내 흐뭇하게 미소를 지었다.

'누군지 도저히 모르겠다.'

알 게 뭐냐. 백 년 전 일을 어떻게 일일이 기억하라고. 당보 놈 때문에 당가에 끌려와 몇 번 술잔을 기울인 적이 있었으니, 아마 그때 오다가다 마주쳤던 모양이었다.

머리를 쓰다듬었다는 말로 봐서는 그때 완전 어린아이였을 텐데, 그 아이가 이리 오늘내일하는 백발노인이 되어 있다니. 뭔가 애달프…….

"그래서 네가 누구라고?"

……지는 않네.

그때, 당군악이 아까보다 더욱 깊이 한숨을 쉬며 본론을 꺼냈다.

"종조부님. 그런 것보다, 이번에 만년한철로 검을 만들어야 할 것 같습니다. 그리고 금(禁)급 암기도 몇 가지 추가로 제작해야 합니다."

"한철검에 금급이라……."

멍하니 당군악의 말을 따라 읊던 당조평이 말끝을 흐렸다. 이내 흐리멍덩하게 풀렸던 노인의 눈이 날카롭게 빛을 발했다.

"가주께서 다 죽어 가는 늙은이에게 무리한 부탁을 하시는구먼."

"어려운 부탁이라는 건 알고 있습니다, 종조부님. 하나 한철검은 몰라도 금급 암기는 다른 아이들 손에 맡기기에 불안합니다. 물론 그들의 실력이야 인정하지만, 어디 종조부님의 손을 따라갈 수 있겠습니까?"

진심 어린 설득에 당조평은 이렇다 할 대꾸 없이 당군악 등 뒤에 있는 공방을 넘겨다보았다. 그러더니 가만히 고개를 주억거렸다.

"만년한철을 구했다니 대단하시구려. 사는 동안 더는 망치를 잡을 일이 없을 거라 생각했건만……. 하나 나 역시 당가의 일원. 가주께서 그리 말씀하신다면 명령을 듣지 않을 수가 없겠지요."

"감사합니다. 감사합니다, 종조부님."

당조평이 고개를 크게 끄덕이고는 사뭇 진지한 목소리로 물었다.

"한데 금급은 그렇다 치고, 한철검은 만들어서 무엇을 하려는 겐가? 당가가 검술을 익히기로 한 것은 아닐 테고."

"당가는 화산과 친교를 맺었습니다. 이 한철을 가져온 이들은 화산파이고, 그들이 한철검의 제작을 부탁했습니다."

내내 잔잔해 보이던 당조평의 눈에서 갑자기 불꽃이 튀었다.

"뭐? 한철검을 누구에게 준다고?"

"화산……."

"당가의 기술로 만든 만년한철 검을 타 문파에 준다고? 그게 어디 말이나 되는 소리더냐! 당가의 무기는 오로지 당가인만이 사용할 수 있다. 당명이 네 이놈! 어디 그런 삿된 망발을 입에 올리느냐!"

삿대질을 해 대는 당조평은 아예 입에 거품을 물 기세였다.

"내 눈에 흙이 들어가기 전에는 안 된다! 금급 암기야 얼마든지 만들어 줄 수 있다. 하지만 한철검은 안 돼!"

"조, 종조부님! 화산과 당가가 동맹을 맺은 지가 벌써……."

"그건 내 알 바 아니니, 그만하고 돌아가거라!"

당군악이 찔끔하며 뒤로 물러섰다. 다 늙은 노인의 몸에서 뿜어져 나오는 패기가 보통이 아니었다. 게다가 조카손자라는 입장상 무작정 명령할 수도 없었다. 당군악으로서는 참으로 난처한 상황이었다.

'이러면 곤란한데…….'

그때, 고민에 잠긴 그의 곁으로 청명이 슬쩍 다가왔다. 그러고는 할 얘기가 있다며 짧게 손짓했다. 당군악이 청명을 내려다보다가 당조평을 향해 살짝 고개를 숙였다.

"종조부님, 잠시……."

"그런데 네가 누구라고?"

당군악은 잠깐 그런 노인을 가만히 바라보았다. 새어 나오려는 한숨을 꾹 참고는, 이내 당패를 당조평에게 붙인 뒤 멀찍이 떨어져 나왔다.

청명과 화산 제자들이 당군악 주변에 달라붙어 물었다.

"뭐가 어떻게 된 거예요?"

"으음. 종조부께서 한철검을 만들어 줄 생각이 없으신 모양이구나."

난처한 기색이 역력한 대답에 청명이 불퉁한 목소리로 투덜거렸다.

"한철검을 만들어 줄 생각이 없는 게 아니라 그냥 생각이란 게 없는 것 같은데요?"

"그래도 하루에 한 번 정도는 정정하시다."

"……그걸 지금 말이라고!"

참다못한 청명이 눈에서 불을 뿜었다. 한철검을 만들어 달라 그랬더니 웬 말도 안 통하는 노망난 노친네에게 끌고 올 줄 누가 알았겠는가.

"그럼 다른 사람한테 만들어 달라고 하죠. 여기에 장인이 저 노인장만 있는 것도 아니고."

하지만 당군악은 생각이 다른 모양인지 고개를 저었다.

"만년한철은 그리 쉽게 다룰 수 있는 물건이 아닐세. 더구나 한철을 얇게 뽑아내 벼리는 건 극도로 숙련된 기술이 필요한 일이야."

그 말은 일리가 있다고 생각했는지 청명이 살짝 수그러들었다. 당군악이 흘끔 당조평 쪽을 돌아보고는 고개를 절레절레 저으며 덧붙였다.

"자네 말대로 다른 이들도 한철검은 만들 수 있을 걸세. 하지만 이왕 귀한 재료를 쓸 거라면 조금 더 좋은 품질의 검을 만들어야 하지 않겠나."

"그렇……긴 하죠?"

"설득만 하면 되네. 어떻게든 종조부님만 설득하면……."

"아니, 그런데 말이 안 되잖아요. 말도 안 통하는 노인네를 무슨 수로 설득한다고! 저 영감님 보면 공자님도 답이 없다고 돌 던질 판인데!"

"……자네는 도사이지 않은가."

"노자께서 보셨으면 그냥 내버려두라고 하셨겠죠! 무위자연인데!"

청명이 이를 갈았다. 잠깐 지켜본 결과, 저 노인은 멍하니 허공만 바라보다 헛소리를 하고, 그러다 또 갑자기 버럭 소리를 지르며 말도 안 되는 고집을 부렸다. 이는 청명이 가장 상대하기 어려워하는 종류의 사람이기도 했다.

말만 통하면 땅바닥에 드러누워 생때를 부리거나 깽판을 쳐서라도 어떻게든 해 보겠지만, 정신이 오락가락하는 사람을 붙들고 무슨 말을 하겠는가. 말 자체가 안 통하는데. 차라리 소 귀에 경을 읽는 게 낫지.

그때, 가만 듣고 있던 백천이 한숨을 푹 내쉬었다.

"청명아, 아무래도 이번 일은 쉽지 않아 보인다. 아까 너를 보고 매화검존이라 말씀하시는 것만 봐도 영 상태가 좋지 않으신 게 분명하다. 사람도 구분 못 하신다는 거잖아."

옆에서 윤종이 고개를 끄덕이며 맞장구를 쳤다.

"그냥 사람을 못 알아보면 다행인데, 시간 개념도 이미 잃으신 것 같습니다. 과거와 현재의 일이 머릿속에서 마구 뒤섞이고 있는데, 그런 사람을 설득할 도리는 없죠."

"진짜 돌아 버리겠……."

입이 댓 발은 나와 투덜거리던 청명이 일순간 입을 다물었다.

"응?"

청명이 갑작스레 침묵하자 백천은 문득 불길한 예감에 사로잡혔다.

'이건 이놈이 나쁜 생각을 할 때 짓는 표정인데.'

심지어 청명은 홀로 뭔가 골똘히 생각하며 중얼거리기 시작했다.

"사람을 못 알아보고……. 과거와 현재가 뒤섞인다라……."

잠시 후 청명이 히죽 웃으며 당조평을 빤히 바라보았다.

"그래, 그렇지. 제정신이 아니라 이거지?"

그 사악한 미소에 화산의 제자들이 흠칫했다. 백천이 마른침을 삼키며 물었다.

"……너, 또 무슨 일을 하려고."

청명은 대답하는 대신 그저 어깨를 으쓱해 보이며 웃기만 했다.

"설마 또 사기를 치려는 건 아니지?"

"뭐, 사숙이 보기에는 사기겠지."

"……그건 또 무슨 소리야?"

하지만 사실 이건 사기가 아니라는 말씀. 낄낄낄낄.

청명은 재미있다는 듯 씨익 웃으며 옆을 흘끗 보았다. 당조평은 어느새 다시 흐리멍덩해진 눈으로 허공을 응시하고 있었다.

"그래서 네가 누구라고?"

"……당패입니다."

"명이는 어디 가고?"

새어 나오려는 한숨을 삼킨 당패가 먼 하늘을 바라보았다.

'지옥 같구나. 빨리 이 시간이 지나갔으면……'

그때, 당군악을 비롯한 화산의 제자들이 공방 쪽으로 다가왔다. 당패는 구원자라도 본 양 화색을 띠고 그들을 반겼다.

그런데 그 모습이 뭔가 좀 석연찮았다. 모두가 하나같이 어색한 표정을 짓고 있었다. 마치…… 나쁜 짓이라도 하려는 것처럼 말이다.

"가주님, 대체 뭘……."

당패가 묻자 당군악이 조용하라는 듯 얼른 손가락으로 입을 막았다.

"크흐흐흐흠!"

그 순간, 커다란 헛기침 소리와 함께 공방 뒤쪽에서 청명이 뒷짐을 지고 걸어 나왔다. 뭔가 평소와는 다른 호방한 걸음걸이로.

당당하게 걸어와 마당 한가운데에 선 청명이 숨을 크게 들이쉬었다. 그러고는 뒷짐을 진 자세 그대로 낭랑하게 외쳤다.

"아평(兒平)! 아평은 어디에 있느냐!"

아평? 의아해진 당패가 눈을 굴렸다. 아는 아이를 부를 때 앞에 붙이는 말이다. 그런데 여기에 아이가 어디 있다고…….

"헉!"

당패의 고개가 획 돌아갔다. 당조평이 언제 반쯤 꾸벅꾸벅 졸고 있었냐는 듯 화들짝 놀라 뛰어오르더니 소리가 들려오는 쪽을 쳐다보았다. 그런 당조평을 똑바로 바라보며, 청명이 고개를 끄덕였다.

"거기 있었구나!"

"뉘, 뉘신지요?"

당조평이 흐릿한 눈으로 연신 청명을 살폈다. 그러자 청명은 자신의 가슴팍에 수놓인 매화 문양을 잡아 슬쩍 보여 주더니 호통을 쳤다.

"이 녀석이! 이제는 나도 못 알아본단 말이더냐? 나다, 검존!"

"매, 매화검존……?"

당조평은 눈을 끔벅이며 청명을 몇 번이고 확인했다. 청명은 쐐기를 박듯 슬쩍 한 발을 앞으로 내디디며 도도한 선기를 뿜어내었다.

"어, 어르신!"

당조평이 자리에서 벌떡 일어나더니 청명을 향해 달려갔다. 그리고 파들파들 떨며 그의 손을 움켜잡은 채 눈물을 뚝뚝 흘려 대었다.

"어르신……. 어르신, 대체 어디 계셨습니까? 이게 대체 얼마 만입니까. 세상에……."

그 광경을 지켜보는 화산 제자들과 당군악의 표정이 묘해졌다. 그들의 얼굴에 허탈함인지 죄책감인지 모를 감정이 어렸다.

'와, 이게 통하네.'

'이젠 사기도 맞춤으로 치는구나.'

'살다 살다 노망난 영감님한테 사기 치는 인간은 또 처음 보네.'

그때, 윤종이 조걸을 돌아보며 의문 어린 목소리로 속삭였다.

"그런데 저 새끼 연기 더럽게 못하지 않았었냐?"

"눈 뜨고 못 볼 지경이었죠."

"그런데 지금은 왜 또 좀 자연스러워 보이냐?"

"저놈이 하는 짓을 어떻게 알겠습니까."

두 사람이 고개를 절레절레 저으며 동시에 한숨을 내쉬었다.

'조, 종조부님…….'

그리고 당군악은 복잡 미묘한 심정으로 그 광경을 바라보고 있었다. 딱히 뾰족한 수가 없으니 일단 수락하긴 했지만, 굴러 들어온 사이비 도사 놈이 가문의 큰 어른을 등쳐 먹는 꼴을 보자니 여간 속이 쓰리는 게 아니었다.

"잔말할 것 없다! 당보 놈은 어디에 있느냐?"

"숙조부님께서는……. 글쎄요? 지금…….

"에잉! 쓸모없는 녀석!"

이젠 기사멸조까지! 당군악이 주먹을 꽈악 쥔 채 청명을 노려보았다.

'저 새끼가?'

선 넘네? 적당히 연기를 한다기에 그러라고 했더니, 완전히 살판이 났다. 누가 보면 매화검존이 정말 살아 돌아온 줄 알 지경이었다.

"내 마교와 싸울 검이 부족하다. 듣자 하니 네가 손재주가 좀 있다고 하던데. 내가 한철을 가지고 왔으니, 한철검을 만들어 줄 수 있겠느냐?"

"아이고, 어르신. 누구의 말씀이라고 제가 거역하겠습니까! 어르신의 말씀을 거역했다가 숙조부님이 그 사실을 아시면 경을 치실 텐데요."

"그럼 잔말할 것 없으니, 얼른 만들어 보거라!"

"예! 예! 지금 바로 시작하겠습…….."

그때, 얼른 일어서려던 당조평이 고개를 옆으로 슬쩍 꺾었다.

"그런데…… 좀 훤칠해지신 것 같습니다?"

"……무, 무위가 높아지면 외모도 바뀌는 법이다."

"아, 그렇지요. 저도 풍문은 들어 본 적이 있습니다. 굉장히 잘생겨지셨군요. 전보다는 훨씬 낫습니다."

거…… 분명히 칭찬인데 이상하게 빡치네, 그거.

"지금 바로 화로에 불을 놓겠습니다. 조금만 기다리십시오!"

몸을 휙 돌린 당조평은 당군악과 눈이 마주치자 물었다.

"너는 누구냐?"

"저는……."

흠칫한 당군악이 설명하려 입을 뗐지만 당조평은 대답을 채 듣기도 전에 손을 휘저으며 말했다.

"됐다. 일단 급하니 쇠를 다룰 줄 알면 공방으로 들어오너라. 풀무질을 할 이와 쇠를 두드릴 이까지 스물이 필요하다. 장로들도 불러라! 화로를 덥혀야 한다!"

"예! 당장 그리하겠습니다."

당조평이 구부정하던 어깨를 쭉 폈다. 굽어 있던 등이 펴지고, 그의 몸에서 이제껏 보이지 않던 장인의 기세가 흘러나오기 시작했다.

"백로(白爐)를 정비하거라! 한철을 녹인다!"

그가 보무도 당당하게 공방으로 걸어 들어가자 청명이 씨익 웃었다.

"잘된 것 같죠?"

당군악은 허탈하고, 열받고, 짜증 난 속내를 얼굴 한가득 드러내며 청명을 슬그머니 노려보았다.

"아주 신이 나셨던데? 누가 보면 진짜 매화검존인 줄 알겠어."

"헤헤. 뭐 그렇게까지."

당군악이 무어라 말하려는 듯 입술을 달싹이다가 고개를 휘휘 저었다.

"여하튼 해결된 것 같으니 다행이네. 나는 종조부님을 도울 테니 자네는 중간중간 매화검존의 연기를 해 주게."

연기라……. 청명은 속으로 생각해 보다 조금 씁쓸하게 웃었다.

당군악이 공방으로 사라졌다. 남은 화산의 제자들이 청명을 향해 혀를 차고 손가락질을 하며 수군거렸다.

"저저. 육시랄 놈이 사조를 사칭하고 노인을 등쳐 먹네."

"이쯤 되면 대놓고 사기꾼이죠."

"쓰레기."

쏟아지는 비난 속에서, 청명은 고개를 슬쩍 들어 하늘을 바라보았다.

장문사형. 내가 나인 척했다고 후손 놈들한테 욕을 들어 먹고 있수. 이게 말이나 되는 일입니까?

- 뭐래? 사기꾼 놈이!

"에라, 썩을!"

니들이 뭘 알겠냐, 니들이! 에잉!

사천당가의 분위기가 오랜만에 후끈 달아올랐다.
　당가의 상징은 독과 암기. 그중 암기 제작의 정점에 올라 있는 당가의 최고 장인이 수년 만에 다시 망치를 잡았다는 사실은 당가인들을 흥분시키기에 충분했다. 누구든 두 사람 이상 모이면 그 이야기를 하기 바빴다.
　"대체 뭘 만드신대?"
　"뭐든 대단한 거겠지!"
　"그런데 지금 어르신께서 망치를 잡으실 수 있나? 어르신께서 정신이 조금 온전치 않다는 건 누구나 다 아는 사실 아닌가."
　"가주께서 다 생각이 있으시겠지."
　당가인들의 시선이 당조평의 공방으로 쏠리기 시작했다.
　한편 공방 안의 사람들은 바쁘게 움직이며 낡은 공방에 쌓인 묵은 먼지를 털어 냈다. 수십 명의 장정이 달려드니 금세 공방이 새것처럼 반짝거렸다.
　가장 가운데에 위치한 커다란 화로 앞에 자리 잡고 앉은 당조평은 심유한 눈빛으로 손에 든 숯을 점검했다.
　"질 좋은 장백탄(匠白炭)이로군. 내가 손 놓은 동안에도 관리가 잘됐어."
　당군악이 그 모습을 지켜보다 미소를 지으며 작은 소리로 말했다.
　"……종조부님. 그건 그냥 백탄이고 장백탄은 여기에 있습니다."
　"그래?"
　공방 입구에서 그 모습을 지켜보던 청명이 손톱을 잘근잘근 깨물었다.
　"괜찮을까? 이거 진짜 괜찮은 걸까?"
　이러다가 한철이고 뭐고 모조리 다 날려 먹는 것 아닐까?
　어지간한 일에는 초조해하지 않는 청명이건만, 돌아가는 상황이 그만큼 생각 같지 않았다.

하나 청명이 불안해하든 말든, 당조평의 움직임에는 거침이 없었다. 방금까지 기력 없이 누워 있던 노인이라고는 믿기지 않을 정도였다. 사람의 키보다 배는 큰 화로에 오른 당조평은 그 안으로 훌쩍 뛰어들었다.

"내려!"

당잔이 장백탄을 들어 나르자 그것을 화로 안에 꼼꼼히 채운 당조평이 고개를 번쩍 들고는 소리쳤다.

"가주!"

"예, 종조부님!"

당군악이 기다렸다는 듯 소매 안에서 작은 함 하나를 꺼냈다. 살짝 긴장한 듯 얼굴이 굳어 있었다.

이윽고 화려하게 금박으로 장식된 함이 열렸다. 붉은색의 작은 보옥이 그 모습을 드러냈다. 당군악은 함 안에서 보옥을 조심스럽게 꺼내어 화로 안의 당조평에게 건넸다.

"저게 뭡니까?"

무슨 보물이기에 저리 신중하게 건네는 건지. 백천이 고개를 갸웃하며 묻자, 당패가 조심스럽게 작은 목소리로 대답해 주었다.

"백염옥(白炎鈺)이라는 물건입니다. 내력을 받으면 받는 대로 열기를 내뿜는 물건이지요. 저 물건이 없으면 백로를 데울 수 없습니다."

"그런 물건이 있단 말입니까?"

"당가의 기보 중 하나입니다. 정말 귀한 물건이죠."

"오! 저게 당가의 기보."

그 말만으로도 얼마나 진귀한 물건인지 알 수 있…….

"비싸요?"

불쑥 끼어든 청명의 질문에 당패가 멍하게 입을 벙긋거렸다. 대체 뭐라고 대답을 해야 할지 알 수가 없었다. 노골적인 탐욕을 두 눈 가득 뿜어내는, 이 세상에서 가장 욕심 많은 도사를 앞에 두고…….

하지만 다행스럽게도 그 순간 당조평이 빠르게 화로에서 빠져나왔다. 그러고는 가볍게 손을 털더니 버럭 소리쳤다.

"백로(白爐)에 불을 지펴라!"

마침내 화로에 불씨가 붙기 붙었다. 당조평이 당군악을 향해 외쳤다.

"가주! 내력을 불어넣으시오! 화력을 높여야 하오!"

"예! 알겠습니다."

당군악을 비롯한 당가의 장로들이 화로의 삼면을 점하고 섰다. 애초에 그런 용도로 만든 화로인지, 사람이 설 자리가 미리 마련되어 있었다.

내력을 밀어 넣기 시작하자 불이 순식간에 맹렬하게 타올랐다. 화로 아래에 뚫린 작은 구멍으로 불꽃이 하강했다. 그건 불꽃이라기보다는 차라리 폭포가 쏟아지는 모습에 가까웠다.

하지만 당조평의 눈에는 그 화력도 만족스럽지 않은 듯했다.

"더!"

공방 밖에서 그 광경을 지켜보던 청명이 슬쩍 당패에게 물었다.

"저 화로가 특별한 거예요?"

"예. 당가에는 여러 화로가 있습니다. 일반적인 화로는 홍로(紅爐)라 불리고 당가의 누구나 사용할 수 있습니다. 그리고 그보다 더 높은 화력을 낼 수 있는 화로는 청로(靑爐)라고 하여, 공방의 인정을 받은 장인들만이 사용할 수 있습니다."

"그럼 저게 청로?"

당패가 고개를 저었다.

"저것은 백로(白爐)라 불립니다. 공방의 수장만 사용할 수 있는 화로로, 당가에서 가장 강한 화력을 냅니다. 오직 저 화로만이 만년한철을 녹일 수 있습니다."

"오……."

청명이 새삼스럽다는 듯 그것을 물끄러미 바라보았다.

화아아아아아! 얼마나 화력이 높은지 화로 아래로 보이는 불꽃이 거의 희게 보일 지경이었다.

"우와. 뜨거워!"

여기저기서 경악 어린 탄성이 터져 나왔다. 화로에서 뿜어져 나오는 열기는 공방 밖에 있는 화산의 제자들마저 녹여 버릴 것처럼 어마어마했다.

화산 제자들이 보기엔 이미 충분히 달아오른 것 같았지만, 당조평은 그 뒤로도 무려 반 시진 가까이 화로를 더 달궜다.

"한철을 가져와라!"

당조평이 목소리를 높이자 바짝 긴장한 채 대기하고 있던 당가의 젊은 대장장이들이 일사불란하게 한철을 날라 공방 안으로 들어섰다.

"넣어라!"

당조평의 명령이 떨어지기 무섭게 대장장이들은 팔 한가득 안고 있던 만년한철을 화로의 윗부분으로 쏟아부었다.

"장백탄!"

달궈진 숯이 다시금 화로 위로 쏟아졌다. 그러자 더욱 커진 백색의 화염이 화로 위의 구멍으로 비어져 나와 춤을 췄다.

가공할 열기였다. 보고 있는 것만으로 숨이 턱턱 막혔다. 하지만 당조평은 뼈를 녹일 것 같은 열기를 내뿜는 화로의 바로 앞에 앉아서도 눈 한 번을 깜짝하지 않았다. 그의 심유한 눈에 역류하는 불꽃이 비쳤다.

'뜨겁지도 않나?'

백천이 혀를 내둘렀다. 정신이 오락가락하던 쇠약한 노인의 모습은 온데간데없었다. 지금 백천의 눈앞에 있는 이는 평생을 불꽃과 쇠에 바친 장인 중의 장인일 뿐이었다.

"……굉장하네요."

윤종의 감탄에 백천이 동의한다는 듯 크게 고개를 끄덕였다. 어떤 분야에서건 일정 경지에 오른 이들은 사람의 눈길을 잡아끈다. 화산 제자들은 공방 안에서 벌어지는 일에서 도무지 눈을 떼지 못했다.

바로 그때 굳게 다물렸던 당조평의 입에서 큰 목소리가 터져 나왔다.

"더! 더 불어넣어라! 화력을 더 높여! 어정쩡하게 녹아서는 쇠의 질이 떨어진다. 이 정도로는 안 돼!"

장로들과 당군악의 이마에서 굵은 땀방울이 솟구쳤다.

"교대해!"

불꽃을 지켜보던 당조평이 버럭 소리를 지르자, 대기하고 있던 장로들이 먼저 서 있던 이들의 자리로 밀고 들어가 내력을 불어넣었다.

숨을 몰아쉬며 화로에서 떨어진 장로 중 하나가 얼굴에 쏟아지듯 흐르는 땀을 닦더니 당조평을 걱정스레 바라보았다.

"숙부님, 괜찮으시겠습니까? 열기가……."

"시끄럽다! 말 시키지 말거라!"

꼬장꼬장하기 짝이 없는 목소리가 천둥처럼 공방을 울렸다. 조금 전 조카손자도 제대로 알아보지 못하던 그 사람이라고는 상상도 할 수 없었다.

열기에 수염 끝이 말려 올라가고 얼굴이 벌겋게 익었지만, 당조평의 시선은 오로지 불꽃의 움직임에만 쏠려 있었다.

"부족하다니까! 네놈들은 대체 수련을 어떻게 했기에 내력이 이것밖에 안 되느냐! 더 짜내서 밀어 넣어라, 당장!"

장로들이 얼굴을 벌겋게 물들이며 더욱더 내력을 밀어 넣었다. 하지만 얼마 지나지 않아 내력이 동이 났는지 다리가 후들거리기 시작했다.

"교대!"

세 번째로 기다리던 장로들이 안으로 파고들었다. 하지만 그들이 내력을 불어넣는 순간 당조평이 고함을 내질렀다.

"안 돼!"

흡사 도자기가 깨어지는 소리처럼 다급하고 까랑까랑한 목소리였다. 당조평의 시선이 처음으로 화로에서 떨어졌다.

"이걸로는 안 돼! 당장 바꿔라, 당장! 네놈들로는 안 된다. 내력이 더 정순한 이들로 데리고 와!"

그러자 상황을 조율하던 당패가 화들짝 놀라 급히 말했다.

"하, 하지만 아직 첫 번째 조가 운기를 끝내지 못했습니다."

당조평의 눈동자가 거세게 흔들렸다.

"장로들이 이것밖에 없느냐?"

당패는 차마 대답을 하지 못하고 고개를 숙였다. 일전에 원로원과 가주 간의 알력 다툼을 청명이 해결해 버리면서 많은 장로들이 은거에 들었다. 지금 모인 장로들도 겨우겨우 긁어모은 자들이었다.

원로원주였던 당외 일파만 있었어도 내력이 높은 사람이 부족할 리는 없었겠지만, 지금은 상황이 여의치 않았다.

"이런 멍청한 놈들! 이러고서 무슨 한철을 녹이겠다고! 온도가 낮아지면 한철의 한기가 고로(高爐)를 식히고, 결국엔 모조리 폐품이 되어 버린다! 어서 사람을 불러와라! 내력이 높은 이들로, 당장!"

"하, 하지만 장로 중에 고르고 고른 이들입니다. 이들보다 내력이 높은 이들은 지금 당가에 없습니다……."

그러자 당조평이 무슨 말을 하냐는 듯 버럭 소리를 질렀다.

"이 멍청한 놈! 당장 검존 어르신을 모셔 오거라! 그분의 내력은 천하제일이 아니더냐!"

"……네?"

모두의 시선이 일시에 청명에게로 향했다. 청명이 멍한 표정으로 서 있다가 그들과 시선을 마주하더니 물었다.

"……나?"

"제 꾀에 제가 넘어졌네."

백천은 심드렁하게 말했다. 윤종 역시 동의하며 크게 고개를 끄덕였다.

"이게 도지. 천망회회소이불실(天網恢恢疎而不失)."

청명이 선뜻 나서지 않고 우물쭈물하자, 당조평이 청명을 똑바로 바라보더니 입을 뗐다.

"검존 어르신! 지금 도와주셔야 합⋯⋯. 응? 넌 누구⋯⋯?"

거, 쓸데없는 순간에 정신이 돌아오네. 청명은 뒤통수를 벅벅 긁더니 뒤를 돌아보고 짜증 섞인 목소리로 말했다.

"누구긴 누구야! 빌어먹을! 따라와!"

"⋯⋯우리도?"

청명은 대답 대신 당조평을 바라보며 물었다.

"내력의 종류는 상관없는 건가요? 내력만 높으면 되는 거예요? 도가 계열이라도 괜찮아요?"

"상관없다. 음한 계열의 내력만 아니면 돼. 대신 정순해야 한다!"

청명을 응시하며 일갈한 당조평의 얼굴에 순간 실망한 기색이 스쳤다.

"지금 바로 내력을 불어넣어야 한다! 검존 어르신은 어디에 계시느냐! 당장 모셔 오거라!"

"거참 미묘하게 반만 돌아왔네."

"뭐?"

"아, 아니에요. 내력만 높으면 되는 거잖아요. 그렇죠?"

청명이 화산의 제자들을 가리키며 씨익 웃었다.

"여기 있거든요. 가진 건 내력밖에 없는 놈들이."

"⋯⋯거 말이 좀 심하네. 내력밖에 없다니."

뒤에서 화산의 제자들이 투덜거렸지만 청명은 단호하게 손짓했다.

"시끄러워! 영약 먹은 값은 해야지. 사숙이랑 사고, 빨리 달라붙어. 기껏 가져온 한철 다 날려 먹기 전에!"

청명과 백천, 그리고 유이설이 안쪽으로 뛰어 들어갔다. 화산의 어린 제자들이 달려오자 당가의 장로들은 모두 당혹한 기색이 역력했다. 하지만 청명은 가차 없이 장로들을 밀치며 비집고 들어갔다.

"좀 나와요, 나와! 얼른!"

장로들이 내력을 쥐어짜 불어넣느라 숨을 몰아쉬며 소리쳤다.

"도, 도장! 웬만한 내력으로는 이 화로를 달굴 수 없소이다! 허튼짓하지 마시오!"

"웬만한 내력은 무슨."

이것들이 좋은 것만 주워 먹어서 내력은 진짜 깡패라니까?

입씨름할 시간도 아까웠다. 청명은 말없이 장로 하나를 떼어 냈다. 곧이어 백천과 유이설도 끝내 장로들을 밀어 내고 화로에 달라붙었다.

짧게 심호흡을 한 청명은 화로에 돌출되어 있는 손잡이를 움켜잡았다. 재질이 뭔지는 모르겠지만, 화로의 온도에 비해 손잡이는 그리 뜨겁지 않았다. 청명이 내력을 끌어 올리며 소리쳤다.

"불어넣어!"

세 사람의 내력이 일제히 화로로 쏟아지기 시작했다. 그와 동시에, 불안함에 살짝 일그러졌던 당조평의 얼굴에 화색이 돌았다.

푸르스름했던 불꽃이 다시 백색으로 변한 것이다. 그뿐이랴. 화로를 달구는 백염(白炎)은 오히려 이전보다 더 거칠게 타오르기 시작했다.

점점 높아지는 온도를 확인한 당조평이 흐뭇하게 웃었다.

"어린 녀석들이 내력이 어마어마하구나! 좋다! 이대로 계속하면……."

"그런데요."

갑자기 날아온 한마디에 놀라 일순 헛바람을 삼킨 당조평이 고개를 번쩍 들었다. 그러고는 자신을 바라보고 있는 청명과 시선을 마주했다.

이만한 내력을 밀어 넣으면서도 말을 할 수 있다고? 그는 저도 모르게 입을 쩍 벌렸다. 도대체 내력이 얼마나 많기에 이런 일이 가능한지.

"이거 얼마나 해야 하는 건가요? 네? ……영감님?"

청명이 재촉하자 퍼뜩 정신을 차린 당조평이 더듬거리며 대답했다.

"사, 사흘은 이렇게 지펴야 한다."

입술을 삐죽 내민 청명이 눈살을 찌푸렸다.
"흠, 사흘은 너무 긴데. 혹시 화력을 더 높이면 기간이 좀 줄어드나요?"
"화력을 더 높인다면 가능하지. 한데 그게 될 리가……."
"네, 알았어요. 그럼……."
청명이 입꼬리를 말아 올렸다. 그러고는 더없이 자신만만하게 말했다.
"조심하세요. 노릇노릇 익어 버릴지도 모르니까!"
말을 마치는 동시에 청명의 의복이 태풍이라도 만난 듯 맹렬하게 휘날렸다. 그러자 화로의 불꽃이 과격하게 불어나기 시작했다.
경악한 당조평은 주름진 눈가가 팽팽해질 정도로 눈을 부릅뜨고 불꽃을 바라보았다. 하지만 그 놀라움은 이내 희열로 바뀌었다.
"좋아, 어디 해 보자꾸나! 뭐 하느냐! 풀무질을 시작해라!"
뻥 뚫린 공방의 굴뚝으로 백색 화염이 승천하는 용처럼 솟구쳐 올랐다.

· ❖ ·

붉게 달아오른다. 마치 붉은 해가 뜨는 것처럼 붉게, 또 붉게. 동그란 보옥이 붉게 달아올…….
"으으으으."
동그란 머리를 시뻘겋게 물들인 혜연이 오만상을 찌푸렸다.
'뭔 놈의 내력이…….'
내력 하나만은 같은 나이대의 누구에게도 뒤지지 않을 자신이 있었다. 그리고 이 자신감은 결코 근거 없는 오만이 아니었다. 실제로 그의 사문은 내공으로는 천하제일의 자리에서 단 한 번도 내려와 본 적 없는 소림이 아니던가. 심지어 그는 그런 소림에서도 자랑하는 일대제자였다.
그런데 지금 그의 양옆에 서 있는 화산의 제자들은 이 막대한 내력을 밀어 넣고 있음에도 되레 혜연보다 여유가 있어 보였다.

'조걸 도장과 윤종 도장의 내력이 이토록 강했던가?'

어디서 만년설삼이라도 캐다가 뜯어 먹은 게 아니라면, 저 가공할 내력을 대체 어찌 설명해야 한단 말인가? 게다가…….

"저 중대가리, 저거! 어디서 피죽만 먹었나? 뭐 저리 힘을 못 써?!"

"……네가 풀만 뜯어 먹으라고 했잖아."

"그럼 중이 풀 뜯어야지! 고기라도 먹일까?"

"……그런 의미가 아니잖으냐."

뒤에서 들려오는 대화에, 혜연의 눈가에 물기가 어렸다. 물론 그마저도 화로의 열기에 금방 날아가 버렸지만.

'마귀 같은 인간.'

부처께서 진정으로 현실을 굽어살피신다면 어째서 간악한 마귀가 인세에 돌아다니는 것을 그냥 내버려두신단 말인가.

아니, 이건 부처께 따질 일이 아니다. 저 인간은 도사지 않은가. 대체 원시천존은 뭘 하시기에 이 사태를 그냥 지켜만 본단 말인가! 벼락이든 뭐든 내려서 해결을 봐야지! 해결을!

"저, 저! 딴생각하는 거 봐라, 또!"

곧장 날아드는 질책에 혜연이 재빨리 내력을 불어넣는 데 집중했다.

"옛날 소림 놈들은 한번 참선에 들어가면 머리에 새가 둥지를 틀어도 모를 정도로 집중했는데! 요즘 소림 놈들은, 에잉!"

"머리가 매끈매끈한데 거기에 어떻게 새가 둥지를 짓냐? 말이 되는 소리를 해야지."

"옛날에는 새들도 근성이 있었어!"

"……미친놈."

대화를 듣던 혜연은 눈을 질끈 감았다. 내력을 불어넣느라 귀를 막을 수도 없다. 참으로 이상한 일이 아닌가. 대놓고 사람을 핍박하고 괴롭히는 청명보다 그 옆에 붙어서 맞장구를 쳐 주는 백천이 더 미웠다.

콰아아아아아아! 눈을 뜬 혜연은 미간을 찌푸린 채 화로를 응시했다. 살이 익을 것 같은 열기에 숨이 턱턱 막혔다.

'얼마나 더 해야 하지?'

잠도 안 자고 화산 제자들과 교대하며 불을 피운 지도 벌써 이틀째. 이제는 너 나 할 것 없이 다들 녹초가 되어 있…….

"크으으으으! 이거 술 죽이는데?"

……아, 싫다. 진짜 싫다.

청명이 호리병을 거꾸로 뒤집어 탈탈 털었다. 마지막 남은 한 방울까지 입 안으로 밀어 넣은 그는 옆으로 손을 뻗었다가 눈살을 확 찌푸렸다.

"없어?"

술병이 가득했던 탁자는 어느새 텅 비어 있었다. 주변을 두리번거리던 청명이 당군악을 보며 헤헤 웃었다.

"당가주님. 술이 떨어졌는데."

"……이보게. 남들은 지금 용을 쓰고 있는데, 지금 그게 할 짓인가?"

"네? 뭐가요?"

청명의 물음에 당군악은 대답 대신 오만상을 찌푸리며 시선을 내렸다. 어디서 가져왔는지 모를 커다랗고 편안한 의자에 반쯤 드러누워 술병을 흔드는 청명을 보고 있자니, 속이 뒤집히다 못해 터질 지경이었다.

아니, 의자까지는 좋다 이거다. 하지만 바닥에 잔뜩 널브러져 있는 술병들은 정말이지 참고 봐 줄 수가 없었다.

결국 그는 얼굴을 차게 굳히며 위엄 넘치게 말했다.

"화산신룡! 내 굳이 자네의 일을 지적하고 싶은 마음은 없네. 하지만 그래도 이건 정도를 넘은 것이 아닌가. 당가의 장로들뿐 아니라 화산의 제자들, 그리고 소림의 혜연 스님까지 저리 고생을 하고 있는데 그 앞에서 꼭 이렇게 술을 마셔야겠는가?"

청명은 이내 시무룩하게 고개를 푹 숙였다. 그 모습에 살짝 누그러진 당군악이 청명을 어르듯 타일렀다.

"술은 나중에 일이 다 끝나거든 원 없이 마시도록 하게. 나는 당가의 가주로서 더는 이곳에서 술을 허락할 수 없네."

"무슨 말씀이신지 알겠어요."

청명이 이해했다는 듯 고개를 주억거리자 당군악이 눈을 가늘게 떴다.

'의외로 말을 잘 듣네?'

이 녀석 어쩌면 강하게 나가는 사람에게는 생각보다 약할지도…….

하지만 당군악의 생각은 그리 길게 이어지지 못했다.

"아평아!"

"예에에에에이! 검존 어르시이이이인!"

청명의 부름에 앞쪽에서 공방을 지켜보던 당조평이 거의 네 발로 달릴 기세로 무섭게 전력 질주를 해 왔다.

팔짱을 낀 청명이 턱짓으로 바닥에 널린 술병들과 탁자를 가리켰다.

"이거 다 치워라."

"예? 그게 무슨 말씀이십니까?"

"사천당가의 가주께서 여기서 술판 벌이는 게 예의에 어긋난다는구나. 내가 실수를 저질렀어."

그 순간 당조평의 고개가 홱 꺾이듯 당군악에게로 돌아갔다. 움찔. 그 눈에 어린 살기에 당군악이 자라처럼 목을 움츠렸다.

"조, 종조부님. 그게 아니오라……."

"네 이노오오오오옴!"

잔뜩 흥분한 당조평은 눈을 희번덕거리며 입에 거품을 물고 소리쳤다.

"지금 이분이 어떤 분인 줄 알고! 감히이이!"

아니, 못 알아볼 거면 당가주가 누구인지도 모를 것이지. 왜 당가주는 또 제대로 알아보면서 청명의 말은 믿는단 말인가? 왜 자꾸 정신이 반만 돌아온단 말인가? 당군악은 억울하기 그지없었다.

"이분이! 어? 이분이! 그 매화! 매화검존! 저 사특한 마교의 무리들이 벌벌 떠는 화산제일검이시고, 사적으로는 네 할아버지의 할아버지와 형제나 다름없는 분이신데! 뭐? 술판? 술판이라고 했느냐?"

"그, 그건 제가 한 말이 아닙니다, 종조부⋯⋯."

"닥치지 못할까!"

당군악의 눈앞이 눈물로 부옇게 흐려졌다. 서럽다. 이건 너무 서럽다.

"어딜 감히 이분께 술이 어쩌고 하는 삿된 망발을 일삼느냐! 이분은 소림의 대웅전에서도 술을 드실 자격이 있으신 분이다!"

당조평이 일갈했다. 안쪽에서 고통받던 혜연이 소림 얘기가 들리자 화들짝 놀라 고개를 휙 돌렸다. 아니, 어르신. 그건 소림 입장도 들어 봐야 하는 것 아닙니까? 내력을 불어넣느라 말을 못 하는 게 천추의 한이었다.

그 와중에도 당조평의 매화검존 찬양은 끝이 날 줄을 몰랐다.

"저 간악한 마교의 마두들을 수없이 벤 천고의 영웅이시자! 천하제일검! 어? 천하제일! 천하제에에에일!"

"헤헤헤헤헤헤!"

"그리고 사천당가의 가장 큰손님이신데, 뭐가 어쩌고 어째? 네 고조할아버님도 감히 이분께 그런 말씀을 하지 못하셨는데! 가문의 법도가 거꾸로 가는구나! 내가 정녕 회초리를 들어야 정신을 차리겠느냐?"

"꺄르륵! 꺄르르르륵!"

청명이 자지러지며 웃어 댔다. 그 모습을 보는 당군악의 가슴에는 천불이 일었다. 할 수만 있다면 가슴을 퍽퍽 치고만 싶을 지경이었다.

'아니, 왜 네가 좋아하는데? 왜!'

그때 당조평이 목에 핏대까지 세우며 버럭 소리쳤다.

"대답은!"

"죄, 죄송합니다."

"당장 제대로 술상을 봐 오지 못하겠느냐!"

어느새 다시 의자에 모로 드러누운 청명이 넌지시 거들었다.

"소홍주도."

"그래, 소홍주도!"

"달달한 죽엽청도."

"그래, 죽엽청도! 에이. 아니다! 있는 건 다 가져오너라! 종류별로 다!"

말문이 막힌 당군악이 머뭇거리자 당조평이 눈을 번뜩 부라렸다.

"왜? 내가 가랴?"

"아, 아닙니다, 종조부님! 당장 술상을 대령하겠습니다!"

"뛰어!"

당군악이 몸을 돌리자 기겁을 한 당패와 당잔이 그의 앞을 막아섰다. 그러고는 진땀을 뻬질거리며 당군악을 만류했다.

"아, 아버지. 저희가 가겠습니다!"

"여기 계십시오, 여기!"

두 사람이 부리나케 달려 나갔다. 당군악은 이내 공방 밖으로 보이는 먼 하늘을 향해 시선을 던졌다.

'내가 어쩌다가 이런 실수를…….'

저 망종 놈이 매화검존을 사칭하겠다고 했을 때 말렸어야 했는데. 어쩌자고 그걸 허락해서 이 험한 꼴을 본단 말인가.

당군악이 그러거나 말거나 청명은 아랑곳없이 당조평에게 물었다.

"그래서, 아직 멀었어?"

"이제 거의 됐습니다."

"뭐 이렇게 오래 걸리지?"

"그냥 녹이는 거면 벌써 끝났을 일입니다. 하지만 제대로 된 한철괴를 만들기 위해서는 그 이상이 필요합니다. 이제 슬슬 마무리 단계이니 어르신께서 다시 한번 도와주셔야 합니다. 마지막에 화력을 확 높여야 해서."

당조평이 기대감 어린 눈으로 청명을 보았다. 청명이 앓는 소리를 내며 자리에서 일어나 성큼성큼 화로를 향해 걸어갔다.

"그래. 차라리 빨리 끝내는 게 낫지. 가자. 사숙! 사고!"

"알았다!"

뒤로 빠져 쉬고 있던 백천과 유이설이 재빨리 그의 뒤로 따라붙었다.

"다들 나와 봐!"

구슬땀을 줄줄 흘리던 혜연과 조걸, 그리고 윤종이 그 소리에 헐떡헐떡 숨을 몰아쉬며 뒤로 물러났다.

청명이 후욱 숨을 내뱉고는 화로를 움켜잡았다. 유이설과 백천도 각각 화로를 잡고 내력을 불어넣기 시작했다. 당조평이 다시 화로 앞에 자리를 잡고는 목소리를 높였다.

"최대로 밀어 넣어 주십시오! 최대로! 화로가 아주 타 버리도록!"

청명의 내력이 폭포수처럼 쏟아져 화로에 밀려들어 가기 시작했다. 백천과 유이설도 그에 호응해 보조하며 죽어라고 내력을 밀어 넣었다.

그 광경을 보며 당군악은 속으로 탄성을 내질렀다.

'청명 소도장이야 그렇다고 치더라도, 화산의 다른 제자들 역시 내력이 어마어마하구나.'

그는 숨을 가쁘게 몰아쉬며 공방에서 나오는 윤종을 향해 물었다.

"화산의 제자들은 다들 이렇게 내력이 강한가?"

조심스러운 물음에 윤종이 잠깐 뒤를 흘끗 보고는 고개를 저었다.

"아닙니다. 다들 내력이 강한 편이기는 하지만…… 일반적으로는 소소 정도입니다."

"소소 정도라."

당군악은 슬쩍 고개를 돌려 당소소가 있는 쪽을 바라보았다. 공방 입구 쪽에서 그녀와 백상이 안을 연신 기웃거리고 있었다. 둘은 다른 제자들보다 내력이 약하여 화로를 데우는 일에 참여하지 못한 것이다.

'그래, 그게 보통이지.'

아니, 그것도 보통은 아니다. 당가주인 그의 여식으로 태어나 소소도 본디 내력이 또래에 비해 낮지 않았고, 화산에 간 이후로는 수련으로 과거와 비할 수 없을 만큼 높은 내력을 지니게 되었다.

그럼에도 이토록 차이가 난다는 것은 역시…….

"영약이 효험이 있었던 모양이로군."

"알고 계셨습니까?"

"나는 당가의 가주일세. 자네들이 운남까지 가서 무엇을 했는지 어찌 모르겠는가?"

그러자 윤종이 겸연쩍은 듯 머리를 긁적였다. 그 모습을 보며 당군악은 기꺼운 마음을 감추려 노력했다.

'소소 쪽으로는 시선도 돌리지 않는구나.'

그들이 숨기려 했던 것을 당가주가 안다면 일반적으로는 당소소가 말한 게 아닐까 의심할 것이다. 하지만 이들은 그 말을 듣고도 당소소를 조금도 의심하지 않았다.

'좋은 곳이야.'

당군악의 입가에 옅은 미소가 어렸다. 왜 소소가 그리도 화산에 목을 매는지 알 것 같았다.

쿠르르르릉! 바로 그 순간, 공방에서 거대한 소음이 터져 나왔다. 깜짝 놀라 바라보니 화로에서 뿜어져 나온 백색의 화염이 굴뚝 위로 승천하듯 솟구치고 있었다.

"……정도를 모르나, 진짜."

급기야 열기에 공방과 다른 전각의 처마 끝이 타들어 가기 시작했다. 공방 안에선 잔뜩 신명이 난 당조평의 목소리가 터져 나왔다.

"틀을 가져와라!"

당가의 식솔들이 부리나케 틀을 들고 날랐다. 그러고는 당조평의 지시하에 화로 앞에 조심히 내려놓았다. 하나 당조평은 호락호락하지 않았다.

"더 바짝 붙여라, 이놈들아!"

당조평의 눈에는 거의 광기에 가까운 열기가 들끓고 있었다. 식솔들을 모두 물린 그는 긴 쇠막대를 들고 화로 아랫부분을 쑤시기 시작했다.

"쇳물 나간다!"

쿵! 쿵! 쿵! 쿵! 몇 번이고 고로 아래를 후려치자, 화로 아랫부분의 구멍이 뚫리며 백색에 가까운 쇳물들이 흘러나오기 시작했다.

멀리 떨어져 있던 당가의 식솔들이 저마다 감탄사를 터트렸다. 미끄러지듯 떨어지는 쇳물에서 불꽃이 솟구쳤다. 길게 늘어뜨린 틀을 따라 마치 불꽃의 강이 흐르는 것만 같았다. 그 열기가 얼마나 대단한지, 적어도 삼 장 이상을 물러섰음에도 얼굴이 화끈거릴 정도였다.

그극! 그그그극! 얼굴이 시뻘겋게 익어 가는데도 아무렇지도 않게 마지막 쇳물까지 긁어낸 당조평은 쇠막대를 내팽개치고 소리쳤다.

"다 됐다!"

화로에서 손을 뗀 청명이 쪼르르 달려 나왔다. 그리고 긴 틀에 고인 백색의 쇳물이 열기를 내뿜는 걸 물끄러미 보았다. 어쩐지 보는 것만으로도 정화가 되는 기분이었다.

"이제 식히기만 하면 되는 것이냐?"

"예, 검존 어른. 틀에 맞춰 뒀으니 식기만 하면 한철괴가 완성이 됩니다. 그럼 이제 그걸 두드려 펴서 검의 형태를 잡으면 됩니다."

"흐음. 이게 생각보다 양이 많지는 않네. 많이는 못 만들겠는데?"

"아닙니다. 만년한철 검이라고 해서 오직 한철로만 만들면 생각보다 좋은 물건이 나오지 않습니다. 제 나름의 비법이 있습지요. 묵철과 백련정강(百鍊精鋼), 그리고 운남에서 나는 자철(磁鐵)을 겹쳐 넣을 겁니다. 게다가 화산의 검은 일반적인 검보다 얇고 낭창하지 않습니까. 검존 어르신께서 생각하시는 것보다는 더 많이 만들 수 있을 겁니다."

"오? 그래?"

청명이 그럼 됐다는 듯 흐뭇하게 미소 지었다.

'걱정했는데, 생각보다도 더 뛰어난 장인이네.'

"오! 벌써 식는다고?"

어느새 공방 안으로 들어와 보고 있던 당군악은 틀의 끝부분이 식어 가는 모습에 감탄했다. 중원에서 워낙 한철이 귀해진 탓에 그도 이만한 양의 한철을 녹이는 광경은 난생처음 보았다.

"세상에, 이토록 맑은 은빛이라니."

고로에서 녹여 쏟아 낸 쇳물을 그대로 식히면 으레 검고 거칠기 마련이다. 그 쇠를 두드리고 갈아 날을 세워서 깨끗해 보일 뿐이다. 그런데, 이 만년한철은 식는 그 순간부터 눈처럼 맑고 깨끗해 보였다.

"이게 진짜 만년한철이다. 어설프게 녹여 만든 물건들은 한철의 이름만 단 반편이들이지!"

당조평이 어깨에 힘을 주며 말한다.

"제대로 녹이고 주조해 낸 한철은 한철(寒鐵)이라는 말 그대로 음기를 띠고 찬 기운을 내뿜지. 그러니 이리 빨리 식는 것이다."

"과연······. 대단하십니다, 종조부님."

그때, 청명은 뭔가 이해가 안 간다는 듯 고개를 갸웃거렸다.

"그런데······ 이걸 왜 이렇게 길게 뺐지? 아까 한 말대로라면 검 하나 만드는 데 주먹보다 더 작은 쇠만 있으면 된다는 뜻인데, 이리 길게 만들어 버리면 어떡하려고?"

"자르면 되죠."

"······팔뚝보다 굵어 보이는데 저걸 어떻게 잘라? 심지어 벌써 다 식었는데."

청명이 여전히 이해하지 못하고 되묻자 당조평이 세상에서 가장 재밌는 말을 들었다는 듯 낄낄 웃었다.

"허허허. 무슨 농담을 그리하십니까. 한철이 최고의 쇠라지만, 그래 봐야 쇠지요. 어르신께 내공도 실리지 않은 쇠 따위는 진흙이나 다름없 잖습니까."

"……."

"자, 이제 이걸 말씀하신 대로 한 마디씩 잘라 주시면 됩니다. 정확한 길이는 제가 표시해 드리겠습니다."

청명의 눈가에 파르르 경련이 일었다.

자르라고? 뭘? 한철을? 일전에 그 얇아 빠진 한철도 자르다가 허리가 나갈 뻔했는데, 지금 저 팔뚝보다 굵은 걸 자르라고?

그러나 당조평은 난감해하는 청명의 속은 알지도 못한 채 신나게 붓을 들고 오더니, 한철 위에 선을 긋기 시작했다. 사람 다섯은 누워도 될 듯한 길이의 한철괴 위에 손가락 하나 길이로 선이 그어졌다.

"자! 검존 어르신! 이대로 잘라 주시면 됩니다."

"저 매화검존 아닌데요?"

"하하하하. 농담이 과하십니다. 얼른 시작해 주십시오. 저는 그럼 한철검을 만들 준비를 하겠습니다."

"……진짠데."

"하하하하하. 재미있어지셨습니다. 재미있어지셨어."

아니, 인마! 농담 아니라, 나 매화검존 아니라고! 돌겠네. 진짜.

천망회회소이불실. 결국 업보는 돌아오기 마련이었다.

• ❖ •

"이럴 줄 알았어. 그러게, 사람이 정직하게 살아야지. 꾀를 쓰더니 제 꾀에 제가 빠졌네."

"쌤통."

들으란 듯 큰 목소리로 쑥덕거리는 목소리를 참고 들어 주던 청명이 결국 상체를 벌떡 일으켰다. 그러고는 베개를 잡아 마구 던졌다.

"카아아악! 나가!"

하지만 그가 던진 베개는 평소처럼 매섭게 날아가지 못하고 힘없이 바닥에 떨어졌다. 그게 더욱 열불이 나는지 청명의 얼굴이 붉으락푸르락해졌다. 문 앞에서 그를 지켜보던 이들이 깨소금 맛이라는 양 낄낄댔다.

"힘이 없네, 힘이 없어."

"다 죽어 감."

"아이고. 우리 청명이 다 늙으셨어. 아, 매화검존이라 그러시나? 끌끌. 다 늙으셨……."

"아니, 이 새끼가 미쳐 가지고 기사멸조를!"

퍼억! 윤종이 벼락같이 주먹을 날려 조걸의 턱주가리를 돌려 버렸다. 예상치 못한 일격에 얻어맞고 바닥에 철푸덕 엎어진 조걸이 억울한 표정으로 벌떡 일어났다.

"아, 아니. 왜 때리십니까!"

"어디 사조의 존호를 입에 올리면서 늙었느니 어쩌니 망발을 지껄이느냐! 이 기름에 튀겨 죽일 놈이!"

"……아, 맞다."

아주 만담을 해라, 만담을. 얼굴을 구긴 채 사형들이 하는 양을 지켜보던 청명이 힘없이 도로 드러누우면서 중얼거렸다.

"않느니 죽어야지."

내가 매화검존이다, 이 새끼들아! 내가!

아니지. 매화검존 아니라고 할걸. 그냥 말귀 안 통해도 통할 때까지 말이나 해 볼걸. 내가 왜 내 행세를 해서 이 꼴을 당하나, 이 꼴을…….

청명은 이불을 목까지 끌어 올리고 오들오들 떨었다. 기운이 쭉 빠지니 몸살이 오려는 건지 온몸이 쑤시고 한기가 들었다.

"……진짜 뒈지는 줄 알았네."

"그러게, 왜 꼼수를 부렸냐."

"내가 나 좋자고 한 거냐! 어? 나 하나 좋자고 한 거야?"

윤종의 타박에 청명이 누운 채 눈을 희번덕거렸다. 하지만 제자들은 조금도 겁먹지 않았다. 아니, 오히려 더욱더 싱글벙글했다. 지금이 기회였다. 자고로 호랑이는 발톱이 빠졌을 때 놀려 줘야 하는 법이 아니던가.

그러나 이들의 즐거움은 금방 끝나 버렸다. 안타깝게도, 이 이빨 빠진 호랑이에게는 그보다 더 무서운 보호자가 있었다.

"환자 괴롭히지 말고 나오세요!"

"아쉽."

"조금만 더 하고 싶은……."

"당장! 나와요!"

허리에 손을 얹은 당소소가 버럭 외치며 눈을 부라렸다. 그러자 백천을 비롯한 나머지 제자들이 시무룩한 표정으로 방문에서 천천히 비켜났다. 사질인 소소는 무섭지 않지만, 의원인 소소는 무서웠다.

"똑바로 누워요, 사형."

모로 누워 있던 청명이 두말없이 끙끙거리며 바로 눕자 당소소가 식힌 물수건을 그의 이마에 조심스레 올렸다.

"말해 봐요. 도대체 왜 그러셨어요?"

"아니, 나는 그냥 아평이 그놈을……!"

철푸덕! 잔뜩 젖은 두 번째 물수건이 청명의 얼굴에 매섭게 꽂혔다.

"어디 당 어르신한테."

"……네. 당 어르신을 설득하려고……."

짧게 혀를 찬 당소소가 청명의 얼굴에서 물수건을 걷어 냈다.

"근육이 놀란 거예요. 아무리 사형이라고 해도 그 긴 한철괴를 그렇게 잘라 댔는데 멀쩡하면 이상한 거죠."

당소소의 말이 끝나기 무섭게 문 쪽에서 또 와글와글 목소리가 들렸다.

"검도 다 해 먹고!"

"맞아. 검도! 나보고는 검 해 먹었다고 그렇게 뭐라고 하더니! 지는!"

"나가라니까! 하여튼 진짜!"

당소소가 주먹을 흔들며 버럭 소리를 지르자 문앞에서 웅성거리던 제자들이 찔끔하여 달아났다. 하여튼 인간들이 나잇값을 못 해요! 나잇값을! 그녀는 짧게 고개를 내젓고는 청명을 바라보았다.

"어쨌든, 지금은 좀 어때요?"

"……오른팔이 안 움직여."

"잘도 움직이겠다, 그게."

청명의 오른팔을 찬찬히 진찰한 당소소가 혀를 찼다. 만년한철을 그만큼 잘랐는데 팔이 움직이면 그게 잘못된 거지.

'정말 사람이 아니야.'

앓아누웠든 어쨌든, 그걸 해냈다는 자체로 대단한 일이다. 당조평도 매화검존이 있다는 생각에 한철괴를 그리 길게 뽑아냈지, 그냥 당가에서 쓰려고 주조하는 거였다면 꿈도 꾸지 못했을 것이다.

녹인 한철을 여러 번 나눠 붓다 보면 쇳물이 튈 확률이 높아지고, 그럼 사람이 상할 확률도 어마어마하게 높아진다. 그러니 결국은 청명이 있었기에 당가의 장인들이 조금 더 안전해졌다고 볼 수 있었다.

'그러니까 분명히 고마워야 하는데.'

왜 이리 한심할까……. 왜 이리……. 그만한 만년한철을 수백 조각 낸 사람이 한심하게 보이는 것도 참 대단한 일이었다.

"근육도 근육인데, 내력을 너무 써서 탈진한 거니까 한동안 꼼짝 말고 정양에 들어야 해요. 아셨죠?"

청명이 순순히 끄덕이자 당소소가 자리에서 일어섰다. 하지만 밖으로 나가는 듯하던 그녀는 방구석을 향해 천천히 걸어갔다.

그 방향을 보고 살짝 당황한 청명이 어쩔 줄 몰라 하며 눈을 굴렸다.

이윽고 작은 농 뒤를 샅샅이 뒤지던 당소소가 농과 벽 사이에 숨겨져 있던 술병을 한 아름 찾아 안고는 청명을 향해 눈을 부라렸다.

"확 얼굴에다 그냥 부어 버릴까 보다!"

"……"

"쉬어요!"

그녀마저 밖으로 나가자 마침내 고요해졌다. 청명은 밥그릇 뺏긴 개처럼 허무한 눈빛으로 천장을 응시했다.

아이고, 내 팔자야. 고생은 고생대로 하고, 술은 술대로 못 먹네.

장문사형. 내가 이러고 살아야겠소? 예?

— 뭐래.

……저 양반 요즘 들어 좀 차가워진 것 같은데. 기분 탓인가.

• ◈ •

다음 날 오후가 되도록 가만히 쉬었는데도 곡소리가 절로 나왔다.

"끄으응. 쉬어도 몸이 몸이 아니네."

아이구, 이래서 늙으면 죽어야……. 아니지. 나 젊구나?

청명은 오만상을 찌푸린 채 허리를 통통 두드리며 공방으로 향했다.

무리를 해서인지 하루를 꼬박 쉬고 운기를 쉼 없이 했는데도 영 기력이 돌아오지를 않았다. 하지만 그렇다고 몸 상태가 좋아질 때까지 마냥 방 안에 누워 있을 수만은 없었다.

만년한철검을 만드는 건 앞으로의 화산에 커다란 전환점이 될 만한 일이다. 그런 일을 제멋대로 하게 내버려둘 수 있겠는가.

"어디 대충대충 만들기만 해 봐. 이번에야말로 당가 기둥뿌리를 아주 그냥 뽑아 버릴 테니까!"

눈에 불을 켠 그는 당조평의 공방을 향해 나아갔다. 곧 공방에 도착한 청명이 기가 막히다는 듯 헛웃음을 흘렸다.

"이거 봐! 이거 봐! 하루가 지났는데 시작도 안 했잖아!"

게을러 터져 가지고는, 아주 그냥! 망치 소리도 들려오지 않고, 심지어 인기척도 없다. 세상에! 심지어 사람도 없잖아!

"응?"

……왜 사람이 없지? 그럴 리는 없는데? 그러면 안 되는데?

공방 안을 두리번거리던 청명이 마침 지나는 이를 잡아 세웠다.

"저기요. 말씀 좀 묻겠는데, 여기 사람들 다 어디 갔나요?"

"아, 여기는 주괴를 뽑는 공방이고 담금질은 다른 곳에서 합니다. 저쪽으로 쭉 간 다음에 큰 전각 뒤로 가 보십시오."

"아, 네. 감사합니다."

청명은 예의도 바르게 고개를 꾸벅 숙이고는 커다란 전각을 향해 부지런히 뒤뚱뒤뚱 걸어갔다. 몸이 멀쩡하지 않다 보니 속도가 느렸다.

전각이 가까워질수록 반가운 소리가 점점 커졌다. 청명이 히죽 웃었다.

따앙! 따앙! 따앙!

"그렇지! 망치 소리 좋고!"

따아아앙! 따아아아앙! 따아아아앙!

"……망치 소리가 과하게 좋고."

망치 소리와 함께 뭔가 왁자지껄한 소리가 점점 크게 들려왔다.

일을 하는 사람들이 소란스러운 것은 기력이 있단 뜻이니 좋은 일이지만, 문제는 그들이 떠드는 내용이 영 심상치가 않다는 점이었다.

"잡아! 빌어먹을, 거기 좀 놓치지 말라고!"

"더 쳐! 더! 뭐 하는 거야! 기껏 달궜는데! 더 치라고!"

"똑바로 안 쳐?"

뭐야. 아니, 검 하나 만드는 데 뭐가 이리 요란…….

"엄마야?"

고개를 갸웃거리며 전각 뒤로 향한 청명의 눈이 휘둥그레졌다.

커다란 공방이었다. 전에 보았던 당조평의 공방과는 비교도 되지 않을 정도로 큰 공방 대문이 활짝 열려 있었고, 그 안에서 당가의 장인들이 일제히 시뻘겋게 달궈진 쇳덩어리들을 망치로 내려치고 있었다.

'저게 다 몇 명이야.'

하나, 둘. 어……. 열? 스물? 그 많은 인원이 숯을 달군 화로 앞에서 제 키만 한 망치들을 들고는 땀을 뻘뻘 흘려 대었다.

치이이이익! 달군 한철을 꺼내 집게로 잡은 이가 버럭 소리를 질렀다.

"쳐!"

카아아앙! 카아아아앙! 여럿이 달라붙어 망치를 연쇄적으로 내려치자 일순 불똥이 사방으로 튀어 올랐다.

"뭔 놈의 쇳덩어리가 이렇게 단단하냐고!"

"빌어먹을, 그리고 왜 이리 빨리 식어!"

"열 번을 넘게 쳤는데 왜 펴지질 않아!"

대신 당가 장인들의 입에서는 연신 악에 받친 소리가 터져 나왔다. 그 광경을 보던 청명은 슬그머니 입을 다물었다.

어……. 그러니까 이게……. 내가 생각한 거랑은 좀 다르…….

"끄르르륵."

"이 강단 없는 놈이! 뭘 했다고 쓰러지는 거냐! 당장 교대!"

쉼 없이 망치질을 하던 이들 중 하나가 끝내 거품을 물고 뒤로 넘어갔다.

기이한 점은, 쓰러지는 이를 보고도 주변인들이 딱히 별다른 반응을 보이지 않는다는 점이었다. 누군가 얼른 쓰러진 이를 질질 끌어내자, 뒤에서 대기하던 이가 그 자리를 재빨리 채웠다.

"빌어먹을! 그새 다 식었잖아! 다시 달궈!"

"……이, 이거 언제까지 쳐야 합니까? 반나절을 쳤는데도 아직 반도 안 펴졌는데."

"한철을 다룬다는 게 그리 쉬울 줄 알았어? 칠 주야는 쳐 댈 생각 해!"

"치, 칠 주야……."

칠 일이나? 반나절 만에 혼절하는 이가 나오는데 칠 일?

눈앞이 아득해질 지경이었다. 그때, 공방 안쪽에서 한 사람이 주변을 살피며 걸어 나왔다. 당조평이었다. 공방을 모두 살핀 그가 뒷짐을 진 채 혀를 차더니 못마땅한 듯 꼬장꼬장하게 소리를 내질렀다.

"에이이잉! 비싼 밥 처먹고도 이리 피죽도 못 먹은 것처럼! 얼마나 두드렸다고 이렇게 퍼진단 말이냐! 예전 너희 아비들은 사흘 밤낮 망치질을 하고도 술판을 벌였었다!"

아니, 그건 쉬지도 않고 일했으니 마시고 아주 기절하겠다는 마음이었겠지. 그걸 힘이 남아돌았다고 해석하면 안 되지.

"끄, 끄륵……."

"소금! 여기 소금 가져와라! 탈수다!"

"땀을 너무 흘렸어!"

공방 안을 바라보는 청명의 눈동자가 지진이라도 일어난 양 떨렸다.

'전쟁터여?'

난리도 아니었다. 뭔 칼 하나 만드는 데 이리 야단법석이냐.

"왔어?"

그때 들려온 목소리에 청명이 고개를 획 돌렸다. 다른 화산의 제자들이, 청명과 마찬가지로 질린 표정으로 장인들을 지켜보고 있었다.

"언제부터 저런 거야?"

"해 뜨기 전이었으니까. 꼭두새벽부터?"

지금 해가 중천이니까 반나절은 훨씬 넘었구나.

"그런데 저거 왜 저래?"

청명이 망치에 얻어맞고 있는 한철괴를 가리켰다. 반나절이 넘게 후려 쳤다는데, 한철괴는 이제 겨우 끝부분이 뭉뚝해진 수준이었다.
"워낙 단단해서 안 펴진단다."
"그럼 어떻게 해?"
"……펴질 때까지 친다는데? 일주일이고 보름이고."
예상을 뛰어넘는 답변에 청명이 입을 쩌억 벌렸다.
'뭐가 이렇게 무식해?'
사천당가면 뭔가 그 뚝딱뚝딱! 사사삭! 하면 짠! 만들어지고 하는 맛이 있어야지. 그냥 생짜로 사람 갈아 가며 두들겨 패서 만들 줄이야.
'내가 당보 놈을 봤을 때부터 당가의 본질을 알아챘어야 하는 건데.'
여기도 만만찮게 무식한 문파다. 청명은 저도 모르게 고개를 저었다.
그때 청명을 발견한 당조평이 후다닥 달려 나왔다.
"검존 어르신! 오셨습니까?"
"그, 그래."
"걱정하지 마십시오. 아주 잘 되어 가고 있습니다. 생각보다 속도가 빠릅니다."
"……아닌 것 같은데. 시간 개념이 좀 이상한 것 같은데."
청명은 멍하니 당조평을 바라보며 물었다.
"그래서, 이거 다 만드는 데 얼마나 걸려?"
"별로 안 걸립니다."
"……그래도 영 진도가 안 나가는 것 같은데?"
"하다 보면 익숙해집니다."
자꾸 돌아오는 영혼 없는 대답에 청명은 불만을 토하려 입을 뗐다. 하지만 그가 무어라 내뱉기도 전에 당조평이 단호하게 말했다.
"저 아이들도 당가의 장인들입니다."
"……."

"한철을 직접 다뤄 볼 수 있는 상황은 쉽게 오지 않습니다. 조금 미련스러워 보이지만 저 방법이 한철을 가장 잘 이해할 수 있는 방법입니다. 교육이 끝나면 제 나름의 방식을 쓸 테니 걱정하지 마십시오."

노인의 눈빛은 어느새 한평생 당가를 지탱해 온 장인의 그것으로 변해 있었다. 그 눈빛을 마주하니 천하의 청명도 더는 딴죽을 걸 수 없었다.

그가 입을 다물자 빙그레 웃은 당조평이 손을 뻗더니 그를 잡아끌었다.

"그보다 이쪽으로 오십시오."

"엥? 왜? 어디 가는 건데?"

"자자, 어서 이쪽으로 오십시오!"

청명은 얼떨결에 당조평의 손에 끌려 공방 안쪽으로 향했다.

뜨거운 열기가 쏟아지는 화로를 지나 가장 안쪽의 간이 문을 열자, 작은 숯 화로와 모루가 보였다. 세월의 흔적이 묻어나는 오래된 모루였다.

그 모루 위에는 한철괴가 놓여 있었는데, 조금 전 밖에서 봤던 만년한철보다는 빛이 더 맑아 보였다. 청명이 고개를 갸웃하며 물었다.

"이게 뭔데?"

하지만 당조평은 대답은 하지 않고 대뜸 청명에게 요구했다.

"여기 손 내미십시오."

"손은 갑자기 왜?"

"어서요."

청명이 얼떨떨하게 손을 내밀었다. 그러자 당조평이 갑자기 옆에 놓인 작은 칼을 집더니 청명의 손을 베려 들었다.

"와 씨!"

반사적으로 당조평을 걷어찰 뻔한 청명이 얼른 가까스로 발을 멈추었다. 다 죽어 가는 노인을 전력으로 찰 뻔했다는 것에 더 놀랐다.

"아, 나는 누가 날 공격하려고 하면 반사적으로 반격한다고! 대체 이게 뭔 짓이야!"

청명이 버럭 역정을 내자 움찔한 당조평이 청명에게 칼을 건넸다. 그러고는 겸연쩍은 듯 그 이유를 말했다.

"피를 내야 합니다."

"……피?"

의아한 듯 되묻는 청명의 말에 당조평이 고개를 끄덕였다.

"손을 벤 뒤 한철괴 위에 그 피를 뿌리십시오. 다른 곳도 괜찮긴 하지만, 그래도 검을 쓰는 오른손의 피가 더 나을 겁니다."

"대체 뭘 하려고?"

청명이 여전히 의심을 풀지 못하고 바라보자 당조평은 슬며시 웃었다.

"검존의 검을 다른 한철검과 똑같이 만들 수는 없지요. 제가 직접 만들 겁니다. 특별하게."

갑자기 내 검을 만든다고? 청명이 한철괴와 당조평을 번갈아 가며 보았다.

"왜 시키지도 않은 짓을?"

당황하여 묻자 당조평은 조금 서글픈 눈빛으로 그를 보았다.

"어제 그깟 만년한철 조금 자르는 데도 낑낑대시는 모습을 보니, 검존 어르신께서도 많이 늙었구나 싶어서……. 아무리 반로환동을 해도 세월은 막을 수가 없습니다그려."

"……."

"힘이 약해지면 검이라도 좋은 걸 써야지요. 검존께서 평범한 매화검을 들고 계시는 모습을 보니 마음이 아팠습니다. 마침 한철괴도 들어왔겠다, 제가 아주 좋은 걸로 새로 만들어 드리겠습니다. 오직 검존만을 위한 검으로!"

당조평이 단호하게 고개를 끄덕인다. 그의 눈에 정광이 깃들어 있었다.

"다른 누구도 아닌 검존의 검입니다. 화산제일인의 검이 되겠지요."

"……내가 그런 걸 받아도 될까?"

"아니, 그러니까 내가 매화검존이기는 한데, 매화검존이 아니기도 하고. 그게 참 애매하고 오묘하며 그러니까 좀 거시기한 그런…….”

공짜라면 양잿물도 마시는 청명이지만 이건 상황이 조금 다르다.

복잡한 심경을 고스란히 드러내는 청명을 보면서도 당조평은 그저 단호하기만 했다. 그가 결연한 목소리로 청명을 재촉했다.

"검존 어르신이 아니면 누가 이 당조평이 만든 검을 쓸 수 있겠습니까? 그러니 사양 마시고 어서 피를 부어 주십시오. 신병이라면 모름지기 그 주인이 누군지 아는 것이 먼저입니다.”

청명이 떨떠름해하면서도 일단 칼로 손바닥을 그어 주괴 위에 피를 떨어뜨렸다. 그러자 기이하게도 한철 위에 떨어진 피가 옆으로 흘러내리지 않고 고스란히 한철괴에 스며들었다.

"좋습니다!”

당조평은 모루 앞에 자리 잡고 앉더니 손을 숯 화로에 가져다 대었다.

화르르르륵! 대체 그가 무슨 조화를 부렸는지 순식간에 숯들이 타오르며 맹렬한 열기를 내뿜었다.

"만년한철과 검존의 검이라.”

거세게 타오르는 불꽃을 살피는 당조평의 주름진 입가에 미소가 맺혔다.

"사람은 저마다 맡은 역할이 있다고 합니다. 다 늙은 놈이 어찌하여 아직 죽지 않고 살아 있는가 했더니, 이 검을 만드는 일이 제게 남은 과업이었던 모양이지요.”

그의 목소리는 더없이 웅혼하게, 그리고 또 청아하게 사방을 울렸다.

"지켜보십시오, 검존 어르신. 제 모든 것을 쏟아부은 검을 만들어 드리겠습니다.”

화로의 열기보다 더 뜨거운 빛이 당조평에게 깃들었다. 당가의 백 년을 지켜 온 장인이 뿜어내는 기세에 천하의 청명조차 입을 다물었다.

이윽고, 청명의 피를 담은 한철괴에 장인의 혼을 실은 망치가 내려쳐지기 시작했다.

"응?"
가주실을 둘러보던 당군악이 조금 당황하여 큰 목소리로 외쳤다.
"패야! 당패 거기 있느냐?"
당패가 재빨리 문을 열고 가주실 안으로 들어왔다.
"아버지, 부르셨습니까?"
"혹여 내가 없는 동안 가주실에 다녀간 이가 있더냐? 여기에 있던 자오철(紫烏鐵)이 어디 갔는지 모르겠구나."
"글쎄요. 그……."
당군악의 물음에 당패가 눈살을 찌푸리며 잠깐 고민했다. 가주전에 들른 이들을 떠올리던 그가 일순 눈을 커다랗게 뜨며 숨을 들이켰다.
"어? 그, 그럼 그게……?"
입을 뻐끔거리는 모양새가 아무래도 짚이는 구석이 있는 듯했다.
"그, 아, 아침에 증조부님께서 뭔가를 바리바리 싸 들고 공방으로 향하시는 것을 보긴 했습니다만……. 그, 그…… 분명 이 근처에서……."
당군악의 눈이 거센 지진이라도 일어난 양 흔들렸다.
"설마?"
그는 황급히 여기저기를 훑어보았다. 자세히 살펴보니 가주전의 왼쪽에 장식되어 있던 현철(玄鐵)도 보이질 않는다. 그 외에도 구하기 힘든 몇몇 귀한 금속들이 모조리 사라졌다.
사천당가의 가주전은 당가타의 중심에 위치해 있다. 굳이 이곳의 문을 굳게 걸어 잠그지 않는 것은 사천당가의 가주가 가지는 권위를 믿기 때문이다. 또한 외부의 누구도 감히 이곳에 숨어들 수 없다는 자신감의 표현이었다. 그런데…….

"저, 적이 내부에…….."
얼굴이 새하얗게 질린 당군악이 부리나케 공방으로 달리기 시작했다.
"종조부니이이이이이임!"

공방에 도착한 당군악은 다짜고짜 안으로 박차고 들어갔다. 간이 문을 부서트릴 듯 열어젖히곤 고함을 내지르기 위해 숨을 들이쉬었다.
"흡!"
하지만 그는 그대로 숨을 삼킨 채 어떤 말도 내뱉지 못했다.
카아아앙! 청아하기 짝이 없는 망치 소리가 한시도 끊이지 않고 들려왔다. 살아온 세월 내내 망치 소리를 노래 삼아 들어 온 당군악의 심혼마저 울릴 만큼, 진정으로 혼이 담긴 소리였다.
불꽃이 너울너울 춤을 춘다. 끓어오르는 열기와 흔들리는 공기, 쉴 새 없이 흩날리는 불똥이 뭐라 말할 수 없는 강렬한 감정을 자아냈다.
당군악은 사천당가의 가주. 장인의 길을 걷지는 못했지만, 장인의 삶을 이해할 수 있는 사람이다. 그렇기에 이 순간만은 아무런 말도 할 수 없었다.
카아아앙! 평생을 묵묵히 불 앞에서 망치를 쥐었던 당가 최고의 장인이 지금 자신의 혼백을 검 한 자루에 부어 넣고 있었다.
당군악의 시선이 당조평에게서 그 뒤에 선 청명에게로 옮겨 갔다. 청명 역시 당조평이 하는 양을 묵묵히 지켜보고 있었다.
그때, 굳게 다물렸던 당조평의 입이 열렸다.
"가주도 이리 오게."
카아아앙! 뒤를 돌아보지 않았음에도 그가 왔다는 걸 아는 모양이었다. 쇳소리를 닮은 부름에, 당군악은 홀린 듯이 다가가 그의 뒤에 섰다.
카아앙! 망치가 길게 늘어난 철을 강렬하게 두드렸다. 손을 뻗어 화로의 열기를 끌어 올린 당조평은 무심한 손길로 철을 숯 사이에 쑤셔 박고는 가라앉은 눈빛으로 화로를 응시했다.

망치 소리가 잠시 멎은 틈을 타 당군악이 조심스레 입을 뗐다.

"종조부님, 이게……."

"조용."

말없이 화로 안에 든 철을 바라보던 당조평은 집게로 시뻘겋게 달아오른 철을 도로 꺼내 모루 위에 올렸다.

카아아앙! 그의 망치는 어김없이 다시 춤을 추기 시작했다.

"나는 평생을 당가에서 살아왔네. 때로는 검을 만들고, 때로는 비침을 만들었고, 때로는 만들어서는 안 되는 것들도 만들었지."

시끄러운 소리가 울리고 있음에도 어째서인지 그의 말은 또렷이 들려왔다. 마치 당조평의 말에 빨려 들어가는 것 같았다.

"만들고 또 만들었네. 딱히 대단한 장인이 되겠다는 생각도 없었어. 그저 내 주제에 맞는 것들을 만들어 왔지. 그러다 보니 어느 순간 내가 당가의 장인들을 이끌고 있더구먼."

지난 삶을 반추하는 노인의 목소리는 그저 담담하기만 했다.

"그런데 이 나이가 되어 내 삶을 돌아보니 문득 그런 생각이 들더군. 나는 대체 무엇을 만들었는가?"

"……종조부님."

당조평은 오로지 모루에만 시선을 고정한 채 말을 이었다.

"잘 보시게, 가주. 나는 무인이 아니라 자네에게 줄 수 있는 것이 없네. 설령 전해 줄 것이 있어도 말주변이 모자라 말로는 표현할 수가 없어. 내가 줄 수 있는 건 이게 전부네."

당군악이 숨을 죽였다. 이글거리며 타오르는 불이 당조평의 얼굴을 밝게 비추었다. 정신이 오락가락하던 노인의 모습은 조금도 찾아볼 수 없었다. 한평생을 오로지 불꽃과 쇠에 바친 장인의 모습만이 보일 뿐이었다.

카아아앙! 망치가 철괴를 두드린다. 묵직한 쇳소리가 귀를 울렸다.

검수는 수없이 검을 휘둘러 그 검 끝에서 도를 좇는다. 그렇다면 수없이 망치를 휘둘러 온 장인의 망치 끝에 어찌 도가 없겠는가. 평생을 쌓아 온 기술. 평생을 지탱해 온 신념. 그 모든 것을 한데 어울러 쇠를 두드리고 또 두드린다. 마치 제라도 지내는 양, 더없이 경건한 모습이었다.

한참 동안 망치질을 하던 당조평이 집게로 한철을 집어 물동이에 담갔다. 치이이이이익! 새하얀 연기가 구름처럼 뿜어져 나왔다.

"쇠라는 건……."

순간 부옇게 흐려진 공간에 당조평의 목소리가 나지막이 울렸다.

"불에 달구고, 물로 식히고, 두드리고 또 두드려야 하지."

그 음성은 그가 걸었던 길을 닮아 있었다.

"돌이켜 보면 내가 살아온 삶이란 것도 그리 다르지 않네. 때로는 즐거웠고, 때로는 힘겨웠고, 그럼에도 끊임없이 걷고 또 걸었지."

카아아앙! 모루 위에서 다시 불꽃이 튀기 시작했다.

"검존 어르신, 기억하십니까? 저는 장인이 되고 싶지 않았습니다. 독과 암기를 쓰는 당가의 무인이 되고 싶었지요. 예, 할아버님처럼 말입니다."

"…….'

"그런데, 쇠 같은 건 다루고 싶지 않다고 울던 저를 보고 어르신께서 말씀하셨죠."

- 야, 이놈의 자식아! 칼 휘두르는 게 뭐가 그리 대단하고 좋은 일이라고 못 해서 안달이냐. 손에 피 묻히고 사는 놈들이 세상에서 제일 썩을 놈들이다. 그리고 검을 만드는 이가 없으면, 나는 지팡이를 들고 싸우랴? 뭐든 자기의 길에 최선을 다하면 되는 거야. 그걸로 충분하다.

어느새 당조평의 입가에 미소가 맺혔다.

"천하제일검이 그런 말을 할 거라고는 상상도 못 했습니다. 어르신 덕분에 저는 마음을 다잡고 제 길을 걸을 수 있었습니다."

그의 말을 듣던 청명은 무어라 말을 하는 대신 가만히 눈을 감았다.

"이제야 그때 해 주셨던 말씀에 보답을 하게 되었습니다. 할아버님도 기특하다 해 주시겠지요."

한참을 머뭇거리다 간신히 입을 떼는 청명의 입술이 살짝 떨렸다.

"어르신……. 저는……."

"상관없습니다."

카아아앙! 청명이 하려던 말은 청아한 망치 소리에 묻혀 버렸다.

"이 검을 쓰는 이가 매화검존이든, 화산을 다시 이끌 젊은 화산의 검수든. 뭐가 다르겠습니까. 검존께서 이 검을 쓰셨어도 결국에는 화산에 전해졌겠지요. 검존의 검은 화산의 검. 그러니 이 검이 화산의 제자의 손에 쥐어진다면 이 검은 검존의 검입니다."

카아아앙! 쇠와 쇠가 뭉쳐 들고, 다시 펴진다. 달궈지고, 식고, 다시 달궈진다. 같은 일을 무수히 반복하면서도 당조평은 멈추지 않았다.

세월의 흔적이 가득한 손끝에 들린 망치가 움직일 때마다, 오랜 과거의 기억과 살아 숨 쉬는 지금이 함께 녹아들었다. 작고 하얗던 손은 어느새 거무튀튀해졌고, 주름과 상처로 울퉁불퉁해졌다. 검디검었던 머리 역시 새하얗게 바래 버렸다.

그 길고 긴 시간 동안 무언가를 이뤘던가.

한참 묵묵히 쇠를 두드리던 당조평이 고개를 내저었다. 아니. 그런 건 이제 의미가 없다.

망치가 쇠 위로 올곧게 떨어졌다.

하루, 그리고 이틀. 사흘 밤낮이 지나 꼬박 아흐레에 이르기까지, 망치 소리는 한시도 쉬지 않고 이어지고 또 이어졌다.

검신(劍身)은 더없이 투명했다. 은색을 넘어 거의 백색으로 보일 만큼 티 없이 맑았다. 평균적인 검에 비해 두 배쯤은 얇은 검은 일견 가벼워 보였지만, 검을 보면 볼수록 말로 형용하기 힘든 무게감이 느껴졌다.

손잡이로 이어지는 검면(劍面)의 아랫부분에는 살아 있는 듯 생생한 매화가 정교하게 새겨졌고, 질 좋은 가죽을 감은 손잡이 끝에는 당가의 색을 담은 녹색 수실이 소담스레 달려 있었다.

"들어 보십시오."

그새 몇 년은 더 늙은 듯한 당조평이 권했다. 청명은 가만히 손을 뻗어 검을 쥐어 보았다. 그리고 이내 알 수 없는 감각에 잠시 눈을 감았다.

검이 그의 손에 달라붙는 것 같았다. 마치 처음부터 그의 일부였던 것처럼 말이다.

손끝으로 가볍게 검면을 때리자 얇은 검신이 낭창하게 휘어졌다가 빠르게 제자리를 되찾았다. 연검(軟劍)처럼 부드럽지만, 패검처럼 단단했다. 날에 어린 예기는 더 말할 필요가 없을 정도였다.

당조평이 청명에게 검집을 내밀었다. 검은 묵철로 만든 검집에 붉은 매화가 새겨져 있었다. 마치 어둠 속에서 만개한 매화를 그대로 담아낸 것만 같았다.

청명은 검을 느리게 검집 안으로 밀어 넣었다.

"마음에 드십니까?"

당조평의 물음에 청명은 잠시간 망설였다. 뭐라고 대답을 해야 할까. 슬쩍 당군악을 바라보니, 그도 괜찮다는 듯 미소 지으며 고개를 끄덕였다. 청명은 머리를 긁적이며 조심스레 말문을 열었다.

"음······. 이게. 내가 이 검에 대해 뭐라고 평가할 자격이 없는 것 같은데······."

"마음에는 드십니까?"

청명이 망설임 없이 고개를 끄덕였다.

"이 이상은 없을 정도로."

당조평의 얼굴에 환한 미소가 번졌다. 짧고 간결한 대답이었으나, 바로 그 한마디로 그간의 고생을 모두 보답받은 느낌이었다.

"그럼 이름을 지어 주십시오."

"……이름?"

"주인을 찾은 검엔 이름이 붙어야지요. 적당한 이름을 붙여 주십시오."

이름……. 이름이라.

청명이 가만히 검을 응시하다 다시 손잡이를 움켜잡았다. 검이 낮은 소리와 함께 반쯤 뽑혀 나왔다. 검집이 어두운 밤에 피어난 매화 같다면, 검집 속에서 드러난 검은 밝은 대낮에 핀 매화를 보는 것 같다.

한참 동안 검을 바라보던 청명이 마침내 작게 웃었다. 이 검의 이름은 처음부터 정해져 있는 것이나 마찬가지였다.

"암향매화검(暗香梅花劍)."

"……암향."

당조평은 청명이 말해 준 이름을 되뇌며 살짝 눈을 감았다. 마찬가지로 따라 몇 번 읊조리던 당군악은 그 이름이 마음에 들지 않는 듯, 살짝 불만 섞인 목소리로 말했다.

"다른 이름이 좋지 않겠는가? 화산에서 암향이라는 말을 꽤 쓰는 것으로 알고는 있네만, 이 검의 아름다움은 조금도 표현하지 못한 것 같네. 줄인다면 암매검이 될 터인데, 그건 너무 투박한 이름이지 않은……."

"암(暗)이라……."

하지만 조용히 뇌까리던 당조평은 눈을 뜨며 빙그레 웃었다. 더없이 밝게. 그리고 더없이 즐겁게. 어느새 그의 눈가가 촉촉이 젖어 있었다.

"좋은 이름입니다. 정말 좋은 이름이네요."

당군악은 입을 다물었다. 그는 당조평이 왜 이 이름에 눈물마저 흘리는지 이해할 수 없었다. 다만 검을 만들어 준 당조평이 만족하며 저리 말했으니 이 검의 이름은 이제 결정이 난 것이다.

당군악과 당조평이 말하는 동안에도 청명은 내내 검에서 눈을 떼지 못했다.

"사천당가가 만들어 준 화산의 검에는 이 이름 말고 다른 건 붙일 수가 없어."

"그렇지요. 암요, 그렇지요."

당조평이 연신 고개를 끄덕였다. 눈물로 아롱진 그의 눈에 과거의 기억이 아련하게 떠올랐다. 달빛이 밝던 밤. 평상에 마주 앉은 암존(暗尊) 당보와 매화검존(梅花劍尊) 청명이 술잔을 기울이던 모습이.

이 검은 매화검존의 검이자 사천당가와 화산의 우정을 상징하는 검이 될 것이다. 과거의 그들이 그랬듯이.

"부디 잘 써 주십시오."

간곡한 부탁에 청명이 말없이 고개를 끄덕였다. 손잡이를 잡은 손에 검이 내뿜는 차가운 한기가 전해져 왔다. 하지만 그저 차갑지만은 않았다. 오히려 뭐랄까. 조금은…….

- 도사 형님.

……그래. 조금은 따뜻하다.

검을 다시 검집에 밀어 넣고 허리에 찬 청명이 당조평을 향해 한 걸음 더 다가갔다. 그러고는 미소를 지으며 어깨를 가볍게 두드렸다.

"고맙구나."

당조평은 이렇다 저렇다 말하는 대신 그저 따라 미소를 지었다. 뭔가를 더 말하려던 청명은 결국 고개를 돌리고는 몇 번 헛기침을 했다.

"나는 그…… 어, 다른 검들이 어찌 되었는지 봐야 하니까. 어…… 그래. 좀 나가 볼게."

청명은 그 길로 획 몸을 돌려 얼른 간이 문을 열고 나갔다. 당조평은 나지막이 소리 내어 웃었다. 약간은 어색한 침묵이 흘렀다.

청명의 뒷모습을 바라보던 당군악이 조금 망설이다 입을 열었다.

"종조부님, 사실은……."

"군악아."

당군악은 눈을 휘둥그레 떴다. 당조평이 그를 군악이라 부른 게 대체 얼마 만이던가. 당조평은 그를 돌아보지 않은 채 마저 말을 이었다.

"만들고 싶은 게 생겼다. 내 공방을 준비하거라."

"바, 바로 말입니까? 좀 쉬시지 않고요."

"아니다. 장인은 죽는 날까지 망치를 손에서 놓으면 안 된다. 내가 그걸 오랫동안 잊고 있었구나."

당군악은 가만히 당조평의 얼굴을 살폈다. 오래도록 생기가 없던 그의 얼굴에 더없이 또렷한 빛이 떠올라 있었다. 당군악은 결국 저도 모르게 마주 웃었다.

"그러겠습니다."

대답을 마친 그가 재빨리 밖으로 나가자 당조평은 무엇을 그리는지 모를 깊은 눈으로 어딘가를 바라보았다. 그러고는 느리게 눈을 감았다.

"매화 향은…… 사라지지 않는구나."

깊디깊은 어둠 속에서 매화의 향은 더 깊어지는 법(暗香梅花).

오랜 기억 속에 남아 있던 짙은 매화의 향이 이 순간까지 이어지고 있었다. 오래도록. 또 오래도록.

• ❖ •

백천이 땀을 삐질삐질 흘리면서 조심스레 입을 열었다.

"그, 그렇게까지는……."

"뭐?"

눈에 핏발을 세운 당가의 장인이 그를 휙 돌아보았다. 그 광기 어린 눈빛에 천하의 백천마저 움찔하여 뒤로 주춤 물러섰다.

"아, 아니요. 걱정돼서 그럽니다. 굳이 이렇게까지 하실 필요는……."

"도장은 이게 뭐라고 생각하는 거요?"

"예? 그, 그야…… 검…….."

"한철검이요! 한철검! 빌어먹을, 만년한철검이라고! 이제는 어디서 만들지도 못할 천하의 보검들이란 말이오! 그런데 대충 만들라고?"

"아, 아니. 그런 게 아니라……."

"방해되니 저리 가시오! 당장!"

백천은 결국 더 만류하는 걸 포기하고 힘없이 뒤로 물러났다. 그러자 뒤쪽에서 지켜보던 화산의 제자들이 우르르 달려와 물었다.

"뭐랍니까?"

"……꺼지라는데?"

화산의 제자들이 힘없는 얼굴로 공방 안을 바라보았다. 모두 머릿속으로 같은 생각을 하고 있었다.

'아니, 그런데 진짜 저렇게까지 할 필요가 있나?'

검날을 벼리느라 혼을 불어넣는 거라면 말리지도 않는다. 차라리 응원을 하면 했겠지. 하지만 지금 장인들이 하고 있는 일은 그런 게 아니었다.

"빌어먹을 놈아! 꽃잎이 어긋났잖아! 여기 삐져나온 것 안 보이냐!"

"끄으으응. 망할. 너무 단단해."

정과 망치를 든 이들은 저마다 검에 달라붙어 끙끙대고 있었다. 거의 열흘 가까이 잠도 제대로 자지 못한 채 시뻘게진 눈으로 한철검에 매화 문양을 새겨 넣는 중이었다.

"……저거 그냥 막 쓸 검인데."

"그러게요. 저렇게 해도 결국은 그냥 예뻐지는 게 전부 아닙니까?"

"예뻐지면 좋긴 한데……. 그래도 저렇게 피를 토해 가며 꾸밀 필요까지 있나?"

그것도 저리 육신과 영혼을 탈곡해 가며……. 화산 제자들의 사고방식으로는 도무지 이해할 수 없는 일이었다.

"끄르르륵."

"에이, 귀찮게 왜 쓰러지고 난리야! 이놈 당장 끌어내라!"

영 불안해진 백천이 당소소를 보며 말했다.

"소소야. 우리들 말은 안 통하는 것 같으니, 네가 어떻게 말 좀 해 봐라. 굳이 이렇게까지 안 해도 된다고……."

"뭐요?"

하지만 그는 이내 입을 다물어야 했다. 당소소의 눈에 쌍심지가 켜진 것이다. 당소소가 이글거리는 눈빛으로 백천을 노려보며 말했다.

"사숙! 이건 장인의 자존심이에요! 보기 좋은 음식이 먹기도 좋은 것처럼, 보검은 누가 봐도 보검의 태가 나야 의미가 있는 거라고요! 사숙은 투박한 명검 본 적 있어요?"

"……없지."

"사숙이나 사형들은 뭐 어떻게 생겼든 날만 잘 들면 그만이겠지만, 만드는 입장은 다르다고요! 더구나 이건 당가에서 만든 한철검이에요. 어설프게 만들었다가 다른 공방 놈들이 당가도 한물갔다는 말을 지껄이기라도 하면 그거 사숙이 책임지실 거예요? 예?"

당소소가 쏘아붙이자 기세에 질린 백천이 목을 움츠렸다.

'아니, 얘는 왜 날이 갈수록 성격이 나빠지나.'

"이건 자존심 문제예요! 당가의 자부심과 자존심은 천하의 어떤 문파에도 뒤지지 않아요!"

"……네. 잘 알겠습니다."

결국 화산의 제자들은 장인들을 설득하는 것을 포기했다.

"그런데 청명이 놈은 뭐 합니까? 원래 이런 일이 벌어지면 '검 그까짓 거 잘만 들면 그만이지, 매화 새기면 매화검법이 더 잘 써지기나 한대?'라면서 제일 먼저 역정을 냈을 텐데."

"저기 있잖아."

말이 끝나기 무섭게 백천이 턱짓으로 저쪽을 가리켰다.

과연 전각 앞쪽에 놓인 평상 위에 청명이 있었다. 그는 꼿꼿하게 가부좌를 틀고 앉아 경건한 동작으로 손에 든 검을 뽑았다. 더없이 경건하고 진중한…….

"낄낄낄낄낄낄."

저거 조금만 더 하면 입 찢어지겠는데. 입꼬리가 거의 귀까지 올라갈 지경인 청명을 보며 고개를 젓던 백천은 자신도 모르게 중얼거렸다.

"역대 최고로 기분이 좋아 보이는데…….″

"혼원단 찾았을 때도 저 정도는 아니었죠."

"전문가의 시선으로 볼 때, 저 정도면 거의 금자로 만든 탑을 발견한 수준입니다."

"……그럴 만도 하지."

백천이 입맛을 다셨다. 그러고는 청명이 든 검을 노려보았다. 부럽다. 미치도록 부럽다.

달필이 좋은 붓을 구하고 악공이 좋은 악기에 욕심을 내는 것처럼, 검수는 기본적으로 좋은 검을 탐내기 마련이다. 그간 구파일방들을 상대하며 나름 좋은 병기를 여럿 보았지만, 지금껏 그들이 본 어떤 검도 지금 청명이 들고 있는 것에 비할 수는 없었다.

"아니, 그 영감님은 왜 하필 저놈에게!"

"그러니까요!"

"영감님이 이젠 눈까지 삐셨……. 소소야! 내가 잘못했다. 그, 그 주먹 내려놔라."

이제는 사형뿐 아니라 사매에게도 맞을 뻔한 조걸이 움찔하며 뒤로 물러섰다. 당소소가 그제야 혀를 차며 주먹을 풀었다.

한바탕 소란스러운 와중에도, 청명의 눈은 검에만 꽂혀 있었다. 화산의 제자들은 약속이라도 한 것처럼 슬금슬금 청명에게로 다가갔다. 청명이 고개를 번쩍 들었다.

"……그거 한 번만 만져 보면 안 되냐?"

"안 돼."

"아니, 휘둘러 보겠다는 게 아니라 그냥 만져만 보……."

찰싹! 청명이 은근슬쩍 내민 백천의 손등을 매섭게 때렸다.

"어디 누추한 것들이 귀한 물건에 손을 대겠다고! 저리 안 가?"

"아, 한번 만져만 보자고! 닳는 것도 아니잖아!"

"저리 꺼져!"

눈을 사납게 번뜩인 청명은 흡사 독이 오른 살쾡이처럼 소리를 지르며 암매검을 사수했다. 절대 내어 주지 않겠다는 듯이 말이다.

"치사한 새끼!"

"욕심만 많은 놈!"

결국 검을 만져 보지도 못한 백천과 다른 제자들이 이를 갈아붙였다.

어지간하면 더럽고 치사해서라도 욕심이 가시련만, 그럼에도 자꾸 눈길이 갈 만큼 암매검은 끝내줬다. 검수라면 누구라도 혹하지 않을 수 없을 것이다. 소박하면서도 은은한 멋이 돋보이는 검집만 해도 시선을 잡아끌고, 검을 뽑았을 때 드러나는 은백색의 검신은 황홀함마저 느껴졌다.

"이래서 보검, 보검 하는구나."

"저 정도면 날이 안 들어도 차고 다니겠다."

"훔칠까."

모두가 청명의 손에 들린 암매검을 보며 침을 질질 흘리던 그때.

"끝났다!"

"으아아아아! 완성이다!"

마침내 기다리고 기다렸던 환호성이 터져 나왔다. 모두의 시선이 공방 쪽을 향해 일시에 획 돌아갔다.

불과 열흘 사이에 피골이 상접해 버린 장인들이 그 몰골에 어울리지 않는, 기운 넘치는 눈빛으로 한철검을 십여 자루씩 품고 나왔다.

"비단! 비단 깔아!"

누군가의 외침에 곧 공방 앞에 비단이 쫘악 깔리고, 그 위에 한철검이 오와 열을 맞추어 놓였다.

'검 놓겠다고 비단을 다 까네.'

'세상에 저리 지체 높은 검이 있다니.'

하지만 충격도 잠시. 그 지체 높으신 검을 자신들이 쓸 거란 사실에 더없는 흥분이 밀려들기 시작했다.

"어디……."

공방 안에서 걸어 나온 당군악이 비단 위에 놓인 한철검 하나를 집어 들고는 가볍게 뽑아냈다. 힘을 약간만 주었는데도 검은 걸리는 부분 없이 부드럽게 빠져나왔다.

스릉! 귀를 즐겁게 만드는 맑은 소리와 함께 은빛의 검신이 그 모습을 드러냈다. 여기저기서 감탄하는 소리가 들려 왔다.

"좋구나."

당군악의 입가에 미소가 맺힌다. 완벽하게 만들어진 무기를 보는 것은 하나의 예술 작품을 감상하는 것과 같은 흥취를 주기 마련이었다.

"모루를 가져와라!"

당군악의 명령에 장인들이 부리나케 안으로 뛰어가 모루를 옮겨 왔다. 장인들이 모루 주변에서 물러나자 당군악이 손에 든 한철검을 모루를 향해 가볍게 휘둘렀다.

스슷. 별다른 소음도 없었다. 통주물로 만들어진 커다란 무쇠 모루가 반으로 갈라져 두 동강이 났다. 검을 휘두른 당군악조차 놀랄 정도였다.

"허, 쇠가 두부도 아닐진대."

이번엔 내력도 불어넣어 보았다. 그러자 검 전체에 날카로운 예기가 어린다. 검수가 아닌 그가 휘둘러도 이만한 위력을 보이는데, 화산의 검수들이 이 검을 쓴다면 얼마나 위력적일지 상상이 가질 않았다.

"끄응. 생각보다 너무 좋은 물건을 주는 것 같……."
"저어……."
중얼거리던 당군악이 움찔하며 뒤를 돌아보았다. 어느새 다가온 화산의 제자들이 침을 줄줄 흘리다시피 하며 그의 뒤에 주르륵 서 있었다.
"하, 한 번만 휘둘러 봐도 됩니까?"
"……그러게나."
"감사합니다. 가주님은 좋은 분이시군요."
……이게 그런 말을 들을 정도의 일이던가?
얼떨떨한 당군악을 뒤로한 채 바닥에 놓인 검을 재빨리 챙겨 든 화산의 제자들이 저마다 검을 뽑아 휘둘러 보기 시작했다.
"이, 이거 엄청 가볍습니다, 사숙!"
"어떻게 이렇게 가벼운 검이 이토록 강맹하게 휘둘러질 수가 있지? 대체……."
"와. 이래서 좋은 검, 좋은 검 하는구나."
"지금까지 쓴 검이 다 쓰레기같이 느껴집니다."
당군악은 그들의 반응을 보며 흐뭇하게 웃었다.
'너희들이 전에 쓰던 거 당가에서 만들어 준 거다.'
생각을 하고 말을 해야 할 것 아니냐, 이놈들아!
당군악이 씁쓸하게 입맛을 다셨다. 하지만 저 반응도 이해가 안 되는 바는 아니었다. 그도 놀랄 정도인데 검수인 저들은 오죽하겠는가.
"감사합니다. 정말 감사합니다."
그새 옆구리에 검 하나씩을 찬 백천과 다른 제자들이 장인들에게 달려가 얼굴이 땅에 닿을 정도로 연신 허리를 숙였다.
"허허, 이러지 마시게."
"아닙니다! 정말 이렇게 좋은 검이 나올 줄은 몰랐습니다. 정말 감사드립니다."

"감사합니다! 제가 크게 술 한번 쏘겠습니다!"

"어이쿠. 듣자 하니 사해상회의 자제분이시라던데, 이러면 정말 크게 얻어먹을 수 있는 것 아닌가?"

"물론이지요! 그럼 차라리 제가 상회로 모시겠습니다."

"하하하하. 됐습니다, 아이고."

연신 쏟아지는 감사 인사에 장인들은 너스레를 떨면서도 껄껄 웃으며 뿌듯한 표정을 지었다.

'거참 이상한 녀석들이란 말이야.'

아무리 그들이 당가 소속의 장인이라고는 하나, 결국에는 대장장이. 세간에서 그리 좋은 취급을 받지 못하는 이들이다.

지금껏 당가에 물건을 의뢰해 받은 이들 중 가주에게 감사를 표하는 이들은 있었지만, 그들에게 이리 직접 고개를 숙여 준 이들은 없었다.

'화산이라.'

장인들은 흐뭇한 눈으로 화산의 제자들을 보았다. 참 재미있는 문파다. 가주께서 왜 이들과 연을 맺으려 하셨는지 알 것 같았다.

"다 했으면 이제 실어. 얼른 챙겨서 돌아가야지."

한쪽에서 들려온 목소리에 화산 제자들이 정신을 차리고 돌아보았다. 어느새 다가온 청명이 바로 곁에 서 있었다.

"바로?"

"바로는 아니고 내일 아침에 출발해야지. 비단도 깔아 줬겠다, 이걸로 둘둘 말아 가지고 가면……."

"이걸 둘둘 말아 간다고? 미쳤어?"

"저 새끼가 지 검은 더 좋다고 귀하게 여기고!"

"보검은 보검답게 다뤄야지!"

뭐야, 다들 왜 이래. 예상하지 못했던 화산 제자들의 맹렬한 반항에 청명은 살짝 움찔했다. 그때 장인들이 말했다.

"검을 담을 목궤도 준비해 뒀으니, 여기에 담아 가면 되네."

장인의 말에 백천이 화색을 띠며 연신 고개를 숙여 인사했다.

"감사합니다."

"……그래 봐야 짐만 늘어나고 더 무거워질 뿐인데."

"너는 좀 다물어, 너는!"

"주둥아리!"

화산 제자들이 한목소리로 타박했다. 청명이 구시렁거리며 고개를 내저었다. 고생을 사서 하네. 하기야 지들이 고생하겠다는데 뭐…….

"아직은 돌아갈 수 없지."

문득 들려온 당군악의 말에 청명이 고개를 돌렸다. 청명을 바라보는 그의 시선이 어쩐지 의미심장해 보였다.

"아직 회포를 못 풀지 않았는가."

"아, 그렇죠. 그러니까 내일 출발해야죠. 오늘 저녁에는 진탕 마셔 보려고요."

"그 말이 아닐세. 나야 오늘 하루 정도면 만족하겠지만, 그 사람이 과연 하루 정도로 만족하겠는가? 사흘 내내 술을 퍼부어도 만족하지 못할 사람인데."

그 사람이요? 대체 누굴 말하는…….

그때였다. 뭐라 묻기도 전에 마치 지진이라도 난 듯 땅이 진동했다.

"이게 뭐……."

쿠르르릉! 다시 한번 땅이 크게 들썩였다. 그러더니 이내 일정한 간격으로 연이어 쿵쿵 울려 대기 시작했다.

"뭐야? 지진인가?"

"아니, 지진은 아닌 것 같은데?"

"저쪽이다!"

화산의 제자들이 기겁하여 당가의 정문 쪽을 향해 얼른 몸을 날렸다.

반면 당군악은 조금도 놀라지 않은 모양으로 빙그레 웃으며 청명에게 말했다.

"우리도 가세. 손님을 맞아야지."

그러고 더는 가타부타 말없이 걸음을 옮기기 시작했다. 청명은 고개를 갸웃하며 일단 그의 뒤를 잠자코 따랐다.

"아이고! 세상에, 이게 무슨 날벼락이야!"

"대체 뭔 일이야, 이게!"

깜짝 놀라 밖으로 뛰쳐나온 당가의 식솔들이 웅성거렸다. 당군악과 함께 공방에서 나온 화산의 제자들은 그들을 지나쳐 곧장 대문 앞에 섰다.

"열어라!"

당군악이 크게 외치자, 앞을 지키고 서 있던 이들이 커다란 문을 좌우로 활짝 열어젖혔다. 이윽고 화산 제자들의 눈이 화등잔만 하게 커졌다. 그야말로 기경할 광경이 펼쳐진 것이다.

뿌우우우우우! 집채만 한 짐승이 기다란 코를 번쩍 들어 올리며 울음을 토하고, 웬만한 범보다 두 배는 더 큰 커다란 호랑이가 포효했다. 그 좌우로 흰색의 털을 가진 백표(白豹)가 이를 드러냈고, 날카로운 뿔이 코에 돋아난 거대한 짐승이 튜레질을 하고 있었다.

짐승. 또 짐승. 그리고 짐승. 사천 사람들이 생전 본 적 없는 온갖 커다란 짐승들이 줄을 맞추어 당가를 향해 걸어오고 있었다.

"세, 세상에! 저게 다 뭐야!"

"막아야 하는 거 아냐? 이게 뭔 일이래!"

그때, 그 짐승의 무리 가운데서 무언가 조그마한 것이 튀어나왔다. 새하얀 섬전 같은 그것은 순식간에 당가로 파고들어 선두에 있는 화산의 제자들에게로 쏘아졌다.

"뭐, 뭣!"

"피해!"

순간적으로 몸을 젖혔던 백천은 아무 일도 일어나지 않자 이내 제 앞에 선 청명을 보았다. 정확히는, 청명이 앞으로 내민 손 위를.

캬르르르르! 눈처럼 새하얀 털을 가진 담비가 청명의 손에 올라 앉아 골골대며 손바닥에 얼굴을 비벼 대고 있었다.

"오, 너 백아 아니냐?"

백아? 어? 그럼?

"크하하하하하하하하하하하하!"

때마침 귀를 터뜨릴 것 같은 거대한 웃음소리가 당가를 쩌렁쩌렁 울렸다. 익숙한 웃음소리에 화산의 제자들이 눈을 동그랗게 떴다.

세상에 수많은 이들이 있지만, 이렇게 호탕하게 웃는 이가 둘이나 있을 리 없다. 게다가 이 숱한 맹수들을 부리는 이가 누가 또 있겠는가.

"화산신룡! 화산신룡은 어디에 있느냐! 이 몸이 오셨는데 당장 나오지 못할까!"

"거참, 어디 있긴 어디 있어요. 여기 있는데!"

곧 짐승들 사이에서 철탑으로 만든 것 같은 거인이 걸어 나왔다.

"오랜만이구나, 화산신룡!"

"하하……. 운남이 아니라 여기서 뵐 줄은 몰랐네요, 궁주님."

남만야수궁의 궁주 맹소가 크게 웃으며 청명을 향해 양팔을 벌렸다.

"좋아! 좋구나! 오늘 어디 한번 진탕 마셔 보자꾸나!"

"술 좀 느셨어요?"

"네놈을 이길 만큼은 늘려 왔다!"

"호오? 감히?"

약속이나 한 듯 낄낄대며 마주 웃는 두 사람을 보며 화산의 제자들은 동시에 한숨을 내쉬었다.

바람 잘 날이 없네. 바람 잘 날이 없어.

· ❖ ·

새하얀 털 뭉치가 팽그르르 회전하고, 드러누웠다가 재빠르게 다가와 얼굴을 비볐다.

"낄낄낄. 이놈 꽤 귀엽네."

모르는 사람이 본다면 참 보기 좋은 광경이라 했을 것이다. 하지만 상황을 아는 화산의 제자들이 보기에, 이건 너무 서글픈 광경이었다.

"……역시 영물이네."

"저번에도 느꼈지만 저놈 정말 영리합니다."

"뒈지기 싫으면 어떻게 해야 하는지 아는 거죠."

새하얀 털로 뒤덮인 낯이 파랗게 질려 보인다면 역시 착각일까?

어떻게든 필사적으로 청명의 환심을 끌려 하는 백아를 보자니 괜히 서글퍼지는 화산의 제자들이었다. 조걸이 안타깝다는 듯 중얼거렸다.

"……저렇게까지 해야 할까요?"

"죽어서 목도리가 되는 것보다는 낫지 않겠느냐."

"그렇긴 하지만……."

하지만 청명은 그런 백아의 처절한 몸부림이 보이지 않는 건지, 모르는 척하는 건지 낄낄대며 웃기만 했다.

"보들보들하네."

청명이 손을 내밀어 쓰다듬자 백아가 그의 손에 바짝 달라붙어 필사적으로 얼굴을 비비적거렸다. 청명은 흐뭇하게 고개를 주억였다.

"흐음. 미물 주제에 좋은 사람을 알아보다니. 제법인데."

도저히 그냥 넘어가기 어려운 말에 화산 제자들의 얼굴이 썩어 갔다.

'제일 악독한 놈이 누군지 알아본 거지!'

'오죽하면 그러겠냐, 오죽하면!'

그때, 백아가 청명의 어깨 위로 타고 올라 목을 부드럽게 휘감았다.

굳이 털을 벗기지 않아도 목도리 정도는 얼마든지 되어 줄 수 있다는 듯 말이다.

"요놈은 나름 쓸모가 있는데……."

흡족한 목소리로 중얼거린 청명이 그의 뒤쪽에 앉은 범을 바라보았다. 집채만 하다는 말이 꼭 어울리는 범이 몸을 말고 앉아 있었다.

"우와. 세상에, 이만한 범이 있네. 이 정도면 영물 아닌가?"

홍대광이 신기하다는 듯 감탄을 흘리며 범에게 다가갔다.

"허허허. 거지새끼들이 이걸 보면 오줌을 지릴……."

크허허헝! 홍대광이 가까이 접근하자 지금껏 잠자코 있던 범이 돌연 포효하며 아가리를 쩍 벌리고 달려들었다.

"히이이익?"

기겁을 한 그가 옆으로 잽싸게 몸을 날렸다. 다행히 피를 보진 않았지만, 천을 덧대어 만든 누더기의 엉덩이 부분이 부욱 찢겨 나갔다.

"아악! 내 옷!"

홍대광이 혼비백산해 저만치 달아나자 청명이 혀를 쯧쯧 찼다.

"저 양반은 저리 눈치가 없어서 어떻게 여태 빌어먹고 살았는지 몰라."

입에 문 누더기를 뱉어 낸 범이 이번엔 청명 쪽으로 고개를 휙 돌렸다. 그러더니 무시무시한 이빨을 드러냈다. 으르르릉. 평범한 범도 가까운 곳에서 마주치면 심혼이 얼어붙는데, 저토록 거대한 범이 뿜어내는 기세야 오죽하겠는가.

청명은 못마땅하다는 듯 슬쩍 눈살을 찌푸리며 입술을 비죽였다.

"얘는 좀 마음에 안 드는……."

그런데 그 순간, 청명의 어깨에서 섬전처럼 튀어 나간 백아가 범의 면상에 달라붙었다. 그러고는 앞발을 들어 벼락같이 후려쳤다.

그걸 본 화산 제자들은 놀라 눈이 툭 튀어나올 듯했다. 백아에게 야무지게 얻어맞은 범은 그대로 날아가 바닥을 뒹굴었다.

'담비가 범을 때려?'

'타격음 찰진 것 보소?'

영물이니 뭐니 말은 들었지만, 아무리 그래도 덩치 차이가 백 배는 나는 느낌인데 설마 저 작은 담비가 범의 싸대기를 냅다 후려칠 줄이야.

바닥을 한 바퀴 구른 범은 화들짝 놀라 자리에서 일어나더니 몸을 바닥에 찰싹 붙였다. 큰형에게 혼쭐이 난 아이가 잘못을 빌듯이 말이다.

캬르르르르르! 범이 연신 눈치를 살피는데도 백아는 화가 덜 풀린 것처럼 털을 곤두세우며 날카로운 소리를 냈다. 그러자 범은 아예 바닥에 얼굴을 처박고 앓는 소리를 냈다.

끼잉.

저게 저 덩치에서 나올 만한 소리인가? 범이 저런 소리를 낼 수 있다는 걸 처음 안 백천은 저도 모르게 멍하니 입을 벌렸다. 백아가 그리고도 성에 차지 않았는지 이를 드러내자 청명이 손을 가볍게 저었다.

"됐어, 됐어. 모르고 한 건데 뭐."

말이 떨어지기가 무섭게 백아는 다시 몸을 날려 청명의 무릎 위로 올라오더니 배를 뒤집어 깠다.

백아의 말랑한 배를 주물거리던 청명은 아까의 기세가 무색할 만큼 납작 엎드린 호랑이를 보며 혀를 찼다.

"쯧. 털가죽이 좋아 보여서 잘됐다 싶었는데. 명분이 사라졌네."

아주 나직한 중얼거림이었다. 그리고 화산의 제자들은 똑똑히 보았다. 백아가 식은땀을 뻘뻘 흘리는 모습을.

'저거 분명히 사람 말 알아듣는다.'

'담비가 땀도 흘리나? 사람도 아니고 담비가?'

평생을 옳다고 믿었던 상식이 손바닥 뒤집듯 연이어 뒤집히고 있었다.

"하하하핫. 역시 백아 이 녀석은 자네를 좋아하는군. 데리고 오기를 잘했어."

야수궁주가 솥뚜껑 같은 손으로 청명의 어깨를 가볍게 탕탕 두드렸다. 그러자 청명이 앉은 의자가 비명을 내지르며 뒤틀렸다.
 "아, 아파요!"
 버럭 소리를 내지른 청명이 오만상을 찌푸리며 몸을 한차례 꿈틀거렸다. 그러고는 어깨를 주무르며 야수궁주를 향해 물었다.
 "그런데 웬 짐승들을 이리 많이 끌고 오셨어요? 저 많은 짐승들을 여기까지 데리고 오기 쉽지 않았을 텐데."
 야수궁주가 껄껄대며 웃었다.
 "내가 사천당가에는 첫 방문이 아니더냐. 사천의 패자라는 당가를 방문하는데, 당연히 특별한 선물을 준비해야지."
 "……얘들이 선물이에요?"
 청명이 주변을 슬쩍 돌아보았다. 커다란 코끼리에 범, 몸통이 웬만한 사람보다도 굵어 보이는 구렁이에 백표, 흑표까지…….
 '누가 봐도 습격하러 끌고 온 모양샌데.'
 그게 아니면 드디어 인간 시대의 끝이 도래했든가.
 "짐승은 넘쳐 나는데 사람은 몇 없네요. 장로님들은 안 데리고 오셨어요? 다들 섭섭해하셨을 텐데."
 "그놈들은 데리고 와 봐야 잔소리밖에 하지 않는다."
 야수궁주는 생각만 해도 귀찮은 듯 인상을 팍 쓰고는 손을 휘휘 내저었다.
 "그냥 중원에 잠깐 들른다는데, 뭔 놈의 잔소리를 그리 늘어놓는지. 위험하다느니 어떻다느니! 내 몸뚱이를 좀 봐라! 대체 내가 어떻게 해야 위험해진다는 소리냐!"
 야수궁주가 언성을 높이자 옷 안에 잠잠하게 있던 대흉근이 그 존재감을 드러내며 꿈틀거렸다. 가만히 내버려두어도 폭발할 것 같은 근육을 본 청명은 저도 모르게 중얼거렸다.

"……다른 사람들이 위험해진다는 의미 아니었을까요?"

저 근육은 확실히 위험하지. 스쳐도 사망이니까.

"크하하하하핫!"

머리가 거의 뒤로 꺾일 정도로 호탕하게 웃어 젖힌 야수궁주가 청명의 어깨를 다시 쾅쾅 두드렸다.

"내가 이래서 자네를 좋아한다니까! 말이 통하잖아, 말이!"

"아야야! 아프다니까요!"

그 대화를 듣던 화산 제자들은 모두 홀린 듯이 고개를 끄덕였다.

네, 그러게요. 둘이 형제라고 해도 믿겠네요. 청명이가 지금보다 두세 배만 크면 말이죠.

그때, 무언가 생각하던 조걸이 고개를 갸웃하며 입을 뗐다.

"그런데, 사숙. 야수궁주님이 당가에 방문한다는 걸 아셨습니까?"

"……나는 몰랐지."

"이거 따지고 보면 꽤 큰 사건 아닙니까?"

조걸의 물음에 백천이 살짝 미간을 찌푸리고는 작게 침음을 흘렸다. 사실 큰 사건이라면 큰 사건이다.

맹소는 새외사궁 중 하나인 남만야수궁의 궁주. 그리고 새외사궁은 지금 중원과 사이가 완전히 틀어져 적이나 다름없는 상태다. 그런 새외사궁의 궁주가 중원으로 들어와 오대세가 중 한 곳인 사천당가를 방문한다? 이 사실이 알려진다면 중원의 수많은 문파가 뒤집힐 게 분명했다.

'생각해 보면 정말 희한하네.'

백천은 문득 그의 맞은편에 앉은 세 사람을 응시했다.

한 사람은 새외를 지배하는 새외사궁의 궁주. 또 한 사람은 중원의 명가 중 최고를 다툰다는 사천당가의 가주. 거기에 지금 중원에서 가장 유명한 사람 중 하나라고 할 수 있는 화산파의 화산신룡 청명까지.

새외사궁과 오대세가 그리고 과거의 구파일방. 도무지 섞이려야 섞일 수 없어 보이는 이들이 아무렇지도 않게 앉아서 말을 주고받고 있다.

'저놈의 친화력은 좀 이상하다니까.'

아니, 이쯤 되면 단순히 사교성이 좋다는 말로 치부될 수준이 아니다.

"하하하하핫! 내가 화산신룡 자네를 위해서 이걸 가져왔지!"

그때, 야수궁주가 자신만만하게 자신의 옆에 놓인 궤짝을 열더니 그 안에서 백색의 호리병을 잔뜩 꺼냈다. 청명의 얼굴이 화악 밝아졌다.

"오? 이거 그때 운남에서 마셨던 도원향(桃原香) 맞죠?"

"그렇네. 자네가 좋아하는 것 같아 내 챙겨 왔네!"

"크으! 역시 궁주님! 뭘 아신다니까!"

"하하하하하! 어디 오늘 코가 삐뚤어지게 마셔 보자꾸나!"

"으헤헤헤헤헤헤헤!"

둘은 약속이라도 한 것처럼 도원향을 나눠 들고 동시에 나발을 불기 시작했다. 꿀꺽! 꿀꺽! 꾸울꺽! 두 사람의 목젖이 경쾌하게 오르내렸다.

"크으으으으으! 한 병 더?"

"카아아아아아! 좋죠!"

자연스럽게 거나한 술판이 벌어졌다. 저 두 주정뱅이가 술판을 벌이는 건 물이 위에서 아래로 흐르는 것처럼 당연한 일이니 놀라울 것도 없었다. 문제는 저 두 주정뱅이가 아니라 그 사이에 낀 당군악이었다.

'힘드시겠네.'

백천은 당군악을 향해 안쓰러운 시선을 보냈다.

두 사람 사이에서 영혼이 탈곡된 안색으로 천장을 멍하니 바라보는 당군악을 보고 있자니, 알 수 없는 서글픔이 밀려왔다. 좌우로 바보가 둘이면 상식인은 할 일이 없어진다. 그 사실은 백천이 누구보다도 잘 알았다.

백천은 나직이 헛기침을 했다. 이 술판이야 청명이 놈이 주도하는 게 당연하지만, 어쨌거나 그는 청명의 윗사람. 적어도 저 망나니 같은 사질 놈이 너무 막 나간다 싶으면 그걸 제어해야 할 의무가 있었다.

"크흠, 청명아."

백천의 부름에, 병나발을 불던 청명이 고개를 획 돌렸다.

"지금 좀 과한 것 같은……."

"아! 내 정신 좀 봐!"

청명이 자리에서 벌떡 일어나더니, 앞에 놓인 술병을 한 아름 안아 들었다. 그러고는 화산 제자들 쪽으로 쭐레쭐레 뛰어왔다.

"사숙들도 이거 좋아했지, 도원향? 마셔, 마셔! 나눠 먹어야지! 헤헤. 내가 깜빡했네."

청명이 해맑게 웃으며 병을 건네더니 다시 자리로 향했다.

"아니, 그……."

백천이 그런 청명의 등을 향해 무의미하게 손을 뻗었지만, 끝내 붙잡지는 못했다. 아니, 이놈아……. 내 말은 그게 아니고…….

"얘들아, 뭐라고 말 좀……."

사질들을 향해 고개를 돌린 백천은 이내 입을 쩍 벌렸다.

꼴꼴꼴꼴. 그 잠깐 사이에 옆에 있던 모두가 도원향을 한 병씩 틀어쥐고는 화끈하게 병나발을 불고 있었다.

"크으으으으, 이거 죽인다!"

"운남에서 마셨던 바로 그 맛이야!"

"사숙! 사숙! 이거 빨리 드셔 보십시오. 복숭아 향이 말로 못 합니다!"

심지어 모두 안주에는 손도 대지 않았다. 그저 병을 입에 꽂아 넣고 시원하게 마셔 대기에 바빴다. 빈 술병이 늘어나는 속도가 심상찮았다.

"으헤헤헤헤헤헤헤."

"크하하하하하하하하!"

꼴꼴꼴꼴. 청명이 놈이 앉은 곳과 화산의 제자들을 번갈아 보던 백천은 흐뭇하게 웃으며 도원향 병목을 꽉 움켜쥐고는 병을 입에 꽂았다.

'나도 모르겠다.'

그래, 마시자. 마시고 죽자, 이놈들아.

연회는 밤이 늦도록 이어졌다. 중간중간 당가에서 공식적으로 야수궁주를 환영하는 행사를 열고, 당가의 장로들이 야수궁주에게 인사를 오는 등 나름대로 격식을 차리긴 했지만, 일단 기본적으로는 마시고 죽는 술판이었다.

사람과 사람을 엮는 데에 어디 술만 한 것이 있던가. 처음에는 야수궁주가 당가에 들어와 있다는 사실을 경계하던 이들도 취기가 오르면서 서서히 경계를 풀었다. 곳곳에서 들려오는 웃음소리가 점차 커져 갔다.

"으하하하핫! 사천당가의 식솔들과 이리 술을 마실 날이 오다니! 세상일 모르는 거라니까! 자, 한잔 받으시게!"

"예! 저야말로 궁주님의 술을 받게 되어 영광입니다."

"나도 한 잔 주고!"

"드려야지요! 암요!"

다가오는 당가인들의 술을 전부 받던 야수궁주는 그걸로도 모자랐는지 아예 상석에서 벗어나 당가인들 사이에 섞인 채 술을 주고받았다.

"에이! 겨우 그것만 마시겠다는 건가! 한 잔 더 받게!"

맹소는 연회장에 있는 이들과 하나하나 놓치지 않고 잔을 섞었다. 그러다 결국은…….

"끄으……. 더는 못 마시…….."

쿠우웅. 마침내 야수궁주가 모든 당가인들을 쓰러뜨렸다. 당군악만 빼고 모두가 처참히 쓰러진 연회장을 둘러보며 맹소가 혀를 찼다.

"쯧쯧쯧. 다들 이리 술이 약해서야."

"……궁주님이 너무 세신 거죠."

청명이 고개를 저었다. 애초에 다른 곳도 아니고 독의 조종(祖宗)인 사천당가의 무인들이 술이 약할 리가 있는가? 맹소가 괴물 같은 거지.

"흐음. 이 정도로는 아쉬운데."

맹소는 먹이를 쫓는 매처럼 주변을 둘러보다 청명에게 시선을 고정했다. 눈을 빛낸 야수궁주가 입맛을 다시며 턱짓했다.

"어떤가? 오늘 둘 중 하나는 죽어 보는 게?"

"저야 좋……."

청명이 흔쾌히 수락하려는 찰나, 당군악이 말을 자르며 가만히 입을 열었다. 청명과 맹소를 응시하는 시선이 사뭇 진지했다.

"그보다…… 충분히 즐기신 것 같으니, 이제 본론으로 들어가 보는 게 어떻겠습니까?"

"본론이요?"

청명이 의아하다는 듯 되묻자 당군악이 고개를 끄덕였다.

"궁주께서 그저 술이나 마시자고 이곳에 오실 분이겠는가?"

"네."

태연한 청명의 대답에 당군악은 살짝 움찔했다. 맹소도 뭔가 겸연쩍다는 듯 슬쩍 고개를 돌렸다. 당군악은 크흠, 하고 헛기침을 했다.

"……그럴 수도 있겠지. 으음, 그래. 하지만 이번에는 아닐세."

모른 척 잔을 내려놓은 맹소도 동의한다는 듯 고개를 끄덕였다.

"화산신룡. 따라오게. 셋이 따로 할 이야기가 있으니까."

"엄청 중요한 이야기를 하실 것처럼 운을 떼시네요."

청명이 살짝 떠보듯 말하자 당군악의 눈이 선명하게 빛났다.

"중요하지. 무척 중요하지. 당가와 야수궁, 그리고 화산의 미래에 대한 이야기니까. 애초에 자네도 그걸 위해 여기까지 온 게 아니던가."

그제야 청명이 입꼬리를 씨익 말아 올렸다.

"이래서 말이 통하는 사람이 좋다니까요."

"가세나."

진짜 연회는 지금부터 시작이었다.

당군악이 섬세한 손길로 차를 따라 청명과 맹소에게 내밀었다. 청명이 고개를 갸웃하며 챙겨 온 술병을 살짝 흔들어 보였다.

"차요? 술이 있는데?"

"……회의 중에 술을 마시겠다는 건가?"

당군악이 말도 안 되는 소리라는 듯 눈살을 찌푸렸다. 맹소 역시 혀를 차며 거들고 나서서 청명을 비난했다.

"쯧쯧. 자리는 가릴 줄 알아야지."

"헐……."

청명은 적잖이 충격을 받은 표정으로 야수궁주를 바라보았다. 세상 모든 사람이 그런 말을 해도 맹소만큼은 그러지 않을 거라 생각했는데. 어쩐지 영혼이 상처받은 기분이었다.

"술은 언제든 마실 수 있으니, 지금은 좀 넣어 두게나."

당군악이 나직이 타이르자 청명은 티 나게 아쉬워하며 술병을 내렸다. 그 반응에서 술을 마시겠다는 말이 진심이었다는 것을 안 당군악은 그만 고개를 내젓고 말았다. 정말 청명이란 사람은 알다가도 모르겠다.

크게 헛기침을 해 분위기를 환기한 그는 맹소와 청명을 바라보았다.

"청명 도장. 말씀하시게나."

"네? 가주님이 부르셔 놓고 왜 저한테 그러세요."

청명이 능청스럽게 너스레를 떨자 당군악이 피식 웃었다.

"부르기야 내가 불렀지만 이 자리를 만든 사람은 도장 아니겠는가."

"흐하하하. 그건 맞지."

당군악의 말에 힘을 실어 주듯, 야수궁주 맹소가 크게 고개를 끄덕였다. 청명을 바라보는 그의 눈빛이 사뭇 의미심장했다.

"사람이나 짐승이나 별차가 없어."

저 매화검존 아닌데요? 99

"그거 욕이죠?"

고개를 절레절레 저은 그는 미소를 머금고는 묘하다는 듯 말했다.

"아니, 아니. 그런 말이 아니라. 평생 동물을 끼고 살면 그 동물들의 특성이 보이지. 그런데 재밌는 건, 그러다 보면 사람에게서도 동물을 닮은 면이 보인단 말이야."

잠시 생각에 잠겼던 맹소가 슬쩍 당군악을 향해 시선을 돌렸다.

"예를 들면 당가주께서는 흑표를 닮으셨지. 간간이 보이는 날카로움이나 느슨함 속에 숨어 있는 고고함 같은 부분이 말이야."

당군악이 민망하다는 듯 살짝 헛기침했다.

"궁주께서 제 얼굴에 금칠을 하시는군요."

그 말을 들은 청명은 눈을 반짝반짝 빛내며 목소리를 높였다.

"그럼 저는요? 저는? 범? 용?"

맹소는 그를 한참 바라보다가 사뭇 진지하게 입을 열었다.

"……구렁이?"

"……."

"음, 그래. 구렁이나 독사……. 그래, 음. 그쪽이 가깝겠군."

"도, 독사?"

청명이 눈에 불을 켜자 당군악이 소리 내어 웃으며 맹소를 만류했다.

"이무기 정도로 해 두지요."

"……대망(大蟒)이라. 그래, 그것도 비슷하오."

결국은 참다못한 청명이 다탁을 내리치며 버럭 소리를 질렀다.

"아니! 이왕 뱀 쪽으로 할 거면 용이라고 해 주지! 내가 그래도 화산신룡인데!"

"용이라기에는 좀……."

"음, 속이 검지."

"그렇지. 속이 많이 검지."

아니, 이 양반들이? 청명이 있는 힘껏 눈을 부라렸지만, 상대가 상대인지라 그래 봤자 통하질 않았다. 청명이 입술을 비죽 내밀며 투덜댔다.

"내가 속이 검다고요?"

"시커멓지."

"아주 시커메."

어쭈? 아주 둘이 죽이 착착 맞으시는데? 둘이 짜기라도 하셨나?

그때 맹소가 살짝 눈살을 찌푸리며 말했다.

"말이야 바른말이지. 자네는 도문에 적을 두어 다행일세. 사파로 흘러 들어 갔으면 천하의 거두가 되었겠지."

"공감하외다."

"아니, 그런데 이 양반들이 진짜!"

억울해진 청명이 가슴을 퍽퍽 쳤다. 이 매화검존 청명을 뭐로 보고! 내가 명색이 도문에 평생을 바친 사람인데! 사형! 어떻게 생각하시오!

- 백번 옳은 말이지.

카악! 청명이 발작을 하자 맹소가 껄껄 웃으며 어깨를 팡팡 두들겼다.

"크하하하하! 뭐, 그게 사실인데 어쩌겠느냐?"

"아! 아프다고요!"

하지만 호탕하게 웃는 맹소의 눈빛은 표정에 비해 가라앉아 있었다.

이무기라……. 글쎄. 과연 그런 말로 다 표현할 수 있을까?

'그새 더 강해졌군.'

과거 운남에 왔을 때도 청명은 강했다. 하지만 근 한 해 만에 다시 본 그는 그때보다도 더욱 정제되고 청아한 기운을 흘리고 있었다. 말도 안되는 성장세다. 적어도 그가 아는 짐승 중에서는 이 괴물을 표현할 만한 적당한 것이 없었다. 사람 중에 영물이 난다면 또 모를까.

"그러니 이제 이야기를 해 봅시다."

맹소가 앞에 놓인 잔을 들어 차를 단번에 털어 넣었다. 그러고는 탁,

소리 나도록 잔을 과격히 내려놓으며 두 사람을 응시했다.

"서로 순진한 얼굴일랑 집어치우고."

맹소의 목소리가 사뭇 진지해지자 청명이 어깨를 태연히 으쓱했다.

"순진한 도사 놈은 두 분이 말씀하시는 데 끼기 조금 껄끄러운데요."

"시커먼 도사 놈이겠지."

이 아저씨……. 그새 운남에서 입심만 늘어 오셨네. 청명이 삐쭉거리며 입을 다물자 맹소가 두 사람을 가만 보다 입을 뗐다.

"고매하신 도사님과 점잖은 가주님께서 말을 꺼내기 어렵다면 내가 먼저 하지. 나는 체면이나 그런 건 신경 쓰지 않는 사람이니까."

그는 두 사람이 대답할 틈을 주지 않고 곧바로 말을 이었다.

"사천과의 차 무역이 재개되면서 운남에 돈이 풀리기 시작했소. 게다가 화산이 급히 지원한 미곡으로 운남인들의 굶주림도 어느 정도는 해결되었지."

"미봉책일 뿐이에요."

"그래. 미봉책이지. 하지만 목이 타 죽는 이에게는 한 모금의 물도 소중하다. 게다가 그 미봉책이 무역으로 번 돈을 쓸 시간까지 벌어 주었지."

무거운 목소리로 말한 맹소가 청명을 보며 정중히 고개를 숙였다.

"고맙네, 화산신룡. 운남인들을 대표하여 감사를 표하지."

"……왜 이러세요, 어색하게."

청명이 머쓱한 얼굴로 헛기침했다. 맹소는 그 모습에 빙그레 웃었다.

"여하튼 그리 돈이 돌고 운남이 살아나는 모습을 보니, 나도 사람인지라 욕심이 난단 말이야."

"어떤 욕심이요?"

"빤한 질문을 하는군. 판을 조금 더 키워 보고 싶다는 마음이지. 그리고 이왕이면 어설프게 이어져 있는 이 연합을 조금 더 단단하게 만들어 보고 싶기도 하고."

청명을 바라보는 맹소의 눈빛은 의미심장하기 그지없었다.

"속이 시커먼 도사 놈이 원하는 대로 말이야."

"……거, 이분들이 아까부터 사람 자꾸 몰아가시네."

맹소는 피식 웃으며 당군악에게로 시선을 돌렸다.

"물론 지금의 상황은 무척이나 좋소. 하지만 알다시피 운남은 농사를 짓기에 그리 좋은 땅이 아니오. 결국은 차 무역으로 번 돈을 꾸준히 곡식으로 교환할 수 있어야 이 상황이 유지된다는 말인데……."

운남의 상황을 떠올린 맹소가 쓰게 입맛을 다셨다.

"중원의 곡식에 대한 의존도가 늘어날수록 위험도 증가하지. 어느 날 갑자기 중원이 더는 곡식을 팔지 않겠다고 버티면 그땐 운남에 대혼란이 일어날 거요. 사람이란 원래 아주 없었다면 모를까, 가진 것을 빼앗겼을 땐 농기구라도 들고 일어나기 마련이니."

당군악은 그런 맹소를 가만히 응시했다. 과연 영리하고 똑똑한 사람이다. 그 커다란 덩치와 목소리 탓에 섣불리 오해하기 쉽지만, 맹소는 우둔함과는 거리가 멀어도 한참 멀었다.

"하여, 운남은 어떠한 일이 있어도 배신하지 않을 친구가 필요하오."

당군악이 그의 말에 동의한다는 듯 고개를 끄덕였다.

"사천당가도 마찬가지입니다. 운남과 화산 간의 무역을 중재하면서 당가도 막대한 이문을 남기고 있습니다. 예전보다 좋은 상황이라는 건 부정할 수 없습니다."

잠깐 말을 멈춘 당군악이 슬쩍 청명을 바라보며 말을 마저 이었다.

"그러니 가급적이면 이 상황이 오래도록 지속되었으면 좋겠습니다. 단순히 차뿐만 아니라 교역 물품을 늘리는 쪽도 생각하고 있으니까요."

아무 말도 하지 않고 둘의 대화를 가만 듣던 청명이 볼을 긁적였다.

'좋네.'

이 모든 이야기의 핵심은 결국 돈이다.

지난 마교와의 전쟁에서 그는 너무 많은 것을 보았고, 너무 많은 것을 겪었다. 진정으로 급박한 상황이 오면 사람은 결국 이문을 좇게 된다.

협의나 의리 같은 말랑한 명분은 완전히 믿을 수 없다. 열 길 물속은 알아도 한 길 사람 속은 모르는 법 아니던가. 변치 않는 관계를 만들기 위해서는 서로가 서로에게 이득이 되는 상황이 되어야 한다. 지금 화산과 당가, 그리고 야수궁이 차 무역이라는 매개체 하나로 서로 엮이듯이.

"그런데 지금도 잘 지내고 있잖아요. 여기서 뭘……."

청명의 말에 맹소와 당군악이 동시에 묘하다는 듯 청명을 보았다.

"이래서 구렁이 같다는 거지. 의뭉스럽고."

청명이 더 말을 잇지 않고 가만 입을 닫자 맹소가 웃었다.

"화산신룡. 우리만 있는 자리라고 하지 않았나. 아직 우리를 믿지 못한다면 모를까, 믿는다면 이제 그만 속에 든 걸 꺼내 놓게."

뭔가 말하려 입을 벙긋거리던 청명은 이내 둘의 눈빛을 보고는 씨익 입꼬리를 말아 올렸다. 그 웃음에서 진한 만족감이 묻어났다.

"좋네요."

짧게 감상을 내뱉은 청명은 마음에 든다는 듯 고개를 끄덕였.

물론 청명이 시작부터 끌고 가는 것도 나쁘지 않았을 것이다. 하지만 기왕이면 이들이 먼저 시작해 주기를 바랐다. 서로가 같은 마음이라는 걸 확인한다면 그 뒤부터는 이야기가 쉬워지니까.

"그럼 말을 하기 전에 먼저……."

청명이 탐색하는 눈빛으로 두 사람을 바라보며 물었다.

"두 분은 화산을 믿으세요?"

"믿지."

"나는 화산을 믿지 않네."

이번에는 둘의 대답이 달랐다. 당군악의 입에서는 청명이 원하는 대답이 나오질 않은 것이다. 청명과 맹소가 동시에 그를 바라보았다.

하지만 굳이 청명이 무어라 물을 것도 없이 당군악은 금세 다시 입을 열었다. 그의 눈빛은 무거울 만큼 진지하게 가라앉아 있었다.
"내가 믿는 건 화산이 아니라 자네일세."
당군악의 대답은 더없이 진중했으나, 청명은 어깨를 으쓱해 보였다.
"뭐, 같은 말이네요. 저는 화산의 뜻을 따르는 사람이니까요."
"그 반대가 아니고?"
"……거 대충 넘어가죠."
청명이 얼굴에서 웃음기를 지웠다.
"아시다시피 지금 흘러가는 상황이 그리 좋지만은 않아요. 사파 놈들이 움직이기 시작했고, 소림은 영향력을 잃었죠. 은인자중하던 오대세가도 슬슬 기지개를 켜고 있어요."
"곧 충돌이 일어나겠지."
청명이 고개를 끄덕였다. 이건 너무 당연한 이치다.
"이럴 때는 한 문파의 힘만으로는 감당할 수 없는 일이 벌어질 수도 있어요. 그럼 믿을 수 있는 문파들끼리 서로 뭉쳐야죠."
"세 문파의 연합인가?"
"연합도 좋지만, 그것보다는 좀 더 확실하게."
청명이 단호하게 말했다. 눈동자가 묘하게 빛나고 있었다.
"방금 당가주님께서 하신 말씀에 답이 나와 있어요. 당가주님은 저를 믿죠. 하지만 화산을 믿는 건 아니에요. 우리마저도 이런데 화산의 제자들이나 당가의 식솔들이 서로를 믿을 거라 생각하는 건 오만이죠."
"……그렇지."
"야수궁도 마찬가지예요. 야수궁이 화산에 호의를 가지고는 있다 하나, 그건 과거의 화산에 대한 호의일 뿐이죠. 그리고 당가와는 오히려 사이가 좋지 않은 편이고요."
확실히 이건 날카로운 지적이다. 당군악과 맹소가 작게 침음을 흘렸다.

"서로 친구가 되었다느니, 좋은 관계라느니 아무리 말을 해 봐야 그들에게는 와닿지 않죠. 가장 좋은 방법은 눈으로 보이는 확연한 관계를 만드는 거예요."

"서로가 한 식구라고 느낄 수 있게?"

청명은 이미 과거에 한차례 경험했다. 그렇게나 꼴 보기 싫었던 종남 놈들조차 마교라는 공동의 적을 상대하기 위해 뭉쳤을 때는 동료가 되었다. 서로에게 등을 맡기고 싸우게 된다.

즉, 서로가 서로를 식구라 느끼게 만들기 위해서는 우선은 한곳에 함께 소속되는 게 무엇보다 중요하다는 뜻이다.

"맹(盟)이로군."

"기왕이면 확실한 게 좋죠!"

다만 당군악은 조금 미심쩍다는 듯한 눈빛으로 청명을 보았다.

"좋은 말이네. 하지만 나는 자네의 의도가 그게 전부라고는 느껴지지 않는군. 정말 지금 말하는 이유가 다인가?"

그 물음에 청명은 바로 대답하는 대신 벽 한쪽에 걸린 중원의 지도를 바라보았다. 두 사람도 자연스레 청명이 바라보는 쪽으로 고개를 돌렸다.

"구파일방이고 오대세가고…… 다 눌러 버리고, 새로 판을 짜 보려고요. 소림이 거들먹거리고 무당이 잘난 체하고, 남궁이 어깨에 힘주는 세상에는 질렸거든요."

둘을 번갈아 보며 눈짓한 청명이 슬쩍 미소 지으며 덧붙였다.

"중원의 서부를 시작으로 힘을 키울 거예요. 결국에는 중원의 주도권을 여기로 가져오는 게 최종 목표죠."

당군악은 저도 모르게 큰 소리로 웃음을 터뜨렸다. 소림을 누른다고? 무당과 남궁을? 괴이하다 못해 어이없는 발상이었다.

그동안 중원의 수많은 문파가 그들을 능가하려 애썼다. 하지만 그건 정해져 있던 체제하의 서열 싸움이었을 뿐, 그들을 완전히 눌러 버리고 새로운 체제를 만들려 들지는 않았다.

그런데 다른 문파도 아니라, 한번 망했던 화산의 입에서 이런 말이 나오다니……. 어느새 웃음기를 지운 당군악이 청명을 바라보았다.

"그게 진정 가능할 거라 보는가?"

청명은 당군악과 눈을 마주친 채 더없이 단호하게 대답했다.

"안 될 이유가 있나요?"

"크하하하하하! 없지. 그래, 없지!"

맹소는 청명의 말이 마음에 든다는 듯 연신 크게 고개를 끄덕였다.

"사내가 그 정도 배포는 있어야지."

"배포만으로 할 수 있는 일이 아닙니다."

"그래서. 당가주께서는 빠지시려고?"

맹소의 도발에 당군악은 한숨을 내쉬었다. 둘이 어떻게 이런 부분까지 똑 닮았는지. 자세를 바로한 당군악이 이내 청명을 똑바로 응시했다.

잠깐의 정적 뒤, 피식 웃은 그는 결국 고개를 끄덕였다.

"친구 하나 잘못 사귄 대가를 톡톡히 치르는군."

"에이. 친구 잘 사귀어서 덕 보는 거죠."

"정말 그리되었으면 좋겠군."

긴말은 더 이상 필요하지 않았다. 당군악도 맹소도 애초에 이곳에 모였을 때부터 비슷한 그림을 그렸을 것이다.

이건 단지 청명이 그 사실을 확인하는 자리일 뿐이었다.

청명은 바닥에 놓인 술병을 들어 올렸다. 그러고는 비어 버린 맹소의 찻잔에 술을 따랐다. 당군악도 잔에 든 차를 단숨에 마셔 버리고는 청명에게 내밀었다. 그 잔에 마저 술을 따른 청명이 술병을 넘기고는 자신의 잔을 내밀었다. 쪼르륵, 맑은 소리와 함께 잔에 술이 차올랐다.

마침내 세 사람이 동시에 잔을 들었다.

"새로운 세상이 오겠군."

당군악의 말에 청명이 대수롭지 않다는 듯 어깨를 으쓱했다.
"아니요. 새로운 세상은 오는 게 아니라 만드는 거죠. 우리가 만들 거예요."
두 사람은 그런 그를 물끄러미 바라보았다. 새삼 보고 싶어졌다. 속이 시커먼 저 이무기가 새로이 그려 낼 세상이 과연 어떤 모습일지 말이다.
"자, 그럼 우리의……."
그때 당군악이 가볍게 손을 들어 맹소의 말을 끊었다.
"그런데 맹을 맺게 되면 맹주는 누가 되는 거요? 그래도 머리는 있어야 하는 법인데."
그 말에 맹소가 파안대소를 터뜨리며 당당하게 외쳤다.
"뭘 그런 걸 고민하는가? 그야 뻔하지! 당연히 야수궁이!"
"당가가!"
"화산!"
세 사람의 눈빛이 허공에서 뒤얽혔다. 시선이 부딪친 곳에서 불꽃이라도 튀는 듯했다. 개인으로서는 양보할 수 있지만, 문파의 수장이라는 입장에서는 절대 양보할 수 없는 일이었다.
"야수궁이 가장 세력이 크네."
"당가가 가장 강하오."
"그래도 역사가 있는데, 화산이."
세 사람의 얼굴이 동시에 일그러졌다.
"이 중원 놈들이! 당연히 야수궁이 맹주가 되어야지!"
"……반 푼짜리 문파들을 거둬 주었더니. 이리 나오는 건 도리가 아니지요."
"원래 이런 자리는 도문이 맡는 거예요! 돈만 밝히는 곳이 아니라!"
청명의 말이 끝나기가 무섭게 나머지 두 사람이 어처구니가 없다는 듯 고개를 획 돌리며 소리쳤다.

"무슨 소리! 돈은 네가 제일 밝히잖느냐!"

"그래, 제일 밝히지!"

"……아니, 근데 이 양반들이?"

훗날, 강호의 역사에 새로운 흐름을 가져오게 될 서부 연합의 첫 결성은 시작부터 영 삐걱대고 있었다.

세 사람이 영 못마땅한 눈초리로 서로를 노려보았다.

"……에잉, 사람이 고집도 좀 꺾을 줄 알고 그래야지."

"그건 내가 할 말이오."

팔짱을 단단히 낀 청명이 야수궁주와 당군악을 보며 혀를 찼다.

"쯧. 나이도 드실 만큼 드신 분들이 체통도 없이."

"나이가 무슨 상관이냐!"

"체통이 밥 먹여 주는 것도 아니고."

거, 정말 죽이 착착 잘 맞으시네……. 언제 저렇게 친해졌담.

맹이 만들어지는 과정에야 문제가 있을 수 있어도, 만들어진 뒤는 걱정할 필요가 없을 것 같다. 저렇게 호흡이 좋은데.

그때, 맹소가 슬쩍 눈살을 찌푸리더니 갑자기 깊은 한숨을 내쉬었다.

"쯧. 맹이라는 것은 애초에 서로 마음이 맞아야 하거늘. 이리 이득만 이야기한다면 맹을 만든다 한들 기존의 놈들과 다를 것이 무엇이겠소?"

틀리지 않은 그 말에 당군악과 청명도 살짝 고개를 숙였다. 그 모습에 맹소가 다시 한번 한숨을 쉬며 진지하게 말했다.

"그러니 두 분께서 남자답게 양보하시오."

"아니, 그런데 이 양반이?"

"들을 가치도 없는 소리를!"

세 사람은 다시 핏발 선 눈으로 서로를 노려보았다. 그러다 동시에 한숨을 내쉬었다. 이대로 계속 다퉈 봐야 결판이 나지 않을 게 뻔했다.

"끄응. 이 이야기는 나중에 합시다."

"……그러시지요. 맹주야 언제든 정할 수 있으니까."

결국엔 서로를 설득하는 데 지친 세 사람이 나가떨어졌다.

당군악은 차갑게 식어 버린 차를 따라 단번에 들이켰다. 평소 이리 소리를 질러 대며 싸울 일이 없었던 만큼 오늘의 대화가 특히 힘든 모양이었다. 차를 마시며 목을 가다듬은 그가 말했다.

"여하튼 이렇게 세 문파가 만나게 된 일은 참으로 뜻깊은 일이오."

"지금 와서?"

"새삼스레?"

하지만 돌아오는 반응은 영 시큰둥했다. 당군악의 눈가가 떨렸다.

'이 인간들은 대체…….'

머리가 지끈거리는 듯했다. 청명 하나만으로도 감당하기 힘들어 죽겠는데, 왜 덩치 큰 청명 같은 놈까지 나타나 자신을 이리 괴롭힌단 말인가.

그는 헛기침을 연신 해 대며 정신을 잡으려 애썼다. 그마저 이대로 휘말려 버리면 정말 이 자리는 난장판이 되고 말 것이었다. 사실 이미 좀 휘말린 것 같기는 하지만, 아직은 되돌릴 수 있다.

겨우 마음을 가다듬은 그는 살짝 가라앉은 목소리로 입을 뗐다.

"맹을 만드는 것은 그리 어렵지 않은 일이네. 뜻이 있고 의지가 있으니, 그저 구실과 격식만 갖추면 될 일이지. 하나 문제는 맹이 만들어지는 순간 견제가 들어올 수밖에 없다는 것일세."

"흐음. 오대세가에서요?"

"그렇지. 그리고 구파일방과 새외사궁 역시 마찬가지일 걸세."

그 말을 들은 맹소가 껄껄 웃었다. 그러고는 조금은 차갑게 말했다.

"당연한 일이지. 사람이란 손에 쥔 것은 쌀 한 톨도 놓지 않으려 하는 법이니까. 자신들이 가지고 있는 권력에 위협이 될 만한 존재가 생긴다는데 그걸 그냥 둘 리가 없지."

새외사궁의 궁주인 맹소는 이 사실을 누구보다 잘 알고 있었다. 그동안 중원의 문파들이 새외사궁을 얼마나 견제해 왔던가.

필요할 때는 살갑게 다가와 대의를 논하지만, 필요가 없어지면 곧장 오랑캐로 몰아붙이며 그들을 핍박하기 일쑤였다. 긴 세월 새외사궁이 그동안 수도 없이 겪어 온 일이었다. 다만.

'그게 단순히 사궁이 새외에 있기 때문만은 아니지.'

예를 들어 곤륜. 곤륜은 거의 중원이라고 할 수도 없을 만큼 먼 곳에 있고, 문도 역시 대부분 중원인이 아니다. 하지만 그들은 구파일방 중 하나로 굳건한 입지를 다지고 있다. 그러니 결국 곤륜과 야수궁을 가르는 차이는 하나뿐이다.

저들의 질서를 존중하는가. 존중하지 않는가.

"저들은 자신들의 질서 안에 있는 이들만 인정하지. 화산이 사천당가, 그리고 남만야수궁과 함께 맹을 만든다면 저들은 우리를 자신들의 질서에 반하는 존재로 인식하고 거부할 걸세."

당군악이 맹소의 말에 동의한다는 듯 느리게 고개를 끄덕였다.

"한동안은 대놓고 시비를 걸어오지는 못하겠지. 하지만 결국엔 그들과 반목할 수밖에 없을 걸세. 지금 구파와 오대세가가 공존하는 것처럼 나름의 타협점을 찾기는 어렵다는 말이지."

다만 청명은 이렇다 할 반응 없이 듣고만 있었다. 당군악이 물었다.

"화산신룡, 이 문제에 대해서도 생각을 해 봤는가?"

"네? 무슨 문제요?"

"……말하지 않았는가. 우리는 결국 구파나 오대세가와 척을 질 수밖에 없네. 하지만 우리 세 문파의 힘만으로는 저들을 상대하기가 어렵지 않은가. 설마하니 지금부터 더 강해져 저들 모두를 상대하겠다는 허무맹랑한 계획은 아니겠지?"

"에이, 설마요."

당군악의 의심스러운 눈길에 청명이 손을 내저었다. 물론 화산이 앞으로 더 강해지리란 것은 당연한 일이지만, 아무리 청명이라 해도 그렇게까지 할 만큼 무모하진 않다.

"그럼 따로 생각해 둔 수가 있는가?"

청명은 고개를 돌려 가주실 벽면에 붙은 중원의 지도를 바라보았다.

"뭐, 뻔한 것 아니겠어요? 모자라면 키워야죠. 거창하게 맹이라고 이름까지 붙였는데, 문파 세 개만 달랑 들어가 있는 것도 영 면이 안 살기도 하고요."

청명을 따라 중원의 지도로 시선을 돌린 맹소가 입을 열었다.

"그도 맞는 말이지. 그럼 어떤 문파를 회유해 볼 생각인가?"

"당연히 이 근처에 있는 문파들이죠."

"……그렇게 단순하게 생각해도 되겠는가?"

"전혀 단순하지 않아요."

씨익 웃은 청명이 장난스레 손가락을 까딱까딱 흔들었다.

"구파일방과 새외사궁, 오대세가가 서로 미묘한 거리를 유지하고 있는 이유가 뭐라고 생각하세요?"

"견제 아닌가?"

"천만에요. 거리예요."

청명이 고개를 저으며 보다 자세히 설명하기 시작했다.

"오대세가로 예를 들면, 당가는 중원의 남서쪽에 있고, 남궁은 동쪽에 있죠. 심지어 팽가는 북동쪽에 있어요. 다른 문파들도 비슷하죠."

"으음."

"그러다 보니 당가에 문제가 생기면 남궁이나 팽가가 지원을 오기까지 한세월이 걸리잖아요. 막상 급할 때는 도움이 안 되는 동맹에 뭔 의미가 있겠어요? 그러니 미묘한 거리감이 생긴 채 현상만 유지하는 거죠."

맹소도 공감이 간다는 듯 고개를 끄덕였다.

새외사궁 역시 중원을 빙 두르듯 위치해 있다. 그렇기에 막상 야수궁에 일이 생기면 다른 곳으로부터 제대로 된 지원을 받기가 쉽지 않았다.

"가까운 이웃이 먼 친척보다 낫잖아요. 일단은 문제가 생겼을 때 반드시 달려와 줄 수 있을 만큼 가까운 문파가 필요해요. 이제는 구파나 오대세가처럼 성향이 아니라 지역을 우선하자는 거죠."

"역시나 서부인가."

당군악의 말에 청명이 씩 웃으며 어깨를 으쓱였다.

"그러니, 일단은 서부에 있는 문파들을 꼬드겨 봐야죠. 구파일방이나 오대세가면 더 좋고요."

"이유는?"

"뻔한 거죠. 그럼 쟤들이 약해지니까. 남의 세력 빼먹는 것보다 더 좋은 일이 어디 있어요?"

당군악은 이해했다는 듯 크게 웃고는 청명을 보았다.

"자네 말대로 서부에 속해 있고, 위험이 생기면 가장 먼저 달려와 줄 수 있으며, 무엇보다 저들의 전력을 크게 약화시킬 수 있는 문파에 완벽하게 들어맞는 곳이 하나 있는데."

"……네?"

"종남 말일세. 어쩔 생각인가?"

으드드득. 종남이라는 말이 나오자마자 청명의 이가 저절로 갈렸다.

"그…… 어으……. 그…… 종남……. 종남……."

한참을 앓는 소리만 내던 청명이 신경질적으로 머리를 벅벅 긁었다.

'하여튼 눈엣가시 같은 것들!'

청명이 그린 원대(?)한 계획은, 서부를 중심으로 문파들을 모아서 과거의 질서와는 달리 정말 서로에게 도움이 되는 맹을 만드는 것이다.

그런데 이 모든 조건에 가장 부합하는 곳이 하필이면 종남이었다. 화산의 바로 옆에 붙어 있고, 구파일방인 데다, 가진 힘이 크기까지 하다.

말하자면, 저 종남 하나만 끌어들여도 청명이 꾸리려는 맹의 기틀이 마련된다는 의미다. 그리고 반대로, 가까이 있는 종남조차 포섭하지 못하면 맹을 세우는 의미가 크게 퇴색한다는 뜻이었다.

"아미나 청성은 상황에 따라 참여할 가능성이 어느 정도 있지. 곤륜이야 서부보다 더 간 곳이니 참여하든 하지 않든 이렇다 할 영향을 끼치지 않네. 하지만 종남은 다르지."

청명이 다탁에 머리를 쾅 소리 나게 박았다. 이게 문제다, 이게!

"종남을 끌어들이지 못한다면 우리 목소리는 힘을 얻을 수 없을 걸세."

"……끄으으응."

아주 이를 박박 가는 청명을 보며 당군악은 쓰게 웃었다.

살면서 누군가가 곤란해하는 모습을 보며 즐거워해 본 적이 없건만, 아무래도 청명과 어울리며 그의 성격도 많이 나빠진 모양이었다. 저렇게 끙끙 앓는데 괜히 웃기고 재미있는 것을 보면.

"종남……. 종남, 망할 놈의 종남."

연신 이를 갈며 중얼거리던 청명이 슬며시 고개를 들고는 두 사람의 눈치를 보다가 조심스레 말했다.

"그냥 차라리 종남에 쳐들어가서 멸문시키면 깔끔하지 않을까요?"

"……사파로 간판이라도 바꿔 달 생각인가?"

"하하하하. 정말 화끈한 말이군. 화끈한 말인데."

크고 호탕하게 웃음을 터트렸던 맹소가 돌연 정색하며 잘라 말했다.

"개소리하지 말게."

맥이 탁 풀려 버린 청명이 허망한 표정으로 천장을 올려다보았다.

"……어쨌든 그건 조금 더 생각해 볼게요."

"화산과 종남의 관계야 웬만큼은 알고 있으니 더 재촉하지는 않겠네만, 이건 이른 시일 내에 결정을 내려 줘야 할 일이네. 종남을 품고 갈 것인지, 정말 배제할 것인지 말이야."

"끄응. 알았어요."

그제야 당군악이 만족스레 고개를 끄덕였다.

"그럼 대략적인 기틀은 잡힌 것 같군. 맹을 만들고, 정식으로 출범하기 전에 주변의 거대 문파들을 설득하는 걸로. 사천당가에서 사천에 있는 아미를 맡지."

"야수궁은 점창과 접촉해 보도록 하겠네."

주거니 받거니 하며 말을 마친 맹소와 당군악이 청명을 바라보았다.

"그러니 화산은 종남……."

"카악! 알았다니까!"

결국 청명이 독 오른 살쾡이처럼 하악거리자, 당군악과 맹소의 얼굴엔 몇십 년 묵은 체증이 한꺼번에 내려간 듯한 시원한 웃음이 떠올랐다.

한참을 껄껄 웃던 맹소가 슬쩍 청명을 보며 말했다.

"자네의 구상에 들어 있을지는 모르겠지만, 새외사궁 역시 만만찮은 전력이야. 그들을 품어 보는 것도 나쁘지 않을 걸세."

청명은 선뜻 대답하지 않고 뺨을 긁적였다. 맹소 또한 청명이 왜 저런 반응을 보이는지는 잘 알고 있었다.

"강요는 하지 않겠네. 나 역시 그들이 얼마나 중원에 적대적인지는 누구보다 잘 알고 있으니까. 그들을 설득하고 포섭하는 건 확실히 쉽지 않은 일이지."

남만야수궁 역시 매화검존에 대한 존경심이 없었다면 이렇게 화산과 손을 잡지 않았을 것이다. 운이 아주 좋았던 경우라 할 수 있다.

"일단 그쪽 영역에는 들어가지도 못하니까요."

그 말에 야수궁주가 어깨를 으쓱하며 운을 뗐다.

"그래서 말인데…… 일단 남은 새외오궁 중 혈궁을 제외한 다른 문파에는 내 이름으로 서신을 보내 두었네."

"합류하라고요?"

"아니, 내가 거기까지 할 능력은 없지. 혹여 자네와 화산의 제자들이 방문할 수도 있으니, 그리된다면 내 얼굴을 봐서 박대하지는 말아 달라 해 뒀네."

뭐야. 괜히 기대했네. 청명이 눈을 가늘게 뜨고 맹소를 바라보았다.

"새외사궁이 서로 맺은 인연을 생각한다면 자네가 중원인이라고 다짜고짜 쫓아내는 일은 없을 걸세. 그러니 시간이 나면 한번 들러 보게나."

"일단은 알겠어요. 그런데 거기까지 갈 시간이 날지 모르겠네요."

"그럼 어쩔 수 없는 일이지."

그 후로도 세 사람은 몇 가지 부분에 대해 더 조율을 거쳤다. 그리고 나니 맹의 대략적인 기틀이 제법 잡혔다. 골치 아픈 이야기가 얼추 끝나 가자 청명이 한숨을 푹 쉬며 머리를 벅벅 긁었다.

"아고, 힘들다. 역시 나는 이렇게 머리 쓰는 일이 안 맞아요."

"하하하핫. 그럼 내게 맡기게나!"

야수궁주가 호탕하게 말하며 제 가슴을 팡팡 쳤다. 그럴 때마다 단단한 근육이 요동쳤다. 청명은 몹시 서글픈 눈빛으로 그를 보며 생각했다.

'어떻게 제갈세가 좀 꼬셔 올 방법이 없나?'

빌어먹을, 이런 일은 원래 알아서 착착 진행해 줄 군사가 있어야 하는 법이라고! 청진이 놈이 있을 때는 이런 걱정 할 필요도 없이 순조로웠는데.

― 아아아악! 사형! 제가 그렇게 하시면 안 된다고 했잖습니까!

― 제발 칼 휘두르기 전에 생각부터 좀 하라고 몇 번을 말씀드립니까!

― 대체 그 머리에는 뭐가……. 아악! 왜 때립니까! 왜! 내가 뭘 잘못했다고!

……아니. 이건 청진이 놈 입장도 들어 봐야 할 것 같다.

당군악도 지친 표정으로 연신 차를 들이켰다. 그러고는 살짝 잠긴 목소리로 입을 뗐다.

"자, 그럼 대충은 끝났고. 이제 가장 중요한 것 하나가 남았는데."

"제일 중요한 거요?"

"간단하지만 가장 중요한 것. 바로 맹의 이름일세."

아…… 그러고 보니 이름을 안 정했네. 신중하게 생각에 잠긴 청명에게 당군악이 물었다.

"뭔가 좋은 의견이 있는가?"

그러자 두 사람의 대화를 듣고 있던 맹소가 어깨를 으쓱했다.

"그걸 고민할 필요가 있겠소? 중원 서부의 문파들이 모이니 대충 서부맹이라고 지으면 그만이지."

"구려요."

"……너무 대충 지은 느낌이 나잖소."

곧장 반대 의견이 튀어나왔다. 맹소가 굵다란 손가락으로 멋쩍게 머리를 긁적였다. 당군악은 눈을 가늘게 뜬 채 고심하며 말했다.

"제 소견으로는 서(西)라는 글자는 들어가는 게 좋을 것 같습니다. 다른 글자는 음……."

말꼬리를 흐린 그가 청명을 슬쩍 바라보고는 말을 이었다.

"우(友) 자를 써서 서우맹 어떻겠습니까?"

"맹이라는 이름으로 얽히지만, 단순히 이득이나 서열을 논하지 않는 친구가 되자는 뜻이오? 썩 나쁘지 않은 듯한데."

맹소와 당군악이 동의를 구하듯 청명을 바라보았다. 하지만 청명은 여전히 마음에 안 든다는 듯 미간을 찌푸린 채였다.

"근데요. 우리가 서부에서 시작한다고 해서 꼭 서 자가 들어갈 필요가 있을까요? 서부에서 시작한다고 서부만으로 끝날 건 아니잖아요."

"음. 그러면?"

"서우맹이라고 이름을 지어 놓으면 동쪽의 문파들은 참여하기 껄끄러울 수도 있으니까. 차라리 서를 빼죠. 하늘 아래 오고 싶은 놈들은 다 오라고 하세요. 천 자를 넣어 천우맹으로 하죠."

"천우맹(天友盟)이라."

청명이 말한 이름을 뇌까린 당군악이 부드럽게 미소를 지었다.

"하늘 아래 정(正)이나 의(義)를 논하지 않고, 우(友)를 논한다. 확실히 독특한 맹이 생겨나겠군."

"대의를 좇지 않고 그저 서로를 위한다는 건가?"

청명이 뭐 그런 쓸데없는 걸 따지냐는 표정으로 어깨를 으쓱했다.

"저는 대의 같은 건 잘 모르거든요. 대의는 구파일방이 챙길 테니, 우리는 그냥 끼리끼리 모여서 잘 먹고 잘살아 보자고요. 어떠세요?"

우리, 라는 말에 당군악과 맹소가 입꼬리를 말아 올렸다.

"좋지."

"바라던 바다!"

세 사람이 미소를 지으며 뜨거운 눈빛으로 서로를 마주 보았다.

"그럼 맹의 이름은 천우맹으로 하고. 이른 시일 내에 출범을 준비하도록 하겠소. 두 분께서는 각자 맡은 일을 우선해서 준비해 주십시오."

가장 중요한 문제까지 넘기고 나자 당군악이 비로소 한시름 놓은 표정으로 한숨을 쉬며 탁자를 탁탁 두드렸다.

"그럼 오늘은 이만……."

"잠시만요!"

다급한 부름이었다. 맹소와 당군악이 청명을 획 돌아보았다. 또 할 말이 남았냐는 물음이 얼굴에 써 있었다.

"그래서 맹주는 누가 하는 건데요?"

"그건 나중에 이야기하기로 했잖……."

"아뇨. 지금 이해를 못 하시는 모양인데."

청명의 두 눈에 꺼지지 않을 불꽃이 이글이글 피어오르기 시작했다.

"우리 장문인이 맹주 해 먹는다는 결론이 나오기 전에는 여기서 아무도 못 나가요! 한 발짝도!"

"……."

"그래서 어떻게 하실?"

세상에서 제일 지독한 놈을 만난 두 사람은 말없이 얼굴을 감쌌다.

• ❖ •

"대체 뭐 하는 거래?"

"그러게요."

화산의 제자들이 의아해하는 눈빛으로 당가의 가주실을 바라보았다.

술을 진탕 마시고 뻗었다가 눈을 뜬 지도 한참이 지났는데, 가주실에서 들려오는 커다란 고성은 도무지 사그라들 기미를 보이지 않았다.

"무슨 말인지 들려?"

"……애초에 들릴 만한 거리가 아니잖습니까."

조걸이 한숨을 내쉬었다. 그들은 물론이고 당가의 식솔들도 차마 가주실 근처로 접근하지 못하고 있었다. 윗사람이 바락바락 소리를 질러 대더라도 최대한 안 들리는 척을 하는 것이 아랫사람의 도리이니까.

화산의 제자들이 궁금증을 이기지 못하고 더 다가가려 할 때마다 당가의 식솔들은 칼날 같은 눈빛을 쏘아 대며 그들을 노려보았다. 그 발 조금이라도 더 뻗으면 독침이라도 날리겠다는 듯이 말이다.

그러니 내내 어느 정도 거리를 유지하며 그저 멀리서 우엉우엉대는 소리를 들을 수밖에 없었다.

"무슨 대화를 이리 격하게 하는 거지?"

소리만 들으면 거의 싸움판이었다. 하지만 당군악이나 야수궁주까지야 그렇다 치고, 저 청명이 저렇게 격하게 싸움을 벌이는데 가주실이 멀쩡할 리는 없을 텐데…….

화산 제자들의 머릿속에 갖은 걱정이 스치던 그 순간이었다.

벌컥! 드디어 가주실의 문이 열리더니 한 사람이 모습을 드러냈다.

"하아아아아."

청명이었다. 긴 싸움이 고되긴 했는지 그는 흡사 귀신 같은 얼굴로 입에서 하얀 연기를 뿜어내더니 터덜터덜 걸어 나왔다.

"……이겼다."

이겨? 뭘?

고개를 슬쩍 옆으로 빼 가주실 안을 바라보니 거의 넋이 나가 버린 듯한 당군악과 맹소가 의자에 아무렇게나 널브러져 있었다. 두 분 다 어쩌다 저렇게 되셨을까. 화산의 제자들은 고개를 갸웃거리며 청명을 향해 조심스레 다가갔다.

"대체 저 안에서 뭘 한 거야?"

슬쩍 뒤를 돌아본 청명은 세상에서 가장 만족스러운 사람처럼 웃었다.

"아무짝에도 쓸모없고, 있으면 불편하기만 하지만, 그래도 양보는 절대 할 수 없는 권한을 손에 넣었다고나 할까?"

무슨 말인지 전혀 이해할 수 없었지만, 청명의 얼굴을 보니 대충 각이 나왔다. 백천이 알 만하다는 듯 고개를 끄덕였다.

'또 후려쳤구만, 또 후려쳤어.'

가주실 안에서 흘러나오는 당군악과 맹소의 짙은 신음을 듣고 백천은 문득 서글퍼졌다.

'이제는 당가의 가주와 야수궁의 궁주까지 이 망할 놈의 마수에 시달리는구나.'

원시천존이시여. 대체 강호가 어찌 되려고. 대체.

하지만 이 경천동지할 일을 벌인 청명은 밥 잘 먹은 강아지처럼 그저 뿌듯한 표정을 지을 뿐이었다. 느긋하게 뒷짐을 진 청명이 물었다.

"짐은 다 실었어?"

"아니. 수레를 오늘까지 고쳐 준다고 해서."

"응? 수레? 우리가 가지고 왔던 거? 그거 팔라고 했잖아. 왜 수리를 해? 그 무거운 걸 또 끌고 가려고?"

"내가 안 그래도 팔려고 했는데…… 생각을 해 보니 이걸 우리만 해서는 안 될 것 같더라고."

"……으응?"

예상치 못한 대답에 청명이 의아하다는 듯 고개를 갸웃했다. 그때 뒤에 있던 조걸이 두 눈으로 시퍼런 빛을 내더니 콧김을 거세게 내뿜으며 말했다.

"해 보니 아주 좋더라고, 이거. 하체를 단련하는 데는 이만한 수련법이 없어. 이 좋은 걸 우리만 할 수는 없지! 화산까지 끌고 가서 사형제들에게도 이 좋은 수련법을 친절히 소개해 주려고."

"……그, 그럼 이거 끌고 다시 화산까지 가야 하는데?"

"감수해야지."

"사형제들을 위해서 그 정도는 참을 수 있다!"

다들 기다린 사람처럼 말을 내뱉자 청명의 얼굴이 순간 핼쑥해졌다.

……괜찮을까? 애들 진짜 이래도 괜찮은 건가?

청명이 저도 모르게 눈을 굴렸다. 정신을 차려 보니 백천과 그 일행이 모두 과거의 화산에도 없었고, 앞으로도 없을 인성을 소유하고 있다. 그 변화를 이제야 새삼스럽게 실감하는 청명이었다.

"여하튼 수레는 오늘 저녁에야 수리가 끝난다고 하니까 출발은 빨라도 내일 아침은 되어야 할 거다."

그러자 청명은 흠, 소리를 내며 의미심장하게 그들을 물끄러미 보았다. 그 속내를 짐작한 조걸이 냅다 소리를 질렀다.

"안 건드리기로 했다?! 분명 네 입으로 그랬다고! 나도 집에 좀 가자, 이 망할 놈아!"

"아, 누가 뭐래?"

청명은 시큰둥하게 대꾸하면서도 아쉽다는 듯 입맛을 다셨다. 이럴 때 굴려야 하는데. 그래도 약속은 약속이니까.

"알겠어. 그럼 오늘 쉬고 내일 아침에 출발하자고."

진득하니 붙어 있던 청명의 시선이 떨어지자, 조걸이 그제야 한시름 놓은 표정으로 한숨을 쉬었다.

"이제야 집에 가네……. 세상에, 사천에 도착한 날이 언제인데 이제 겨우 집에 들른다니……."

불효자라고 욕을 먹어도 할 말이 없었다. 들으란 듯 한탄을 내뱉던 조걸이 고개를 획 돌리며 윤종에게 말했다.

"사형. 할 일도 없으실 텐데, 저랑 같이 저희 집에 갑시다. 아무래도 당가보다는 저희 집이 편하시겠죠."

"음, 그럴까?"

윤종은 순순히 고개를 끄덕였다. 이번엔 조걸의 시선이 백천에게로 옮겨 갔다.

"사숙께서는?"

백천은 그런 그를 잠깐 보고는 생각하다가 청명에게 말했다.

"아무래도 나도 백상이 놈과 같이 사해상단에 들러 봐야 할 것 같다. 백상이가 상단주님과 할 말이 있다는구나."

청명이 고개를 끄덕였다. 사실 당가에 온 화산의 제자 중 가장 정신없이 바쁜 이가 바로 백상이었다. 그는 직접 오지 못한 현영을 대신하여 운남과의 차 무역에 관한 사항을 조율해야 했다.

"생각보다 재경각 쪽 일이 잘 맞는 모양이네."

"그런 듯하더구나. 장로님도 기꺼워하시더라. 하긴, 예전부터 백상이가 그런 쪽으로는 빨랐다."

"상가의 자식인데도 무식한 조걸 사형과는 다르게?"

"야! 나는 또 왜 끌고 들어가냐?!"

가만히 있다가 갑자기 공격당해 발끈한 조걸이 얼굴을 붉히고 화를 내며 삿대질을 해 댔다. 하지만 청명은 콧방귀를 뀌며 되레 혀만 찼다.

"원래 이런 일은 조걸 사형이 해야 하는 건데."

"내가 그게 됐으면 가문을 이었지!"

꽤 주제 파악이 잘되어 있는 조걸이었다.

사실 그가 상재가 없는 편은 아니다. 눈치도 빠르고, 보는 눈도 좋았으니까. 조걸이 그쪽 일을 맡지 못하는 건 아무래도 재능의 문제라기보단 관심사의 문제였다. 백상은 재경각의 일에 관심이 지대하지만, 조걸은 셈하는 일엔 진저리를 치는 편이니까.

"아무튼 알았어. 그럼 내일 아침까지 다들 모이라고 해."

그리하여 마침내 화산의 제자들에게 꿀맛 같은 휴식이 주어졌다.

화산의 제자들은 뿔뿔이 흩어졌다. 백천과 조걸, 백상, 윤종은 사해상단으로 향했고, 유이설은 당소소의 손에 질질 이끌려 시전을 둘러보러 나갔다. 그런 쪽으로는 취미가 전혀 없는 유이설은 얼굴을 한껏 일그러뜨리며 끌려 나갔다. 그 무감한 표정이 깨지는 것도 드문 일이었다. 하지만 간만에 의욕이 머리끝까지 차오른 당소소를 말리기는 불가능했던 모양이다. 유이설이 질질 끌려간 흔적이 꼬리처럼 길게 남았다.

그리고 혜연은 마귀에게 침식당한 몸과 마음을 돌봐야 한다는 영문 모를 말을 남기고는 당가에서 가장 가까운 사찰을 찾아 나섰다.

어쩌다 보니 덕분에 홀로 당가에 남겨진 청명은 달리 할 것도 없어 오래간만에 편안하고 즐거운 휴식을 취하는 중이었다.

"하아아아암."

집채만 한 호랑이가 뒤로 발랑 누운 채 식은땀을 뻘뻘 흘렸다. 청명은 그 위에 드러누워 한 손에는 술병을 들고 다른 한 손으로는 재롱을 부리는 백아를 쓰다듬고 있었다. 청명이 나른한 어조로 중얼거렸다.

"좋구나."

이게 대체 얼마 만의 휴식인가. 따지고 보면 마지막으로 제대로 쉬어 본 게 언제인지 생각도 나지 않았다. 사람은 휴식 없이 달리기만 하면 결국에는 다리가 부러진다. 때로는 이렇게 모든 근심을 내려놓고 쉴 필요도 있는 법이다.

"다 좋아. 다 좋은데……."

호랑이 털은 생각보다 부드러웠고, 배는 생각보다 훨씬 따뜻했다. 잠이 절로 솔솔 밀려올 정도였다. 다만 문제가 하나 있다면…….

"……아저씨. 아저씨는 거지인데 할 일도 없어요?"

"거지가 할 일이 어디 있어?"

휴식의 유일한 걸림돌인 홍대광이 청명을 보며 씨익 웃었다.

"그리고 이래 봬도 나는 내 할 일을 제대로 하고 있단 말씀이지."

"……잘도 그렇겠네요. 이왕 사천까지 왔으면 여기저기 발로 뛰어서 뭐라도 알아봐야 하는 것 아니에요? 그래도 명색이 개방인데, 정보라도 좀 얻어야지."

청명의 타박에도 굴하지 않고, 홍대광은 혀를 차며 반박했다.

"쯧쯧. 멋모르는 소리를 하는구나. 세상에 거지가 없는 곳이 어디 있느냐? 사천에도 거지가 쫙 깔려 있다. 내가 나서서 얻을 만한 정보는 이미 여기의 거지들이 다 파악해 놓은 것들이지."

보란 듯이 턱을 치켜든 홍대광이 뻐기듯이 덧붙였다.

"하지만! 아무리 사천의 거지들이라고 한들, 사천당가 안에는 들어올 수 없단 말씀. 괜히 밖을 돌아다니는 것보다는 사천당가 안을 조금이라도 더 살피는 게 이득이다."

듣고 보니 제법 그럴싸한 변명이긴 했다. 청명은 피식 웃으며 물었다.

"그래서 소득은 좀 있어요?"

"당연히 있지. 네가 들어서 솔깃할 만한 정보도 좀 있고."

"엥? 제가요? 뭔데요?"

그러자 홍대광이 대답 대신 눈을 가느스름하게 뜨며 청명을 보았다.

"공짜로?"

"……."

"인생의 선배로서 말해 주자면 말이다, 모든 일에는 대가가 있기 마련이다. 화산신룡. 정보를 얻고 싶으면 합당한 대가를 지불……."

"아저씨가 여기까지 오면서 먹고 마신 게 다 공짜인 줄 아시는 모양이네. 모든 일에는 뭐가 따른다고요? 돌아가는 길에는 땅에 자란 풀 뜯어 먹으면서 가고 싶은 모양이죠?"

"……내가 잘못했다."

깨갱한 홍대광이 곧바로 납작 업드렸다. 혜연 스님이 하는 거 봤는데 그거 사람 할 짓 아니더라. 내가 염소도 아니고…….

크게 헛기침을 한 홍대광이 짐짓 진지하게 입을 열었다.

"꽤 여러 가지 주워듣기는 했는데 대부분은 너와는 별 관계가 없는 이야기고, 너와 관련된 이야기는 하나야."

거기까지 말한 그는 좌우를 둘러보며 근처에 제 말을 훔쳐들을 만한 사람이 없는 것을 확인한 뒤에야 속삭이듯 말했다.

"일전에 내가 말한 것 있잖으냐? 그, 왜. 당가주가 만인방에 홀로 쳐들어갔다는 거."

"아……. 그게 왜요?"

청명이 기억난다는 듯 호응하자, 홍대광의 목소리가 더욱 낮아졌다.

"생각보다 꽤 격렬한 반대를 무릅쓰고 일을 벌였던 모양이다."

"……."

"가문 내에서 가주의 입지가 굉장히 상승한 건 사실인 듯하지만, 그렇다고 해도 모든 일을 마음대로 할 수는 없지. 한데 이건 다른 곳도 아닌 그 만인방과 척을 질 수도 있는 일 아니더냐?"

"그건 그렇죠."

"그러다 보니 가문 내에서 반발이 심했다고 하더군. 어째서 당가가 화산의 방패막이가 되어 주어야 하느냐고 말이다. 그런데도 당가주가 다른 반론을 무시하고 일을 진행하면서 싫은 소리를 꽤 들었던 모양이야."

청명은 가만히 고개를 끄덕이고는 쥐고 있던 병을 들어 술을 꼴꼴 마셨다. 그러고는 소매로 입가를 훔치며 퉁명스레 중얼거렸다.

"거, 시키지도 않은 짓을."

생각이 많아진 듯, 그의 시선이 먼 하늘로 향했다.

• ❖ •

세필이 백지 위를 빼곡히 채워 나갔다. 달도 기울어 가는 늦은 밤, 등잔불에 의지하여 서류를 작성해 나가던 당군악은 세필을 조심스레 내려놓고는 천천히 눈가를 주물렀다.

'피곤하군.'

화산이 방문한 이후로 조금 무리하게 일을 하는 중이었다. 한철검을 만드는 일에 신경을 쏟는 건 물론이거니와 운남과의 차 무역도 다시 조율해야 하고, 천우맹의 기틀도 결국은 그가 잡아야 한다.

일이 쏟아지고 있으니 도무지 쉴 수가 없었다. 아니, 여유가 생긴다 해도 아마 쉬지 않을 것이다. 지금은 당가가 다시 한번 천하로 날아오를 수 있을지를 결정하는 가장 중요한 시기니까.

"후."

찻잔을 잡은 그는 슬쩍 눈살을 찌푸렸다. 그새 차가 완전히 식은 걸 보니, 집중했던 사이에 시간이 어느새 훌쩍 지난 모양이었다.

'차를 다시 내오라고 해야겠군…….'

그때였다. 누군가 문을 두드리는 소리가 들렸다.

문을 두드린다는 것은 지근거리까지 접근했다는 뜻이다. 아무리 눈앞의 일에 집중했다고는 해도, 그의 감각에 걸리지 않고 이곳까지 접근할 수 있는 이는 당가 내에 몇 없다.

생각을 정리한 당군악이 천천히 입을 뗐다.

"무슨 일인가?"

"그럴 때는 누구인지부터 물어야 하는 것 아닌가요?"

"누군지 뻔한데 굳이 그래야 할 필요가 있나?"

끼이익. 문이 열리자 쏟아지는 달빛 아래 한 사람이 서 있었다.

청명. 그는 양손에 술병을 가득 들고 씨익 웃었다.

"한잔 어때요?"

당군악은 작성하던 서류들을 슬쩍 힐끔 내려다보았다가 청명에게로 시선을 돌렸다. 그러고는 가만히 미소 지었다.

"좋지. 마침 한가하던 차였네."

커다란 당가의 터 한쪽에 자리한 작은 연못. 그 연못 가운데에 지어진 고풍스러운 정자 위에 두 사람이 마주 앉았다.

쪼르르르. 빈 잔에 술이 가득 채워졌다. 새하얀 잔에 술이 차오르자 그 위로 보름달이 비쳤다. 연못 위에 떠오른 달처럼. 가만히 잔을 내려다보던 당군악이 입을 열었다.

"내일이면 가는군."

"네. 할 일이 많으니까요."

청명의 담담한 말에 당군악은 작게 웃었다.

"나도 나름 바쁘게 산다고 자부하는 사람이건만, 자네를 보니 내가 너무 여유를 부리는 게 아닌가 싶군."

"에이. 뭐 그런 말씀을."

청명의 너스레에도 당군악은 가만히 고개를 저었다.

"그냥 하는 말은 아닐세. 화산 사람들은 느끼지 못할지 모르지. 그들은 자네와 늘 함께 움직이니까. 하지만 밖에서 지켜보면 화산은 정말 그 짧은 시간 안에 너무도 많은 것을 이루었지. 부러울 정도야. 나는 자네 같은 열정과 능력을 갖추지 못했으니까."

"엄살이 너무 심하신데요?"

청명이 어깨를 으쓱이며 말했다. 당군악은 소리 없이 빙그레 웃었다.

"엄살이라…… 그런 거라면 좋겠군."

조용히 술잔을 기울인 그는 이내 청명을 향해 살짝 고개를 숙였다. 당황한 청명이 눈을 휘둥그레 뜨고 마구 손을 내저었다.

"왜 이러세요?"

"소소를 화산으로 데리고 가 주어 고맙네."

생각지도 못한 말에 청명은 입을 다물었다. 당군악이 계속해서 말을 이었다.

"물론 가주로서 입 밖에 낼 말이 아닌 것은 아네. 하지만 아버지로서는 해야 할 말이야. 내게는 조금 어색한 모습이지만, 소소는 화산으로 가고 나서 더없이 행복해 보이는군. 예전에는 향기가 없는 꽃 같았지. 한데 지금의 모습을 보니 소소가 당가에서 그리 행복하지 않았었다는 걸 알겠네."

"그건 오해예요."

그의 말이 끝나기 무섭게 청명이 단호히 대답하며 고개를 저었다.

"물론 훨씬 더 활기차게 살고 있으니 그렇게 보이는 건 당연하죠. 그리고 못 봤던 모습이니 더욱 그렇게 느끼시는 것도 당연하고요. 하지만 소소는 여기서도 불행하진 않았을 거예요. 늘 씩씩하고 긍정적이니까요. 지금은 그저 자신에게 더 맞는, 다른 삶의 방식을 찾았을 뿐이죠."

"……."

"그리고 소소가 그렇게 자랄 수 있었던 건 가주님 덕분일 테고요."

당군악이 가만히 청명을 바라보다가 천천히 고개를 끄덕였다.
"그렇구만. 그리 말해 주니 고맙네."
"에이. 고마워해야 할 사람은 오히려 저죠. 만인방을 막아 주셨다고 들었어요. 그래서 좀 곤란해지셨다고."
"곤란할 건 없네. 그리고 가주가 무슨 일을 하든 반대에 부딪히는 건 당연한 과정이지. 그게 그들의 역할이니까."
당군악이 딱 잘라 말했다.
"공치사를 받고자 한 일은 아닐세. 그저 당연히 해야 했던 일이지."
청명이 무언가 더 말하려 했지만 당군악은 부러 술잔을 들었다.
"한잔하겠는가?"
청명은 결국 하려던 말을 접어 둔 채 웃으며 잔을 들었다. 둘의 술잔이 가볍게 부딪쳤다. 잔에 담긴 달이 춤을 추듯 하늘거리며 흔들리다 천천히 제 모습을 되찾았다.
잔을 비운 두 사람은 말없이 서로를 바라보았다. 연못 위의 정자에서 마시는 술은 또 색다른 흥을 불러일으켰다.
"맹이 만들어지면 많은 게 변하겠죠."
"그럴 것이네. 아무래도 체계가 있어야 하니까."
"어쩌면 화산과 당가의 관계도 조금은 바뀔지 모르겠네요."
분위기에 취하기라도 했는지, 청명은 빙글빙글 웃으며 당군악의 빈 잔을 채웠다. 술에 인 작은 물결을 바라보며 당군악이 나직이 말했다.
"감수해야지. 많은 것이 바뀔지 모르지. 그래, 바뀔 수 있겠지. 하지만 하나는 변치 않을 것이네."
청명이 물끄러미 바라보던 그의 입가에 조용히 미소가 드리워졌다.
"자네와 내가 친구라는 사실 말일세."
청명은 대답 대신 달이 뜬 하늘을 올려다보았다. 컴컴한 밤하늘을 보름달이 희게 밝히고 있었다. 한참 하늘을 바라보던 청명이 입을 열었다.

"……좋은 밤이네요."

"좋은 밤이지."

두 사람은 서로를 마주 보며 웃었다. 달이 기울고 하늘 끝이 어슴푸레 밝아 올 때까지 두 사람의 술자리는 끝을 모르고 이어졌다.

과거 한때, 청명과 당보가 술을 나누던 그때처럼.

• ◆ •

"다 실었어? 준비는 다 끝냈고?"

"당연하지."

얼마나 잘했나 싶어 살펴본 청명은 수레에 차곡차곡 쌓인 나무 상자들을 보며 새삼 놀랐다. 흔들리지 않도록 천으로 꽁꽁 잘도 싸매 놓았다.

'이제는 따로 시키지 않아도 잘하네.'

예전에는 갓 태어난 굼벵이처럼 시키는 것도 제대로 못하던 녀석들이 이제는 알아서 착착 똑소리 나게 준비를 한다.

청명은 끊임없는 갈굼과 잔소리가 효과가 있음을 확인했으니 앞으로는 더욱더 열심히 구박을 해야겠다고 다짐했다.

그때 그의 눈에 못 보던 것이 걸렸다. 청명이 눈을 가늘게 뜨고 물었다.

"그런데 상자 위에 저 보따리들은 뭐야?"

백천이 이 질문만을 기다렸다는 듯 눈에 불을 켰다.

"당가주께서 돌아갈 길에 먹을 식량을 따로 챙겨 주셨다! 내가 눈물이 다 나더라! 누구랑은 다르게 얼마나 사려 깊고 따뜻하신지."

"그 양반은 왜 쓸데없는 짓을……."

"그 양반이라니! 우리 아버지한테!"

발끈한 당소소가 청명의 다리를 획 걸어찼지만, 그는 가볍게 피해 내며 눈살을 찌푸렸다.

"에잉. 자꾸 이런 거 주면 애들 근성 없어지는데!"

"그럼 혜연 스님은 오는 길에 풀 뜯어 먹었으니 천하제일 근성이라도 생겼게? 이 새끼야! 근성은커녕 사람이 피골이 상접을 했더라! 그렇게 빛이 나던 사람이, 얼마나 못 먹었으면 이제 볼이 다 꺼져 가느냐고!"

"그래도 머리는 빛나잖아."

"와……. 나쁜 새끼."

한쪽에서 누군가가 훌쩍이는 소리가 작게 들리는 듯했지만, 누구도 차마 그쪽으로 시선을 돌릴 엄두를 내지 못했다.

"어쨌든 그럼 준비는 끝났다는 거군."

화산의 제자들이 고개를 끄덕이고는 각자 자기 자리를 찾아갔다. 청명이 몸을 획 돌렸다.

"자, 그럼 출발하자고."

그들이 대문을 나서자 당가의 식솔들이 북적이며 몰려나왔다. 흔치 않은 손님들을 배웅하기 위해서였다. 뭐 그것까지야 그렇다 치지만…….

뿌오오오오오오! 짐승들의 울음소리가 사방에서 들려왔다.

"……쟤들은 왜 섞여 있냐?"

"여기가 당가인지 야수궁인지 모르겠네."

야수궁주가 끌고 온 짐승들까지 사람과 함께 열을 맞춰 화산의 제자들을 배웅하는 게 문제였다. 아니다, 화합이 된다면 좋은 일이지.

마지막으로 수레까지 끌고 나온 화산의 제자들을 향해 야수궁주 맹소가 다가왔다. 그는 흥미롭다는 듯 수레를 이리저리 살피며 물었다.

"흐음. 그걸 끌고 가는 건가?"

제자들이 고개를 끄덕이자 야수궁주가 손을 뻗어 수레를 살짝 들어 보기까지 했다. 그가 작게 감탄을 내뱉었다.

"호오. 괜찮은 수련법이로군. 우리 궁도들에게도 적용하면 좋겠어."

화산 제자들의 얼굴이 슬쩍 창백해졌다. 아무리 청명을 닮았다고는 하지만, 그런 것까지는 부디 닮지 않았으면 좋겠는데…….

그때 화산의 제자들이 기겁을 하든 말든, 청명이 어깨를 으쓱하며 물었다.

"궁주님은 언제 돌아가시게요?"

"자네가 지금 가는데 내가 오래 머물러 봐야 뭐 하겠는가? 이제 나도 슬슬 돌아가 봐야지. 다만 아직 당가와 하는 무역에 관한 내용이 정리되지 않아 하루 정도는 더 머물러야 할 것 같네."

"괜히 욕심 부리지 마시고, 서로서로 양보 좀 해 주세요. 좋은 게 좋은 거잖아요."

"하하하핫. 명심하지."

야수궁은 이 기회에 사천과의 교역을 조금 더 늘릴 계획인 모양이었다. 실제로 지금 논의하고 있는 내용은 기존의 차 무역이 아니라 곡식이나 목재 등의 다른 물품들에 관한 것이었다.

그 역시 논의는 당가와 한다 해도 운남에 실제로 들어가는 상단은 사해상단을 비롯한 화산의 상단이겠지만 말이다.

"쯥. 역시 아쉽구만. 야수궁에도 들르면 많은 이들이 환영할 텐데."

"저도 가고 싶은 마음은 간절한데, 아시다시피 제가 바빠서요. 그래도 궁주님 뵀으니 됐죠, 뭐."

"그래. 다음에는 꼭 들르게. 꼭."

"네, 약속할게요."

청명의 약속에 야수궁주는 시원스레 씨익 웃었다. 그러고는 무언가 떠올랐는지 곧바로 말을 이었다.

"일전에 자네가 살려 준 묵린혈망의 새끼들이 꽤 많이 컸다네."

"술 담가도 될 정도로요?"

"……아닐세. 그냥 잊어 주게."

야수궁주가 질린 표정으로 물러났다. 그러자 이번에는 당군악이 다가와 인사를 건네었다.

"먼 길이 될 텐데 살펴 가도록 하게."

"네. 걱정하지 마세요. 이래 봬도 다들 몸은 튼튼하거든요."

그때, 당소소가 쪼르르 달려 나와 당군악을 향해 허리를 접었다.

"아버지! 소녀! 더 강한 무인이 되어 돌아오겠습니다!"

우렁차고 씩씩한 그 인사에, 당군악은 눈동자에 딸을 담으려는 듯 한참을 물끄러미 바라보다 입을 열었다.

"소소야. 몸만 건강하거라."

당소소는 바로 답하지 못하고 잠깐 입술을 오물거렸다. 그러다 이내 다시 고개를 숙였다.

"……꼭 그럴게요."

작은 대답이었으나, 당군악의 입에 부드러운 미소가 걸렸다.

화려한 꽃 같던 예전과는 사뭇 달라진 당소소의 모습에, 가문 내의 시비들이나 여인들은 여전히 당소소에게서 눈을 떼지 못했다. 하지만 당군악은 이제 딸의 외양이 변화한 것 따윈 아무래도 좋았다. 그저 이대로 건강하고 행복하게 자신만의 길을 좇으며 살기만을 바랄 뿐.

"논의한 부분은 최대한 빨리 진행하도록 하겠네. 따로 상의해야 할 일이 있다면 상단을 통해 서신을 보낼 테니, 지체 없이 답변을 주게나."

"굳이 그럴 필요까지 있겠어요? 어련히 잘 알아서 하실 텐데."

"문파의 입장이라는 게 있지 않은가."

"네. 그럼 그건 장문인께 말씀드릴게요."

"그것도 좋겠지."

이제 인사도 나눌 만큼 나눴겠다, 정말로 떠날 때였다. 혹시나 더 남은 일은 없는지 청명은 주변을 한번 둘러보았다.

"자, 그럼. 출발할……."

그런데 그때, 사람들 틈에서 백색의 섬전이 튀어나와 청명의 다리를 휘감았다. 그러고는 눈 깜짝할 사이에 그의 어깨에 자리를 잡았다.

"……뭐냐?"

순식간에 벌어진 일에 조걸이 멍하니 눈을 끔뻑였다.

"백아네? 쟤 지금 같이 가겠다고 저러고 있는 거야?"

"……그렇게 무서워하더니. 성격 진짜 이상하네."

모두가 신기해하며 청명의 어깨에 자리 잡은 담비를 바라보았다. 그러나 청명은 이상하게 영 달갑지 않은 듯한 표정이었다. 심지어는 어깨 위에서 백아를 떼어 내려 했다.

"뭐야. 안 내려가?"

하지만 백아는 옷에 발톱까지 박아 가며 악착같이 버텼다.

"왜? 저리 좋아하는데 그냥 데리고 가지?"

백천의 말에 청명이 백아를 가리키며 눈살을 찌푸렸다.

"얘 이름이 백전(白電)이잖아."

응? 아, 원래 저 담비 이름이 백전이었지. 다들 백아라고 불러서 까먹고 있었다. 그런데 이름이랑 안 데려가는 거랑 무슨 상관이 있는 거지?

"……그게 왜?"

청명은 여전히 불퉁한 얼굴로 백아의 머리를 콩콩 때렸다.

"마음에 안 들어. 백전 이놈 아주 허여멀건 게 밥값은 못 하고, 생긴 것만 이쁘장하지, 하는 양은 영 허당이고. 하여튼 쓸데없이 손만 많이 가는 멍청이 같은 놈이라니까?"

"……이 새끼가?"

백천의 이마에 핏대가 솟았다. 하지만 청명은 어깨를 으쓱했다.

"왜 사숙이 화를 내?"

"끄으으응."

백천이 부들부들 떨거나 말거나 그는 백아의 턱을 긁으며 말했다.

"어휴. 나니까 이런 것도 밥 챙겨 주는 거지. 종남 같았으면 벌써 어디다 팔아먹었을 텐데. 아니, 그 전에 지가 뛰쳐나갔으려나?"

"아, 하지 말라고!"

"흐지믈르그으."

카아아악! 하다못해 담비까지 백천을 놀려 대었다. 차마 당가인들이 모인 곳에서 대거리할 순 없으니, 그는 그저 자신의 허벅지만 움켜잡았다.

청명이 혀를 차며 백아의 목덜미를 쥐고 들어 올렸다. 그때 다가온 야수궁주가 껄껄 웃었다.

"녀석이 자네가 마음에 든 모양이로군. 데리고 가게."

"네? 나름 영물인 것 같은데 괜찮아요?"

"야수궁은 야수와 함께 사는 곳이지 야수를 종으로 삼는 곳이 아닐세. 녀석이 원한다면야 말릴 수 없는 일이지."

그러더니 그는 그 솥뚜껑 같은 손으로 머리를 벅벅 긁었다.

"게다가 음…… 사실 그 녀석은 궁에 없는 게 더 도움이 되기도 하거든. 워낙 성질이 포악해서 다른 약한 짐승들을 괴롭히는지라. 나도 아주 골치가 아파. 저기 있는 호아가 대표적이지."

맹소가 가리키는 쪽으로 청명이 고개를 휙 돌렸다.

아니나 다를까, 그가 깔고 누워 자던 집채만 한 호랑이가 백아를 곁눈질로 보며 꼬리를 말고 있었다. 청명이 어이없다는 듯 헛웃음을 흘렸다.

"아니, 뭔 호랑이가 덩칫값도 못 하고……."

"덩치가 중요한 게 아니네. 영물이란 그런 존재거든. 그러니 좀 데려가게나. 그놈 성질머리에 밤마다 아주 난리도 아니라니까."

야수궁주가 고개를 절레절레 저었다. 한편 그 이야기를 들은 백천과 나머지 제자들은 연신 고개를 끄덕이며 저마다 한마디씩 얹었다.

"짐승계의 청명이네."

"그 주인에 그 담비네."

"똑같아."

오로지 청명만이 고개를 갸웃하며 백아의 턱을 톡톡 긁어 주었다.

"이상하네. 엄청 순한 것 같은데."

"응, 순하지. 호랑이 턱주가리도 갈겨 버리고. 진짜 순하더라."

세상의 모든 것은 상대적인 법이다. 머쓱해진 청명이 작게 혀를 차며 백아를 눈높이까지 들어 올려 시선을 마주했다.

"네 밥은 네가 찾아 먹어라. 알았어?"

백아가 목이 부러져라 격하게 고개를 끄덕였다. 그러더니 재빨리 청명의 뺨에 달라붙어 자신의 보들보들한 볼을 마구 비비기 시작했다.

"아, 간지러워. 떨어져!"

백아를 밀어 낸 청명이 당군악을 보며 말했다.

"그럼 저희 진짜 갈게요."

"그래. 조심히 가게나."

화산의 제자들이 수레를 끌기 시작했다. 사람이 수레를 끄는 생경한 광경에 모두 신기해하긴 했지만, 전처럼 놀라지는 않았다. 당가인들도 이제는 화산이 벌이는 일이라면 그러려니 할 수 있게 되었다.

"조심해서 가십시오! 또 뵙겠습니다!"

"화산 만세!"

열렬한 배웅이 이어졌다. 청명이 살짝 미소를 지었다. 지금은 반쯤 요식 행위에 불과하지만, 언젠간 저 외침에 진심이 담기는 날이 올 것이다.

대문을 완전히 벗어난 그는 슬쩍 걸음을 멈췄다. 그러고는 화산의 제자들에게 일렀다.

"잠깐. 기다려 봐."

뒤로 돌아선 그는 문 안에서 이쪽을 바라보고 있던 당군악과 시선을 마주했다. 당군악이 의아해하며 눈을 느리게 깜빡였다.

"당가주님!"

떠날 것 같던 청명이 크게 외치니 당군악은 고개를 기울였다. 모두의 시선이 제 쪽으로 쏠리자 청명은 씨익 웃었다.

"좋은 검도 받았고, 밥도 잘 먹고 갑니다. 이렇게 환대를 받고 그냥 가기는 뭣하니 선물 하나 드리고 갈게요."

선물이라는 말에 모두가 그를 뚫어져라 주시했다. 이런 상황에 무슨 선물이란 말인가.

스르르릉. 청명의 허리춤에 매여 있던 암매검이 천천히 뽑혀 나왔다.

"⋯⋯세상에."

이곳은 다른 곳도 아닌 사천당가. 가까이서 보지 못한다 해도 이 검의 가치를 알아볼 이는 얼마든지 있었다.

검을 뽑아 든 청명이 천천히 암매검을 늘어뜨렸다. 검신에 음각된 매화의 문양이 햇살을 받아 그 모습을 선명하게 드러냈다.

"⋯⋯저런 보검이⋯⋯."

"아름답구나."

당가인들 모두가 암향매화검에서 눈을 떼지 못했다. 청명은 잠시 동안 모두의 시선이 모이기를 가만히 기다렸다.

'반대가 많았다고 했지.'

그 말인즉 아직 당군악의 선택을 의심하는 이들이 있다는 것. 그리고 아직도 화산을 믿지 못하는 이들이 있다는 뜻이다.

그렇다고 해서 그들을 탓할 일은 아니다. 화산은 오랜 시간 웅크리고 있다가 이제 막 기지개를 켠 문파에 불과하니까. 그 능력을 모든 곳에서 인정받는 데는 아직 시간이 필요하다.

하지만 앞으로 더 많은 일을 하기 위해서는 당군악에게 힘을 조금 더 실어 주어야 하는 것도 사실이었다. 그렇기에 청명이 직접 나섰다.

'말로는 안 되지.'

눈으로 보는 것에 비할 수는 없으니까.

스슷. 청명의 검이 천천히 움직이기 시작했다. 아래로 늘어졌던 검이 느릿하게 반원을 그리다 이내 하늘을 겨누었다.

눈을 떼기 어려운 그 광경은 지켜보는 이들의 눈에 화인처럼 박혔다.

이윽고…… 얇디얇은 검신이 부드럽게 떨리기 시작했다. 마치 연검처럼 부드럽지만, 연검과는 비할 수 없는 힘을 담고 있다.

당가의 장인이 당조평이 화산의 제자를 위해 혼을 불어넣은 검은 오래전부터 청명과 함께했던 것처럼 그의 의지를 완벽하게 구현해 냈다.

"화산과 사천당가가 친구가 되었다는 증표로 매화 한 송이를 남기고 갑니다. 이 매화가 지기 전에는 두 문파의 관계가 끊어지지 않을 겁니다."

개화. 아침의 이른 햇살이 비친 검 끝에서, 매화 한 송이가 선명하게 피어나기 시작했다. 마침내 활짝 피어난 매화 곁으로 새로운 꽃송이가 수줍게 모습을 드러냈다.

붉디붉어 절로 탄성을 자아내는 매화가 한 송이. 또 한 송이.

당가의 식솔들은 모두 입을 쩍 벌리고 그 광경을 바라보았다. 당가의 대문을 넘어 이어지는 대로(大路). 어찌 보면 삭막한 그곳에 피어난 매화가 바람에 흩날렸고, 이내 또 다른 꽃송이가 연이어 개화했다.

그렇게 피고 또 핀 매화는 순식간에 대로를 아름다운 매화 숲으로 바꿔 놓았다. 어디선가 진한 매화 향이 풍기는 듯했다.

"세상에……."

무공의 경지가 낮은 이들은 그 기경할 광경에 전율했다. 그리고 나름 대로 자신의 무위에 자신이 있는 이들은 청명이 피운 매화의 선명함과 정교함에 이를 악물었다.

'어떻게 저리 정교한 검초를…….'

'비무 대회에서 봤을 때보다 몇 배는 더 강해지지 않았는가?'

때마침 바람이 길게 불어왔다. 그러자 청명이 피워 낸 매화가 하늘을 가리며 일제히 솟구쳤다. 사람의 혼을 빼 놓을 정도로 아름다운 광경에 다들 청명에게서 눈을 떼지 못했다. 솟구친 매화 꽃잎이 마침내 천천히 흩날리며 떨어지기 시작했다.

마치 온 하늘에 꽃의 비가 내리는 것처럼(滿天花雨).

떨어져 내린 꽃잎들은 파도가 물결치듯 밀려가더니 이내 당가의 대문을 지탱하는 거대한 기둥을 휘감으며 돌았다.

사가가각. 사각. 무언가를 간질이는 듯한 작은 소리가 울렸다. 그리고 기둥을 휘돌던 꽃잎들은 다시 솟구쳐 마침내 사라졌다.

한바탕 꿈을 꾼 것만 같은 기분이었다. 홀린 듯 그 광경을 바라보던 이들은 사라져 가는 꽃잎을 보며 아쉬움을 감추지 못했다.

"저, 저거!"

그 순간, 기둥을 본 이들 중 하나가 놀라 소리쳤다.

어느새 당가의 기둥에 수십 개의 매화 문양이 새겨져 있었다. 장인이 심혈을 기울인 것처럼, 더없이 생생하고 정교한 매화의 문양이.

가볍게 납검한 청명은 당가의 식솔들을 향해 활짝 웃으며 인사했다.

"또 뵐게요!"

"우와아아아아아아! 화산신룡!"

조금 전과는 살짝 다른, 말 그대로 진심이 담긴 환성이 우레와 같이 쏟아졌다. 한참을 웃으며 손을 흔들어 준 청명은 당군악과 한 차례 시선을 나눈 뒤 미련 없이 몸을 돌렸다.

화산의 제자들이 육중한 수레를 끌며 나아가기 시작했다.

"한 송이라더니?"

"그럼 너무 정 없다 싶어서."

"싱겁기는."

어느새 당군악의 옆에 다가와 선 당조평이 멀어지는 화산의 제자들을 아련한 눈빛으로 바라보다 문득 입을 열었다.

"얼마 지나지 않아 다시 화산의 매화가 강호를 뒤흔들겠구나."

"이미 그렇습니다."

작게 웃은 당조평은 청명의 뒷모습을 가만히 바라보다 몸을 돌렸다.

"가자꾸나. 우리도 뒤처지면 안 되겠지."

"예, 종조부님."

하지만 당군악은 대답을 하고도 한동안 몸을 돌리지 않고 매화를 바라보았다.

'매화가 지기 전까지는 관계가 끊어지지 않는다.'

가만히 청명의 말을 곱씹던 그가 피식 웃음을 흘리고는 작게 중얼거렸다.

"기둥에 새긴 매화가 지는 날이 오겠는가?"

여하튼. 참 재미있는 녀석이다.

34장

뭔 산적이 이래?

"웃차!"

"흐아아아아앗!"

수레는 마치 꽁지에 불이 붙은 말처럼 어마어마한 속도로 관도를 내달렸다. 울퉁불퉁한 길을 고속으로 달리니 수레가 바닥에 던진 공처럼 연신 튀어 올랐지만, 당가의 장인들이 제대로 수리해 준 덕에 수레는 오히려 새것일 때보다 더 튼튼하게 그 충격을 버텨 내고 있었다.

하지만 수레는 버텨도 사람이 그 충격을 버티는 게 어디 쉽겠는가.

결국 진동을 참다못한 청명이 수레 뒤에서 버럭 소리쳤다.

"아오! 살살 좀 가! 이러다 허리 부러지겠어!"

그러자 이를 악물고 수레를 끌던 조걸이 획 돌아보았다.

"수레도 안 끄는 게 뭔 잔소리냐!"

"뭐가 그리 급하다고 이리 달려 대!"

"늦게 가서 좋을 게 뭐 있냐?"

"아니, 당가로 가는 내내 그렇게 죽는 소리를 하더니?"

청명이 뚱하니 말하자 조걸이 태연한 표정으로 어깨를 으쓱했다.

"갈 때는 죽겠더니, 이젠 할 만하더라고."

"……응?"

생각지 못한 답변에 청명은 살짝 당황했다. 그런데 조걸의 옆에서 함께 수레를 끌던 윤종 역시 동의한다는 듯 고개를 끄덕였다.

"어. 이제는 가뿐하다. 뭔가 좀 가벼워진 것 같고."

둘은 아예 수레를 살짝 들었다 놓으며 너스레를 떨었다.

"……미쳤어? 다른 철도 섞였고 검집까지 추가됐는데 더 가벼워졌을 리가 있나?"

"그렇지? 그런데 그런 기분이 든다니까?"

그때 선두에서 수레를 끌던 혜연의 입에서 고아한 불호가 새어 나왔다. 그가 한 손으로 반장을 하더니 경건하게 말했다.

"아미타불. 시주들께서 불법의 진의를 논하시는군요. 세상 모든 것은 그저 마음먹기에 달린 것이지요. 무겁다 생각하면 무거운 것이고, 가볍게 생각하면 가벼운 것이니. 이는……."

"뭐래. 사이비 같은 게."

혜연이 상처 입은 얼굴로 청명을 돌아보며 더듬더듬 항변했다.

"시, 시주. 그래도 제가 소림승인데 사이비(似而非)라뇨."

"너 방장 말 안 듣고 뛰쳐나왔잖아. 그럼 파계승 아냐? 파계승이면 사이비지."

혜연의 얼굴이 일순 무너졌다. 아주 틀린 말은 아니라, 대체 어디서부터 어떻게 부정해야 할지 알 수 없었던 것이다.

"파, 파계……. 방장……. 왜 저를 보내셨습니까. 방장……."

금세 삶은 채소처럼 시무룩해진 혜연을 보며 청명은 고개를 절레절레 저었다. 소림승이라는 놈이 저리 강단이 없어서야!

막 한 소리를 더 하려는 찰나, 말없이 수레를 끌던 백천이 고개를 천천히 돌리더니 청명을 보며 빙그레 웃었다.

"청명아. 할 짓 없으면 시비 걸지 말고 누워서 자라. 알아서 갈 테니까."

"……으응?"

"돌아가는 길에 아무 말 안 하기로 분명히 약속했다. 한 입으로 두말 해 보시든가."

결국 청명은 시무룩한 얼굴로 벌렁 드러누웠다. 에라, 모르겠다. 빨리 도착하면 나야 좋지, 뭐.

하늘에 시선을 고정한 채로 손에 든 술병을 입가로 가져갔다. 그러자 구석에 있던 백아가 때를 놓치지 않겠다는 듯이 마구 뛰어와 그의 옆에 달라붙었다. 청명이 눈살을 찌푸렸다.

"저리 안 가? 확!"

키이이이이!

"어쭈?"

하지만 백아는 오들오들 떨면서도 그의 옆에서 떨어지지 않았다. 아니, 오히려 좀 더 필사적으로 달라붙어 왔다.

"끄으응."

청명은 한숨을 푹 내쉬며 다시 하늘을 바라보았다.

다른 이들이야 이놈의 담비가 왜 그에게만 유독 이리 달라붙는지 이해 못 하겠지만, 청명은 대충 그 이유가 뭔지 짐작하고 있었다.

영물이란 기본적으로 자연의 기운을 받아들여 영성을 얻은 짐승을 의미한다. 다시 말하자면 영물이 좋은 기운을 많이 받아들일수록 힘도 강해지고 장수하게 된다는 의미다. 그리고…….

부비적. 부비적.

"……."

아마 이놈은 청명의 몸에서 흘러나오는 맑은 기운에 홀딱 빠져 버린 게 분명했다.

지금 청명의 몸에 흐르는 기운은, 일평생 선도를 갈고닦은 매화검존조차 만들지 못했던 청정함의 결정체다.

아무 생각 없이 그냥 맑게만 만들어 뒀더니 쥐톨만큼 모으는 데도 한 세월이 걸리는 지랄 맞은 효율을 자랑하기는 하지만, 어쨌거나 그 청정함에 있어서는 세상 비할 데가 없는 기운이 아니던가.

백아의 입장에서는 뿌연 흙탕물을 거르고 걸러 겨우 목을 채우던 와중에 자연에서는 찾아볼 수도 없는 더없이 맑은 물을 본 격이니, 눈이 돌아가지 않는 게 더 이상하다. 그러니까 당연하다면 당연한 일인데…….

"거, 이상하게 얄밉단 말이야."

청명이 들러붙는 백아의 목덜미를 잡아 구석으로 던졌다. 그러자 백아가 빼액 소리를 내며 청명에게 다시 달라붙었다.

"에휴."

사람이 덜 달라붙으니 이젠 짐승이 달라붙네.

다 놓아 버린 청명은 백아를 달랑 들어 목 뒤로 밀어 넣었다. 그리고는 베개처럼 백아를 베고 누워 몸에 힘을 빼고 하늘만 멍하니 보았다. 푸른빛이 끝없이 펼쳐진 하늘을 보자 마음이 조금 안정되었다.

'어쨌건 대충 정리는 됐네.'

당가를 방문해 맹의 기틀을 잡은 것으로 밑그림은 일단 완성됐다. 여기까지 오는 것도 보통 힘든 일이 아니었다. 그러나…….

"아직 부족해."

생각에 잠긴 청명이 낮게 중얼거렸다.

과거의 화산은 지금의 화산과는 비교할 수 없을 정도로 강했다. 하지만 그런 화산조차 중원 전체를 불태우는 전화(戰火) 속에서는 무력했다. 마교와의 전쟁은 어떤 한 문파의 힘만으로 감당할 수 있는 일이 아니었다.

지금의 화산이 과거보다 몇 배로 강해진다고 해도, 화산 홀로 모든 것을 해결할 수는 없다.

'필요한 게 한둘이 아니야.'

우선은 힘. 그리고 돈. 그리고 또 하나는…….

청명이 슬쩍 고개를 들어 수레 한쪽에 걸터앉아 있는 홍대광을 바라보았다. 어차피 썩 도움도 안 되니 돌아가는 길엔 수레를 끌지 않기로 한 것이었다. 청명의 시선을 받은 홍대광이 천진하게 물었다.

"응? 왜? 무슨 할 말이라도 있느냐, 화산신룡?"

입술을 비죽인 청명은 고개만 휘휘 내저었다. 옛날 그가 알던 거지들은 뭔가 하나씩 빠져 있기는 해도 정보는 곧잘 물어 왔는데.

'하기야 그때 내가 알던 거지들은 최소한 장로급이었으니까.'

아직 칠결개에 불과한 홍대광에게 구결개급의 정보를 바라는 건 무리일 것이다. 청명이 홍대광을 유심히 뜯어보며 중얼거렸다.

"……그래도 지금은 너무 식충인데."

"응? 그 담비 말이냐?"

"……네, 뭐."

청명은 무어라 대꾸하기도 귀찮아 대충 고개를 끄덕였다. 홍대광이 의기양양하게 자신의 가슴을 탕탕 두드렸다.

"아무튼, 화산신룡. 궁금한 게 있으면 뭐든 내게 물어봐라. 내가 바로 화산의 정보통 아니더냐."

"……정보통은 무슨. 꼴통이겠지."

"응?"

"아뇨, 뭐. 별말 안 했어요."

정말 저 거지를 믿어도 되나. 청명은 그를 바라보다가 입을 열었다.

"아저씨 지금 칠결개잖아요."

"그렇지. 이 나이에 칠결개를 단 이는 그리 많지 않다. 내가 그만큼 유능하다는 의미 아니겠느냐?"

"아, 됐고요. 아저씨 팔결 달려면 얼마나 걸려요?"

"팔결?"

"네. 구결이면 더 좋고."

그러자 홍대광이 무슨 개소리냐는 듯 헛웃음을 흘렸다.
"화산신룡. 네가 어리고 견식이 적어서 잘 모르는 모양인데, 개방의 팔결은 최소 장로 아니면 한 성의 책임자다. 무, 물론 나도 화음 분타를 넘어 섬서 지부의 지부장을 목표로 하고는 있지만, 내 나이에 지부장이 되었다는 소리는 들어 본 적도 없다."
"그럼 구결은 뭐예요?"
"구결이야 태상장로들이지!"
아. 그럼 그때 걔들이 장로가 아니라 태상장로였구나. 그래 봐야 거지라고 생각해서 별로 신경을 안 썼더니.
"흐음. 그럼 거지 아저씨가 지금 현실적으로 올라갈 수 있는 곳은 팔결까지라는 거네요?"
"그렇지. 당장 방주님이 소걸개를 정하고 물러나시지 않는 이상은."
청명이 턱을 긁었다. 소걸개란 개방의 방주를 이어받을 이를 지칭한다.
"그러고 보니 아저씨 소걸개 후보 중 하나라고 하지 않았어요?"
"엣헴! 내 입으로 말하기는 좀 민망하지만 사실이지."
"개방이 어쩌다가 이 지경으로……."
"뭐라고 했느냐?"
"아니. 아무것도 아니에요."
청명이 답답한 마음에 한숨을 푹 쉬었다. 머릿속이 더욱 복잡해졌다.
'뭐……. 사실 이게 거지 아저씨 잘못은 아니긴 하지.'
홍대광은 화음 분타의 분타주다. 화음이 천하에서 차지하는 영향력을 감안하면, 저 작은 현의 분타주가 할 수 있는 일도 한정될 수밖에 없다.
그나마 화산이 코앞에 있으니 일반적인 분타보다는 좀 더 많은 정보에 접근할 수 있겠지만, 그래 봐야 분타는 분타. 개방에서 지금보다 좀 더 쓸 만한 정보를 뽑아내기 위해서는 결국 홍대광을 조금 더 높은 자리로 올려야 한다는 의미다.

범위를 넓혀 섬서를 총괄하는 지부장의 자리에 올라도 좋고, 소걸개가 될 수 있다면 더더욱 좋다. 다만 문제는…….

'이게 정말 잘하는 짓일까?'

괜히 잘 살고 있는 남의 문파 기둥뿌리를 뽑아다가 절벽 아래로 던져 버리는 짓이 아닐까? 저 칠칠맞은 양반이 방주가 돼도 진짜 괜찮을까?

"왜 그런 눈으로 보느냐?"

"……아니. 아무것도 아니에요."

청명은 손을 휘휘 저으며 대충 얼버무리고는 먼 하늘만 바라보았다.

'그래, 이건 고민을 좀 해 보자.'

물론 개방 역시 물어뜯겨 마땅한 구파일방 소속이다. 하지만 개중에서는 그나마 나은 곳이라 생각하고 있었기 때문인지, 오랜만에 살짝 양심의 가책을 느낀 청명이었다.

- 어이고? 양심이 다 생기셨어?

"카악! 부르지도 않았는데 나오지 말라니까!"

말 없던 청명이 대뜸 버럭 소리를 지르자 홍대광이 화들짝 놀라 눈을 휘둥그레 뜨고 그를 바라보았다.

"갑자기 왜 소리를 지르고 그러느냐?"

"아니…… 아무것도 아니에요."

"오늘따라 이상하게 구는구나."

그러게요. 거참. 청명은 한숨만 푹 내쉬었다.

'일단은 화산에 돌아가서 생각하자.'

요 며칠 머리를 얼마나 굴렸는지, 이제는 머리에서 쥐가 날 지경이었다. 어차피 사형들도 못 건드리겠다, 차라리 화산에 돌아가는 동안은 아무 생각 없이 쉬는 게 낫겠다 싶었다. 청명이 다시 자세를 고쳐 누웠다.

하지만 쿵! 하고 격하게 튀어 오르는 수레는 그것마저 허락지 않았다.

"아오! 아니, 또 왜 이리 덜컹대!"

짜증 범벅인 목소리로 외치자 앞쪽에서 대답이 들려왔다.

"산길에 접어들었다. 단번에 넘을 테니까 짜증 낼 시간에 꽉 붙들어."

아, 네. 그러시겠죠. 청명은 구시렁대며 술병을 아예 입에 꽂아 버렸다.

'그런데 진짜 잘 끄네.'

수레가 비탈을 평지처럼. 아니, 아예 내리막길처럼 내달리고 있었다. 이제는 인간 우마를 넘어 인간 적토마로 불러야 할 수준이었다.

'슬슬 다음 단계로 넘어가도 괜찮을 것 같네.'

어차피 시간도 남으니 청명은 사형제들을 위해 더 알차고 훌륭한 수련법을 고심하기 시작했다.

"음?"

그런데 그때, 무언가의 기척을 느낀 청명이 문득 고개를 획 들었다.

그가 막 몸을 일으키려는 찰나. 파아아앗! 날카로운 파공음과 함께 저 앞쪽 비탈에서 뭔가가 팽그르르 회전하며 날아들었다.

"엇?"

"뭐야!"

백천과 그 무리가 놀라 멈춰 서자 달리던 수레가 급하게 정지했다. 힘을 이기지 못해 허공으로 번쩍 들렸던 수레가 바닥에 쿠웅 내려앉았다.

수레와 함께 튀어 올랐던 청명이 빠르게 자세를 다잡고는 벌떡 몸을 일으켰다. 바닥에 꽂힌 거대한 도가 그의 시야에 들어왔다.

"이건 또 뭐야?"

수레의 일 장쯤 앞에 꽂혀 있는 날이 선 도는, 아무리 긍정적으로 생각해도 좋은 의도를 담고 있다 보긴 힘들었다.

패애애앵! 휘이익! 연이어 공기를 가르는 소리가 들려오더니 수레의 뒤와 옆, 사방을 둘러싸며 커다란 병장기들이 날아와 꽂히기 시작했다. 빽빽하게 날아든 병장기는 삽시간에 마차의 사방을 가로막았다.

세모눈을 뜬 청명의 입에서 한숨이 절로 터져 나왔다.

"하……. 아니, 이것들이 진짜 뒈지려고 환장했나. 어디다 칼을 던져 대? 대가리에 칼이 꽂혀 봐야 정신을 차리나?"

청명이 눈을 희게 까뒤집으려는 찰나 백천이 진지하게 말했다.

"청명아. 아무래도 심상치 않다. 날아오는 병기에 실린 힘이 장난이 아니야."

"그래 봤자야."

청명은 자리에서 일어나 목을 좌우로 뚜둑뚜둑, 위협적으로 꺾었다.

이윽고 산길의 좌우로 빼곡한 나무들 사이에서 한 무리의 사람들이 모습을 드러내기 시작했다. 청명이 기감을 곤두세우며 말했다.

"그래 봐야 산적 수십 명 정도야. 이런 건 발가락으로도……."

말을 하던 그가 갑자기 입을 다물고 고개를 휙 돌렸다.

"왜?"

백천이 의아해서 쳐다보자 살짝 멋쩍은 표정으로 뒷머리를 긁적였다.

"……사숙. 내가 방금 몇 명이라 그랬지?"

"수십 명이라며."

"어……. 정정할게. 백 명……. 아니, 백오십. 아, 아니지, 이백……."

백천의 얼굴이 멍해졌다. 정신을 차린 그가 버럭 소리를 질렀다.

"왜 자꾸 늘어나, 이 새끼야!"

"아, 아니! 지금 저 산 뒤에서 뭐가 계속 몰려온다고!"

저 새끼들 왜 계속 나오지? 어, 잠깐만……. 어…….

수풀 안에서 산적들이 개미 떼처럼 우글우글 몰려나왔다. 이 많은 인원이 대체 어디서 이렇게 몸을 숨기고 있었는지 신기할 정도였다.

몰려나온 이들은 발 디딜 틈도 없이 수레를 빽빽이 포위했다. 수풀 안에서 채 나오지 못한 이들까지 포함하면 그 수가 천이 넘어갈 듯했다.

일행을 둘러싼 산적들을 훑어보며 청명이 헛웃음을 흘렸다.

'분명 조금 전까지는 백 장 이내에 사람이 없었는데.'

그의 감각에 잡히지 않을 정도로 교묘하게 거리를 유지하다가 단숨에 좁혀 온 것을 보아, 그들이 움직일 경로를 예상하고 처음부터 준비한 함정이라고 봐야 한다. 물론 그가 딱히 경계하지 않은 탓도 있겠지만.

"……어떻게 하냐?"

화산의 제자들도 그 수에 질려 버린 듯 당황한 눈빛으로 청명을 돌아보았다. 하지만 청명은 못마땅한 기색을 내비치며 얼굴을 일그러뜨렸다.

"어떡하긴 뭘 어떡해! 화산의 제자는 절대 물러서지 않아!"

청명이 당당하게 소리치자 화산의 제자들은 모두 입술을 꽉 깨물었다.

"오냐, 그래! 그래 봐야 산적이지!"

모두의 투지가 불타올랐다. 청명은 산적들을 똑바로 응시하며 단호하게 나섰다. 가장 앞에 굳건하게 서서 당당히 가슴을 쫙 편 모습이 그야말로 위풍당당했다.

"자!"

그의 목소리를 신호로, 화산의 제자들은 일제히 검을 뽑아 들었다. 청명이 신호만 하면 곧장 달려갈 기세로. 그런 그들의 귓가에 커다란 청명의 고함이 우렁우렁 들려왔다.

"일단! 말로 합시다!"

잠깐의 정적이 흘렀다. 화산 제자들은 믿을 수 없다는 듯 눈을 크게 뜨고 천천히 뒤를 돌아보았다.

하지만 청명은 아랑곳하지 않고 가슴을 쫙 편 채 크게 덧붙였다.

"지성인답게!"

그리고 세상 다시없을 허망함을 담고 자신을 바라보는 사형제들을 보며 당당하게 물었다.

"왜? 뭐?"

일단 살고 봐야지. 일단은!

"……아니, 이 새끼야! 그게 이 상황에서 할 말이냐!"

뻔뻔한 대답에 백천의 눈가가 파르르 떨렸다. 하지만 그가 언성을 높이자 청명은 되레 눈을 까뒤집으며 성을 냈다.

"이 상황이니까 그런 말을 하지! 그럼 이 상황에 무슨 말을 해?!"

"그래도 명색이 정파의 제자라는 놈이, 산적 놈들을 앞에 두고서 뭐? 지성인? 지성이이이인? 야, 이 새끼야! 산적 놈들이 지성인이면 수적은 교양인이고 거지는 문화인이겠다!"

뒤쪽에서 그 대화를 듣고 있던 홍대광이 낮게 헛기침을 했다.

"크흠. 그게 그리 틀린 말은……."

"뭐래."

"나서지 마십시오, 대협."

대번에 말허리가 잘린 홍대광은 먼 하늘을 바라보았다. 어쩐지 하늘이 부옇고 흐릿하게 보였다.

'나 요즘 너무 무시당하는 것 같은데…….'

개방에서는 나름대로 방주 후보이자 촉망받는 인재로 여겨지는 그가 어쩌다가 화산과 엮여 이런 개 밥그릇 같은 취급을 받게 되었단 말인가.

홍대광이 슬픔에 잠겨 있건 말건, 두 사람은 내내 큰 소리로 티격태격했다. 청명의 검집을 가리킨 백천이 눈을 무섭게 부라리며 말했다.

"헛짓거리 하지 말고 어서 검 뽑아라!"

"이 양반이? 이제는 검만 뽑으면 뭐가 다 되는 줄 아네?! 야, 진동룡!"

"아니, 근데? 왜, 초삼!"

그 순간, 둘의 귓가에 싸늘한 목소리가 비수처럼 날아와 꽂혔다.

"둘 다 조용. 등에 칼 박히고 싶지 않으면."

"죄송합니다."

북풍한설이 몰아치는 듯 더없이 차가운 유이설의 목소리에 두 사람이 모두 찔끔하여 얼른 입을 다물었다.

"크흐흐흐. 이놈들이 감히 우리를 앞에 두고 농지거리를 해?"

그때, 철탑같이 거대한 사내가 쿵쿵대며 걸어오더니 수레의 앞쪽에 맨 처음 날아와 꽂혔던 거대한 도를 가볍게 뽑아 들었다.

"산 채로 가죽을 벗겨 놔도 주둥아리를 놀릴 수 있는지 궁금하구나!"

살벌한 위협에 사내를 바라보던 청명과 백천이 슬쩍 시선을 마주쳤다.

"저것도 영업용 대사인 모양이지?"

"그러게. 비슷하네."

사내는 살짝 움찔했지만, 곧 더욱더 태산 같은 기세로 소리쳤다.

"……이놈들, 내가 누군지 알고 그딴 망발을 하느냐! 이 몸이 바로 이 산의 지배자인 대호채의 주인! 무쌍대도(無雙大刀) 이광(李廣)이시다!"

하지만 두 사람은 무서워하기는커녕 동시에 한숨을 내쉬었다.

"또 호랑이네."

"그러게. 또 호랑이야……."

산적 놈들은 다들 하나같이 호랑이에 무슨 집착증이라도 있나? 왜 하나같이 산채 이름에 호랑이를 못 넣어서 안달인가. 그리고 쓸데없이 별호는 또 왜 저렇게 하나같이 거창하냐고. 뭐? 무쌍대도?

고개를 절레절레 젓은 청명은 한숨을 푹 내쉬며 피곤한 낯으로 물었다.

"그래서, 왜 막은 건데요?"

"흐흐흐. 어리숙한 놈이구나. 상황을 보고도 그런 걸 묻다니."

"이 아저씨 정말 갑갑하다, 갑갑해. 누가 진짜로 쫄아서 이러는 줄 아나. 좋게 이야기하면 넘어가 주려고 했더니."

청명은 좌우로 뚝뚝 소리 나게 한 번씩 목을 꺾고는 암향매화검의 손잡이를 잡았다. 그러자 무쌍대도 이광이 코웃음을 쳤다.

"반항을 하시겠다? 어린놈이 겁이 없구나. 이 수를 보고도 패기를 부리다니. 그 패기가 만용이었다는 걸 그 목숨으로 알게 해 주마!"

사납게 눈을 부라리는 이광의 기세가 제법 심상치 않았다.

"저놈들을 당장……."

"비켜라."

그때, 낮고 차가운 목소리가 들려온다 싶더니, 주위를 둘러싼 산적 무리가 조금씩 요동치기 시작했다. 소란은 순식간에 번졌다.

백천이 고개를 갸웃하며 그쪽을 바라보았다. 흉흉하게 혀를 날름거리던 산적들이 순식간에 겁먹은 사슴 같은 모양새로 얼른 길을 터 주었다. 그렇게 열린 길을 따라 녹색 무복을 입은 일련의 무리가 걸어 들어왔다.

그들에게서 은은하게 흘러나오는 기세를 감지하고 백천이 눈을 가느스름하게 떴다.

'강하다.'

지금 나타난 이들은 한눈에 봐도 이 산적들과는 그 격이 달라 보였다. 이광을 비롯해 지금까지 봤던 놈들이 누가 봐도 일반적인 산적이라면, 저들은 확실히 무인이라는 느낌이 물씬 풍겼다.

그중에서도 가장 시선을 끌어당기는 건 선두에 선 사내였다.

나이는 마흔쯤 되었을까? 워낙 커다란 덩치의 산적들만 봐서인지 상대적으로 왜소해 보이는 몸이 오히려 인상 깊었다.

사내는 얼음을 한 겹 씌운 듯 냉담한 얼굴로 주변을 둘러보더니 표정을 살짝 뒤틀었다. 그러고는 이내 이광을 향해 시선을 획 돌렸다. 사내와 눈이 마주치자 이광은 눈에 띄게 움찔했다.

"채주. 내가 분명 정중히 모시라고 했을 텐데?"

"예? 그, 그래서 말씀하신 대로 했는뎁쇼? 정중히 모시라 하지 않으셨습니까. 그게 영업하라는 말 아닙니까?"

사내는 말문이 막힌 듯 가만히 이광을 바라보다가 고개를 떨구더니 한숨을 내쉬었다. 단전 밑바닥에서부터 우러나오는 듯 아주 깊은 한숨이었다. 백천은 축 늘어진 그 어깨를 본 순간 알 수 없는 동질감을 느꼈다.

"……말 그대로 정중하게 모시라는 뜻이었다. 손님 받으라는 의미가 아니라."

"그렇습니까? 아니, 그럼 진작에 그렇게 말씀을 하시지……."

이광이 우물쭈물 구시렁거리자 사내가 듣기 싫단 듯 혀를 한 번 차고는 길 저변을 향해 턱짓했다.

"다 물려라."

"예? 영업은……."

사내가 차가운 눈빛으로 노려보자 이광이 움찔하며 손을 내저었다.

"물러나라! 당장 물러나!"

돌아가는 상황을 보던 산적들은 모두 군말 없이 뒤로 물러났다.

"저것도 뽑고. 저거 치워! 저거!"

그러자 몸을 물리던 산적들이 다시 우르르 달려와 수레 주위에 꽂아 둔 병장기들을 빠르게 회수했다.

멍하니 눈을 깜빡인 윤종은 영문을 모르겠다는 듯 백천을 돌아보았다.

"사숙, 대체 뭐가 어떻게 돌아가는 겁니까?"

"글쎄다……."

백천이 끙, 작게 신음했다. 청명과 함께 다니면서 웬만한 무림의 노강호들도 해 보지 못했을 경험을 제법 많이 겪은 백천이지만, 안타깝게도 그가 마주하는 일들은 날이 갈수록 괴이해지기만 했다.

산적들이 마침내 우르르 물러나자 녹색 무복의 사내가 그들을 향해 다가오더니 깊게 고개를 숙이며 포권 했다.

"실례했소. 오해가 조금 있었던 모양이오. 분명 정중하게 잘 모시라 말했는데…… 말귀를……."

사내는 말하다 말고 으득으득 이를 갈았다. 그가 이를 갈 때마다 뒤쪽에 있는 이광이 움찔움찔 경련을 일으켰다.

심호흡으로 마음을 다스린 사내는 다시 무표정한 얼굴로 백천을 바라보았다. 추태를 보였다 생각했는지, 목소리가 조금 가라앉아 있었다.

"본인은 곽민이라 하오."

사내가 이름을 말한 그 순간, 수레 뒤로 몸을 숨기고 있던 홍대광이 벌떡 일어나 크게 소리쳤다.

"곽민? 그럼 당신이 흑야호(黑夜虎) 곽민이란 말이오? 녹림십영(綠林十影) 중 하나인?"

그러자 곽민이라 불린 이가 슬쩍 홍대광을 보며 고개를 끄덕였다.

"그렇소이다."

입을 떡 벌린 홍대광이 다시 수레 뒤로 숨었다. 어쩐지 그 몸놀림이 다급해 보였다. 청명은 그런 홍대광을 보며 갸웃했다.

"뭐 대단한 사람이에요?"

"녹림십영이다. 녹림왕을 호위하는, 녹림의 정예 중 정예지."

오, 그렇다는 건? 청명은 새삼스레 곽민을 다시 보았다. 어쩐지 풍기는 기세가 심상찮더라니. 그때 그가 점잖은 목소리로 물었다.

"그대가 화산신룡 청명이오?"

"네. 그런데요?"

"무례를 저질렀소. 위대하신 산의 주인께서 그대를 보고자 하니, 나를 따라오시오."

의외로 퍽 정중한 태도였다. 청명은 입꼬리를 쓱 말아 올리며 말했다.

"당가로 오라고 했는데 왜 여기서 기다려요?"

"······그건 그분께 직접 여쭤보시오."

태연한 청명을 빤히 보던 곽민이 숲 안쪽을 향해 가볍게 턱짓했다.

"이쪽으로."

이렇다 할 대답도 하지 않았지만, 그는 기다리지 않고 숲속을 향해 성큼성큼 걸었다. 그를 따르던 녹의의 무인들 역시 말없이 그 뒤를 따랐다.

청명은 녹림도들이 사라진 방향을 보다가 수레에서 폴짝 뛰어내렸다.

"흐음. 산적치고는 세게 나오네."

"야. 청명아. 진짜 갈 거냐?"

걱정하는 목소리에도 그는 손을 삭삭 비벼 대며 낄낄거리고 웃었다.
"부른다는데 가 봐야지. 혹시 알아? 이번 산채에도 재물이 그득그득할지. 이것 참, 큰일이네. 수레에 더 실을 데도 없는데."
화산의 제자들이 고개를 절레절레 저었다. 이쯤 되면 누가 산적인지 모를 지경이었다.

걷는 중에도 곽민은 연신 뒤에 있는 화산 제자들을 힐끔거렸다.
쿠르르르. 쿠르르르. 쿵! 쿵! 한눈에 보기에도 그 무게가 장난이 아닐 것 같은 쇠수레가 산길을 오르고 있었다. 두어 번쯤은 인내심을 발휘해 참아 내었던 그도, 이쯤 되니 더는 참을 수가 없었다.
"……저 수레는 굳이 가져가야 하는 거요?"
"아, 네. 뭐 사실 길가에 세우고 갔다 와도 되는데. 다른 곳도 아니고 산적 새끼들이 우글거리는 곳에다 짐을 두고 다니려니 영 불안해서요."
청명이 웃으며 대답했다. 곽민의 눈가가 파르르 경련을 일으켰다.
'이건 대체 어떻게 생겨 먹은 놈이지?'
조금 전 분명히 홍대광의 입에서 녹림십영이라는 이름이 나왔다. 그리고 그가 친절하게 녹림왕이라는 이름까지 입에 담아 주기도 했고.
그런데 그 두 이름을 듣고도 이런 망발을 태연히 지껄인다고?
'간이 쇠로 만들어진 놈인가?'
이곳에 오기 전, 화산신룡이 꽤 특이한 족속이니 조심하라는 말은 들었지만, 이건 정말 상상 이상이었다.
"평소에도 말을 그리 함부로 하는 편이오?"
"네? 말을 함부로 하다니요?"
"조금 전 산적 운운한 것 말이오."
"아, 평소에는 이렇게 칭찬이 잦은 편은 아니에요. 오히려 좀 인색한 편이죠."

곽민이 그 말을 선뜻 이해하지 못하고 얼떨떨하게 되물었다.
"……칭찬? 그게 무슨 말이오? 칭찬이라니?"
"산적은 남의 돈이나 물건 뺏어서 먹고사는 놈들이잖아요. 물건 훔쳐 갈까 걱정이 된다는 말은, 일 잘한다는 칭찬 아닌가요?"
말을 마친 청명이 쑥스러운 듯 헤헤 웃으며 볼을 긁었다.
"그래도 높으신 분 같아서 제가 오래간만에 좋은 말 좀 해 드렸어요."
곽민이 눈을 질끈 감았다. 그는 더 이상 청명과 대화하기를 포기했다. 속에 천불이 터지고 이가 으득으득 갈렸지만, 녹림왕이 손님으로 초대한 이에게 감히 함부로 할 순 없는 노릇이었다.
이내 눈을 뜬 그가 차가운 눈빛으로 청명을 돌아보았다.
"……내게는 뭐라 말해도 좋소. 하지만 녹림왕을 뵙는 자리에서는 말을 조심하는 게 좋을 거요."
"어휴. 무섭다. 무슨 말을 못 하겠네. 그냥 돌아갈까?"
관두자. 관둬. 곽민은 고개를 내젓고는 걸음을 재촉했다.
"같이 가요!"
청명이 활짝 웃으며 그에게 따라붙었다.

화산 일행이 곽민을 따라 움직인 지 얼마 지나지 않아, 커다란 산채가 모습을 드러냈다. 크고 두꺼운 목책으로 단단하게 벽을 세운, 전형적인 산채의 모습 그 자체였다. 하지만 크기와 웅장함은 전에 그들이 들렀던 적호채와 비할 바가 아니었다.
산채를 살피던 화산의 제자들이 저마다 감탄했다.
"우와. 진짜 크다! 산중에 이런 건물을 짓다니."
"……뭐래. 화산은 산꼭대기에 전각도 짓는데."
"어? 듣고 보니 그러네?"
문득 조걸은 화산이 얼마나 말도 안 되는 곳인지를 새삼 깨달았다.

"여기가 녹림왕이 기거하는 산채입니까?"

백천의 물음에 홍대광이 고개를 가로저었다.

"그렇기도 하고, 아니기도 하지."

"예?"

"아까도 들었다시피 이곳은 대호채네. 녹림왕이 기거하는 곳은 따로 녹채라 불리지. 하지만 녹림왕은 녹채에 머무는 법이 거의 없네. 보통은 천하를 돌며 산채들을 관리하지."

홍대광이 대호채를 가리키며 말을 이었다.

"그래서 강호에는 이런 말이 있지. 녹림왕이 머무는 곳이 곧 녹채다. 그러니 이곳은 대호채이기도 하고 녹채이기도 한 것이네."

작게 감탄한 백천이 고개를 끄덕이며 웅장한 산채를 바라보았다. 그때, 앞서 걷던 곽민이 산채 앞에 도달해 소리쳤다.

"문을 열어라! 손님께서 오셨다!"

기다렸다는 듯 커다란 통나무를 엮어 만든 대문이 좌우로 활짝 열렸다. 청명은 눈을 반짝이며 산채 안으로 휘적휘적 들어갔다.

"진짜 갑니까?"

"……가야지 뭘 어쩌겠어?"

아무런 걱정도 없어 보이는 청명의 뒷모습을 바라보던 화산의 제자들 역시 못내 불안한 표정으로 결국 걸음을 옮겼다.

산채 안에 있는 너른 마당에서 청명은 주위를 둘러보았다. 여기저기 지어진 커다란 목조건물과 움막 주변에서 대호채의 산적들이 흉흉한 눈빛을 보내고 있었다. 청명이 수레를 눈짓하며 홍대광에게 말했다.

"거지 아저씨. 저 산적 새끼들이 이거 못 건드리게 잘 지켜요."

"뭐……? 나, 나는 안 데리고 가냐?"

홍대광이 황망하게 물었다. 대답은 곽민의 입에서 나왔다.

"녹림왕께서는 오직 화산의 제자들을 뵙자고 하셨소."

홍대광은 앓는 소리를 내고는 불안한 눈빛으로 주위를 돌아보았다.
"그, 그럼 혜연 스님도 여기 계시는 거지?"
"안 돼요. 땡중은 화산의 손님이거든요."
"그럼 나는?"
"아저씨는 화산 앞의 거지죠."
"나 혼자 여기서 어떻게 하라고, 이놈아!"
"에이, 뭐. 죽이기야 하겠어요?"

무책임한 대답에 홍대광의 얼굴이 사정없이 일그러졌다. 그러거나 말거나 청명은 낄낄 웃으며 오히려 곽민을 재촉했다.

"뭐 해요? 얼른 안 가고."
"……이쪽으로 오시오."

곽민이 작게 한숨을 내쉬며 안쪽으로 향하더니, 바로 눈앞에 보이는 가장 큰 건물 앞에 섰다. 그의 차가운 눈빛이 청명을 훑었다.

"다시 한번 말하지만, 녹림왕께 무례를 범한다면 그 목 그대로 달고 산을 내려가는 건 꿈도 꾸지 않는 게 좋을 거요."
"뭔 말이 이렇게 많아. 비켜요."

곽민이 주먹을 꽉 쥐었다. 그는 차마 하지 못할 말들을 삼키며 화가 부글부글 끓는 표정으로 한 발자국 물러서 비켜났다.

"엣헴!"

청명이 뒷짐을 지고는 문을 활짝 열었다. 백천은 미안해하는 시선으로 곽민을 한번 보고는 사형제들을 이끌고 따라 들어갔다. 그리고…….

"어어어엇?"
"……세상에."

화산 제자들의 입에서 동시에 경악의 탄성이 터져 나왔다. 백천도 믿을 수 없는 듯 연신 눈을 끔뻑거렸다.

"흐허허허헛!"

내실 안쪽에는 호피로 장식한 거대한 의자가 있었고, 그 위엔 그 거대한 의자를 작아 보이게 만들 만큼 기골이 장대한 거한이 더없이 오만한 자세로 앉아 있었다. 그가 우렁우렁 울리는 목소리로 말했다.

"어서 오너라! 이 몸이 모든 산을 지배하는 녹림의 왕이다."

철사를 꼬아 만든 듯한 거친 수염. 웬만한 여인의 허리보다 더 굵어 보이는 우람한 팔뚝. 장비의 현신이라는 말이 더없이 어울리는 사내!

"……형제인가?"

"세상에 비슷한 사람이 둘은 있다더니."

"야수궁주님을 모셔 왔어야 하는 건데."

"눈물의 상봉."

더없이 익숙한 그 외양에, 화산의 제자들은 친근함을 느끼고 말았다.

"흐하하하하하하핫!"

호탕하게 웃어젖히는 녹림왕의 모습에, 화산의 제자들은 서로 묘한 눈빛을 교환했다. 저 거대한 덩치와 위압적인 외모. 거기에 풍기는 기세까지 대단하니 이 웃음에 응당 몸을 벌벌 떨어야겠지만…….

'그립네.'

'궁주님 잘 돌아가셨으려나?'

'남만까지는 먼 길일 텐데.'

되레 묘한 향수를 느끼고 만 화산의 제자들이었다. 화산 제자들의 눈빛이 아련해지자, 껄껄 웃던 녹림왕도 그들의 기색을 눈치챘는지 조금쯤 어색하게 웃음을 갈무리했다. 그가 작게 침음했다.

"……음."

그의 눈에 당황한 빛이 어렸다. 화산 제자들은 그 또한 십분 이해했다.

'그렇겠지. 자길 보고도 이런 반응을 보이는 사람들은 처음 만나겠지.'

물론 화산의 제자들 역시 이런 사람을 처음 본 상황이었다면 분명 반응이 달랐을 것이다. 처음 야수궁주 맹소를 만났을 때처럼 말이다.

녹림왕이 크게 헛기침하고는 묵직한 목소리로 입을 열었다.
"그대들 중 누가 화산신룡인가?"
"전데요?"
청명이 손을 번쩍 들었다. 녹림왕이 청명을 위아래로 훑어보았다.
"그리 강해 보이지는 않는데."
"네. 마침 저도 그렇게 생각하고 있었어요!"
"……뭐라 했느냐?"
"마음이 통했다고요. 우리 의외로 잘 맞을 것도 같네요."
청명이 히히 웃었다. 뺀질뺀질하기 그지없는 모습에, 녹림왕은 기묘한 것을 보는 듯한 눈빛으로 그를 빤히 보았다.
"듣던 대로 건방진 놈이로군."
"오? 제 소문을 들으셨어요?"
"요즘 천하에 화산신룡에 대한 이야기가 자자한데 듣지 않을 수가 없지. 어찌나 그 소문이 요란한지 산까지도 퍼져 오더군."
"헤헤헤. 제가 그렇게 대단한 사람은 아닌데."
'좋아하지 마!'
'저건 전생에 칭찬 못 받아 죽은 귀신에 씌었나.'
그때 녹림왕의 눈빛이 조금 가라앉았다. 얼굴에 걸려 있던 웃음도 어느새 식어 버린 지 오래였다. 그 모습에 화산 제자들이 마른침을 삼켰다.
'화났네.'
'나 같아도 화나지.'
"듣자 하니, 산적질을 계속하고 싶으면 너를 찾아오라고 했다던데?"
"제가요?"
청명이 백천 일행을 돌아보더니 고개를 갸웃했다.
"내가 그런 말을 했었나?"
"……."

"기억이 날 것도 같고……."

녹림왕의 수염 끝이 파르르 떨리기 시작했다.

"이놈이 보자 보자 했더니 감히 나를 능멸해?"

그가 노기 어린 목소리로 버럭 소리를 내질렀다. 그 소리가 얼마나 큰지 건물이 부르르 진동하며 먼지를 쏟아 내었다.

"네놈들이 저 쳐 죽일 만인방 놈들을 무찔렀다기에 좋게 보아 주려 했건만! 감히!"

"아아, 진정 좀 하세요. 사람이 생각이 안 날 수도 있지."

"……이놈이?"

"뭐 그런 말을 했고 안 했고가 중요하겠어요? 중요한 건 제가 그쪽과 할 말이 있다는 거죠."

뻔뻔한 대답에 녹림왕은 금방이라도 벌떡 일어나 찢어 죽일 듯한 눈빛으로 청명을 노려보았다. 하지만 청명은 조금도 기죽지 않고 그런 녹림왕을 똑바로 응시했다.

무거운 침묵이 흘렀다. 얼마나 시간이 지났을까. 녹림왕은 콧방귀를 뀌며 기세를 풀었다. 그러고는 다시 거대한 의자에 몸을 기댔다.

"……강단은 있는 놈이로군. 그래. 하고 싶은 말이 뭔가? 그대들의 공을 감안해서 들어는 주겠다."

"뭐 그리 대단한 이야기는 아니에요. 그런데 솔깃할 만한 이야기죠."

엄지와 검지를 딱 맞붙여 고리를 만든 청명이 히죽거리며 물었다.

"혹시 돈 좀 벌어 보고 싶은 생각 없으세요?"

"돈?"

"네, 돈. 당연히 관심이 있으시겠죠? 녹림도 결국은 돈 벌자고 이러고 있는 거잖아요. 자, 그러니까 이게 무슨 말이냐면……."

"잠깐!"

녹림왕이 말을 끊더니, 심드렁한 표정으로 손을 내저었다.

"그런 이야기라면 나와 할 게 아니지. 육소병!"

"예이!"

응? 청명은 대답이 들려온 쪽으로 고개를 돌렸다. 곧 문이 벌컥 열리더니 한 사내가 안으로 후다닥 뛰어 들어왔다.

"부르셨……. 쿨럭! 쿨럭! 아오, 이놈의 기침이! 쿨럭!"

사내는 뛰어오다 말고 소매로 입을 틀어막은 채 연신 기침을 해 댔다.

"쿨럭! 에헤이이이. 에이취이!"

청명은 멍한 눈으로 기침을 멈추지 못하는 사내를 보았다.

이건 또 뭐지? 누가 봐도 이런 산채와는 어울리지 않는 인물이었다. 입고 있는 학창의는 조금 낡았지만 티 한 점 없이 깨끗하게 관리되어 있었고, 손에 든 부채 역시 너덜너덜하지만 그럼에도 우아하게 하늘거렸다.

머리에 쓴 관이 살짝 구겨진 건 옥의 티처럼 거슬렸지만, 머리카락 한 올 흘러내리지 않게…….

"에에이취이!"

아. 흘러내렸네. 여하튼 깔끔하다.

하지만 무엇보다 인상적인 점은 핏기 한 점 보이지 않을 정도로 창백한 안색과 거뭇한 눈가였다.

"……어디 아프세요?"

"쿨럭쿨럭! 신경 쓰지 마십시오. 제가 원래 몸이 좀 약해 놔서……."

실제로 닭 목도 비틀지 못할 것처럼 약해 보이긴 했다. 어쨌든 그것만 빼면 전형적인 낙방거자(落榜擧子)처럼 생긴 이였다.

"부르셨습니까!"

"이놈들이 돈이 어쩌고 하는구나. 나는 골치 아픈 일은 딱 질색이니 네가 상대하거라."

"예이! 그런 건 제가 또 전문 아니겠습니까! 이래 봬도 제가 산술부터 시작하여 천문과 역법, 그리고…….''

"시끄럽다! 쓸데없는 소리 지껄이지 말고 일이나 해라!"

"옙."

사내가 살짝 시무룩해져서는 화산의 제자들 쪽으로 시선을 돌렸다. 그러더니 언제 그랬냐는 듯 환히 웃었다.

"아이고! 반갑습니다, 도장 나리들. 저는 녹림왕을 보좌하고 있는 병서생 육소병이라 합니다!"

"보좌요?"

착! 사내가 부채를 소리 나게 펴고 입을 가리더니 작게 속삭인다.

"녹림왕께서는 워낙 호방하셔서 셈 같은 사소한 일에는 관심을 두지 않으십니다. 그러니 저와 말씀하시면 됩니다."

바짝 붙어 속살거리는 사내를 보며 백천이 흐뭇한 미소를 지었다.

'물에 빠진 쥐새끼 같은데.'

아니, 사실 면밀히 살펴보면 나름대로 인물이 없진 않다. 여리여리한 얼굴선과 창백한 피부는, 호쾌한 맛은 없지만 묘한 매력을 풍겼다.

"헤헤헤헤! 이렇게 화산의 영웅들을 만나 뵙게 되어 영광입니다! 제가 여러분들에 관한 소문을 듣고 얼마나 가슴이 뛰었는지 모르실 겁니다. 더구나 그 만인방의 망할 새끼들을 모조리 발라 버렸다는 이야기에는 거의 지릴 뻔했다는 거 아니겠습니까!"

그런데 그 매력을 저 비굴한 태도와 간사한 웃음이 모조리 박살 내 놓고 있었다. 눈치를 살피며 연신 굽실대는 허리와 살짝 구부정한 다리, 절박해 보일 만큼 꼭 모은 두 손은 보는 이들의 힘이 절로 빠지게 했다.

"……이런 데 계실 분 같지는 않은데?"

백천이 넌지시 말했다. 그러자 육소병이 살짝 서글픈 표정을 지으며 작게 난 창문 쪽으로 시선을 던졌다.

"……뭐, 세상에 사연 있는 사람이 어디 한둘이겠습니까?"

뒤에서 지켜보던 녹림왕이 코웃음을 쳤다.

"사연은 얼어 죽을. 과거에 급제를 못 해서 목매달고 죽으려던 놈을 살려 줬더니, 사연 타령 하고 있네."

"……아니, 제가 그건 비밀로 해 달라고……."

"시끄러우니 어서 할 일이나 해라!"

"예이! 여부가 있겠습니까!"

그 꼴을 보던 화산의 제자들은 눈을 질끈 감았다.

'여기도 글렀어. 개판이네.'

역시 여기도 제대로 된 곳은 아닌 모양이었다.

"그래. 저희와 사업을 하고 싶단 말씀이십니까?"

"네. 그렇죠."

"흐음. 화산이라면 그래도 나름 고매하신 도사님들이 모여 사는 도관으로 알고 있는데 저희 같은 무지렁이들과 사업을 하고 싶다니. 거참 괴상한 일이군요."

"뭐라? 무지렁이?"

녹림왕이 눈을 부라리자 육소병이 찔끔하며 뒤를 돌아보았다.

"헤헤. 말이 그렇다는 거지요, 말이."

"이놈이 정말 덜 맞았나?"

"……죄송합니다."

육소병은 시무룩하게 입을 다물었다. 그 모습을 가만히 지켜보던 청명이 어깨를 으쓱하고는 입을 열었다.

"저희가 지금 운송업을 하나 준비하고 있거든요."

"운송! 운송업? 화산에서 표국이라도 여시는 겁니까? 저희가 또 표국과는 항시 좋은 관계를 유지하고 있죠. 자고로 오가는 금전 속에 우정이 싹트는 법이 아니겠습니까?"

"아, 표국까지는 아니고요. 그냥 말 그대로 운송업이에요. 작은 물건을 빠르게 배송하는 걸 목표로 하고 있죠."

순간 육소병이 눈을 반짝반짝 빛내는가 싶더니 이내 씨익 웃었다.

"작은 물건……. 빠르게라. 호오. 그것참 재미있는 발상이군요. 보아하니 먼 거리를 빨리 배송하는 게 목적인 모양이고요."

"오! 바로 이해하시네요. 맞아요!"

"흐음. 그럼 화산 분들이 직접?"

"옮기는 건 다른 사람이 할 거예요."

청명이 딱 잘라 말하자, 육소병은 의외라는 듯 눈살을 찌푸렸다.

"그런 물건은 신속이 생명일 텐데, 직접 하시지 않고?"

"경공이 빠른 사람들을 준비했거든요."

"아아. 그렇죠! 그렇죠!"

부채를 살랑이며 잠깐 생각하던 육소병이 다시 입을 열었다.

"이해했습니다. 그러니까 최단 거리로 이동하기 위해서는 관도고 뭐고 다 무시하고 산 넘고 물 건너서 직선으로 주파해야 하는데, 중간중간 저희의 영역이 있어서 통행에 문제가 생길까 걱정이다, 이 말씀?"

"척하면 착이시네!"

"저야말로 놀랐습니다. 세상에, 이런 발상을 하시다니. 보나 마나 고관이나 거부들을 대상으로 한 사업이겠군요."

청명이 정말 놀랐다는 듯이 감탄을 내뱉으며 육소병을 바라보았다.

"이야. 진짜 똑똑하시네요."

"하하하핫. 보통입니다, 보통."

그러자 육소병이 슬쩍 거들먹거리며 턱을 치켜들었다. 청명은 손뼉이라도 칠 기세로 눈을 빛냈다.

"와. 간만에 마음에 드는 양반이네. 산적 때려치우고 화산으로 올 생각은 없어요? 녹봉은 내가 더 잘 쳐 드릴 수 있는데."

"하하하. 말씀이야 감사하지만, 저는 제 주제를 아는 사람입니다. 송충이는 솔잎을 먹어야 하는 법이지요. 녹림에 받은 은혜가 있는지라."

"달에 금자 하나씩 드릴 수도 있는데."

육소병이 와락 달려들어 청명의 손을 덥석 움켜잡았다.

"어떻게 또 솔잎만 먹겠습니까. 때로는 다른 것도 먹습니다. 지금 바로 출발하면 됩니까?"

그러자 참다못한 녹림왕이 자리에서 벌떡 일어나 소리를 질렀다.

"네 이노오오옴! 경을 치기 전에 제대로 일하지 못할까!"

"죄, 죄송합니다."

어깨를 잔뜩 움츠린 육소병이 눈치를 살피다 청명에게 작게 속삭였다.

"거, 미안하게 됐습니다. 저분이 성격이 좀 급하셔서."

"……지금까지 안 맞아 죽은 게 용하네요."

"고난의 세월이었지요."

육소병은 아련한 눈빛으로 다시 창밖 어딘가를 응시했다.

한편, 한 걸음 떨어진 곳에서 두 사람의 모습을 지켜보던 백천은 갑자기 느껴지는 한기에 몸을 부르르 떨었다.

뭐지? 얘들 뭔데 이리 죽이 잘 맞지?

주위를 돌아보니 다른 사형제들도 비슷한 느낌을 받은 모양이었다.

'청명이 놈과 저리 죽이 맞는 사람은 처음 봅니다.'

'거의 찰떡궁합 수준인데.'

'이게 야수궁주님이랑은 또 다르네.'

야수궁주는 호방함이라는 측면에서 청명과 찰떡이었다면, 이놈은 뭐랄까……. 잔망스러움이라는 측면에서 서로 딱 맞아떨어지는 조각 같았다.

"그러니까……. 쿨럭! 에이, 또……. 쿨럭! 쿨럭! 에헤이! 망할 놈의 기침, 쿨럭! 같으니!"

뭐라 말을 꺼내다 말고 연신 기침을 하던 육소병이 뒤쪽에 있는 호리병을 끌어다 물을 꿀꺽꿀꺽 들이켰다.

"카아! 냉수 좋고."

백천의 눈가가 경련을 일으켰다. 이쯤 되면 어린 시절 헤어진 형제라고 해도 믿을 지경이 아닌가.

입가를 소매로 닦은 육소병이 히죽히죽 웃으며 청명을 향해 말했다.

"그래서 그 새로운 사업을 하는데 녹림의 양해를 구하고 싶으시다, 이 말씀이시죠?"

"네, 정확해요."

"좋지요, 좋지요. 사실 뭐가 다르겠습니까? 녹림의 사업이라는 것도 결국 산짐승이 우글대는 위험한 산을 무탈하게 지날 수 있도록 보호해 주는 일 아니겠습니까?"

"……보호?"

"크게 보면 그런 셈이지요. 에이, 뭘 그리 깊이 따지십니까."

육소병이 어깨를 으쓱하며 너스레를 떨었다.

"보호세만 내신다면 얼마든지 도와드릴 수 있지요. 그래서 얼마를 내실 생각이십니까? 천하에 퍼져 있는 칠십이 채는 물론이고, 칠십이 채에 들지 못하는 작은 산채들까지 모조리 뒤탈 없이 통과할 수 있게 해 드리려면……. 어휴, 이거 싸게는 안 되겠습니다만?"

청명을 바라보는 그의 눈빛이 의미심장했다.

"보아하니 이 일로 꽤 두둑하게 챙기실 것 같으니 말이지요."

그 말에 청명은 씨익 웃더니 여상하게 말했다.

"뭐, 돈이 그렇게 중요하겠어요?"

"그렇지요, 그렇지요. 공자께서 말씀하시기를 군자가 친우를 사귐에 있어서는 금전을 논하는 게 아니로다! 쿨럭! 그 말 그대로입니다! 오래간만에 이렇게 통 큰 분을 만나니 이 병서생! 속이 다 시원……. 크허흑, 쿨럭! 쿨럭!"

내장이라도 토할 기세로 한참이나 쿨럭대던 병서생이 입가를 손수건으로 닦아 내며 투덜거렸다.

"쯧쯧. 이러다 죽지. 이러다 죽어."

잔뜩 짜증을 내면서도 손수건을 곱게 접은 병서생은 다시 눈을 빛냈다.

"자자. 그러니 제시해 보시지요. 이렇게 마음이 맞는 분을 만났으니 싸게 해 드리고 싶지만, 아시다시피 저도 고용되어 녹림왕을 모시는 입장이라 제 마음대로 깎아 드릴 수는 없습니다."

그러자 청명은 묘한 눈빛으로 미소를 머금은 채 병서생을 보았다.

"생각이 좀 바뀌었어요."

"네?"

"적당히 돈푼 쥐여 주고 건드리지 말라고 할 셈이었는데, 돌아가는 판을 보아하니 일을 조금 크게 벌여도 되겠다 싶어서요."

그러자 병서생이 오히려 마음에 든다는 듯 웃더니 부채를 살랑거렸다.

"호오. 큰 판이 벌어지는 건 언제든 환영이지요. 그래, 어떤 판 말씀이십니까?"

그 말이 나오기를 기다린 사람처럼 청명의 입꼬리가 더 말려 올라갔다.

"그런데 이건 한낱 군사와 나눌 이야기는 아닌 것 같네요. 녹림왕과 이야기를 해야 할 것 같은데?"

"아······. 아이고, 저희 녹림왕께서는 이런 쪽에 영 약하셔서······."

"제 말을 이해 못 하신 모양인데요."

청명이 말을 끊자, 흔들던 부채를 접으며 병서생이 고개를 갸웃했다.

"녹림왕과 이야기를 하고 싶다고요. 녹림왕."

청명이 단호하게 다시 한번 강조해 말했다. 그러자 눈을 느리게 깜빡인 병서생이 순식간에 웃음기를 거두며 그를 빤히 보았다.

"녹림왕이요?"

"네."

"알고 하는 말이죠?"

"네."

"언제부터?"

"조금 전?"

약간의 망설임도 없는 확신 섞인 대답이었다. 한숨을 푹 쉰 병서생이 말아 쥔 부채 끝을 관 안으로 밀어 넣더니 머리를 벅벅 긁어 대었다.

"하, 요상하네. 보통은 잘 모르는데."

화산의 제자들은 영문을 몰라 돌아가는 상황을 그저 멍하니 바라보았다. 갑자기 변한 분위기에 그저 어리둥절할 뿐이었다. 청명은 무슨 생각으로 저런 말을 꺼낸 거며, 병서생의 태도는 왜 갑자기 변한 건지. 이해가 하나도 안 되지 않았다.

그때, 병서생 육소병이 몸을 휙 돌리더니 녹림왕이 앉은 곳으로 휘적휘적 걸어갔다. 그러자 녹림왕이 큰 눈을 더욱 사납게 뜨며 노려보았다.

"이놈이! 내가 분명 일을 마무리하라고……."

"야. 걸렸어, 인마! 헛짓거리 하지 말고 나와!"

"지금 그게 무슨……."

"걸렸다니까, 이 새끼야! 나와!"

병서생이 녹림왕을 냅다 뻥 걷어찼다. 그리 힘도 주지 않은 듯한데 거구의 녹림왕이 너무도 쉽게 의자에서 튕겨 나가 바닥을 굴렀다.

"아이고오!"

"에이, 진짜."

육소병은 투덜거리며 머리에 쓰고 있던 관을 내동댕이쳤다. 관에 깔끔하게 담겨 있던 그의 머리카락이 흘러내리며 거칠게 엉켜 들었다.

이윽고 호피로 장식된 의자에 앉은 그의 작은 몸에서, 지금까지와는 다른 기세가 흘러나오기 시작했다. 눈썹을 까딱인 그가 입을 열었다.

"다시 소개하지."

그 모습에 화산의 제자들은 저도 모르게 마른침을 꿀꺽 삼켰다.

'그럼 저자가?'

딱히 변한 것은 없다. 하지만 옥좌에 다리를 꼬고 앉은 육소병은 지금까지 그들이 보던 자가 아닌 것 같았다. 그저 표정 하나, 자세 하나가 달라진 것만으로도 사람이 이렇게나 바뀔 수 있다니.
육소병은 위엄이 넘치는 목소리로 일갈했다.
"내가 바로 녹림칠십이채의 주인인 녹림왕 임소병(林素炳)이다. 화산의 어린 제……. 쿨럭! 쿨럭! 에에에에이취! 아오, 진짜 죽겠네! 이놈의 기침! 쿨럭! 에헤에에에! 물! 물 가져와! 물!"
백천이 흐린 눈으로 임소병을 바라보았다. 어째 말하는 시간보다 기침하는 데 드는 시간이 더 긴 듯했다.
'뭐 제대로 된다 싶더라.'
그럼 그렇지. 에휴.
꿀꺽. 꿀꺽. 꿀꺽. 육소병. 아니, 임소병이 목울대를 울려 가며 호쾌하게 물을 마시고는 입가를 슥 훔쳤다.
"카아아아아!"
그 모양새가 참 뭐랄까…… 참…….
'청명이 놈이 술 마시는 꼴 같네.'
'뭔 물을 저리 호쾌하게 마셔.'
"아이고, 죄송합니다. 안 하던 짓을 하려다 보니. 이거 참."
히죽 웃은 임소병은 조금 전 위엄 넘치던 모습이 거짓인 양 처음 같은 말투로 말을 건넸다. 이렇게 나오니 화산 제자들은 더욱 혼란스러웠다.
"그럼…… 그쪽이……. 아니, 그쪽께서……."
백천이 머뭇거리며 말을 잇지 못했다. 뭐라고 불러야 하지? 하지만 백천이 딱히 고민할 필요도 없이 임소병이 깔끔하게 대답을 해 주었다.
"예. 제가 녹림왕입니다. 임소병이라고 하지요."
"그럼 아까 그 기침도 다……?"
"아, 그건 정말입니다. 제가 선천적으로 몸이 약해서."

그때, 언제 나갔던 건지 처음 녹림왕 행세를 하던 장한(壯漢: 허우대가 크고 힘이 세찬 남자)이 후다닥 도로 들어오더니 임소병에게 탕약을 내밀었다.

"약 드실 시간입니다."

"물 먹기 전에 가져왔어야지! 이 미련곰탱이 같은 놈아!"

"……죄송합니다."

임소병은 짜증 어린 눈빛을 보내고는 탕약 사발을 들더니 한 번에 쭈욱 들이켰다. 그러더니 빈 그릇을 거의 던지듯 도로 건네며 소리쳤다.

"우욱, 진짜. 감초 좀 더 넣으라고 몇 번을 말하느냐!"

"……감초가 많이 들어가면 약효가 떨어진다고 하잖습니까."

"빌어먹을. 약효 찾다가는 병으로 죽기 전에 입이 써서 죽겠다."

임소병은 더 말 섞기도 싫은 사람처럼 손을 휘휘 저어 장한을 물렸다.

"비켜 봐. 손님 계시잖아."

장한은 다소곳이 뒤로 가 시립했다.

'이게 대체 뭐 어떻게 돌아가는 거야?'

화산의 제자들은 그 모습을 멍하니 바라보며 머릿속을 정리하려 애썼다. 그러니까 저 야수궁주 형제 같은 사람이 아니라, 저 곧 쓰러져 죽어도 이상하지 않을 서생이 녹림왕이라는 거지, 지금?

그런 그들의 심정을 짐작했는지, 임소병이 히죽 웃었다.

"놀라셨죠? 죄송하게 됐습니다. 이게 다 먹고살려고 하는 짓이다 보니."

그때, 궁금증을 참지 못한 조걸이 슬쩍 손을 들고 물었다.

"그런데…… 왜 이런 일을……."

"좋은 질문입니다. 딱 좋은 질문이에요."

촤악! 부채를 쫙 펼친 임소병이 얼굴을 반쯤 가린 채 말했다.

"여러분은 여기에 들어오기 전에 녹림왕이 어떤 사람일 거라고 생각하셨습니까?"

"그야……."

화산의 제자들은 각자 생각했던 녹림왕을 머릿속에 그려 보았다.
산처럼 거대한 덩치. 호방한 목소리. 거친 수염과 호피…….
"그거죠! 그거죠!"
아무도 뭐라 말하지 않았는데 임소병이 격앙된 목소리로 외쳤다.
"사람들이 녹림왕에게 원하는 그런 형태가 있다는 말입니다! 그런데 막상 만났더니, 말라비틀어진 멸어(蔑魚: 멸치) 같은 놈이 나와서 내가 녹림왕입네 하면 어떻겠습니까?"
"어……. 좀 이상하게 생각할 것 같긴 한데."
"우습게 본다 이 말입니다! 우습게!"
임소병이 답답함을 이기지 못하고 자신의 가슴을 퍽퍽 소리 나게 쳤다.
"뭔 녹림왕을 덩치로 뽑는 것도 아닌데! 덩치 좀 작고 사람이 좀 말랐다고 그렇게 우습게 본다니까요!"
아……. 화산의 제자들이 이해했다는 듯 멍하니 고개를 끄덕였다.
"산적이 다 큰 덩치에 호피만 입고 다니는 게 아닌데!"
그때, 가만히 임소병의 말을 듣던 청명이 피식 웃으며 지적했다.
"그런데 그건 산적들이 대개 그렇게 수염을 덥수룩하게 기르고, 짐승 가죽 두르고 다녀서 벌어진 일이잖아요."
임소병은 열을 식히려는 듯 너덜너덜한 부채를 마구 흔들어 대었다.
"안 그러면 영업이 안 된다는데 어쩝니까. 그래도 좀 깔끔하게 입고 다니라고 하는데 말을 들어 처먹어야……. 에잉! 이거 하나하나 바꾸는……. 에에취이! 에이! 빌어먹을 꽃가루 같으니. 쿨럭! 쿨럭! 크하핫!"
그는 말을 하다 말고 금방이라도 허파 한쪽을 뱉어 낼 것처럼 기침을 해 댔다. 입을 틀어막고 기침을 하다 도저히 안 되겠는지 호리병을 잡아 거칠게 물을 들이켜고 나서야 진정이 된 그는 태연히 말을 이었다.
"크흠. 어쨌든, 그러다 보니 대외적으로 나설 때는 적당히 녹림왕스러운 놈을 대신 내세울 수밖에 없었지요."

"그게 저분이고요?"

"예. 녹림십영 중 하난데……. 뭐 그런 것까지 아실 필요는 없을 테고."

모두의 시선이 자연스레 저분, 그러니까 장한에게로 향했다. 임소병의 등 뒤에 자리 잡고 선 그는 마치 신장 같았다.

'확실히 저쪽이 녹림왕스럽네.'

'선입견이 무섭다더니.'

그때, 부채를 접은 임소병이 흥미롭다는 듯 청명을 바라보았다.

"그런데……. 도장께서는 제가 녹림왕이라는 걸 어찌 아셨습니까?"

"뭐, 이유야 여러 가지가 있지만……."

청명이 웃으며 어깨를 으쓱해 보였다.

"강한 사람이 더 약한 사람한테 굽실댈 필요는 없죠."

순간 임소병의 눈이 날카로워졌다. 그는 감탄을 삼키며 청명을 보았다.

'내 무위를 꿰뚫어 봤다는 건가…….'

그런 것조차 숨기지 못하면서 이런 연기를 했을 리가 없다. 게다가 애초에 그가 익힌 것은 겉으로는 그 무위가 드러나지 않는 무학이었다. 웬만한 고수라도 그의 무위를 알아채는 건 쉽지 않은 일일진대…….

'저 어린 소도장이 그걸 꿰뚫어 봤다는 말이렷다?'

생각을 정리한 임소병의 입가가 비틀리듯 말려 올라갔다.

"이거, 처음부터 부처님 손바닥 위에서 재롱을 부린 격이 되었군요. 허허. 이리 부끄러울 데가 있나."

하지만 말과는 달리 그의 표정에는 조금도 부끄러운 기색이 없었다.

"이유가 여러 가지 있다고 하셨는데, 혹시 다른 이유를 들어 봐도 되겠습니까?"

"딱히 대단한 건 아니에요. 애초에 녹림왕이라는 자리가 덩치 좀 크다고 할 수 있는 자리는 아니잖아요. 그런데 저 사람은 그리 똑똑해 보이지 않더라고요."

임소병이 눈에 이채를 띠고 청명을 훑어보았다.

"화산신룡……. 화산신룡이라. 사람들은 화산신룡 청명 도장의 드높은 무위와 잠재력을 칭송합니다만, 이제 보니 도장께서는 진짜 도사시군요. 겉모습에 현혹되지 않고 본질을 본다. 그게 도를 좇는 이들의 본연의 모습이겠지요."

방금 내가 무슨 소리를 들은 거지? 쏟아지는 망언에 백천의 눈가가 파르르 떨렸다. 지금 여기서 뭔가 깊은 오해가 발생하고 있었다.

"좋습니다."

촤악! 임소병이 부채를 펴 들고는 눈을 반짝였다.

"저도 제 정체를 간파한 사람을 만난 게 얼마 만인지 모르겠습니다. 귀한 손님을 만났으니, 당연히 그만한 대접을 해 드려야겠지요. 그래, 원하시는 게 뭡니까?"

청명이 이제야 좀 신이 나는 듯 씨익 웃었다.

"말이 통하네요. 뭐 별건 아니고, 몇 가지 같이해 보고 싶은 건데."

"그러니까, 어떤 걸?"

"그 전에, 산채들이 정확히 어디에 위치하고 있는지 확인할 수 있는 지도 같은 게 있을까요?"

"……방금 지도라 하셨소?"

"네."

임소병이 살짝 고민하는 낯으로 의자에 등을 기대었다. 그러자 그의 뒤에 있던 가짜 녹림왕이 삿대질하며 버럭 소리를 질렀다.

"이놈! 지금 무슨 소리를 지껄이는 줄 알고는 있는 것이냐! 산채의 위치를 모두 내어 주었다가 그게 관에라도 들어가면 무슨 일이 벌어질……."

"가져와, 지도."

"……예?"

"지도 가져오라고."

"노, 녹림왕이시여! 그건……."
"거, 씨!"
부채를 접어 치켜들며 임소병이 눈을 험악하게 부라렸다. 그러자 가짜 녹림왕이 움찔하더니 연신 굽신거리며 소리쳤다.
"지금 바로 가져오겠습니다! 조금만 기다리십시오."
그는 덩치에 걸맞지 않은 속도로 부리나케 튀어 나갔다. 그 뒷모습을 보며 혀를 차던 임소병이 살짝 피곤한 낯빛으로 빙그레 웃었다.
"이해 좀 해 주십시오. 천생 신력을 타고난 놈인데, 이럴 땐 좀……. 영 우둔한 면이 있어서."
"데리고 다니려면 답답하실 것 같은데?"
"끄응. 좀 그런 면이 있기는 합니다만, 어쩌겠습니까. 그래도 사람마다 다 필요와 쓰임새가 다른 법이죠. 저놈이 저래 봬도 어떨 땐 제법 도움이 되긴 합니다."
"그렇긴 하죠. 저도 그런 거 하나 데리고 다니느라 귀찮아 죽겠거든요."
청명이 슬쩍 뒤쪽을 돌아보았다.
"뭐? 왜 날 봐!"
백천이 발끈해서 꽥 소리치자 청명이 고개를 절레절레 내저었다.
"그냥 팔자려니 해야죠."
"동감입니다."
뭔가 속이 터지고 억울했지만, 상황이 상황인지라 차마 경거망동할 수가 없었다. 그 와중에 청명의 어깨에 올라탄 백아 놈이 이쪽을 자꾸 힐끔대는 게, 이상하게 그를 비웃고 있는 것 같아 더 성질이 뻗쳤다.
"여, 여기! 여기 가지고 왔습니다."
다시 안으로 뛰어 들어온 거한이 그들의 앞에 지도를 펼쳐 들었다.
지도를 찬찬히 확인한 청명은 재미있다는 듯 눈을 빛냈다.
"흐음, 역시나. 보면, 산채라는 게 정말 중요한 곳에만 있네요."

"그야 당연한 일이죠. 산채라는 건 산을 오가는 이들이 있어야 의미가 있습니다. 그런데 산에 산채가 들어섰다는 소문이 퍼지면 사람들은 다른 길로 돌아가려 하기 마련 아니겠습니까?"

임소병이 지도를 가리키며 씨익 웃었다.

"그렇기 때문에 목이 중요하지요. 산채는 얼마나 좋은 목에 자리하느냐가 구 할. 산적이 있다는 걸 알면서도, 이곳을 피해 돌아가느니 차라리 돈푼 좀 적당히 쥐여 주고 통과하는 게 이득이다 싶은 요지에 자리를 잡아야 합니다."

설명을 들은 청명이 흡족해하는 표정으로 고개를 끄덕였다.

"다시 말하자면, 중원에서 제일 중요한 물류의 요지에는 전부 녹림의 산채가 있다는 이야기잖아요?"

"그렇지요, 그렇지요. 역시 이해가 빠르십니다."

이는 즉, 앞으로 유령문이 물건을 옮길 때도 녹림의 산채가 있는 곳들을 통과할 확률이 높다는 것이다.

"조건을 바꾸죠. 단순히 통과하는 권한만 주실 게 아니라, 산채를 숙소로 쓰게 해 주세요."

"……숙소?"

이건 전혀 예상하지 못했다는 듯이 임소병의 눈이 커다래졌다.

"녹림칠십이채를 객잔처럼 쓰겠다는 겁니까? 아니, 그게 뭔……."

임소병이 멍하니 중얼거리며 말끝을 흐리자, 청명이 혀를 찼다.

"우리 특급 배송 기사들이 발은 빠른데 무공은 영 약하거든요."

"……그래서요?"

"그런 이들이 제일 위험할 때가 바로 쉴 때와 잘 때죠. 뛰어다닐 때는 워낙 발이 빠르니 도망치는 데 별문제가 없지만, 휴식을 취할 때 누군가 마음먹고 노리면 꼼짝없이 당할 수밖에 없을 테니까요."

가만히 듣고 있던 임소병이 턱을 쓰다듬으며 침음을 흘렸다.

"처음에야 그런 이들이 없겠지만, 이게 소문이 나면 날파리가 꼬이지 않는다는 법이 없어요. 이게 점차 말이 붙기 시작하면 신투니 강도니 하는 놈들이 떼거리로 달라붙을 수도 있어서."

"그놈들을 찾아서 응징해 본보기를 보이는 것 정도야 도장께 그리 어려운 일 같지는 않아 보입니다만?"

"효율의 문제죠. 제가 할 일이 없는 것도 아니고, 그런 일이 벌어질 때마다 일일이 찾아다니며 때려잡는 것도 여간 귀찮은 일이 아니거든요. 벌어지고 나서 수습하느니, 애초부터 조심하는 편이 낫죠."

"……말은 다 맞는 말인데."

그래서 나온 발상이라는 게, 녹림을 객잔으로 쓰겠다?

'아니, 아니. 이거 의외로 합리적이야.'

산채라는 이름에서 오는 거부감을 빼면, 거기만큼 안전한 곳도 없다. 명성 자자한 고수들도 웬만해서는 산속에서 녹림과 싸우려 들지 않으니까. 그러니 어쩌면 산과 들에서 가장 안전한 거처는 산채일지도 모른다.

"게다가 내 이름으로 명령을 내리면 우리 식구들이 물건을 탐내지도 않을 거고?"

"그게 요점이죠."

청명이 옳다구나 그의 말을 받았다. 녹림의 산채들은 천하에 퍼져 있다. 저 도장의 말대로 발 빠른 이들이라면 사나흘 열심히 달리고 산채에 들러 쉬어 간다면, 먼 거리를 이동하면서도 큰 무리가 없을 것이다.

"하하하핫!"

크게 웃음을 터트린 임소병이 돌연 자리에서 벌떡 일어나더니 청명에게로 성큼성큼 다가갔다. 뒤에 있던 백천과 일행이 살짝 움찔했지만, 임소병은 두 눈을 더없이 반짝이며 청명의 손을 꽉 움켜잡았다.

"이거 도사라고 해서 고리타분한 양반들일 줄 알았더니, 이리 재미있는 이야기를 하시는군요. 이 임 모, 다시 보았습니다."

"헤헤. 그것도 선입견이죠."

"크으으으! 그렇지요, 그렇지요! 평생 선입견에 시달리던 제가 역으로 선입견을 품고 있었다니. 군자로서 부끄럽습니다!"

그 말에 화산의 제자들이 서로 시선을 교환했다.

뭔 산적이 이래? 산적이 군자면 해적은 용왕쯤 되나? 딴지를 걸고 싶은 부분이 한둘이 아니지만, 차마 저 사이비 도사와 사이비 산적의 대화에 낄 엄두가 나질 않았다.

"그래서 저희는 그분들이 안전히 쉴 곳을 제공하면 된다?"

"겸사겸사 꼬리를 달고 들어올 때도 있을 텐데, 그럴 때는 알아서 처리해 주시면 좋고요."

"그럼 도장께서는 저희에게 적당한 보상을 해 주시고?"

"서로 만족할 수 있을 정도로는 해야죠."

"합리적입니다! 아주 합리적이에요! 도장께서는 정말 무인답지 않게 합리적인 분이시네요. 하하하……. 콜록! 콜록! 에헤이!"

허리를 부여잡고 기침을 해 대는 임소병을, 화산의 제자들이 흐린 눈으로 바라보았다. 그 와중에 혜연은 눈앞에서 도사와 산적이 결탁하는 기상천외한 광경이 참혹하기만 한지 연신 불호만 외어 댔다.

"크흠. 크으으으흠!"

크게 목을 가다듬으며 기침을 다스린 임소병은 이내 히죽 웃었다.

"그런데, 도장께서 제게 이 일을 제안하시는 이유가 단순히 그것뿐만은 아닌 것 같은데?"

"뭐, 그건 나중에 또 이야기할 때가 있겠죠."

"간을 보시겠다?"

"서로 마찬가지 아닌가요?"

"그건 그렇지요. 낄낄."

"낄낄낄낄."

잠깐의 긴장감이 무색하게, 임소병과 청명은 서로를 보며 잔망스럽게 웃어 댔다.

'이게 뭔 역적모의여?'

'진짜 죽이 잘 맞네.'

크게 웃어젖히던 임소병은 갑자기 웃음을 뚝 그치고는 몸을 획 돌렸다. 도로 의자에 돌아가 앉은 그가 더없이 나른하게 몸을 기댔다.

"좋습니다. 좋아요. 오래간만에 말이 통하는 사람을 만나서 참 좋습니다. 우리는 돈만 벌면 되는 일이니 나쁘지 않은 제안입니다. 다만……."

그의 얼굴에 스민 미소가 더욱 짙어졌다.

"녹림의 생리라는 게 그렇습니다. 이득을 추구하지만, 합리만으로는 해결되지 않는 면이 있지요. 이럴 때 녹림의 율법은 아주 간단합니다. 강자존(强者尊). 강한 자가 옳지요."

"흐음?"

"어떤가?"

입꼬리를 끌어 올리며 묻는 임소병의 목소리가 흡사 다른 사람인 양 일변했다. 녹림의 왕다운, 무게감 가득한 목소리였다.

"그대들은 스스로가 이 녹림과 함께 일을 벌일 자격이 있다 자신하는가? 그리고 그 사실을 증명할 용기가 있는가?"

말을 마친 그의 몸에선 거악과 같은 기세가 일시에 뿜어졌다.

'흡!'

화산의 제자들이 움찔하여 뒤로 주춤 물러났다. 순간적으로 밀려오는 절대고수의 기세는 그들이 감당하기에 너무도 포악하고 거칠었다.

"쯧."

그런데 그 순간, 작게 혀를 찬 청명이 가볍게 손을 휘저었다. 그러자 해일처럼 밀려오던 기세가 한풀 꺾이며 숨 쉬기가 한결 편해졌다.

건들건들하게 짝다리를 짚은 청명은 빤히 녹림왕을 보며 말했다.

"녹림의 율법이 뭐라고요?"

"강자존이지."

그 말을 들은 청명의 입꼬리가 히죽 위로 말려 올라갔다.

"그거참 재미있는 말이네요. 마침 화산도 같거든요."

"아니야, 이 미친놈아!"

"화산은 도가문이라고! 강자존은 뭔 놈의 강자존이야!"

"아, 시끄러워!"

청명이 버럭 소리 지르자 화산 제자들이 움찔했다. 끝내 참지 못하고 터져 나온 일행의 반란을 가볍게 잠재운 청명은 임소병을 향해 말했다.

"증명해야 한다면 얼마든지 증명해 주죠. 다만 조심하는 게 좋을 거예요. 저는 살살 하는 법 같은 건 모르거든요."

백천은 청명의 말을 들으며 흐뭇하게 웃었다. 그는 저 말이 무슨 뜻인지 아주 잘 알고 있었다.

'대가리 깨겠다는 뜻이네.'

어구, 우리 청명이. 이제 말도 돌려 할 줄 아네. 기특하다. ……기특해.

청명이 고개를 슬쩍 들며 임소병을 뚫어져라 바라보았다.

"그래서 어떻게? 직접 한판 하실 건가요?"

그 말에 임소병의 눈에 일순 섬뜩한 광채가 번뜩였다. 하지만 그것도 잠시. 다시 나른한 표정으로 돌아간 그가 심드렁하게 말했다.

"아니. 나는 보다시피 몸이 약해서."

그는 귀찮다는 듯 손을 휘휘 내저었다. 그 가벼운 몸짓조차 묘하게 흐느적대는 것이, 지켜보는 이들로서는 절로 힘이 빠지는 광경이었다.

"몸 쓰는 일은 영……. 콜록! 콜록! 맞지가……. 콜록! 아이코, 기침이야……."

어, 확실히……. 조금만 움직여도 저리 격하게 기침을 하는데, 만일 칼이라도 휘둘렀다간 그 자리에서 피 토하고 쓰러질 것 같긴 했다.

임소병을 찬찬히 뜯어보던 청명이 고개를 갸웃하며 말했다.
"약한 것치고는 세 보이시는데."
"세 보이는 것치고는 약해요."
"음, 그것도 맞는 말이고."
여태 잠자코 듣고 있던 혜연이 참다못해 화산의 제자들에게 물었다.
"……시주들은 저 두 분이 무슨 말을 하는지 이해하십니까?"
그 말을 들은 조걸이 주변을 둘러보며 눈치를 살피다가 작게 속삭였다.
"스님. 어차피 모를 거면 이해하는 척이라도 하십시다."
……딱히 대답이 되지는 않았다. 그래도 혜연은 자신과 같은 사람이 있다는 사실에 위안을 받았다.
임소병은 조금 곤란해하는 낯으로 슬쩍 청명을 바라보았다.
"그리고……. 그래도 제가 명색이 녹림왕인데, 어린 도사와 드잡이해서 좋을 게 없지 않겠습니까."
"그게 뭐 그리 체면 깎아 먹는 일인가요?"
청명이 의아해하며 묻자 임소병이 눈알을 부라렸다.
"제가 지기라도 하면 누가 책임집니까?"
천하의 청명도 이 말에는 딱히 대꾸할 말을 찾지 못했다.
이야, 이거 진짜 골 때리는 양반이네?
"안전제일. 세상은 안전제일인 법이죠. 문제를 해결하는 것도 중요하지만, 제일 좋은 건 문제가 생길 만한 가능성을 원천 차단하는 겁니다!"
더없이 단호하게 말한 임소병은 부채로 이마를 살짝 긁적였다.
"끄응. 그러니 여러모로 제가 직접 나서기는 좀 그렇고. 그럼 적당한 상대가 있어야 하는데. 흐음, 누구랑……."
"그럼 뭐 고민할 필요 있겠어요? 보아하니 저 양반이 녹림에서 좀 먹어 주는 것 같은데."
"누구요?"

"뒤에 계신 분요."

임소병이 가짜 녹림왕을 흘끗 돌아보았다. 그러더니 뭔가 복잡 미묘한 표정으로 청명을 바라보았다. 잠깐 고민한 그는 자리에서 벌떡 일어나더니 구석으로 가 청명에게 손짓했다.

"잠시 이쪽으로."

청명은 영문을 모르겠다는 표정으로 그에게로 가까이 다가갔다. 그러자 그는 벽 쪽으로 몸을 돌려 청명에게 어깨동무를 하더니 몸을 은밀히 숙였다. 그러고는 청명에게만 들릴 정도로 작은 목소리로 말했다.

"이보시오, 도장. 도장이라면 내가 왜 이런 짓을 하는 건지 이해할 거라고 생각하외다. 기본적으로 산적이라는 놈들은 머리까지 근육으로 차 있단 말이오. 일단 생각이란 게 일절 없다고."

"그거 녹림왕이 해도 되는 말이에요?"

"사실인데 뭘 어쩌겠소. 저놈들은 명령을 들으면 그 의도 같은 건 생각하지 않아요. 그냥 그 명령이 자기 마음에 드는가만 생각하지."

임소병이 답답하다는 듯 한숨을 푹 내쉬며 덧붙였다.

"그래서 내가 이런 빤한 짓거리를 하는 거외다. '녹림왕께서 친하게 지내라고 하신 놈들이 나름 센 것 같다'와, '녹림왕께서 저 센 놈들과 친하게 지내라고 하셨다'는 비슷한 것 같아도 완전히 다른 뜻이란 말이오. 적어도 이 녹림에서는."

"거참 미묘하네요."

"의외로 단순한 게 더 미묘한 법이오."

그러니까 결국은 자신들이 직접 눈으로 보고 인정한 강자일수록 친근하게 대한다는 소리다. 그건 청명에게 그리 낯선 개념은 아니었다.

'사파가 원래 그렇지 뭐.'

머리에 문자가 틀어박히면 거부감을 보이지만, 주둥아리에 죽빵이 꽂히면 그 누구보다도 이해가 빠른 족속들이 사파 아닌가.

"응? 화산도 그렇지 않느냐고? ……일단 그건 넘어가고."

임소병이 눈살을 찌푸리며 말을 이었다.

"저놈이 겉으로 보기에는 우둔해도, 무위가 낮은 건 아니란 말이오. 게다가 저놈은 신력을 타고났소. 그야말로 역발산기개세(力拔山氣蓋世)라 불릴 만하지."

"개새끼?"

"기개세! 기개세! 개새끼가 아니라 기개세!"

"아, 기개세요. 네네."

"쿨럭! 쿨럭! 흐, 흥분했더니 또 기침이……. 쿨럭!"

바로 앞에서 임소병이 기침을 마구 해 대자 청명이 영 찝찝하다는 표정으로 얼굴을 슬쩍 뒤로 뺐다. 하지만 임소병은 전혀 개의치 않고 계속해서 쑥덕거렸다.

"소도장께서는 실력에 자신이 있는 것 같지만, 저놈도 녹림에서 굴러먹을 만큼 굴러먹은 놈이오. 게다가 아둔하기가 그지없어서 적당히 져 주라는 명령을 실행할 능력이 없지. 그럼 소도장이 온전히 스스로의 힘으로 저놈을 꺾어야 하는데……."

"그렇게 하면 되죠."

"아니, 내가 말했다시피 그게 그리 쉽지가……."

"하면 된다니까요?"

입을 다문 임소병이 살짝 탐색하듯 청명을 가만 바라보았다. 그러더니 무언가 깨달았다는 듯 이내 씨익 웃었다.

"이거 제가 쓸데없는 소리를 한 모양이군요."

"네. 뭐 확실히 해 두는 게 좋긴 하니까요."

두 사람이 히죽거리며 웃는 모습에, 화산 제자들의 안색이 허옇게 질렸다. 대체 무슨 꿍꿍이길래 저렇게 웃는 건지. 불길한 예감이 들었다.

"아무리 봐도 음모를 꾸미는 현장인데."

"그리 이상한 것도 아닙니다. 일단 여기는 산채 아닙니까?"

"그렇지?"

"청명이 놈이 제자리를 찾은 듯한 느낌도 들고."

도사 놈이 산적 두목이랑 시시덕거리며 음모를 꾸미는데, 그 모습이 이상해 보이지 않다는 게 제일 큰 문제였다.

"그럼 그렇게……."

"잠시!"

그때, 뒤쪽에서 대기하고 있던 가짜 녹림왕이 다급히 끼어들며 커다랗게 고함을 질렀다. 아니, 사실 본인은 그냥 평범하게 말을 하는 것뿐인데 워낙 목소리가 우렁차다 보니 고함처럼 들렸다.

"녹림왕이시여! 지금 저를 저 도장과 싸우게 하시겠다는 겁니까?"

그의 얼굴이 일그러졌다.

"왕이시여! 왕의 명령을 따르는 것은 저의 당연한 도리이나, 제가 괜히 저 어린 도사와 붙어 왕의 의도와 다른 결과를 낳을까 걱정입니다!"

이럴 줄 알았다는 듯 임소병이 한숨을 쉬며 불퉁하게 말했다.

"그럼 내가 원하는 결과를 만들어 주든가."

"그건 안 될 노릇입니다! 어디 사내가 신성한 승부에서 최선을 다하지 않을 수 있습니까! 이 번충(繁沖)! 그것만은 받아들일 수 없습니다!"

가짜 녹림왕은 도저히 물러설 기미를 보이지 않았다. 덩치와 인상만큼이나 뚝심 있는 태도였다. 임소병이 청명을 쿡 찔렀다.

"보셨죠? 보셨죠? 저런다니까요, 저놈들이. 내가 저 망할 놈들 때문에 위장병이 다 왔습니다, 위장병이!"

"……아니. 그렇게 힘들면 왜 산적질을……."

"배운 게 그건데 어쩝니까? 먹고는 살아야죠. 썩을 인생 같으니."

임소병이 얼굴을 감싸 쥐었다. 끄응, 앓는 소리가 작게 흘러나왔다.

"여하튼…… 괜찮으시겠습니까?"

저 꼴을 보아 하니 이쪽도 고생이 많겠네. 청명이 어깨를 으쓱했다.
"네, 뭐. 이왕 보여 주는 거 확실하게 보여 줘야죠."
"지당하신……."
그때 번충이라는 거한이 청명을 가리키며 다시 소리를 질러 댔다.
"다시 한번 생각해 보십시오! 이 번충이 저런 쥐방울만 한 도사와 승부를 겨루는 게 말이나 되는 일입니까?"
"……쥐방울?"
듣는 쥐방울의 고개가 삐딱하게 꺾였다. 그러자 그 모습을 지켜보던 백천과 다른 제자들의 얼굴이 일순간에 파래졌다.
'어……. 저러면 안 되는데.'
'아저씨, 갑자기 왜 그러세요?'
청명을 아는 이들은 번충의 발언에 기겁할 수밖에 없었다. 그 내용이 옳은지 그른지는 차치하고, 일단 저놈은 도발하면 안 되는 놈이다. 안 먹혀서가 아니다. 오히려 심각하게 잘 걸려들기 때문이다.
"쥐방울한테 얻어맞으시면 면이 안 사실 텐데? 괜찮으세요?"
청명이 입꼬리를 삐딱하게 끌어 올리며 말하자 번충이 코웃음을 쳤다.
"어린놈이 허명을 얻더니, 겁이 없는 모양이구나."
"아, 그건 오해예요. 저는 허명이 없을 때부터 겁대가리가 없었거든요. 그러니까 좀 유명해졌다고 허파에 바람이 들어간 건 아니라는 의미죠. 원래 그랬으니까요."
그 말에 백천 일행이 일제히 고개를 끄덕였다.
"그건 맞지. 부정할 수 없는 진실이지."
"생각해 보면 오히려 겁대가리는 그때 더 없었습니다. 지금은 그나마 철든 거죠."
그 어이없는 광경에 번충이 눈을 멍하게 끔뻑였다.
'뭐지, 이놈들은……?'

아까부터 느끼는 건데, 이놈들의 천하태평한 태도는 도무지 산적 소굴에 들어온 도사들의 것이 아니었다.

웬만큼 강호에서 굴러먹은 이라도, 녹림의 산채에서 녹림왕을 대면한다면 말 한마디 한마디를 조심하며 긴장을 숨기지 못하기 마련이다.

그런데 이놈들은 태연자약한 정도를 넘어서 마치 이곳이 제 안방인 양 굴고 있지 않은가. 녹림왕이 없는 산채라 해도 이런 태도를 보이지는 못할진대…….

심지어 다른 곳도 아닌 도관에서 나온 놈들이 저런 태도라니. 도무지 화산이라는 문파를 이해할 수 없는 번충이었다.

하지만 저들의 태도가 어떻든, 결국 그가 해야 할 일은 정해져 있었다.

"정녕 제 주제를 깨닫고 싶다는 것이로구나. 나와라. 그리 원한다면 내가 친히 너의 사지를 부러뜨려 주마."

번충의 살벌한 위협에도 청명은 되레 흐뭇하게 웃었다.

"아, 사지요? 네, 뭐. 사지 좋죠. 가요, 가요. 얼른 끝내자고요."

먼저 돌아서서 휘적휘적 걸음을 옮기는 청명의 만면에는 부드러운 미소가 번져 있었다. 화산의 제자들은 저도 모르게 눈을 질끈 감았다.

"갑자기 무슨 비무래?"

"철신장(鐵神將) 번충 님이 화산파의 화산신룡과 한판 붙는다더구먼!"

"화산신룡? 그 천하제일후기지수라는?"

산채가 금방 후끈 달아올랐다. 녹림은 강자존. 여전히 힘의 율법이 통하는 곳이다. 그러다 보니 크고 작은 분쟁이 있을 때마다 직접 힘을 겨뤄 시시비비를 가르는 일이 잦았다. 평범한 문파에서는 잘 벌어지지 않는, 서로 전력을 다하는 비무에 그만큼 익숙하기도 했다.

하지만 그런 녹림에서도 이만한 명성을 날리는 이들의 비무를 구경하는 일은 흔하지 않았다. 녹림도들이 이렇게 흥분하는 것도 당연했다.

"녹림십영 중 하나인 철신장 님과 강호 최고의 신진고수라는 화산신룡의 비무라니! 죽더라도 이건 보고 죽어야 해!"

잔뜩 들뜬 채 몰려나온 이들이 산채의 마당에 득시글거렸다. 그리고 그 가운데, 청명과 번충이 서로를 마주 보고 서 있었다.

그 모습을 가만히 지켜보던 백천은 옆에 앉은 임소병을 향해 슬그머니 고개를 돌렸다. 이거 진짜 이래도 되나? 백천이 입을 달싹였다.

"저…… 녹림……."

그러자 임소병이 손가락을 자신의 입가에 가져다 대며 고개를 저었다. 그러더니 주위를 슬쩍 살펴 듣는 이가 없다는 걸 확인한 뒤 말했다.

"여기서는 병서생이라 불러 주십시오. 평범한 녹림도들은 제가 그거란 사실을 모르거든요."

백천은 황당해하는 기색을 숨기지도 못했다. 하지만 임소병은 대수롭지 않은 일이라는 듯 어깨만 으쓱해 보였다.

"물론 번충이 가짜 녹림왕 행세를 한다는 건 압니다. 하지만 진짜 녹림왕이 이곳에 있다는 사실은 모르지요."

"……굳이 그렇게까지 해야 합니까?"

"적을 속이려면 아군도 속여야 합니다. 그리고 될 수 있으면 왕이라는 존재는 좀 신비스럽고 신출귀몰한 편이 좋지 않습니까?"

확실히 이 양반도 평범한 사람은 아니었다.

그때, 둘의 대화를 듣고 있던 유이설이 가만히 입을 뗐다.

"번거로운 일이 많을 텐데요."

임소병이 익숙하다는 듯 어깨를 으쓱해 보였다.

"괜찮습니다. 녹림십영은 녹림왕의 호위이기는 하지만, 이 많은 산채를 관리하기 위한 녹림왕의 대리인들이기도 하니까요. 대부분의 산채는 녹림십영 중 하나만 방문해도 녹림왕이 직접 방문한 것처럼 예의를 다하는 편입니다."

임소병이 날카로운 눈빛으로 청명과 번충을 바라보았다.

"그러니 의미가 있죠."

"예? 그게 무슨 말씀이십니까?"

"다시 말하자면 녹림십영은 그만큼 녹림에서는 인정받는 고수들이라는 의미입니다. 그런 이 중 하나를 화산신룡 청명 도장께서 꺾을 수 있다면 녹림은 그를 강자로 인정하고 친구로 받아들일 겁니다. 강한 친구는 많을수록 좋은 법이니까요."

백천이 고개를 갸웃한다. 도무지 이들의 사고방식은 이해가 가질 않았다. 하지만 녹림왕이 직접 저리 말하는데 틀린 소리일 리도 없었다.

"그럼 녹림십영이 녹림 최고의 고수들인 건가요?"

"아, 그건 아닙니다. 녹림십영은 말 그대로 녹림왕의 호위이자 대리인일 뿐입니다. 녹림의 근본은 산채이고, 녹림 최고 고수들은 상위 십이채의 채주들이지요."

임소병이 조곤조곤한 목소리로 설명을 이어 나갔다.

"하지만 녹림십영도 만만치는 않습니다. 솔직히 말하면 평범한 후기지수라면 죽었다 깨어나도 번충을 당할 수 없을 겁니다."

그 말을 들은 백천이 심드렁하게 대꾸했다.

"그렇겠죠. 평범한 후기지수라면."

"평범한 인간이라면."

"사람이라면."

임소병이 이해하지 못하고 쳐다봤지만, 백천은 대답 대신 다시 한번 심드렁한 목소리로 물었다.

"그럼 평범한 문파로 치자면 저 녹림십영 번충이라는 분은 일대제자 중 상위 고수 정도라고 할 수 있겠네요?"

"으음. 비유가 딱 맞아떨어지지는 않습니다만, 비슷하긴 할 겁니다."

"……잘못 붙었네."

"그러게."

"……아까부터 대체 무슨 말씀들을?"

임소병의 의아한 시선을 받은 화산의 제자들은 고개를 절레절레 저으며 그저 한숨만 내쉬었다. 무슨 말인지는 곧 알게 될 거다. 곧.

"지금이라도 물러난다면 사지는 멀쩡히 보내 주마."

"거 아까부터 자꾸 사지, 사지 하시는데. 그러다가 어깨 돌아가면 좀 아프실 텐데?"

"이놈이?"

사납게 으르렁거린 번충이 눈을 부릅떴다. 안 그래도 험악한 인상이 더욱 험악해졌다.

"네놈이 강하다는 건 알고 있다. 명성이란 거저 얻어지는 게 아니지. 허명이라 해도 이유 없이 붙지는 않는다. 그러니 네놈은 분명 강하겠지."

나름대로 논리적인 말에 청명이 번충을 새삼스럽게 바라보았다. 우둔한 사람 같았는데 그래도 눈치는 있다는 건가?

"하지만 그래 봐야 온실에서 자란 명문의 후예. 실전에서 나를 당할 수는 없다. 그 얇아 빠진 검은 내 몸에 생채기를 낼 수는 있을지언정 내 뼈를 끊지는 못할 것이다."

"아, 그래요?"

"내 손에 붙잡히는 순간 네 몸뚱이가 얼마나 연약한지 알게 될 것이다. 그때 가서 후회하지 말거라."

그 말에 청명이 슬쩍 고개를 내려 암향매화검을 바라보았다.

"흐으음. 고민이네."

당조평이 애써 만들어 준 검이 무시당한 느낌이었다. 평소의 청명이라면 여기서 곧장 검을 뽑아서 그 날카로움을 증명했겠지만…….

고민을 마친 그는 검을 고정해 놓은 끈을 풀어 검집째로 들었다. 그러고는 그대로 땅에 내리꽂았다. 쿠웅! 검집이 바닥에 박혀 들어갔다.
"……뭐 하는 짓이냐?"
그 영문 모를 행동에 번충 또한 의아한 듯 고개를 갸웃했다. 청명은 씨익 웃더니 꽉 그러쥔 두 주먹을 천천히 들어 올렸다.
"무기 내려놓고 힘으로 붙어 보죠."
번충의 얼굴에 황당해하는 기색이 스쳤고, 이내 그 위로 분노가 뒤섞였다. 이를 뿌득 간 번충이 음산하게 중얼거렸다.
"힘으로? 검수가 지금 나와 힘으로 맞붙겠다는 거냐?"
"물론 검을 들면 쉽겠지만……."
청명이 히죽 웃으며 손가락을 까딱였다.
"제가 성격이 좀 나빠서요. 상대가 자신 있어 하는 쪽으로 깨부수는 게 취향이거든요. 힘에 자신 있으신 것 같으니 어디 한번 힘으로 덤벼 보세요."
번충의 얼굴이 더더욱 일그러졌다. 불꽃 같은 노기가 넘실거렸다.
"가, 감히 나를 놀려? 이 쥐방울 같은 놈이 감히!"
자존심에 상처를 입고 얼굴을 시뻘겋게 물들인 그가 괴성을 내질렀다. 그 큰 덩치로 얼굴을 붉게 물들인 꼴이 흡사 나찰과도 같았다. 위압감 역시 대단했다. 번충이 우렁우렁한 목소리로 소리를 버럭 내질렀다.
"죽여 버리겠다!"
번충은 폭발적인 기세를 내뿜으며 청명을 향해 일직선으로 달려들었다. 그가 거칠게 걸음을 옮길 때마다 땅이 흔들리는 듯했다.
번충의 덩치는 평범한 사람의 두 배를 가뿐히 넘어섰다. 그리고 청명의 몸은 평범한 무인에 비하면 오히려 조금 작은 편에 속했다. 그런 두 사람을 동시에 보자니 번충이 청명보다 족히 세 배는 더 커 보였다.
기세를 잔뜩 끌어 올리며 달려드는 번충 앞에 선 청명은, 흡사 미친 황소 앞을 가로막는 작은 족제비 같았다.

"저……!"

"무슨!"

모두의 입에서 경악에 찬 소리가 터져 나왔고, 동시에 임소병이 자리에서 벌떡 일어났다.

청명은 번충을 피해 달아나기는커녕 오히려 두어 발짝 앞으로 나아가고 있었다. 믿을 수 없는 광경에 임소병이 아연실색해서 중얼거렸다.

"무슨 짓을!"

물론 청명이 번충에게 질 거라고 생각하지는 않았다. 천하에 이름 높은 화산신룡이 아닌가. 번충을 상대로 필승을 자신할 수는 없겠지만, 패배를 먼저 떠올릴 정도는 아닐 것이 분명했다.

하지만 그것도 검을 들었을 때의 이야기. 화산이 권장지각으로 이름을 날렸다는 소리는 들어 본 적도 없었다. 그런데 대체 무슨 배짱으로 번충을 맨손으로 상대하려 드는가.

그런데 그 순간 임소병의 귀에 태연자약한 목소리가 들려왔다.

"쯧쯧. 저러다 다칠 텐데."

"그러게."

임소병은 경악한 얼굴로 화산의 제자들을 바라보았다. 사형제가 수레에 치인 사마귀 꼴이 되기 일보 직전인데, 저 여유롭기 짝이 없는 대화는 대체 뭐란 말인가.

하지만 임소병이 질문을 던질 여유 따윈 없었다. 그새 날아든 번충이 청명을 덮치듯 팔을 세차게 휘둘렀기 때문이다.

"이노오오오옴!"

고성과 함께 높이 들렸던 그의 팔이 청명의 머리를 향해 있는 힘껏 내리꽂혔다. 콰아아아아아앙! 순간 흙먼지가 사방으로 비산하며 두 사람의 모습이 뿌연 먼지구름 사이로 잠깐 가려졌다.

지켜보던 이들은 저도 모르게 눈을 질끈 감았다. 산적질을 하며 험한 꼴이야 웬만큼 봤다고 자부하지만, 곧 눈앞에 펼쳐질 광경은 눈 뜨고 보기에는 너무도 참혹할 터였다.

'죽었나?'

'쯧쯧. 그러게 왜 사람을 긁어서는…….'

잠시 후, 산적들은 결과를 확인하기 위해 실눈을 뜨고 힐끔거렸다. 하지만 흙먼지가 걷히고 드러난 모습은 그들의 예상과 전혀 달랐다.

"저, 저게 뭐…….."

과격하게 내리꽂히던 번충의 팔은 허공에 그대로 멈춰 있었다.

어지간한 장정의 허리보다 더 굵은 그 팔 아래, 그에 비하면 부지깽이처럼 얇아 보이는 팔 하나가 당당하게 쭉 뻗어 있었다.

산적들은 모두 입을 쩍 벌리며 눈을 부릅떴다.

'막았다고?'

저 얄쌍한 팔로, 저 기둥 같은 팔을? 도무지 믿을 수 없는 광경이었다. 하지만 눈에 뻔히 보이는 광경을 무슨 수로 부정한단 말인가.

"……세상에."

위압적이기 짝이 없던 번충의 얼굴에도 어느새 당혹감이 번져 있었다

"이, 이놈……."

아무렇지도 않게 번충의 팔을 막아 낸 청명은 작게 혀를 찼다.

"쯧. 뭘 이렇게 요란하게."

그러더니 그 거대한 팔을 가볍게 밀어냈다. 잠깐 넋을 놓았던 번충이 그 바람에 화들짝 놀라 뒤로 훌쩍 물러났다.

뒤로 물러난 그는 멀쩡해 보이는 청명의 가느다란 팔과 제 팔을 번갈아 보았다. 직접 겪고도 도무지 이해할 수가 없었다.

'이게 무슨…….'

쇳덩어리라도 후려친 줄 알았다. 수련할 때마다 치던 만년거암 같았다. 저 작은 손에서 그만한 강도를 느끼다니. 이게 말이나 되는 소리인가.

그런 그의 심정을 아는지 모르는지, 청명은 그저 가볍게 고개를 좌우로 꺾으며 양쪽 소매를 걷어 올렸다.

"거, 생각보다…… 비리비리하시네."

청명의 입꼬리가 씨익 올라갔다. 정말이지 상쾌한 미소였다.

한편, 임소병은 진심으로 당황했다. 평소 어지간한 일에는 쾌활하고 능글맞은 태도를 유지해 왔건만, 지금은 말문이 막힐 지경이었다.

'막았다고?'

번충의 공격을? 그것도 저리 쉽게?

무공은 몰라도 신력(身力)으로는 녹림에서 둘째가라면 서러운 이가 바로 번충이다. 번충보다 무위가 높은 이들도 어지간해선 그의 공격을 정면에서 맞받으려 들지 않았다.

범이 황소보다 강하다고 해도 황소에게 정면으로 들이받히면 뼈가 박살 나는 것과 같은 이치다. 한데 범은 고사하고 겨우 여우나 될 법한 덩치를 가진 청명이 달려드는 황소를 앞발로 막아 버린 것이다.

물론 신력이 전부는 아니다. 무인의 힘이란 타고난 힘이 반, 내력이 나머지 반 아니겠는가. 아니, 어쩌면 내력이 그 이상을 차지하는 경우도 허다하다. 하지만 그 모든 점을 감안한다 해도 비상식적인 광경이었다.

그때, 또다시 화산의 제자들이 저들끼리 속닥거리는 소리가 들렸다.

"내 저럴 줄 알았지."

"그러니까."

임소병이 고개를 획 돌리며 물었다.

"그게 무슨 말이오?"

그의 당황한 낯을 본 백천은 피식 웃었다.

"이상하게 들리시겠지만, 저놈이 화산 전체를 통틀어 힘이 제일 세거든요."

"그냥 센 정도가 아니죠. 말이 안 되는 수준이지."

윤종이 옆에서 백천의 말을 거들었다. 임소병은 믿을 수 없는 말에 두 눈을 끔뻑였다.

"저 몸으로?"

"아, 보기에는 그래 보이시겠지만……."

백천은 쓰게 웃었다. 사실 이건 화산의 제자들이 아니면 믿기 힘들 만한 일이긴 했다. 청명이 처음 청자 배들을 붙들고 시작한 수련이 무엇인지 모르는 사람이라면 말이다.

"유려한 검은 강건한 육체에서 비롯된다."

"몸뚱이가 못 버티는데 검이 버티겠냐."

수련하는 내내 귀에 못이 박이도록 들었던 말들이 절로 입에서 흘러나왔다. 말을 마친 이들이 저도 모르게 헛웃음을 흘렸다.

"……꼰대."

유이설이 조용히 읊조렸다. 하지만 정말로 짜증 나는 점은, 저 청명이 놈이 제가 한 말을 스스로 가장 완벽하게 실천했다는 점이다.

"이젠 화산에 있는 쇳덩어리 다 끌어모아도 저놈 수련을 못 따라가."

"쇠에다 바위까지 추가해서 공깃돌처럼 가지고 놀잖습니까."

"……말로만 하는 소리면 우리도 할 말이 있을 텐데."

화산의 제자들이 동시에 한숨을 내쉬었다. 임소병은 황당하기 그지없다는 표정으로 그들과 청명을 번갈아 바라보았다.

그때, 청명이 소매를 둘둘 걷었다. 그러자 옷 안에 숨겨져 있던 팔이 드러났다. 자세히 살펴본 임소병의 입에서 탄성과 신음이 흘러나왔.

일견 말라 보이는 팔인데, 움직일 때마다 드러나는 근육이 흡사 쇳덩어리처럼 단단해 보였다. 대체 얼마나 수련을 해야 저런 근육이 생기는지 궁금할 정도였다.

"그에 반해 여기는 좀."

"사실 두부살이지, 다들."

화산 제자들은 못마땅한 얼굴로 산적들을 흘끔대며 고개를 내저었다.

"산적이라는 양반들이 이리 부실해서야."

"톡 치면 넘어갈 것 같지 않습니까, 사숙?"

도관 쓴 산적(?)들이 진짜 산적들을 보며 혀를 차 대는 꼴이었다. 임소병은 그만 말을 잃고 말았다. 아까부터 느낀 거지만 정말…….

'알면 알수록 뭐 하는 놈들인지 모르겠구나.'

속으로 탄식을 내뱉은 그의 얼굴은 어느새 조금씩 일그러지고 있었다. 제 몸이야 이렇게 태어났으니 어쩔 수 없다 쳐도, 그 아래 있는 놈들이 무공도 아니고 몸이 약하다고 무시당하니 속이 슬슬 긁히는 기분이었다. 그래도 산적으로서의 자존심이 있는데 말이다.

'번충! 뭐 하느냐!'

번충을 바라보는 임소병의 눈이 번뜩였다.

"……너."

번충이 입술을 꾹 짓씹었다. 그도 나름 산전수전을 겪은……. 아니, 사실 수전은 겪은 적이 거의 없지만, 산전(山戰)이라면 닳도록 겪은 이다. 그렇기에 단 일수만 섞어 봐도 상대의 능력을 파악하기엔 충분했다.

'강하다.'

단순히 무공이 강한 게 아니다. 저 육체 자체가 강하다. 내력 운용을 더하기 이전의, 육체 본연의 힘이 그에게 뒤처지지 않는다는 의미다. 어떻게 이런 일이 가능한지 그로서는 도통 이해할 수가 없었다.

"쯧."

작게 혀를 찬 청명이 번충을 향해 저벅저벅 다가섰다. 움찔. 번충은 자신도 모르게 한 발 뒤로 물러났다. 그러다 금세 자신의 추태를 깨닫고 화들짝 놀라 얼른 몸을 바로 세웠다.

대호채의 산적들이 가득한 이곳에서 녹림십영인 그가 겁먹은……. 아니, 당황한 모습을 보일 순 없었다.

"……이놈. 요행으로 한 번은 막았을지 모르지만 그런 운이 두 번 따라 주지는 않을 것이다!"

청명은 이번에도 피식 웃었다. 그러고는 그 자리에 멈추었다. 이어 양손을 쫙 펼쳐 번충을 향해 뻗은 그가 자신감 넘치는 목소리로 말했다.

"아, 그래요? 그럼 와 보시든가. 쓸데없는 잡기술 쓸 것 없이 힘으로만 붙어 보죠."

번충은 선뜻 대답하지 못하고 제 것에 비하면 고사리 같은 청명의 손을 보며 마른침을 삼켰다.

힘과 힘으로 맞붙어 겨루는 대결은 평소 그가 가장 선호하는 방식이었다. 구경하고 있는 다른 이들도 그 사실을 잘 알고 있었다. 그러니 주저하는 모습을 보일 수도 없는 노릇이었다.

"후회하게 해 주마!"

잡념을 떨치듯 크게 소리친 번충이 청명의 손에 제 손을 가져다 대었다. 커다란 손과 작은 손이 어찌어찌 맞물려 깍지를 꼈다.

힘과 힘. 내력과 내력의 대결이었다.

"저……."

지켜보던 이들은 이 놀라운 광경에 숨을 삼키며 긴장했다.

"흐아아아아아아압!"

번충이 목이 터져라 기합을 내지르며 청명을 짓누르기 시작했다.

그 거대한 팔뚝에 핏줄이 지렁이처럼 꿈틀꿈틀 돋아났다. 그뿐이랴. 이마에도 굵은 핏대가 선명하게 섰다. 얼굴은 피가 몰려 금방이라도 터질 듯 붉게 달아올랐고, 강건하게 디디고 선 두 발은 땅을 파고 들어갔다. 누가 보아도 있는 힘과 내력을 모조리 끌어 올리고 있는 모습이었다.

"크아아아아아아압!"

번충의 모양새는 흡사 금강역사와도 같았다. 그런 그가 얼굴을 시뻘겋게 물들이며 용을 쓰니, 보는 이들은 그 압박감에 모두 기가 질렸다.

우두두두둑. 그러나 뼈가 뒤틀리는 듯한 소리가 퍼지고, 번충의 발이 질질 밀려나고 있음에도 청명은 꿈쩍도 하지 않았다. 아니, 오히려 평온하게 보이기까지 했다.

금방이라도 칠 공으로 피를 뿜을 듯한 번충과 태연자약하기 그지없는 모습의 청명이 기묘한 대비를 만들어 냈다.

"끄읍! 끄으으으읍! 끄아아아아아!"

마침내 청명의 팔이 조금씩 밀리기 시작했다. 하지만 그뿐이었다. 젖혀진 손목은 더는 꺾이지 않았고, 청명의 몸 역시 바닥에 박히기라도 한 양 조금도 밀려나지 않았다.

그때, 청명이 입을 열었다.

"쯧쯧. 타고난 힘은 좋은데."

번충이 눈을 부릅떴다. 그는 용을 쓰느라 제대로 된 말을 내뱉기도 힘든데 정작 그 힘을 오롯이 받는 청명은 태평하게 말을 하고 있었다. 더구나 들려오는 목소리에는 힘을 쓰는 기색조차 없었다.

"타고난 힘이 좋으면 뭐 해. 수련은 안 하고 맨날 술 처먹고, 처자고, 돈이나 뺏으러 다니니까 발전이 없지."

신랄한 말을 듣고 있던 백천은 볼멘소리로 중얼거렸다.

"술은 지도 처먹으면서."

"……그래도 쟤는 수련은 하잖습니까."

"그건 그렇지."

다행히 그들의 불만 어린 목소리는 청명에게 들리지 않은 모양이었다.

"힘은 그렇게 쓰는 게 아니에요. 중요한 건 집중이지, 집중. 그러니까!"

말을 마친 청명이 두 눈을 빛냈다. 단전에 자리하고 있던 청아한 내력이 빠르게 육체를 돌기 시작했다.

우둑! 우두두둑! 번충의 눈이 파르르 떨렸다. 기껏 약간 밀어 놓았던 팔이 순식간에 제자리로 돌아오고 있었다. 그와 동시에 살아생전 단 한 번도 겪어 본 적 없던 어마어마한 거력이 그의 팔을 타고 전해져 왔다.

"이, 이럴……. 이럴 수는……."

"웃차!"

손을 쭉 뻗은 청명이 맞잡은 번충의 팔을 아래로 짓누르기 시작했다.

꾸드드득. 손아귀에서 심상치 않은 소리가 났다. 마치 마른 빨래에서 억지로 물을 짜내는 것 같았다. 번충의 어깨가 점점 아래로 내려갔다.

"끄……. 끄으으으윽!"

이를 악문 번충이 두 눈에 핏발을 세우며 저항했지만, 청명의 손은 마치 거대한 바윗덩어리라도 된 듯이 꿈쩍도 하지 않았다. 번충의 몸은 만년거암에 짓눌린 것처럼 점점 무너져 갔다.

쿠웅! 결국 아슬아슬하게 버텨 내던 그의 무릎이 삽시간에 꺾이며 땅을 내리찍었다.

쿠웅! 다른 한쪽 무릎도 마찬가지였다.

하지만 그러고도 힘을 모두 받아 낸 것이 아니었다. 바닥에 닿은 그의 두 무릎은 점차 땅을 파고 들어가기 시작했다.

"끄으윽……."

청명이 앞으로 한 발을 내디디며 번충을 짓눌렀다. 그의 몸이 천천히 뒤로 젖혀졌다. 아무리 악을 쓰고, 용을 써 봐도 밀어 낼 수가 없었다.

"어, 어떻게 이, 이런……. 끄읍."

허리가 뒤틀린다. 벌벌 떨리는 팔다리가 제멋대로 벌어지고 뒤통수가 땅에 닿을 정도로 몸이 짓눌렸다. 그런 번충의 눈에 들어오는 것은 여유만만한 표정으로 가볍게 손을 내리누르고 있는 청명의 얼굴뿐이었다.

청명은 딱히 큰 힘을 쓰지도 않는 사람처럼 웃으며 혀를 찼다.

"쥐방울? 어쩌나, 쥐방울보다 약하신데?"

이, 이 새끼 무슨 뒤끝이…….
번충의 얼굴이 마구잡이로 일그러졌다. 청명은 씨익 웃는다.
"이게 힘이라는 거예요, 이게. 으라차!"
콰아아아아아아앙! 청명이 힘을 확 주는 순간 거대한 힘의 폭풍이 몰아치며 다시 한번 흙먼지가 비산했다.
"으악!"
"뭐, 뭐야?"
굉음과 함께 피어오른 먼지구름은 쉬이 흩어지지 않았다. 산적들은 숨도 쉬지 못하고 흙먼지가 걷히기를 기다렸다.
이윽고 먼지가 가라앉고, 한 사람의 모습이 드러났다.
청명이 양손을 가볍게 털며 걸음을 옮기고 있었다. 모두의 시선이 쏠렸다. 정확히는 청명이 아닌, 그의 뒤로 보이는 무언가에게로.
번충은 무릎을 꿇고 바닥에 뒤통수를 댄 채 입에 거품을 물고 있었다. 뒤틀린 자세 그대로 의식을 놓아 버린 듯했다.
실로 처참한 광경이었다. 경악에 할 말을 잃은 산적들이 번충과 청명을 번갈아 보았다. 하지만 눈을 비비고 보아도 결과는 달라지지 않았다.
청명은 그런 그들을 한차례 둘러보고는 의기양양하게 입꼬리를 말아 올렸다. 마치 배 부른 강아지처럼 아주 만족스러운 모습이었다.
"또 하실 분? 없어?"
충격 때문인지 아무도 반응하지 못하자 청명이 혀를 찼다.
"산적이란 양반들이 이리 대가 약해서야! 차라리 화산이 더 산적답겠다! 화산이!"
백천은 위풍당당한 사질의 모습을 보며 흐뭇하게 미소 지었다.
'청명아. 너 도사다.'
도사라는 놈이 그걸 자랑이라고 하면 안 되지. 그걸……. 처참한 심정에 그는 고개를 절레절레 저으며 손으로 얼굴을 가려 버렸다.

누군가는 속이 뒤집히고 있지만, 어찌 되었건 화산신룡 청명이 칼 한 번 휘두르지 않고 대호채를 완전히 장악한 순간이었다.

"세상에. 저 철신장 님을……."

대호채의 산적들은 쩍 벌어진 입을 다물 생각조차 하지 못했다.

녹림십영 중 하나인 철신장이 패배한다? 물론 그럴 수 있다. 녹림십영이라는 이름은 분명 녹림에서 손꼽히는 강자에게 붙는 칭호이나, 절대적인 무력의 강함을 상징하는 건 아니니까.

하지만 아무리 그래도 저 철신장이 다른 무엇도 아닌 힘에서 꺾였다는 건 의미하는 바가 달랐다.

철신장이 누구던가. 이 녹림의 수많은 산채와 그 산채마다 모인 바글바글한 산적 중에서도 힘으로는 둘째가라면 서러워할 이였다. 그런 그가 저 작은 도사에게 힘으로 완전 박살이 나 버린 것이다.

당황하여 철신장 번충을 멍하니 보던 그들은 하나둘 퍼뜩 정신을 차렸다. 그러고는 황급히 그를 향해 달려갔다.

"철신장 님!"

"빠, 빨리 들것을 가져와라! 빨리!"

허리가 뒤틀린 채 거품을 물고 있는 모습만 보면 정말이지 아무리 좋게 생각해도 중상이었다. 산적들의 호들갑에 청명은 심드렁하게 말했다.

"그렇게 걱정할 것 없어요. 그냥 기절한 거니까. 적당히 안 다치게 잘 조절했어요."

"하지만 허리가……!"

"근육이나 좀 다친 거예요. 별문제 없으니까 신경 안 써도 돼요."

"아……. 그렇다면야."

단호한 대답이 이어지자 그제야 산적들이 연신 고개를 끄덕였다. 하긴, 철신장의 상태야 직접 겨룬 청명이 제일 잘 알고 있을 터였다.

"대단하십니다, 소도장."

그들은 새삼 감탄한 눈으로 청명을 바라보았다. 이런 힘겨루기에서 상대가 다치지 않게 조절한다는 게 얼마나 힘든지, 무학을 익힌 이라면 모를 수가 없었다. 그런데 심지어 저 철신장 번충을 상대하면서 그런 여유까지 보이다니.

"뭘요. 별것 아니죠."

"아닙니다, 아닙니다! 진짜 대단한 일이지요. 세상에! 그런 신력이 대체 어디서 나오는 겁니까?"

"헤헤. 정말로 별것 아닌데."

"용력은 하늘에서 내려 준다더니! 도장이야말로 하늘이 내려 주신 신장인 모양입니다."

청명이 뒷머리를 멋쩍게 벅벅 긁으며 웃었다. 그러자 지금까지 눈치를 보던 산적들이 우르르 몰려나와 그를 둘러싸고는 감탄하기 바빴다.

"세상에, 몸이 그리 우락부락한 것도 아닌데."

"아니지, 아니지! 팔을 보라고! 이 강철같이 단단한 팔뚝 좀 보라니까."

"어이쿠! 눌렀는데 들어가지도 않아."

"이야! 이쯤은 돼야 철신장 어른을 힘으로 꺾을 수 있는 거로군! 덩치가 전부가 아니었어!"

쏟아지는 찬사와 환성에 청명의 입꼬리가 연신 실룩였다.

'이건 또 새로운 맛이네.'

왠지 뿌듯했다. 물론 환호를 받는 게 이번이 처음은 아니지만, 지금까지 받아 온 것과는 그 결이 조금 다른 느낌이었다. 무학이 아니라 순수한 힘에 대한 찬사는 남자의 무언가를 자극했다.

"금강역사! 금강역사!"

"헤헤."

"남자는 힘이지! 힘!"

"헤헤헤헤."

"크으! 천하제일역사가 여기에 있구나! 천하제일역사가!"

"꺄르…….."

산적들이라 그런지 호들갑도 격렬하기 짝이 없었다. 아예 청명을 에워싸고 우글거리는 산적들의 모습을 보고 윤종이 고개를 갸웃했다.

"……아니, 방금 같은 편 허리가 꺾였는데 저 반응은……. 아무리 그래도……."

그러자 임소병이 쓰게 웃으며 말했다.

"말씀드렸잖습니까. 녹림의 율법은 강자존이라고. 녹림을 평범한 문파처럼 생각하지 마십시오."

그는 부채를 펴 살랑거리며 말을 이었다.

"녹림의 산채는 천하에 퍼져 있습니다. 거꾸로 말하자면, 같은 녹림에 속해 있으면서도 평생 서로 얼굴조차 보지 못하는 이들이 태반이라는 의미입니다."

그의 눈빛이 살짝 무겁게 가라앉았다.

사실 이는 녹림의 가장 큰 문제였다. 녹림은 거대 세력인 동시에 여러 산채가 힘을 합친 연합체다. 녹림왕의 권위는 확실하지만, 그건 오로지 녹림왕의 권위일 뿐. 산채끼리는 강한 산채든 약한 산채든 서로 구속력을 갖지 못한다.

천하에 퍼져 있는 개방이 일결부터 십결까지의 계급을 만들어 저들끼리 상하를 확실하게 구분하는 반면, 녹림은 한 산채 안에서 제각각의 계급이 존재할 뿐이었다.

그렇다 보니 서로를 경쟁자로 여겨 영업 구역이 겹치거나 문제가 생기는 경우 산채끼리 피 튀는 전쟁을 벌이는 일도 허다했다.

대대로 녹림왕이 자신의 산채가 있음에도 오래 머무르지 않고 천하를 유랑하듯 돌아다니는 이유도 산채끼리의 분쟁을 다스리고, 끊어질 듯 이어지는 녹림 전체의 결속을 강화하기 위해서였다.

"녹림에게는 아군이라는 개념이 그리 크지 않습니다. 그저 동업자일 뿐이지요. 그런 녹림을 하나로 엮어 주는 개념이 강자존입니다. 더 강한 이가 우리 편이 된다면 먹고살기가 좀 더 편해지기 마련 아니겠습니까?"

"잘 이해가 안 가는데……."

윤종이 조금 머쓱한 얼굴로 말하자 임소병이 씩 웃었다.

"정파 협객 여러분들이 처음 강호행을 나와서 찾는 곳이 어딥니까?"

"크흐흐흠."

그 말에 백천이 눈치를 살피다가 크게 헛기침을 했다.

"그러고 보면 화정검께서도……."

"그……."

그는 청명과 함께 강호로 나와 협객행을 하던 중 산적과 무뢰배들을 무찔러 화정검이라는 별호를 얻었다. 나름 자랑스러운 일이라 생각했는데 이렇게 산적 두목(?)을 눈앞에 두고 있으니 입장이 애매해졌다.

"괜찮습니다. 굳이 변명하지 않으셔도 됩니다. 좋은 일이니까요."

"……크흠."

백천이 어색한 낯으로 고개를 돌리자 임소병이 어깨를 으쓱했다.

"그리고 그런 산채는 녹림에도 속해 있지 않은 작은 채입니다."

"아, 그렇군요."

"하지만 그와는 비교도 되지 않는 큰 산채라고 하더라도 그런 위협에서 완전히 벗어날 수는 없습니다. 화정검처럼 산채를 무찔러 명성을 얻고자 하는 이들은 얼마든지 있으니까요."

조걸이 이해했다는 듯 크게 고개를 끄덕이며 끼어들었다.

"세력이 크다는 말은 거꾸로 말하면 하나하나는 약하다는 소리니 말이지요."

"정확합니다."

부채를 접은 임소병이 마음에 든다는 듯 조걸을 바라보았다.

"녹림칠십이채는 두렵지만, 산채 하나는 어떻게 해볼 수 있다는 생각을 가진 이들이 꽤 있습니다. 막말로 절대고수가 산채에서 난동을 피운다면 그걸 뭘 어쩌겠습니까? 관에 신고할 수도 없고, 도와줄 곳이 있는 것도 아니고."

"……."

"그렇기에 녹림도들은 자신의 뒷배가 되어 줄 수 있는 강자를 숭배합니다. 생각이 짧고 단순해서 강자를 숭배하는 게 아니라, 강자가 그들의 삶을 지켜 줄 수 있기에 인연을 만들고 싶어 하는 겁니다."

윤종이 고개를 끄덕였다. 듣고 보니 왜 저리 열광적인 반응이 나왔는지 알 것 같다.

임소병은 새삼스럽다는 눈빛으로 청명을 보며 웃었다.

"그런 의미에서 확실히 도장도 보통은 아니군요. 접근하기 어려워하던 녹림도들에게 자연스레 말을 걸고, 너스레를 떨어 주어 자신이 적이 아니라는 것을 확연히 드러냈습니다. 청명 도장이 승부를 내자마자 말 없이 돌아왔다면 저런 광경이 벌어졌겠습니까? 자신이 무엇을 해야 하는지 확실히 안다는 의미지요."

"어……."

"도사라는 입장을 생각하면 산적들과 저리 격의 없이 대화하는 게 쉽지 않을 터인데, 말 몇 마디로 분위기를 주물러 버리다니……. 과연 인물은 인물이군요."

슬쩍 임소병의 눈치를 살핀 화산의 제자들이 서로 시선을 마주쳤다.

'쟤 원래 저런데…….'

'뭔가 심각한 오해가 생기고 있는 거 같은데?'

청명은 그 살벌했던 천하비무대회에서도 칭찬만 들으면 자지러졌던 놈이다. 산적이고 나발이고 칭찬만 해 주면 원래 저런다고!

"여하튼…… 그럼 잘 풀린 건가요?"

"네. 그렇죠. 아주……."

임소병은 살짝 말끝을 흐렸다가 단호하게 말을 이었다.

"과도하게 잘 풀렸죠."

그의 눈빛이 은근하게 빛났다.

설마 온전히 힘으로만 번충을 꺾어 버릴 줄이야. 녹림이 아무리 강자를 숭배한다고는 하지만, 그 강자에도 결이 있는 법이다. 강자를 숭배하는 게 나름 합리적인 생존 의식에서 나온다면, 신력이 강한 자를 선호하는 것은 녹림 특유의 취향이라 할 수 있었다.

청명은 가장 완벽한 형태로 저들의 마음을 사로잡는 데 성공했다. 그리고 이 사실은 곧 천하의 산채로 널리 퍼져 나갈 것이다. 임소병이 그리되게 할 테니까.

"만세!"

"화산신룡 만세!"

그가 미리 심어 놓은 이들이 과장되게 환호하며 분위기를 고조시키고 있었다. 하지만 지금 보면 굳이 그렇게까지 할 필요는 없었던 것 같다. 청명이 해 놓은 것만으로도 이 분위기는 자연히 만들어졌을 것이다.

돌아가는 상황에 만족한 임소병은 흡족한 얼굴로 크게 고개를 끄덕였다. 그리고 자리에서 벌떡 일어나 외쳤다.

"자, 술을 마십시다! 본래 큰일을 치르고 나면 술을 마셔 잡스러운 것을 날려 버리는 법이지요! 여기 술을 가져……. 쿨럭! 에헤헤이! 쿨럭!"

"……피 나오는데요?"

"아. 옮는 병 아니니까 걱정하지 마십……. 쿨럭! 으……. 죽겠다. 쿨럭! 쿨럭!"

백천과 일행은 내장이라도 토할 기세로 연신 기침하는 임소병에게서 슬금슬금 물러났다. 그리고는 산적들에게 둘러싸인 청명을 바라보았다.

윤종이 힘없이 입을 열었다. 어쩐지 묘한 기분이 들었다.

"……혹시 저만 이런 생각이 드는지 모르겠는데."

"마침 나도 그 생각 중이었다."

"사숙도요? 와, 저도요."

백천이 힘없이 청명을 바라보며 중얼거렸다.

"……누가 산적이고 누가 도사인지도 모르겠군."

"정말 잘 어울립니다. 원래 여기서 살던 놈 같아요."

그들은 일제히 한숨을 내쉬었다. 잔뜩 신이 난 산적들의 함성과 꺄륵대는 청명의 웃음소리가 뒤섞여 울려 퍼졌다.

화톳불이 타오른다. 지글거리는 불 위에서 돼지가 통째로 구워지고, 여기저기로 술 단지가 날라졌다. 산적들은 삼삼오오 모여 앉아 호쾌하게 술을 마셔 댔다. 술 단지가 비기 무섭게 새 술이 들어왔다.

그 꼬락서니를 지켜보던 홍대광의 눈이 미묘하게 떨렸다.

'이거 어디서 본 광경 같은데?'

착각인가? 아, 아니 착각이 아니고…….

그가 아무리 견문이 넓다고 한들, 산적들이 산채에서 어떤 식으로 잔치를 벌이는지 무슨 수로 알겠는가. 그러니 화산에서 벌였던 잔치가 산적 놈들이 하는 양 같다고 했던 건 그저 표현의 일종일 뿐이었는데…….

"진짜 똑같잖아?"

아니, 오히려 화산 쪽이 좀 더 원조(?)로 보일 지경이었다. 적어도 이 산적 놈들은 웃통을 까고 술을 단지째 들이켜지는 않으니까.

아, 마치 그대로 옮겨 온 듯 똑같은 부분도 물론 있다.

"크하하하하! 내 살다 보니 스님과 술을 마시는 날도 오는군! 드시오! 쭉쭉 들이켜시오, 스님!"

"아미타불. 시주들께서는 곡차에 영 익숙지 않은 모양입니다. 잔에 곡차를 따라 마시는 것은 주도가 아닙니다."

"어이구? 이 스님 보게?"

"자, 잔은 거두시지요. 제대로 한번 마셔 봅시다."

이윽고 자연스레 병나발을 부는 혜연의 모습에, 홍대광은 고개를 돌려 먼 하늘을 바라보았다.

'장문방장.'

저 사람을 왜 화산으로 보내셨소? 대체 무슨 꼴을 보겠다고.

혜연은 어느새 화산의 색으로 잔뜩 물들어 버렸다. 홍대광은 깊이 탄식했다. 소림을 상징하는 황포를 펼치고 두주불사하는 꼴이, 누가 봐도 죄를 짓고 소림에서 달아난 파계승이다.

"너, 넘어간다!"

털썩. 바닥을 뒹구는 사람들 옆에 또 한 사람이 추가되었다.

조걸은 술병을 바닥에 팽개치듯 내려놓고는 쓰러진 사람을 보며 혀를 찼다. 그러더니 반쯤 풀린 눈으로 말했다.

"에이. 술 잘 마시는 사람 없어요? 뭔 산채가 이래?"

"비, 비켜라! 내가! 내가 상대한다!"

"좋지, 좋지요. 자! 드십시다!"

홍대광이 눈을 질끈 감았다. 조걸이 화산에서는 그리 술을 잘 마시는 축이 아니었던 것 같은데. 호랑이가 없는 곳에서는 여우가 왕이라고, 청명 같은 주정뱅이가 없는 곳에서는 조걸도 나름 먹어 주는 모양이었다.

뭐랄까. 여기는 분명 대호채인데, 술자리는 되레 화산의 제자들이 주도하고 있었다. 화산이 산채를 차려 놓고 손님을 받는 듯한 모양새다.

"여하튼 진짜 특이한 놈들이라니까."

혀를 내두른 홍대광의 시선이 문득 어느 한쪽으로 향했다. 아무리 그래도 이 자리에서 가장 특이한 건 역시 저놈이었다.

"한잔 받으십시오."

임소병이 구겨진 관을 쓱 올리더니 헤실헤실 웃었다. 그러고는 청명에게 술병을 내밀었다. 청명도 빙그레 웃으며 술을 받았다. 청명이 술을 입에 털어 넣자 임소병이 말했다.

"덕분에 일이 잘 풀렸습니다."

"에이. 덕분은요. 녹림……. 아니, 병서생께서 힘써 주신 덕분이죠."

"제가 한 게 뭐가 있겠습니까?"

"그럼 머리를 썼다고 할게요."

그런 공치사가 싫지 않다는 듯, 임소병이 입꼬리를 쭉 말아 올렸다.

"하핫. 따지고 보면 제 판단이 나쁘지는 않았죠. 도장께서도 역시나 영민하십니다."

"헤헤. 제가 좀 그런 면이 있죠."

그 옆을 지키고 있던 유이설과 윤종의 얼굴이 차츰 썩어 들어갔다.

'민망하지도 않아?'

'둘이서 하늘까지 올라가겠네.'

남이 굳이 띄워 주지 않아도 둘만 있으면 세상 끝까지 오를 기세였다.

"하하. 제가 이렇게 도사분과 술을 마시는 날이 올 줄은 몰랐습니다."

"저도 그래요. 설마 녹림 분과 같이 잔치를 벌일 줄이야."

임소병이 활짝 웃으며 청명의 빈 잔에 다시 술을 따랐다.

"뜻만 맞으면 출신 같은 거야 뭐가 문제겠습니까?"

"그렇죠, 그렇죠. 뜻이 중요하죠. 그리고……."

그 순간 청명의 눈이 살짝 차게 빛났다. 아주 찰나에 스친 한기였지만, 임소병은 그 눈빛을 놓치지 않았다. 임소병의 입가가 비틀렸다.

"최소한 동료가 될 수는 있죠. 만인방이 존재하는 한은 말이죠."

"적의 적이라."

청명이 고개를 끄덕이며 잔을 비우자 다시 술이 따라졌다. 잔이 가득 차고, 청명은 술병을 받아 임소병의 잔에 똑같이 따라 주었다.

두 사람은 자신의 술잔을 들어 올렸다. 그러고는 서로가 무척 마음에 든다는 듯 환하게 웃었다. 너무 친해지는 게 아닌지 윤종과 유이설이 걱정할 정도였다.

하지만 죽이 척척 맞는 겉모습과 이들의 속마음은 조금 달랐다.

'산적 새끼가!'

'도사 놈이 빤하지!'

두 사람은 환하게 웃으며 눈빛으로 교감을 나누었다.

"우정을 위하여!"

"동료를 위하여!"

짠! 둘의 잔이 허공에서 맞부딪히며 경쾌한 소리가 울렸다.

"하하하. 이렇게 마음이 맞는 분을 만날 줄이야."

"그러게요. 저도 신기하네요."

흐뭇한 미소를 교환하며 두 사람은 생각했다.

'제 발로 걸어 들어왔으니, 확실하게 이용해 주마.'

'골수까지 빼먹어 주지. 너 잘못 걸렸어!'

세상에서 가장 음흉한 두 사람이 서로가 서로를 속였다고 자신하는 순간이었다.

• ◈ •

임소병은 섬세한 손길로 학창의에 붙은 호랑이 털을 떼어 냈다.

"……가죽을 갈든지 해야지."

의자에 씌운 호피를 보는 그의 눈살이 살짝 찌푸려졌다. 크고 질 좋은 호피를 쓰는 게 산적들의 권위를 상징하는 일이다 보니 어쩔 수 없이 들고 다니긴 하지만, 영 번잡스럽고 불편했다. 이젠 털도 많이 빠지고.

"적당한 놈으로 하나 새로 잡아 봅니까?"

그 물음에 혀를 작게 찬 임소병이 손을 휘휘 내저었다.

"냅둬라. 아까운 호랑이를 또 죽일 필요야 있겠느냐? 산에 호랑이 같은 맹수가 많이 나와야 일하기가 쉬워지지. 밥은 못 줄망정 쓸데없이 죽여서야 쓰나. 그런데 털이……. 에헤에에에취!"

크게 재채기한 임소병은 오만상을 찌푸리며 손수건으로 얼굴을 문질렀다. 한두 번이 아닌지 익숙해 보이는 모습이었다.

"……이것도 못 할 짓이지."

임소병이 고개를 들어 흑야호 곽민을 바라보았다. 시선을 받은 곽민이 얼른 입을 열었다.

"산채의 식구들은 화산의 제자들을 완전히 손님으로 받아들였습니다. 무척이나 우호적입니다."

임소병이 예상했다는 듯 가볍게 고개를 끄덕였다.

"사람은 자신이 눈으로 본 것에는 확신을 가지기 마련이니까. 철신장이 큰일을 해 줬어."

"……한 가지 여쭤도 되겠습니까?"

"얼마든지."

잠시 고민하던 흑야호가 살짝 굳은 얼굴로 입을 열었다.

"혹시……."

"아, 안 들어도 뭘 물으려는 건지 알겠군. 나는 그런 적 없어. 그건 정말 실력이야. 그리고 번충이 어디 내가 시킨다고 들을 사람인가?"

흑야호가 이해했다는 듯 작게 고개를 주억거렸다. 확실히 번충은 임소병이 시킨다고 해서 일부러 승부에서 패배할 사람이 아니다. 충성심이 부족하기 때문은 아니다. 그저 자신의 확고한 주관이 있기 때문이다.

하지만 한 가지 의문이 사라지자 새로운 의문이 떠올랐다.

"그렇게 강해 보이지는 않았는데 말입니다."

"사람을 겉으로 판단해서는 안 되지."

임소병이 재미있다는 듯이 입꼬리를 말아 올렸다.

"정말 재미있는 놈들이야."

흑야호는 머릿속으로 청명을 떠올리다 작게 한숨을 쉬었다.

'그 경박한 이가 힘 하나로 번충을 꺾어 버릴 줄이야.'

화산신룡이 처음부터 신력으로 이름이 난 이였다면 이해할 만하다. 하지만 천하가 칭송하는 화산신룡의 절학은 검술이었다. 차기 천하제일검 자리를 도맡아 놨다고 불리는 이가 아닌가? 확실히 그런 이와 인연을 맺게 된 것은 좋은 일이지만…….

그때, 생각에 잠긴 곽민을 향해 임소병이 말했다.

"그런데 번충은 어디 있는가? 아침부터 보이질 않던데."

"아마 지금 화산의 처소에 있을 겁니다."

임소병의 눈이 흥미로 반짝거렸다.

"하긴, 확실히 그 자존심에 그리 당하고는 못 참았겠지. 이 기회에 화산신룡의 검술마저 견식할 수 있으면 좋겠군."

의자에 나른하게 몸을 묻은 그의 미소가 짙어졌다.

"물."

퉁방울만 한 커다란 두 눈이 섬뜩하게 번쩍였다.

"잔도."

우두두둑. 솥뚜껑 같은 손이 꽉 쥐어지자 뼈 소리가 울려 퍼진다.

"한잔 따라 봐."

졸졸졸. 물잔을 받아 든 청명이 마음에 든다는 듯 고개를 미미하게 끄덕였다. 그러더니 단숨에 잔을 비우곤 턱짓했다.

"어깨도 좀 주물러 봐."

철신장 번충이 더는 참을 수 없다는 듯 이마에 핏대를 세웠다. 번충이 손을 획 들었다.

그러고는 거대한 손으로 청명의 어깨를 조물조물 주무르기 시작했다.
"어허, 시원하다!"
그걸 지켜보던 백천과 그 일행은 황당한 얼굴로 서로를 돌아보았다.
'이게 뭔 엿 같은 일이여?'
눈 뜨고 보기 어려운 광경에, 결국 참다못한 백천이 작게 물었다.
"……저게 뭐 하는 거래?"
그러자 윤종이 한숨을 푹 내쉬었다.
"힘 대 힘에서 패배했다는 것은 남자로서의 완전한 패배를 의미한다더군요."
"……그래서?"
"형님으로 모시겠답니다."
희게 질린 백천의 이마에 식은땀이 송골송골 맺혔다.
"……형님? 저분이, 저거를?"
내가 지금 제대로 들은 게 맞나? 청명의 어깨를 조심스레 주무르는 번충을 향해 시선을 돌린 백천이 멍하니 중얼거렸다.
"……의형제가 아니라 아빠랑 아들 같은데?"
"저도 그렇게 생각은 합니다만……."
"아무리 세상이 거꾸로 돌아간다지만 산적이 도사를 형님으로 모신다는 게 말이나 되는 소리냐? 겉으로 보기에 어울리기라도 하면 모를까."
"그러니까, 저도 그렇게 말은 했는데 말입니다. 사나이끼리는 통하는 게 있답니다."
백천의 눈빛이 그의 심경과 마찬가지로 한껏 복잡해졌다. 한 손으로는 청명의 어깨를 주무르며 다른 한 손으로 부채를 살랑살랑 부치는 번충의 모습을 보자니 속이 뒤집힐 판이었다.
'아니, 애초에 저건 동생이 하는 일이 아니잖아?'
대체 저 사람의 형제 개념은 얼마나 왜곡되어 있는 것인가?

"……왜 쟤는 저런 사람들이랑만 친해지는 건데?"

"애초에 합이 맞는 것 아니겠습니까? 솔직히 청명이 놈도 도포 입히고 도관 씌워 놔야 도사 취급이나 받지, 평상복 입히면 산채 드나들어도 누가 이상하게나 생각하겠습니까?"

그 말이 딱히 틀리지 않다는 게 제일 문제였다. 하지만 백천의 속이 썩어 들어가는 와중에도 청명은 그저 편안하기만 한 모양이었다.

"덩치는 산만 한데 왜 이리 힘이 없어! 콱콱 좀 주물러 봐!"

"예, 형님!"

번충은 아예 부채를 내려놓고 두 손으로 청명의 어깨를 꾹꾹 주무르기 시작했다. 청명이 배부르고 등 따신 고양이처럼 나른하게 늘어졌다.

"어허, 시원하다. 그래도 안마는 좀 하네."

그러자 번충이 눈을 희번덕대며 청명을 내려다보았다. 힘이 잔뜩 들어간 눈이 살기등등한 것이, 심상치 않았다. 백천이 움찔했다.

'저거 일 나는 거 아닌…….'

"감사합니다, 형님!"

백천은 무색해진 걱정일랑 고이 접어 버리고 먼 하늘로 시선을 던졌다. 나는 무엇을 기대했던가. 무엇을.

그때 청명이 피식 웃으며 말했다.

"그런데 여기 와 있어도 되는 거야? 녹림왕이 섭섭해할 수도 있잖아."

"녹림도로서 녹림에 충성하는 것과 형님을 모시는 것은 별개의 문제입니다! 이 번충! 그동안 수많은 녹림도를 만나고 수많은 고수를 만났지만, 저를 힘으로 꺾는 이는 처음 보았습니다. 그 사내다움에 진심으로 감복했거늘 어찌 형님을 모시지 않을 수 있겠습니까?"

번충이 딱 잘라 말했다. 진정성이 절절하게 묻어나는 말이었다. 상황이 이렇지 않고, 저 말을 듣는 놈이 청명 같은 놈팡이만 아니었어도 감동의 눈물을 흘렸을 것이다. 하지만 현실은 너무도 참담하고 참혹했다.

백천이 도무지 이해할 수 없다는 얼굴로 백상을 획 돌아보았다.

"아니. 비무에서 졌다고 일이 저렇게 전개되는 게 말이나 되는 소리냐?"

"……진짜 사나이끼리는 통하는 게 있는 법이지요."

"그게 뭔 소린데?"

"우리랑은 좀 사고방식이 다른 거 아니겠습니까?"

바보들의 생각을 어떻게 알겠느냐는 말을 최대한 돌려 말하는 백상이었다. 그들이 뒤에서 뭐라 하거나 말거나, 번충은 우직하게 말을 이었다.

"진정한 의리는 신분과 나이를 뛰어넘는 법입니다. 이 번충! 지금부터 형님의 동생으로서 진정으로 그 충의를 다하겠습니다."

번충의 우렁우렁한 목소리를 들으며 조걸이 흐뭇하게 웃었다.

"보통 저런 식으로 흑도방이 생긴다고 하더라고요. 호걸 몇이 서로 싸움박질하다 의기투합하면 그날로 의형제 맺는 거고, 그러다 무리 규모가 커지면 간판 달고 흑도방 하나 만드는 거죠."

백천은 이미 식은땀으로 서늘해진 이마를 짚으며 고개를 저었다. 제발 그런 말 하지 마라. 진짜 그럴까 봐 겁난다.

그 와중에 슬쩍 번충을 바라본 청명이 입을 열었다.

"그런데 하나 궁금한 게 있는데."

"하문하십시오. 형님!"

"녹림왕은 나이가 좀 어린 것 같던데? 겉으로 보기에는 너보다 더 어려 보일 정도로."

번충이 크게 고개를 끄덕였다.

"맞습니다. 현 녹림왕께서는 선대에게서 녹림왕의 자리를 이어받은 지 얼마 되지 않으셨습니다."

"엥? 녹림왕이 세습이야?"

"기본적으로는 가장 강한 산채의 채주가 역임하는 법입니다. 하지만 수백 년간 녹채(綠砦)보다 더 크고 강한 산채는 나오지 않았습니다. 그러다 보니 자연히 녹림왕의 자리도 녹채에서 세습하고 있습니다."

세습이라. 녹림이라는 이름에는 어울리지 않지만, 왕이라는 이름에는 더없이 어울리는 방식이었다. 청명이 가볍게 고개를 끄덕이곤 물었다.

"그래도 불만이 아예 없지는 않을 텐데?"

번충은 그 질문이 미묘하게 불편한 듯했다. 어색하게 웃기만 하고 답을 피하는 것이 그랬다. 그러자 청명이 능수능란하게 말을 덧붙였다.

"에이. 이제 우리가 한배를 타게 된 입장이니, 그런 부분에서 도와줄 게 없나 해서 묻는 거지. 내가 그래도 명색이 도산데 녹림 상황이 어떤지 알아서 어디다 쓰겠다고."

"아, 그런 깊은 뜻이……!"

번충이 퍽 감동한 듯 눈을 빛냈지만 화산 제자들의 얼굴은 일그러졌다.

'하여튼 저 새끼는 지 필요할 때만 도사래.'

'산적이든 도사든 하나만 해라! 하나만!'

이미 익숙해질 대로 익숙해진 그들에게는 청명의 수작질이 빤히 보였다. 하지만 번충에게는 그렇지 않은 모양이었다.

"물론 현 녹림왕께서 워낙 은인자중하시어 불만스러운 목소리가 나오는 건 사실입니다. 하지만 아직 선대의 영향력이 강해 큰 문제는 벌어지지 않고 있습니다."

"음. 선대가 그렇게 뛰어났나?"

"선대께서는 장부 중의 장부셨고, 호걸 중의 호걸이셨습니다. 그분이 살아 계실 적에는 감히 저 장일소 같은 개잡놈이 녹림을 넘보지 못했는데! 그분이 돌아가신 뒤로는 슬금슬금 시비를 걸어오고 있습니다."

생각만 해도 분하다는 듯 번충이 이를 뿌득뿌득 갈았다.

"선대께서 살아 계셨다면, 일도에 그놈의 목을 베어 버리셨을 텐데."

청명은 머릿속으로 가만 상황을 정리했다.

'장일소가 시비를 걸었다?'

하기야 그 만인방주가 이런 기회를 놓칠 리는 없다. 다만…….

생각에 잠겨 있던 청명이 고개를 끄덕이더니 자리를 털고 일어났다.

"어딜 가십니까?"

"이제 협상을 마무리해야지. 내가 산적도 아닌데 언제까지 산채에 머무를 수는 없으니까."

아니. 너 산적 같아.

• ❖ •

"신수가……. 쿨럭! 훤하십……. 쿨럭! 아이고! 오늘따라 기침이……. 쿨럭! 쿨럭!"

임소병은 아예 손수건으로 입을 틀어막고 연신 기침을 해 댔다. 청명이 미간을 찌푸리며 물었다.

"……폐병이에요?"

그 질문을 들은 화산의 제자들이 슬쩍 두 걸음 뒤로 물러났다. 그런 물음이 익숙한지 임소병이 손을 휘휘 저으며 말했다.

"아, 아닙니다. 전에도 말했다시피, 이건 옮는 병이 아닙니다. 제가 선천적으로 몸이 좀 약해서 그렇지요."

"……그래 보이네요."

"하하. 타고난 것을 어찌……. 근데 왜 자꾸 뒤로 가십니까."

"안전한 게 좋죠, 안전한 게."

이마와 미간이 새파랗게 질린 임소병은 지금 당장 관짝에 들어가도 이상하지 않을 듯한 모양새였다. 그는 입가를 살짝 닦으며 물었다.

"그럼 이제 떠나실 생각이십니까?"

"네. 그런데 가기 전에 일단 돈 문제부터 끝을 내려고요."

임소병이 무슨 소리냐는 듯 고개를 갸웃했다.

"하지만 그 문제는 서로가 조금 더 많은 자료를 보고 심사숙고한 후에 결정을 내릴 문제가 아니겠습니까? 듣자 하니 아직 어떤 식으로 일을 운용할 것인지도 확정되지 않았다고 들었습니다만."

"네, 그렇죠. 그런데…… 그런 복잡한 방법 말고 간단하게 상황을 해결할 방법도 있을 것 같아서요."

청명이 자신만만하게 웃자 임소병은 흥미롭다는 듯 그를 바라보았다.

"간단하게? 저는 도장께서 무엇을 말씀하시는지 모르겠습니다만?"

"에이, 아시면서."

임소병은 눈살을 찌푸렸다. '간단하게'라 함은 결국 녹림에게 금전보다 더 필수적인 것을 내어 주고 문제를 해결하겠다는 뜻이다. 하지만 아무리 생각해도 화산이 줄 수 있는 것이 무엇인지 가늠할 수가 없었다.

"도장께서 뭔가를 준비하셨군요."

"네. 들으면 무척이나 좋아하실 걸로요."

"쿨럭! 쿨럭! 그게 뭔지 물어도 되겠습니까?"

"표물 사업에 관련된 인원들이 산채를 이용하고 보호를 받는 대가로…… 녹림왕의 병을 고쳐 드리는 건 어떨까 해서요."

잠깐 멈칫했던 임소병이 피식 웃었다.

"뭔가 했더니 그 말씀이셨군요. 도장, 말씀드렸다시피 이 병은 선천적인 거라 치료할 수 있는 게 아닙니다."

"네, 그렇겠죠."

"저는 녹림왕입니다. 이미 방도는 수도 없이 찾아보았습니다. 하지만 이 병은 소림의 대환단을 먹는다고 해도 해결할 수 없습니다."

"네, 그렇겠죠."

청명은 놀라거나 실망한 기색도 없이 고개를 끄덕였다. 그러곤 속으로 생각했다. 이 자리에 혜연을 데리고 오지 않기를 잘했다고. 만약 그 땡중이 들었다면 길길이 날뛰었겠지.

"그런데 도장께서 무슨 수로 저를 낫게 하시겠습니까."

"대환단은 안 되죠. 하지만······."

청명의 입꼬리가 비뚜름하게 올라갔다. 퍽 의기양양한 얼굴이었다.

"약선의 혼원단쯤 되면 이야기가 좀 다르지 않을까요?"

임소병의 눈빛이 처음으로 바뀌었다. 그가 놀란 기색으로 되물었다.

"······혼원단? 과거 천하제일 명의이자 신의였던 약선의 혼원단을 말씀하시는 겁니까?"

청명은 무어라 대답하는 대신 간결하게 고개를 끄덕였다. 임소병의 눈이 진지한 빛을 띠었다. 혀에 기름이라도 바른 듯이 능수능란하게 말하던 그가 처음으로 버벅대기 시작했다.

"그 말씀은······. 음. 그러니까, 그······ 천하의 누구도 구하지 못했던, 그 약선의 혼원단을 화산이 확보하고 있다는 뜻입니까?"

그러자 잠깐 침묵하던 청명이 고개를 획 돌려 백천을 보더니 물었다.

"어? 이거 원래 말하면 안 되는 거였나?"

백천이 입만 쩍 벌리고 아무 말을 못 하고 있자 청명이 다시 임소병을 보며 어색하게 웃었다.

"아. 이건 일단 비밀로 해 주세요. 남들이 알면 안 되는 일이라."

임소병은 황당하기 짝이 없단 시선으로 눈앞의 화산 제자들을 번갈아 보았다. 그와 동시에 머리가 빠르게 돌아가기 시작했다.

'사실은 사실이라는 건가? 거짓이 아니야? 그럼 그때 검총에서······.'

의자를 움켜쥔 그의 손아귀에 무심코 힘이 들어갔다.

약선의 무덤이 발견되었다는 소식을 듣고 얼마나 놀랐던가? 그 역시 가능했다면 당장에 달려갔을 것이다. 하지만 그때 그는 하필 중원의 끝에 붙은 산채에 있었고, 소식을 들었을 때는 이미 전부 마무리된 후였다.

달려들었던 모두가 무엇 하나 발견하지 못했다는 말을 듣고 겨우 아쉬운 마음을 달랬었는데.

"천하를 속이셨군."

"헤헤. 말하지 않은 게 속인 건 아니니까요."

청명의 말에 임소병이 슬쩍 고개를 까딱이더니 의자에 등을 기대었다.

"그래서 하시고픈 말씀이?"

"뭐, 간단해요. 이쪽은 혼원단으로 셈을 대신 치르고 싶은데요."

임소병이 피식 웃었다.

"제 병이 뭔지는 아십니까?"

"네, 알아요."

"……안다고요?"

임소병은 의아한 눈빛으로 눈앞의 도사를 빤히 보았다. 청명은 그를 진맥한 적이 없다. 그의 무위가 고강한 편이라고는 하지만, 진맥이라는 건 눈으로 보는 게 아니라 기운을 느껴야 가능한 일이…….

생각에 잠겨 있던 그가 순간 눈을 부릅뜨며 몸을 앞으로 기울였다.

"서, 설마 제가 손을 잡았을 때 진맥을……!"

"아뇨. 그냥 대충 보고 알았는데요?"

임소병은 다시 풍한 얼굴로 의자에 몸을 푹 묻었다.

"거, 어디서 약을……."

"약 파는 게 아니라 진짜 안다니까요. 그 창백한 안색, 이마에 보이는 음기, 폐병처럼 콜록대는 기침, 거기에 총명한 머리와 빛나는 무재! 이런 증상을 가진 병은 하나밖에 없죠! 구음절맥(九陰絕脈)!"

청명이 선언하듯 말하자, 임소병이 다시 놀란 듯 눈을 치켜떴다. 청명은 의기양양하게 웃었다.

"내 말 맞죠?"

"……아닌데요?"

"네?"

"아니라고요."

두 사람의 허무한 시선이 허공에서 얽혔다.

"……그럴 리가 없는데?"

의아하다는 듯 중얼거린 청명은 미간을 찌푸리며 고개를 갸웃했다.

'이상하다. 아니라기엔 증상이 너무 정확하게 맞아떨어지는데.'

"쿨럭! 쿨럭!"

마침 터져 나온 기침에 임소병의 몸이 한차례 크게 들썩였다. 몇 차례 기침을 더 한 그는 입을 막았던 손수건을 내려놓으며 쓰게 웃었다.

"애초에 구음절맥이면 제가 아직 살아 있겠습니까?"

"아, 그렇긴 하네."

청명은 납득했다는 듯 고개를 끄덕였다. 구음절맥은 인체에서 가장 음기가 강한 아홉 개의 혈이 선천적으로 막혀 있는 병을 뜻한다. 이 병을 타고나면 기혈이 뒤틀려 머리가 총명하고 무재도 더없이 뛰어나지만, 바로 그 뒤틀린 기혈 때문에 스물을 넘지 못하고 요절한다.

"그럼 진짜 아니구나? 아, 맞는 줄 알았는데."

입맛을 쩝 다신 청명이 다시 백천을 돌아보았다.

"사숙. 일이 꼬였는데 어떻게 하지?"

허탈한 웃음을 흘린 백천의 눈가와 입가가 경련을 일으켰다.

'진짜 죽었으면 좋겠다. 진짜.'

소리 지르고 싶은 것을 꾹 참은 백천이 대신 제 머리를 쥐어뜯었다. 원시천존이시여. 왜 이런 새끼를 화산에 내리셔서 저를 괴롭히십니까! 왜!

백천이 대꾸를 하지 않자 청명은 어색하게 웃으며 뒷머리를 긁적였다.

"저……."

임소병이 한숨을 내쉬며 입을 떼려는 찰나, 청명이 승부욕으로 눈을 희번덕대며 외쳤다.

"아! 잠시, 잠시! 말하지 마요! 내가 맞혀 볼게! 구음절맥과 증상은 비슷한데, 아직 살아 있다! 그럼…… 한 칠음절맥 정도? 아니면 삼음절맥?"

백천의 얼굴이 시뻘겋게 달아오르기 시작했다.

"그것도 아니면 이음!"

듣다 못한 백천이 버럭 소리를 질렀다.

"이 새끼야! 때려 맞힌다고 될 일이냐! 왜 확신도 없이 일을 벌…….'"

하지만 그 순간 임소병이 놀란 듯 자리에서 벌떡 일어났다.

"오? 그걸 맞히시다니!"

"……맞혔다고요?"

백천의 시선이 임소병에게로 휙 돌아갔다. 맞혔다고? 이게 진짜 되네. 이젠 나도 모르겠다. 세상 모든 의욕이 백천의 눈에서 파스스 사라졌다.

그러거나 말거나 임소병은 정말로 감탄한 듯 고개를 끄덕였다.

"과연 화산신룡이시군요."

"헤헤, 뭘요. 보통이죠."

백천의 어깨가 축 처지자 윤종이 다독여 주며 묵묵히 고개를 내저었다.

"진정하십시오, 사숙. 어디 한두 번 겪는 일도 아니잖습니까."

"……한두 번 겪는 일이 아니라서 그래."

"그 또한 맞는 말이네요."

윤종과 백천이 머리를 맞대고 인생이란 무엇인가에 대해 진지하게 고민하는 와중, 임소병이 부채로 머리를 벅벅 긁으며 입을 열었다.

"정확하게 말하면 이음하고도 반음절맥쯤 됩니다."

"……그게 뭐 저울로 재는 것도 아니고, 그렇게 해도 되는 겁니까?"

백천의 물음에 어깨를 으쓱인 임소병이 친절하게 대답을 해 주었다.

"이게 혈이 얼마나 막혔느냐에 따라 명칭이 달라지는 법이라. 아홉 개가 막히면 구음절맥이고, 세 개가 막히면 삼음절맥, 그리고 두 개 반이 막히면……."

"……됐습니다."

더 들으면 머리가 이상해질 것 같았다.

백천의 반응에 임소병이 쓰게 웃었다.

"그러니까 이게 음한절맥류의 최고봉이 구음절맥이고, 최약체가 삼음절맥인데, 저는 삼음절맥보다 좀 나은 처지지요. 대혈 두 개가 완전히 막히고, 하나가 반쯤 막혀 있는 거라."

"……그거 굉장히 어정쩡한 병이네요."

"제 말이 그 말입니다. 무시하자니 부작용이 너무 심하고, 그렇다고 고치자니 방도가 없고, 끄응……."

생각하니 새삼 짜증 나는지 임소병이 와락 얼굴을 일그러뜨리며 투덜거렸다. 청명이 가만 듣다가 한마디 거들었다.

"어쨌든 수명은 또 줄고."

"그도 그렇습니다."

임소병이 순순히 고개를 끄덕이자 청명의 눈이 빛났다.

"차라리 잘됐네요. 구음절맥쯤 되면 혼원단으로도 고칠 수 있다고 확신할 순 없는데, 이음……. 아니, 이음하고도 반음절……."

"그냥 이음절맥으로 하십시다."

"네. 이음절맥쯤 되면 혼원단으로 확실히 고칠 수 있을 거예요."

임소병은 선뜻 대답하는 대신 곰곰이 생각에 잠겼다.

'혼원단이라.'

절맥은 영단으로 치료가 불가능하다. 대부분의 영단은 무공을 진전시키기 위한 수단이지, 치료의 수단은 아니기 때문이다.

하지만 혼원단은 그런 일반적인 영단과는 그 궤를 달리한다.

혼원단은 무파에서 만든 게 아니라 화타의 재림이라 불렸던 약선이 만들어 낸 것. 혼원이라는 말 그대로 조화가 깨진 육체를 회복하는 데는 고금제일의 효과가 있다고 불리던, 그야말로 최고의 약이다.

'확실히 혼원단이라면…….'

청명의 말이 사실이라면 분명 대화할 가치가 있는 일이었다. 하나,

"……그런데 뭐, 제가 지금 혼원단이 크게 필요한 건 아니라서. 좀 불편하긴 하지만 그래도……."

눈을 가늘게 뜬 임소병이 짐짓 심드렁하게 말했다. 그러자 청명이 묘한 눈으로 그를 바라보았다.

"거, 서로 쓸데없는 짓은 하지 말죠."

"……."

"좀 이상하잖아요. 저한테는 녹림은 제 실력을 보여 주면 확실히 따른다고 해 놓고, 본인은 정체를 숨기면서 번충을 앞에 내세운다……. 저 같으면 그런 번거로운 짓은 하지 않을 거거든요."

"제 취향이 좀 그쪽이라."

"딱히 취향 때문에 번거로움을 자처하실 분 같지는 않은데?"

임소병이 가만히 청명을 응시했다. 눈빛이 이전과 달리 사뭇 서늘했다. 하지만 청명은 그 위압감 실린 눈빛을 받고도 히죽히죽 웃었다.

"이유는 생각해 보면 간단하죠. 드러내지 않는 게 아니라, 드러내지 못하는 거예요. 산적들이 폐병 걸려 콜록대는 녹림왕을 받아들일 리 없으니까요. 반란은 일어나지 않는다고 해도 결속은 확실히 약해질걸요. 아닌가요?"

"재미있는 해석이네요. 일리도 있고."

청명이 대수롭지 않게 어깨를 으쓱이고는 말을 이었다.

"지금이야 만인방과 싸우느라 녹림왕에게 불만이 돌아갈 리 없겠지만, 상황이 좀 진정되면 이야기가 달라질걸요. 음……. 잠깐만, 혹시 만인방과 전쟁을 시작한 것도 녹림인가요? 시선을 바깥으로 돌리기 위해서?"

탁. 부채를 접은 임소병이 그 끝으로 자신의 머리를 톡톡 건드렸다.

"적당히 얼굴만 보고 헤어지자고 했더니, 배 속까지 보겠다고 칼 들고 오는 양반이시네."

"뭐 뻔히 보이는 걸."

"그 뻔히 보이는 걸 남들은 몰랐습니다."

임소병이 땅이 꺼져라 한숨을 푹 내쉬었다.

"그래서 원하는 게 뭡니까. 여기까지 들어와 놓고 손 털고 나가겠다 하면 이쪽도 영 찝찝해서 그냥 보내 드리기 애매할 것 같은데?"

그의 눈에 순간적으로 한기가 어렸다. 하지만 청명은 살짝 사나워진 그 기세 앞에서 되레 웃었다.

"질문이 잘못됐죠. 원하는 건 우리가 아니라 그쪽이니까요."

"네?"

"야! 의자 가지고 와!"

청명의 말에 조걸이 움찔하여 의자가 있는 쪽으로 달리려는 순간, 그보다 몇 배 빠르게 번충이 달려 나가 의자를 대령했다.

임소병이 기가 막힌다는 얼굴로 그런 번충을 보았다.

"쟤는 또 왜 저래?"

"……설명하자면 깁니다."

백천이 힘없이 대꾸했다. 청명은 그러거나 말거나 번충이 가져온 의자에 앉더니 똑같이 다리를 꼬았다.

"지금 사태 파악이 안 되신 모양인데. 좋게 좋게 말해 주니 영 이해가 느리시네. 모르겠어요? 내가 혼원단을 가지고 있다니까? 혼원단?"

"……."

"그, 어? 약선이, 어? 혼을 갈아 만들어 놓은! 이제 세상에 얼마 남지도 않은 그 혼원단을 내가 가지고 있다니까? 그쪽이 가진 골치 아픈 문제를 대번에 모조리 다 해결해 줄 수 있는 혼원단을?"

임소병의 얼굴이 일그러지기 시작했다.

"그런데, 뭐? 원하는 게, 뭐? 아이고오, 이 양반이랑은 거래를 못 하겠네. 내가 여기 아니면 뭐 팔 데 없는 줄 아나? 지금도 나가면 이거 사겠다는 사람이 줄을 섰어요! 줄을!"

청명이 팔을 휘적휘적 내저으며 과장된 몸짓으로 미간을 문질렀다.

"아, 줄 이야기 하니까 술 땡기네. 여기 술…….."

착. 말하기도 전에 이미 준비해 뒀는지 번충이 재빨리 다가와 공손히 술병을 내밀었다. 이번에는 청명도 살짝 당황했다.

"……고맙다."

"아닙니다, 형님!"

얘…… 생각보다 엄청 좋은 애네?

번충을 힐끔거리며 병의 마개를 딴 청명은 거의 들이붓다시피 술을 들이켰다. 그러고는 병을 과격하게 내려놓았다.

"카아아아아아!"

소매로 입가를 닦는 동시에 미소가 씨익 번졌다.

"자, 그러니까 잘 들어 보세요."

임소병은 반쯤 홀린 것 같은 얼굴로 청명을 응시했다.

"댁이 지금 하루빨리 병을 고쳐서 녹림을 제대로 장악해야 하는 거잖아요. 지금처럼 녹림왕이면서도 녹림왕이 아닌 척 돌아다니는 것도 한계가 있겠지. 왜? 만인방이 최우선으로 녹림을 정리하려고 발악할 테니까."

"……."

"전쟁이 격해지면 결국엔 나서지 않을 수 없는데……. 어쩔 수 없이 나섰더니, 응? 녹림왕이 그 폐병쟁이였네?"

임소병이 한숨을 푹 내쉬었다. 하지만 딱히 반박하지는 않았다.

"거기에 아직 병을 앓고 있다는 소문이라도 나 봐. 녹림이 와해되는 건 한순간이죠. 그걸 그쪽이 모를 리가 없을 텐데? 그런데도 어쩔 수 없으니까 이 상황을 유지한 거죠?"

임소병이 머리를 벅벅 긁어 젖혔다. 구겨진 관이 제멋대로 들썩이며 길게 자라난 머리카락이 삐져나왔다.

"끄응. 도무지 도장에게는 못 당하겠군요."

그 반응에 청명은 아주 흥이 제대로 난 듯 손까지 붕붕 내저었다.

"그런데! 이 모든 문제가 혼원단 한 알이면 싸악 풀린다니까?! 싸악! 아주 그냥 시원하게! 어? 딱 한 알이면!"

그 모습을 보던 백천은 흐뭇하게 웃었다.

'진짜 약을 파네.'

전문 약장수가 빙의라도 한 양, 청명은 임소병을 들었다 놓았다 했다.

"그러니까!"

쾅! 청명의 손이 의자를 콱 내리쳤다. 그 바람에 의자 손잡이가 부서져 바닥에 떨어졌다. 시선을 단번에 집중시킨 그는 씨익 웃으며 말했다.

"뭘 원하느냐고 물을 게 아니죠. 얼마 내실 건데?"

언제 열변을 토했냐는 듯, 청명은 아주 느긋하게 의자에 등을 기대며 반대로 다리를 꼬았다.

"선 제시요."

파랗게 질린 임소병의 입술이 떨렸다. 그러다 이내 천천히 열렸다.

"배, 백만……."

"어? 안 들리는데?"

"조건 다 받고 백만 냥 추가!"

"아이고. 다른 데다 팔면 오백만은 받고도 남는데."

"그, 그럼 이백만!"

"사형들. 짐 쌉시다!"

"사, 삼백! 삼백 이상은 무리요! 삼백! 도장! 제 처지도 좀 봐주십시오!"

"에잉. 산적들이 요즘 영 돈을 못 버나 보네. 삼백이라니. 그냥 내가 먹고 콱 죽어야지."

"사, 사백은 무리……."

흥정이 격렬하게 이어졌다. 어느새 임소병은 손을 싹싹 비비며 애원하기 시작했다. 백천과 그 일행은 근본적인 의문에 빠질 수밖에 없었다.

'저, 사숙. 그런데 지금 화산에 혼원단이 남은 게 있습니까?'

'……저번 만인방 전투 때 다 쓰지 않았냐?'

'그런데 쟤는 지금 뭘 파는 겁니까?'

'보면 모르냐? 사기 치는 거잖아.'

다리를 꼰 채 희희낙락하는 청명과 그런 그를 필사적으로 설득하는 임소병의 모습을 보던 조걸은 새삼 감탄하며 창밖으로 시선을 던졌다.

'도사가 산적한테 사기를 치네.'

어디서 벼락 안 떨어지나? 에휴.

"……끄으."

앓는 소리가 연신 새어 나왔다. 백천은 안쓰러운 기색이 가득한 눈으로 임소병을 바라보았다. 원래도 창백하고 병색이 완연했던 그의 얼굴은 이제 거의 푸르죽죽하게 죽어, 반쯤 시체로 보일 지경이었다.

물론 병이 악화된 건 아니고…….

"크으으으!"

입꼬리가 귀에 걸린 청명이 쫙 편 손을 싹싹 비비며 낄낄댔다. 다 죽어 가는 임소병과는 달리, 청명은 그야말로 활기가 넘쳤다.

"헤헤. 역시나 녹림왕쯤 되시니까 통이 남다르시네요. 감탄했어요."

남의 통을 강제로 잡아 늘린 인간이 저런 말을 하니 지켜보는 이들은 심히 괴로울 수밖에 없었다.

속곳 속에 숨겨 둔 비상금까지 모조리 털린 임소병은 의자에 몸을 축 늘어뜨렸다. 녹림왕의 권위를 상징하는 위엄 넘치는 호피가 이제는 되레 임소병을 잡아먹을 것만 같았다.

'그러게, 왜 저놈과 얽혀서는.'

백천은 고개를 절레절레 내저었다. 비슷할 수야 있지. 죽이 잘 맞을 수는 있다. 하지만 세상에 청명 같은 놈이 둘일 수야 있겠는가.

천하를 샅샅이 뒤져 모든 사람을 확인해 본 건 아니지만, 절대 저런 놈은 둘일 수가 없다. 이건 백천이 모든 것을 걸고 확신할 수 있었다.

임소병의 실수는 그걸 몰랐다는 점이리라. 임소병이 원독에 찬 눈빛으로 청명을 노려보았다.

"약속은 반드시 지키시길 바라겠소! 반드시!"

"에이. 그거야 당연한 거죠. 장사 한두 번 하는 것도 아니고."

청명이 낄낄대며 웃어젖혔다.

다른 화산의 제자들은 묘한 서글픔과 안도감을 동시에 느끼고 있었다.

'우리만 당하는 게 아니구나.'

'녹림왕까지 저렇게 당하는 걸 보면, 우리가 유달리 어리숙한 게 아니었어.'

청명이 놈 앞에서는 상대가 그 누구든 천하 만민이 공평해진다는 사실을 새삼 깨닫게 된 것이다.

"그럼 물건은 언제쯤?"

"제가 화산에 가면 따로 보낼게요."

"끄응. 정말 믿어도 되겠죠?"

"에이, 제가 그래도 도산데 거짓말을 하겠어요?"

"그러게 말입니다. 도산데……."

임소병의 이가 빠드득 갈렸다. 화산의 제자들은 그가 삼킨 뒷말이 뭔지 듣지 않아도 알 수 있었다.

'미안합니다.'

'솔직히 이건 화산이 사과해야 한다.'

임소병이 손을 들어 자신의 얼굴을 주물렀다. 그러고는 시뻘게진 눈을 한 채 손가락 틈으로 청명을 노려보았다.

'세상에, 도사라는 인간이…….'

녹림왕이라는 신분을 이용해 벌어들인 돈은 물론이고, 선대에서 넘어

온 돈까지 싹 다 털렸다. 게다가 녹채의 창고에 든 것들까지 내다 팔아야 할 판이었다.

"대금은 조금 기다려 주시지요. 일단 물건들을 처분해야 하니……."

"아, 그건 제가 따로 사람을 보내 드릴게요."

청명이 방긋방긋 웃으며 말했다.

"제가 아는 상단이 많거든요. 양심적으로 잘 쳐줄 거예요."

"야, 양심……. 양심? 쿨럭! 쿨럭! 큭. 가, 가슴이! 쿨럭! 쿨럭!"

못 들을 말을 들었다는 듯, 임소병이 몸을 뒤틀면서 기침을 해 댔다. 급기야 피를 토하는 그를 보며 청명이 혀를 끌끌 찼다.

"쯧쯧쯧. 그러니까 빨리 약 드시고 나으셔야지. 마음이 아프네요."

"이, 이게! 쿨럭! 누구 때문인데!"

더는 참지 못하고 버럭 소리를 지른 임소병이 눈을 까뒤집고 삿대질을 해 댔다. 이러다간 병이 낫기도 전에 화병으로 죽을 판이었다.

'대체 뭔 놈의 도사가 저렇게 돈독이 올라 가지고!'

지독하다, 지독해. 돈 되는 일이라면 지옥도 들락거린다는 염상(鹽商) 놈들도 저렇게 지독하지는 않을 것이었다.

하지만 청명은 그의 원망에도 어깨를 으쓱해 보일 뿐이었다.

"자자, 좋게 생각하자고요. 돈이야 또 벌면 되죠. 몸이 우선이죠, 몸이."

말은 바른 말이다. 저 빌어먹을 놈이 정말 짜증 나는 이유 중 하나는, 하는 말 중에 틀린 게 거의 없다는 점이었다. 그리고 이유 중 두 번째는 그 옳은 말을 저따위로 써먹는다는 거지.

"끄윽……. 무, 물!"

"여기 있습니다!"

번충이 잽싸게 달려와 호리병을 내밀었다. 재빨리 병을 낚아챈 임소병은 냉큼 물을 들이켰다. 그러고는 곧장 몸을 뒤틀며 머금었던 물을 고스란히, 모조리 품 내뿜었다.

"이거 술이잖아, 이 새끼야!"

"어? 차, 착각했나? 두, 둘 다 준비하다 보니 그만……!"

"쿨럭! 내, 내가 진짜! 쿨럭!"

아수라장이 따로 없었다. 그 모습에 백천은 가만히 고개를 내저었다.

'저러다 죽겠네.'

입가를 벅벅 문질러 닦은 임소병은 청명을 한참 바라보다가 한숨을 푹 내쉬었다. 아까보다 한풀 기세가 꺾인 목소리였다.

"여하튼 그…… 약속은 지켜 주길 바라겠습니다."

"물론이죠. 대신 녹림왕께서도 약조한 바를 지켜 주세요. 특별히 많이 깎아 드렸으니까."

"……안 깎았으면 녹림이 아주 파산했겠군."

흐뭇하게 고개를 끄덕이는 청명을 본 임소병이 쓴웃음을 지었다.

"많이 급하시면 화산으로 같이 가실래요? 거기 가면 바로 내어 드릴 수 있는데."

"사양하겠습니다."

청명의 말에 임소병은 단호하고 격하게 고개를 저었다.

"왜요? 정파라서요?"

"화산에 드는 게 껄끄러운 게 아니라, 화산까지 가는 게 껄끄러운 겁니다. 도착하기도 전에 피 토하고 죽을까 봐!"

확실히 일리가 있는 말이었다. 조걸은 작게 박수 치며 감탄했다.

"똑똑하신 분이네. 현명해."

"배우신 분이야. 배우신 분."

저 학창의를 괜히 입고 있는 게 아니었다. 임소병이 부채를 펴지도 않은 채 휘휘 저으며 손사래를 쳤다.

"내 살다 살다 산채에 와서 돈을 털어 가는 이는 처음 보았습니다. 확실히 화산이라는 이름이 요즘 하루가 멀다고 들리는 이유가 있었네."

"뭐, 보통이죠."

"끄응. 괜히 엮였어."

임소병이 후회의 한숨을 내쉬자 청명은 슬쩍 입꼬리를 말아 올렸다.

"너무 그렇게 엄살떨지 마세요. 남는 장사 하셔 놓고."

순간 임소병의 표정이 살짝 굳어졌다.

"앞으로의 관계를 생각해서 이 정도만 할게요. 대신 이쪽에서 신경 써 드렸다는 거 잊지 마세요."

청명의 말에 임소병은 이렇다 할 말 없이 그저 가볍게 웃었다. 할 말을 마친 청명이 미련 없이 몸을 획 돌렸다.

"그럼, 약조한 바는 알아서 지킬 거라 믿을게요. 물건은 화산에 돌아가는 즉시 보내 드리죠."

"도장."

그 뒷모습을 물끄러미 보고 있던 임소병이 지금까지와는 달리 조금 낮아진 목소리로 그를 불러 세웠다.

"도장은 뭘 하려는 거요?"

뜬금없는 질문이었다. 지금까지 대화를 듣고 있던 이들은 그 뜻을 이해하지 못하고 고개를 갸웃했다.

하지만 청명은 그 질문의 의도를 알아들었다는 듯 가볍게 어깨를 으쓱했다.

"글쎄요. 그냥 다들 친하게 지내자는 거죠."

"……정말 그게 전부요?"

청명이 슬쩍 임소병을 돌아보았다. 딱히 달라진 게 없는 것 같은 눈빛. 하지만 임소병의 손아귀엔 저도 모르게 힘이 들어갔다. 부채가 부러질 듯 휘어졌다. 두 사람은 말 없이 한참 동안 서로를 마주 보았다.

청명이 이내 히죽 웃었다.

"외양간은 미리 고쳐야 하는 법이거든요."

그가 앞장서서 휘적휘적 걸어 나가자 화산의 제자들이 녹림왕을 향해 고개를 숙여 보이고는 그 뒤를 따라나섰다.

임소병은 한동안 말없이 청명이 있던 곳을 뚫어져라 응시했다.

"……무슨 문제라도 있으십니까?"

번충이 의아해하며 묻자 그는 가만히 고개를 내저었다.

"아니다. 아무것도."

하지만 그의 얼굴은 조금 전과 전혀 다른 빛을 담고 있었다.

'저 안에 대체 무엇이 들어 있는가.'

잠시간 보였던 청명의 그 서늘한 눈빛이 절대 잊히지 않을 것 같았다.

"형님! 정말 이렇게 가시는 겁니까!"

번충이 우렁우렁한 목소리로 소리쳤다. 수레 위의 청명이 질색하는 얼굴로 귀를 틀어막았다.

"살살 좀 말해!"

"죄, 죄송합니다. 제가 워낙 목청이 커서."

진짜 보면 볼수록 야수궁주랑 붙여 놓고 싶어지네.

"도사가 산채에 오래 머무르면 좋은 말이 나올 리 없다. 볼일 다 봤으니 빨리 가야지."

냉정하게까지 느껴지는 대답이었다. 번충은 충심과 아쉬움이 가득한 얼굴로 청명을 바라보더니 거대한 어깨를 늘어뜨렸다.

"마음 같아서는 제가 화산까지 모시고 싶지만……."

기겁한 청명이 손을 내저었다.

"아서라. 도사에 중에 거지까지 있는데, 여기에 산적까지 끼는 게 어디 사람 할 짓이냐."

그 또한 맞는 말이었다. 그럼에도 번충이 여전히 아쉬운 듯 입맛을 다시자, 청명이 씩 웃으며 말했다.

"곧 다시 볼 일이 있을 거다."

"예, 형님! 기다리고 있겠습니다!"

실로 우애가 넘치는 광경이었다. 백천과 그 일행은 수레 끌 준비를 하다 말고 흐뭇하게 웃었다.

'너희들 만난 지 이제 고작 이틀 됐어요.'

'저 꼴만 보면 뭔 십년지기 같네.'

제 반도 안 되는 체구의 청명을 꼬박꼬박 형님이라 불러 대는 번충이나, 그걸 당연하게 받아들이는 청명이나 범상치 않기는 매한가지였다.

그들을 배웅하기 위해 몰려나온 이들도 다들 그 광경에 놀라 수군대고 있었다. 녹림십영 중 하나인 철신장이 화산의 도사에게 설설 기는 게 낯설면서도 신기한 모양이었다.

산적들을 둘러본 홍대광은 눈을 가느스름하게 뜨며 생각에 잠겼다.

'곧 녹림에 화산신룡의 이름이 쫙 퍼지겠군.'

청명을 깍듯하게 대하는 철신장의 본의까지 의심하지는 않는다. 하지만 이 모든 게 철신장의 순수한 충정만으로 이루어진 것 같지는 않았다.

"조심해서 가십시오."

녹림왕. 아니, 이곳에서는 병서생의 행세를 하고 있는 임소병이 휘휘 걸어와 청명에게 인사를 건네었다.

"몸 관리 잘하세요."

"그 전에는 절대 안 죽습니다."

청명과 임소병이 가볍게 눈빛을 교환했다. 그 이상의 말은 필요하지 않다는 듯 말이다. 이내 고개를 돌린 청명이 수레를 탕탕 두드렸다.

"그럼 가자! 사숙, 사고, 사형!"

"끄응."

짧게 앓는 소리와 함께 수레가 천천히 움직여 이내 대호채를 벗어나기 시작했다.

"살펴 가십시오!"

"화산파 만세! 화산신룡 만세!"

등 뒤에서 커다란 환호와 배웅이 들려왔다. 수레에 걸터앉은 청명은 대호채의 산적들에게 여유롭게 손을 흔들어 주었다. 그 모습이 꼭…….

"……채주가 산채를 나서는 것 같네."

"그러게 말입니다."

화산의 제자들은 그저 한숨을 푹푹 내쉬며 발을 재촉했다.

수레가 아주 멀어져 가는 걸 보며 임소병은 부채를 펼쳐 들었다. 그의 시선은 수레가 보이지 않을 때까지 계속해서 저 너머에 고정되어 있었다.

"바람이 찹니다."

흑야호가 임소병의 곁으로 다가와 걱정스레 말을 건넸다.

"바람이라……."

하지만 임소병은 들어갈 생각이 없는지 뜻 모를 소리만 늘어놓았다.

"그래, 바람이지. 바람이 불겠군. 제대로 된 바람이 말이야."

"화산 말씀이십니까?"

흑야호의 물음에 그는 가만히 고개를 끄덕였다. 그러고는 무언가 생각이 많은 얼굴로 입을 뗐다.

"흑야호. 사파와 정파가 마지막으로 힘을 합친 때가 언제였는가?"

"그야……. 지난 마교의 발호 때 아닙니까? 그때는 살기 위해서라도 어쩔 수 없는 일이었지요."

고개를 돌려 어딘가 먼 곳을 바라보던 임소병이 고개를 끄덕였다.

"화산이 최근 분주히 천하를 누빈다고 하더군."

"사업을 벌이고 확장하는 것 아니겠습니까?"

"사파인 우리들까지 끌어들여서?"

흑야호가 쉽게 대답을 하지 못하자, 임소병은 부채를 흔들며 말했다.

"다른 방법은 얼마든지 있지. 그런데 저자는 굳이 우리를 불러들였네. 그러더니……."

그는 다음 말을 삼켰다.

'내게 혼원단을 준다라.'

사실 혼원단을 주지 않아도 손잡을 방법 따위는 수도 없이 많다. 청명이 굳이 입 밖으로 그 말을 꺼내지 않았더라면 그는 죽는 그 순간까지 화산에 혼원단이 있다는 것을 몰랐을 것이다.

비록 거금을 뜯어 가기는 했지만, 임소병에게 있어서 혼원단의 가치는 그깟 돈 따위로 재단할 수 있는 게 아니었다.

"정과 사에 얽매이지 않고 사람을 끌어모은다. 은혜를 베풀고, 관계를 이어 붙인다."

청명의 행동을 찬찬히 되짚던 임소병의 눈이 새파랗게 빛났다.

"마치…… 다가올 거대한 무언가를 준비하는 듯이 말이야."

"거대한 무언가라면……."

흑야호가 조심스레 물었지만 임소병은 눈을 내리깔고 고개를 저었다.

"나도 모르네. 다만 한 가지는 알지. 저런 부류의 사람은 당장 보이는 면만으로 판단해서는 안 된단 것. 지금이야 실없어 보여도 지나고 보면 그 모든 행동에 나름의 이유가 있기 마련일세."

"저 어린 도사가 병서생의 심계를 벗어날 수 있겠습니까?"

"어린 도사라……."

임소병은 피식 웃었다.

"범이야 제아무리 사나워도 결국엔 길들일 수 있지. 하지만 용은 사람이 어찌할 수 없으니 용 아니겠나. 어린 용이라 해도 다를 게 없지."

"……."

"바빠지겠군."

끝까지 뜻 모를 말만 중얼거린 임소병은 천천히 몸을 돌렸다. 남겨진 흑야호가 그를 다시 불러 보았지만, 그의 귀에는 들리지 않는 듯했다.
 임소병의 얼굴은 어느새 확연히 눈에 띄게 굳어 있었다.
 '확신이 있다는 건가?'
 세상이 뒤집힐 만큼 큰일이 또 벌어진다는, 그런 확신이?
 그는 한숨과 함께 나직이 탄식했다.
 "비가 내리면 처마 아래로 몸을 피해야지."
 그 처마에 피처럼 붉은 매화가 피어 있다 해도.

• ❖ •

 찻주전자에서 흘러내린 가느다란 물줄기가 잔으로 쏟아졌다. 은은한 다향이 천천히 퍼져 나갔다. 현종의 눈은 잔 안에서 넘실거리는 찻물에 고정되어 있었다. 흔들리던 물결이 잔잔해지며 서서히 평온을 찾아 갔다.
 '화산과 같구나.'
 그는 최근 들어 새삼스레 깨달았다. 어쩌면 세상 모든 것은 이리 찻물이 차오르는 것과 그리 다르지 않을지 모른다. 찻물을 채우기 위해서는 차를 따라야 하고, 차를 따르면 한동안은 잔 속에서 넘실거리고 흔들리기 마련이다.
 '흔들리지 않고서는 채울 수 없더라…….'
 긴 세월 동안 다도를 놓지 않고 살아왔건만, 지금에 와서야 차 안에 담긴 세상을 본다.
 "세상 모든 것이 도(道)인 것을……."
 현종의 입가에 가만히 미소가 걸리었다. 이 깨달음을 화산의 제자들에게도 전할 수 있으면 좋겠지만, 현종이 결국 오랜 세월이 흘러서야 차 안에 담긴 세상을 깨달았듯 저들도 각자의 도를 스스로 구할 수밖에 없을 것이다.

그의 역할은 그저 저들이 올바르지 않은 길로 가지 않게 지켜봐 주는 것으로 충분했다.

"차향이 좋습니다."

현상의 말에 현종이 빙그레 미소를 지었다. 차를 음미하던 현상이 천천히 고개를 끄덕이며 덧붙였다.

"예전에는 무슨 맛인지도 몰랐는데, 왜 그토록 많은 이들이 다도를 논하는지 이젠 조금쯤 알 것 같습니다."

"여유가 생긴 게지."

현종이 미소 띤 얼굴로 현상을 바라보았다. 현상은 만인방과의 전쟁에서 중독되어 상한 몸을 최근에야 완전히 회복했다. 몸이 나아져서인지 표정도 한결 부드러워 보였다.

"그보다, 떠난 아이들이 생각보다 늦는구나."

"원래 일을 만드는 녀석들이 아닙니까. 시간은 좀 걸려도 큰 사고 없이 돌아올 것입니다."

"그래. 그래야겠지."

현종은 온유한 눈빛으로 창밖을 응시했다. 구름 한 점 없이 푸르고 맑은 하늘이 두 눈 가득 들어찼다.

"아아아아아아악!"

"……날이 더없이 청명하구나."

두 가지 의미로 말이다. 두 가지 의미로.

밖에서 들려온 처절한 비명에도, 두 사람은 아무렇지도 않다는 듯 차를 음미했다.

"현영이는 뭘 하고 있느냐?"

"오늘 은하상단과 결산이 있는 날이 아닙니까. 소단주를 만나고 있습니다."

"허허. 현영이 녀석이 그렇게 일을……."

"아아악, 관주님! 살려 주십시오! 아악!"

"……하고 있는데, 이리 둘만 차를 마시려니 조금 마음이 찔리는구나."

"제 일이 따로 있는 게지요. 그리고 그놈은 그걸 일이라 생각하지 않을 겁니다. 돈이 들어오는 일인데 그게 어디 일이겠습니까? 굳이 직접 가지 않아도 된다는데, 눈이 벌게서 가는 꼴이라니. 쯧쯧."

현상이 혀를 차며 하는 말에 현종은 웃어 버렸다.

"그래. 다들 열심히……."

"아아아아아악! 과, 관주님! 진짜 죽는다니까요!"

"화산을……."

"아니, 더는 못 한다고요! 아악!"

끝내 말을 다 마치지 못한 현종은 눈썹을 한차례 움찔하며 입을 다물었다. 크게 헛기침을 한 그는 자리에서 벌떡 일어나 문으로 향했다.

문을 여니 땅을 벌벌 기고 있는 화산의 제자들이 보였다. 끙끙대며 포복하는 그들은 거의 넋이 나가 있었다.

제자들의 팔다리에 주렁주렁 달린 쇳덩어리들을 보자니 이들이 왜 그토록 소리를 질러 댔는지 충분히 짐작할 수 있었다.

"관주님! 살려 주십쇼!"

모두가 바닥을 기는 가운데 오로지 한 사람만이 평온한 표정으로 독야청청 유유하게 걷고 있었다.

운검(雲劍). 그가 빙그레 웃으며 아이들을 내려다보고 있었다. 입고 있는 의복의 팔 한쪽이 텅 빈 채 바람에 살랑살랑 나부꼈다.

"엄살이 심하구나. 얼마 하지도 않았거늘."

화산 제자들은 다 죽어 가는 얼굴로 운검을 올려다보았다.

"주, 죽는다니까요, 관주님?"

"허허. 그거 아느냐? 내가 해 봐서 아는데, 사람은 그렇게 쉽게 안 죽는다."

화산 제자들의 얼굴이 파르르 경련을 일으켰다. 다른 사람도 아니고 운검이 저렇게 말하니 도무지 농담으로는 들을 수 없었다. 얼마 전 만인방 사태 때 말 그대로 사경을 헤매다가 돌아온 사람이다. 그 당사자가 저리 말하는데, 무슨 수로 반박을 하겠는가.

그런 제자들의 심정을 아는지 모르는지, 운검은 다시금 온화하게 웃으며 말을 이어 갔다. 목소리 또한 퍽 나긋했다.

"내 평생 무학을 익혔지만 수련하다 죽었다는 사람은 들도 보도 못했다. 그러니 안심하거라."

세상천지 어느 누가 이런 수련을 또 했겠습니까……? 아니, 무엇보다 제정신 박힌 사람이라면 그 말을 들으며 안심을 하겠습니까? 예?

제자들은 모두 차마 할 수 없는 말을 삼키며 망연히 운검을 보았다. 하지만 정작 운검은 아주 태연한 얼굴로 제자들을 보며 말했다.

"지금 내가 이러는 건 다 너희를 위한 일이다."

"……예?"

"곧 청명이가 돌아온다."

청명이라는 말이 나오자마자 제자들의 얼굴이 일순 파랗게 질렸다.

"생각보다 시일이 지체되는 걸로 보아, 이런저런 골치 아픈 일이 많았을 터인데……. 그놈이 돌아와 너희를 보고 생각보다 수련이 제대로 되지 않았다고 생각하면 과연 무슨 일이 벌어지겠느냐?"

그 소름 끼치는 말에 제자들은 정신이 아득해지는 듯했다.

'미쳐 날뛰겠지. 입에 거품을 물고.'

'상상도 하기 싫다. 망할!'

청명이 놈이 눈을 까뒤집고 날뛰는 모습이 벌써 눈에 선했다.

"……사람이 명성을 얻으면 좀 변할 만도 한데."

"어떻게 이리 초지일관이냐, 어떻게."

수군거리는 제자들을 물끄러미 보던 운검이 빙그레 웃었다.

"그러니 나는 너희를 괴롭히는 게 아니다. 오히려 너희를 도와주는 거라 말해야 맞겠지. 청명이에게 수련을 받는 것보다야 내게 받는 게 낫지 않느냐?"

확실히 틀린 말은 아니었다. 적어도 운검은 아직까지는 정도라는 걸 아는 사람이니까. 최근에는 좀 넘기 시작한 것 같지만.

"그런데…… 그런 걱정을 하시는 것치고는 좀 즐거워 보이십니다?"

"그 역시 틀린 말은 아니지."

반박하기는커녕 운검은 오히려 재미있다는 듯 웃었다.

"모든 것에는 도가 있다고 하더니, 과연 가르침에도 도가 있더구나. 처음부터 새로 배워 나가는 입장에서 너희를 가르치다 보니 내가 배우는 것도 많다. 하루하루가 새로운데 어찌 즐겁지 않을 수 있겠느냐?"

뭔가 거창한 말이지만 해석하자면 제자들 이리저리 굴리다 보니 이런저런 요령을 알게 되어 빨리 강해지고 있다는 의미였다.

'관주님은 저런 분이 아니셨는데.'

'물들었네, 물들었어. 하나같이 다들 왜 이러냐고.'

화산의 제자들은 차마 흘리지 못할 눈물을 삼켰다. 장문인인 현종도 화산이 변하고 있음을 확실하게 느꼈으나, 화산의 제자들만큼은 아니었다. 화산의 변화를 몸소 느끼는 것은 다름 아닌 제자들이었으니까.

문파가 부자가 되어 가고 명성을 떨치는데도 이들의 삶은 하루하루 고달파지기만 했다.

"그……."

바로 그때, 어디선가 들려온 목소리에 모두의 고개가 일제히 그쪽으로 돌아갔다. 운검이 문을 열고 선 현종을 뒤늦게 발견하고는 깊이 읍했다.

"장문인을 뵙습니다."

"그, 그래. 고생이 많구나."

현종은 여전히 땅을 기고 있는 화산의 제자들을 슬쩍 내려다보았다.

그러자 제자들의 간절한 눈빛이 현종을 향해 일시에 쏟아졌다.

'장문인! 뭐라고 말씀 좀 해 주십시오! 관주님이 이상해졌습니다!'

'저희 이러다가 골병들어요!'

현종 역시 그들의 눈빛이 의미하는 바를 정확히 알 수 있었다. 그는 잠깐 고민하다 헛기침을 했다.

"수련을 하는 중이더냐?"

"예. 수련에 몰두하다 보니 장문인의 처소 앞까지 오고 말았습니다. 미처 생각지 못하여 죄송합니다. 다른 곳으로 옮기겠습니다."

"아니. 아니다. 수련에 장소가 어디 따로 있겠느냐? 화산에서 수련을 할 수 없는 장소 같은 건 없다."

부드럽게 고개를 저은 그는 운검을 잠깐 보다 넌지시 말을 꺼냈다.

"그런데 수련이 조금······. 내 생각에는 조금 과히 힘들어 보이는구나."

현종의 말에 제자들의 눈빛에 희망이 차올랐지만, 그것도 잠시. 운검이 빙그레 웃으며 현종에게 답했다.

"수련이란 힘들지 않으면 의미가 없습니다. 게다가 평소에 해 온 수련이 위기의 상황에서 아이들을 구하지 않겠습니까? 만인방과의 전투에서도 느꼈듯이 말입니다."

"······."

"아이들을 위해서라도 수련을 절대 게을리해선 안 됩니다."

"크흠, 그래. 그건 그렇지."

현종의 시선이 제자들에게로 향했다. 안쓰러움이 가득한 눈길이었다.

'장문인! 장문인?'

'왜 말씀이 없으십니까? 장문인!'

그는 이내 슬쩍 고개를 돌려 그 모든 시선을 외면했다.

'미안하다.'

어지간하면 도와주고 싶은데, 명분에서 밀린다. 게다가 한번 사경을 헤매다 돌아온 운검은 묘하게 예전보다 탈속한 느낌이 나서 함부로 이래 라저래라 하기가 껄끄러웠다.

"크흠. 그럼 고생하거라."

"예, 장문인."

탁. 장문인 처소의 문이 미련 없이 닫혔다. 화산의 제자들은 매정하게 닫힌 문을 허망한 눈빛으로 바라보았다.

"자, 장문……."

문이 닫힌 걸 확인한 운검이 제자들을 돌아보며 빙그레 웃었다.

"자, 그럼 계속하자꾸나. 장문인을 바라보는 눈빛을 보니 아직 힘이 남은 모양이던데, 수련을 조금 추가해 볼까?"

"관주님! 안 됩니다! 제발!"

"잘못했습니다, 관주님!"

통곡에 가까운 소리가 터져 나왔다. 이제는 화산에는 더 이상 꿈도 희망도 존재하지 않았다.

'진짜 죽겠네. 이제는 청명이 놈이 없어도 죽을 맛이야.'

'예전이 그립다. 진짜 너무 그립다…….'

과거 청명이 화산에 들어오기 전, 그 평화롭고 소박했던 화산을 생각하니 눈시울이 절로 붉어졌다.

하지만 안타깝게도 이들의 수난은 그 정도에서 끝나지 않았다.

"자, 그럼 다시 힘차게……."

쿠르르릉. 어디선가 굉음이 들려왔다. 운검이 고개가 한쪽으로 돌아갔다. 저 멀리 산문이 있는 쪽에서 들려오는 소리 같았다.

"흐음. 온 모양이로군. 모두 산문으로 가 보자꾸나. 아무래도 아이들이 돌아오는 모양이다."

그제야 화산의 제자들도 산 아래쪽에서 들리는 소리를 들었는지 자리에서 벌떡벌떡 일어났다.

"사형께서 돌아오신다!"

"산문을 열어라!"

너나 할 것 없이 모두가 부리나케 산문 쪽으로 달려갔다. 길을 떠났던 청명 일행을 환영하는 마음보다는 잠시라도 이 수련에서 벗어날 수 있다는 기쁨이 더 커 보였지만, 운검은 굳이 그런 제자들을 탓하지 않았다.

화산의 제자들이 우르르 몰려들어 활기차게 산문을 열어젖혔다. 그리고 산문 앞에 줄지어 서서 그들이 올라오기를 기다렸다. 먼 길을 떠났다 돌아오는 사형제들을 기다리며 환히 웃는 모습이 더없이 아름다웠다.

다 좋은데, 다만 한 가지 마음에 걸리는 것이 있다면…….

쿠르르릉.

"……근데 아까부터 이 소리는 대체 뭐지?"

"그러게? 밑에서 들리는 거 같은데."

도무지 정체를 알 수 없는 소리가 끊기지 않고 들렸다. 다들 고개를 갸웃거리며 목을 쭉 빼고 산문 아래를 바라보았다. 그런데 그 순간.

"큭! 눈이!"

"어우, 뭐가 이렇게 번쩍거리……. 아, 머리네."

마치 수평선에서 찬란한 해가 떠오르는 듯, 언덕 아래에서 동그랗고 반짝이는 머리가 그 모습을 서서히 드러냈다.

"혜연 스님! 잘 다녀오……."

환한 웃음으로 그를 반기려던 이들은 말끝을 흐리며 입을 닫았다.

"하아아아……."

쿵! 쿵! 혜연이 한 발짝 한 발짝 옮기며 언덕 위로 모습을 드러낼 때마다 화산의 제자들은 움찔하며 뒷걸음질 쳤다.

'혜연 스님……. 맞지?'

'생긴 건 맞는 것 같은데?'

'……그새 어디 지옥에라도 떨어졌다 왔나?'

분명 혜연은 혜연인데, 왜인지 모르게 그들이 알던 것과는 그 느낌이 사뭇 달랐다. 처음 길을 떠나던 때 본 숫기 없는 소년은 온데간데없고, 두 눈으로 광망을 줄기줄기 뿜어내는 야차만 있었다.

"그런데 수레 소리인가? 수레라기에는 소리가……."

"꼭 쇠로 만든 것 같은데?"

말이 끝나기 무섭게 다시 한번 소리가 울렸다. 쿠르릉. 혜연이 완전히 언덕 위로 올라오자 그의 뒤로 커다란 수레가 모습을 드러냈다. 그리고 동시에 수레를 끄는 백천과 그 일행의 모습도 나타났다.

반쯤 걸레짝이 된 옷을 걸치고, 흙먼지투성이로 언덕을 오르는 그들에게선 뭐라 말로 표현할 수 없는 위압감이 느껴졌다.

"사, 사숙."

"……잘 다녀오셨습니까?"

모두가 조심스레 인사를 건네었다. 그러자 혜연의 뒤에서 고개를 숙이고 있던 백천이 고개를 번쩍 들었다. 그의 눈이 희번덕거리는가 싶더니 순간적으로 화산의 제자들의 모습을 빠르게 훑었다.

입꼬리가 뒤틀리며 이 가는 소리가 빠드득 울렸다.

"아주…… 편히 잘 지낸 모양이로군."

아닌데요? 아닌데요? 저희 진짜 열심히 했는데요?

하지만 그 말을 차마 이들 앞에서 할 순 없었다. 이들의 얼굴에 묻은 흙먼지와 너덜너덜해진 옷의 상태만 봐도 이들이 얼마나 고단한 여정을 해 왔는지를 알 수 있었으니까.

"……옷 깨끗한 것 좀 봐."

"……살판났지, 아주."

"수련 필요."

다른 제자들도 두 눈에서 새파란 독기를 뿜어내며 한마디씩 보탰다.

"……사형들도 고생 좀 해 봐야지!"

당소소도 뒤에서 이를 갈며 말했다. 백상은 말할 힘도 없다는 듯 수레를 놓고 모로 픽 쓰러져 숨을 몰아쉬고 있었다.

굳어 버린 화산의 제자들을 향해 천천히 다가온 백천이 입을 뗐다.

"우리가 없는 동안 수련은 열심히 했겠지?"

"……무, 물론입니다, 사형!"

"그래? 어디 확인부터 해 보자. 마음에 안 들면 그땐 다 뒈져 보자고."

그의 눈이 시퍼런 광망을 뿜어냈다.

저……. 사형? 대체 왜 청명이 놈이 아니라 사형이 이러십니…….

"다 왔어?"

그때 청명이 수레 위에서 눈을 비비며 부스스 일어났다.

"아, 배고프다. 밥부터 먹어야지."

수레에서 뛰어내린 그는 휘적휘적 걸어 유유자적 산문 안으로 들어섰다. 목에는 웬 하얀 담비까지 두르고. 모두의 예상과 달리 이렇다 할 잔소리도 없었다. 그런데…….

'왜 저 모습이 더 얄밉지?'

"고개 돌아가지?"

무심코 청명을 따라 고개를 돌리던 이들이 백천의 말에 목이 부러져라 고개를 다시 제자리로 돌렸다.

씨익 미소를 짓는 백천의 표정은 환하고 사악하기 그지없었다. 화산의 제자들은 그 미소가 어쩐지 청명이 놈과 닮아 있다고 생각했다.

"어디 실력 한번 보자. 얼마나 열심히 했는지."

운명을 직감한 화산 제자들의 눈에 깊디깊은 절망이 내려앉았다.

• ❖ •

눈앞의 물건을 바라보는 현종의 눈동자가 파르르 떨렸다.

"……이것이 당가에서 만든 만년한철검이란 말이지?"

"네."

청명의 대답은 간단했지만, 그 안에 담긴 의미는 결코 가볍지 않았다.

현종은 약간 떨리는 손을 뻗어 나무 상자를 가볍게 쓸어 보았다.

"……과연 당가에서 만든 물건이라 그런지 상자도 범상치 않구나."

백천이 미소를 지으며 그런 현종을 바라보았다. 한철검을 담은 목궤는 딱히 대단할 것 없는 물건이다. 하지만 현종의 착각이 우습지 않은 이유는 지금 그가 얼마나 기뻐하고 있는지 눈에 훤히 보이기 때문이었다.

"열어 보십시오, 장문인."

"그래. 그래야지."

현종이 고개를 끄덕이곤 조심스러운 손길로 천천히 목궤를 열었다.

"오오."

마침내 드러난 만년한철검의 모습에, 현종의 눈이 격정으로 일렁였다.

그의 시선은 매화가 새겨진 검에 꽂혀 움직일 줄을 몰랐다. 은은한 묵색을 띤 검집만 보아도 이 검이 얼마나 심혈을 기울여 만든 물건인지 알 수 있었다. 무엇보다 현종을 더욱 흡족하게 하는 것은 검집과 손잡이 아랫부분에 새겨진 아름다운 매화 문양이었다.

'말 그대로 매화검이구나.'

괜스레 코끝이 시큰해졌다.

'선대께서 이것을 보셨더라면 얼마나 기뻐하셨을까?'

아이들에게 제대로 된 검 한 자루 쥐어 주지 못해 전전긍긍하던 것이 엊그제 같은데, 한철검이라니…….

다른 이들이 보기에는 그저 명검이겠으나, 현종에게는 이 검의 의미가 그리 단순하지 않았다.

"참으로 훌륭하구나."

현종은 은은하게 웃으며 검을 쥐려 했다. 하지만.

그의 손이 검에 채 닿기도 전에, 누군가가 벼락같은 손놀림으로 덥석 낚아채 갔다. 당황하여 고개를 드니 현상이 어느새 한철검을 쥐고 꼼꼼히 살펴보고 있었다.

……이놈아. 그래도 내가 장문인인데, 내가 보기도 전에…….

하지만 이 말을 차마 입 밖으로 낼 순 없었다. 집요하게 검을 살피는 현상의 눈에는 지금껏 한 번도 본 적 없던 광기가 어려 있었다.

"……한철검."

스르르릉. 현상이 천천히 검을 뽑아 들었다. 일반적인 검보다 확연히 더 흰 검신에 은은한 푸른빛이 감돌았다.

"오……."

뚫어져라 검을 바라보던 현상의 입에서 결국 탄성이 흘러나왔다.

평생 검을 휘둘러 온 이라면 그저 보는 것만으로도 이 검이 얼마나 대단한지 알아챌 수밖에 없었다.

현상이 가만히 손을 뻗어 매화가 음각된 검면을 매만졌다. 그저 살짝 만졌을 뿐인데, 서늘한 한기가 손끝으로 시리게 파고들었다. 손끝으로 검면을 가볍게 튕기니 검이 더없이 맑은 소리를 내며 울어 대었다.

"굉장하구나. 정말 굉장한 검이야!"

현상은 감탄사를 연발하며 연신 검을 이리저리 돌려 보았다.

'저리도 좋을까?'

일만 터졌다 하면 헤벌쭉 입이 벌어지는 현영과는 달리, 현상은 언제나 최대한 평정을 지키는 사람이었다. 그런 그가 저리 아이처럼 좋아하는 모습을 보니 결국은 현종의 입에도 절로 미소가 어렸다.

"그리도 좋으……."

"어디 한번!"

현상이 손에 쥔 검을 가볍게 휘둘러 보았다.

그러자 검 끝에서 새파란 검기가 뿜어져 나왔……. 검기?

"아아아아악!"

다짜고짜 뿜어져 나온 검기에 백천과 그 일행이 모두 대경실색하여 몸을 날렸다. 바닥을 구르는 제자들의 머리 위로 검기가 스쳐 지나갔다.

서걱! 검기는 이내 벽면에 긴 흔적을 남기며 파고들었다.

"……어?"

현상의 눈이 크게 뒤흔들렸다. 그와 동시에 현종이 자리에서 벌떡 일어나 그의 엉덩이를 걷어찼다. 불시에 엉덩이를 걷어차인 현상이 바닥을 나뒹굴었다.

"이 미친놈아! 방 안에서 검기를 뿜다니! 제정신이냐!"

현종이 눈을 부라리며 삿대질을 해 댔다. 막상 현상은 본인이 더 당황한 듯 입을 벙긋거리며 한철검을 내려다보았다.

"아, 아니. 그게 아니라, 장문인……. 정말 내공을 거의 싣지 않았습니다! 그저 습관적으로 조금 불어넣었을 뿐인데……."

바로 그때였다. 현상이 미처 말을 끝맺기도 전에, 그가 날린 검기에 잘린 벽면이 일순 무너져 내렸다. 이윽고 방 한쪽이 휑하니 뚫렸다.

어찌 손쓸 새도 없이 무너져 버린 벽을 보며 현종은 천천히 시선을 올렸다. 눈가에 물기가 고여 들었다.

'이놈이고 저놈이고……'

제자 놈들이 공을 벌어 오니, 장로 놈이 사고를 치네. 아이고, 내 팔자야…….

현상은 아직도 당황이 가시지 않은 목소리로 중얼거렸다.

"아, 아니, 이게 이럴 리가 없는데?"

그리고 그 말이 현종에게 기름을 부었다.

"장로라는 놈이 검에 눈이 돌아가서는, 애들도 안 치는 사고를 쳐!"

"그, 그게 아니라 장문사형! 검이…… 이 검이 이상합니다. 이렇게 날카로울 수가 없는데!"

그 와중에도 검에 감탄하는 현상을 보니 속이 타오르다 못해 썩어 문드러지는 기분이었다.

"이리 내 보거라!"

작게 혀를 찬 현종이 현상에게서 한철검을 뺏어 들었다. 그러고는 조심스레 한철검에 기운을 불어넣었다.

스스슷. 아주 조금 기운을 밀어 넣었을 뿐인데, 검 끝에서 검기가 자라나는 듯이 피어올랐다. 흡사 검이 스스로 검기를 뿜어내는 것 같았다.

현종도 결국 말을 잃고 입을 떡 벌렸다가 한참 후에나 중얼거렸다.

"……이래서 명검, 명검 하는 게로구나."

사실 명검이라고 해 봐야 그저 조금 더 단단하고, 조금 더 날카로울 뿐일 거라 여겼건만. 이건 아예 차원이 달랐다. 중원의 내로라하는 검수들이 왜 체면도 내려놓고 명검에 목을 매는지 이해될 정도였다.

"허어. 명필은 붓을 가리지 않는다고 했거늘."

"그거 다 헛소리예요. 명필일수록 좋은 붓 쓰는 법이죠."

불쑥 끼어든 목소리에 현종이 청명을 바라보았다. 시선을 받은 청명이 흐뭇하게 웃으며 말했다.

"명필이면 돈이 많을 테니까요. 좋은 붓 쓰겠죠."

아……. 그러네. 어쩐지 그럴듯하게 들리는 말에 현종이 고개를 끄덕였다. 청명이 어깨를 으쓱하고는 덧붙였다.

"고수도 마찬가지예요. 고수치고 돈 없는 사람 없잖아요. 돈 많은 사람이 굳이 나쁜 무기를 쓰는 건 그냥 허세죠. 나는 이런 무기를 써도 너희들보다 세다, 뭐 그런 거?"

무너진 벽을 멍하니 보던 백천이 청명을 보며 물었다.

"그런데 그거 전에도 들었지만, 너무 과장된 말 아니냐? 내가 듣자 하니, 과거 매화검존께서는 풀잎 하나로 마교의 무리들을 크게 무찔렀다고 하시던……"

"어느 미친놈이 그런 유언비어를 퍼뜨려? 매화검은 엿 바꿔 먹었대? 왜 멀쩡한 매화검 놔두고 풀잎을 써? 그런 헛소리 해 대는 놈이 누구야, 대체?"

그러자 백천은 대답 대신 천천히 한쪽으로 시선을 돌렸다. 시선을 따라가 보니 한없이 떨떠름한 표정을 지은 현상이 있었다.

"……미안하다."

"아, 장로님이셨어요? 저는 그런 줄도 모르고. 헤헤."

사문에 전해는 이야기를 들려주었을 뿐인데, 순식간에 유언비어를 퍼뜨리는 미친놈이 되어 버린 현상은 서글픈 눈으로 시선을 피했다.

청명이 낮게 헛기침했다.

"흠, 여하튼 검은 무조건 좋은 걸로 써야 돼요!"

현종이 가만히 고개를 끄덕였다. 손에 쥔 한철검을 내려다보며 그는 생각에 잠겼다.

사실 청명이 놈이 선조께서 남긴 비고까지 파내 가며 검을 만든다고 했을 때는 영 탐탁지 않았는데, 막상 만들어진 한철검을 보고 있자니 이놈이 왜 그리 날뛰었는지 확실히 이해할 수 있었다.

이 검은 화산 제자들의 실력을 한층 더 높여 줄 수 있을 것이다. 그리고 그만큼 제자들이 위험에 빠질 확률도 줄어들 것이다.

더없이 온화한 눈빛으로 청명을 바라본 현종이 가만히 고개를 끄덕이며 말했다.

"청명아, 내가 생각이…….."

쾅! 그 순간 문 쪽에서 큰 굉음이 터져 나왔다. 반파되다시피 열린 문으로 현영이 다급하게 뛰어 들어왔다.

"빌어먹을! 뭔 놈의 회의가 이렇게 길어! 대체 왜 이렇게 질척댄단 말이더냐!"

거세게 투덜거리며 들어온 현영이 청명을 발견하고는 환히 웃었다.

"청명이 왔느냐! 그래! 그래, 이놈! 이번에는 또 뭘……. 이거냐?"

현영이 현종에게 와락 달려들어 그가 들고 있는 한철검을 뚫어져라 바라보았다. 칼만 안 들었다 뿐이지 숫제 강도나 다름없는 눈빛이었다.

"……옜다."

그래도 현상처럼 대뜸 뺏어 가지 않아 다행이라 생각하며 현종은 한철검을 순순히 현영에게 넘겼다.

"오오. 이 빛깔……. 게다가 검신에 새겨진 매화 문양이라니. 허허. 실로 매화검이라는 이름에 걸맞은 검이로구나."

더구나 쥐었을 때 느껴지는 무게와 균형까지, 화산의 검술을 위해 제작되었다는 것이 확연하게 느껴졌다.

"내공은 조심히 넣거라. 네 사형이 벌써 벽을 해 먹었다."

"벽이요? 엄머야? 저거 왜 저래?"

그제야 벽을 바라본 현영이 기겁했다. 그러더니 무서운 얼굴로 고개를 획 돌려 현상을 노려보았다. 그 서슬 퍼런 눈빛에 현상은 움찔하더니 슬그머니 시선을 피하며 딴청을 피웠다. 아니나 다를까 현영에게서 매서운 말이 비처럼 쏟아지기 시작했다.

"거, 돈도 한 푼 못 벌어 오는 양반이!"

"……미안하다."

"새파란 제자들은 사천까지 가서 돈을 벌어 오는데! 장로란 양반이!"

"……미안하다고."

현영은 못마땅한 얼굴로 혀를 차더니 현종을 향해 말했다.

"장문인. 아이들이 참 큰일을 하고 돌아왔습니다."

"그렇지. 참으로 그렇구나."

"청명아. 검은 넉넉히 가져왔느냐?"

"네. 적당히 쓸 만큼은 가져왔어요. 그런데 넉넉하다기에는 좀 애매하네요. 한철이 살짝 모자랐어요."

"그게 어디더냐!"

현영이 흐뭇하게 고개를 끄덕인다. 올라간 입꼬리가 내려올 줄을 모르는 것을 보니, 적잖이 기쁜 모양이었다. 그 광경에 현종도 미소를 지었다. 이렇게 일이 다 잘 풀리는 것을 보니 그의 마음도 더없이 훈훈…….

"거, 그러니까 진즉에 좀 좋게 보내 주면 되지. 그놈의 비고니 뭐니 좀생이처럼 한참을 앓으시더니! 뭐 그거 남겨서 무덤에 가져가실 겁니까? 사람이 욕심을 좀 버릴 줄도 알아야지! 에잉!"

"……."

"맡겨서 보내 놓으면 알아서 잘 해 온다고 하지 않았습니까! 언제 청명이 놈이 일 처리 제대로 못 하는 걸 보신 적이 있으십니까?"

현종이 고개를 돌려 창밖……. 아니, 뻥 뚫린 벽 밖으로 보이는 하늘을 응시했다. 이놈이고 저놈이고……. 진짜 다 꺼졌으면 좋겠다.

하지만 현종의 속이 썩어 들어가든 말든, 현상과 현영은 한철검을 둘러싸고 희희낙락하기에 여념이 없었다.

"그래, 그래. 고생이 많았구나! 허허허허! 내가 생각했던 것보다 훨씬 좋은 검을 만들어 왔어."

"쯧쯧쯧. 얼마나 고된 길이었으면 애가 얼굴이 반쪽이 됐을꼬?"

이제껏 모두 그러려니 듣던 백천의 입가가 순간 움찔했다.

반쪽? 반쪽이요? 저거 두 배 하면 애가 달덩이가 되겠는데요? 오가는 내내 드러누워 먹고 자기만 한 놈인데 뭔 반쪽…….

그때, 청명의 머리를 거칠게 쓰다듬던 현영이 청명의 목깃 아래에서 슬그머니 머리를 드는 새하얀 것을 보고 움찔했다.

"이, 이건 또 뭐냐?"

"아, 얘요? 야수궁주님이 선물로 준 거예요."

"오……. 털 빛깔이 예사롭지 않은 것이…… 비싸 보이는구나."

"그렇죠?"

현영의 눈에 어린 탐욕을 본 것인지, 백아가 이를 드러내며 공격적으로 위협했다.

하아아아악!

"어디 버릇없게!"

따악! 하지만 순식간에 청명에게 응징을 당한 백아가 금방 시무룩해졌다. 그러더니 다시 옷깃 안으로 머리를 쏙 집어넣었다.

꼭꼭 숨어 버린 백아를 힐끔 내려다본 청명이 어깨를 으쓱하고는 말했다.

"아직 버릇이 없어요."

"그렇구나. 누구랑은 다르게."

아니요, 장로님. 정말 비슷한 겁니다. 정말로요…….

현영의 시선이 슬쩍 아래로 내려갔다. 못 보던 물건이 눈에 띄었다.

"흐음? 이건?"

청명이 이제야 생각에 미쳤다는 듯 허리춤에 맨 암향매화검을 풀어 앞으로 내밀어 보여 주었다.

"당가의 장인분이 선물로 준 물건이에요."

현종과 장로들이 입을 떡 벌린 채 할 말을 잃고 검을 바라보았다.

"……이건."

특히 현상은 말도 다 잇지 못하고는 그저 마른침만 삼켰다.

'이건 격이 다르다.'

당가에서 만든 만년한철검도 명검이라 불리기에 손색이 없을 정도였지만, 저 검이 풍기는 예기는 평범한 한철검과는 비교 자체를 불허했다.

"잠시 보아도 되겠느냐?"

청명이 암향매화검을 순순히 현상에게 넘겼다. 검을 받아 든 현상은 잠깐 내려다보다 떨리는 손으로 조심스레 뽑아 들었다.

이윽고 모습을 드러낸 검신에, 그는 헛바람을 삼키고 말았다.

"허억! 어찌 이…… 이런 검이…….."

그의 목소리는 넋이라도 나간 듯했다. 곁에 있던 현영 역시 놀라움을 참지 못하고 청명을 향해 멍하니 물었다.

"이런 검을 그냥 만들어 주었단 말이냐?"

"네. 화산에 주는 선물이래요."

"……화산에게 선물이라."

현종이 잠깐 청명의 말을 되뇌다 빙그레 미소 지었다.

"참으로 감사한 일이구나. 참으로."

"쓰실래요?"

"아니다. 화산에 선물로 주었다지만, 이건 네가 쓰라고 만들어 준 검이구나."

청명의 물음에 현종은 딱 잘라 거절하며 단호하게 고개를 저었다.

"그럼 네가 쓰는 게 맞다. 선물이란 받는 이의 마음도 중요하지만, 선물하는 이의 뜻도 중요한 것이다."

청명이 고개를 끄덕였다. 한데 청명이 쓰기로 결정이 났음에도 현상은 쉽사리 청명에게 검을 돌려주지 못했다.

"한 번만 써 보면……."

그러자 현영이 득달같이 눈에 불을 켜고 윽박질렀다.

"이리 내놓으십쇼! 다 늙어서 주책은!"

"이, 이놈아! 검수에게 검이 얼마나 중요한데!"

"개 발에 편자지! 개 발에 편자!"

현영은 버럭 소리치며 현상의 손에서 암향매화검을 뺏어다 청명에게 돌려주었다.

"네가 쓰거라."

청명이 씨익 웃고는 검을 허리에 다시 동여맸다. 빈손을 괜히 쥐었다 폈다 하던 현상은 몇 번이고 입맛을 다시며 검에서 눈을 떼지 못했다.

"그럼 나중에 한 번만 빌려……."

"입 좀 다무십시오! 입 좀!"

현영은 절레절레 고개를 내젓고는 청명을 바라보았다. 언제나 그랬듯, 눈빛이 거짓말처럼 온화해졌다.

"그래. 정말로 고생이 많았구나. 그래서 다른 일은 없었느냐?"

"아, 일단 유령문은 잘 해결했어요. 은하상단에 상황을 전해 두었으니, 곧 사업을 시작할 수 있을 거예요."

"그것참 좋은 소식이구나."

청명이 잠시 생각을 하다가 입을 열었다.

"사천당가와 야수궁, 두 문파와 함께 맹을 하나 만들게 됐어요."

"맹? 맹을 만들었다고?"

"예. 천우맹이라고 이름 붙였어요. 일단은 세 문파지만 더 많은 문파를 받을 거고요."

뜬금없는 소식에 어안이 벙벙해진 현종이 살짝 눈살을 찌푸렸다.

"네가 한 일이니 어련히 알아서 했겠느냐만, 너무 성급한 결정이 아닌가 싶구나. 수많은 대소사를 조율해야 할 터인데."

"네. 그건 조율하시면 될 거예요. 장문인께서 맹주시니까요."

"응? 누가?"

"장문인이요."

"……내가 뭐라고?"

"맹주요."

청명을 보는 현종의 눈가가 파르르 떨렸다.

"……내가 왜?"

안타깝게도…… 그 질문에 대답해 줄 사람은 아무도 없었다. 안타깝게도 말이다.

• ❖ •

 높고 푸른 하늘에는 구름 한 점 없었다. 대신 백천의 얼굴에 구름처럼 부드러운 미소가 걸리었다.
 "좋구나."
 "정말 좋습니다."
 그의 옆에 누운 윤종과 조걸 역시 배부른 고양이 같은 얼굴로 가만히 하늘을 올려다보았다. 티 없이 맑은 하늘. 불어오는 선선한 바람. 그리고 그 바람에 실려 오는 옅은 매화 향까지. 모든 것이 완벽했다.
 "이래서 집 나가면 고생이라 하나 봅니다."
 "그래, 그렇구나. 화산에 돌아오기 전까지는 하늘을 올려다볼 생각도 하지 못했다."
 물론 대체로 청명이 놈 때문이지만 말이다. 여하튼 긴 여정을 끝내고 화산에 돌아와 이리 여유를 가지게 되니 더없이 즐겁고 행복했다.
 하지만 그 좋은 기분에 윤종이 초를 쳤다.
 "……장문인만 앓아눕지 않으셨다면 완벽했을 텐데."
 그 말이 끝나기 무섭게 셋의 입에서 일제히 한숨이 새어 나왔다.
 현종은 천우맹에 대한 자세한 설명을 듣고는 말 그대로 자리를 깔고 드러누워 버렸다.
 뭐, 좋은 감투 가지고 왔는데 반응이 왜 그러냐는 말을 했다가 청명이 회초리를 맞을 뻔했다는 건 넘어가고…….
 "벽이라도 안 무너졌으면 덜 처량하셨을 텐데."
 "……그러게요. 방이라도 좀 바꾸시지."
 벽이 무너져 바람이 술술 들어오는 방에 자리를 깔고 누운 모습을 보니 눈물이 앞을 가릴 지경이었다. 보다못한 백천과 윤종이 어찌어찌 천을 가져와 임시방편으로 벽을 막기는 했지만 말이다.

"그런데 그게 그렇게 앓아누우실 일입니까?"

조걸이 이해를 못 하겠다는 듯 고개를 갸웃하자 백천이 혀를 차더니 답답하다는 듯 한숨을 내쉬었다.

"화산 하나로도 골치가 아프신 분인데 할 일이 더 늘어나는 것 아니더냐."

"화산 하나로 골치가 아픈 건 청명이 때문이고요."

"맹에도 청명이는 있잖느냐."

"……그건 미처 생각을 못 했습니다."

비로소 현종의 마음을 이해한 조걸이 장문인의 처소를 향해 안타까운 눈빛을 보냈다. 백천이 고개를 절레절레 내저었다.

"그리고 내가 서안까지 갈 마음이 있다고 해도, 내 발로 걸어가는 것과 태풍에 휩쓸려 서안까지 날아가는 게 같을 수는 없잖느냐."

"……이해했습니다."

애초에 현종은 서안에 갈 마음이 없었다는 것도 문제였다.

덜컹!

"화산에 돌아왔으니, 이번 여행에서 보고 느낀 것을 체화할 수 있도록 노력하거라. 그간 전념하지 못했던 검술 수련도 다시 시작……."

덜컹! 덜컹!

백천이 미간을 좁히고 몸을 일으키더니 소리 질렀다.

"속도가 떨어지니 수레가 흔들리잖느냐! 제대로 달리지 못해?"

"끄으……. 사, 사숙. 이거 너무 무겁습니다."

"뭔 놈의 수레가 쇳덩어리로 만들어져서는……."

그들이 누워 있던 곳은 청명이 여정 내내 누웠던 그 쇠수레 위였다. 몸을 일으킨 세 사람이 수레를 끌고 있는 화산의 제자들을 바라보았다.

"발 보인다? 발? 발?"

"나는 이걸 끌고 사천까지 갔다 왔어!"

쏟아지는 매정한 말에, 땀을 비처럼 쏟으며 수레를 끌던 화산의 제자들은 몰래 이를 빠득빠득 갈았다.

'우리가 시켰냐고!'

'왜 청명이한테 당해 놓고 애먼 우리한테 화풀이야!'

연무장 중앙에는 다른 제자들이 혀를 빼물고 쓰러져 있었다. 이미 한 차례 수레를 끈 인원들이었다. 숨만 겨우 붙어 있는 듯 널브러진 그들은 꼴을 보니 아예 기절해 버린 것 같기도 했다.

그때 수레 위에서 조걸의 다정한 목소리가 울렸다.

"내가 해 봐서 아는데, 이게 진짜 좋은 수련법이거든. 이 좋은 걸 나만 할 수는 없잖아. 안 그래?"

"개새……."

"응?"

"아, 아닙니다."

울분을 삼킨 이들이 다시 쇠수레를 힘껏 끌었다.

'사숙께서 고생을 많이 하셨겠군.'

백천은 그들의 모습을 내려다보며 소리 없이 미소를 지었다.

이 무거운 수레를 끌고 전력으로 달리는 와중에도 입을 열 힘이 있다는 것은, 이들의 기초 체력이 그가 사천으로 떠나기 전보다 훨씬 높아졌다는 의미였다.

"물에 젖은 행주도 아니고, 다 짜냈다 싶어도 어찌어찌 쥐어짜면 한 방울이라도 더 나오는구나."

청명이 놈이 우릴 괴롭힐 때 이런 마음이겠지. 이해해 버리는 내가 싫다.

얼굴을 와락 구긴 백천이 혀를 차고는 버럭 소리를 질렀다.

"더 빨리 달려라! 더! 다리에 감각이 없어질 때까지 뛰고 또 뛰어!"

"끄으으으으으!"

"으아아아아아아!"

화산의 제자들이 입에 거품을 물고 수레를 끌며 광속으로 질주했다.

그리고 잠시 후, 수레를 끌던 화산의 제자들이 하나둘 엎어지기 시작하며 수레가 멈춰 섰다.

"더는 못…… 더는 못 끌어……."

백천은 혀를 끌끌 차며 수레에서 훌쩍 뛰어내렸다.

"모두 주목!"

널브러져 있던 화산의 제자들이 끙끙대며 몸을 일으켰다. 그러고는 어떻게든 꾸역꾸역 정렬하여 백천을 주시했다.

"검은 마음에 드느냐?"

"예! 사형!"

"최고입니다, 사숙!"

검이라는 말이 나오자 모두의 목에 힘이 들어갔다. 그 와중에도 시선은 허리춤에 매인 한철검으로 슬쩍슬쩍 내려갔다.

'이걸 내가 받게 되다니.'

'다른 건 몰라도 이건 정말 최고야.'

만년한철로 만든 검은 부유하기로 이름 높은 무당에서도 장로급이나 돼야 손에 쥐어 볼 가능성이라도 생기는 보검 중의 보검이다. 한데 그런 귀한 검을 일반적인 문도들에게도 지급하다니. 이건 유례가 없는 일이었다.

"그 검의 가치는 너희가 생각하는 이상으로 크다. 너희에게 그 검을 하사한 사문과 장문인의 은혜를 잊지 말거라."

"예, 사숙!"

모두 힘차게 대답했다. 백천은 들뜬 기색이 가득한 그들의 얼굴을 보며 흐뭇하게 웃었다.

"다만 조금 문제가 있는 게…… 그 검 말이다."

눈을 가늘게 뜬 그가 슬쩍 한철검을 턱짓으로 가리켰다.

"그게 좀 비싸다."

그 말에 화산의 제자들이 흠칫하며 허리춤에 매달린 제 검을 내려다보았다. 그리고 납득한 듯 무겁게 고개를 끄덕였다.

'하기야 비싸겠지.'

'엄청 비싸지. 만년한철인데.'

모두 이해한 듯한 눈치를 보이자 백천이 크게 고개를 끄덕였다.

"그렇지. 그래. 그게 많이 비싸다. 그런데 생각해 봐라. 너희는 이제 그 검을 들고 강호에 나설 일이 생길 텐데, 혹시라도 그걸 뺏기는 사태가 벌어지면 어떻게 되겠느냐?"

"……큰일이 납니다."

"아니, 아니. 그렇게 단순하게 생각하지 말고, 그걸 잃어버리고 돌아오는 순간 무슨 일이 벌어질 것인지를 생각해 보라고."

생각에 잠긴 듯 잠깐 잠잠하던 화산 제자들은 곧 얼굴이 새파랗게 질렸다. 상상만으로도 너무 끔찍해서 몸서리가 쳐졌다.

'이건 청명이 놈이 문제가 아니다. 현영 장로님이 우릴 죽일 거야.'

입에서 불을 뿜을 현영이 눈에 선했다. 차마 감당할 수 없는 미래였다.

"내 말이 무슨 말인지 알겠느냐?"

"……예."

진심에서 우러난 대답이었다. 백천이 고개를 주억거렸다.

"강호에는 이런 말이 있지. 보물은 그 주인이 따로 있다고. 보물을 운 좋게 얻는다 해도 결국 그걸 지킬 힘이 없다면 자신의 것이 아니라는 의미지. 다시 말하자면……."

순식간에 표정을 굳힌 백천이 스산한 시선으로 제자들을 바라본다.

"너희가 그 검을 쓰고 싶다면 그에 어울리는 검수가 되어야 한다는 뜻이다."

그 말을 듣는 순간 화산 제자들의 눈에 힘이 들어갔다. 더없는 정론, 하지만 들뜬 마음에 잊어버렸던 정론이었다.

"그러니 엄살들 부리지 말고 열심히 해라. 너희는 스스로가 그 검의 주인이 될 자격이 있다는 걸 증명해야 한다. 알겠느냐?"

"예!"

"그래. 그럼 다음 조."

몇몇이 힘없이 고개를 떨어트리며 도살장에 끌려가는 소처럼 수레를 향해 터덜터덜 걸어갔다. 그때, 주변을 두리번거리던 윤종이 백천을 향해 물었다.

"그런데, 사숙. 혹시 백상 사숙이 어디 가셨는지 아십니까? 아까부터 안 보이시던데?"

"아, 백상? 녀석은 내가 잠깐 화음으로 보냈다."

"예? 화음이요? 갑자기 화음은 왜……?"

"부족하잖으냐. 이거."

백천이 슬쩍 쇠수레를 향해 턱짓하며 말했다.

"애들도 많은데 하나로 하려니 비효율적이라 몇 개 더 만들어 달라고 했지. 겸사겸사 산 오르면서 끌 수 있는 수레도 따로 제작하고."

"……."

"하하하. 애들의 하체가 아주 단단해지겠는걸?"

윤종이 살짝 떨리는 눈으로 백천을 바라보았.

사숙. 대체 어디까지 가려고 그러십니까?

· ❖ ·

"몸은 좀 어떠세요?"

"이제는 익숙해졌단다."

운검이 빙그레 웃으며 청명에게 차를 내밀었다. 사용할 수 있는 것은 왼손 하나지만, 그래도 차를 끓이고 따라 내는 움직임이 제법 능숙해 보였다. 운검의 왼손을 응시하던 청명이 여상한 목소리로 물었다.

"불편하진 않으시고요?"

그 말에 운검이 가만히 미소 지었다.

"따지고 보면 세상 모든 것은 불편한 법이다. 사람은 새처럼 날지 못하고, 물고기처럼 헤엄치지 못한다. 말처럼 달리지도 못하고, 원숭이처럼 나무를 탈 수도 없지. 그럼 불편한 게 아니겠느냐?"

청명이 동의한다는 듯 고개를 끄덕였다.

"마찬가지다. 누군가는 두 팔을 쓰지만, 나는 이제 한 팔을 써야 하는 것뿐이지. 불편함이 조금 커졌지만, 이는 그저 조금 달라진 것이다."

조곤조곤 말하는 운검의 목소리에 현기가 묻어났다.

"도를 좇고 무학을 익혀 나간다는 것은 그런 차이를 인정하고 스스로의 상황에 최선을 다한다는 것을 의미하겠지. 전보다 조금 더 불편해졌다고 무슨 큰 문제가 되겠느냐? 그저 조금 더 노력해야지."

사실 청명은 이런 말을 그리 좋아하지 않았다. 평생을 도사로 살아오긴 했지만 때때로 그는 이런 도에 관한 말이 뜬구름을 잡는 것처럼 느껴지곤 했다.

하나 과거에 무력으로는 상대도 되지 않았을 청문에게 감히 대들 생각을 하지 못했으며, 지금의 화산에서도 운검을 존중하고 있는 이유는 그들이 그 뜬구름 잡는 듯한 말을 몸소 실천하기 때문이었다.

청명은 운검의 왼쪽 팔뚝을 바라보았다. 그리 길지 않은 시간이었음에도 그사이 더욱 탄탄해져 있었다. 옷으로 가려져 있음에도 확연히 보일 정도였다. 그간 운검이 얼마나 노력했는지 쉬이 알 수 있었다.

"이리 줘 보거라."

청명이 가져온 한철검을 내밀었다. 운검을 위해 가지고 온 것이었다.

운검은 한 손으로 천천히 검을 뽑아 백색 검신을 바라보았다.

"좋은 검이구나."

그의 입가에 부드러운 호선이 그려졌다.

"참 좋은 검이야. 날카롭고 단단하구나."

한참 검을 바라보던 그는 검을 집어넣고 청명을 응시했다.

"청명아. 너는 정말 잘해 주고 있다."

청명이 무언가 대답하려다 말고 입을 닫았다. 운검이 보내는 시선이 미묘하게 청명을 뒤흔드는 까닭이었다. 그 마음을 안다는 듯, 운검은 개의치 않고 마저 말을 이었다.

"이 검은 너를 위한 것이 아니겠지. 너를 따라오지 못하는 화산의 아이들을 위한 것이다. 그렇지 않으냐?"

청명은 조금 겸연쩍은 얼굴로 뒷머리를 긁적였다.

"뭐, 그렇게 거창한 건 아니고요."

하지만 운검은 그의 속을 꿰뚫어 보기라도 하는 양 미소 지었다.

"홀로 앞서갈 수 있는데 아이들을 이끌고 가는 게 답답하진 않더냐?"

청명은 살짝 묘한 표정으로 고민하다 운검을 똑바로 보았다. 적당히 둘러댈 수 있는 말이야 많지만, 지금은 왠지 그럴 마음이 들지 않았다.

"솔직히 처음에는 엄청 답답했죠."

청명이 고개를 돌려 창 쪽을 바라보았다. 이곳에서는 보이지 않지만, 아마 지금쯤 백천과 다른 사형들이 화산의 제자들을 지도하고 있을 것이다. 혹은 개인 수련에 매진하고 있거나. 화산의 제자들을 떠올린 청명이 픽 웃었다.

"그런데 요즘은 괜찮아요. 사숙들도 사형들도 다들 열심히 해 주고 있으니까요."

"그렇더냐?"

"네. 요즘은 제가 감당이 안 될 때도 있어요."

"……그것참, 범상치 않게 들리는 말이구나."

운검은 농처럼 말하며 가볍게 웃었다. 그저 검만 보고 살았을 때는 보이지 않았던 것들이다. 사경을 헤매다 돌아와 모든 것을 내려놓고 나니 그제야 눈에 들어오기 시작했다. 운검은 그것을 청명에게 말해 주고 싶었다.

"그렇다면 그리 급할 필요는 없지 않으냐?"

진정으로 걱정이 묻어나는 말에, 청명이 그저 입술만 달싹였다.

"화산에 돌아왔으니 조금 쉬도록 하거라. 쉬지 않고 달린 말은 결국 쓰러지기 마련이다. 그럼 다시는 전처럼 달릴 수 없게 된단다."

운검을 빤히 바라보던 청명이 이내 가만히 고개를 끄덕였다.

"그럴게요."

"그래."

짧은 대답이었음에도, 자신을 흐뭇하게 바라보기만 하는 운검의 모습에 청명은 살짝 머쓱해져서 머리를 긁적였다.

'저쪽이 더 어른 같네.'

살아온 세월로 따지면 상대도 안 되는데 말이다. 이래서 장문사형이 그렇게 철 좀 들라고 말했던 걸까. 민망해진 청명이 괜히 말을 돌렸다.

"좌수검은 좀 어떠세요?"

"아직은 시작하지 않았다."

"응? 왜요?"

운검은 담담한 목소리로 답했다.

"나는 네 말대로 아이들에게 기초를 가르치고 단단한 하체를 만들었다. 그런데 제자들에게 그런 가르침을 주면서 나는 검술만 익히는 건 이상하지 않으냐."

미련하다 싶을 정도로 고지식한 말이었으나, 그렇기에 오히려 더 운검다운 말이었다.

"그래서 우선은 나 역시 몸을 다시 만들고 있다. 굳건하게 뿌리를 내릴 때까지 말이다. 안 그래도 이제는 성과가 보여 슬슬 시작하려던 참이다만. 어떠냐. 좀 도와주겠느냐?"

"저랑 같이하시면 여러모로 고달프실 텐데."

"하하. 그동안 아이들을 괴롭혔으니, 나도 응당 괴롭힘을 받아야겠지."

"그런 각오시라면 얼마든지요!"

"좋구나. 어디 사손 녀석의 가르침을 받아 볼까?"

"그냥 도와드리는 거죠. 가르침 같은 거창한 건 아니고."

"그게 그거지, 이놈아."

운검이 하나 남은 손으로 청명의 머리를 헝클어트리며 크게 웃었다.

그날. 백매관 뒤 연무장에선 새벽이 깊어 가도록 검이 바람을 가르는 소리가 끊이지 않고 흘러나왔다.

외전

구원(究原)

"끄으으으으....... 후우우우우......."

백천이 팔짱을 끼고는 괴상한 소리가 들리는 처마 위를 바라봤다. 파란 하늘과 맞닿은 처마 너머로 뭔가 짤막해 보이는 팔다리가 불쑥불쑥 튀어나왔다 다시 들어가기를 반복했다.

'굳이 누군지 확인할 필요도 없지.'

중간중간 튀어나오는 손에 들려 있는 새하얀 병이 뭔지 짐작할 수 있다면 말이다. 신성한 도관에서 대낮부터 술병을 들고 설칠 놈이 한 놈밖에 더 있겠는가.

"윤종아. 저놈 또 왜 저런다냐?"

"......분이 안 가라앉는다는데요?"

"왜?"

"제게 물어보셔도······. 저 인간 생각을 누가 알겠습니까? 사람같이 생각을 안 하는데."

백천은 말없이 고개를 끄덕였다. 일견 이해가 안 되는 것도 아니었다.

운검이 스스로 좌수검을 익히기로 하면서, 만인방 일은 대충 매듭지어졌다. 하지만 그걸 '마무리'라 부르기에는 좀 애매한 면이 있었다.

화산의 피해는 크지 않고, 공격해 온 만인방은 멀쩡히 돌아간 이들이 없으니 대승이라 평해야겠지만…….

'저놈이 그걸로 만족할 리가 있겠냐고.'

운도 없이 곡식 자루에 담겨 화산까지 올라와 버린 가여운 쥐가 곡창의 좁쌀 몇 톨이라도 훔쳐 먹으면, 길길이 날뛰며 곡창 바닥을 모조리 파 버릴 인간이 아니던가. 평범한 이들과 계산법이 다르니, 평범한 결과로 만족할 수 있을 리가 없겠지. 이해는 한다만…….

백천의 이마에 작은 핏대가 섰다. 제법 살벌한 목소리가 그의 입에서 흘러나왔다.

"그래서, 저러고 있다고? 대낮에, 남들 전부 수련하고 있는데?"

"그게…….."

윤종이 슬며시 백천의 눈치를 보며 말끝을 흐렸다.

"아무리 그래도 그렇지! 너는 벌건 대낮에 사제 놈이 술병을 들고 난장을 부리고 있으면 사형 된 입장에서 좀 말려 보기라도……."

계속되는 핀잔을 듣고 있던 윤종이 슬쩍 몸을 비틀었다. 그 순간, 백천이 가만히 입을 닫았다.

윤종의 뒤에 대자로 뻗어 있는 조걸이 놈의 모습이 보인 것이다. 이마에서 허연 김이 펄펄 피어오르고 있는 걸 보면 무슨 일이 있었는지 짐작하기 그리 어렵지 않았다.

"……해 보긴 했는데."

"미안하다."

"안 그래도 사숙을 찾아가야 하나 고민하고 있었는데."

"미안하다니까."

"말만 그렇게 하지 마시고 오신 김에 어떻게 말이라도 좀."

백천이 슬금슬금 뒤로 물러났다. 보아하니 괜히 잘못 건드렸다가는 조걸이 놈과 같은 꼴이 될 판이다.

"그……. 크흠. 나도 그러고 싶지만, 장문인께서 찾으셨다는 말을 듣고 뵈러 가는 길이라 시간을 지체할 수 없구나."

"……어련하시겠습니까."

"그럼 이만."

후다닥 달아나는 백천의 뒷모습을 본 윤종이 한숨을 푹 내쉬었다. 그때, 처마 위에서 벼락같은 목소리가 들려왔다.

"아오오오오! 진짜!"

윤종은 진짜 벼락이라도 맞은 사람처럼 움찔하더니, 슬그머니 쓰러진 조걸의 다리를 잡고는 질질 끌며 처마에서 멀어졌다. 태풍이 불어올 때는 일단은 몸을 피해야 하는 법이다.

벌떡 몸을 일으킨 청명이 처마에 걸터앉아 씩씩 숨을 내쉬었다. 몇 번이고 소리를 지르고 바둥거려도 속에 얹힌 분은 좀처럼 풀릴 생각을 하지 않았다.

"후우. 생각하면 생각할수록 열받네."

그는 술병을 내려놓고는 양손으로 제 얼굴을 박박 비벼 댔다.

"아니, 이 새끼들은 왜 귀주에 붙어 있어서!"

그 만인방인지 나발인지 하는 놈들이 인근에 있었다면. 아니, 거의 대륙을 종단해야 도달할 수 있는, 저 머나먼 귀주에 처박혀 있지만 않았어도. 그랬으면 이미 청명은 그놈들의 본거지에 불을 싸지르고 있었을 것이다. 건물도 태우고, 재물도 태우고, 겸사겸사 사람도 태우고.

하지만 아무리 경우를 따지지 않는 그라고 한들, 혼자 귀주까지 가서 난장을 부리고 돌아오는 건 너무도 요원한 일이었다.

"끄으으응."

게다가 설령 그 모든 어려움을 감수할 각오를 굳히고 귀주행을 시도한다 해도 문제는 끝나지 않는다.

청명이 처마 아래를 내려다보았다. 습격 이후 잠시간 어수선했었으나 어느새 안정을 되찾고 수련에 매진하고 있는 사형제들이 보였다.

"……가만히 안 있겠지?"

그가 화산에서 모습을 감추는 순간, 저놈들이 눈을 까뒤집고 뒤를 추적해 올 게 분명하다. 청명이 아무리 입에 거품을 물고 위험한 일이 아니라고 열변을 토해도, 절대 들어주지 않을 것이다.

장문인? 장문인이 제일 문제다. 그가 협행이라는 최소한의 명분도 없이 단순히 복수를 위해 길을 나선다면, 현종부터 맨발로 달려와 그를 마른 오적어가 되도록 쥐어짜려 들겠지.

'귀주까지 따라오고도 남아.'

그럼 자칫 청명의 선택 때문에 저들이 위험에 빠질지도 모른다. 그건 정말 말 그대로 주객전도 아닌가. 그러니 결론이 뭐냐면…….

– 그냥 화산에 박혀 있으면 되지.

"아니 누가 그걸 몰라서 이러냐고! 열이 받으니까 그런 거 아니에요! 열이 받으니까!"

– 쯧쯧. 도사란 놈이.

"카악!"

청명이 아무도 없는 허공을 향해 패악을 부리고 발버둥 친다. 수련에 집중하려고 노력하던 사형제들이 그 모습을 보고는 청명이 있는 쪽에서 슬금슬금 멀어졌다.

'쟤 왜 또 저러냐?'

'몰라, 진짜 하산하든지 해야지…….'

타고 있는 불 근처에 있다가 불똥을 얻어맞은들, 누구도 동정해 주지 않는다. 애초에 불 주위에 알짱거린 게 잘못이니까. 하지만 문제는 청명이란 불은 아무 때, 아무 데서나 갑자기 타오른다는 점이었다.

"후우, 후우! 이러다 진짜 화병 나겠네."

청명이 도로 벌러덩 자리에 드러누웠다. 이 빚은 언제고 반드시 갚을 것이다. 만인방인지 나발인지 하는 놈들을 싸그리 회를 쳐서 물고기 밥으로 줘 버릴 테니까.

하지만 문제는 몇 번이고 그렇게 다짐해도, 지금 당장 이 치미는 울화를 풀 방법이 없다는 점이다.

"끄응……. 내가 맞고 나서 참아 본 적이 없는 사람인데."

– 잘 참던데?

"……이 양반이 아까부터 진짜."

내가 저 양반한테 주먹 한 대 못 날려 본 게 인생의 한이다, 한!

결국엔 손발이 묶였다는 것을 인정한 청명이 시무룩한 얼굴로 모로 누웠다.

"끄으응. 앓느니 죽어야지, 앓느니……. 응?"

그 순간, 청명의 두 눈에 이채가 일었다. 저 멀리 산문 쪽에서 낯선 이들의 모습이 보인 것이다.

"뭐지?"

산문을 막아선 운암을 붙들고 무언가 하소연해 대는 듯한 이들의 모습에 청명의 두 눈이 의문으로 물들었다.

"예의가 아닌 줄은 압니다만……."

객이 찾아왔다는 소식을 듣고 산문으로 나온 운암의 얼굴에 살짝 난감한 기색이 어렸다.

"귀 문의 장문인을 뵙고 꼭 드릴 말씀이 있습니다."

"그게……."

입을 뗐던 운암이 뒷말을 채 내뱉지 못하고 삼켰다. 원래 이 상황에서 그가 해야 할 말은 아주 간단했다. '지금 화산은 내환이 있어 당분간 객의 방문을 받지 않으니, 죄송하지만 그만 돌아가 주십시오.'라고 말이다.

그리고 그 말을 하는 데 무엇도 주저할 필요가 없다. 이 말에는 한 치의 거짓도 없으니까. 그 간악한 만인방 놈들이 화산을 들쑤신 지 얼마 지나지 않았다. 어느 문파든 간에 이런 상황에서는 객을 받을 수가 없을 것이다.

"부디……."

하지만 그럼에도 운암이 쉽사리 객들을 물리지 못한 이유는, 이들의 행색 때문이었다. 곳곳이 찢어지고 더러워진 의복에서 이들이 이곳으로 오며 얼마나 갖은 고초를 겪었을지 능히 짐작이 갔다.

"으음. 하지만……."

운암이 자신의 권한을 넘어서는 일이기에 망설이던 바로 그때였다.

"뭔 일 있느냐?"

"아, 장로님."

뒷짐을 지고 자신 쪽으로 다가오는 현영을 발견한 운암이 바로 고개를 숙였다. 그러자 현영이 손을 한 번 휘적 하고는 말했다.

"인사는 됐고, 무슨 일이냐?"

"아……. 이분들께서……."

운암이 채 상황을 설명하지도 않았건만, 객들을 확인한 현영의 미간이 확 찌푸려졌다.

"넌 뭐 하는 놈이냐?"

"……예? 자, 장로님. 그게 무슨?"

"네가 그러고도 도사입네 하고 도관(道冠)을 쓰고 다니느냐?"

현영이 날카로운 목소리로 운암을 질책했다.

"무슨 상황이건 간에 피곤에 지친 분들이 도관을 찾아왔거늘, 어찌 문전에다 세워 두고 박대를 한단 말이냐? 우선 안으로 모시고 냉수라도 대접하지 않고서."

"……죄송합니다. 하지만 문파의 사정이 사정인지라."

'객을 들이지 말라 명하셨잖습니까.'라는 말을 완곡히 돌려 말해 보았지만, 운암의 항변이 먹히기에는 영 사정이 나빴다.

"야, 이놈아! 객이 무슨 뜻인지 몰라서 그러느냐? 네 눈에는 저분들이 대접받겠다고 찾아온 손님으로 보이느냐?"

그 말에는 운암도 입을 다물 수밖에 없었다.

"아무리 상황이 좋지 않다 한들, 도움을 청하러 온 이를 박대하는 법은 화산에 없다. 이놈의 문파가 언제부터 그리 대단했다고."

"……제 생각이 짧았습니다. 용서하여 주십시오, 장로님."

"되었으니 찾아오신 분들을 안으로 들여라. 우선 음식부터 대접하고."

"예. 그리하겠습니다."

현영이 못마땅한 눈으로 운암을 한번 보고는 몸을 돌리려 할 때였다.

"그, 그보다……."

현영의 태도에서 희망을 느꼈음일까, 화산을 찾아온 이들이 간절한 눈빛으로 현영에게 우르르 다가가 말을 걸었다.

"자, 장문인을. 귀 문의 장문인을 뵐 수 있겠습니까? 정말 중요한 일이라 그렇습니다, 정말. 이렇게 부탁드립니다."

현영의 시선이 제 소매를 잡은 이의 손으로 향했다. 땀과 흙먼지가 범벅이 된 손이 새하얀 옷자락에 닿자, 깨끗한 도복이 금세 더러워졌다.

"쯧."

현영이 팔을 훅 휘둘러 제 소매를 잡은 손을 떨쳐 냈다.

"아……."

그제야 자신이 급한 마음에 실수를 저질렀음을 깨달은 이가 바로 고개를 숙여 사죄의 말을 전하려는 찰나였다.

"장문인 한번 뵙는 게 뭐 그리 대단한 일이라고. 부탁이라고 할 것도 없습니다. 따라오십시오."

"예?"

"이리로."

현영이 몸을 휙 돌리고는 뒷짐을 진 채 휘적휘적 걸어간다. 영문을 몰라 사람들이 운암을 돌아보자, 운암이 미소를 지으며 고개를 끄덕였다.

"말투는 저래도 잔정이 많으신 분입니다. 어서 따라나서시지요."

"예? 아……. 아니, 정말로 장문인을 뵙게 해 준다는 말씀이십니까?"

"그걸 바란다고 하신 게 아닙니까?"

"마, 말은 그렇게 했지만……."

그리 말하면 적당히 권한이 있는 사람이 상대라도 해 줄 거라 여겼던 거지, 설마 진짜 장문인을 만나게 해 주리라 누가 상상이나 했겠는가.

"안 가실 겁니까?"

"가, 가야지요! 갑니다."

무슨 상황인지는 모르겠지만, 장문인을 직접 만날 기회를 마다할 수는 없었다. 다급해진 이들이 그 와중에도 운암에게 연신 고개를 숙이고는 이내 우르르 현영을 쫓아 나섰다.

그 모습을 바라보던 운암이 작게 웃다가 곧 안색을 굳힌다.

'무슨 일일까?'

보아하니 꽤 급한 사정 같던데……. 아무래도 따라가 봐야 할 것 같다.

빈 잔에 뜨거운 차가 채워지며 새하얀 김이 모락모락 피어났다. 연이어 몇 개의 잔에 차를 채운 현종이 조심스레 잔을 올린 쟁반을 건넸다.

"입에 맞으실지 모르겠습니다."

하지만 현종과 마주 앉은 이들은 차마 선뜻 현종이 내민 차를 받아 들지 못했다.

'이럴 수가 있나?'

현종이 누구인가. 최근 섬서를 뒤집어 놓을 기세로 명성을 떨치고 있는 화산의 장문인이다.

그들은 강호인들의 콧대가 얼마나 드높은지 잘 알았다. 일반적인 상황이라면 그들같이 평범한 이들은 현종을 마주하기는커녕, 화산 산문에 발을 들이기조차 쉽지 않았을 것이다. 그들도 문전박대를 각오하고 이곳까지 온 게 아니던가.

그런데…… 설마 그 화산의 장문인이 그들을 만나 주고, 직접 차까지 대접할 줄이야. 황송하다는 말로도 표현하기 모자란 상황이었다.

"죄송합니다. 이곳이 도관이다 보니 차 외에는 딱히 내어 드릴 것이 없습니다. 양해 부탁드리겠습니다."

"아, 아닙니다! 그런 게 아닙니다! 감사히 잘 마시겠습니다!"

현종의 말에, 그제야 자신들이 화산 장문인이 내민 차를 빤히 바라보고만 있었다는 사실을 깨달은 이들이 화들짝 놀라 재빨리 쟁반 위의 찻잔을 잡아 들었다.

"엇뜨!"

하지만 급히 잡은 찻잔은 상상 이상으로 뜨거웠다. 누군가 화들짝 놀라 손을 떼자, 찻잔이 엎어지며 이내 사방으로 흘러내린 찻물로 바닥이 흥건하게 젖어 버렸다. 당연히 차를 엎지른 이의 얼굴은 흙빛으로 물들 수밖에 없었다.

"죄송합니다! 죄송합니다, 장문인! 저희가 예를 몰라서……."

그들이 뭐라고 다시 변명하려 할 때, 현종의 입에서 커다란 탄식이 터져 나왔다.

"현영아. 내가 정신이 없는 모양이다. 찻물을 식히지도 않고……."

그러자 현영이 두 눈을 부라리며 말했다.

"거, 말 잘했습니다. 딱 봐도 목이 타는 분들한테 그 뜨거운 차를 들이밀었으니, 뒤집어엎어도 할 말이 없지 않습니까. 냉수부터 내어놓는 게 순리지! 하여간 장문인은, 어떻게 사람이 틈만 나면 경우도 안 따지고 찻주전자부터 들고 싱글벙글해 댑니까?"

"끄응. 됐으니 너는 일단 빨리 가서 새 찻잎을 가져오거라. 네 말대로 냉수도 좀 내어 오고."

"왜 저를 시키십니까? 애들도 있는데! 저도 이제 아침에 일어나면 뼈마디가 쑤시는 사람입니다."

"어서."

"에이! 사고는 자기가 치고, 수습은 내가 하고. 서러워서."

현영이 역정을 내며 자리에서 일어났다. 방 밖을 나가며 투덜대는 현영을 쏘아본 현종이 안절부절못하고 있는 이들에게 깊이 고개를 숙였다.

"큰 결례를 저질렀습니다. 화산에 최근 큰일이 있어 제가 영 심란한 탓이니, 부디 이해해 주시기 바랍니다."

"무, 무슨 말씀이십니까, 장문인! 저희가 엎지른 것을!"

"그럼 이해해 주신 것으로 알겠습니다. 정말 감사드립니다."

현종은 고개를 다시 숙였고, 운암은 당연하다는 듯이 나서서 바닥에 흐른 찻물을 닦아 내었다.

그 광경을 모두 지켜본 이들의 얼굴에 커다란 당혹감이 어렸다. 차를 엎질렀을 때는 다 끝났구나, 생각했는데. 설마 이렇게 덮어 주다니…….

"감사합니다. 정말…… 감사합니다. 장문인."

거듭 인사를 올리는 그들을 바라보던 현종이 빙그레 웃었다.

"그보다…… 먼 길을 급히 오신 듯합니다만, 어떤 용무로 저를 찾아오셨는지 여쭤도 되겠습니까?"

앞에 앉은 노인이 재빨리 고개를 끄덕였다. 안 그래도 속이 타던 차다.

"저희는…… 여양(呂梁)에서 온 사람들입니다."

"여양이라 함은……. 여양산맥을 두고 하시는 말씀이십니까?"

"예. 그 여양입니다. 하지만 정확하게는 산맥 근처에 자리 잡은 고을에서 온 이들이라 해야겠지요."

노인이 목이 타는지 마른침을 꿀꺽 삼키고는 말을 이었다.

"저희가 사는 곳은 여양산맥의 서쪽 기슭에 있는 고을입니다. 도시라고 하기에는 작고, 마을이라기에는 큰."

"화음과 비교하면 어떻습니까?"

"화음이요?"

"산 아래의 마을 말입니다."

현종의 물음에 노인이 어색한 웃음을 지었다.

"동쪽으로는 커다란 산맥이 있고, 서쪽으로는 황무지가 끝도 없이 펼쳐진 곳입니다. 아무래도 사람이 살기에 그리 좋은 곳은 아니지요. 하지만 이 아래 마을과 비교할 정도는 아닙니다. 인근 고을 사람들의 수만 해도 더 많을 테니까요."

"큰 곳이군요."

"그렇습니다. 살기가 쉽진 않아도 좋은 곳입니다. 다들 선량하고······."

그 순간, 노인의 뒤에 있던 장년인이 노인에게 속삭였다.

"아버지. 바쁘신 분들 붙들고 이러시면 안 됩니다. 본론만 간단하게 이야기하시지요."

"가만히 있어 봐라, 이놈아! 상황을 먼저 말해야 본론을 이야기할 것 아니더냐!"

소리를 친 노인이 목이 더 탄다는 듯 제 목덜미를 주물렀다. 다행히 때맞춰 현영이 냉수와 찻잎을 가지고 돌아와 주었다. 냉수로 겨우 속을 달랜 노인이 다시 입을 열었다.

"그 척박한 곳에서도 우리는 나름 잘 살아가고 있었습니다. 문제는 그런 곳조차 가만히 내버려두지 않는 이들이 있다는 거지요."

"가만히 두지 않는다면?"

"사파입니다."

현종의 눈빛이 살짝 굳어졌다. 지금 화산에서 사파라는 두 글자는 더없이 민감한 주제였다.

"아니, 사파라는 말이 어울리는지도 잘 모르겠습니다. 예전에는 그저 마적 떼에 불과한 놈들이었으니까요."

"마적이라 하셨습니까?"

"예. 마을 서쪽으로 워낙 큰 황무지가 있다 보니, 어중이떠중이 같은 마적 놈들이 가끔 마을을 습격하기도 했었습니다."

"마적 같은 건 변방에나 있는 줄 알았는데……."

현종이 놀란 듯 말하자, 조용히 이야기를 듣던 운암이 말을 더했다.

"여양산맥 서쪽이면 변방이 아니라고도 할 수 없습니다. 애초에 섬서도 저 위쪽으로는 대부분 사람이 살지 않는 곳들 아닙니까? 게다가 저 노인께서 하신 말씀을 들어 보니, 여양이란 마을은 섬서라기보다는 감숙(甘肅)에 가까운 곳 같습니다."

"듣고 보니 그렇구나."

감숙성이라면 변방이 맞다. 청해성만큼 황량한 곳은 아니지만, 사람이 거의 살지 않는 사막이 이어지는 곳이니까.

"먼 데서 오시느라 고생하셨겠습니다. 그…….."

현종이 살짝 머뭇거리며 노인을 바라보자, 노인이 눈치 좋게 입을 열었다.

"방조산입니다. 방노(房老)라 불러 주십시오."

"예. 방 촌장님. 계속 말씀해 주시지요."

"여하튼 그 마적 놈들이 한 번씩 고을을 습격해 대긴 하지만, 그래도 살 만했습니다. 놈들도 과한 것을 바라지는 않았거든요. 그런데 최근에 사정이 조금 달라졌습니다."

"어째서 말입니까?"

"어느 순간부터 놈들의 세가 점점 불어난다 싶더니, 결국엔 스스로 철기방이라 이름 붙이고는 상납을 요구하기 시작했습니다."

현종의 눈이 가늘어졌다.

"문파를 만들었단 말입니까?"

"바로 그렇습니다."

"허어. 조금 전에는 그저 어중이떠중이 마적에 불과하다 하지 않으셨습니까."

"분명 그랬습죠. 하지만 어느 순간 그놈들의 수가 갑자기 불어나더니, 눈 깜짝할 새에 기백이 넘어 버렸습니다."

"그런……."

생각보다 많은 숫자에 현종이 놀라움을 감추지 못했다. 노인이 씁쓸한 목소리로 덧붙였다.

"저희가 눈으로 확인한 것도 일부뿐이라, 그 수가 전부 얼마나 되는지는 짐작도 하지 못합니다."

탄식하던 현종이 이번에는 현영에게 물었다.

"그럴 수가 있느냐? 사람이 그만큼 모이려면 당연히 식량이나 자금이 있어야 할 터인데, 그 척박한 감숙에서."

"쯧쯧쯧. 이리 정신이 없어서야."

그러자 현영이 고개를 절레절레 젓더니 설명했다.

"장문인, 우리가 지금 운남에서 이득을 보는 이유가 무엇입니까? 저 서장으로 가는 길이 막혀 있기 때문이 아닙니까."

현종이 고개를 끄덕였다. 운남차의 전매권을 가져왔을 때도 그리 말하는 걸 들었던 것 같다. 그래서 운남의 상권을 쥐는 것이 중요하다고.

"그게 다 저 마적 놈들 때문입니다. 그놈들이 청해에서 워낙 난리를 치다 보니 서장과 직접 교역을 하기가 힘든 거지요."

"……그렇겠구나."

"하지만 상인들이 어디 그렇다고 포기할 위인들입니까? 지금도 어떻게든 감숙과 청해를 넘어 서장과 교역하려는 이들은 끊임없이 나오고 있습니다. 그런 이들이 마적들에게 좋은 사냥감이 되는 거지요."

"그 상인들을 노리며 배를 불린 마적들이 이제는 세가 강해져 문파까지 만들었다는 거로구나."

"아무래도 그런 것 같습니다."

상황을 파악한 현종이 걱정스러운 얼굴로 방노를 바라보았다. 마적의 세가 그렇게 커졌다면, 그곳에서 살고 있는 이들은 곤란할 수밖에 없다.

"저 같은 무지렁이가 뭘 알겠습니까마는, 제가 아는 것도 비슷합니다."

현종이 한숨을 내쉬었다. 뭐라 평해야 할지 모르겠다. 사람의 탐욕이 결국 일을 키웠다고 해야 할까? 하지만 그렇다 해서 교역에 애쓰는 상인들을 무턱대고 잘못되었다 할 수도 없고.

"세를 이룬 놈들은 이전과는 달리 과한 상납을 요구하기 시작했습니다. 그 요구를 계속 들어주다가는 우리부터 굶어 죽을 판이라 제발 살려 달라 빌어 보았지요. 그랬더니 그놈들이……."

방노는 말을 하다 말고 참담함에 입을 꾹 다물었다가, 떨리는 목소리로 말했다.

"마을 하나를…… 통째로 태워 버렸습니다."

"그럼 거기에 살고 있던 사람들은……."

"모두 참변을 당했습죠. 애, 어른 할 것 없이 모두……."

울컥했는지 방노는 더 말을 잇지 못했다. 현종의 두 눈동자가 크게 흔들렸다. 마을이라고는 하지만, 좀 전에 화음보다 큰 곳이라고 했던 걸 생각하면 살던 이들의 수가 적지 않았을 것이다. 그런데 그들을 하나 남김없이 모두 죽여 버렸다니.

"어찌……. 어찌 인두겁을 쓰고 그런 짓을."

중원의 한중간에서는 상상도 할 수 없는 일이었다. 지금도 변방에서는 그런 끔찍한 일들이 벌어지고 있단 말인가.

방노는 감정이 복받치는지 고개를 푹 숙이고 숨죽여 흐느꼈다. 그러자 뒤쪽에 앉아 있던, 방노의 자식으로 보이는 이가 대신 말을 이었다.

"이러지도 저러지도 못할 상황이었습니다. 놈들이 바라는 것을 내어 주면 산 채로 굶어 죽어야 할 판이고……. 그렇다고 내어 주지 않으면 당장 목이 베일 판이니 말입니다."

자신을 방영(房映)이라 소개한 장년인이 한숨을 내쉬고는 말을 이었다.

"그리하여 낸 꾀가, 차라리 저들에게 내어 줘야 할 것 중 일부를 다른 데다 바치고 보호를 받자는 것이었습니다."

그 말을 듣자 현종 또한 대충 상황을 파악할 수 있었다.

"종남이군요."

방영이 씁쓸한 표정으로 고개를 끄덕이곤 설명했다.

"다행히 종남은 저희의 요청을 받아들여 본산의 제자들을 파견해 주었습니다. 꽤 많은 것을 바치긴 했지만, 배는 주려도 굶어 죽지 않을 만큼은 남길 수 있었기에, 어느 정도 평화를 찾았다고 할 수 있었지요. 그 마적 놈들도 감히 종남의 제자가 있는 마을을 노리지는 못했으니까요."

듣고 있던 현종이 갑갑함에 앞에 놓인 차를 들이켰다.

"그런데……. 그 종남이 갑자기 영문 모를 봉문을 하게 되면서, 마을을 지키던 분들이 본산으로 돌아갔습니다."

차를 마시다 사레가 든 현종이 격하게 기침을 해 대었다.

"쿨럭! 쿨럭!"

"괘, 괜찮으십니까?"

현종이 입가를 문지르며 손을 내저었다. 얼굴이 살짝 벌게져 있었다. 물론 그들의 책임이라 할 수는 없는 일이지만, 종남이 봉문 한 원인의 팔 할이 화산에 있음은 부정할 수 없는 사실이 아니던가.

현종의 반응을 묵묵히 바라보던 방영이 어두운 표정으로 말을 이었다.

"종남이 봉문 했다는 걸 안 마적 놈들이 마을로 찾아와 본보기 삼아 사람들을 죽여 대고 돌아갔습니다. 이달 말까지 상납을 준비하지 않으면 다음에는 마을에 사람의 피로 연못을 만들어 버리겠다 하면서요."

"이달 말이라……."

이제는 더 들을 것도 없이 이들이 왜 찾아왔는지 알 수 있었다.

방노가 울음을 참는 듯한 얼굴로 바닥에 엎드리더니 머리를 쿵 소리가 나도록 박았다.

"장문인, 부탁드립니다. 제발 저희를 도와주십시오."

"아니, 왜 이러십니까?"

"제가 듣기로는 화산의 힘이 저 종남에 뒤지지 않는다고 들었습니다."

"그게 무슨……."

그건 너무 과한 평가다. 물론 최근에 화산이 종남을 상대로 연전연승을 거둔 것은 사실이지만, 그건 어디까지나 비무에서 어린 제자들이 거둔 전적에 불과하다. 아직 문파로서의 화산은 종남과 비교할 수 없다.

"그게 사실이든 사실이 아니든, 그건 중요하지 않습니다. 이 섬서에서 저희가 기댈 곳은 이제 오직 화산뿐입니다. 부디 저희를 가엾게 여겨 주십시오. 장문인께서 저버리신다면 저희에게 남은 건 죽음뿐입니다."

방노의 간절한 목소리가 이어질수록 현종의 안색이 어두워졌다.

"그렇다고 한들……."

"장문인. 저희가 염치없이 그냥 도와 달라는 것이 아닙니다. 지금 산 밑에는 저희가 종남에 바치던 재물들이 쌓여 있습니다. 모든 일에는 당연히 대가가 따르는 법이라는 건 알고 있습니다. 지금은 급히 오느라 많이 준비하지 못했지만, 시간을 내어 주시면 더 많은 대가를 준비할 수 있도록 하겠습니다. 그러니 부디 저희를 도와주십시오."

현종이 굳은 얼굴로 고개를 내저었다.

"그건 받을 수 없습니다."

"자, 장문인! 화, 확인이라도 해 주십시오. 하찮을지는 모르지만, 이게 지금 당장 여양 사람들이 준비할 수 있는 최대치입니다."

방노의 목소리는 형편없이 떨리고 있었다. 어찌나 간절한지 거의 울고 있는 그를 가만히 바라보던 현종이 한숨을 내쉬고는, 엎드린 방노를 손수 일으켰다.

"대가의 많고 적고를 따지는 게 아닙니다. 사람을 돕는 데 대가를 받는 법은, 적어도 화산에는 없습니다."

"아이고."

그 말을 들은 현영이 머리가 아프다는 듯 제 이마를 감싸 쥐었고, 운암의 입에서도 짧은 한숨이 새어 나왔다. 하지만 현종이 노기 어린 눈으로 두 사람을 노려보자 찔끔한 두 사람이 재빨리 자세를 바로잡았다.

평소라면 그들도 현종에게 핀잔을 줄 수 있겠지만, 이럴 때의 현종은 화산에서 가장 무서운 사람이었다.

"그, 그럼……."

"당연히 도와드릴 것입니다. 하지만 대가 같은 건 필요 없습니다."

"자, 장문인!"

방노가 경악하여 부릅뜬 눈으로 현종을 바라보았다. 종남은 당연하다는 듯 대가를 요구했다. 그리고 방노도 그 사실을 이상하게 여기지 않았다. 어렵게 키운 제자를 먼 곳에 파견하는 것은 그만큼 품이 드는 일이다. 대가를 지불하지 않는다는 건 말도 되지 않는다.

그런데…… 정녕 그만한 일을 대가 없이 해 주겠다고 하는 건가?

"저, 정말이십니까?"

너무도 믿기지 않아 목소리가 벌벌 떨렸다.

"제가 딱히 바르게 살아왔다 자신할 사람은 아니지만, 이 입에 허언을 담아 본 적은 그리 많지 않습니다."

"그럼……."

현종이 빙긋 웃으며 재차 대답하려던 순간이었다.

"안 됩니다."

현영이 단호한 얼굴로 현종의 말을 가로막았다.

"그런 약속은 쉬이 하시는 게 아닙니다. 장문인."

현종의 눈썹이 살짝 꿈틀했다.

"무슨 말이더냐. 그럼 어려운 이를 돕는 데 대가를 받아야 한다는 말이더냐? 네가 아무리 재경각의 각주라고 하지만, 이 일은……."

"그런 게 아닙니다. 제가 아무리 돈에 미친 놈이라지만 장문인 앞에서 돈 받고 사람을 돕자는 소리를 할 만큼 간이 크지는 않습니다. 잔소리 듣다 화병으로 죽을 생각이 아니고서야 미쳤다고 그런 말을 하겠습니까?"

"그럼?"

"지금 우리가 저들을 도울 형편이 안 된다는 소리입니다."

"현영아."

"아이고! 생각을 좀 하십시오, 장문인. 당장 화산이 습격을 받아 난리가 난 지 며칠 되지도 않았습니다."

이 말만큼은 현종도 차마 뭐라 반박할 수 없었다. 현영은 바늘 하나 들어가지 않을 것처럼 냉정하고 완고한 표정으로 말을 이었다.

"이 일이 다 끝났답니까? 그놈들이 다시 칼을 꼬나쥐고 화산으로 뛰쳐오지 않을 거라는 보장이 있습니까?"

현영이 답답하다는 듯 가슴을 쳤다.

"설령 놈들이 당장 그럴 생각이 없어도 말입니다. 우리가 본산을 비웠다는 말을 들으면 눈이 돌아가 달려올 게 뻔히 그려지지 않으십니까? 당장 화산의 운명이 백척간두에 이르렀는데, 이런 상황에 우리가 누굴 돕는단 말입니까?"

"물론 그렇기는 하다만……. 종남은 제자 몇을 보내서 해결하지 않았느냐? 그럼 그리 어려운 일도 아닌 것 같은데."

"아이고, 장문인! 마적 놈들이 그 제자 몇이 두려워서 마을을 내버려 뒀겠습니까? 그들을 잘못 건드렸다가 종남 놈들이 떼로 몰려올까 두려워 손을 안 댄 거지요. 그런데 우린 종남이 아니라 화산입니다, 화산! 그

놈들이 우리가 무서워서 화산 제자 몇을 보고 마을을 그냥 두겠습니까?"

현종이 무거운 침음을 흘렸다. 냉정하지만 현실적으로 부정할 수가 없는 말이었다. 마음이 심란했다.

"아직 세상은 화산과 종남을 같은 선에 두지 않습니다. 그 마적 놈들도 당연히 마찬가지겠지요."

"어찌 안 되겠느냐?"

"안 됩니다."

"그래도 사정이 딱하지 않으냐. 사람의 목숨이 걸린 일이다. 어찌 방도가……."

그 순간, 현영의 두 눈에 쌍심지가 켜졌다.

"다른 사람 죽는 건 아쉽고! 생때같은 우리 제자들이 다치고 죽어 나가는 건 괜찮으십니까?"

"그, 그런 말이 아니잖느냐."

"그런데 뭘 자꾸 방법을 찾고 있습니까! 무슨 방법을 찾아도 제자 놈들에게 부담이 가는 건 사실인데. 정 그렇게 돕고 싶으시면 장문인 혼자 가십시오! 괜히 죽을 뻔한 애들 다시 또 험한 데다 몰아넣지 말고! 한 번씩 보면 자기 생색내려고 애들만 고생시킨다니까!"

무시무시한 표정으로 그를 노려보며 소리치던 현영이 한숨을 푹 내쉬었다. 그러고는 어조를 낮추어 한 번 더 덧붙였다.

"절대 안 됩니다. 제 눈에 흙이 들어가기 전에는 찬성 못 합니다."

말문이 막힌 현종은 차마 더는 현영을 설득하지 못하고 머뭇거렸다. 우리 제자들이 다치고 죽어 가는 건 괜찮냐는 말이 그의 폐부를 찌른 것이다.

확실히 이건 위험한 일이다. 그가 아무리 화산의 장문인이라 한들, 반대를 무릅쓰고 무작정 일을 진행할 수는 없었다.

'명할 수 있는 일이 아니구나.'

제자들의 희생을 감수해야 하는 일이다. 현종의 표정이 어두워졌다.

"꿈도 꾸지 마십시오!"

현종의 기색을 살핀 현영이 자리에서 벌떡 일어나 쐐기를 박았다. '절대 반대'라고 그 온몸으로 시위하기라도 하듯이. 그러고는 문 쪽으로 바람 소리가 나도록 냉정하게 걸어갔다.

"도, 도사님……."

여양 사람들이 당황해 현영을 바라보았지만, 현영은 그들과 눈도 마주치지 않았다. 물론 그가 저들을 현종에게 데리고 온 장본인이고, 저들의 사정이 딱한 것도 사실이었지만 그래도 안 되는 것은 안 되는 것이다.

"크흠!"

현영이 그들의 시선을 외면하며 거칠게 문을 열어젖혔다. 그리고 그 자리에서 그대로 얼어붙었다.

현영을 지켜보던 이들의 얼굴에 의아함이 어렸다. 단번에 방을 뛰쳐나갈 것처럼 기세 좋게 가 놓고서는 왜 갑자기 저리 멈춰 선다는 말인가? 방이 환기가 안 되어 문을 열러 간 것도 아닐진대.

"장로님, 왜 그러……. 아."

의아한 눈으로 현영에게 묻던 운암의 눈이 살짝 커졌다. 거친 걸음에 펄럭이던 현영의 장포가 가라앉으며 그 장포에 가려져 있던 무언가의 모습이 드러난 것이다.

현영보다 살짝 작아 충분히 그에게 가려지는 한 사람.

그건 바로 생글생글 웃고 있는 청명이었다. 불길한 예감이 엄습했다.

"처, 청명아. 너 여기서 뭘 하고 있는 게냐?"

운암이 더듬대며 묻자 청명의 웃음이 더욱 진해졌다.

"자세히 들어 보고 싶은데요. 사파인지 마적인지 하는 놈들. 아주…….'

그 순간, 웃음을 띠고 있던 청명의 눈빛에 묘한 광채가 감돌기 시작했다. 도무지 도사라고는 상상도 할 수 없는 사악한 기운이 말이다.

"자. 세. 히 말이죠."

"그러니까……."

청명이 거의 입에도 대지 않은 찻잔을 다탁에 내려놓고는 빙긋 미소를 지으며 말했다.

"그 마적 놈들이 마을 사람들을 위협한다 이거죠? 목에 칼을 들이밀면서 재물을 털어 가기까지 하고."

"네. 그렇……."

"아니, 아니지! 이미 많은 사람들이 그놈들 손에 유명을 달리하기까지 했다 이거죠?"

"…….''

"아니! 아니! 이거도 아니지! 그러니까 그 회를 쳐도 시원치 않을 놈들이! 지금 선량한 마을 사람들을 겁박하다 못해! 거기 있는 사람들 다 죽이겠다고 설쳐 대고 있다, 이거죠?"

청명은 목소리가 점점 커지더니, 이젠 숫제 불을 뿜을 듯했다. 기가 질린 방노가 슬금슬금 몸을 뒤로 뺐다.

그……. 저렇게 공감하고 화를 내 주는 게 참 고맙기는 한데……. 왜 이렇게 부담스러운 걸까?

"그럼 대체 뭘 고민하는 건데요? 당장 가서 그 마적인지 나발인지 하는 놈들의 대가리를 깨 버려야지!"

"아, 아니……."

"어딘데? 어디로 가면 되는데!"

"아이고! 이놈아!"

급기야 청명이 들썩거리며 당장 자리에서 일어나려고 하자, 옆에 있던 현영이 기겁하며 청명의 어깨를 잡아 눌렀다.

"진정! 진정 좀 해라!"

"지금 진정하게 생겼어요? 사파 새끼들이 날뛴다잖아요!"
"여기서 날뛰는 건 아니잖으냐!"
"여기서 날뛰었으면 벌써 몇 놈은 모가지 날아갔죠!"
그 광경을 보며 현종이 마른침을 꿀꺽 삼켰다. 저 눈 좀 보게……. 누구 하나 잡아먹겠네. 잡아먹어.
현영이 그를 가로막았을 때는 옳은 일을 하려는데 왜 저렇게까지 정색을 하고 사람을 막나 했는데, 입장이 바뀌어 자신보다 더 막 나가는 인간을 마주하고 보니 현영의 기분을 십분 이해할 수 있었다.
"크흠. 그, 청명아. 이게 그렇게 간단한 이야기가 아니다."
"장문인! 세상에서 이렇게 간단한 이야기가 어디에 있어요?"
청명이 살기등등한 표정으로 주먹을 말아 쥐며 덧붙였다.
"사파가 있다. 사파는 쳐 죽인다. 여기서 더 복잡할 게 있어요?"
"……혹시나 해서 묻는 건데. 본인이 도사라는 건 알고 있지?"
떨떠름한 표정을 짓던 현종이 묻자, 청명이 고개를 갸웃했다.
"벌써 치매가 오실 나이는 아닌 것 같은데."
"야, 인마!"
"뭐 그리 당연한 소리를 하세요. 당연히 저는 도사지."
그걸 아는 놈이……. 현종이 땅이 꺼져라 한숨을 푹 내쉬었다.
"그러니까……. 이게 그리 간단한 문제가 아니다. 우리는 지금 많은 이를 산문 밖으로 보낼 수가 없는 상황이다. 그런데 저들의 수가 적지 않다고 하지 않느냐."
현영이 못 일어나게 청명의 어깨를 누르고 있는 동안, 현종이 간곡하게 설명을 이어 갔다.
"이제 이해하겠느냐, 이게 그리 간단한 일이 아니라는 것을?"
청명이 팔짱을 낀 채 고개를 주억거렸다. 그 모습을 보고 현종이 안도의 한숨을 내쉬려는 찰나, 청명의 입이 열렸다.

"근데요."

"응?"

"종남은 했다면서요."

현종이 입을 꾹 다물었다. 여기서는 말을 잘 골라야 한다. 자칫 잘못했다가는 저놈의 광증이 또 도질 거라는 걸 본능적으로 알 수 있었다.

"그……. 종남과 우리는 사정이 좀 다르지 않으냐."

"종남은 했다는데요?"

"아니, 그러니까 종남은…….."

"종남은 했는데?"

아……. 이미 발작하고 있었구나. 그걸 몰랐네. 현종은 서글픈 마음으로 입을 다물었다.

쾅! 청명이 다시 다탁을 내리치며 전각이 떠나가라 소리쳤다.

"종남은 했잖아요! 종남은! 설마 그럼 우리가 종남 새끼들보다 못하다고 말씀하시는 건가요? 저 새끼들은 할 수 있는 걸 우리는 못 한다고?"

"누, 누가 그렇다더냐?"

"지금 말씀하시는 게 그거 같은데?"

청명의 눈빛이 살기로 번들거렸다. 그 모습에 자신도 모르게 움찔한 현종이 어떻게든 상황을 수습하려 애썼다.

"청명아. 내 말은 그러니까 그런 뜻이 아니라…….."

"그게 대체 무슨 말씀이십니까, 장문인? 저 같잖은 종남 새끼들도 하는 걸 화산이 못 한다니요. 무슨 그런 농담을 다 하세요."

"……누, 눈에 힘 좀 풀고 이야기하면 안 되겠니?"

그러다 눈알 튀어나올까 무섭다…….

"화산이랑 종남 중에 누가 더 대단한 문파입니까?"

"조, 종남?"

"……."

"아니, 화산! 그래, 화산이지! 당연히 화산이어야지! 아암!"

현종이 식은땀을 흘리며 외쳤다. 화산의 장문인으로서 당연히 가져야 할 마음가짐 같은 게 아니었다. 눈깔이 돌아간 범을 코앞에서 마주한 토끼가 필사적으로 발현한 생존 본능에 가까웠다.

"그렇죠! 당연하죠! 그런데 종남은 하는 일을 화산은 못 한다는 게 말이나 되는 소립니까? 그 새끼들이 했으면 당연히 우리도 해야지! 아니! 그 새끼들보다 배는 더 잘해야지! 배가 뭐야, 배가! 어디 종남 주제에! 아이고, 옛날 같았으면 진짜!"

"……너 스물도 안 됐어."

"누가 몰라요?"

모르는 것 같다니까……. 한 번씩 진짜 모르는 것 같다고. 그래서 그러지. 현종은 눈물이 차오르는 것을 참고 입을 다물었다. 미친놈을 무슨 수로 설득하겠는가.

씩씩대던 청명이 고개를 획 돌려 방노를 바라보았다. 그 시선에 방노가 움찔하고 목을 움츠렸다.

"노인장! 그 여양이란 데가 어디 붙어 있는데요? 호북? 광동?"

"예? 아, 여양은……."

방노가 이게 대체 무슨 질문인가 의아하다는 듯 제 자식의 얼굴을 흘끔 보고는 조심스레 대답했다.

"위치상으로는 일단 섬서에……."

"뭐요? 섬서? 섬서에 있다고요?"

"예. 그렇……."

그 순간, 청명의 눈알이 완전히 뒤집혔다. 정면에서 그걸 보고 만 방노가 오들오들 떨어 대기 시작했다. 지금 잘못 말한 것 같은데…….

"섬서어어어어어어어? 섬서에 마적이 날뛴다고? 호북도 하남도 아니고 섬서에?"

호북이나 하남에는 당연히 마적이 없지. 한가운데잖아.

"위치상으로는 감숙에 좀 더 가깝기는 합니다만……."

"어쨌든 간에 섬서라는 거잖아요?"

"그……렇지요."

청명의 고개가 현종에게로 휙 돌아갔다. 현종이 자신도 모르게 두 눈을 질끈 감았다.

"장문인. 들으셨어요? 섬서에 사파가 있다는데요?"

"청명아……. 사파는 원래 중원 전역 사해팔방에……."

"섬서에 사파가 있다니까요, 섬서에!"

한 번씩 의문이 든다. 저 새끼가 하는 걸 과연 대화라고 칭하는 게 맞을까? 말을 나누고 있는 건 분명하거늘, 왜 소통을 한다는 생각이 들지 않는 것일까.

"내가 다른 지역이었으면 말도 안 해요! 섬서가 어딥니까? 우리 구역 아닙니까!"

"……다른 지역이었어도 그렇게 말했을 거면서."

"예?"

"아니, 아니다."

현종이 포기하고 손을 휘휘 내저었다. 말해 무엇하겠는가? 속만 끓지.

"우리 구역에서 사파가 날뛰고 있다는데, 지금 여기서 태연하게 구경이나 하고 있는 게 말이나 됩니까? 당장 가서 그 새끼들 껍데기를 벗겨 버려야죠! 이런 모욕을 당했는데!"

"……모욕이라니. 우리가 언제?"

"당연히 모욕이죠! 이 새끼들이 섬서가 화산 거라는 걸 뻔히 알고 있는데도 대놓고 섬서에서 영업을 하잖아요! 문파까지 차려서! 사파 새끼들 주제에! 이게 우릴 무시하는 게 아니면 뭐예요! 안 그래요?"

"아니, 이놈아. 그건……."

순간 현종이 뭐라 말을 하려다 말고 입을 닫았다. 하마터면 사파 입장에서 그들을 비호할 뻔했다. 세상에, 화산의 장문인이 사파 편을 들다니. 이건 그가 모자란 것일까, 아니면 저놈이 사파보다 더한 새끼인 걸까.

"좀 비약이 있는 것 같긴 한데. 일단……. 그래. 틀린 말은 아니다만."

사파를 비호하느니 헛소리를 하는 게 낫다. 이건 정파의 장문인으로 살아가는 현종으로서는 어쩔 수 없는 선택이었다.

"그렇죠! 지금 우리가 사파 새끼들한테 모욕을 당한 거라니까요?"

"……그래. 그렇다고 치자. 그냥."

현종이 해탈하여 허허 웃음을 지었다. 어차피 말로는 못 이긴다. 논리가 있어야 받아쳐 보기라도 하지, 애초에 논리가 없는 이를 무슨 수로 이기겠는가. 이럴 때는 그냥 살살 비위를 맞춰 주면서…….

"그럼 바로 출발하죠."

"응?"

"결론 났는데 뭘 기다려요? 어차피 섬서라면서요. 가는 데 얼마 걸리지도 않겠는데."

문제는, 저놈의 성질머리가 너무 급한 나머지 달래려고 해도 달랠 시간이 부족하다는 점이다.

"어디 보자. 저녁 먹기 전에는 돌아올 수 있으려나."

"여양 멀어……."

"에이, 멀어 봐야 섬서죠. 제자가 금방 다녀오겠습니다."

현종이 현영을 바라보았다. 뭐라 말 좀 해 보라는 뜻이었다.

하지만 아까는 목에 핏대를 세워 가며 반대하던 현영도 이미 뭔가를 놓아 버렸는지 혼 빠진 얼굴로 천장을 바라보고 있을 뿐이었다. 현종은 눈을 다시 질끈 감았다가 입을 열었다.

"……청명아. 다시 말하지만 우린 지금 언제 다시 사파의 습격을 받을지 알 수 없는 상황이다. 본산을 비울 수가 없다는 거지."

"걔들 본거지가 귀주라면서요."

"그렇……지?"

"그럼 걔들이 지금부터 병력을 준비해서 보낸다고 해도 족히 보름은 걸려요. 그런데 무슨 습격을 걱정해요. 설마 그 새끼들이 여기로 오면서 다 죽어 나자빠질 거라 예상했겠어요? 지원 같은 건 생각도 안 했을걸요?"

"그건……."

아니겠지? 보통 그럴 수는 없지. 사실.

"그리고 온다고 해도 마찬가지예요. 멀리서 올 사파 놈이 무서워서 가까이 있는 사파를 내버려두면, 세상 누가 화산을 믿어 주겠어요."

이 말에는 난감해하던 현종도 동의하지 않을 수 없었다. 지금까지는 농으로 한 말이라 쳐도, 청명의 이 말만은 농담으로 생각할 수 없었다. 이 말은 화산이 가야 할 길. 그 본질에 닿아 있는 발언이었기 때문이다.

"네 말이 옳다. 하지만 장문인으로서 나는 모든 상황을 고려하지 않을 수 없구나. 너무 위험한 일이다."

"그럼 그냥 저 혼자 다녀와도 돼요."

"그건 안 될 일이지."

"괜찮……."

"아암. 안 될 일이지. 그것만은 절대 안 될 일이지. 저얼대로 그것만은! 절대 그것만은 안 될 일이야!"

그 순간, 현종의 몸에서 무시무시한 패기가 흘러나오기 시작했다. 제 목에 칼이 들어와도 네놈 혼자 보내지는 않겠다는 듯이.

그 굳건한 의지를 확인한 청명이 쩝 입맛을 다셨다.

"여하튼, 그럼 가긴 가는 거죠?"

"끄응. 재경각주. 어찌 생각하는가?"

영혼이 나가 있던 현영이 슬쩍 청명을 보고는 턱을 벅벅 긁었다.

"뭐……. 애가 생각이 있겠지요."

"그 말은……."

"안 될 일을 된다고 우길 아이는 아니니까."

현종이 말문이 턱 막혀 멍한 눈으로 현영을 바라보았다. 바늘 하나 들어가지 않을 듯한 표정으로 막을 땐 언제고, 지금은 그저 태평스러웠다.

"왜요?"

"너 조금 전에는 분명……."

"장문인이랑 청명이가 같습니까?"

이상하지 않은데 이상한 말이다. 보통은 반대로 쓰는 말인 거 같은데…….

"같은 일도 사람 따라 달라지는 게 당연한 거지. 뭐 그리 뻔한 걸 따지고 계십니까?"

현영이 눈을 부라리며 하는 말에 현종의 어깨가 축 늘어졌다.

"위험할 수도 있다며."

"다 생각이 있겠지요."

"청명이 녀석이 아니라 다른 애들이 위험할 수도 있다면서……."

"거참. 제가 키운 놈들 제 마음대로 써먹겠다는데, 옆에서 구경이나 한 양반들이 뭔 이래라 저래라 말을 합니까? 그냥 어련히 잘하겠거니 하면 되지! 뭘 도와줬다고!"

"……."

"그냥 시키는 대로 하십시오. 시키는 대로!"

현종의 눈가에 작은 이슬이 맺혔다. 이게 대화산파 장문인의 취급이었다.

방 안이 침묵으로 물들기 시작하자, 안절부절 어찌할 바를 모르던 방노가 슬그머니 눈치를 보며 넌지시 입을 열었다.

"그래서 그……. 결론이……?"

"해결해 드릴게요."

대답은 현종이 아니라 청명에게서 나왔지만, 노인에게 누가 대답했는지는 딱히 중요한 게 아니었다.

"저, 정말이십니까?"

방노의 눈에 감격의 눈물이 글썽이기 시작했다.

"정말……. 정말 감사합니다! 정말!"

기쁨과 감동이 넘쳐 나는 얼굴로 방노가 현종의 손을 덥석 잡는다.

"이리 흔쾌히 저희 마을을 도와주셔서 너무 감사드립니다. 그것만으로도 감읍할 일인데, 대가도 받지 않으신다니 이 은혜를 대체 어찌 갚아야 할지……."

"아. 그거 말인데요."

청명이 문득 생각났다는 듯 끼어들어 말했다. 어느새 현종의 손을 잡고 있는 방노의 어깨를 붙잡고 있었다.

"그……. 재물이 뭐 금원보도 아닐 테고, 멀리서 힘들게 가져오셨을 텐데. 그걸 다시 마을까지 가져가려면 품도 이만저만 드는 게 아닐 거고."

"그야……."

"빨리 가야 하는데, 그 무거운 걸 가지고 돌아가면 시간도 더 걸리고, 여하튼 예?"

모두 차마 뭐라 말도 못 하고 입을 딱 벌린 채 청명만 바라보았다.

"옛말에 사람의 성의를 거절하는 건 그 사람의 성의를 무시하는 거라는 격언도 있고."

가만히 듣고 있던 현상이 미심쩍은 표정으로 흘끔 현영을 바라보았다.

'그런 격언이 있어?'

그러자 현영이 미소를 지었다. 알 게 뭔가. 그냥 있나 보다 하면 되지.

"그러니까 그건 그냥 냅두시면 저희가 알아서 화산으로 올릴게요. 헤헤. 그래야 노인장의 마음도 편하실 테니까요. 그렇죠?"

"어어……."

"그렇죠? 헤헤."

방노가 힘없이 끄덕였다. 그러자 청명이 입을 쭈욱 찢으며 웃었다.

"안 그래도 속 터졌는데 잘됐다. 사파 새끼들 다 모가지를 쳐 버려야지. 장강에서 뺨 맞고 황하 가서 화풀이하는 격이기는 한데, 어쨌든 화풀이만 하면 되니까."

"……."

"그럼, 장문인. 저는 일단 내려가서 가져오신 거 확인부터 해 볼게요. 그게 예의니까."

"자, 잠시……."

"바쁘다. 바빠."

청명이 후다닥 달려 방 밖으로 뛰쳐나갔다. 그 모습을 멍하니 바라보고 있던 이들의 눈에 짙은 허무가 차올랐다.

"끄응."

현종의 입에서 앓는 소리가 흘러나왔다.

하지만 그 멍한 분위기 속, 여양에서 온 이들의 눈에는 짙은 불안감이 감돌고 있었다.

"어딜 간다고요?"

"여양이라는 것 같던데."

백천이 조금 전에 운암에게 전해 들은 이야기를 다른 이들에게 전달했다. 그 이야기를 모두 들은 조걸의 얼굴이 사정없이 구겨졌다.

예전에도 그들에게 사파란 반드시 물리쳐야 할 적이었다. 하지만 그 적대감은 분명 모호한 영역에 머물고 있었다. 머리로는 알지만, 피부로 느끼지 못했다는 말이 가장 적절할 것이다.

하지만 지금은? 이제는 경우가 전혀 달랐다.

"이 망할 사파 새끼들이, 섬서가 어디라고."

만인방이 습격을 해 오고, 화산이 직접 사파에게 피해를 본 순간부터 그 모호했던 적대감이 실질적인 증오심으로 뒤바뀌었다.

화산은 힘이 있었기에 그들의 패악에도 버틸 수 있었다.

하지만 힘이 없는 이들은? 그들에게 저항할 힘이 부족한 이들은 어떻겠는가? 어쩌면 여양뿐만이 아니라 세상 곳곳에서 비슷한 일들이 벌어지고 있을지 모른다. 그동안은 그들이 몰랐을 뿐.

"가야겠네요."

"가야죠."

자리에 모인 이들의 고개가 동시에 끄덕여졌다.

"그런데 얼마나 갑니까?"

"응? 많이 갈수록 좋은 거 아냐?"

"에이, 사형. 이번에 제자들을 서안으로 많이 내려보냈다가 본산 날아갈 뻔한 걸 벌써 잊으셨습니까?"

"……그렇긴 한데."

"아직도 생각만으로 아찔합니다. 그런데 많이라니요. 아마 장로님들이 절대 허락 안 하실걸요? 위험하다고."

윤종이 일리가 있다는 듯 고개를 끄덕였다.

"사숙께서는 어찌 생각하십니까?"

백천이 턱을 두어 번 긁어 대고는 산 아래를 바라보았다.

"글쎄. 그걸 결정하는 건 장문인이나, 장로님들이 아닐 것 같은데."

"아……."

"그래서 이 새끼는 지금 어디 있냐? 아까 전까지 청승 떨던 처마에서는 안 보이는 것 같던데."

"아까 백상 사숙 끌고 산 아래로 가던데요."

"산 아래에? 왜?"

"글쎄요. 전들 알겠습니까."

백천의 표정에 의아함과 불안함이 동시에 떠올랐다.

화음에서 화산으로 향하는 길목. 보통은 입산로(入山路)라 부르는 곳에 여러 대의 수레가 자리하고 있었다.

"흐ㅇㅇㅇㅇ음."

그 수레를 바라보는 청명의 눈이 삐딱하게 가늘어졌다.

"이게 뭔데?"

"일단은 그냥 한번 살펴봐. 얼마나 될까, 이게?"

어리둥절해하며 청명의 옆에 서 있던 백상은 그의 턱짓에 수레를 덮은 천을 슬쩍 젖혀 보았다. 그리고는 안에 있는 내용물을 확인하자마자 눈을 찌푸렸다.

"가치를 매겨 보라고? 이건 쌀도 아니고, 보리랑 조 같은데……."

백상이 다른 자루들도 하나씩 들춰 보았다. 자루에는 모두 그저 값싼 잡곡과 빈말로도 질이 좋다고 말할 수 없는 채소들만 가득했다.

"음. 여기 손으로 만든 장신구 같은 것들은 그나마 좀 괜찮은데……. 그것도 개중에 괜찮다는 거지, 큰돈 받기는 어렵겠어."

"그래?"

"전낭도 몇 개 있는데……. 은편도 아니고 동전이라. 이건 뭐 무게만 나가지."

수레에 실린 큰 자루는 물론, 몇 개 되지 않는 전낭까지 대부분 열어본 백상이 어깨를 으쓱했다. 청명은 알쏭달쏭한 표정을 짓고 있었다.

"그래서 이게 다 뭔데?"

"화산에 선물로 들어온 거."

"선물? 이게?"

백상이 얼굴을 와락 일그러뜨린다. 워낙 인력이 없어 재경각의 일을 그가 반쯤 도맡고 있기에 화산의 자금 사정은 누구보다 잘 알고 있었다.

그가 알기로 큰 승리를 거두었던 예전 화종지회 이래로 이런 값싼 물건들을 선물이라며 보내온 이들은 존재하지 않았다.

백상이 골치가 아프다는 듯 수레를 훑어보았다.

"끄응. 이런 건 오히려 처치 곤란인데."

"왜? 먹으면 될 것 같은데."

"이게 다 너 때문이잖아."

"엥?"

"수련하려면 잘 먹여야 한다고 해서 좋은 것만 먹였더니, 이놈들이 요새 입이 고급이 돼서 이런 건 잘 안 먹으려고 하더라."

그건 생각 못 했네. 청명이 뒷머리를 긁적였다. 한숨을 내쉰 백상이 고개를 절레절레 저으며 잡곡 자루를 들어 올렸다.

"별수 있나. 그냥 적당한 데 가져다 팔아야지. 얼마 쳐주지는 않겠지만, 이걸 괜히 산 위로 올리는 데 품이 더 들 테니까."

백상이 자루를 내려놓고 수레를 슬며시 잡으려 할 때였다. 손가락으로 제 턱을 톡톡 두드리던 청명이 불쑥 물었다.

"사숙, 혹시 종남이 이만한 재물을 받고 일을 해 주기도 할까?"

"종남이? 어림도 없는 소리지."

백상이 그게 무슨 말도 안 되는 소리냐는 듯이 눈을 찌푸렸다.

"다들 쉬쉬하는 일이지만, 명문이라는 놈들이 대신 일을 처리해 주며 받는 대가는 어느 정도 가격대가 정해져 있다. 이 정도면 종남은커녕 어디 흔한 중소 문파에도 의뢰가 불가능하다."

"그래?"

청명이 먼 하늘을 바라보았다. 노인이 그에게 거짓말을 했을 가능성? 물론 있겠지. 하지만 그런 건 아닐 거다. 그러니까 아마도 이 재물들은, 그 사파 놈들한테 이미 털릴 만큼 털린 마을에서 그나마 가진 모든 것을 모아 온 물건들이라 봐야 한다.

있는 그대로 사실을 말할 수도 없었겠지. 모아 온 재물들이 부탁의 대가로는 턱없이 적다고는 말이다. 그랬다가는 단번에 내쫓길지도 모른다고 생각했을 테니까.

청명과의 대화에서 대충 감을 잡은 백상의 미간이 좁아졌다.

"설마…… 이게 의뢰비냐?"

"응."

"허……. 무슨 의뢴데? 짐 옮기는데 호위라도 해 달라더냐? 이런 걸 대가라고 가져올 사람들이면 옮길 짐도 대단치 않을 것 같은데."

"마적이랑 싸워 달라네."

굳이 청명에게 자세한 얘기를 듣지 않아도 무슨 상황일지 뻔히 이해가 갔다. 잡곡과 값싼 장신구, 몇 푼의 동전뿐인 수레와 마적 퇴치 의뢰라니. 아이고, 머리야. 백상이 한숨을 푹푹 내쉬었다.

"그래서, 어떻게 할 거냐? 바로 상단에 가져갈까?"

"아니? 올려야지."

"엥? 이걸?"

백상이 의아해하며 물었지만, 청명은 당연하다는 듯 고개를 끄덕였다.

"이걸 가져가서 뭘 어쩌려고? 이건……."

"아까도 말했지만, 사숙. 이건 선물이야."

"……아니, 그건 나도 들었지."

"진짜 선물."

그 말에 백상이 입을 닫았다. 그러니까 저 말은 이 곡식들이 '선물'이라는 이름을 가장해 화산에 바치는 뇌물이 아니라, 정말 말 그대로 간절히 부탁하는 마음으로 건넨 선물이라는 의미다.

"이게 저들이 가진 전부라는 이야기냐?"

"전부는 아니겠지만……. 거의 전부겠지. 이 이상 가져오면 겨울을 날 수 없을 만큼."

백상의 입에서 다시 깊은 한숨이 흘러나왔다.

"하아……. 그럼 가지고 올라가야겠네."

청명이 가볍게 고개를 끄덕였다.

"그렇지. 선물은 잘 먹어 주는 게 예의니까."

다시금 백상의 시선이 수레로 향했다. 그가 아무리 세상을 숫자로 봐야 하는 재경각의 실세라지만, 제 살을 깎아 가며 전하는 물건의 가치를 그저 숫자로만 재단할 순 없었다.

"그래, 네 말대로 이런 건 잘 먹어 주는 게 예의……. 응? 잠깐만."

순간, 중얼거리던 백상의 얼굴이 흙빛으로 물들었다.

"……그러니까 이걸 다 산 위로 옮기자고?"

"응."

"너랑 나 둘이서?"

"에이. 설마 그럴 리가 있겠어?"

"하핫. 그렇지?"

그제야 백상의 안색이 환하게 폈다. 낡긴 했지만 커다란 수레가 네 대나 된다. 거기에 실린 잡곡만 해도 그 양이 만만찮을 터. 청명이 놈이야 몰라도 백상이 이걸 산 위로 옮기려면 허리가 부러지고도 남을 것이다. 당연히 사람을 더 불러야…….

"사숙, 나는 지금 은하상단에 잠깐 들러야 되거든?"

"……어?"

"그럼 잘 부탁해. 오늘 저녁 식사에 이게 나와야 하니, 서둘러 주고."

붙잡을 새도 없이 청명이 손을 휘휘 흔들고는 빠르게 멀어져 갔다.

"자, 잠깐! 청명아! 청명아! 야, 이 새끼야아아아아아!"

어느새 저 멀리 사라져 버린 청명의 모습을 뒤쫓던 백상이 멍한 눈으로 제 앞에 놓인 수레들을 바라보았다.

"……썩을."

여하튼 저놈이랑 얽히면 언제고 이 꼴이다.

"아니, 이게 뭡니까? 밥상에 꽃 피겠네. 아주 파릇파릇하네요."
제 앞에 차려진 음식들을 본 조걸이 얼굴을 와락 일그러뜨렸다.
"아직 저번 전투의 부상에서 다 낫지 않은 환자들도 있는데, 잘 먹여야 할 것 아닙니까."
"그냥 네가 풀이 싫은 건 아니고?"
"아우! 사형, 뭔 말을 그렇게 하십니까? 제가 그렇게 제 생각만 하는 놈으로 보이십니까?"
"어."
"응."
"그래."
"아미타불."
"……다른 사람들한테는 안 물어봤어요."
조걸이 젓가락으로 제 밥그릇을 툭툭 치며 말했다.
"찬이야 그렇다 치고, 밥이라도 잘 먹여야 할 것 아닙니까. 이거 피랑 조랑 대충 섞은 거 같은데. 이거 먹고 수련을 어떻게 합니까? 장문인께서 어디 좋은 산 보셔서 새로 전각 짓고 본산이라도 옮기신……."
따악. 윤종의 손이 사정없이 조걸의 뒤통수를 후려쳤다.
"여하튼 매를 벌어요."
혜연이 그런 조걸을 보며 빙그레 웃었다.
"아미타불. 제 눈에는 괜찮아 보입니다만. 오늘은 찬도 다양하고."
"아니! 스님은 스님이니까 그런 거잖아요! 그리고 뭐, 저만 그럽니까? 지금 다들 얼굴에 불만이 가득가득한데?"
아닌 게 아니라, 다른 제자들의 표정도 조걸과 크게 다르지 않았다. 갑자기 영 질이 나빠진 밥상을 받아 든 이들의 얼굴이 고울 리가 없었다.

물론 잘 먹겠다고 화산에 입산한 것은 아니지만, 얼마 전 목숨을 건 전투까지 치른 이들이 아니던가.

불만으로 가득한 제자들의 얼굴을 훑어보던 백천이 담담히 입을 열었다.

"아까 이야기했던 여양 사람들 있지?"

"예. 그, 마적들에게 시달린다는 분들이요?"

"그분들께서 잘 부탁한다고 가져오신 곡식이란다."

투덜거리던 조걸이 슬며시 입을 닫았다. 다들 듣고 있던 건지, 소란스럽던 식당이 쥐 죽은 듯 조용해졌다.

"너희도 대충 보았겠지만, 화산에 오신 분들이 몇 분 되지 않는다. 그분들이 그 먼 곳에서 여기까지 천 리에 가까운 거리를 무거운 수레를 끌고 오신 거다. 그것도 마적 놈들에게 강탈당하고 겨우 남은 곡식들을 하나라도 더 담아서."

백천의 말이 이어질수록 조걸의 얼굴이 딱딱하게 굳었다.

"물론 입에 안 맞을 수도 있다. 마음이 담겼다고 조가 쌀이 되는 건 아니니까. 갑자기 맛있어지는 것도 아니고."

어느새 젓가락을 탁 내려놓은 백천의 시선이 제 앞에 놓인 음식들에 향했다.

"하지만……. 내 눈에는 이 곡식들이 하찮아 보이지는 않는구나."

모두가 숙연한 얼굴로 제 앞에 놓인 음식들을 바라보던 그때. 윤종이 말없이 젓가락을 들어 밥을 먹기 시작했다.

그러자 조걸이 지지 않겠다는 듯 제 젓가락을 낚아채더니 단숨에 음식들을 입안에 우걱우걱 욱여넣기 시작했다. 그러고는 채 씹지도 않은 음식을 입안에 담고 소리쳤다.

"오늘 밥 남기는 새끼들은 내 손에 뒈질 줄 알아!"

"지금 나한테 한 말이냐?"

"사, 삼대제자만! 삼대제자만요. 사숙들은 알아서 드시고."

금방 깨갱 한 조걸이 목을 움츠리고는 다시 밥을 입안으로 퍼 넣기 시작했다.

다른 제자들도 빠르게 음식을 먹었다. 몇 마디 말도 없었다. 아무리 피곤하고 힘들어도 늘 왁자지껄한 게 화산 식당의 분위기였지만, 오늘만큼은 다들 진지하게 앞에 놓인 것들을 먹어 치울 뿐이었다. 마치 이 음식을 먹으면서 다른 이야기를 하는 것 자체가 불경하다는 듯이.

우걱우걱. 그렇게 화산의 식당에 한동안 밥 먹는 소리만이 고요히 울려 퍼졌다.

"밥 더 가져와! 내가 다 먹어 버릴 테니까."

유독 소란스러운 한 놈만 빼고.

• ❖ •

"괜찮을까요?"

화산의 객당으로 자리를 옮긴 여양 사람들이 불안한 얼굴로 서로를 마주 보았다. 객당이라니……. 말 그대로 손님들에게 내어 주는 방이 아니던가.

게다가 화산의 객당은 그들이 생각했던 것보다 무척 근사했다. 아니, 정확하게 말하자면 숙소라며 안내해 준 곳이 그들의 생각보다 무척 크고 고급스러워 보였다. 단순히 작은 방 몇 개가 아니라, 일행 전체가 묵을 수 있을 만큼 넓은 건물을 통째로 내어 준 것이다. 당연히 마을로 내려가 묵게 될 줄 알았는데.

"이런 대접을 받는 게 처음이라 당황스럽습니다."

"나도 그렇구나. 종남에서는 기껏해야 반 시진 정도 장로 얼굴을 본 게 다였는데."

사실은 그들이 마주했던 이가 장로였는지조차 확실치 않다. 자신의 신분을 이야기해 주지 않았으니까. 그저 나이가 꽤 있는 듯했으니 장로였겠거니 한 것뿐이다.

그런데 장문인을 직접 대면한 것도 모자라, 손님이라고 이리 근사한 방까지 안내받다니. 어안이 벙벙하다 못해 두려움이 엄습할 정도였다.

객당 중앙의 마루에 모인 이들이 얼떨떨한 얼굴로 서로를 돌아보았다.

"우리 같은 무지렁이한테……."

"무지렁이라니요. 우리가 왜 무지렁이입니까?"

"쯧쯧. 아서라. 자존심도 부릴 때 부려야 하는 법이다."

아들놈이 얼굴을 붉혔지만, 방노는 그저 혀를 찰 뿐이었다. 검을 쓴다는 이들이 얼마나 고고하고 자존심 높은지 모른단 말인가. 원래라면 감히 이런 대접을 받을 수 있을 리 없었다. 그 사실은 종남이 이미 증명하지 않았던가.

"확실히 화산은 종남이랑 다릅니다."

"그런 것 같구먼. 아무래도 종남만큼 대단한 문파는 아니니……."

"어허! 무슨 그런 말을 함부로 하는가? 듣자 하니 최근 섬서에서는 종남보다 화산이 훨씬 더 알아준다고 하네."

"에이, 말이 그렇지. 설마 그렇게까지야."

"이 늙은 놈 보게? 내가 그럼 거짓말을 한다는 건가?"

"아니, 너무 과장되었다 이 말일세. 아무리 그래도 그렇지, 섬서의 지배자인 종남보다 잘나간다는 게 말이나 되는 소린가?"

"그럼 종남이 왜 봉문을 했나? 그렇게 잘나가는데 왜 봉문을 했어? 어디 말해 봐!"

"그만! 그만!"

일행들의 다툼이 커지려 하자 방노가 목소리를 높였다.

"이게 무슨 추태야! 여기가 화산이라는 걸 잊은 겐가?"

"죄송합니다……."

어처구니없다는 표정으로 혀를 찬 방노가 입을 다물고 열을 식히는 이를 바라보았다.

'도착하기 전까지만 해도 이게 의미가 있는 일이냐 의심하더니만.'

아까 가장 열을 내며 화산을 비호하고 나선 여중산은 이곳으로 오는 내내 종남도 아닌 화산에게 빌어 봐야 무슨 소용이 있겠냐고 투덜댔었다. 그런데 지금은 목에 핏대를 세워 가며 화산의 편을 들고 있다.

'사람의 마음을 얻는 건 그리 어려운 일이 아니라 하더니.'

방노도 말로만 들었지, 이런 경우를 눈으로 본 것은 처음이었다.

"대접을 받으면 받는 만큼 우리도 예의를 차려야 하는 법이야. 소란을 만들지 말게나."

"명심하겠습니다."

몇 번의 헛기침이 흘러나오고서야 분위기가 조금 진정되었다.

"그보다 말입니다. 이렇게 그냥 있어도 될까요?"

"음? 그건 또 무슨 소리냐?"

방영이 불안한 얼굴로 말하자 다른 이들이 맞장구를 쳤다.

"저도 좀 불안하긴 했습니다."

"맞습니다. 확실한 대답을 들은 것도 아니잖습니까?"

"그게 무슨 소린가? 아까 분명 도와주겠다고 하지 않았는가."

"그건 그냥 어린 제자가 한 말 아닙니까? 장문인께서는 그런 말을 하지 않으셨습니다."

그 말에 방노의 얼굴이 살짝 핼쑥해졌다. 생각해 보니 이들의 말이 틀리지 않았다. 화산의 장문인인 현종은 그들에게 가타부타 정확히 말을 해 주지 않았다.

이건 명백히 방노의 실수였다. 아무리 촌극 같은 일이 눈앞에서 펼쳐져 당황했다 한들, 제대로 확언을 받았어야 하는 건데.

"세상 어디에 어린놈이 결정하고 어른이 따라가는 경우가 있습니까?"

"……그렇긴 하지."

"게다가 화산은 도관 아닙니까, 도관! 도를 닦는 사람들끼리는 그 법도가 엄격하기 짝이 없다던데, 아직 머리에 피도 안 마른 삼대제자가 주절대는 말대로 일이 진행된다는 게 말이나 됩니까? 그냥 어린 녀석이 재롱을 떠니 귀엽다고 봐준 거겠지요."

듣자 하니 그것도 틀린 말은 아니었다.

"아무리 우리가 별것 아닌 놈들이라지만 그래도 외인인데, 외인 앞에서 장문인이 괄시를 받고 어린놈이 난장을 피우는 꼴이라니. 그게 정말 벌어질 수 있는 일이겠습니까?"

"하지만 벌어졌지 않은가?"

"그게 다 그냥 장난일지도 모른다는 거지요. 제 말은."

"장난이라니, 이 사람아."

"그만큼이나 황당하다는 겁니다. 어디 그 광경대로 흘러가는 건 말이 됩니까?"

그 말 역시 반박하기가 어려웠다.

"그……. 그 어린 제자가 화산에서 무척 중요한 인물일 수도 있지 않은가. 듣자 하니 화산에 무척 유명한 신진 고수가 있다 하던데."

"아이고, 촌장님."

그럴 리가 있겠냐는 눈빛이 돌아왔다. 방노가 한숨을 푹 내쉬었다. 이게 말도 안 되는 소리라는 건 그가 더 잘 알기 때문이다.

신진 고수가 제아무리 대단하다 한들, 한 문파의 수장인 장문인보다 목소리가 클 수 있겠는가. 그런 위아래도 없는 문파가 섬서 전체에 명성을 떨칠 수 있을 리가 없었다.

"그리고…… 그 말이 맞다고 해도 문제입니다."

"음? 그건 또 무슨 말이냐?"

"보셨잖습니까? 그 어린 제자가 눈이 시뻘게져서 저희가 가져온 물건들을 확인하러 가는 걸."

"아……."

"그 얼굴 기억하십니까? 욕심이 그득그득한?"

그 말에 모두의 뇌리에 청명의 얼굴이 떠올랐다. 탐욕이라는 두 글자를 정성 들여 빚어낸 것 같은 그 얼굴이. 암담함에 방노의 얼굴이 급격하게 어두워졌다.

"보아하니 딱히 청렴한 사람 같지는 않던데……. 저희가 가져온 물건들을 보면 뭐라 생각하겠습니까?"

"어쩔 수 없지 않았느냐? 우리라고……."

"예. 저희가 할 수 있는 최선이었지요. 하지만 어디 저들이 그런 사정을 고려해 주겠습니까?"

모두의 입에서 한숨이 푹 하고 새어 나왔다. 목에 칼을 들이밀고 겁박하는 놈들의 손아귀에서 벗어나기 위해서는 우선 내어 줄 수 있는 것을 모두 내어 줄 수밖에 없었다. 그러다 보니 남은 것을 탈탈 털었다고 해봐야 어디 내어놓기 민망한 물품들만 남아 있었다.

그조차도 그들에게는 더없이 소중한 양식이지만, 어디 이들에게도 그렇겠는가? 보아하니 문파에 돈이 없는 것도 아닌 듯한데.

"이래서 수레를 확인하기 전에 확답부터 받았어야 하는 건데."

"이러면 수레를 두고 산을 오른 의미가 없지 않습니까……."

얄팍한 수작이란 건 알고 있다. 냉정하게 말하자면 화산의 사람들을 작정하고 속이려 든 것이나 다름없었다.

하지만 이들에게는 다른 방법이 없었다. 거절당하는 순간 그들뿐 아니라 마을 사람 모두의 목숨이 위험하다. 옳고 그름을 따질 때가 아니었다.

"오늘이야 아직 상황 파악이 덜 됐으니 잘 대해 줄 수도 있지만, 당장 내일부턴 이들이 어찌 나올지 걱정입니다."

"설마 그렇기야 하겠느냐? 장문인께선 참 사람 좋아 보이시던데."

"이만한 문파의 수장입니다. 어디 사람 좋은 것만으로 그런 자리에 오르겠습니까?"

"그도 그렇다만……."

일행의 말을 들으면 들을수록 방노의 얼굴이 점점 더 불안해졌다. 만약 화산이 그들을 내치기라도 한다면, 이제는 더 이상 방법이 없다. 그 무도한 마적 놈들의 손에 처참히 짓밟히는 것 말고는.

"어쩝니까?"

누군가의 물음에 방노가 침울한 얼굴로 대답했다.

"어쩌긴. 바짓가랑이라도 물고 늘어져야지. 그래도 도사라는 분들이 어디 죄 없는 사람들 다 죽으라고 모른 체하실 리야 있겠느냐?"

대책이라고 할 수도 없는 말이다. 하지만 누구도 그 말에 반박하지 않았다. 그럴싸하다고 생각해서가 아니다. 그들에게 더는 다른 방법이 없다는 것을 알기 때문이었다. 할 수 있는 것이라고는 답답한 한숨을 내쉬는 것뿐이었다.

그런데 그때, 갑자기 방 밖에서 누군가의 목소리가 들려왔다.

"안에 계세요?"

"예! 이, 있습니다!"

그 소리에 몇몇이 문으로 후다닥 달려갔다.

"무슨 일이십니까……. 이, 이게 다 뭡니까?"

문을 연 이들은 바로 앞에 서 있던 어린 제자의 모습에 첫째, 그 손에 들린 호화로운 음식들에 둘째로 놀랐다.

"밥이요."

"밥이라니요?"

"밥 모르세요, 밥?"

그 말에 할 말을 잃은 이들이 어린 제자의 손에 들린 접시들을 보았다.

단순한 식사라기에는 너무 호화로운 요리들이었다. 더구나 저 손에 들린 게 전부가 아니다. 어린 제자가 끌고 온 작은 수레에 접시에 담긴 음식들이 그득그득 실려 있었다.

"아이고오. 팔 떨어지겠네. 좀 받아 주고 그러면 참 좋을 텐데."

"내, 내 정신 좀 보게."

놀란 이들이 재빨리 청명의 손에 들린 접시들을 받아 들었다. 그러자 청명이 접시에 담긴 음식들을 들고 안으로 나르기 시작했다. 중앙의 커다란 식탁이 이내 수많은 음식으로 가득 차기 시작했다.

"그러니까, 그……."

저 어린 제자를 뭐라 불러야 할지 잠시 고민하던 방노가 이내 다시 입을 열었다.

"소도장. 이게 대체 다 무엇입니까?"

"아, 거참, 식사라니까 자꾸 물으시네."

"이게 다 말입니까?"

방노가 놀라 눈을 휘둥그레 떴다. 음식의 가짓수도 가짓수지만, 그 고급스러움이 아무리 봐도 산중의 주방에서 만들어 낼 수 있는 음식들이 아니었다. 요리 실력이 문제가 아니다. 단체로 밥을 먹이는 도관에서 이렇게 다양한 재료를 구비할 이유가 어디에 있단 말인가. 그렇다는 건, 이 음식들은 모두 아래에 있는 마을에서 날라 온 게 틀림없었다.

"저, 저희를 위해? 이걸 날라 오셨다는 말입니까?"

"그게 아니고."

청명이 얼굴을 와락 일그러뜨리며 투덜거리기 시작했다.

"기껏 마을 아래로 내려간 김에 객잔에서 음식을 싸 왔는데, 이놈들이 오늘따라 뭔 바람이 불었는지, 밥을 돼지같이 퍼먹고 다들 올챙이 배가 되어서 드러누워 있잖아요!"

"그게 무슨……."

"먹으라고 해도 죽으면 죽었지 더는 안 들어간다는데 뭘 어떻게 해요. 버릴 수도 없고. 그래서 가져왔죠. 여긴 아직 식사를 안 하셨다니까."

"……."

"뭐, 잘된 거죠. 화산에 오셨으니, 화음에서 만든 음식도 한번 먹어 봐야지! 그래야 마땅하지 않겠어요?"

황당하다는 건 이럴 때를 위해 준비된 말일 것이다.

"그러니까 뭐. 같이 먹죠. 이왕 이리된 거."

청명이 씨익 하고 웃자, 나이가 지긋한 이들이 그 너스레에 따라서 허허 웃었다. 저 악의 없는 웃음이 왠지 그들의 마음을 흔든 것이다.

하지만 젊음이 남아 있는 이의 눈에는 그리 보이지 않는 모양이었다.

"적당히 하십시오!"

제 아들, 방영이 얼굴을 붉히며 크게 소리를 지르는 모습을 본 방노가 눈을 끔뻑였다.

"무, 무슨 짓이냐, 이놈아! 소도장께서 이리 신경을 써 주셨거늘!"

"신경이라니요! 이게 무슨 신경입니까? 대놓고 하는 조롱이지!"

"……뭐?"

"마을로 내려가셨다면, 저희가 가져온 것도 확인하셨겠지요, 소도장."

"네, 뭐."

"그런데 우리에게 되레 비싼 음식을 먹인다는 게 말이 되는 소립니까?"

노인들의 얼굴이 살짝 굳었다. 방영의 말을 듣고서야 돌아가는 상황을 이해한 것이다. 보잘것없는 것을 선물이라고 들고 온 이들에게, 이리도 좋은 음식을 대접하는 이유가 무엇일까. 화산은 이렇게 풍족하니 그런 것들은 선물로 받아들일 수 없다는 완곡한 거절일지도 모른다.

"하찮더이까?"

"이놈아!"

"하찮을 수도 있겠지요. 고작 그런 걸 들고 와 부탁이니 뭐니 하며 염치없이 얼굴을 들이민 우리가 괘씸할 수도 있습니다. 하지만 그렇다고 이런 식으로 사람을 조롱해 대는 것이 화산의 방식입니까?"

"진정하게, 이 사람아."

음식에 담긴 뜻이야 어찌 됐건, 화산 제자에게 무례를 저지를 수는 없었다. 노인들이 황급히 방영을 말리려 했지만, 방영의 얼굴은 더욱 달아오르기만 했다. 어쩌면 그건 부끄러움이 아니라 자괴감일지도 몰랐다.

"압니다! 알아요! 우리가 무리한 부탁을 하고 있다는 것을. 그렇다면 차라리 화를 내고 내쫓으시지 그러셨습니까! 이리 사람을 가지고 놀지 마시고!"

청명이 말없이 소리치는 방영을 바라보았다.

"하고자 하는 게 있는데……. 해야 하는 일이 있는데! 제힘으로는 할 수 없어 그저 빌고 또 빌 수밖에 없는 사람들의 심정을 이해나 하십니까? 이런 곳에서 편히 살아온 소도장이 짐작이나 하시냐 이 말입니다."

"닥쳐라! 이놈아, 이게 무슨 망발이냐!"

제 아비가 크게 화를 내고서야 방영이 입을 다물었다. 하지만 그럼에도 울분이 풀리지 않는지 제 얼굴을 움켜잡았다. 거친 숨을 몰아쉬는 소리가 침묵에 잠긴 방을 들썩였다.

"제가 대신 사과드리겠습니다. 원래 이런 녀석이 아닌데……."

"……아요."

"예?"

무표정하게 방영을 바라보던 청명이 일순 안색을 바꿔 방긋 웃었다.

"워. 깜짝 놀랐네. 아니, 왜 화를 내고 그래요? 받았으니까 돌려주는 건데. 그게 뭐 대단한 거라고 조롱이니 뭐니. 거, 성격 엄청 꼬이셨네."

방영이 얼이 빠진 얼굴로 청명을 바라보았다. 무례하게 느낄 수 있는 말을 쏟아 냈는데도, 청명의 표정은 그 어떤 악의도 찾아볼 수 없이 태연했다.

어깨를 으쓱해 보인 청명이 문 쪽으로 휘휘 걸어가더니 수레에서 뭔가를 꺼내 양손에 쥐고 돌아왔다.

"그보다 여기까지 오느라 지치셨을 텐데. 오늘은 한잔 딱 하시고 편히 쉬시지 그래요."

저 병은 분명…….

"술?"

"여긴 도관인데?"

"에이, 제가 도사지 여러분이 도사는 아니잖아요. 도사가 술을 먹지 않는 거지. 도관에서 술을 먹으면 안 된다는 법은 없잖아요. 안 그래요?"

당황한 이들이 말문이 막혀 서로를 바라보았다. 뻘쭘한 시선이 오가던 그때, 청명이 재촉하듯 다시 물었다.

"안 그래요?"

"그, 그럼요."

"그렇죠. 그런 법은 없죠."

잘 모르겠지만, 도사가 직접 그렇다는데 아니라고 반박할 수도 없는 노릇이었다.

"드세요, 드세요. 우선 앉으시고."

눈을 굴리던 사람들이 얼떨떨한 얼굴로 자리에 앉았다. 얼굴을 붉히고 있던 방영도 계속 서 있을 수는 없었는지 슬그머니 자리에 앉았다.

"드셔 보세요."

"……."

"아니, 왜 안 드시지? 이게 얼마나 맛있는데."

청명이 이상하다는 듯 갸웃대더니, 젓가락을 잡고 음식을 제 입으로 쑤셔 넣기 시작했다.

"마이따이까."

"……머, 먹고 말하십시오. 도장."

"징자 마이따이까여."

"먹겠습니다, 먹을게요. 그러니까 먹고 말하십시오."

청명이 재촉하자 다들 주춤거리며 젓가락을 집어 들고 요리들을 먹기 시작했다. 처음에야 깨작깨작 집어 먹었지만, 입안에 음식이 들어차니 급격하게 허기가 몰려왔다. 화산으로 급히 오느라 몇 날 며칠 제대로 먹은 게 없었다. 밥을 먹을 분위기가 아니라는 건 알고 있지만, 음식이 들어가니 굶주린 배가 요동을 치기 시작한 것이다.

젓가락이 점점 빠르게 식탁 위를 누비기 시작했다.

"이거 맛이 기가 막히는……."

"천천히들 드세요. 많이 있으니까. 술도 한잔 드시고."

사람들이 허겁지겁 밥을 먹는 걸 지켜보던 청명이 넉살 좋게 모두에게 술을 따라 주었다.

"감사합니다, 도장."

"아이고, 술을 다……."

여양 사람들이 황송하기 짝이 없다는 얼굴로 술을 받아 마셨다. 식사가 이어지고, 접시가 반쯤 비워졌을 때쯤 방노가 조심스럽게 물었다.

"그런데 도장. 정말……. 저희를 도와주시는 겁니까?"

"도와요? 저희가?"

청명이 무슨 소리냐는 듯 되물었다. 그 모습을 본 이들의 얼굴이 급격하게 굳어 갔다.

"도장, 아까는……. 도와주신다 말씀하셨잖습니까?"

그러자 청명이 의아한 표정으로 고개를 기울였다.

"제가요? 그런 말을 한 적은 없는 것 같은데……?"

당황한 방노의 눈동자가 사정없이 떨렸다. 청명이 오기 전 사람들과 나누었던 말이 머릿속을 맴돌았다. 확실한 대답을 듣지는 못했다던 말이.

"아까 분명 철기방 놈들을 물리쳐 주신다고……."

"아, 그거요. 난 또."

잔뜩 긴장한 방노와는 달리, 청명이 별거 아니라는 듯 피식 웃으며 손사래를 쳤다.

"무슨 말을 하시나 했네. 그거야 해 드린다고 했죠. 그런데 도와준다고 한 적은 없어요. 그러니 대가가 많고 적고를 따질 것도 아닌 거죠. 애초에 부탁받은 적이 없으니까."

구석에 앉아 조용히 음식을 먹고 있던 방영이 당황한 얼굴로 청명을 바라봤다.

"……같은 말 아닙니까?"

"그게 왜 같은 말이에요?"

청명이 되레 이상하다는 듯 물었다.

"그건 돕는 게 아니죠. 사파 새끼들이 있으면 당연히 가서 목을 따 버려야 하는 거 아니에요?"

"어……."

"거기에 사람이 있고 없고를 따질 일이 아니죠. 사실 책임을 따지자면 이건 섬서에 사파 새끼들이 설치게 내버려둔 우리 잘못이니까. 그러니 가서 해결하는 게 당연한 거죠. 그건 우리 책임이니."

생각지도 못한 말에 모두가 굳어 청명을 바라보았다. 하지만 아직 앳된 얼굴의 도사는 왜 자신을 그렇게 보는지 모르겠다는 듯 태연한 표정으로 고개를 갸웃했다.

"왜 그러시죠?"

"아니……. 아닙니다. 아무것도."

그저 놀랐을 뿐이다.

생각해 보면 당연한 일이었다. 정파라 불리는 이들은 본래 힘없는 이들을 힘 있는 자들에게서 보호하고 지켜 주는 것을 기치로 삼아 왔으니까.

하지만 이제는 그 당연한 상식이 당연하지 않은 세상. 방영조차 도움을 얻기 위해서는 당연히 그에 걸맞은 그 대가를 바쳐야 한다 생각했다. 그러니 뻔한 옛말을 듣고는 되레 당황해 버린 것이다.

"화산은…… 원래 그렇습니까?"

"화산이 원래 그런 게 아니라, 원래……. 이걸 뭐라고 말해야 하지?"

청명이 머리를 벅벅 긁었다. 하늘이 원래 파랗냐고 물으면 뭐라고 대답을 해야 하는가.

"여하튼 뭐, 그래요."

방영이 눈을 끔뻑였다. 정말 진심으로 나온 말이라면, 그들이 가져온 재물이 적다고 화를 내지 않는 것도 이해가 간다. 진심이라면 말이다.

하지만 정말 저게 진심일까? 세상에 아직 그런 사람들이, 그런 문파가 존재하고 있단 말인가? 지금 같은 세상에?

"정녕 그런 마음이시라면, 이러실 게 아니라 한시라도 빨리…….”

"아, 좀 진정하세요. 지금 바로 출발하면, 우린 그렇다 치고 아저씨들은 그 여정을 버틸 수 있으세요?"

바로 대답이 나오지 않자 청명이 씨익 웃는다.

"그러니까. 급하시다면 서두를 게 아니라 많이 먹고 푹 쉬세요. 그래야 내일 출발할 수 있을 테니까. 자, 한 잔 더 받으시고."

"그래도…….”

"아니, 안 드신다고? 이 아까운 걸? 별수 없지. 버릴 수는 없으니까."

청명이 마치 그렇게 말해 주기만을 기다렸다는 듯 곧장 들고 있던 술병을 제 입에 꽂았다. 꿀꺽. 꿀꺽. 꿀꺽. 목울대가 우렁차게 위아래로 왕복한다. 지켜보는 사람이 다 시원해질 정도였다.

"캬아아아아아아!"

괜히 애가 타고 군침이 꿀꺽 넘어간다. 아니, 그런데…….

"도, 도사가 술을 마셔도 됩니까?"

"당연하죠. 여동빈은 신선인데도 술을 끼고 살았는데."

"그……런가?"

아까랑 말이 좀 다른 것 같은데?

"진짜 제가 다 마셔요? 진짜?"

괜찮다고 한 번만 더 거절하면 남은 술도 전부 비워 버릴 듯한 기세였다. 결정은 빠를 수밖에 없었다.

"크흠. 정 그러시다면 저도 한 잔만……."

"염치 불고하고 저도……."

술이 빠르게 돌기 시작했다. 청명의 말에 불안함이 어느 정도 사라진 이들이 이제 주저하지 않고 음식을 먹고 술을 마시기 시작했다. 접시가 빠른 속도로 비워졌다. 저 말이 진심이든 아니든 그들이 지금 할 수 있는 최선은 최대한 영양을 보충하고 푹 쉬는 것이다.

"으……. 살 것 같다."

"감사합니다, 도장. 이렇게까지 해 주시다니."

"정말, 뭐라 감사를 드려야 할지……."

"재미없게 그런 이야기 마시고. 자, 드세요. 더, 더, 더."

한 순배 한 순배 술이 돌았다. 왁자지껄하진 않아도 화기애애한 분위기가 이어졌다. 그리고 술자리의 끝은 생각보다 일찍 찾아왔다. 긴 여정의 피로를 이기지 못한 사람들이 하나둘 곯아떨어지기 시작한 것이다.

마지막으로 방노가 의자에 기대 잠에 빠지자, 청명이 피식 웃고는 몸을 일으켰다.

"이거, 이거. 영 술들이 약하시네."

청명이 식탁 위에 놓인 술병을 들고는 꼴깍꼴깍 마셔 댔다.

"크으. 이제 이건 다 내 건가?"

신이 나서 술 몇 모금을 더 들이켠 청명이 소매로 입가를 쓱 닦고는 앞을 보고 말했다.

"할 말 있으면 하세요."

그러자 잠든 척 가만히 있던 이가 슬며시 고개를 들었다. 화산으로 온 여양 사람들 중 가장 젊은, 촌장의 아들. 조금 전 얼굴을 붉히고 청명에게 소리쳤던 방영이었다.

깨어 있다는 것을 들켰기 때문인지, 방영이 살짝 상기된 얼굴로 청명을 바라보다 조심스레 말을 꺼냈다.

"저기……. 아까는 죄송했습니다."

"뭐가요?"

"조금 전에 제가……."

"그러니까 뭐가요?"

방영이 한숨을 푹 내쉬었다. 청명의 대응에 그가 얼마나 속 좁게 굴었는지 다시 한번 실감이 난 것이다.

"감사합니다. 이 비싼 음식을……."

"비싸요? 아닐걸요?"

청명이 잘라 말했다. 방영이 영문을 몰라 눈을 끔뻑였다. 한눈에 봐도 적잖은 돈을 주고 산 음식이었는데.

"가치란 건 사람마다 다른 법이죠. 제가 아무리 돈을 많이 썼다고 한들, 주린 배를 움켜잡고 내어 준 곡식 한 톨만 한 가치가 있겠어요?"

"……."

"받기는 저희가 훨씬 많이 받았죠. 너무 많이 받아서 민망해 어떻게든 보답이라도 한 거니까 신경 쓰지 마세요."

이건 진심이다. 직감적으로 알 수 있었다. 이 말이 둘러대기 위해 한 말이 아니라는 것을.

"그리고 아까 말씀드렸다시피 신경 쓰지 마세요. 당연히 해야 할 일을 하려는 것뿐이니까요."

말하고 싶었다. 그 당연한 것이 더는 당연하지 않게 된 세상이라고. 그러니 그 당연한 일을 해 주겠다 나서는 이들에게 감사할 수밖에 없다고.

하지만 방영은 아무 말도 하지 않았다. 말로 하는 감사로는 이 마음을 다 표현할 수 없었으니까.

"그럼 이제 그만 쉬세요. 듣자 하니 여양인가 하는 곳이 꽤 멀다면서요? 저희는 좀 과격하게 가거든요."

"……예. 소도장."

"그럼 저는 갈게요. 죄송하지만 영감님들 좀 눕혀 주세요. 먼 길 가려면 편히 자야죠."

"그러겠습니다."

청명이 피식 웃고는 한 손에 남은 술병을 들고 객당을 나섰다. 문이 닫히자마자 그는 짧게 혀를 찼다. 뭘 이런 일에 저렇게까지 고마워하는지.

"웃기는 세상입니다. 안 그래요, 사형?"

예전의 화산은 그렇지 않았다. 돈 많고 권력 넘치는 이들은 화산의 산문에 접어들면 뼈가 없는 것처럼 허리를 굽혀 댔지만, 돈 없고 힘없는 이들은 화산에 들어서면 되레 큰소리를 쳐 댔다. 너희 도사 놈들이 제대로 일을 하지 않으니 도적 떼가 날뛰는 것 아니냐고 말이다.

그때마다 청문은 그들의 손을 일일이 잡고 사죄를 했다. 우리가 못나 벌어진 일이니 부디 그 화를 푸시라고.

당시 청명은 그 모습이 정말 못마땅하게 느껴졌었지만, 지금 이 모습을 보니 당시의 청문이 얼마나 대단한 일을 했었는지 실감할 수 있었다.

힘 있는 이가 고개를 숙이고, 힘없는 이들이 되레 큰소리를 치는 세상. 청명은 그런 세상을 다시 만들 수 있을까.

"될까요, 사형?"

- 네가?

……안 해. 안 한다고, 망할 인간아!

지쳐 잠든 사람들이 깰까 차마 소리도 지르지 못하고, 청명은 어두워진 하늘을 향해 소리 없는 삿대질을 날렸다.

"아악!"

청명에게 뻥 걷어차인 홍대광이 바닥을 데굴데굴 굴렀다. 분타주가 난데없이 어린놈에게 얻어맞는 황당하기 짝이 없는 광경이 펼쳐졌는데도, 개방 화음 분타의 거지들은 익숙한 일이라는 듯 딱히 이 모습에 관심을 주지 않았다.

"왜 때려! 왜!"

"아니! 개방에 정보가 없다는 게 말이 돼요?"

"정말 없는 걸 어떡하라고!"

차인 엉덩이를 문지르던 홍대광이 억울하다는 듯 구시렁댔다.

"감숙은 우리 영역이 아니란 말이다."

"왜 아닌데!"

"야! 너 사막에 사는 거지 본 적 있냐? 어?"

홍대광이 눈을 까뒤집으며 바락바락 소리를 질렀다.

"빌어먹고 사는 놈이 사람 하나 없는 동네 가서 뭐 하게? 거지가 굶어 뒈지지 않으려면 어떻게든 사람 많은 데 엉겨 붙어야 한다는 거 몰라?"

"내가 어떻게 알아요. 나는 거지가 아닌데."

어? 일리가 있……. 아니, 이게 아니지.

"여하튼 감숙에는 거지가 없다고!"

"아, 그게 뭐 자랑이라고 소리까지 질러 대요?"

뻔뻔하기 짝이 없는 청명의 대답에 홍대광이 손으로 제 머리를 감쌌다. 그리 말할 거면 다짜고짜 사람을 걷어차지나 말든가.

'내가 전생에 무슨 죄를 지어서 이놈이랑 얽히나.'

따지고 보면 이놈이 그에게 얽힌 게 아니라 그가 이놈에게 얽힌 것이지만, 홍대광은 굳이 그런 진실은 파고들지 않기로 했다.

"그런데 감숙 쪽은 왜 알아보려고 하는 거냐?"

"마적들이 세를 규합해서 문파를 만들었다잖아요. 철기방이라던가, 철기보라던가. 이름이야 뭐 아무래도 좋고."

"그게 뭐 이상한 일이냐? 마적 놈들이 때때로 한데 뭉쳐서 날뛰는 거야 흔한 일이잖아."

그 말에 청명이 벌레 보는 듯한 눈으로 홍대광을 바라봤다.

"뭐야. 내, 내가 무슨 틀린 말이라도 했냐?"

"하여간, 어떻게 이런 양반이 개방의 분타주가 된 건지……. 어휴. 개방도 다됐네, 진짜."

"아니, 말이라도 해 주고 욕해!"

비난이 듬뿍 담긴 눈빛에 억울해진 홍대광이 탁자를 쾅 내리치며 얼굴을 들이밀었다. 그러자 청명이 짜증 난다는 듯 와락 인상을 쓰며 그 얼굴을 떠밀었다.

"말한 대로 마적 놈들이 세를 규합하는 건 종종 벌어지는 일이죠."

"그래! 맞는데 왜!"

"그 전의 과정이 빠졌잖아요."

"응? 과정이라니?"

"그 마적 새끼들이 다들 공자님 제자라서 갑자기 모여서 오늘부터 우리 모두 같이 형제가 되어 봅시다, 사해가 동도 아니겠소? 이랬겠냐고요!"

"……아."

그제야 청명의 말을 이해한 홍대광이 겸연쩍은 표정으로 끄덕였다.

"저들끼리 붙어 싸우는 난장이 벌어지지 않았다는 거구나."

"그렇죠."

홍대광은 심각한 표정으로 다시 의자에 엉덩이를 붙였다.

"확실히……. 아무리 감숙에 정보원이 없다지만, 그만한 일이 벌어졌으면 한 번은 소식이 들렸을 텐데……."

중원의 마적들은 분명 중원인들이 주류를 이루기는 하지만, 습성은 초원 사람들과 비슷했다. 쉬이 무리를 짓지 않고, 쉬이 굴복하지 않는다. 누군가의 발밑에 들어갈 거라면 처음부터 마적이 될 이유가 없으니까.

그런데 전투도, 전쟁도 없이 그만한 세력이 만들어졌다?

"뭔가 있군."

"이걸 이렇게까지 설명해야 하나?"

핀잔처럼 툭 던진 청명의 말에 홍대광의 얼굴이 누가 불이라도 붙인 것처럼 시뻘겋게 달아올랐다.

"야! 솔직히 이게 내가 모자란 거냐? 네놈이 귀신같은 거지. 이 이야기만 듣고 거기까지 짐작하는 사람이 세상에 몇이나 된다고!"

"열은 넘을걸요?"

"이 중원의 모래알처럼 많은 사람 중에 열 명 안에 못 들었다고 욕을 먹어야 한다고?"

"누가 그래요? 열 명 안에 못 들었다고 욕한다고."

"응? 네가 지금 그러고 있잖아."

"에이, 아니죠. 아저씨는 어디 보자, 한……. 만? 아니, 이만? 십만? 이거도 너무 쳐준 건데."

홍대광은 사무치는 슬픔에 뭐라 말도 못 하고 입을 다물었다. 그래도 명색이 분타주인데, 어디 저잣거리에 굴러다니는 상거지 취급을 당하고 있었다. 더 서글픈 것은 이 말에 반박조차 할 수 없다는 것이다. 맞는 말만 아니었어도.

"재수 없는 놈."

"저야 재수가 있는 편이죠. 그래도 거지는 안 됐으니까."

"너 거지 출신이라며, 인마!"

"아이고, 생각해 보니 그랬던 시절도 있네. 근데 뭐 탈출했으면 그만이지. 아저씨는 거지 생활이 엄청 좋은가 봐요? 계속 그러고 있는 거 보니."

"끄으으응."

머리가 아파진 홍대광이 이마를 짚었다. 하여튼 말로는 못 당한다.

"후우. 어쨌든 간에……. 그 거친 마적 놈들이 얌전히 한 깃발 아래 모여들었다는 거잖아. 위험하긴 하겠네. 그런데…… 이거 딱히 우리랑 관련이 있는 이야기냐?"

"우리라고 엮지 말아 줬으면 좋겠는데."

"뭘 그러냐. 우리 사이에. 여하튼 이건 저 먼 감숙 일이잖아. 거기서 뭔 일이 벌어지든 무슨 상관이라고."

"상관이 있게 됐거든요."

"응? 왜?"

"그놈들이 섬서에 쳐들어왔으니까?"

"뭐? 그런데 왜 이렇게 조용해? 그랬으면 난리가 나고도 남았을 텐데?"

"여양산맥 바깥쪽이래요."

"에이. 거긴 섬서가 아니지. 감숙이지, 감숙."

"거기까진 섬서라고 하더라고요."

"틀린 말은 아니긴 한데……. 어쨌든, 그래서 화산이 간다고?"

뭔가 미심쩍은데. 홍대광이 눈살을 찌푸렸다.

"굳이…… 그럴 필요까지 있을까? 아무도 이 일이 화산이 해야 할 일이라 생각하지 않을 것 같은데."

"남이 왜 그걸 정해요. 주제넘게? 우리가 정하면 끝이지."

청명이 황당하다는 듯 받아쳤다. 그는 쭛 하고 혀를 찼다. 이놈은 바른말을 참 재수 없게 하는 재주가 있다.

"화산신룡. 너는 어떻게 생각할지 모르겠지만, 나는 이런 상황을 만들 수 있는 경우는 하나밖에 없다고 생각한다."

홍대광의 눈이 차게 빛났다.

"그 모든 놈들이 감히 거역할 수 없는 이가 있을 거다. 무척 강한."

"흐음."

"마적들은 내일 먹을 양식도 오늘 먹어 치우고 내일은 어떻게든 되겠지 하는 것들이다. 하루살이나 마찬가지란 소리야. 그런 것들을 이리 움직일 수 있는 건 오직 두려움뿐이다."

"오, 그건 비슷한 입장에서 나오는 통찰인가요?"

"야! 우리는 내일 걱정을 안 하는 게 아니라, 내일 먹을 게 없는 거고!"

"그럼 마적이 낫네. 어차피 먹을 건 없는데 걱정이라도 안 하잖아요."

"어?"

듣고 보니? 그가 부정하지 못하던 그때, 청명이 자리에서 일어났다.

"가려고?"

"네, 뭐. 더 있어 봐야 나올 것도 없고. 괜히 시간만 낭비했네요."

"어이, 화산신룡. 조심해라. 내가 볼 때는 이거 영 심상찮은 일이다."

"……."

"감숙은 중원이지만, 중원이 아니야. 관의 힘이 미치지 못하고, 대문파들도 시선을 두지 않는 일이다. 중원에서 벌어지는 일이야 어떻게든 지원해 주거나 도와줄 사람이 있을지 모르지만, 변방에서 벌어지는 일에는 누구도 관심을 가지지 않는다."

"다행이네요."

"응? 다행이라고?"

"네. 관심이 없으니 방해는 안 할 거 아니에요."

환히 웃는 청명의 표정을 본 홍대광이 주춤거리며 그에게서 한 걸음 떨어졌다. 입은 찢어져라 웃고 있는데, 눈은 희번덕거리고 있었다.

"말이야, 바른말이지. 저 새끼들이 언제 화산 도와준 적이 있나? 맨날 깽판만 놨지. 망할 것들 얼굴 안 봐도 된다니까 속이 다 시원하네."

청명이 분타 밖으로 휘적휘적 걸어 나갔다. 그 뒷모습을 빤히 바라보던 홍대광이 작게 중얼거렸다.

"아니, 정말 위험할 수도 있다니까 그러네……."
간이 큰 건지, 생각이 없는 건지. 도통 모를 놈이었다.

◆ ◈ ◆

"그래서 누가 가는데?"
"글쎄? 다들 가야 하지 않을까? 마적 떼라면서."
"다 가 버리면 본산은 누가 지키고?"
"……본산을 굳이 지킬 필요가 있나?"
"야, 인마. 우리 습격받은 지 이제 열흘 됐어."
"그러니까. 습격을 받았으니 한동안은 습격 안 올 거 아냐."
"이게 뭔 세금이냐? 한 번 거둬 갔다고 기다려 주게?"
 그 시각, 화산은 혼란에 빠져 있었다. 분명 오늘 여양으로 출발한다는 이야기가 전해지긴 했는데, 몇 사람이나 가는 건지, 누가 가는 건지에 대한 이야기가 전혀 없는 것이다.
"마적 수는 얼마나 되는데?"
"모른다니까?"
"다 모르는데 어떻게 싸워?"
"언제는 알고 싸웠냐?"
"반박할 수가 없군. 화가 난다."
 그리고 그 분위기에 당황한 것은 여양 사람들도 마찬가지였다.
"오늘 출발한다고 하지 않았습니까?"
"그랬던 것 같은데."
"어딜 가는 분위기가 아닌데요?"
 객당에 그대로 머물러 있기에는 엉덩이가 따끔따끔해 슬그머니 밖으로 나온 여양 사람들이 제일 먼저 발견한 것은, 연무장에서 웅성대는 화산 제자들이었다. 그들의 대화를 들을수록 여양 사람들의 표정에 담긴 불안감도 커져 갔다.

"……꼭 아침 일찍 간다고는 하지 않았으니까?"

"그게 말이 된다고 생각하십니까?"

톡 쏘는 듯한 대답이 돌아왔다. 궁색하게나마 말을 꺼내던 이도 더 뭐라 하지 못하고 입을 꾹 다물고 말았다.

불안이 몰려오기 시작했다. 믿음을 논할 만한 상황이 아니다. 보아하니 출발할 준비가 되기는커녕, 갈 생각도 없어 보이지 않나. 이곳에서부터 여양까지 가는 길이 얼마나 먼지를 생각하면 있을 수 없는 일이었다.

불안함을 참지 못한 방노가 지나가는 삼대제자를 슬쩍 불렀다.

"저기……. 혹시 오늘 그……. 여양으로 출발하시는 분들께서는?"

"아……. 죄송합니다. 저도 들은 바가 없어서."

"예? 들은 바가 없다니요?"

"얼핏 비슷한 말을 듣기는 했는데, 장문인께서 하신 말도 아니고 누가 간다는 소리도 아직 안 나와서요."

"그런……."

"도움 드리지 못해 죄송합니다."

삼대제자가 깊이 포권을 하고는 몸을 돌렸다. 멀어지는 삼대제자를 바라보던 방노의 귀에 날카로운 목소리가 들려왔다. 함께 여양에서 온 이 중 하나였다.

"처음부터 이상하다 했습니다. 장문인도 아니라 그 어린놈이 이런 중차대한 일을 결정한다는 게 말이 안 되잖습니까?"

"진정 좀 하게. 내가 좀 알아보니 그 사람이 화산신룡인가 하는 섬서에서 제일 유명한 신진 고수라 하네."

"화산신룡인지 화산토룡인지, 그건 나는 모르겠고. 여하튼 간에 새파란 놈이 무슨 힘이 있겠습니까?"

"……이상하긴 했지. 도사란 놈이 술을 퍼먹어 대질 않나."
"이거 정말 믿어도 되는 겁니까? 장문인께 찾아가서 다시 말씀을 드려 보는 게 낫지 않겠습니까?"
"제가 생각해도 그게 나아 보입니다. 촌장님."
어젯밤만 해도 그 새파랗게 어린 놈과 정겹게 도란도란 술을 나누던 사람들은 다 어디 갔는지, 여양 사람들의 표정은 불만으로 가득 차 있었다. 곤란해진 방노의 얼굴이 딱딱하게 굳어 가던 바로 그때였다.
"좀 기다려 보십시오."
아까 전부터 침묵하고 있던 방영이 단호한 목소리로 모두의 불만을 내리눌렀다.
"기다리자니. 인석아, 지금 상황이……."
"그 소도장을 믿고 좀 기다려 보잔 말입니다."
"하지만……."
"제가 사람 보는 눈이 대단한 건 아니지만, 그 소도장이 허언을 할 사람 같지는 않았습니다. 설령 일이 틀어졌어도 우리한테 무슨 설명이라도 해 주겠지요."
결연한 말에, 호들갑을 떨던 이들이 잠자코 입을 다물었다.
방영이 이곳으로 온 사람 중에는 제일 어린 것도 사실이지만, 그가 여양 사람들 중에서도 꽤 똑똑하고 믿을 만한 이라는 것도 모두가 인정하는 바였다.
게다가 어제까지만 해도 화산의 태도에 가장 불만스러워하던 이가 방영 아닌가. 그런 방영이 저렇게 확언한다면 조금 더 기다려 봐도 되리라.
"갑갑해서 그렇지, 갑갑해서."
노인들이 볼멘소리를 내뱉으며 수그러들었다. 여전히 투덜거리는 소리가 종종 들려오긴 했지만, 사람들이 뭐라고 하든 방영은 꿈쩍도 하지 않고 연무장을 바라보았다.

'그럴 사람이 아니야.'

적어도 그에게 한 말에는 진심이 어려 있었다고 믿는다.

그리고 그 순간.

"왔다!"

"저 새낀 대체 아침부터 어딜 갔다 온 거야?"

연무장이 갑자기 소란스러워진다 싶더니, 모두의 시선이 한곳으로 쏠렸다. 연무장 너머 보이는 화산의 산문. 그곳으로 청명이 터덜터덜 걸어 들어오고 있었다.

"뭐야? 뭐 한다고 이렇게 모여 있어? 지금 절벽 수련 할 시간 아냐?"

청명이 얼굴을 와락 일그러트리더니 연무장이 떠나가라 소리 질렀다.

"사숙! 동룡이 이 인간 어디 갔어?"

"……어디 안 갔어. 여기 있잖아. 그리고 내가 동룡이라고 하지 말라고 몇 번이나…….."

"왜 수련은 안 하고 여기 모여 있어? 그새를 못 참고 농땡이를 부려? 하여간 내가 눈을 뗄 수가 없다니까!"

말을 말아야지, 말을……. 백천이 한숨을 푹 내쉬고는 입을 열었다.

"오늘 여양으로 출발한다며. 그러니까 다들 모여 있지. 네가 몇이나 가는지, 누가 가는지 아무 말도 안 해 줬잖아!"

"그야 말 안 하지. 나 혼자 갈 거니까."

"응? 뭐라고?"

"나 혼자 간다고. 그러니까 말을 할 필요가 없지."

백천이 눈을 끔뻑였다. 내가 지금 뭘 잘못 듣기라도 했나?

"혼자 간다고? 너 혼자서?"

"아. 맞다, 맞다. 혼자는 아니야."

백천이 손사래 치는 청명을 보며 한숨을 내쉬었다. 그럼 그렇지. 자다가 머리에 화살이 박힌 게 아니면 당연히…….

"저 사람들이랑 같이 가야지."

청명이 손으로 가리킨 끝에는 영문도 모르고 멀찍이서 동태를 살피는 여양 사람들이 있었다. 백천은 결국 참지 못하고 소리를 지르고 말았다.

"미친놈아! 말이 되는 소리를 좀 해!"

"깜짝이야. 왜 화를 내고 그래?"

"딱 봐도 위험한 게 안 느껴지냐?"

"느껴지지."

"그런데 혼자 간다는 게 말이나 돼? 보통 일이 아니라고!"

"무슨 소리를 하나 했더니만. 사숙, 위험하니까 혼자 가는 거지."

백천이 의아한 듯 눈을 크게 떴다. 청명이 뭐 그런 멍청한 말을 하냐는 듯 심드렁한 표정으로 백천을 보며 말했다.

"위험한 데를 다 끌고 우르르 가면 어떻게 해. 위험하니까 혼자 가야지. 그런 것도 몰라?"

청명은 당연한 이야기를 하는 사람처럼 태연했다. 오히려 왜 이런 것까지 설명해야 하냐는 듯, 황당해하는 것 같기도 했다.

그런가……? 백천이 고개를 돌려 윤종을 바라보았다.

"지금 나만 이상하냐?"

"……그걸 왜 확인을 하십니까! 휘말리지 마시라고요!"

"그렇지?"

너무 당연하다는 듯이 말하니까 그럴듯하게 들린다. 정신이 이상해질 것 같았다. 백천이나 윤종이 어떻게 생각하건 간에, 청명의 입장은 확고했다. 위험한 곳에 애들을 대동하고 갈 수는 없는 노릇이니까.

하지만 백천 역시 순순히 그러냐고 물러날 성격은 아니었다.

"여하튼 안 돼! 장문인께서 절대 널 혼자 보내지 말라고 하셨다."

"아니, 도와주지는 못할망정 왜 방해를 하신대."

"그게 왜 방핸데?"

"그게 왜 방해가 아닌데?"

"……이쪽 보지 마시라니까요. 사숙."

윤종이 안쓰러운 눈빛으로 백천을 바라보았다. 말문이 막힐 때마다 자신을 바라보는 그의 답답함을 이해하기 때문이었다. 몇 번이고 똑같은 대화를 되풀이하던 백천의 얼굴이 시뻘겋게 달아올랐다.

"어쨌든 안 돼! 절대로 안 돼! 죽어도 너 혼자는 못 가! 절대로!"

한참 푸닥거리가 이어진 이후, 너덜너덜해진 청명이 결국 시무룩한 얼굴로 연무장에 쪼그려 앉았다.

"이젠 말도 안 들어 처먹고……. 무시만 하고. 이래서 늙으면 죽어야 한다는 건가."

"네가 제일 어려, 미친놈아!"

에휴. 말해 뭐 하냐. 말해 뭐 해. 이 똥고집 놈들은 절대 그를 혼자 보내 줄 생각이 없는 모양이었다.

'오래간만에 좀 날뛰어 보나 했더니.'

청명도 최소한 양식은 있는 사람이다. 아무리 그래도 사람을 슥삭슥삭하려면 어린애들의 눈은 좀 피해야 한다는 기본적인 상식은…….

- 네가?

"아, 좀 조용히 하시라고!"

"나?"

"사숙 말고!"

"……왜 승질이야."

아무튼 그런 기본적인 상식 정도는 갖고 있었다. 하지만 이놈들을 줄줄이 끌고 가면 여양에 가서도 분을 풀기는커녕 보모 노릇이나 해야 할 판 아닌가.

'안 돼.'

보모 노릇은 피할 수 없다 해도, 최소한 돌볼 애새끼들의 숫자라도 줄여야 한다.

"좋아. 셋이야. 딱 셋. 더 이상은 안 돼!"

"일곱."

"셋!"

"여섯."

"넷!"

"좋아, 다섯. 더는 안 돼. 다섯이 아니면 출발은 없다."

그러나 말이 통하는 놈들이 아니었다. 청명의 손이 덜덜 떨렸다. 넷과 다섯은 다르다. 아주 많이 다르다. 하지만 지금은 다른 도리가 없었다.

"끄응……. 알았어. 다섯."

팔짱 끼고 청명을 노려보던 백천이 그제야 만족한 듯 고개를 끄덕였다.

"그럼 다섯은……. 하나는 당연히 나고, 나머지는 선착순으로. 여양 갈 사람."

"저요, 저! 보내 주십쇼!"

"제가 가겠습니다."

"저요."

"저도 가고 싶어요! 사숙!"

백천이 고개를 끄덕였다. 예상하던 이들이 당연하게 지원했다. 유이설과 당소소, 조걸과 윤종까지. 백상과 삼대제자 몇이 입맛을 다시는 게 보였지만, 그들 역시 이게 쉬이 낄 일이 아니라는 것을 알 것이다.

"그럼 이렇게 같이 가면 되겠네."

"끄으……."

청명이 패배감에 몸을 떨던 바로 그때였다.

"아미타불. 소승도 따라가겠습니다."

차분하고 단정한 목소리가 들려왔다. 청명이 혜연을 노려보았다.

"넌 갑자기 왜 끼어들어? 다섯이라니까?"

그러자 혜연이 빙그레 웃었다.

"아미타불. 그건 화산의 결정이 아닙니까. 소승은 화산의 소속이 아니니 그 다섯에 포함되지 않지요. 당연합니다."

천연덕스러운 혜연의 말에 백천이 감탄했다는 듯 고개를 끄덕였다.

"확실히 그렇네요."

"어려운 이들을 구하러 가는 길인데 한 손 보태지 않을 수 없지요. 시주께서는 너무 부담스러워하지 않으셔도 됩니다."

"……그냥 다 뒈졌으면 좋겠다."

청명의 입에서 영혼이 빠져나갔다.

"……위험하다 싶으면 바로 돌아와야 한다."

"알았어요. 이젠 진짜 가 볼게요."

"가야지. 가긴 가는데……. 일단 가서 위험하면……."

"아, 알았어요! 알았다고요!"

도대체 끝을 알 수가 없는 잔소리에 청명이 결국 참지 못하고 소리를 빽 질렀다. 그런데도 현종은 당장 눈물이라도 쏟을 기세였다. 봇짐을 둘러멘 제자들의 모습이 가슴을 쿡쿡 찔러 대기라도 하는 모양이었다.

불만 섞인 표정으로 상황을 지켜보던 현영이 결국 현종과 청명의 사이를 손으로 휘저으며 말했다.

"아이고. 그만 좀 하십시오, 장문인! 그럴 거면서 당장 도와야 한다고 날뛰기는 왜 날뛰셨습니까?"

"……애들만 가는 줄은 몰랐지."

"아니. 그럼 장문인이 직접 가기라도 하실 생각이셨습니까? 뼈마디도 성하지 않으신 분이? 방햅니다! 방해!"

"이놈아! 그래도 내가!"

마저 말을 뱉으려던 현종이 입을 꾹 다물고 참았다. 마음 같아서는 '너보다는 낫다!'고 소리치고 싶지만 외인들도 있으니 그래서는 안 된다.

큼큼, 어색하게 헛기침을 하며 목을 가다듬은 현종이 언제 그랬냐는 듯 다시 온화한 태도로 돌아와 말했다.

"애들 밥은 챙겼느냐?"

"아, 어련히 알아서 먹지 않겠습니까?"

"혹시 무슨 일이 있으면 본산으로 바로 연통을 넣고."

"……그러니까 제발 그만 좀."

이제는 잔소리를 듣다가 귀에서 피가 날 판이었다. 잔소리라면 화산제일을 자랑하는 현영도 질렸다는 듯 물러서 있을 정도니, 더 말해 무엇하겠는가?

"……이건 뭐, 화산 장문인들의 전통인가?"

- 난 안 그랬다.

"뻥 치시네!"

백천이 무어라 혼자 중얼거리다 이내 힘을 잃고 축 늘어지는 청명을 보며 쓴웃음을 짓고는 앞으로 나와 현종에게 포권 했다.

"다녀오겠습니다. 장문인."

"그래. 그……."

뭔가 더 말을 하려던 현종이 이내 고개를 내젓고는 백천의 어깨를 턱턱 두드렸다.

"믿으마."

"예."

백천이 굳게 고개를 끄덕이고는 몸을 돌렸다. 그리고 여양 사람들에게 다가가 빙긋 미소를 지었다.

"잘 부탁드리겠습니다."

"아……. 가, 감사합니다."

방노가 미묘한 표정을 지었다. 일곱이라……. 과연 이걸 '돕는다'고 할 수 있을까? 이들만으로 그 많은 마적 떼를 어떻게 상대한다는 말인가.

"걱정하실 것 없어요."

그런 방노의 마음을 눈치챘는지, 어느 순간 다가온 청명이 제 뒷머리에 양손을 올리고는 빙긋 웃어 보였다.

"가 보시면 알 테니까."

험난한 화산을 내려와 겨우 한숨 돌리게 된 여양 사람들이 앞서가는 화산의 제자들을 곁눈질하며 속삭였다.

"……괜찮을까요, 정말? 고작 일곱이라니…….."

"종남에서 온 이들도 셋밖에 되지 않았었다."

"촌장님. 그건 종남 아닙니까. 화산이 종남과 같을 수 있습니까?"

"그리고 어디 마적 놈들이 그 몇몇이 두려워서 마을을 내버려뒀겠습니까? 그 뒤에 있을 종남이 두려웠던 거지. 하지만 화산이 종남과 같은 일을 할 수 있겠습니까?"

그 말에 방노가 눈살을 찌푸리며 말했다.

"그럼? 종남은 고작 셋을 보냈었는데, 화산은 그럴 문파가 못 되니 본산의 제자들을 모조리 다 보내 달라고 목소리라도 높이면 되겠나?"

"그, 그런 말이 아니라."

"그런 말이 아니면 뭔가?"

"저는 그저……."

"사람이 염치가 있어야지. 지금 천하 어디를 간다 해도 우리를 도우려는 이들이 있을 것 같은가? 도와주는 이에게 고마움은 못 가질지언정, 도움이 모자라다고 역정을 내는 꼴이라니!"

"어디 제가 제 생각 때문에 그럽니까……. 자칫하면 고향 사람들이 다 죽을 판인데."

"걱정하지 말라니까."

방노가 앞을 바라보았다. 그의 눈에 보무도 당당하게 걸어가는 화산의 제자들이 들어왔다.

"저들도 이미 사정을 다 알고 있네. 그런데도 저리 당당하다는 건 다 나름대로 생각해 둔 방법이 있는 것 아니겠나?"

그 말을 들은 이들이 눈을 끔뻑였다.

"그러고 보니……."

그들은 이미 마을의 상황을 다 전달했다. 저들이 죽고 싶어 안달 난 게 아니라면, 당연히 대책이 있을 것이다. 그게 화산을 이용하는 방법이든, 다른 것을 이용하는 방법이든. 다짜고짜 일곱 명이서 문파 하나를 상대하겠다는 생각을 할 얼간이가 세상에 있을 리가 없으니까.

"그리 생각하니 마음이 좀 편해집니다."

"그렇지. 그게 상식적으로 맞지. 허허허."

조금 안심한 여양 사람들의 얼굴에 미소가 떠올랐다.

"진짜 우리끼리 갑니까? 마적 떼를 상대로?"

"다 같이 가야 하는 거 아니에요?"

"이렇게만 데리고 간다잖아."

"아니, 우리가 그 말을 왜 들어야 하는 겁니까? 그냥 저놈이야 저놈대로 날뛰라고 하고, 우린 우리끼리 가서 도우면 될 일 아닙니까. 그 마적 놈들이 있는 곳을 모르는 것도 아닌데."

그 순간, 백천이 뚝 걸음을 멈췄다.

"……사숙?"

윤종이 의아한 눈빛으로 백천을 바라본다. 그리고 윤종은 보았다. 백천의 그 준수한 얼굴이 찰나지간에 온갖 형태로 뒤틀렸다가 재빨리 제모습을 되찾는 광경을.

그 광경에 윤종의 머릿속에서 한 가지 가능성이 피어났다.

"혹시…… 생각 못 하신 겁니까?"

"그……럴 리가."

'생각 못 했네.'

'바보.'

'아미타불. 순진한 구석이 있는 시주로다.'

아무도 뭐라 말은 하지 않았지만, 표정과 분위기에서 무슨 생각을 하는지 빤히 읽혔다. 얼굴이 시뻘게진 백천이 크게 헛기침을 했다.

서로를 마주 본 윤종과 조걸이 땅이 꺼지도록 한숨을 내쉬었다. 청명이 놈도 청명이지만, 이런 양반을 믿어야 한다니. 그들의 삶은 어쩜 이렇게도 안타까운가.

물론 후환이 두려우니 그들도 청명을 속이고 마음대로 하자는 계획을 그렇게 마음처럼 쉽게 시행할 수는 없겠지만……. 어쨌거나 생각은 했어야지! 생각은!

"그건 그렇다 치고…… 정말 우리끼리 마적 놈들과 싸우는 게 가능한 겁니까?"

"듣자 하니 수가 족히 수백은 되는 것 같던데? 가능할 리가 있나. 수백이면 개미랑 싸워도 지겠다."

"사형. 수련 좀 하십쇼. 약해 빠져 가지고는."

"말이 그렇다는 거지, 인마!"

설마 진짜 개미한테 질까 봐. 곧이곧대로 듣는 것도 능력이다, 능력.

머쓱하게 머리만 긁적이던 조걸이 물었다.

"그런데 왜 일곱만 간다는 겁니까?"

"저 새끼 생각을 나한테 묻지 마라. 아무 의미 없다는 거 알잖아."

"……뭔가 생각이 있겠죠? 설마?"

"너도 참 학습 능력이란 게 없네."

묻지 말라니까, 이 새끼야. 나도 모른다고! 조걸에게 말은 그렇게 했지만, 은근히 윤종도 걱정이 되긴 했다. 그는 슬그머니 고개를 돌려 청명을 바라보았다.

'있겠지? 생각?'

하지만 청명의 표정을 본 순간 윤종의 작고 가련한 생각은 여지없이 산산조각 났다.

"흐흐……. 사파 새끼들……. 다 껍데기를 벗겨 버려야……."

"……."

"걸리는 족족 패 죽인다. 걸리는 족족."

아무래도 생각은 없는 것 같다. 다만…….

'이상하게 사파 놈들한테 동정이 가네.'

그놈들은 자기들한테 이런 재앙이 다가오고 있다는 걸 꿈에도 모르겠지. 가엾게도…….

· ❖ ·

황량하고 척박한 들. 언덕 하나 보이지 않는 끝없는 대지가 이어지는 벌판의 한중간에 비석 하나가 세워져 있었다.

사람의 키를 겨우 넘길 만한 크기의, 크다고도 작다고도 할 수 없는 비석. 그 비석의 앞에 한 남자가 앉아 있었다.

가만히 비석을 바라보던 남자가 손을 뻗어 비석을 느릿하게 쓰다듬었다. 딱히 대단한 동작은 아니지만 이상하게도 경건해 보이는 손길이었다. 일각을 넘어, 반 시진이 흐를 동안 남자는 말없이 계속 그 비석을 쓰다듬었다.

"이럇!"

타닥. 타다다닥! 그런 남자의 뒤쪽에서 일련의 무리가 나타났다. 커다란 준마를 타고, 짐승의 가죽 같은 의복을 긴 가죽끈으로 둘둘 동여맨 이들. 단숨에 남자의 지척까지 말을 몰아 온 사내들이 일거에 말에서 뛰어내렸다.

쿵! 한쪽 무릎을 꿇고 한쪽 주먹을 바닥에 대는 것으로 정중한 예를 표한 사내들이 동시에 입을 열었다.

"방주(房主)님을 뵙습니다."

가장 앞에서 예를 표한 이가 자리에서 일어나 남자를 향해 다가섰다.

"말씀하신 준비를 끝마쳤습니다, 방주님."

그 말에 방주라 불린 남자가 자리에서 천천히 몸을 일으켰다.

평범한 키. 평범한 얼굴. 그리고 평범한 덩치. 하지만 남자의 두 눈만은 절대 평범하지 않았다.

"명령을."

남자의 시선이 하늘로 향했다. 먼 하늘을 바라보는 것이 아니다. 그가 보고 있는 것은 해의 위치였다.

"……아직이군. 대기해라."

명을 들은 이의 눈에 의문이 어렸다. 그는 저도 모르게 말꼬리를 흐리며 물었다.

"방주님. 어째서……."

명을 들은 이의 눈에 의문이 가득했다. 남자의 시선이 비석으로 향했다. 비석을 바라보던 그가 굳은 목소리로 말했다.

"적어도 시작은 같아야 할 테니까."

"……."

"저들에게도 안겨 줄 것이다. 같은 달, 같은 날, 같은 시각에. 우리가 받았던 고통을."

이해할 수 없는 말이다. 하지만 중요한 건 명이 떨어졌다는 것. 그것 하나였다.

"예, 방주님. 그럼…… 여양은?"

"하고 싶은 대로 해라. 어차피 중원으로 진격할 때는 짓밟아 버려야 하는 곳이니까."

그 말에 무릎을 꿇고 있던 이들의 두 눈에 탐욕이 어렸다.

"존명!"

남자가 말없이 다시 비석 앞에 주저앉았다. 그러자 예를 표하고 있던 이들이 몸을 일으켜 다시 말에 올라탔다.

"물러가겠습니다. 보중하십시오."

그 말만 남기고 그들은 지체 없이 떠났다. 말들이 흙먼지를 날리며 멀어져 갔다. 하지만 피어오른 먼지가 내려앉을 때까지도 남자는 망부석처럼 비석 앞을 지키고 있었다.

"……스승님."

남자의 두 눈이 어둠 속에 잠긴 듯 깊게 가라앉았다.

"저들은 모두 잊었습니다. 모두. 남김없이."

그극. 비석을 쓰다듬는 그의 손에서 거친 소리가 울려 퍼졌다.

"하지만 걱정하지 마십시오. 제가……. 제가 반드시 기억하게 해 줄 테니."

남자가 걸친 피풍의가 바람에 휘날렸다.

• ◈ •

화산 제자들은 화음을 벗어난 뒤, 북쪽으로 하루쯤 걸음을 재촉했다. 이렇다 할 일도 없이 여양으로 향하는 길은 고요하기만 했다. 윤종이 새삼스러워하는 눈빛으로 주위를 둘러보았다.

"그런데 참 신기하네."

"뭐가요?"

"생각보다 인적이 드물지 않냐?"

"예? 그게 무슨 뜻입니까?"

조걸이 고개를 갸웃거리자, 윤종이 어깨를 으쓱하며 말했다.

"적막해도 너무 적막하잖아. 그래도 섬서면 나름 사람이 많은 지역인데. 내가 이쪽으로는 올 일이 없어 잘 몰랐거든."

그 말을 들은 조걸이 혀를 차며 웃었다.

"하여간 순진하시긴. 여기가 이상한 게 아니라, 다 그런 겁니다."

"……그래?"

"섬서뿐 아니라 웬만한 성은 다 사람이 몰려 사는 곳에서 조금만 벗어나도 인적을 찾아보기가 어렵습니다. 그렇지 않으면 세상에 산적들이 그리 날뛸 리가 있겠습니까?"

그제야 윤종이 납득이 간다는 듯 끄덕이고는 백천에게 물었다.

"사숙은 아셨습니까?"

"……나는 종남이랑 화산 말고는 딱히 아는 게 없어서."

"그래도 예전에 강호행도 좀 하셨고……."

"그렇긴 한데……. 그때도 내가 뭐 길을 정하고 간 건 아니라서."

둘의 대화를 듣던 조걸이 한심하다는 듯 혀를 차 댔다.

"쯧쯧. 사숙이랑 사형도 세상 물정 좀 아셔야겠습니다. 평생을 화산 안에서 도경이나 읽어 댔으니, 세상이 어찌 돌아가는지 알 수가 있습니까?"

"……넌 뭘 잘 아는 것처럼 말한다?"

"제가 이래 보여도 상가 출신 아닙니까. 중원 방방곡곡 안 가 본 곳이 없다 이 말이죠."

"그래, 너 잘났다."

"사형이나 사숙이나 저한테 고마운 마음을 좀 가져야 합니다. 제가 없었으면 어쩔 뻔했습니까?"

"끄응. 그래, 고맙다."

"……감사함에 몸 둘 바를 모르겠습니다. 사제님."

으쓱대며 말하던 조걸이 의기양양해서 더더욱 턱을 치켜들었다. 그때, 당소소가 고개를 갸웃하며 끼어들었다.

"그런데요. 조걸 사형, 꽤 어릴 때 화산에 입문한 거 아니었어요?"

"……응? 그게 왜?"

"제가 듣기로 사천의 상단들은 어린애들을 상행에 끼워 주지 않는다고 하던데. 사형은 어떻게 상행에 따라간 거예요?"

순간, 조걸의 얼굴에 당혹감이 어렸다.

"그, 그걸 네가 어떻게 알아?"

"왜 몰라요? 그 상단 중 절반은 우리 당가에 물건을 대는 곳들인데. 당연히 알죠. 당가 직계들은 기본적인 가문의 일은 어릴 때부터 배우니까."

조걸의 이마에 살짝 땀이 배어났다.

"나, 나는 상단주의 아들이니까……."

"그래도 이상하죠. 사형 나이를 생각하면 화산에 입문하기 전에 기껏해야 상행을 두세 번도 못 나가 봤을 것 같은데, 대체 언제부터 상행에 동행하신 거예요?"

"아……. 그, 그게 중요한 게 아니라. 그보다 오늘 날씨가……."

그 순간 윤종이 씨익 웃으며, 얼굴이 벌겋게 달아오른 조걸의 어깨에 손을 올렸다.

"보자, 보자. 요 혓바닥이냐?"

그리고 백천도 빙그레 웃으며 조걸의 머리를 쓰다듬듯 손을 뻗어 머리채를 움켜잡았다.

"아니. 요 조동아리 같은데?"

어색한 웃음을 지은 조걸이 더듬더듬 입을 열었다.

"그래도 솔직히 제가 좀 더 아는 건 맞잖습…… 아악!"

조걸의 말이 채 끝나기도 전에, 윤종이 입을 찰싹찰싹 때려 댔다.

"그래. 맞아라, 맞아. 요놈의 조동아리!"

억울해진 조걸이 제 얼굴을 감싸 쥐고 왁왁 소리쳤다.

"아니, 어쨌든 틀린 사실은 없다니까요? 북쪽으로 향할수록 인적은 더 드물어질 겁니다!"

백천이 제 턱을 쓰다듬고는 고개를 끄덕였다. 틀린 놈이 하는 말이지만, 맞는 말이니까.

"촌장님. 혹시 여기서 여양까지 며칠쯤 걸리겠습니까?"

백천의 질문을 들은 방노가 고민하는 듯하다 입을 열었다.

"저희가 화음에는 방문해 본 적이 거의 없어서 잘은 모르겠지만, 곁에 있는 서안까지는 보통 갈 때 스무 날, 돌아올 때 보름 정도 걸렸습니다."

"……그렇게나 멉니까?"

"부지런히 재촉하면 열흘 안에도 갈 수 있을 겁니다. 하지만 가는 길이 워낙 험한 산맥을 끼고 있어서요."

백천이 고개를 끄덕였다. 거리만 따지자면 그리 멀지는 않다고도 할 수 있겠지만, 여양산맥을 끼고 가는 길이 평지와 같을 리가 없었다.

"산길이 험해서 그런 거군요."

"아니, 그게 아닙니다."

방노 대신 끼어들어 대답한 방영이 심각한 얼굴로 덧붙였다.

"여양산맥이 험한 건 사실이지만, 산자락만 잘 타고 가면 시일을 오히려 단축할 수 있습니다. 여양까지 가는 길이 오래 걸리는 건 오히려 여양산맥을 타고 갈 수가 없어서 그럽니다."

"어째서입니까?"

"뻔하지요. 산적 때문입니다."

그 말을 들은 조걸이 갸웃거리며 물었다.

"사형. 섬서에도 녹림이 있었습니까? 왜 난 몰랐지?"

"그게 아니라 산적이라지 않느냐."

"예. 녹림이요."

"아니! 녹림이 아니라 산적이라고!"

"아니, 사형 뭘 잘못 처잡수셨습니까? 뭔 이상한 소릴……. 악! 아악! 입 좀 때리지 마십쇼! 악!"

이번엔 조걸의 턱주가리를 한 손으로 잡고 입을 찰싹찰싹 때리던 윤종이 힘없이 제 얼굴을 쓸었다. 이런 새끼를 믿고 같이 마적과 싸우러 가야 한다니. 차라리 이 근처에 적당히 묻어 버리는 게 여양 사람들과 화산의 미래를 위해 나은 선택이 아닐까?

"여하튼 그럼 여양산맥을 타고 가면 되겠네요. 거기로 가면 빠르다는 거잖아요."

"그런 것 같구나. 사숙, 어떻습니까?"

"좋은 생각 같다."

"아, 아니! 뭘 들으신 겁니까? 그쪽은 위험하다니까요."

방영이 당황하여 목소리를 높였다. 하지만 화산의 제자들은 여전히 태연할 따름이었다.

"예? 위험이라뇨? 뭐가?"

"산적이 있다 하지 않았습니까! 산적!"

그 순간 백천, 윤종, 조걸, 유이설의 고개가 동시에 모로 꺾였다. 도무지 이해할 수 없다는 듯한 표정이었다. 이해하지 못한 네 사람이 서로를 돌아보고 쑥덕대기 시작했다.

"산적이 위험하다는 거지, 지금?"

"그런 것 같은데요."

"왜?"

화산 제자들은 자기들끼리 떠들다가, 넋이 나간 채 자신들을 바라보는 여양 사람들을 뒤늦게서야 발견했다. 백천이 몇 번 헛기침을 뱉더니 방노와 방영에게 다가가 부드럽게 웃으며 입을 열었다.

"촌장님. 제 생각입니다만, 산적들이 그리 위험하지는 않을 것 같으니 빠른 길로 가시는 쪽이……."

"그게 무슨 말씀이십니까?"

그러자 방노가 기겁하더니 손을 마구 휘저으며 말했다.

"여양산맥의 산적 놈들은 여간 흉포한 것들이 아닙니다. 그놈들의 소문이 사방에 쫙 깔린 걸 모르신단 말입니까?"

눈을 굴리던 윤종이 조걸에게 속삭였다.

"들어 봤냐?"

"전혀요. 섬서에 산적이 있단 이야기는 못 들어 봤는데요."

"……난 어디선가 한번 들은 것 같은데."

"엥? 어딥니까, 거기가?"

"글쎄. 근처였던 것 같은데. 무슨 채라더라……?"

당소소가 이마를 짚으며 애써 백천을 외면했다. 사숙. 그거 화산이에요……. 남들은 우릴 화산채라 부른다고요.

"아무튼 절대 안 됩니다."

"아니, 지금 여양 분들의 안전이 위협받는 상황이니까 조금이라도 빨리……."

"저희가 산맥을 오르다가 산적 놈들에게 당하기라도 하면 마을은 누가 지켜 준다는 말씀이십니까? 제발 다시 생각해 주십시오."

백천이 난처하다는 얼굴로 뒷머리를 긁적였다. 방노만이 아니라 여양 사람들 모두가 겁에 질린 표정으로 그를 바라보고 있었다.

그깟 산적 놈들 눈에 띌 때마다 곤죽을 내서 나무에 거꾸로 매달아 버리면 된다고 하고 싶지만, 아무리 봐도 이 사람들은 그들을 믿는 눈치가 아니었다. 그렇다고 길을 안내하는 이들에게 잠자코 따라오라고 강요를 할 수도 없는 노릇이고.

"정 그러시다면야……."

결국 백천이 한숨을 푹 내쉬고는 고개를 끄덕였다. 신뢰는 강요로 쌓는 게 아니라, 점차 얻어 나가는 것이다. 이번 일이 잘 해결되면 산적 정도야 돌아오는 길에서도 정리할 수 있지 않겠는가. 좋은 게 좋은 거라고, 지금은 이들과 굳이 대립할 필요가 없었다.

"알겠습니다. 오신 길로 가지요."

그제야 방노가 화색이 되어서는 연신 고개를 숙여 대며 말했다.

"저희가 도사님들을 믿지 못하는 게 아니라, 여양의 산적들은 그 수가 워낙 많습니다. 마적 놈들이 날뛰기 전까지만 해도 가장 골치를 썩이던 게 그 산적 놈들이었으니 말해 무엇하겠습니까?"

"대체 수가 얼마나 되기에 그러십니까?"

"못해도 몇백은 될 겁니다."

예상치 못한 수에 백천이 움찔 놀라서 되물었다.

"산적 놈들의 수가 백이 넘는단 말입니까? 그 정도면 거의 녹림 산채급인데?"

"제 말이 그 말입니다. 정말 위험한 놈들입니다."

백천과 다른 제자들이 서로를 마주 보았다.

"너무 많아."

"아무래도 그렇죠? 수도 수지만, 놈들의 본거지니 어떤 함정이 있을지도 모르고."

눈빛을 주고받은 사람들이 빠르게 고개를 끄덕였다.

'그럼 그냥 돌아가는 걸로.'

'그럽시다.'

그들 사이에서 암묵적인 합의가 끝나려는 바로 그때였다.

"절대 안 됩니다! 절대! 수도 많은데 흉악하기까지 합니다. 게다가 여양산맥이 워낙 험한 곳이다 보니 관군도 토벌을 해 주지 않아 사람들이 지금도 피해를 적지 않게 보는 중입니다!"

방노가 재차 강조하며 말했다. 화산 제자들의 얼굴이 사색이 되었다.

"말도 마십시오. 우리 마을이야 마적 놈들이 제일 큰 문제라 그렇지, 다른 곳은 그 산적 놈들 때문에 하루하루 벌벌 떨며 살고 있습니다. 그 놈들이 잘 사는 마을에 쳐들어가 순박한 양민들을 얼마나 괴롭…….'

"아하하하하하! 촌장님! 촌장니이이임!"

조걸이 재빨리 방노에게 달려가 그 입을 막고는 필사적으로 속삭였다.

"제, 제발 목소리를 낮추시고! 그런 말은 너무 크게 하시면!"

"예?"

방노가 그게 무슨 말이냐는 듯 눈을 껌뻑이던 찰나였다.

"딸꾹."

어깨를 움찔한 백천과 제자들의 시선이 천천히 뒤쪽으로 향했다.

긴 여정에 필요한 가벼운 물품들을 실은 작은 수레, 그 수레에 옷가지처럼 널브러져 있던 무언가가 몸을 일으켰다.

"딸꾹."

산발한 머리에 불콰하게 달아오른 얼굴. 반쯤 몽롱하게 풀린 눈. 수레가 꽤 커서 거리가 상당히 떨어져 있는데도, 그냥 보고만 있어도 술 냄새가 폴폴 풍겨 오는 것만 같았다.

오해를 방지하기 위해 첨언하자면, 저건 수레에 드러누워 술을 먹다 잠든 청명이 놈이 아니었다. 걸으면서 끝도 없이 술을 퍼먹다 취해 엎어져, 보다 못한 백천이 수레에 던져 넣은 청명이 놈이지.

그 반쯤 풀린 눈을 마주한 화산 제자들의 얼굴이 희게 질렸다.

"그……. 청명아?"

그 순간 청명이 놈의 얼굴이 새빨갛게 달아올랐다.

'들었구나!'

아무리 여양산맥이 변방이라지만, 산적이 판을 친다는 소리를 들으면 저 망둥이 같은 놈이 어떻게 반응할지는 뻔했다.

모두가 앞으로의 일을 직감하고 눈을 질끈 감은 그때.

"웨에에에에에에에에엑!"

"아악! 드러워!"

청명이 수레 밖으로 고개만 뺀 채 몸속에 든 것을 시원하게 게워 냈다.

"……저, 저."

"과하게 퍼먹더라니."

술을 거의 동이째로 처먹고 뻗어서는 털털거리는 수레에 실려 왔으니, 속이 뒤집히지 않았을 리가 없다.

"아우, 죽겠네. 뭔 술이 숙취가 이렇게……. 끄으……."

청명이 고개를 좌우로 획획 털어 댔다. 뒤로 묶은 말총머리가 요란하게 흔들렸다. 저쯤 되면 거의 사람보다는 짐승에 가깝다.

"그러게 작작 좀 먹지 그랬냐."

"끄응. 그럴걸."

청명이 제 입가를 소매로 쓱 문지르고는 기지개를 켰다.

"하암. 그래서, 잘 가고 있어?"

"그럼요! 사형!"

"하하. 뭐 그런 걸 묻고 그러냐. 길이라도 잃을까 봐?"

혜연과 유이설은 눈을 돌리며 입을 꾹 닫았다. 그사이에 다른 이들이 재빨리 딴청을 부렸다. 웬만큼 눈치 좋은 이라 해도 의심의 '의' 자도 꺼내지 못할 만큼 능수능란한 연기였다.

"그럼 됐고. 그럼 한숨 더 자 볼까."

청명이 수레에 다시 늘어졌다. 그 모습을 본 일행이 조용히 안도의 한숨을 내쉬고는 아무 일 없다는 듯 다시 앞으로 나아가기 시작했다.

"아니지."

그때, 삐딱한 목소리가 날아와 뒤통수에 박혔다.

"그쪽 아니고, 저쪽이잖아."

"……으응?"

백천이 무슨 소리냐는 듯 고개를 돌렸다. 하지만 그의 눈에 들어온 것은 청명의 얼굴이 아니라, 위로 삐죽 솟아 있는 그의 손이었다. 검지 하나만 딱 펴서 어딘가를 가리키고 있는.

"무슨 소리냐?"

청명의 손가락은 바로 수레 앞쪽을 가리키고 있었다. 하지만 백천의 반문이 돌아오기 무섭게, 그 손가락이 천천히 움직이기 시작했다.

"어…….."

모두가 그 손가락 끝을 멍하니 바라보았다. 이윽고 그 손가락이 멈춰 선 곳을 바라본 이들의 얼굴이 시커멓게 썩어 들어갔다. 저 너머 굽이굽이 이어지는 거대한 산맥이 펼쳐져 있었다.

"방향 똑바로 잡아야지."

"그게, 그러니까…….."

"출발해."

윤종과 유이설은 눈을 질끈 감았고, 조걸은 정신을 놓은 것처럼 입을 헤, 벌렸다. 당소소는 제 얼굴을 비벼 댔고, 혜연과 백천은 말없이 하늘을 바라보았다.

하지만 같은 것은 하나. 그들의 어깨가 동시에 아래로 추욱, 하고 처졌다는 것이었다.

선두에 있던 조걸이 눈물을 머금고 수레의 방향을 틀었다.

"예? 아니, 지금 이게?"

여양 사람들이 영문을 모르고 그들을 바라보았다.

"지금 어딜 가시는……? 저희가 하는 말을 못 들으셨습니까?"

세상에는 논리와 상황, 그 모든 것을 초월하는 벽이 있다. 그걸 설명하기에는 너무 기운이 빠져 버린 이들이었다.

긴 여정으로 이미 지칠 대로 지친 노인이 산을 타는 것은 거의 불가능한 일이다. 그리고 설령 노인이 아니라 해도 쉬운 일이 아니라는 것은 자명하다. 하지만 여양의 사람들은 딱히 어렵지 않게 산을 오르고 있었다.

화산 사람들이 그들의 체력을 배려해 느긋이 산을 오르고 있기 때문에? 한시가 급한 이 상황에 당연히 그럴 리는 없었다. 이유는 한 가지. 그들은 제 다리로 산을 오르고 있는 게 아니기 때문이다.

척. 척. 척. 척. 발소리가 지치지도 않고 일정한 간격으로 들려왔다. 험난한 산의 풍경이 빠른 속도로 지나갔다. 방노는 신기해하며 자신을 업은 이의 뒤통수를 바라보았다.

아무리 늙고 굶주려 비쩍 마른 몸이라고 한들 그리 가벼운 무게는 아닐진대. 이 청년은 마치 그가 아니라 가벼운 깃털이라도 등에 진 것처럼 산을 오른다. 산이 아닌 평지라고 해도 방노로서는 이리 수월히 나아갈 자신이 없었다.

"산을 무척 잘 타시는군요."

"화산에서는 이런 건 산으로 쳐주지도 않습니다."

"……그렇긴 하겠네요."

끝을 알 수 없을 만큼 가파른 화산을 생각하니 눈앞이 핑글 도는 기분이었다. 마을 사람들의 목숨이 걸린 일이라 간절하여 아득바득 오른 것이지, 아니었다면 산문에 도착하지도 못했을 것이다. 그 미친 산에 비한다면 확실히 이곳은 인간적이다. 하지만 오히려 그래서 문제였다.

"그런데 지금 그게 문제가 아니잖습니까? 정말 이리로 가실 겁니까? 이러다 산적 놈들의 눈에 띄면……."

"그게……."

백천이 영혼 빠진 얼굴로 뒤를 돌아보았다.

"아오오오오오!"

수레를 거의 등에 지다시피 해 끌고 산을 오르던 조걸이 갑자기 수레를 내팽개치며 소리를 빽 질렀다.

"아니! 내가 왜 이걸 지고 산을 올라야 하냐고!"

"그럼 두고 가?"

"그게 아니라! 적어도 너라도 내리라고!"

"내가 술을 먹어서 힘이 없다니까?"

"꺼억! 뒤, 뒷골! 내 뒷골이……."

그 광경을 바라보던 백천이 한숨을 푹 내쉬었다.

"대화는 사람과 하는 거지, 짐승과 하는 게 아닙니다."

"……."

"걱정하지 마세요. 별문제 없을 테니까요."

"으음……."

모든 것을 체념한 듯 힘 빠진 목소리였다. 방노가 보았을 때도 수레에 탄 어린 제자, 청명과는 말이 통할 거 같지 않았다. 그를 설득할 자신도 없었다.

별문제 없을 거라지만, 방노의 마음은 계속 불안으로 술렁거렸다. 산적이 득시글거리는 산을 타는 건, 아무리 봐도 미친 짓으로밖에 보이지 않았다. 그런데도 방노가 목숨을 걸고서 이들을 막아서지 않은 것은, 이제 살 만큼 살아 삶에 미련이 없어졌기 때문은 결코 아니었다.

'산이 이리 넓은데 설마.'

산에 오르는 이들이 모두 산적과 조우하는 건 아니다. 만일 그랬다면 세상의 누구도 산에 오를 수 없을 것이고, 결국 약탈할 대상을 잃어버린 산적들도 산을 버리고 떠나야 할 테니까 말이다. 냉정하게 따져 볼 때, 이 넓디넓은 산에서 그들이 산적과 마주칠 확률은 마주치지 않을 확률보다 확연히 낮았다.

더구나 돌아가는 꼴을 보니 또 다른 기대도 있었다.
　"아니! 멀쩡한 길 놔두고 왜 이리로 가냐고! 왜! 너 우리 엿 먹이려고 일부러 이러는 거지?"
　"길로 가면 돌아간다니까?"
　"원래 그러라고 있는 게 길이잖아!"
　"사형, 생각을 해 봐. 직선으로 가는 게 효율적이야, 곡선으로 가는 게 효율적이야?"
　"어?"
　"저 삐뚤빼뚤한 길 따라가다가 언제 도착해? 일직선으로 쭉 뚫고 가는 게 훨씬 빠르지. 쯧쯧. 이래서 무식한 것들이랑은."
　멍하니 청명을 바라보던 조걸이 뒤늦게 정신을 차리고 소리 질렀다.
　"야, 이 미친놈아! 그게 말이나 되는 소리냐? 직선으로 가면 봉우리를 넘고, 절벽을 뛰어넘어야 하는데!"
　"못 해? 못 하냐고."
　"당연히……. 아니, 할 수 있지. 할 수는 있는데……."
　"그럼 그게 효율적이잖아."
　조걸이 입을 뻐끔거리다 말고 고개를 모로 꺾었다. 이내 조걸의 눈빛이 약간 멍해졌다.
　"그런가……?"
　"말려들지 마, 이 미친놈아! 뭘 고개를 끄덕이고 있어?"
　"근데 사형. 들어 보니 맞는 말 같기도 합니다."
　얼빠진 대답에 윤종이 제 얼굴을 감쌌다. 저 새끼는 청명이 놈이랑 수준이 똑같다. 아니, 제발 똑같기라도 했으면 좋겠다. 그 등에 진 수레는 그럼 누가 메고 절벽을 타 넘어야 한다고 생각하는 건가.
　윤종이 조걸에게 최대한 욕설을 배제한, 도인다운 인격 모독을 가하는 동안 제자들의 등에 업힌 여양 사람들은 나름의 눈빛을 교환했다.

'길만 아니면 된다.'
'산적이라고 산을 다 지키는 건 아니니까.'
'잘하면 괜찮을지도 모르겠네요.'

그렇게만 된다면 더할 나위 없다. 산길이 아니라 숲을 뚫고 가니 도착도 빠를 테고, 산적을 만날 확률도 훨씬 줄어들 것이다.

하지만 그런 여양 사람들도 미처 생각하지 못한 것이 하나 있었다. 사람들이 산길을 따라 산을 넘는 이유가 단순히 다른 곳이 험하기 때문만은 아니라는 사실이었다.

"자, 잠시 쉬어 갑시다!"
"예?"
"자, 잠시만! 더는 힘들어서……."

방노의 말에, 부지런히 산을 타던 조걸이 인상을 와락 구겼다. 조걸에게 수레를 받아 끌고 가던 백천의 시선도 방노에게 닿았다.

"영감님! 업고 가는 건 우린데 왜 영감님이 힘들어하십니까?"
"이상하다는 건 저도 압니다만……."

방노는 미칠 지경이었다. 조걸의 말대로 그들은 그냥 업혀 갈 뿐이었다. 반면 화산 제자들은 그들을 업고 산을 타는 것으로도 모자라, 돌아가며 수레를 끌기까지 했다. 농담으로도 힘들다는 소리를 입 밖으로 낼 처지가 아니었다. 하지만 어떡하겠는가, 정말 당장 죽을 판인 것을.

군마(軍馬)를 타는 이들에겐 그에 걸맞은 체력이 필요하다더니, 그 말이 틀린 말이 아니었다. 게다가 이 양반들은 군마 따위는 앞에서 투레질도 못 할 사람들이었다.

아니, 이 높은 산 세 개를 반 시진도 되지 않아 뛰어넘는 게 어디 말이나 되는 일인가. 그것도 그들을 업고 빽빽한 숲을 뚫으면서. 산을 거의 전력 질주로 주파하고 있다.

그러니 그 위에 업혀 있는 사람은 어떻겠는가. 방노는 지금 장정이 전력으로 휘두르는 도리깨 위에서 공중제비를 도는 기분이었다. 업혀 가는 마당에 차마 말을 못 하고 있었을 뿐이지. 하지만 체면이고 뭐고 이젠 한계였다.

"자, 잠시만 쉬……. 우, 우읍!"

"아악! 토하지 마세요! 내려 드릴게! 내려 드릴게!"

그렇게 일행이 잠시 멈춰 섰다.

"으으으으……."

거의 시체처럼 창백해져서 바닥에 뻗어 버린 방노 정도는 아니었지만, 다른 이들도 앓아누운 건 마찬가지였다.

"어으……. 죽겠……."

"자. 여기 물 드세요."

"감……사합니다."

방영이 윤종이 내민 물을 받아 들고는 거칠게 들이마셨다. 젊은 그는 그나마 상태가 나은 편이었다. 한참 물을 마시고 겨우 정신을 차린 방영이 저들끼리 대화하는 화산의 제자들을 새삼스레 바라보았다.

"여기는 화산이랑 다르게 엄청나게 우거진 것 같습니다. 나무가 빽빽한 게, 같은 산이라도 형태가 엄청 다릅니다."

"맞아."

"거참, 사형이랑 사고는 뭔 화산에 붙은 귀신쯤 됩니까? 이게 신기해 할 일이에요?"

"어디 사고한테 목소리를 높여요!"

"그러는 너는 왜 사형한테 목소리를 높이냐?"

"사형이 사형 같아야지!"

헛웃음이 절로 나왔다. 손 하나 까딱 않고 업혀 온 그들은 숨이 넘어가는데, 화산 제자들은 지친 기색도 없이 주변 경관을 구경하고 있다.

'일전에 보았던 종남의 제자들이 저 정도였던가?'

방영이 절레절레 고개를 저었다. 물론 그처럼 무학을 모르는 이가 무인들의 실력을 평하는 건 어불성설이겠지만, 적어도 그의 눈에는 이들이 훨씬 대단해 보였다. 여양으로 오는 내내 종남의 제자들이 너무 멀고 길이 험하다며 투덜댔다는 건 여양 사람들이라면 다 아는 이야기니까.

"이렇게 가면 며칠이나 줄일 수 있을까요?"

그때, 뭔가 생각하는 듯하던 청명이 불쑥 물었다. 갑자기 들려온 질문에 방영이 살짝 고민하다 대답했다.

"으음. 이 속도를 유지할 수 있다면……. 한 오 일 정도면 도착할 것 같긴 한데."

다른 여양 사람들의 얼굴이 해쓱해졌다. 이 속도로 오 일이나?

"음. 그럼……. 한 사흘이면 도착하겠네요."

"예? 제가 분명 오 일쯤 걸린다고……. 서, 설마 여기서 속도를 높이실 생각이십니까?"

"에이, 그럴 수는 없죠. 저희는 몰라도 여러분들이 못 버티죠."

"그, 그렇죠?"

놀란 가슴을 쓸어내리려는 찰나, 청명이 덧붙였다.

"그래서 사흘인 거죠."

방영이 도통 대화를 따라가지 못하고 눈을 끔뻑였다. 다른 이들은 별반 놀란 기색도 없었다. 그럴 줄 알았다는 표정이었다.

"잠 안 자면 되니까."

"자주 하던 거지. 뭐."

"걱정하지 마시고 주무세요. 알아서 업고 갈 테니까."

여양 사람들이 경악하여 입을 쩌억 벌렸지만, 백천은 염려치 말라는 듯 웃기만 했다.

"자, 잠을 안 자고 가신다고요?"

"예. 괜찮습니다. 저희는 익숙해서. 이래 봬도 튼튼하거든요."

백천이 안심이라도 하라는 것처럼 제 팔을 접어 근육을 만들어 보였다. 하지만 여양 사람들은 그들의 강건함에는 관심조차 없었다. 당장 저 등판 위에서 반 죽어 갈 자신들의 안위가 걱정이지.

"……중간에 내가 가거든 어쨌든 고향 땅에는 묻어 줘라."

"아, 아버지! 그게 무슨."

여양인들이 먹구름 낀 자신들의 앞날에 절망하고 있을 때, 당소소가 고개를 갸웃하고 물었다.

"그런데 이상하긴 하네요. 다른 사람들은 왜 길을 고집하는 걸까요? 우리 같은 속도는 아니더라도 숲을 뚫고 가면 시간을 단축할 수 있을 텐데. 어쨌든 큰 산길만 피해 다니면 산적과 마주칠 일도 잘 없을 듯한데요."

그 말을 들은 방영이 쓴웃음을 머금었다.

"양민들이 산을 피해 다니는 건 꼭 산적 때문은 아닙니다. 차라리 산적이 나을지도 모릅니다. 이곳 산맥의 산적 놈들은 거칠기 짝이 없지만, 어떤 산의 산적들은 적당히 통행료만 받기도 하거든요."

어지간히 악명 높은 놈들이 아니라면, 숲을 뚫고 지나갈 바에 돈을 내고 지나가는 게 낫다는 것이다.

"산이 무서운 건 꼭 산적 때문은 아닙니다. 차라리……."

바로 그 순간이었다. 어디선가 들릴 듯 말 듯 나지막하게 그르렁대는 소리가 방영의 말허리를 자르고 들려왔다. 윤종이 눈을 찌푸리며 당연한 듯이 조걸을 타박했다.

"걸아. 배고프면 밥 먹어라. 개소리 내지 말고."

"개소리라뇨, 사형! 제가 뭔 소리를 냈다고요?"

"방금 소리 냈잖아."

"뭔 소리요? 입도 뻥긋 안 했는데."

"아니, 내가 들었……."

크르르.

"……는데. 엥?"

윤종의 고개가 뒤로 돌아갔다. 방금 들은 개(?)소리가 조걸의 입이 아니라, 저 뒤에서 들려왔다는 걸 깨달은 것이다.

뒤쪽으로 보이는 울창한 숲. 울창하다 못해 빽빽하다는 말이 어울리는 그 숲의 어둠 속에서 무언가 불타고 있었다.

"뭐야, 저거……."

어허허허흐으으응! 그 순간, 거대한 포효가 터져 나오며 샛노란 한 쌍의 도깨비불이 천천히 그들을 향해 다가왔다. 이윽고 빛이 드는 곳에서 드러난 모습은…….

"범이네?"

"호랑이야."

"엄청 크네."

화산의 제자들이 모습을 드러낸 대호를 신기해하며 바라보았다.

"이야, 진짜 크다. 여기가 야수궁도 아닌데."

"그러니까요. 잘 자랐네."

화산의 제자들은 신기한 것이라도 본 듯 굴었지만, 여양 사람들마저 그럴 수는 없었다.

"히이이이익! 범이!"

"도, 도망쳐야 합니다! 저만한 범이면 장정 네다섯은 한순간에 물어 죽입니다!"

그들이 놀라 우왕좌왕 어쩔 줄을 몰라 하자, 윤종이 빙긋 미소 지었다.

"진정들 하십시오. 그래 봐야 범입니다."

"예?"

"저희가 검을 심심풀이로 익힌 건 아니잖습니까? 저런 범 한 마리 정도는 얼마든지 상대할 수 있습니다. 그러니 염려 말고 기다리십시오."

"저, 근데……."

"못 믿으시겠으면 잠시 계셔 보시면 됩니다. 금방 처리할 테니까요."

"아니……. 그게 아니라."

방영이 멍한 얼굴로 물었다.

"그럼……. 범이 한 마리가 아니면 어떻게 되는 겁니까?"

그 말을 이해하지 못한 윤종이 어안이 벙벙한 표정을 짓다가 순간 움찔하고는 떨떠름한 얼굴로 고개를 돌렸다.

바스락. 앞에 나선 범 뒤로 또 다른 도깨비불이 피어난다.

바스락. 바스락. 귀를 기울이지 않으면 잘 들리지도 않을 작은 발소리와 함께 또 한 마리의 범이 그 모습을 드러냈다.

"……한 마리가 아니네?"

범이 두 마리나 나타나다니, 거참 신기한…….

그때, 나타난 범들의 측면에서 또 다른 작은 소음이 들려왔다.

"두 마리도 아닌 거……. 같은데?"

하지만 거기서 끝이 아니었다. 발소리가 연달아 이어졌다. 바스락. 바스락. 바스락. 주변을 둘러본 화산의 제자들이 허허 웃어 버렸다.

"……환장하겠네."

열 마리가 훌쩍 넘는 커다란 대호들이 흉흉한 기색으로 그들을 포위하고 있었다.

이쪽을 봐도 호랑이. 저쪽을 봐도 호랑이. 웬만해서는 믿기 힘든 일이지만, 눈으로 보고 있으니 믿지 않을 도리도 없었다. 지금 그들은 범에게 둘러싸인 것이다.

"범 떼네요. 범 떼. 내 살다 살다 별걸 다 보네."

화산의 제자들을 매우 흥미로운 눈빛으로 나타난 범들을 바라보았다.

하지만 그건 화산 제자들의 입장이고, 산신(山神)이라 불리는 호랑이를 하나도 아니라 열이 넘게 마주한 여양 사람들은 거의 혼이 나가 버렸다.

"버, 범이……. 여, 열 마리……."

가장 먼저 방노가 넋을 놓아 버렸다. 저 샛노란 눈과 범 특유의 무늬를 보는 것만으로도 심장이 멎을 것만 같았다.

크르르르. 개중 유독 더 커다란 범이 얼굴을 일그러뜨리며 이를 드러냈다. 위협하듯 낮게 들려오는 울음소리가 이내 커다란 포효로 화했다.

크허어어어어어엉! 그게 신호라도 된 듯 범들이 일제히 달려든다. 자신들의 운명을 직감한 여양 사람들이 눈을 질끈 감았다.

"아니, 근데 이 새끼들이!"

콰앙! 그런데, 짜증이 가득 섞인 목소리와 함께 난데없이 폭음이 울려 퍼졌다.

당황한 방영이 눈을 번쩍 떴다. 그의 눈에 어째서인지 바닥에 처박혀 있는 호랑이와 그 앞에 검을 검집째 들고 있는 청명의 모습이 보였다.

대체 무슨 일이 벌어진 거지?

"어디 짐승 새끼가 사람한테 이빨을 드러내? 뒈지고 싶냐?"

그 말에 방영의 눈이 바닥에 엎어진 범에게로 향했다. 길게 빼문 혀와 질질 흐르는 침. 그리고 모로 꺾인 머리까지 보면, 어…….

'이미 뒈진 것 같은데요?'

그……. 말은 틀린 말이 아닌데, 보통 그 말을 죽여 놓고 하지는 않을 텐데……. 아니. 이게 아니지.

"이럴 리가 없는데……. 여양산맥의 범들은 사람도 물어 가는……."

그 순간 청명이 고개를 뒤로 휙 돌렸다. 그 번들거리는, 속된 말로 반쯤 맛이 간 시선을 받은 방영이 흠칫 몸을 움츠렸다.

"뭐? 사람을 물어 가?"

"……제, 제가 알기로는 그런데."

청명이 어이가 없다는 듯 웃고는 화산의 제자들을 바라본다.

"들었지? 곱게 죽이지 말고 늘씬하게 패서 죽여."

"오냐, 알겠다. 맡겨만 둬!"

스릉! 조걸이 신이 나서 검을 뽑고 앞으로 달려들려 하자, 청명이 다리를 쑥 뻗어 조걸의 발을 걸었다.

"아악!"

앞으로 철푸덕 엎어진 조걸이 꿈틀꿈틀하더니 꽥 소리를 질렀다.

"갑자기 왜!"

"검은 뽑지 말고. 가죽 상하잖아."

청명이 히죽 웃으며 말했다.

"지금 그게……."

"곱게 죽여, 곱게. 써는 대신 늘씬하게 패서."

방영이 입을 헤 벌렸다. 늘씬하게 팬다와 곱게 죽인다가 과연 양립할 수 있는 말이던가? 하지만 화산의 제자들은 그 말이 익숙한 것처럼 어깨를 으쓱하며 앞으로 걸어 나갔다.

"그러니까 뼈마디는 다 부숴 놓고, 가죽은 살리라 이 말이지?"

"그렇지, 그렇지."

"쯧. 하여간 바라는 게 많아요."

투덜거리던 백천이 검을 검집째 들어 올리며 히죽 웃었다.

"근데 뭐……. 사람을 물어 갔으면 대가는 치러야지."

범들의 안색이 새파랗게 질렸다. 적어도 방영의 눈에는 그랬다.

청명이 콧노래를 부르며 검을 슥슥 밀어 댔다. 검을 한 번 놀릴 때마다 혀를 빼문 호랑이의 몸에서 가죽이 슬금슬금 분리된다.

"이게 다 얼마야. 이히히힛!"

호피(虎皮). 그러니까 호랑이의 가죽은 무척 고가에 거래되는 물품이다. 그런데 상처 하나 나지 않은 커다란 호피? 이건 돈벼락이라 해도 과언이 아니었다.

"으헤헤헤! 사람이 착하게 사니까 산만 타도 호랑이가 떨어지네!"

"……보통 그건 악하게 살아서 벌어지는 일 아니냐?"

"산신령님도 노력은 하셨네."

이왕이면 좀 더 노력하시지. 저놈을 해하기에는 천벌이 부족했다. 화산 제자들이 고개를 설레설레 내저었다. 그 광경을 여양 사람들은 귀신이라도 본 것 같은 얼굴로 지켜보고 있었다.

"……호랑이를 몽둥이로 때려잡네."

사실 검집을 끼워도 검은 검이니, 몽둥이란 표현은 적절하지 않았다. 하지만 조금 전 저들이 호랑이를 패 죽이는 광경을 본 사람들이라면 모두가 이 말에 고개를 끄덕일 것이다.

방영은 범이 그렇게 처절하고 애처로운 비명을 내지를 수 있다는 것을 생전 처음 알았다. 얼마나 심했으면, 까딱하면 꼼짝없이 호랑이 밥이 될 뻔한 입장이었음에도 호랑이들이 불쌍하다 느껴졌을 정도다.

그새 호랑이 가죽을 전부 벗겨서 늘어놓은 청명의 입이 귀에 걸렸다.

"크으, 밥을 안 먹어도 배가 부르네."

"그야 술을 그만큼 처먹었으니까."

"히히히. 좋아, 좋아. 이게 다 얼마야!"

비아냥거려도 안 들리는 모양이다. 백천이 땅이 꺼져라 한숨을 내쉬었다. 청명은 낄낄대며 호랑이 가죽들을 둘둘 말아 수레에 집어넣었다. 조걸이 인상을 구겼다.

"모난 놈 옆에 있으면 정 맞는다더니, 저 새끼랑 같이 다니니까 범 떼를 다 만나……. 음? 범 떼가 맞나? 뭔가 말이 좀 이상한 것 같은데."

"이상하겠죠. 그런 말은 없으니까."

청명이 하는 양을 보며 혀를 쯧쯧 차던 당소소가 당연하다는 듯 말했다. 잘 생각해 보면 알 수 있는 일이다.

"늑대 떼, 양 떼는 있어도 범 떼는 없다고요. 범은 애초에 같이 몰려다니는 짐승이 아니니까. 범은 영역 동물이라 산 하나에 범이 한 마리밖에 없는 게 정상이라고요."

"엥? 그럼 왜……. 여기가 산맥이라 그런가?"

"아니! 산이 많아도 다른 산에는 발을 안 들인다고요! 범은 같이 안 다닌다니까? 그게 상식이라고요."

답답하다는 듯 뾰족해진 당소소의 목소리가 돌아왔다. 고개를 갸웃거리던 조걸이 수레에 차곡차곡 실린 범 가죽들을 턱짓으로 가리켰다.

"그럼 저건 뭔데?"

"저건……."

조걸의 시선을 따라 고개를 돌린 당소소의 얼굴이 살짝 일그러졌다.

"거의 뭐 자기들끼리 친구 먹었던데?"

아니! 그러니까 이상한 일이라는 거 아냐! 속이 터진 당소소가 대답이 없자, 조걸이 팔짱을 끼고 말했다.

"하여간 헛똑똑이 같으니. 뭐 맨날 좀 안다고 재잘재잘. 내가 눈 시퍼렇게 뜨고 본 건데. 범은 같이 안 다녀요, 그게 상식이에요오오오."

"아악! 짜증 나! 저 인간을 팰 수도 없고!"

"다시 생각해 봐라, 소소야. 팰 수 있다. 아무도 문제 삼지 않을 거야."

"찬성."

"동감."

"아니, 이러깁니까?"

당소소가 눈을 빛내자, 흠칫한 조걸이 잽싸게 수레 뒤로 피신했다. 피식 웃은 백천이 제 턱을 문지르며 범 가죽들을 바라보았다.

'확실히 이상하긴 하네.'

그 역시 범들이 이리 몰려다닌다는 이야기는 듣도 보도 못했다. 이 범 떼와 마주친 것이 그들이니 다행이지, 다른 이들이었다면 횡액을 면치 못했을 것이다.

"사숙, 이거요. 여기 범 입가에 묻은 거요."

"피잖아? 맞으면서 객혈한 거 아냐?"

"아니요."

그때, 호피의 얼굴 부분을 심각하게 바라보던 당소소가 손가락으로 말라붙은 붉은 피를 매만져 보더니 말했다.

"아무래도 이거 사람 피 같아요."

"사람?"

"네. 아직 완전히 마르지 않았으니……. 한두 시진 전에 묻은."

백천은 물론, 주변에 있던 이들 모두 표정이 딱딱하게 굳었다.

"확실하냐?"

"아마도요."

한숨을 푹 내쉰 백천이 눈을 질끈 감았다. 한두 시진 전에 묻은 사람의 피라. 이만한 짐승들에게 둘러싸였다면 그 끝이야 뻔하겠지. 마주친 게 그들이라 다행인 게 아니라, 그들과 마주치기 전에 이미 횡액은 벌어졌던 모양이다.

"위치를 알 수 있겠느냐?"

"그리 멀지는 않을 것 같아요. 범은 마음만 먹으면 산 몇 개는 금세 뛰어넘지만, 야행성이라 해가 뜬 시간에는 그렇게 멀리까지는 움직이지 않거든요."

범의 입가에 묻은 피를 응시하던 백천이 안타까운 눈빛으로 말했다.

"그럼 찾아보자꾸나. 모르면 몰랐되, 알고도 그냥 갈 수는 없지. 적어도 시신을 찾아 제는 지내 줘야겠다."

화산의 제자들이 굳은 얼굴로 고개를 끄덕이곤 몸을 일으켰다.

"이쪽이야."

돌아보니, 청명이 북쪽을 향해 서 있었다. 어딘가 진지한 그의 표정에 화산 제자들이 마른침을 삼켰다.

"……피 냄새가 나거든."

파아아앗. 화산의 제자들이 빠르게 산을 헤쳐 나아갔다. 웬만해서는 말을 멈추지 않는 그들이지만, 사람의 죽음 앞에서 웃음기를 보일 수는 없는 노릇이었다.

다만, 그 대화에 그 죽음의 연유를 유추하려는 목적이 있다면 말이 다르다. 굳게 닫혔던 입을 열어 침묵을 깬 것은 당소소였다.

"그런데…… 정말 저놈들은 왜 저렇게 몰려 있었던 걸까요?"

"……지금 그게 중요해?"

"중요하죠. 상식적으로는 벌어질 수 없는 일이니까."

윤종이 살짝 눈을 찌푸렸다. 그 기색을 눈치챈 당소소가 뭐라 말을 덧붙이려는 순간, 누군가가 불쑥 말했다.

"벌어진 일은 또 벌어져."

윤종과 당소소의 시선이 앞서가던 유이설에게로 향했다.

"그렇지?"

"맞아요, 사고."

그 말에 윤종의 얼굴이 자못 심각해졌다. 범들이 저리 몰려다니는 것은 보통 재난이 아니다. 호환(虎患)이라는 말이 괜히 있는 게 아니잖은가. 만약 저 범들이 한곳에 모인 이유가 있었다면, 이 산맥에서 앞으로도 계속 같은 일이 벌어질지도 모른다. 여양으로 가는 길이 시급하긴 하지만, 해결할 수 있다면 그 부분도 해결하는 것이 옳다.

"혹시 동물을 부리는 이가 있는 거 아닐까요?"

"범 십여 마리를 부리는 사람이 있다고?"

"그럼 혹시 이 산에 있다는 산적 놈들이?"

"그럴 능력 있으면 산적 안 하지 않을까?"

"그건 또 그렇네요."

모두가 고민에 빠진 그때, 맨 앞에서 청명과 함께 달려가던 백천의 낮은 목소리가 들려왔다.

"아무래도 고민할 필요가 없을 것 같다."

백천이 손가락으로 앞쪽을 가리켰다. 우거진 나무 사이로 얼기설기 세워진 목책이 눈에 들어왔다.

"산채다."

백천의 얼굴이 딱딱하게 굳었다. 아까부터 풍기던 피 냄새가 이젠 그의 코를 찌를 듯 강렬해졌다. 그 근원지가 바로 저 산채였다.

"어떻게 합니까?"

"생각은 나중에."

어떤 상황이 벌어졌는지 몰라도, 이렇게까지 피 냄새가 난다면 보통 일이 아니었다. 당장 뭐라도 해야 했다.

스릉. 백천이 지체 없이 발검했다. 그러자 화산의 제자들도 단숨에 검을 뽑아 들고 달렸다. 곧 그들의 눈앞에 목책 한가운데 세워진 커다란 문이 보였다.

"돌입한다!"

우웅! 검에 내력을 불어넣은 백천이 단숨에 검을 휘둘렀다. 두꺼운 목재로 만든 문이 단번에 박살이 나며 크게 길이 열렸다. 하지만 잔뜩 경계하며 안으로 뛰쳐 들어간 그들은 내부를 보자마자 즉시 발을 멈출 수밖에 없었다.

"이, 이건."

충격을 감추지 못한 백천이 피가 나도록 입술을 깨물었다.

시신. 시신. 그리고 또 시신. 족히 수백은 생활하고도 남을 너른 산채의 안이 온통 시체로 가득했다. 피와 시신 썩는 냄새가 섞인 전장의 향. 정신이 어질어질해지는 지독한 악취가 코를 찔러 왔다.

백천의 손이 덜덜 떨렸다. 죽은 시체를 보는 게 처음은 아니다. 하지만 이토록 많은 이들이 죽어 있는 광경을 본 적은 이번이 처음이다. 더구나 이토록 처참한 모습이라면.

"우욱."

"아미타불. 아미타불. 아미타불."

당소소가 입을 틀어막았고, 윤종마저 고개를 돌려 버렸다. 얼굴이 창백해진 혜연도 충격을 어찌할 수 없는지, 눈을 질끈 감은 채 연신 불호를 외어 댔다.

그렇게 모두가 얼어붙어 있는 가운데, 청명만이 평소와 같은 표정이었다. 그는 발을 옮겨 가장 가까운 시신 앞에 쪼그려 앉더니, 엎어져 있는 시신의 어깨를 잡아 뒤집었다.

턱. 반쯤 썩어 버린 시신의 얼굴이 위로 향했다. 힘겹게 주변을 둘러보던 이들도 그 광경만은 차마 직시하지 못하고 고개를 돌리고 말았다. 너무 끔찍한 모습이었다.

시신을 자세히 확인한 청명이 미간을 찌푸리더니 쯧 하고 혀를 차고는 한마디를 툭 내뱉었다.

"산적 놈들이네."

"뭐?"

"이놈들 말이야. 산적이라고. 이 산채에서 살던 놈들이겠지."

백천이 멍하게 고개를 끄덕였다. 짐작하기 어려운 일은 아니다. 쓰러져 있는 시신들의 복장만 봐도, 대부분 짐승의 가죽을 대충 무두질해 만든 듯 보이는 옷을 입었고 몇몇은 상하의가 영 따로 노는 것을 보니 약탈하여 아무렇게나 주워 입은 듯 보였으니까.

"뭐……. 일단 걱정은 안 해도 되겠네. 그만한 범이 한곳에 모여 있었던 이유는 대충 나왔으니까."

청명이 몸을 일으키며 말했다. 당소소가 창백해진 얼굴로 고개를 끄덕였다.

시신에는 모두 짐승에게 뜯어 먹힌 듯한 흔적이 남아 있었다. 먹을 것이 이토록 풍족하다면 아무리 영역에 민감한 호랑이들이라 해도 한동안은 공존할 수 있었으리라. 먹이가 풍부한 산에는 두어 마리의 호랑이가 함께 머문다는 소리도 들어 본 적 있으니까.

"냄새를 맡고 몰려들었겠지."

사람의 코에도 이만큼 지독한 냄새라면, 짐승의 코에 어떻게 느껴졌을지야 상상해 볼 필요도 없다.

그때, 심각한 얼굴로 시신들을 둘러보던 윤종이 백천에게 말했다.

"사숙, 다른 시신이 안 보입니다."

그게 무슨 말이냐는 듯 백천이 돌아보자, 윤종이 인상을 찌푸린 채 시신들을 가리켰다.

"여기에 있는 시신들 모두 복장이 거의 비슷합니다. 그러니까…… 여기 있는 시신들이 모두 산적이라는 겁니다."

그 말에 백천이 고민하는 듯 미간을 찌푸렸다가 입을 열었다.

"적의 흔적이 보이지 않는다는 거냐?"

"예. ……내분이라도 난 걸까요?"

하지만 그것만으로는 설명이 되지 않는다. 이들이 죽은 이유가 산채 내의 내분이라면, 못해도 승리한 수십은 살아남았을 게 아닌가. 아무리 치열한 싸움이었다 해도 한 사람조차 남지 않고 모두가 죽어 버리진 않았을 테니까.

"아무리 산적이라지만, 어제까지 동고동락한 사람들의 시신을 이렇게 짐승들이 뜯어 먹도록 방치하고 떠나지는 않을 텐데."

이 말에는 백천도 대답하지 못했다. 산적 놈들의 생리가 어떤지 그가 어찌 알겠는가. 사람이라면 그러지 않을 거라 생각하지만, 포악한 산적들은 또 다를지도 모르지.

"사숙, 여기 좀 보셔야겠어요."

어느새 자리를 옮겨 빈집들을 뒤지고 있던 당소소가 손짓하며 백천을 불렀다. 백천이 재빠르게 당소소가 있는 곳으로 달려갔다. 그리고 그녀가 가리킨 곳을 보자마자 표정을 굳혔다.

"곡식은 물론이고, 재물도 그대로 있어요."

단단한 자물쇠를 검으로 잘라 연 창고 안에는 무척 많은 양의 곡식과 재물들이 그대로 남아 있었다.

"그래. 확실히 이건 너무 이상하구나."

인성이 메말라 동료들의 시신을 짐승 먹이로 두고 떠나는 이들이라면, 그간 약탈해 모은 재물은 모두 챙겼을 것이다. 그런데 이곳에는 재물과 곡식이 그대로 있었다.

"자물쇠를 자르려 시도한 흔적도 없어요. 깨끗했어요."

"그렇다면…… 다른 어떤 이들이 이 산채를 습격해 산적들을 모두 죽였다는 건데."

단 한 사람도 남기지 않고 말이다. 돌아갈 때 제 동료들의 시신만을 수습해 갔다면, 이곳에 산적들의 시신만 남아 있는 것도 설명이 된다.

윤종의 눈이 절로 찌푸려졌다. 물론 산적들은 악인이다. 그러니 그들을 토벌하는 것은 정의로운 일이 아니라 할 수 없다. 하지만 산적들을 죽인 이들의 손속이 너무 잔인한 것이 문제였다.

이곳의 산적들, 물경 몇백은 될 이들이 정말 마지막까지 저항하며 싸웠을까? 아닐 것이다. 분명 승기가 넘어간 순간 남은 이들은 목숨만 살려 달라 빌었을 것이다.

그런데 그런 이들까지 모두 죽였다. 그것도 이리 처참하게.

"……이건 아닙니다."

백천이 무거운 표정으로 침음했다. 어디까지를 협행이라 해야 하고, 어디까지를 악행이라 해야 할까. 그 기준은 모호하기 짝이 없지만, 지금 윤종의 말에는 그도 동의할 수밖에 없었다.

가장 큰 이유는, 짐승이 뜯어 먹은 흔적이 아니더라도 애초에 시신들의 상태가 하나같이 처참하기 짝이 없다는 것이다. 그렇다면 이렇게까지 하지 않아도 이길 수 있을 만큼 전력 차가 났다는 말인데, 무슨 지독한 원한이라도 있었던 것처럼 모두를 난자해 죽였다. 이를 어찌 협행이라 할 수 있겠는가.

"어떤 놈들인지는 모르겠지만……. 잔인하기 짝이 없군."

"아냐."

문득 들려온 목소리에 백천의 시선이 한 곳으로 향했다. 청명이 살짝 얼굴을 찡그린 채 시신을 내려다보고 서 있었다.

"무슨 말이냐?"

"놈들이 아냐. 놈이다."

"……뭐?"

놀라 되묻자, 청명이 가라앉은 목소리로 설명을 덧붙였다.

"한 사람이 한 소행이야. 상흔이 모두 동일해. 여럿이 상대했다면 이렇게까지 같은 흔적이 남을 수 없어."

그 말에 모두 얼굴에 핏기가 가셨다.

"하, 한 사람이?"

"이 많은 이들을…… 혼자?"

조걸의 턱이 살짝 떨렸다. 그는 시신에 난 상처를 다시 한번 훑었.

확실히 청명의 말이 틀리지 않다. 시신들이 이미 많이 부패해서 정확하게 투로를 확인하기는 어렵지만, 남은 상흔들이 거의 비슷하다.

"그럼 범인이 이 많은 이들을 혼자서 모두 죽일 정도의 강자라는 거잖습니까. 그만한 이가 대체 왜 이런 짓을……."

"그 정도가 아니다."

윤종이 심각한 얼굴로 조걸의 말을 끊었다. 그가 손가락을 들어 목책과 가까운 쪽을 가리켜 보였다.

"달아나다 죽은 이가 없다."

창백해진 조걸이 가장 바깥쪽에 있는 시신들을 바라보았다. 그러고 보니, 시신들이 모두 같은 방향을 보고 있었다.

"약속이라도 한 것처럼 이곳에서 모두 죽었어. 딱히 높지도 않은 목책이니, 뛰어넘어 도망칠 수도 있었을 텐데……. 그러지 못하고 여기서 죽은 거야."

"……그게 무슨 뜻입니까?"

"둘 중 하나겠지. 귀신에 홀렸거나. 아니면……."

말꼬리를 흐린 윤종이 입술을 살짝 깨물었다가 다시 입을 열었다.

"도주조차 허용하지 않을 정도의 강자거나."

등줄기를 타고 서늘한 냉기가 흐르는 듯했다. 그 불안함을 없애기 위해서인지, 조걸이 어색하게 웃음을 흘렸다.

"하하. 뭐……. 그렇다고 해도 이렇게까지 심각할 건 없잖아요. 어차피 이 주변에는 없을 테니까. 시신 상태를 보아하니 시간이 지나도 많이 지난 것 같은데."

이미 시신이 많이 부패했다. 못해도 열흘은 지나야 이만큼 부패할 수 있을 것이다. 그런데 그 말을 들은 청명이 돌연 검을 뽑아 바닥을 찌르더니, 검을 뒤틀어 바닥의 흙을 파냈다.

"봐."

조걸이 그 말에 청명이 파낸 곳에 시선을 주었다.

"땅이 아직 젖어 있어. 피가 흐른 지 얼마 되지 않았다는 거지."

"그게 무슨 소린데?"

"길어 봐야 이틀 전이다. 이들이 죽은 건."

놀란 조걸이 반문하기도 전에 당소소가 고개를 크게 끄덕였다.

"맞아요. 범이 열 마리는 넘게 있었잖아요. 그놈들이 열흘 동안 뜯어 먹었다면 시신들이 이만큼 멀쩡하진 못했을 거예요."

물론 이렇게 썩어 문드러진 시신을 멀쩡하다고 말하는 건 이상하지만, 뜯어 먹힌 부분이 생각보다 많지 않다는 의미였다.

"아니, 무슨 말을 하는 거야? 이틀이라니. 이만큼 시신이 썩어 문드러졌는데, 이틀 만에 어떻게 시신이 이렇게 썩어? 불가능한 일이잖아."

조걸이 청명과 당소소를 번갈아 바라보며 말했다. 고개를 저은 청명이 검을 도로 제 검집에 쑤셔 넣었다.

"있어. 죽은 시신을 빠르게 부패하게 만드는 무학이."

"청명아. 설마 그거……."

"그래."

청명의 얼굴에 새파란 살기가 흘렀다.

"마공이다."

타닥. 타닥. 희고 검은 연기가 산 위로 솟아올랐다.

이들은 모두 산적이다. 산을 지나던 양민들을 죽이고 피해를 끼치던 악인들. 하지만 아무리 악인이라 해도 죽은 시신이 산짐승의 밥이 되도록 내버려둘 수는 없었다. 하여 화산의 제자들은 부패한 시신들을 모아 불태우는 중이었다. 이 정도의 시신이라면 힘들게 땅을 파서 매장한다고 해도 짐승들이 파낼 것이 뻔하니까.

"여긴 다 됐어요."

당소소의 말에 백천이 씁쓸히 고개를 끄덕였다. 불 속에서 타오르는 시신 더미 앞에 나란히 선 혜연과 윤종이 눈을 감은 채 경을 외고 있었다. 선인은 아니었다 해도, 적어도 죽은 이들이 평안하기를 바라며.

그때, 조걸이 싱글벙글 웃으며 그에게 다가왔다.

"사숙! 창고에 있던 재물이랑 곡식은 다 챙겼습니다."

백천이 눈을 끔뻑이며 조걸을 바라보았다.

"챙겨? 그걸? 왜?"

"왜라뇨? 주인 없는 재물이니까 챙겨야죠. 어차피 산적 놈들 거……."

백천의 주먹이 조걸의 정수리를 내리쳤다. 수박이 깨지는 듯한 소리가 났다.

"아악!"

"이 새끼야, 그걸 챙기면 어떻게 해! 인근 주민들한테 나눠 드려야지! 그분들이 빼앗긴 거 아니냐!"

"아니! 이 산을 인근 사람들만 지나가는 것도 아니고! 먼 데서 온 사람이 뺏긴 걸 수도 있잖아요!"

어? 백천의 눈동자가 미묘하게 흔들렸다.

"맞죠?"

"시, 시끄러워! 그렇다 해도 우리가 챙기는 게 말이 되냐? 확 그냥!"

"……사람이 왜 이렇게 폭력적으로 변하셨어요. 예전에는 그래도 나름대로 체면이 있는 사람이었는데."

"그게 누구 때문일까? 응?"

청명이 놈의 지분이 구 할이겠지만, 남은 일 할의 지분을 논하자면 저 망할 사질 놈은 절대 빠질 수 없을 것이다. 이를 갈던 백천이 딱딱거리며 말했다.

"차라리 잘됐다. 수레에 실은 김에 나눠 드리고 와라."

"……누가요?"

"글쎄? 수레 끌던 사람이 하면 되지 않을까?"

조걸이 세상이 무너진 듯한 얼굴로 백천을 바라봤다. 어디서 많이 본 듯한 미소가 백천의 입가에 걸려 있었다.

"아, 아니. 왜 맨날 저한테."

"그럼 여양까지 싣고 갈래? 나는 그것도 나쁘지 않……."

"걱정하지 마십쇼. 완벽하게 나눠 드릴 수 있습니다! 저만 믿으십시오."

"……늦은 거 같은데."

조걸이 그게 무슨 말이냐는 듯 고개를 갸웃거렸다. 하지만 이내 자신의 뒤를 빤히 바라보는 백천의 눈빛에 저도 모르게 고개를 돌렸다. 그리고 보고 말았다. 두 눈에 눈물을 그렁그렁 머금은 여양 사람들의 모습을.

"우, 울지 마세요! 왜 이러세요? 이 사람들이 징그럽게."

초롱초롱 눈빛 공격이란 본디 어린아이를 위한 특권이다. 그걸 나이 지긋한 양반들이 하면 참 마주하기 힘들어진다.

"이 정도 곡식이면 추수할 때까지 굶주리지는 않겠군요……."

"자, 잠깐. 그럼 이걸 여양까지 끌고 가야 한다니까요?"

"아이들이 배고프다고 할 때마다 뭐라 해 줄 말이 없었는데……."

"아아아악!"

조걸이 제 머리를 마구 쥐어뜯었다. 그냥 냅두고 갈걸. 뭐 하러 이런 걸 챙겨 가지고 일을 늘렸을까. 누군가 그의 어깨에 손을 턱 올렸다. 돌아보니, 어느새 독경을 끝내고 다가온 윤종이 빙그레 웃고 있었다.

"포기하면 편해."

조걸의 눈가에 눈물이 반짝였다. 그 모습을 보고 고개를 젓던 백천이 옆쪽에서 뭔가 생각에 빠져 있는 청명을 향해 다가갔다.

"다 태우고 챙겼다. 이러면 된 거냐?"

청명이 스윽 주변을 돌아보더니 고개를 저었다.

"아니, 산채도 다 부숴야 해."

"그렇게까지?"

"사숙, 견물생심이란 말 못 들어 봤어?"

"……그래 봐야 다 쓰러져 가는 산채일 뿐인데."

"그러니 문제지. 산적으로 살 생각이 없던 사람이라도 먹고살 걱정에 시달리다 이미 지어진 산채를 보면, 그런 생각이 들지도 모르니까."

백천이 고개를 끄덕였다. 그리 허황된 말은 아니다. 그의 생각엔 평범한 양민이 산채를 보고 산적이 되는 일까지야 벌어지지 않을 것 같지만.

'다른 산의 산적들이 이곳을 노리고 올 수 있으니까.'

괜한 위험을 피하려면 부수는 게 맞으리라. 어차피 산중에 있으니 놔 둔다고 해서 양민들이 쉽게 오고 갈 만한 위치도 아니고.

다만, 지금은 그보다 중요한 문제가 있다. 주변을 둘러보며 듣는 이가 없는지 확인한 백천이 목소리를 낮추고 물었다.

"확실하냐? 마공이라는 게?"

청명이 살짝 고민하는 듯한 표정을 지었다.

"글쎄."

확신할 수는 없었다. 물론 시신이 썩어 가는 양상은 마공의 흔적과 유사하지만, 그것만으로는 단정하기 어렵다. 천하에는 청명이 아는 무학보다 모르는 무학이 더 많으니까. 그 많고 많은 무학 가운데, 시신을 빠르게 부패하게 만드는 무학이 한둘쯤 있대도 이상할 건 없다. 다만…….

"마공이 아니라도 마찬가지야. 이건 무학의 문제가 아니라 손속의 문제거든."

"손속…….".

"혼자서 이 정도 사람들을 죽이는 건 웬만한 인간에겐 불가능해. 그럴 실력이 된다 해도 보통은 그렇게까지 독심(毒心)을 품지 못하니까."

이만한 살인귀는 과거 대전(大戰) 당시에도 드물었다. 일반적인 일은 결코 아니었다.

"둘 중 하나겠지. 이미 인성이 마(魔)에 잠식된 악인이거나, 그게 아니면 이들에게 정말 지독한 원한이 있는 이였거나."

청명이 단정적으로 말했다. 고민해 보던 백천은 이제 불길에 가려져 형체가 잘 보이지 않는 시신 더미를 돌아보았다.

'지독한 원한이라…….'

놈은 이들 전부를 홀로 죽일 만한 고수다. 그런 고수가 산중의 산적들에게 지독한 원한을 품을 일이 뭐가 있겠는가. 그에게 있어 이들은 길가의 개미보다 못한 존재일 텐데.

물론 일이 꼬이고 꼬여, 그런 원한이 생길 수는 있을 것이다. 그가 없는 곳에서 이들이 그의 가족을 죽였다든가. 하지만 그런 식으로 생각하기 시작하면 끝이 없다. 만약이라는 말을 붙인다면 세상의 모든 일이 가능하니까.

"심증은 마공 같다는 거구나."

"아마도 그렇겠지. 다만 걸리는 게……. 아니, 아니다."

"……왜 말을 하다가 말아. 궁금하게."

"아니라고. 정말 별거 아냐."

청명이 손을 휘휘 내저었다. 백천은 뭔가 더 묻고 싶었지만, 이럴 때의 청명은 쑤셔 봐야 나오는 게 없다는 걸 알기에 침묵을 택했다. 청명은 그런 백천의 마음을 아는지 모르는지, 불타오르는 시신들에 시선을 고정했다.

'마화(魔花)가 없다.'

부패해 있기는 하지만 그뿐. 저 시신들에는 마화가 보이지 않는다. 물론 그게 이상하다고는 할 수 없었다. 마화는 마공에 당한 이들에게 남는 흔적 중 하나일 뿐, 모든 마공이 마화를 만들어 내는 것은 아니니까.

특히나 지금처럼 마기가 몸 안을 잠식할 틈도 없이 살해당한다면, 마화가 발현되지 않은 게 오히려 자연스러울지도 모른다.

고개를 저어 생각을 털어 낸 청명이 짧게 혀를 찼다.

"뭐, 그런 게 중요한 게 아니지. 중요한 건 사람을 이렇게 개미 죽이듯 죽여 대는 놈이 있다는 거야. 이런 놈은 살려 두면 반드시 또 같은 짓을 벌이거든."

"……찾아내야 한다는 거로군."

청명이 고개를 끄덕이려는 순간이었다.

"음?"

청명의 고개가 갑작스레 획 돌아갔다. 백천이 움찔하며 청명을 바라보았다.

"갑자기 왜……?"

파아앗! 하지만 청명은 대답하는 대신 바닥을 박찼다. 그의 몸이 마치 섬전처럼 한 방향으로 쏘아져 나갔다.

"청명아! 야! 청명아!"

어디론가 질주하는 청명을 본 화산의 제자들은 어안이 벙벙했다.

"사숙, 쟤 갑자기 왜 저럽니까?"

"글쎄……."

뭐라 답하려던 백천의 얼굴이 순간 굳어졌다. 방금 나눈 대화. 지금 상황에 청명이 갑자기 달려 나간다면 이유가 무엇이겠는가?

"흉수!"

"예?"

"뒤따라가! 빨리! 녀석이 흉수의 흔적을 찾은 것 같다!"

급박한 상황을 직감한 이들이 백천을 선두로 하여 재빠르게 청명의 뒤를 쫓아 나섰다.

좌아아악! 청명이 바닥을 박차며 속력을 높였다. 분명 이쪽에서 이질적인 기운이 느껴졌다. 하지만 달려가던 청명의 눈이 이내 찌푸려졌다.

'멀어진다?'

어렴풋하게 느껴지던 기운이 점점 더 흐릿해지고 있었다. 그 말인즉, 거리가 벌어지고 있다는 뜻.

지금 청명은 상당한 속도로 경공을 전개하고 있었다. 그런데도 가까워지지 않고 되레 멀어진다는 건, 곧 지금 달아나는 이의 실력이 만만치 않다는 사실을 의미했다. 그렇기에 더욱 이상했다.

'실력이 있는데 달아난다고?'

의혹이 생길 수밖에 없었다. 청명이 이를 악물었다. 그의 바짓단이 순간 부풀어 올랐다.

"어디 달아날 수 있을까 보냐!"

파아아아앗! 청명이 한 줄기 빛살이 되어 앞으로 쏘아졌다. 세상의 풍경이 일그러지고, 순식간에 발아래로 몇 개의 봉우리와 몇 개의 물줄기가 스쳐 지나갔다. 그리고 이내.

"잡았다, 이 새끼!"

청명의 두 눈이 새파란 광망을 내뿜었다. 그의 눈에 달아나고 있는 한 사람의 뒷모습이 보인 것이다.

두껍고 커다란 회색의 장포로 전신을 두른 사내. 확연히 이질적인 복장을 본 청명은 놈이 흉수임을 확신하고, 반사적으로 검을 뽑아 들었다.

"멈춰라!"

위이이이잉! 검이 위에서 아래로 강렬하게 내리꽂혔다. 검 끝에서 뿜어져 나간 붉은 검기가 반월의 인(刃)을 만들어 내며 장포의 사내에게 쏘아졌다. 청명은 그 검기가 저자의 발목을 잡을 것을 믿어 의심치 않았다.

그때, 힐끔 고개를 돌려 자신에게 쏘아지는 검기를 본 사내가 날아드는 검기를 향해 손을 뻗었다. 강철마저 잘라 낼 듯한 청명의 검기를 향해 태연히 맨손을 들이미는 광경은 더없이 무모하게만 보였다.

하나 그 순간. 사내의 손에 닿은 검기가 봄볕에 닿은 눈처럼 녹아 없어졌다. 충격적인 광경에 청명이 두 눈을 부릅떴다.

'사라졌다……?'

청명은 자신도 모르게 발을 멈추었다. 그러자 사내가 고개를 돌려 청명을 바라봤다. 두꺼운 장포로 가려진 얼굴은 코 아래만이 겨우 보일 뿐이었다.

"네놈이냐? 산적들을 죽인 놈이?"

청명의 일갈에, 흉수가 대답 없이 청명을 응시했다. 잠시 침묵하던 그의 입이 느릿하게 열린다. 그리고 무척이나 낮은 목소리가 흘러나왔다.

"매화."

뜻밖의 단어가 흘러나왔다. 무슨 감정이 담겨 있는지 파악하기 힘든 목소리였다.

"화산파……로군."

청명의 눈이 가늘어졌다. 어감이 묘하다. 익히 아는 사실을 확인하기보다는, 오랫동안 잊었던 것을 다시 떠올리는 듯한 말투. 아니, 그 이전에.

"너, 중원인이 아니구나?"

짧은 한마디였지만, 청명은 놓치지 않았다. 그의 억양이 조금 어색하다는 것을. 어눌한 것과는 다르다. 중원의 말을 주로 쓰지 않는 이들 특유의 어투였다.

그렇기에 더 이상한 것이다. 그저 하관만 보일 뿐이었지만, 사내의 얼굴은 완연한 중원인의 모습이었으니까.

"화산……."

하지만 사내는 딱히 청명의 말에 대답할 생각이 없는 모양이었다. 작게 되뇌던 사내가 청명을 향해 말했다.

"보내 주지."

"뭐?"

"너는 화산의 제자니까. 그리고 아직은 때가 아니니까."

장포에 가려진 고개가 살짝 들렸다.

"하지만 이번만이다. 다음에도 내 앞을 막는다면 아무리 화산이라 해도 죽이겠다."

"하……? 이 새끼가 지금 누구한테…….."

"기다려라. 곧 내가 이 땅을 다시 밟을 테니. 그때는 알기 싫어도 알게 될 것이다. 내가 누구인지. 그리고 너희의 운명이 어찌 될 것인지도."

사내가 제 머리에 덮어쓴 장포를 잡아 깊게 눌렀다.

"누가 보내 준대?"

청명이 검을 휘둘렀다. 그의 검 끝에서 뿜어진 세 갈래의 검기가 사내를 덮쳐들었다. 그러나 이번에도 사내가 팔을 횡으로 휘두르는 순간, 청명의 검기가 허물어져 내렸다.

뚜둑. 뻗은 사내의 우수에서 섬뜩한 뼈 소리가 울려 퍼졌다.

"……언제고 다시 보게 될 거다. 그리 머지않은 때에."

사내는 그 말만을 남기고 자리에서 꺼지듯 사라졌다.

"뭐……?"

청명이 눈을 부릅떴다. 없다. 느껴지지 않는다. 분명 서로 공격을 주고받을 만한 거리에 있었는데. 기운이 완전히 사라졌다. 마치 하늘로 솟아오르기라도 한 것처럼. 수많은 경험을 한 청명조차도 난생처음 겪는 기사(奇事)였다.

"청명아!"

그때, 등 뒤쪽에서 백천의 고함이 들려왔다. 곧 백천을 필두로 한 다른 이들 역시 속속 도착했다.

"흉수는? 설마 죽인 거냐?"

"……아니, 놓쳤어."

"놓쳤다고?"

놀라 반문했던 백천이 입을 닫았다. 청명의 손에 들려 있는 검을 봤기 때문이었다.

'검을 뽑았다는 건 싸웠다는 건데.'

그런데도 놓쳤다는 건가? 경공이 부족해 놓쳤다면 이해할 수 있었다. 하지만 검을 뽑고도 상대를 놓쳤다는 건 이해하기 어려웠다. 검을 든 이가 바로 화산신룡 청명이라면.

"강했어?"

유이설의 물음에 청명이 이를 갈아붙이며 낮은 목소리를 내뱉었다.
"아마도."
그의 시선이 놈이 사라진 곳을 꿰뚫을 듯 바라보았다.
"……강했을 거야. 아마도."

"뭐였을까요, 그놈은?"
"흐음. 글쎄."
윤종의 물음에, 백천은 사뭇 진지한 표정으로 고민했다.
'청명이 놈이 검을 뽑았는데도 잡지 못하는 자…….'
당황스러운 이야기지만, 어찌 생각하면 당연한 일일지도 몰랐다. 흉수가 '놈들'이 아니라 '놈'이라는 게 확인된 순간부터 말이다.
흉수는 강하다. 아무리 어중이떠중이들이 모인 산채라지만, 그래도 무기를 든 무인들 수백을 홀로 참살한 자. 그런 자를 고수라 하지 않으면 누굴 고수라 부를 수 있겠는가.
"화산에 알려야 하는 것 아닐까요? 그런 살인귀가 환한 대낮에 버젓이 활보하고 있는데."
당소소의 말에 백천이 잠시 고민했다. 확실히 일리가 있는 말이었다. 다만…….
"일단은 좀 지켜보자."
"네? 왜요?"
"……산적들을 무찔렀다고 악인이라 하기는 좀."
"아……."
작게 탄식한 당소소가 납득했다는 듯 고개를 끄덕였다. 확실히 그 광경은 눈으로 본 이들만이 이해할 수 있을 것이다.
"그리고 나는 아직 이해가 가지 않는 게 있거든."
"뭐가요?"

백천이 머뭇거리듯 뜸을 들이다가 이내 무거운 목소리로 입을 열었다.
"왜 산채였을까?"
당소소가 의아한 눈길을 보내자, 백천이 눈살을 찡그리며 말을 이었다.
"청명이 녀석의 말대로라면 마공…… 음, 이건 아직 확실치 않으니 접어 두고. 하여튼 좋지 않은 무학을 쓰는 놈이라는 거잖아. 그런 자가 왜 하필 산채를 공격했을까?"
"……으음."
그 말을 들은 이들이 저마다 고개를 갸웃거렸다. 확실히 생각하지 못한 부분이다. 방식이 너무도 과격하여 편을 들어줄 수는 없겠지만, 어쨌든 양민들을 괴롭히는 산채를 정리했으니 보는 시각에 따라 '협행'이라 부를 수도 있으니까.
"그냥 지나가는데 산채 놈들이 먼저 시비를 건 게 아닐까요?"
"그게 말이 되냐?"
조걸이 혀를 차자 당소소가 도끼눈을 떴다. 조걸은 들어 보라는 듯, 마저 말을 이었다.
"그냥 시비 걸렸다고 수백을 죽여 버리는 인간이면, 아직 세상에 드러나지 않은 고수라는 게 말이 돼? 지금까지 사고를 쳐도 몇 번은 쳤겠지."
"사형이 옳은 말을 할 때가 다 있네요?"
"……무슨 의미냐, 그거?"
조걸이 눈을 부라리며 목을 빼자, 윤종이 거슬린다는 듯 조걸의 머리를 옆으로 획 밀어 버렸다.
"긴 폐관을 하다가 이제야 강호에 출두한 것일 수도 있지. 하필 폐관에 든 곳이 그 산이었다든가."
그러자 백천이 바로 고개를 내저으며 부정했다.
"그런 공교로운 일이 벌어질 수가 있겠느냐. 오래 폐관 수련을 할 정도로 인내심이 있는 사람이었다면 일을 이렇게 과격하게 벌이진 않겠지."

"……하긴 그렇습니다."

"내가 폐관을 해 봐서 아는데, 그게 생각만큼 쉬운 게 아니다."

"그땐 뺀질거릴 때잖아요."

"느끼할 때."

"사매……?"

뒤쪽에서 은근히 속삭이던 유이설이 슬그머니 고개를 돌렸다.

"그럼 대체 뭘까요? 진짜 마교도?"

"……그걸 확인하려면 직접 대면한 놈을 족쳐야 하는데. 그 대면한 놈이…….'"

유이설의 뒤통수를 빤히 바라보던 백천이 고개를 뒤로 돌렸다. 모두의 시선이 뒤로 향했다.

"끄으으으……. 빌어먹을! 그 망할 놈이…….'"

수레에 거의 드러누운 청명의 얼굴이 달군 쇠 주전자처럼 붉어져 있었다. 아예 허공에 발길질까지 해 댄다.

"아악! 박살을 내 버렸어야 하는데! 아오, 빡쳐! 아오오오오오!"

숫제 데굴데굴 구를 판인 청명을 본 모두가 고개를 절레절레 내저었다. 저건 건드리면 안 된다.

'언제부터 저랬죠?'

'출발할 때부터 계속.'

'그래도 이제 물어봐도 되지 않을까?'

'사형이 하십쇼. 저는 괜히 폭탄에 불붙이기 싫습니다.'

'나라고 하고 싶겠냐?'

'아미타불. 경 외어 줄 사람만 늘어날 겁니다.'

화산의 제자들과 혜연이 동시에 한숨을 푹 하고 내쉬었다. 일단 저건 그냥 내버려두는 걸로 하고…….

"그래서 어떻게 합니까?"

윤종의 물음에, 백천이 제 어깨를 으쓱하며 말했다.

"어떻게 하긴. 애초에 홍수를 잡겠다고 온 길이 아니잖으냐. 우선은 여양 일에 집중하자. 그 일이 끝난 뒤에 생각해 봐도 늦지 않을 거다."

"음, 알겠습니다."

윤종은 순순히 고개를 끄덕였다. 하지만 그리 쉽게 납득하지 못하는 사람도 있었다.

"그게 그렇게 될까? 응? 그게? 응? 그렇게 마음대로, 응?"

"……."

"안 들려? 혹시 귀먹었어? 어?"

등 뒤에서 마귀가 속삭이는 소리가 들려왔지만, 화산의 제자들은 필사적으로 그 목소리를 외면했다. 마치 고개를 돌리면 잡아가는 귀신이라도 붙은 것처럼.

'눈 돌리면 엿 된다.'

경험상 아는 것이다. 지금 혹시라도 청명이 놈에게 휘말렸다가는 속만 터진다는 것을.

"에잉. 됐다. 내가 무슨 말을 하겠어. 여하튼 요즘 어린 것들은."

"여기서 니가 제일……."

"닥쳐! 새끼야!"

백천과 윤종이 동시에 조걸의 입을 틀어막고, 명치에 주먹을 꽂아 넣었다.

그 광경을 보던 청명이 짧게 코웃음을 치더니 고개를 뒤로 젖혔다. 그의 눈에 구름 한 점 없는 푸른 하늘이 들어왔다.

'알기 싫어도 알게 될 거라고? 건방진 놈.'

장포인의 모습이 뇌리에 떠올랐다. 청명이 입꼬리를 말아 올렸다. 생각만큼 나쁜 기분은 아니다. 예전 청명이었으면 꼭지가 돌아 버렸을 텐데. 요즘 워낙 기어오르는 것들이 많아 그런가? 아니, 그건 그렇고…….

그놈이 누구냐보다 더 신경이 쓰이는 게 있었다.

'대체 뭐였지? 그 수법은?'

아무리 놈이 강하다고 해도 검기를 그렇게 소멸시켜 버리는 게 가능한가? 그런 건 마교 놈들도 하지 못했던 짓인데.

과거의 청명이라면 어땠을까? 청명은 머릿속으로 가늠해 보다 이내 한숨을 내쉬었다.

'안 될 것 같은데?'

검기를 쳐 내거나 박살 내는 것쯤이야 콧바람으로도 할 수 있겠지만, 기운을 말 그대로 소멸(消滅)시키는 건 불가능했다. 그런데 놈은 그 불가능한 일을 해낸 것이다. 그것도 청명의 눈앞에서.

'뭔가 속임수라도 있는 건가?'

팔짱을 낀 채 한참 고민하던 청명이 제 머리를 벅벅 긁었다.

"아악! 그런 비슷한 걸 들은 적이 있던 것 같은데! 뭐였지? 아오, 생각이 안 나! 왜 간질간질하기만 하냐! 아아아아악!"

청명이 급기야 수레에 머리를 들이박기 시작했다.

"왜 생각이 안 나! 생각이! 이 돌대가리야!"

등 뒤에서 퍽퍽 소리가 들려왔지만, 백천은 이를 악물고 시선을 앞으로 고정했다.

"돌아보지 마라……. 불똥 튀기 싫으면."

"예, 사숙……."

화산의 제자들은 처량한 한숨만 내쉬며 그저 앞으로 계속 걸었다.

까마득한 봉우리. 모든 산세가 한눈에 내려다보이는 곳. 그곳에 오연히 선 장포인이 저 아래 개미처럼 보이는 이들을 바라보았다. 그리고 이내 입술을 살짝 뒤틀었다.

'내 종적을 잡아냈다.'

경계하지 않았던 것이 아니다. 충분히 경계했다. 그런데도…….
"화산……. 검존의 문파."
부자는 망해도 삼 년은 간다더니, 그 빛바랜 이름 아래에 아직 저런 자가 나온다는 말인가. 장포인이 가만히 눈을 감았다. 알 수 없는 감정이 그의 가슴을 타고 흘렀다. 이 감정이 정확히 무엇인지는 그조차도 알 수 없었다. 어쩌면 조금 안타까운지도 모른다.
불탄 대지에서도 다시 거목의 싹이 돋아난다면, 그들도 어쩌면…….
'상관없다.'
장포인이 소매에서 무언가를 꺼내 들었다. 한 손에 들어오는 작은 철패. 세월의 흔적이 가득한 손때 묻은 철패에는 불령(不逞)이라는 두 글자가 그윽한 필체로 새겨져 있었다.
"되찾아야 할 것을 되찾는다면 그뿐."
다시 돌아오기 위해서. 그리고 그가 다시 이 땅을 밟을 때, 세상은 '불령'이라는 두 글자를 다시 떠올리게 될 것이다.
수십 년 동안 잊혔던……. 아니, 지워졌던 그 이름을.

· ※ ·

"도착한 거 같은데."
"영감님, 저기가 맞습니까?"
조걸의 등 뒤에서 머리를 쭉 내민 방노가 재빨리 고개를 끄덕였다.
"마, 맞습니다. 저기가 바로 여양촌입니다."
대답하는 방노의 목소리에는 숨길 수 없는 경악이 어려 있었다. 벌써 도착한다고? 그들이 화산을 떠나온 지 며칠이나 됐더라? 중간중간 허비한 시간도 분명 적지 않았던 것 같은데 이렇게 빨리 도착할 줄이야. 오죽하면 다시 보는 제 마을이 낯설게 느껴질 정도였다.

그가 어찌 알겠는가. 이들이 이미 사천 리가 넘는 남만야수궁을 두 발로 걸어 다녀온 이들이란 걸. 방노는 태연하게 마을로 향하는 이들을 보며 혀를 내두를 수밖에 없었다.

"이야."

"좀 신기하다. 그지?"

"그러게요."

마을을 훤히 내려다볼 수 있는 곳에 선 순간, 처음 드는 감정은 '낯설다'였다.

산맥의 끝이 강과 맞닿아 있다. 그리고 그 강과 맞닿은 곳을 따라 꽤 많은 집이 강을 타고 길게 늘어져 있었다. 아직은 산맥의 자취가 끝나지 않은 곳. 그 산들을 깎아 만든 계단식의 집들이 모이고 모여 촌락을 이룬 곳. 그곳이 바로 여양이었다.

사막과 가깝다고 해서 굉장히 황량할 줄 알았는데, 그런 건 또 아닌 모양이었다.

'생각하던 것과는 조금 다른데.'

백천이 제 턱을 문질렀다. 산과 강이 맞닿는 좁은 땅에 기어코 뿌리를 내린 긴 마을들. 그 마을을 위아래서 감싸고 있는 황톳빛의 강과 회색의 산은 확실히 생경한 느낌을 주기에 충분했다. 그러고 보면 가옥들도 제대로 된 넓은 길 하나 낼 틈도 없이 빽빽하게 들어차 있었다.

"낯선 모양이군요."

"아, 예. 같은 섬서 안에서도 이렇게나 다르군요."

"중원은 그만큼 넓으니까요. 가시지요. 안내하겠……."

"아니, 그런데."

그 순간, 수레에 처박혀 있던……. 아니, 실은 곡식 위에 대충 얹혀 있던 청명이 벌떡 몸을 일으켰다.

"저거 황하 같은데? 봐! 강이 누렇잖아. 노인장, 저거 황하 맞죠?"

"그……렇습니다만?"

"아니! 그러면 말을 해 줬어야지! 강만 타고 오면 도착하는 거였잖아요! 황하가 서안으로 흐르는데!"

"도, 도장. 아시다시피 이 강은 이곳에서 서안으로 흐릅니다. 서안에서 이곳으로 오려면 강을 거슬러 와야 합니다만……."

방노는 어떻게 해야 강을 거스를 바에 차라리 육로가 편하고 빠르다는 뻔한 이야기를 저 멍청한 놈들의 기분에 거슬리지 않게 말해 줄 수 있을까 고민했지만, 헛된 걱정이었다. 화산 놈들은 방노의 말을 귓등으로도 듣지 않았다.

"괜히 고생했네. 그냥 강 타고 올걸."

물론 화산에도 최소한의 '상식'이라는 것을 갖춘 사람이 한 명쯤은 있었다. 다행스럽게도 말이다.

"강을 거슬러 와야 한다잖아요, 사형."

"그게 왜? 노만 저으면 되는 건데. 산 타는 것보다는 노 젓는 게 편하지 않나."

"그건 그렇긴 한데……. 사형 노 저을 줄 알아요?"

눈을 가늘게 뜬 당소소가 빤히 바라보았다. 조걸뿐 아니라 백천과 윤종도 묘한 웃음을 지었다.

"우린 전문가지."

"왜요? 평생 산에서만 사신 분들이."

"화산이 워낙 가파른 바위산이라 비가 오면 급류가 생기잖냐."

무척이나 얕은 급류. 겨우 무릎까지 차는 깊이에 불과하지만, 오히려 그렇기에 무척이나 빠르고 위험한 급류가 생겨난다. 물론 몇몇 곳에 한정된 이야기지만, 당소소도 처음 보았을 때는 기겁을 했을 정도였다.

"청명이 저 새끼가 수련시키겠답시고 한동안 비만 오면, 사람 하나 겨우 탈 수 있는 뗏목에 올려서 급류에다 집어 던진 적이 있거든."

"……급류 타고 내려가라고요? 그런 미친 짓을?"

"응? 뭔 소리야? 그럴 리가 있나."

"그렇죠? 설마 사람이 그렇게까지……."

"내려가는 게 아니라 거꾸로 올라가라고."

"……."

"뭐라더라? 물고기도 거슬러 올라가는데 사람 새끼가 왜 못 하냐고……. 뒈질 힘으로 노 저으면 다 된다더라. 한 대여섯 번 죽을 뻔하고 나니까 되긴 되더라고. 역시 죽으라는 법은 없어."

당소소는 생각했다. 어쩌면 청명이 이들에게 미친 짓을 시키는 이유는, 뭘 시켜도 결국에는 해내 버려서가 아닐까 하고.

"힘들기는 했지."

"나중엔 좀 재밌던데. 사제들 중에서도 비 오길 기다리는 애들 좀 있지 않았냐?"

"그랬죠. 비만 오면 청명이가 뭐라 하기도 전에 먼저 배 들고 뛰어나가고 그랬잖아요."

"아, 그때. 재밌었지."

옛 추억이 생각이라도 난 듯 웃으며 고개를 끄덕이는 백천과 윤종을 보며 당소소가 할 말을 잃었다. 그리고 방노는 이들과 더 대화하는 것을 포기해 버렸다. 분명 한어로 말하는 것 같은데, 무슨 말을 하는 건지 알아들을 수가 없었다.

"어쨌든, 돌아갈 때는 배 타고 편하게 가면 되겠다."

"……화산 떠난 이후로 처음 듣는 좋은 소식이네요."

물론 그 배도 그들의 손으로 직접 만들어야 할 게 분명하지만, 수레 끌고 절벽을 기어오르는 것에 비하면 호화로운 유람선 못지않을 것이다.

"끄응. 그보다 얼른 가시죠, 사숙. 노숙만 했더니 따뜻한 잠자리가 그립습니다."

"하긴, 나도 그렇다."

아무리 무학을 익힌 몸이라고 해도 산 이슬 맞으며 자는 게 편할 리는 없다. 지붕 있는 잠자리가 간절하던 차였다. 그러니 양식이야 달라도 지붕은 달려 있는 집들을 보니 절로 기분이 좋아졌다.

하지만 그 좋았던 기분은 마을 어귀에 접어들자마자 급속도로 가라앉기 시작했다.

'사람이…….'

집은 많은데 길에 오고 가는 이들이 보이지 않는다. 이 반도 안 되는 크기의 화음도 길에 사람이 없는 순간을 찾기가 어려운데, 이곳은 마치 사람이 살지 않는 곳 같았다.

"거기 누구 없는가?"

백천이 막 의문을 표하려는 찰나, 방노가 먼저 크게 소리쳤다. 그러자 오래 지나지 않아 이곳저곳에서 반응이 돌아왔다.

끼이이익. 굳게 닫혔던 나무 문이 거친 소리를 내며 열리고, 그 안에서 겁먹은 이들의 눈이 드러났다.

"촌장님, 돌아오셨습니까?"

백천은 그제야 살짝 안도했다. 생각해 보면 이곳은 마적 떼 때문에 그들에게 도움을 청하러 사람을 보낸 마을이다. 낯선 이들에 대한 경계가 심할 수밖에 없다.

하지만 그리 납득했던 마음도 금세 다시 무너졌다. 겨우 열린 문 사이로 조심스레 걸어 나온 이들의 모습이 백천의 눈에 똑똑히 보였기 때문이었다.

'이건…….'

뒤쪽에 선 제자들의 입에서 침음이 흘러나왔다. 우선 눈에 띈 것은 남루한 복장. 하지만 그보다 더 시선이 가는 건, 그들이 입은 옷들이 하나같이 몸에 맞지 않는다는 것이었다.

마치 아이가 어른의 옷을 입은 것처럼 커서 금방이라도 흘러내릴 것 같았다. 그리고 화산의 제자들은 금세 그 이유를 짐작할 수 있었다.

원래 마른 이들은 불편하지 않도록 제 몸에 맞춰 옷을 지어 입기 마련이다. 하지만 짧은 시간 내에 급격하게 마르면, 제 몸보다 훨씬 커다란 옷을 걸친 것처럼 되어 버린다. 지금 그들이 보고 있는 사람들처럼 말이다.

소매 밖으로 나온 앙상한 손목. 제대로 여며지지도 않는 앞섶 사이로 가슴뼈가 그대로 드러나 있다.

"이, 이 사람들아. 이게 어떻게 된 일인가?"

방노의 목소리에도 당황이 묻어 났다. 그 목소리에서, 백천은 방노가 화음으로 출발하기 전까지만 해도 이들의 상황이 이렇게까지 심각하지는 않았음을 알 수 있었다.

당황하는 촌장의 목소리와 울먹이는 이들. 듣고 싶은 이야기는 많지만, 백천은 적어도 순서를 아는 사람이었다.

"소소야."

"네, 사숙. 영양실조예요. 무척 심각해요. 애들이 얼마나 있는지가 걱정이네요. 어른보다 위험할 텐데. 빨리 조치해야 해요."

백천이 고개를 끄덕이고는 입을 열었다.

"저기."

방노가 고개를 돌려 그를 바라보자 백천이 빙긋 웃으며 말했다.

"마을에 커다란 솥 같은 게 있을까요?"

• ❖ •

"좀 빨리 해 봐!"

"아니, 그게 재촉한다고 됩니까! 익어야 줄 거 아니냐고요!"

"화력을 좀 올려 볼까?"

"그럼 탄다니까요! 재촉하지 말고 가만히 좀 계십쇼!"

윤종이 버럭 고함을 질렀다. 하지만 백천은 여전히 안절부절못하며 연신 솥을 살펴 대기 바빴다.

"끄응. 이렇게 될 줄 알았지."

조걸이 혀를 차며 솥 안을 바라보았다. 그곳에는 산채에서 가져온 곡식들이 펄펄 끓고 있었다. 죽을 넘어 거의 미음에 가까워지도록 오래 끓였다. 오랫동안 곡기를 끊은 마을 사람들을 위한 음식이었다.

"반쯤은 예상하지 않았냐."

"그렇긴 해도, 괜찮은 겁니까? 이거 주인이 따로 있는 곡식일 텐데."

"일일이 주인을 찾아 줄 수도 없으니, 좋은 일에 썼다면 그분들도 이해해 주시겠지."

"아니면요?"

"그럼 뭐……. 물어 줘야지."

"현영 장로님이 입에 거품을 물고 좋아하시겠네요."

"좋은 일에 돈 쓴 걸로 화내시는 분은 아니잖아."

"그러니까요. 좋아하시겠다고요."

백천이 고개를 돌려 뒤를 바라보았다. 어느새 수십에 달하는 이들이 그들 주위에 몰려들어 있었다. 전하는 말을 듣고 온 이들도 있었다. 하지만 그보다 많은 이들이 이 솥에서 흘러나오는 냄새를 맡고 여기까지 온 것이었다.

배가 부른 사람은 결코 맡을 수 없는 미약한 냄새도, 배고픔에 허덕이는 사람의 코에는 지독할 정도로 강하게 느껴지기 마련이다.

하지만 주린 배를 잡고 몰려든 이들은 끓고 있는 솥을 보면서도 차마 일정 거리 안으로 다가오지 못하고 있었다.

"왜 오지 않는 걸까요?"

"무슨 말씀이십니까, 시주?"

사람들을 바라보던 당소소가 이해가 잘 안 된다는 듯 말했다.

"우리는 지금 촌장님과 함께 여기로 왔잖아요. 그렇다면 적의가 없다는 걸 알 텐데, 너무 우리를 경계하는 것 같아서요."

"으음. 듣고 보니 그렇습니다."

분위기를 살핀 혜연이 동의한다는 듯 고개를 끄덕였다. 그저 무림인이 두려워 거리를 좁히지 않는 수준이 아니다. 이곳을 바라보는 저들의 눈에는 기대와 두려움이 동시에 머금어져 있었다.

"호의를 베풀어 줄 거라는 것을 알 것인데……."

혜연이 의아하게 말을 이으려는 그때였다.

"맞아 본 놈은 일단 뭐가 날아오면 눈을 감게 되어 있는 법이지."

"……예?"

"그게 설령 떡이라도 말이야. 맞아서 아팠던 기억이 먼저 나거든."

혜연이 고개를 돌려 청명을 바라보았다. 한 손에 어디서 챙겨 온 숟가락을 든 청명이 솥을 바라보며 버럭 소리쳤다.

"아, 멀었어? 죽 끓이기 시작한 지가 언젠데 아직 젓고만 있어!"

"그렇게 재촉할 거면 좀 도와주든가!"

"응? 도와줄까?"

"……아니야. 내가 생각을 잘못했다. 얌전히만 있어 다오."

청명이 놈이 나서서 벌어질 참극을 잠깐 사이 백여덟 가지 정도 떠올린 조걸이 격렬하게 고개를 내저었다.

하지만 윤종은 죽을 젓는 와중에도 청명이 한 말을 곱씹고 있었다.

'맞아 본 놈이라.'

'놈'이라는 표현이 조금 거슬리긴 했지만, 청명이 무슨 말을 하려던 건지는 이해가 갔다. 지금껏 그들이 본 가난한 이들은 삶이 힘겨운 이들이었지, 누군가에게 핍박당한 이들은 아니었으니까. 이들과 비슷한 이들을 찾으라면 차라리…….

'예전의 화산 같군.'

그때 종남이 아닌 대문파들이 화산에 기웃거렸다면, 윤종은 과연 아무런 편견 없이 그들을 받아들일 수 있었을까?

아니, 아마 아닐 것이다. 분명 저들에게 의도가 있으리라 생각하고 경계했겠지. 누구도 믿을 수 없었을 테니까. 핍박받는 이들에게 외인(外人)이란 그런 존재인 법이다. 그렇기에 윤종은 자기가 해야 할 일이 무엇인지 알 수 있었다.

"촌장님. 대충 다 된 것 같은데, 이걸 나눠 주실 수 있을까요?"

"저희가 말입니까?"

방노가 당황한 듯 눈을 이리저리 굴렸다. 그가 얼른 나서지 못하자, 윤종이 조심스럽게 말했다.

"혹시 실례되는 일이 아닐지……."

"그럴 리가요! 절대 그런 건 아닙니다. 다만……."

방노가 당황하여 손을 내저었다. 세상일이란 그렇다. 누군가 막대한 곡식을 푼다고 해도, 생색은 직접 그 곡식을 나눠 주는 이가 낸다. 나라님이 곡식을 풀기로 결정해도, 생색은 각 고을의 현감들이 낸다는 의미다.

가져온 곡식을 풀고 직접 죽을 쑨 게 화산의 제자들이라 해도, 이 죽을 나눠 주는 사람이 방노라면 모든 공이 방노에게 돌아갈 게 뻔했다.

종남에서 온 이들은 이 사실을 아주 잘 알고 있었다. 그래서 자신들이 내어 주는 것은 뭐 하나 놓치지 않고 직접 챙기며 생색내기를 주저하지 않았다.

방노도 이를 약삭빠르다 여기지는 않았다. 사실, 그게 당연하지 않나. 제가 내어 준 것으로 남이 생색내는 꼴을 누가 보고 싶어 하겠는가.

그런데 화산의 제자들은 먼저 나서서 방노에게 맡기려 하고 있었다. 뭘 모르고 순박해서 저러는 걸까?

'그건 아니겠지.'

지금까지 그가 지켜본 바에 의하면 화산의 제자들은 막 나가거나 이해하기 어려운 면은 있었지만, 적어도 어리숙하지는 않았다.

"그래도 되겠습니까. 도장?"

조심스럽게 묻는 방노를 보며 윤종이 빙긋 웃었다.

"아무래도 그쪽이 서로 조금 더 편하지 않겠습니까? 도와주십시오. 부탁드립니다. 저희도 먼 길을 온 차라 피곤하여 그렇습니다."

"……알겠습니다. 뭣들 하느냐. 얼른 시키신 대로 하지 않고."

"예, 촌장님."

그의 말을 들은 이들이 솥으로 가서 죽을 퍼 담기 시작했다. 그 모습을 가만히 바라보던 방노가 침음을 삼켰다.

'화산이라…….'

듣기에는 화산이 저 종남보다 더욱 기세가 좋다 했다. 그렇다면 저들의 수준이 종남에 비해 떨어지는 것은 아닐 터. 저들도 이 작은 일이 가져올 결과가 어떨지 알고 있을 것이다.

그런데 솥을 사이에 두고 선 화산의 제자들에게 아쉬움이나 언짢은 기색은 조금도 느껴지지 않았다. 되레 굳이 근처에 서 있을 필요가 없다는 듯 솥을 두고 멀리 떨어지기까지 했다.

"잠깐만! 잠깐만! 일단 내 것 좀 푸고요. 아니, 아까 분명 여기 육포 한 덩이가 들어가는 걸 봤는데, 내가."

……물론 안 그런 인간도 하나 있긴 했지만.

이 먼 곳까지 한달음에 달려와 준 것만으로도 화산 제자들의 됨됨이가 얼마나 훌륭한지는 증명이 된 것이나 다름없다. 저들이 은혜를 베풀러 온 고관대작처럼 굴었다고 해도 방노는 평생 저들은 은혜를 되새기며 살 자신이 있었다.

찹찹찹찹찹.

그런데…….

찹찹찹찹찹.

"아오, 시끄러워!"

방노가 참지 못하고 버럭 고함을 질렀다. 하지만 죽을 퍼먹던 이는 그러거나 말거나 신경도 쓰지 않고 남은 죽을 단번에 후루룩 들이켜더니 입을 한 번 슥 닦고 배를 두드리며 말했다.

"아, 좀 모자란데."

먹이를 찾는 승냥이처럼 고개를 돌리던 청명이 제 옆에 어정쩡하게 서 있는 이를 보고는 눈을 빛낸다.

"그거 안 드세요?"

"……예?"

청명의 말을 들은 이가 움찔하며 저도 모르게 죽 그릇을 뒤로 슬쩍 뺐다. 청명이 입맛을 다시며 그걸 빤히 바라보았다.

"안 드실 거면 주시고. 먹을 사람도 많은데……."

"아, 아닙니다. 안 먹긴 왜 안 먹습니까? 먹습니다! 먹어요!"

"쌀이 남아도는 것도 아닌데, 그렇게 입맛 없으시면 제가 먹어도……."

"먹는다니까요!"

사내가 기겁을 하며 죽을 들이켜기 시작했다.

"아, 그걸 드시네."

청명이 아쉽다는 듯 미련 가득한 눈빛으로 비어 가는 죽 그릇을 바라보다 다시 고개를 돌렸다. 청명과 시선이 마주친 이들이 기겁하며 죽 그릇에 얼굴을 박았다.

"……다들 잘 드시네. 쯧."

청명이 영 불만스럽다는 듯 입술을 샐쭉 내밀었다. 그 덕에 낯선 이들이 준 음식이라고 주춤하던 이들은 빠르게 사라졌다.

"사숙. 뭐가 계속 몰려오는데요?"

"네 눈에도 보이냐?"

사람들이 북적이는 소리와 퍼져 나가는 죽 냄새를 참지 못한 이들이 시간이 갈수록 더 모여들고 있었다. 백천이 빙긋 웃으며 입을 열었다.

"뭐 하느냐, 죽 안 끓이고."

"……자기는 글렀구만."

화산 제자들이 한숨을 내쉬며 빈 솥을 장작 위에 다시 걸기 시작했다.

"끄응……. 이제야 좀 자겠네."

"도착은 저녁에 한 것 같은데, 곧 해 뜰 판이에요."

"말하지 말고 자자. 조금이라도 자 둬야지."

양민들끼리 모여 사는 변방의 작은 마을에 남는 집이 흔할 리가 없었다. 그나마 구석에 있는 적당한 크기의 집 하나를 겨우 찾아 숙소로 삼을 수 있었다. 화산 제자들은 한 방에 옹기종기 드러누워 앓는 소리를 냈다.

"그래도 나름 뿌듯하지 않아요?"

"……뭐."

당소소의 말에 조걸이 피식 웃으며 고개를 끄덕이고 말았다. 사실은 사실이었다. 사람들을 돕다가 오는 피로는 수련에 지쳤을 때 느끼는 피로와는 차이가 있었다. 둘 다 보람이 있긴 하지만, 결이 확연히 다르다고 해야 할까.

"그렇긴 해. 그래서 이런 날은 싱숭생숭해서 잠도 잘 안 오……."

"크허어어어어어어. 푸르르르르르르르."

"……잘도 자네요."

조걸이 벌써 코를 골아 대는 청명을 보며 고개를 절레절레 내저었다. 여하튼 저놈은 보통 인간이 아니다.

"대체 저 새끼는 어떻게 뒤통수가 땅에 닿기만 해도 자지? 진짜 신기하네. 어떻게 저렇게 신경이 굵을까?"

"조걸 사형한테 그런 말 듣는 거 진짜 모욕적일 텐데."

"내가 뭐?"

"아니에요."

모른 척 시선을 피하는 당소소를 노려보던 조걸이 고개를 돌렸다. 문득 생각해 보니, 이런 일을 하고 나면 가장 뿌듯해할 사람의 목소리가 영 들리지 않아서였다.

"사형, 벌써 주무십니까?"

"……아니."

"그런데 왜 말이 없으십니까?"

모로 드러누운 윤종은 목소리가 살짝 가라앉아 있었다.

"생각 좀 하느라고. ……별것 아니다."

"별것 아니면 말을 하면 되지. 여하튼 성격 참 이상하시다니……. 아악! 왜! 왜 때리는데 왜!"

"사형은 사형한테 말버릇이 그게 뭐예요!"

"사형 패는 네 버릇은 괜찮고?"

"사형은 맞을 짓을 하잖아요!"

"내가?"

"응."

대여섯 개의 대답이 마치 하나인 것처럼 울려 퍼졌다. 심지어 코를 골며 자던 놈도 대답한 것 같은 착각이 들 정도였다.

"……내가 서러워서."

조걸이 눈물을 삼키며 벽 쪽으로 돌아누웠다. 그 모습을 보던 윤종이 피식 웃었다.

"그래서 무슨 생각 중인데."

이번에 물은 이는 백천이었다. 어물쩡 넘어갈 수 없어 입술을 달싹이던 윤종이 어렵게 말했다.

"일전에 운남에 다녀올 때도 생각한 겁니다만……. 세상에 힘든 이들이 너무 많은 것 같습니다. 도시라 불리는 곳은 조금 낫지만, 도성을 벗어나기 시작하면 다들 사는 게 쉽지 않아 보이네요."

"……그렇지."

조금 무거운 이야기였다. 백천이 씁쓸한 표정으로 한숨처럼 무거운 침음을 흘렸다.

"그게 현실이긴 하지. 구파일방 중에서도 개방의 문도가 가장 많지 않으냐."

거지들의 문파 개방. 그들의 문도 수는 다른 문파들이 감히 비교할 수준이 아니었다. 십만 개방도라는 말이 괜히 있는 게 아니니까. 거지라고 다 개방도가 아니라는 것을 생각하면, 세상에 빌어먹고 사는 이들이 얼마나 많다는 뜻이겠는가.

게다가 거지가 아니더라도 주린 배를 움켜잡고 사는 이들도 적지 않을 터이니, 그 수까지 헤아리면 그야말로 엄청나게 더 많은 이들이 고통받고 있을 것이다.

"사형도 참 새삼스럽게."

조걸이 살짝 불퉁하니 말을 하자 윤종이 한숨을 내쉬었다.

"남 일 같지 않아서 그래."

"왜 남 일 같지가 않습니까? 또 장로님께서 주워 주지 않았으면 사형도 별다를 것 없었을 거란 이야기를 하시려고요?"

"아니, 그걸 어떻게……."

"그 이야기는 저번에도 하셨잖습니까. 사형도 참."

조걸이 대수롭지 않은 일인 것처럼 타박하자, 윤종은 조금 머쓱하게 웃었다.

"뭐 어쩌겠습니까? 가난은 나라님도 구제 못 한다는데, 우리가 뭘 할 수 있는 것도 아니고."

윤종은 팔베개를 하고 바로 누운 조걸을 바라보다가 눈을 감았다.
"그런 게 아니다."
"……그럼요?"
"내 도가 정말 내가 찾고 있는 도인가 하는 생각이 들어서 그런다."
어쩐지 눈을 다시 뜨기가 두려워졌다. 침묵 속에서 윤종이 다시 입을 열었다.
"내가 강해진다고 해도 사람들을……."
그 순간, 눈을 감고 있던 유이설이 입을 열었다.
"달라. 그런 거랑은."
조금 놀란 윤종이 눈을 뜨고 고개를 돌려 유이설 쪽을 바라보았다. 그녀가 웬만해서는 이런 이야기에 끼지 않는 사람이란 것을 알아서였다.
"곡식으로 구원받는 사람도 있지."
"그렇죠."
"하지만 검으로 구원받는 사람도 있어."
"……."
"그럴 필요 없어. 내가 하지 못하는 걸 바라볼 필요는."
윤종의 입술이 굳게 닫혔다. 듣고만 있던 백천이 거들고 나섰다.
"사매의 말이 맞다. 이들은 애초부터 가난한 게 아니라, 가진 걸 빼앗겨서 가난해진 사람들이다. 너도 알지 않으냐. 네가 당장 백만 석의 곡식을 베푼다 해도, 마적들이 있는 이상 이들의 삶은 달라지지 않을 거다."
옆에 누운 백천이 손을 뻗어 윤종의 어깨를 살짝 잡았다.
"우리도 우리가 할 수 있는 게 있다."
무언가 생각하는 듯 어둠 속에 잠긴 천장을 빤히 바라보던 윤종이 이내 고개를 끄덕였다.
"맞는 말씀입니다."
"그래. 그럼 이만 자자. 할 수 있는 걸 하려면 쉴 때 쉬어야지."

"예."

윤종의 대답이 묵직하게 들려왔다. 모두가 조금씩 잠에 빠지는 와중에도 코 고는 소리는 끊기지 않고 들려왔다.

• ❖ •

문득 잠에서 깨어난 윤종이 몸을 벌떡 일으켰다. 반사적으로 해가 들어오는 쪽으로 고개를 돌렸더니, 이미 강한 햇살이 창을 가득 채우고 있었다.

'늦잠을 잤다고?'

생각 이상으로 피곤했던 모양이다. 보통 화산에서 청명이 놈 다음으로 아침을 시작하는 이가 그라는 걸 감안한다면 흔치 않은 일이었다.

윤종이 재빨리 자리를 정리한 뒤, 문을 열고 밖으로 나왔다. 그러자 조걸이 집 밖으로 나온 그를 발견하고 다가왔다.

"일어나셨습니까, 사형."

"왜 너밖에 없어? 다른 사람들은?"

"벌써 일어나서 제 할 일 하고 있죠."

"제 할 일이라니? 뭘 하는데?"

"그게……."

"엄살 부리지 마세요! 나이도 드실 만큼 드신 분이."

"어, 엄살이 아니라……. 아악!"

"움직이지 마시고요."

쑤우욱. 사람 허리에 손바닥 길이만 한 대침이 들어갔다. 창밖에서 그 광경을 보던 이들이 움찔하며 목을 움츠렸다.

"끄……으으으. 으……."

"거봐요. 별로 안 아프다니까요. 낫는 게 중요하지."

머리를 양쪽으로 땋아 올린 여인이 방긋방긋 웃으며 다른 대침을 들어 올렸다. 대침이 박힌 장한은 얼굴이 시퍼레져서는 식은땀을 흘렸다.

사람들이 대침과 당소소를 번갈아 바라보았다. 얼굴만 보면 파리도 못 죽이게 생겼는데 사람 몸에 저런 침을 쑥쑥 박아 넣다니.

"저렇게 젊은 의원이 어딨습니까? 더구나 여자인데."

"이 사람이, 어디 큰일 날 소리를! 화산파 분이라잖아, 화산파! 그 대단한 분이 할 일 없어서 우리 같은 무지렁이들에게 거짓말을 하겠는가?"

"끄응. 아무리 그래도……."

지켜보던 이들의 눈에 의혹이 일던 차였다. 당소소가 장한의 허리에 박혀 있던 대침을 무 뽑듯이 쑥쑥 뽑아내더니, 장한의 허리를 톡톡 두드렸다.

"자, 이제 일어나 보세요."

"아, 아니……. 너무 아파서……."

"괜찮으니까 일어나 보세요. 얼른."

의심 가득한 눈으로 당소소를 바라보던 이가 슬그머니 엉덩이를 들었다. 그러고는 이내 눈을 휘둥그레 떴다. 그가 굵직한 목을 있는 대로 돌려 제 허리를 돌아보았다.

"어? 안 아프네? 조금 전까지는 앉지도 못할 만큼 허리가 아팠는데……."

"대단한 건 아니고, 근육이 너무 많이 굳어서 그래요. 전에 한번 다친 적이 있으신 것 같은데."

"예. 지난달쯤에 삐끗해서……."

"울혈이 맺혔는데, 제대로 쉬지 못하고 계속 일을 하다 보니 딱딱하게 굳은 거예요. 그쪽 근육을 모두 풀어 줬으니 이제 괜찮으실 거예요. 대신 이틀 정도는 무거운 거 들지 마시고 쉬세요. 아니면 또 재발할 테니까."

"이틀이면 됩니까?"

"사흘이면 더 좋겠지만……. 어려우시면 이틀만 쉬셔도 돼요."

"세상에 이렇게 신통할 데가. 가, 감사합니다. 소저! 아니지, 의원님!"

"이왕이면 의원이 아니라, 도장이라고 불러 주세요. 저는 화산파 제자니까!"

당소소가 빙긋 웃고는 문 쪽을 바라보며 외쳤다.

"다음 분 들어오세요."

이 상황을 모두 지켜본 이들의 반응은 극적으로 바뀌었다. 창문에 붙어 있던 이들이 우르르 달려 들어왔다.

"접니다!"

"아니, 형님! 조금 전까지는 못 믿겠다면서요! 비키십쇼!"

"내가? 내가 언제! 이놈이 환청을 들었나! 저리 비켜라! 나부터 진맥받아야 해! 넌 위아래도 없냐!"

"위아래가 여기서 왜 나옵니까! 그리고 매번 이럴 때만 나이 들먹이실 겁니까? 더럽고 치사하게!"

"뭐? 이놈의 자식이!"

"왜요? 한판 붙……."

콱! 그 순간, 아웅다웅하던 이들의 옆에 있는 문틀에 커다란 대침이 두어 개 날아와 박혔다.

파르르르르. 그 긴 대침이 문틀을 뚫고 나올 정도로 깊이 박혔다. 대침 끝이 떨리는 걸 바라보던 이들이 눈치를 보다 조용히 입을 다물었다.

"정숙."

침 삼키는 소리도 들릴 만큼 싸늘한 침묵이 내려앉았다.

"싸우지들 마시고 고령자부터 들어오세요. 나이 드신 분들부터. 자꾸 다투시면 진료 안 해 드릴 거예요."

당소소는 여전히 생글생글 미소를 띠고 있었지만, 여양 사람들은 더는 그 웃음을 웃음으로 받아들일 수 없었다.

"뒤쪽에 할아버지 한 분 계신 것 같은데, 들어오실 수 있게 도와주시겠어요?"

"그, 그럼요. 여부가 있겠습니까."

움츠러든 이들이 서둘러 나가서 뒤쪽에 있던 노인을 앞으로 데려왔다. 그 광경을 바라보던 당소소가 혀를 차고는 고개를 돌렸다.

그곳에는 화산에서 가져온 약재에 반쯤 파묻힌 유이설이 넋을 놓고 있었다. 당소소가 당황한 얼굴로 달려갔다.

"아니, 사고. 아직 하고 계신 거예요? 어려워요?"

"뭐가……. 뭔지."

"아까 설명해 드렸잖아요. 이게 고본(藁本)이고, 이게 대극(大戟)이고, 이게 백출(白朮)이라니까요?"

유이설의 눈이 핑핑 돌았다. 아니, 그녀의 눈앞에서 나무뿌리 세 개가 빙빙 돌았다. 아무리 봐도 똑같이 말라비틀어진 나무뿌리건만, 당소소는 '어떻게 이걸 구분 못 할 수가 있지?'라는 얼굴로 그녀를 바라보았다.

"다시 알려 드릴게요. 자, 잘 들어 보세요. 우선……."

유이설은 울고 싶어졌다.

"마하반야바라밀다……."

혜연은 한참 불공을 드리는 중이었다. 중원에서는 도가의 영향력이 크지만, 변방으로 갈수록 도사보다는 스님이 더 각광받는 편이었다. 특히나 서장과 지리적으로 더 가까운 여양은 말할 것도 없었다.

먼 곳에서 그들을 돕기 위해 온 화산파 사람들에 대한 고마움이야 이루 말할 데가 있겠냐마는, 심신이 지친 이들의 시선을 먼저 끈 것이 반들반들한 혜연의 민머리인 것은 어찌 보면 당연한 일이었다.

혜연이 절을 하자 그 뒤에서 따라 경을 외던 이들이 일제히 몸을 굽힌다. 그리고 등 뒤의 기척을 느끼며 혜연도 생각에 잠길 수밖에 없었다.

'종교라…….'

그는 이곳에서 한 번도 그가 소림 출신임을 언급한 적이 없었다. 이들은 그가 소림의 혜연이기 때문이 아니라, 그저 중이기에 의지하려 하는 것이다.

'아미타불.'

힘 있는 자에게 종교란 그리 의미가 없다. 종교가 없어도 의지할 것이 많으니까. 하지만 힘없는 이들에게 종교란, 삶의 유일한 등불이 되기도 한다. 몸을 따뜻하게 덥혀 주지도, 현실의 고단함을 해결해 주지도 못하지만, 바라보는 것만으로도 조금은 쉬어 갈 수 있는 그런 등불 말이다.

"심무가애 무가애고(心無罣碍 無罣碍故) 무유공포(無有恐怖)."

마음에 거리낌이 없으니, 두려울 것도 없다. 항상 외던 경을 입에 담는 순간 혜연은 부끄러움을 느꼈다.

'나는 정녕 거리낌이 없었던가?'

그는 불도를 닦는 이다. 하지만 그의 마음 안에는 거리낌과 혼란이 가득했다. 그저 머리를 깎고 계인을 찍었다는 이유만으로 의심 없이 그를 믿고 의지하려는 저들에 비해, 그는 과연 진정으로 불도를 믿는가?

'부끄럽구나.'

혜연이 천천히 몸을 일으켰다. 그런 그가 몸을 돌리자 주름진 얼굴들이 그에게 모여들었다.

"스님, 감사합니다."

"감사하실 일이 아닙니다. 이제야 와서 죄송합니다."

진심을 담아 말한 혜연이 그들을 향해 고개를 숙였다. 부처의 가르침은 닿지 않는 곳이 없지만, 사람의 발이 닿지 않는 곳은 있는 법. 오늘따라 자신의 발이 더없이 초라하게 느껴지는 혜연이었다.

"……잘하고 있네."

사람들에게 둘러싸인 혜연을 바라보던 윤종이 떨떠름하게 말했다.
"그렇죠? 이럴 줄 알았으면 그냥 출가할걸."
"이 새끼야. 그걸 말이라고!"
"농담이긴 한데. 아무리 그래도 스님이랑 대접이 너무 다르잖습니까. 우리도 나름 도산데."
"그렇긴 하다만."
조걸의 머리를 잡아 누르던 윤종이 쓴웃음을 머금었다. 세상 사람들이 생각하는 부처는 중생들을 구원하려 노력하는 신이고, 신선은 스스로 고고하여 자연과 어울리는 이다.
무엇이 옳은가 그른가가 아니라, 저들이 그리 생각한다는 것이 중요하다. 저들로서는 선도를 걷는 도사보다 중생을 바라보는 불가에 조금 더 관심이 갈 수밖에 없다.
그리고 실제로 딱히 다르지도 않다. 커다란 절은 사람들이 찾기 쉬운 곳에 있는 반면에, 유명한 도관은 깊은 산꼭대기에 있어 사람들의 발길을 반기지 않는다. 당장 화산만 봐도 그렇지 않은가?
'유리(遊離)라…….'
어젯밤 백천이 한 말은 분명 틀리지 않았다. 그럼에도 윤종은 마음속 어딘가를 짓누르는 찝찝한 의혹을 벗어던지기 어려웠다.
"사형? 갑자기 왜 그러십니까?"
윤종이 재빨리 표정을 바꾸며 물었다.
"아무것도 아니다. 청명이는?"
조걸이 말없이 손가락을 들어 한쪽을 가리켰다. 윤종은 무심코 그곳을 바라보았다가 입을 딱 벌리고 말았다.
거센 황하의 누런 물 아래로 검은 그림자가 모습을 드러낸다. 마치 바다를 누비는 교어(鮫魚: 상어)처럼 물 밑을 유영하던 그림자는 황하에 발을 담그고 있는 아이들을 향해 다가가고 있었다. 윤종이 두 눈을 부릅떴다.

"저, 저기!"

윤종이 본능적으로 내달리려는 순간, 달려들던 물그림자가 급격히 속도를 올리더니 이내 아이들의 코앞까지 들이닥쳤다.

파아아앗! 이윽고 물 위로 튀어 오른 그것이 커다란 포효를 내질렀다.

"야아아아아아!"

……저게 뭐야. 윤종은 다리에 힘이 풀려 그 자리에 주저앉고 말았다.

"그물 똑바로 잡으라고 했지, 이 자식들!"

"……똑바로 잡았는데."

"똑바로? 똑바로오오오오? 고기가 밑으로 줄줄 다 새잖아! 발로 꽉 밟으라고!"

강가에 줄지어 서 있던 아이들이 입을 삐쭉 내밀었다. 말이 쉽지, 물살이 이렇게 빠른데 발을 붙이고 서 있는 게 어디 쉬운가. 하지만 그걸이 물살에서 헤엄치는 인간에게 토로할 수는 없는 노릇이었다.

"힘으로 안 되는 데는 돌로 눌러."

"아, 그럼 되겠다."

물에 빠진 생쥐, 아니 물에 빠진 도사 꼴이 된 청명이 근엄하게 말했다.

"입 내밀지 말고 똑바로 해! 그럼 생선을 배 터지게 먹여 줄 테니까! 내가 산더미만큼 잡아 준다! 알았어? 다시 간다!"

청명이 다시 물속으로 뛰어들었다. 윤종은 어처구니가 없어서 벌어졌던 입을 스르륵 다물었다.

"……쟤 뭐 하는 거냐?"

"오는 내내 죽이랑 건량만 먹었더니 속이 느글거린다고, 싱싱한 생선이나 잡아서 구워 먹재요."

그럴 수 있다. 속이 느글거리기는 그도 마찬가지였으니까. 그런데…….

"동네 애들은 언제 꼬신 거냐? 청명이 놈이 원래 저리 사교성이 있는 인간이었나?"

"수준이 비슷해서 말도 잘 통하는 거 아니겠습니까."
하기야 아이들로서도 고고한 도사들보다는 청명이 더 편할지도 모르겠다. 아니……. 보통은 반대 아닌가?

타닥. 타닥. 아이들의 입에서 침이 뚝뚝 떨어졌다. 모닥불 주변에 꽂아 둔 생선들이 먹음직스럽게 익어 가고 있었다.
"하나만……. 아야!"
홀린 듯 손을 뻗던 아이의 손등을 청명이 찰싹 내리쳤다.
"아직 덜 익었어!"
"다 익은 것 같은데……."
"민물고기는 완전히 익혀 먹어야 해! 그런 것도 몰라?"
"……아는데요."
배고픔을 참기 어렵다는 뜻이다. 청명은 시무룩해진 아이를 보며 혀를 끌끌 찼다.
"너희 생선 안 잡아먹냐? 물이 바로 옆에 있는데."
"예전에는 그랬어요. 지금은 배가 없어서 못 잡아요."
"배가 왜 없어? 강이 이렇게 붙어 있는 마을에서 고기를 안 잡는다고?"
청명이 그게 무슨 소리냐는 듯 바라보자, 아이들이 서로의 얼굴을 돌아보았다. 아까 손등을 맞았던 아이가 우물거리며 말했다.
"예전에는 배를 타고 나가서 고기를 잡았는데, 이젠 배가 없어요. 물살이 세서 물가에서는 생선이 안 잡혀요."
"아니, 그러니까 배가 왜 없냐고!"
"그 나쁜 놈들이 다 가져갔어요."
"나쁜 놈들? 마적?"
아이들이 동시에 고개를 끄덕였다. 청명이 어처구니가 없다는 듯 입을 벌렸다.

"아니, 마적 새끼들은 말 타고 다니는 놈들인데 배를 왜 가져가? 수적으로 전직이라도 한대? 이제 말 타는 데 질리니까 황하에서 배라도 타겠다는 거야, 뭐야?"

"에이, 황하에 수적이 어딨어요."

"나 때는 있었어!"

"형이랑 우리랑 나이 차이도 얼마 안 나는……. 아야!"

구시렁거리던 아이가 끝내 청명에게 머리를 쥐어박혔다. 아까 손등을 맞았던 녀석이었다. 청명이 양손으로 정수리를 문지르는 아이를 향해 딱딱거리며 말했다.

"내가 먹은 밥그릇만 엎어 놔도 태산 꼭대기에 닿는다, 인마."

"……안 그럴 것 같은데."

"씁. 어디 어른 말씀하시는데 토를 달아. 옛날에는 있었어."

아닌 말이 아니라, 예전에는 정말 황하에도 수적들이 있었다. 심지어 그저 수적이 있는 정도가 아니라, 황하수로칠십이채(黃河水路七十二砦)라는 이름으로 꽤 큰 세력을 이룬 적도 있었다.

하지만 지금은 그 자취를 찾아보기 힘들다. 이유는 아주 간단했다. 딱히 인근에 거대 문파가 없는 장강과 달리, 황하는 온갖 거대 문파가 득실거리는 북경과 하남 그리고 섬서를 지나기 때문이었다.

그러니까 그 황하에 배 띄우고 노는 놈들이 하북팽가, 소림사, 무당파, 종남파 같은 인간들이란 뜻이다.

'여우 놈이 범 굴 앞에 둥지를 튼 격이지.'

청명이 속으로 혀를 찼다. 지금 생각해도 어처구니가 없는 일이었지만, 기어코 그 어처구니없는 일을 저지른 놈들이 있었다.

결과는 예상과 그리 다르지 않았다. 대도시에서 두들겨 맞고 밀려났으니 척박한 시골로 갈 수밖에 없었고, 시골에 처박히니 돈 벌 구석이 없어서 쫄쫄 굶고, 결국은 사분오열해 수채라고 불리기도 어려운 잔당들만 겨우겨우 흩어져서 연명하게 되었다. 거기서 끝난 게 아니었다.

'옛날에 나한테 맞은 종남 애들이 화풀이로 황하에 수적 잔당 때려잡으러 갔다는 말을 들은 것 같기도 하고.'

곰곰이 생각해 보니 그 뒤론 황하의 수적 이야기를 들은 적이 없었다.

"어? 그럼 결국 내가 없앤 게 되나?"

움직인 건 종남이지만, 그들이 움직인 이유는 청명이니까. 꼭 말이 안 되는 소리도 아닌 것 같은데…….

"형이 수적들을 없앤 거예요?"

청명이 중얼거리는 소리를 들은 아이들이 눈을 초롱초롱하게 뜨고 그를 바라보았다.

"아, 아니. 옛날이야기야. 아주 옛날."

살짝 켕긴 청명이 손을 내젓고는, 생선을 꽂은 나뭇가지를 하나씩 뽑아 아이들에게 나눠 주었다.

"자, 이제 됐다. 먹어라."

생선을 받아 든 아이들은 금세 수적 이야기를 잊고 신이 나서 얼굴에 검댕을 묻혀 가며 뜯어 먹기 시작했다.

"근데 웃기네. 마적 놈들이 배를 다 가져가고. 말에 실을 것도 아닌데."

청명이 어처구니가 없다는 듯 말하자, 한 아이가 생선을 먹다 말고 불쑥 말했다.

"배만 가져간 게 아니라 옷도 가져가고 우리 강아지도 데리고 갔어요."

"파종할 볍씨까지 다 가져갔어요. 진짜 나쁜 놈들이에요."

청명이 미간을 찌푸렸다. 볍씨를 가져갔다는 건 다음 해 농사는 글렀다는 소리다. 무식한 마적이 그런 것까지 따지겠냐 싶지만, 그들이 이 마을을 지속적으로 털어 대고 있는 이상, 말도 안 되는 일이었다.

염소에게서 젖을 짜려면 풀을 먹여야 한다. 염소가 먹을 풀까지 빼앗아 먹는다면 결국은 염소가 죽어 젖도 사라지는 법이다. 아무리 악랄한 놈들이라 해도 보통 그렇게까지는 하지 않는다. 다 같이 죽자는 게 아니고서야.

"전에도 볍씨를 가져갔었냐?"

"……그건 모르겠어요. 어른들이 그러던데."

아이들한테 들을 수 있는 건 이 정도가 한계다. 청명이 들고 있던 생선을 크게 한 입 베어 물고는 우물거렸다.

"맛있네."

"네! 물고기 맛있어요."

"많이 먹어. 또 잡아 줄 테니까. 그러게 그물 딱 잡으라니까. 아까 그것만 잡았어도 두 배는 더 잡았을 텐데!"

아이들은 입을 삐죽거리다 이내 잔소리를 못 들은 척하며 손에 들린 생선에 집중했다. 피식 웃은 청명이 생선을 내려다보며 생각에 잠겼다.

'전에 종남 놈들이 몇몇 왔었다고 했지…….'

신경 쓰이는 게 있었다. 청명의 머리가 팽팽 돌아가기 시작했다.

"이거 더 먹어도 돼요?"

"안 돼. 남은 건 집에 가져다줘야지. 형도 있잖아."

"난 엄마 가져다줘야 해."

이어지던 생각이 아이들의 목소리에 뚝 끊겼다. 청명이 생선 나뭇가지를 뽑아 갈등하는 아이들의 손에 들려 주었다.

"그냥 먹어. 더 잡아 줄 테니까. 대신 이번에는 그물 똑바로 잡아. 일하는 만큼 가져가는 거야. 제일 잘한 놈 한 마리 더 준다."

"와!"

아이들의 목소리가 단번에 높아졌다. 신난 아이들이 남은 생선에 우르르 달려들어 양손에 생선을 들고 뜯어 먹기 시작했다.

"죄송합니다. 마땅히 드릴 것이 없어서."

차(茶)라고 부르기에도 조악한, 풀을 달인 물. 다도(茶道)에 일가견이 있는 현종이 끓여 주는 차를 늘 먹어 온 백천의 입에는 도무지 맞지 않았지만, 백천은 전혀 내색 없이 차를 들이켰다.

"천만의 말씀입니다. 감사합니다."

"말씀이라도 고맙습니다. 어떠십니까? 마을을 둘러보신 소감이."

"확실히 상황이 좋지 않아 보이더군요."

정확하게 말하자면, 백천이 예상한 것보다 심각했다. 빈곤과 가난은 중원 어디에서나 피할 수 없는 것이지만, 이들이 맞닥뜨린 것은 그저 그런 가난이 아니라 생존의 위협이었다. 그들이 며칠만 늦게 도착했다면, 기다리던 여양 사람들이 떼로 굶어 죽었을지도 모른다.

"원래 이렇게까지 상황이 나쁘지는 않았습니다. 작게나마 화전도 일굴 수 있었고, 황하가 바로 옆에 있으니 배를 타고 나가 고기도 잡아 올 수 있었으니까요. 작황이 나빠도 크게 굶주리지는 않았지요."

깊은 시름에 안색이 어두워진 방영이 크게 한숨을 내쉬며 말을 이었다.

"한데 그 마적 놈들이 들이닥치며 상황이 한 해 한 해 나빠지더니, 이제는 목숨 부지하는 것도 어렵게 되었습니다."

"종남이 도왔다고 하셨잖습니까. 그런데도 상황이 이렇게 된 겁니까?"

"……그들에게 줄 상납금이 어디에서 나왔겠습니까."

백천의 입에서 짧은 한숨이 새어 나왔다. 이 꼴을 보고도 돈을 받다니. 아무리 그래도 너무하지 않은가.

아니, 냉정히 생각해 보면 아주 이해가 안 가는 것은 아니다. 이곳으로 직접 온 이들이 그 돈을 받은 이들은 아니었을 테니까. 어려운 상황이라고 전해 듣긴 했겠지만, 직접 눈으로 본 게 아니니 얼마나 공감했겠는가.

"그래서 어떻게…… 생각하시는지?"

방영이 초조한 얼굴로 백천을 바라보았다. 홀로 그를 찾아온 백천의 의도가 짐작이 가지 않아서다.

"그런 표정 짓지 마십시오. 그저 몇 가지 확인하고 싶은 것이 있어 찾아온 것이니까요."

"확인이라면……."

"저는 이곳이 굉장히 황량한 곳일 거라 짐작했습니다. 아무래도 전에 말씀하신 대로, 이곳의 지리적인 위치를 생각해서."

"사막 근처라는 말을 신경 쓰신 모양이군요. 여기서 강을 건너 조금만 가도 바로 황무지가 시작되긴 합니다만……. 여긴 그래도 황하의 축복이 닿은 땅이니까요."

생각해 보면 당연한 일이었다. 사막과 닿은 마을이라면 더더욱 물이 중요할 것이다. 물이 없는 곳에 이런 마을이 생길 수는 없는 법이다.

"그래서 이해가 가지 않은 겁니다."

"어떤 의미이신지?"

"사막에 집을 짓고 살아가는 사람들이라면 사막을 떠날 수 없을 겁니다. 하지만 강에 터전을 삼고 살아가는 분들이니, 이곳을 떠날 수도 있지 않습니까? 강은 여기만 있는 게 아니니까요."

백천의 말에, 방노가 수심이 가득한 얼굴로 입을 다물었다.

"그런데 왜 아직 이곳에 머무시는 겁니까? 목숨의 위협을 받아가며."

그때, 방영이 눈에 힘을 주더니 조금 신경질적으로 대답했다.

"그럴 여력이 어디에 있습니까?"

"……여력이라 하셨습니까?"

"터전을 옮기는 게 어디 쉬운 일인 줄 아십니까? 도장, 사는 터전을 옮기려면 가장 먼저 필요한 것이 바로 먹을 양식입니다."

방영이 북받친 듯 조금 격양된 어조로 따지듯 설명을 이어 갔다.

"많은 이들이 먼 거리를 이동하며 먹을 음식. 자리를 잡고 집을 지을 동안 먹을 음식. 그게 없으면 사람은 정말 굶어 죽습니다. 겨우겨우 식량을 끌어모았다고 해도, 약탈이라도 당하거나 빠른 시일 안에 적당한 곳을 발견하지 못하면 모두 배를 곯다 굶어 죽을 게 아닙니까."

"그런 이유입니까."

"그럼 또 뭘……."

그때, 방노가 손을 들어 방영의 말을 막더니 담담히 말했다.

"도사님. 저는 이곳에서 평생을 살았습니다. 물론 좋은 곳이라 할 수는 없겠지요. 척박하고 험난한 곳입니다. 하지만 제게는 평생 발을 붙이고 살아온 곳입니다. 이곳에서 부모님을 모셨고, 아이들을 키웠습니다. 이제는 커 가는 손주 놈들을 보는 게 삶의 유일한 낙입니다."

조금 씁쓸하게 웃음을 지은 방노가 창밖을 바라보며 말했다. 목이 멘 듯 말끝이 조금 떨렸다.

"그런 곳을 떠나고 싶지 않다고 하면……. 부족하고 초라하지만, 이 삶을 지키고 싶다 하면 너무한 욕심이겠습니까? 물론 도장께서 보시기에는 배부른 소리로 들리시겠지만……."

가만히 방노의 말을 듣고 있던 백천이 고개를 단호히 가로저었다.

"아닙니다. 이해합니다."

"……그렇습니까?"

"그냥 하는 말이 아닙니다. 어쩌면 촌장님께서 생각하시는 이상으로 잘 이해하고 있을 겁니다."

두 사람이 이해하지 못하는 듯하자, 백천이 빙긋 웃으며 덧붙였다.

"보셨지 않습니까? 저희가 사는 곳을."

"어……."

방노와 방영의 얼굴에 순간적으로 어색한 기색이 떠올랐다. 화산을 아득바득 올랐던 기억을 다시 떠올린 방영은 저도 모르게 고개를 내저었다.

"하긴 거기는……. 사람이 왜 굳이 그런 데서."

"어허. 그런 말을 하면 도장께 실례가 아니냐."

"죄송합니다. 하지만 도무지 이해가 안 가서……."

백천은 미소를 띤 입꼬리에 경련이 일려는 것을 애써 억눌렀다. 마적이 들이닥치는 산기슭에 사는 양반들에게 '미친 것들이 아니고서야 거기에서 왜 사나.' 하는 눈빛을 받으니 기분이 좀 묘했다. 딱히 반박할 말도 없어서 더욱 그랬다. 입을 가리고 짧게 헛기침을 한 백천이 말했다.

"보셨으니 아실 겁니다. 저희가 사는 곳 역시 척박하기로는 어디에 뒤지지 않는 곳입니다. 하지만…… 저도 그곳에서 평생을 살고 싶어 하는 사람입니다."

"……."

"사람의 마음이란 그런 것이겠지요."

방영이 작게 고개를 끄덕였다. 듣고 나니 백천이 나쁜 마음으로 물은 게 아님을 알 수 있었다. 그렇게 괴이할 정도로 높은 산꼭대기에 사는 사람이 다른 이의 터전이 어떻다 왈가왈부하지는 않을 테니까.

"하면 어째서?"

"그저 알고 싶었습니다. 이곳에 사시는 분들이 어쩔 수 없이 이곳에 살고 계신 거라면, 마적과 싸우는 것보다 터전을 옮기는 걸 도와드리는 편이 나을 테니까요."

부자의 의문 섞인 눈빛을 받은 백천이 담담히 말했다.

"마을 분들의 수가 많으니 먼 곳으로 가신다면 저희만으로는 힘든 일일지도 모르겠지만, 본산에 연락을 넣어 지원을 받는다면 불가능한 일은 아닐 것입니다."

생각지도 못한 이야기에, 얼떨떨해진 방영이 멍한 표정으로 백천을 바라보았다. 백천이 태연하게 어깨를 으쓱였다.

"하지만 그런 게 아니라 하시면…… 이곳에서의 삶을 지켜 드려야죠."

방노는 물론, 날카롭게 받아쳤던 방영도 아무런 말을 하지 못했다.

마적을 물리쳐 주길 바랐다. 그게 어렵다면 적어도 막아 주기라도 바랐을 뿐이다. 설사 그게 되지 않는다 해도 어쩔 수 없다고 여겼다.

하지만 이 사람은 부탁받은 것만이 아니라, 이곳 사람들의 삶을 살피고 있었다. 이 마음을 무어라 표현해야 하겠는가?

눈앞의 사람은 젊은 도사였다. 이 마을에 살았다면, 아직 어른들의 목소리에 제대로 항변도 하지 못할 나이다. 하지만 이 젊은 청년은 그들보다 더 먼 곳을 보고 있다. 그런 줄도 모르고 날카롭게 쏘아붙였던 게 부끄러워진 방영이 무어라 백천에게 말을 하려던 바로 그때였다.

"초, 촌장님!"

바깥에서 다급한 목소리가 들려오더니, 누군가 문을 부술 듯 열고 뛰쳐 들어와 말했다.

"놈들! 놈들이 다시 몰려오고 있습니다!"

기겁한 방노와 방영이 자리에서 벌떡 일어났다. 놈들이라는 말이 누구를 지칭하는지 모를 그들이 아니다.

"아직 약조한 때는 멀었지 않은가! 왜 벌써……."

"그걸 제가 어떻게 알겠습니까! 그놈들이 지금 이곳으로 오고 있습니다! 그것도 떼로 몰려옵니다!"

"이, 이런……."

방노의 얼굴이 당혹감에 새파랗게 질렸다. 마적들이 예정보다 더 빨리 들이닥쳤다는 것은 무언가 다른 의도가 있다는 뜻이다. 그리고 마적의 의도야 뻔하지 않은가. 그 포악한 놈들이 어떻게 나올지는 뻔했다. 혼이 달아나는 느낌이었다. 방영이 휘청거리는 방노의 팔을 급히 붙들었다.

"당장 피해야 합니다, 아버지. 일단 아이들을 집 안에 숨기고……."

"마적들입니까?"

담담하기 그지없는 목소리가 그들의 귀를 파고들었다. 방노와 방영이 맞은편에 앉아 있던 백천을 바라보았다. 상황을 뻔히 들었을 텐데도, 백천은 조금도 서두르는 기색 없이 제 앞에 놓인 찻잔을 들어 천천히 차를 들이켰다.

"도장……?"

깨끗이 비운 찻잔을 내려놓은 그가 자리에서 일어났다.

"마침 잘되었습니다. 안 그래도 몇 가지 물어볼 것이 있었는데. 때맞춰 와 주는군요."

"마, 마적들과 대화를 하시겠다는 겁니까?"

"필요하다면 마적이 아니라 누구라도 대화해야겠지요. 걱정하지 마십시오. 저희가 알아서 하겠습니다. 촌장님께서는 마을 사람들을 다독여 주시고요."

얼이 빠진 방노는 그를 멍하니 바라보았다. 마적들이 떼로 몰려온다는데 백천에게는 두려운 기색이 하나도 없었다. 하나, 세상 물정 모르는 어린놈의 치기라기에는 그간 보여 준 것이 너무 많았다.

'정말 자신이 있는 건가?'

어쩌면 아직도 이 사람을 꽤 과소평가하고 있었을지도 모른다는 생각이 절로 들었다.

"가시지요."

"아, 알겠습니다. 그럼 우선 물가로."

"……물가요?"

"그렇……습니다만?"

그 순간 방노는 보았다. 봄날의 훈풍처럼 여유롭던 백천의 얼굴에서 평정이 사라지는 것을. 마치 백옥으로 빚은 도자기에 금이 가는 것처럼 극적인 광경이었다.

"마, 마적들이 어디로 오고 있는 겁니까?"

"그야 강으로 오지요."

"……마적인데요? 마적이 강으로 온다는 말씀이십니까?"

"마적이라도 강을 건너지 않으면 이 마을로 오긴 힘듭니다. 산세가 험하니까요."

"그놈들이…… 강을 어떻게 건넙니까?"

"그야 배를 타고 건너지요……."

"그럼…… 안 되는데."

백천은 당장이라도 기절할 것처럼 새파랗게 질렸다. 이제는 방노보다도 창백했다. 방영은 백천의 이마가 순식간에 식은땀으로 젖어 가는 걸 멍하니 바라보았다.

"거기 청명이 있는데. 어……. 그럼 안 되는데. 이걸 어떻게 해야……."

허둥지둥하던 백천은 허리를 더듬어 검을 찾다가, 무언가 빠르게 입속으로 중얼거리더니 갑자기 혼자서 놀라 펄쩍 뛰어올랐다.

그를 물끄러미 바라보던 방노와 방영은 약속이나 한 듯 서로를 바라보곤 고개를 내저었다.

• ❖ •

"형! 다, 달아나야 해요! 어서요!"

"허허허……."

"마적들이라니까요! 여기 있으면 무슨 꼴을 당할지 몰라요!"

"허허허허……."

그건 참 괴이한 광경이었다. 거친 황하를 따라 십여 척의 배가 떠내려오고 있었다. 그 위에 타고 있는 험상궂은 놈들의 모습을 보니 참으려해도 헛웃음이 절로 실실 새어 나왔다.

마적이 왜 마적인가? 말(馬)을 타고 다니는 도적(賊)이라 마적이다. 그런데 배를 타고 오는 마적은 뭐라 불러야 할까? 수적(水賊)? 선적(船賊)?

"얼씨구? 말까지 태웠는데요, 사형."

"……그 와중에도 최대한 정체성을 지키려고 노력하는 것 같구나."

"눈물 나네, 진짜……."

조걸과 윤종도 황당하기는 마찬가지인 모양이었다.

"진짜 배 타고 오네. 세상이 거꾸로 돌아가도 유분수지. 내가 너무 오래 살았나……."

마적들을 바라보던 청명이 헛웃음을 지었다. 아무래도 황하에서 수적들을 싹 조져 버린 게 문제였던 모양이다. 수적 놈들이 아직도 좀 설친다면, 말 타던 새끼들이 배 타고 다니는 이런 황당무계한 일은 벌어지지 않았을 텐데. 이래서 세상 모든 것에는 나름의 자리가 있고, 개똥도 약에 쓸데가 있다고 하는 거였나.

'사형. 내가 오늘 또 많이 배웁니다. 사형이 한 말에는 다 의미가 있었네요.'

- 난 그런 말 한 적 없어! 인마!

"아, 그랬나?"

"그랬나는 무슨! 빨리 도망쳐야 한다니까요!"

"왜 그렇게 호들갑이야. 한두 번 본 것도 아닐 텐데."

"저 나쁜 놈들은 마을에 도착하면 일단 눈에 띄는 몇몇을 때려눕히고 본단 말이에요. 그렇게 죽은 마을 사람이 한둘이 아니라고요! 빨리! 빨리요!"

"그랬단 말이지."

그 와중에도 아이들이 그의 옷자락을 잡고 늘어지고 있었다. 그렇게 급하면 늑장 부리는 도사 놈만 두고 달아나면 될 텐데, 끝까지 그를 살리려고 노력 중이었다.

황하의 물살이 워낙 빨라서인지, 그새 마적 놈들이 탄 배가 거의 지척에 도달해 있었다. 청명의 옷자락을 잡은 손에도 더욱 힘이 들어갔다.

"하나만 묻자. 혹시 그렇게 죽은 사람 중에 네 가족도 있었어?"

그 말에, 가장 적극적으로 옷자락을 잡아당기던 아이가 입술을 질끈 깨물었다. 눈물이 고인 얼굴만 보아도 충분한 대답이 되었다.

"그렇다는데? 어떡할까?"

청명의 눈길을 받은 조걸과 윤종이 알겠다는 듯 고개를 끄덕였다. 윤종이 차게 가라앉은 눈으로 한 발을 내디뎠다.

"뭘 어떻게 해. 애들이 무섭다잖아. 그럼 이 땅을 못 밟게 해 줘야지."

"사형은 쉬고 계십쇼. 제가 다녀오겠습니다."

"아니, 그건 좀 힘들 것 같다."

윤종이 목을 가볍게 꺾었다. 섬뜩한 소리가 울려 퍼졌다.

"좀 화가 났거든."

"……그럼 뭐."

조걸과 윤종이 동시에 고개를 돌려 청명을 바라보았다. 두 사람 사이로 뭍에 닿기 시작한 배들이 보였다. 청명이 손가락을 튕기며 말했다.

"한 놈은 살려와. 좀 잘 알 것 같은 놈으로."

"살려만 오면 되지?"

"입만 붙어 있으면 돼."

"알았다."

파아앗. 두 사람이 두 줄기의 섬전이 되어 배들을 향해 쏘아져 나갔다.

"빌어먹을. 물은 도무지……."

콰앙! 흔들리던 배에서 모래톱으로 뛰어내리던 마적 하나가 채 말을 끝내기도 전에 허공으로 튕겨 올라갔다. 조걸의 무릎에 처박힌 누런 이가 모조리 부러져 사방으로 비산했다.

첨벙! 비명조차 지르지 못한 마적이 황하에 빠져 가라앉았다. 이내 거친 황하의 물살이 마적을 집어삼켰고, 놈은 멀리 흘러갔다.

"뭐, 뭐야!"

스르르릉. 조걸과 윤종이 동시에 검을 뽑아 들었다.

"미리 말하는데."

윤종이 시작한 말을 조걸이 받아 마무리했다.

"뭍에 발 들일 생각 하지 마라. 발목 잘리는 걸로 안 끝난다."

거친 마적들의 얼굴에 당혹감이 어렸다. 두려움이라기보다는 얼떨떨함에 가까웠다. 먼저 내리려던 이는 난데없이 황하에 처박히고, 갑자기 눈앞에 웬 어린놈들이 나타나더니 검을 뽑고 위협을 해 댄다. 하지만 그들은 금세 이성을 되찾았다.

"이 새파란 것들이! 감히 어디 칼을 뽑아!"

챙! 채앵! 마적들이 이내 제 병기들을 뽑아 들었다. 마적들이 당장 그들에게 달려들려던 바로 그때.

"잠깐!"

마적들의 뒤쪽에서 커다란 목소리가 들려왔다. 움찔한 마적들이 줄줄이 양옆으로 비켜섰다.

"……너희는 누구냐."

거한이 윤종과 조걸을 위아래로 훑어보았다.

"의복을 보니 종남은 아닌 것 같은데. 어디의 제자냐?"

그 말에 윤종이 짧게 대답했다.

"화산."

"화산? 화산파? 하하하핫!"

거한이 껄껄 웃어 대다가 이내 한쪽 입매를 비틀어 올렸다.

"멍청한 촌장 놈이. 종남 대신 무당이라도 불러온 줄 알았더니, 기껏해야 뭐? 화산? 어디서 이름도 못 들어 본 허접한 문파 놈들을 끌어들인 모양이구나."

"허접……?"

무표정한 윤종의 이마에 핏대가 하나 불거졌다.

"하물며 이런 어린 새끼들이라니! 화산 놈들도 보통 추잡한 것들이 아닌 모양이로군. 어린놈들을 사지로 보내고 돈이나 챙기다니 말이야."

"……추잡?"

조걸의 이마에도 핏대가 섰다. 윤종과 눈이 마주친 조걸이 말했다.
"사형. 아까 입만 붙어 있으면 된다고 했죠? 저 새끼로 합시다, 그거."
"네가 오랜만에 괜찮은 소리를 하는구나."
두 사람의 마음이 하나로 합치되는 순간이었다.
"신경 쓸 것 없다. 다 죽여 버려라!"
거한의 말이 떨어진 즉시, 마적들이 눈에 불을 켜고 배를 박찼다. 하지만 그들의 발이 채 배에서 떨어지기도 전에, 조걸이 한발 먼저 그들이 탄 배로 뛰쳐 들었다.
"헉!"
설마 저쪽에서 먼저 치고 들어올 것이라고는 생각지 못했던 마적들이 기겁하며 반사적으로 제 병기들을 휘둘렀다. 하지만 그들이 휘두른 도는 조걸의 몸에 닿기도 전에, 뒤쪽에서 튀어나온 윤종의 검에 모조리 막히고 말았다.
"말은 하고 튀어 나가."
"어차피 따라오실 거면서!"
따아아아악! 조걸의 검이 벼락처럼 휘둘러졌다. 뒤이어 울려 퍼진 소리는 검에 베이는 소리라고 하기에는 너무 크고 투박했다.
검 면에 얼굴을 얻어맞은 마적 하나가 끔찍한 비명을 내지르며 황하에 처박혔다. 하지만 조걸은 그쪽을 쳐다보지도 않고 다시 검을 휘둘렀다. 또 한 명의 마적이 팽이처럼 회전하며 황하로 날아갔다.
"내가 땅 밟을 생각 하지 말라고 했지, 이 새끼들아!"
"보, 보통 놈들이 아니다! 방심하지 마라!"
"방심 같은 소리 하고 있네! 방심 안 하면 뭐 달라지냐?"
"……너 입 터는 게 어째 청명이 닮아 간다?"
두 사람이 물 만난 물고기, 아니 마적 만난 산적처럼 날뛰어 대기 시작했다.

마적들이 몰려온다고 호들갑을 떨었던 아이들은 할 말을 잃고 그 광경을 멍하니 바라보았다. 아무리 무학을 모른다지만, 눈이 있으면 지금 상황이 어떻게 돌아가는지 모를 수가 없었다.

"저 형들……. 엄청……."

세다? 강하다? 어떻게 말해야 할지 고민되는 순간이었다. 알 수 없는 흥분에 차오른 아이들은 이 상황을 가장 잘 설명해 줄 수 있는 이에게로 고개를 돌렸다. 그런데.

으드득. 들고 있던 생선을 뼈째로 씹어 문 청명이 이를 빠득빠득 갈아 대기 시작했다.

"저, 저……. 저거! 저것들이! 내가 그렇게 굴려 댔는데도! 발밑 좀 흔들린다고 검로가 어긋나? 수련이 덜 됐지!"

청명을 보던 아이들이 왠지 모를 오한에 몸을 떨었다.

"어쭈? 이젠 허리까지 빠지네? 잘한다, 자알해. 저러다 옆구리에 칼 꽂혀서 꽥 하고 뒈져 봐야 정신을 차리지."

청명이 눈을 희번덕거렸다. 그러면서도 볼 안 가득 빵빵하게 차오른 생선 살을 찰지게도 씹어 댔다. 눈치를 보던 아이들은 저도 모르게 청명에게서 한 걸음 물러섰다. 이 순간만큼은 마적보다 이 인간이 더 무서웠다.

그 와중에도 전투, 아니. 일방적인 학살이라 불러야 할 상황은 이어지고 있었다.

"이, 이 쥐방울만 한 놈이……. 컥!"

아랫배를 걷어차인 마적이 몸을 새우처럼 굽혔다. 조걸이 끌끌 혀를 찼다.

"여긴 얼마나 험난한 곳이길래 이만한 쥐방울이 다 있나그래."

조걸이 발끝으로 툭 마적을 밀쳤다. 저항하지 못한 마적이 그대로 물 위로 떨어졌다. 물에 빠지기가 무섭게 황톳빛의 탁류가 마적을 집어삼켰다.

순식간에 배 위의 마적들은 흔적도 남기지 않고 사라졌다. 조걸과 윤종이 몸을 슬쩍 돌렸다.
"이제 너만 남았나?"
"아까 입 털던 놈."
홀로 남은 마적, 원평(元坪)이 입을 쩌억 벌렸다. 이곳에 같이 왔던 이들의 수가 몇이던가. 정확히 세 보진 않았어도 최소 스물은 될 것이다. 그런데 그 스물이 넘는 이들이 모조리 황하에 처박히기까지 채 일다경도 걸리지 않았다.
'……대체 뭐냐, 이놈들은? 어디서 이런 놈들이 나타난 거지?'
아니, 그것도 그리 중요한 게 아니다. 중요한 건 이제 그가 저놈들을 상대해야 한다는 점이었다.
"아까 저 새끼가 뭐라고 지껄였죠, 사형?"
"추잡하다 그랬었나, 허접이라 그랬었나."
윤종과 조걸이 서늘한 웃음을 지으며 그를 향해 느릿하게 다가왔다.
"이, 이놈들! 너, 너희가 지금 누굴 건드린 건지 알고 있느냐!"
원평이 목소리에 힘을 주었다. 기세에서 밀리면 그 역시 바로 황하에 처박힐 운명이라는 것을 직감했기 때문이다.
그러자 윤종과 조걸은 서로를 마주 보고는 동시에 대답했다.
"마적."
이히히히히힝. 황하에 처박힌 이들과 달리, 아직 배 위에서 불안해하고 있는 말들이 때맞춰 크게 울어 주었다. 말문이 막혀 벙긋거리던 원평이 더듬더듬 다시 말을 이었다.
"……마, 마적이긴 한데. 그냥 마적이 아니다. 우리는 철기방이다. 당연히 이름은 들어 봤겠지?"
윤종과 조걸이 서로를 또 돌아보았다.
"들어 봤냐?"

"처음 듣는데요."

얼굴이 붉어진 원평이 뒷머리를 긁었다. 사실 철기방은 만들어진 지 얼마 안 되긴 했다. 아니, 이게 아니지. 원평이 퍼뜩 정신을 차리고 다시 소리를 질렀다.

"네놈들이 지금 얼마나 큰일을 벌인 건지 아느냐? 우리 철기방의 방도는 수백이 넘는다. 이런 일을 벌이고도 무사할 성싶으냐! 지금 당장 고개를 조아리고 용서를 빌면, 한 번은 넘어가 주겠다. 그렇지 않으면!"

"그렇지 않으면?"

"……뭐?"

"그러니까, 그렇지 않으면 어쩌겠다는 말씀이신지?"

윤종과 조걸이 생글생글 웃으며 원평에게 다가갔다. 원평이 두 눈을 질끈 감았다.

"끄……으으으으…….''

그새 퉁퉁 부어 멧돼지 꼴이 되어 버린 원평이 신음과 함께 바닥을 굴렀다. 그 모습을 힐끔 본 청명이 혀를 찼다.

"쯧쯧. 도사라는 놈들이 사람을 이 꼴로 만들어 놓고. 사람이 측은지심이 있어야지."

"세상에……. 사형, 제가 지금 무슨 소리를 들은 겁니까?"

"아무것도 못 들었다. 생각하지 마라. 주화입마 온다."

윤종이 아예 귀를 막으며 도경을 외기 시작했다. 그사이 청명이 원평의 어깨를 톡톡 두드렸다.

"아저씨, 아저씨! 정신 좀 차려 보세요. 아이고, 얼굴이 많이 상하셨네. 가서 약 좀 가져와 봐. 뭔 말은 할 수 있게 해 둬야지."

원평의 두 눈에 눈물이 차올랐다. 저 몰상식(?)한 놈들에게 죽도록 얻어맞아 서럽기 그지없던 와중이었는데, 그를 걱정해 주는 이를 만나니 자신도 모르게 눈물이 왈칵 차오른 것이다.

"자, 자. 걱정하지 마세요. 치료해 드릴게."

"도, 도장……. 크흑. 감사……. 감사합니……."

원평이 급기야 엉엉 울음을 터뜨리자, 청명이 슬그머니 몸을 뒤로 뺐다. 이 인간이 자꾸 안기려 들었다.

"근데 평소보다 심하게 팼네. 왜 그랬어?"

"글쎄, 그 새끼가 장문인보고 추잡하다고 하잖……."

빠악!

"꽥!"

청명의 발이 안겨 오던 원평의 얼굴에 틀어박혔다. 원평은 외마디 비명을 남기고 털썩 쓰러졌다.

"뭐라고 했다고?"

"……아냐. 그냥 잊어버려. 별거 아니야."

아무리 마적이라도 사람인데, 사람은 살려야지.

미간을 구긴 청명이 쪼그려 앉더니 손으로 다시 원평의 어깨를 툭툭 두드렸다.

"아저씨, 아저씨. 이런 데서 주무시면 얼어 죽어요."

"……."

"아니지. 내가 말을 잘못했네. 계속 그렇게 처누워 계시면 정말 뒈지는 수가 있어요."

그러자 원평이 자리에서 벌떡 일어나 그 자리에 조용히 정좌했다.

"일어났습니다, 도사님들."

확실히 이놈은 사막에서도 살아남을 만한 인간이었다.

"그니까……. 남은 것을 다 싹싹 긁어 오라 그랬다? 남은 게 없는데?"

"시, 식량이 될 만한 게 있으면 뭐든 가져오라고……."

"그렇게 지시를 받았다?"

"예! 그렇습니다."

청명이 방긋 웃음을 지었다. 다음 순간, 그의 발바닥이 원평의 면상을 향해 일직선으로 날아갔다.

"청명아아아아아! 그러다가 죽는다!"

"말은 듣고 죽여야지! 아니, 죽이면 안 되지!"

"놔 봐! 놔 봐! 아니, 근데 저 새끼가! 지금 그걸 말이라고!"

윤종과 조걸이 다급히 청명을 뜯어말렸다. 청명의 발에 제대로 걷어차인 원평의 얼굴에서 새하얀 김이 뿜어졌다.

"야, 안 일어나?"

"옙!"

하지만 청명의 일갈에 원평은 벼락처럼 몸을 일으켜 다시 정좌했다.

"안 그래도 먹을 게 없어서 말라비틀어진 양반들인데, 거기서 더 빼앗아 가면 사람들 다 뒈진다는 생각은 못 하나? 뚫린 입이라고 그런 말을 지껄여?"

"저, 저는 그냥 시키는 대로……."

"시키면 다 하냐? 그럼 뒈지라고 하면 뒈질 거야? 어? 생각하니까 또 열받네. 이 새끼들이 부지런하기도 하지. 마적이란 새끼들이 배 타고 강을 건너서 사람을 털어?"

뒤늦게 달려와, 너덜너덜해진 원평과 그를 윽박지르는 청명을 번갈아 바라보던 백천이 눈살을 찌푸리며 물었다.

"방금 말한 게 모두 사실입니까?"

"하, 한 치의 거짓도 없는 사실입니다."

원평이 필사적으로 고개를 조아렸다. 사실 그가 받은 명령은 '남은 식량을 모조리 가져오고, 반항하는 놈들은 모조리 죽여라.'였지만, 지금 그 말을 입 밖으로 꺼내는 건 제 명을 재촉하는 일임을 모를 리 없었다.

백천이 뭔가 골똘히 생각하는 듯하다가 다시 입을 열었다.

"공격한 이유가 뭡니까?"

"……예?"

"듣자 하니 과거 종남이 와 있을 때는 딱히 마을을 건드리지 않았던 것 같은데, 왜 우리를 보고는 그대로 공격을 했습니까?"

"이 새끼들이, 화산이 만만하냐? 어?"

"아! 좀! 가만히 좀 있어! 제발! 마적 새끼들 때려잡는 것보다 너 잡고 있는 게 더 힘들다."

금방이라도 달려들듯 으르렁대는 청명에게 질린 원평이 몸을 움츠리며 필사적으로 대답했다.

"저, 전에는 마을에 와 있는 다른 문파 사람들과 충돌을 일으키지 말라는 명이 있었습니다."

"그런데?"

"그, 그런데 이번에는……."

"그런 명이 없었다? 우리가 와 있는 줄 몰랐으니까?"

"아닙니다. 마을에 누가 와 있으면 그냥 죽이라고……."

백천의 미간이 확 좁아졌다. 아무래도 상황이 그들의 생각과는 조금 다르게 돌아가는 것 같다.

"아, 알았어. 그만 팰게. 놔 봐."

운종과 조결을 떨쳐 낸 청명이 다가가 원평의 어깨를 붙잡았다.

"어이, 아저씨. 지금부터 똑바로 대답하는 게 좋을 거야. 혹시라도 제대로 대답 안 하면……."

청명이 미소를 지으며 꽉 쥔 주먹을 원평의 눈앞에 내밀어 보였다.

"산 채로 물고기한테 뜯어 먹히게 해 줄 테니까. 알았어?"

원평이 차마 뭐라 대답도 못 하고 격하게 고개만 끄덕였다. 청명은 그 앞에 쪼그려 앉아서 심문을 시작했다.

"너희 대장이 누구야?"

"모릅니다!"

"목적은 뭐고?"

"모릅니다!"

"지금 뭘 꾸미고 있어?"

"그것도 모릅니다!"

질문을 이어 갈수록 점점 더 환한 미소를 띠던 청명이 고개를 끄덕이곤, 입이 찢어져라 웃으며 손가락으로 원평을 가리켰다.

"이 새끼 물에다 처박아."

"히이이익! 도사니이이이임! 살려 주십쇼!"

윤종과 조걸이 원평을 강물 쪽으로 끌고 가기 시작하자, 원평은 있는 힘을 다해 청명의 바짓가랑이를 잡고 늘어졌다.

"놔! 이 새끼야! 지금 내가 장난하는 것 같냐? 뭐, 몰라? 어디 물에 담가도 모른다 소리가 나오나 보자!"

"진짜 모릅니다! 저는 정말 모른단 말입니다! 윗놈들이 하는 걸 제가 어떻게 알겠습니까? 저 그렇게 대단한 놈 아닙니다!"

"야, 대장이 누군지도 모른다는 게 말이나 되냐?"

"진짭니다! 믿어 주십시오. 저는 그냥 초원 근처에서 지나가는 여행객이나 털며 근근이 먹고 살아가던 놈입니다. 그런데 다짜고짜 말 타고 떼로 몰려와서 합류하지 않으면 죽이겠다는데, 제가 무슨 용빼는 재주가 있어서 거역하겠습니까!"

"……콧물은 흘리지 말고 이야기해 봐. 더럽게."

그 말에 원평이 제 소매로 얼굴을 훔치고는 설명했다.

"두목이 누군지는 모릅니다. 그야 먼발치에서 본 적은 있습죠. 그런데 항상 두꺼운 장포로 얼굴을 가리고 다니는 데다가, 이름도 들어 본 적이 없습니다. 그저 회의사신(灰衣邪神)이라 부릅니다."

순간, 청명의 뇌리에 한 가지가 스쳤다.

"……회의(灰衣)라고?"

"예, 예! 항상 잿빛의 장포로 전신을 두르고 다니고……."

"잿빛의 장포라……."

청명의 눈가가 일그러졌다. 그리 의미 있는 정보는 아니다. 잿빛의 장포는 드물지 않은 물건이었으니까. 그런 장포를 입고 다니는 강호인은 발에 챌 정도로 많았다.

하지만 기묘한 예감이 들었다. 이곳으로 오는 길에 마주했던 장포인이, 지금 이자가 말하는 회의사신과 같은 인물이라고 말이다.

"대충 알겠네."

고개를 끄덕인 청명의 시선이 뒤로 향했다. 그의 등 뒤로 펼쳐져 있는 마을, 그 너머의 땅으로.

"생각보다 일이 좀…… 커지는 것 같은데."

모두의 얼굴에 긴장감이 깃들었다. 바람이 밀려오고 있었다.

* ◆ *

강가에 모여든 아이들이 마른침을 삼켰다. 그들의 시선 끝에 강 안으로 깊게 잠긴 낚싯줄이 보였다. 긴 막대에 적당히 줄을 묶어 놓았을 뿐인 어설픈 낚싯대. 하지만 아이들은 그 낚싯대를 손에 땀을 쥐며 바라보고 있었다.

"하아아암."

그런 아이들과 대조적으로, 심드렁한 표정으로 낚싯대를 잡고 있던 청명이 입이 찢어질 듯 하품을 했다.

"형! 저기!"

"에이!"

순간 청명이 낚싯대를 휙 하고 잡아챘다. 낚싯대가 부러질 듯 휘어지더니, 물 안에 잠겨 있던 낚싯줄이 단숨에 위로 솟구쳐 올랐다. 그 낚싯줄의 끝에는 무언가 덕지덕지 달라붙은 듯 커다란 덩어리가 있었다. 강 위로 튕겨 올라온 그것은 단숨에 뭍으로 끌려왔다.

"우, 우와……."

"세상에……. 이런 거 처음 봐."

청명 주위에 몰려들어 있던 아이들이 뭍으로 떨어진 덩어리를 보고 입을 쩌억 벌렸다. 거의 아이 몸통만 한 크기의 거대한 물고기들이 열 마리 가까이 펄떡이고 있었다.

"저건 구어(狗魚) 같은데? 저건 잉어고."

"저렇게 큰 구어도 있구나."

"……사흘은 먹겠네."

아이들은 물론이고 뒤쪽에서 구경하던 어른들도 놀라 입을 벌렸다. 하지만 그들이 놀라는 이유는 단순히 청명이 커다란 물고기를 많이 낚았기 때문은 아니었다.

"아오! 반은 달아났네. 이 새끼가!"

청명이 자리에서 벌떡 일어나더니 달려가, 헐떡이며 바닥에 드러누워 있던 이를 뻥 하고 걷어찼다.

"야! 내가 움직이지 말라 그랬지! 진짜 고기밥으로 만들어 줘?"

"아, 안 움직이려고 했는데요! 물고기 이빨이……."

"물고기 이빨은 무섭고 나는 안 무서운 모양이지? 어?"

청명이 낚싯줄에 칭칭 감겨 있는 원평을 신명 나게 밟아 댔다.

"아악! 잘못했습니다! 하, 한 번만 더 기회를……. 아아악! 살려 주십시오, 대인! 아악!"

"대인? 대인? 도사보고 대인? 이 새끼가, 이제 내가 도사로도 안 보인다 이거지? 오냐, 이제부터 난 도사 아니다!"

"아아아악! 아닙니다! 도장! 도자아아아앙! 살려 주십쇼!"

처절한 비명 소리가 이어졌다. 여양 마을 사람들은 질끈 눈을 감고 고개를 돌렸다. 몸 곳곳에 물고기가 붙어 있는 원평이 한 대라도 덜 맞겠다고 바닥을 데굴데굴 구르고 있었다.

'사람을 미끼로 쓰다니…….'

그리고 저게 정말 통할 줄이야. 황하에 사는 큰 물고기들이 웬만한 미끼에는 꿈쩍도 안 하기는 하지만……. 그렇다고 산 사람을 미끼로 쓰겠다고 나서는 이는 난생처음 본다.

"죽어, 이 새끼야!"

굶주린 범이 날뛰어도 저리 흉포하지는 않을 텐데. 이제는 자신들을 괴롭히던 마적이 가여워 보이기까지 했다. 설마 마적이 불쌍해 보이는 날이 올 거라고 누가 상상이나 했겠는가.

여양 사람들은 원평이 맞는 것만 보고도 기가 질렸지만, 화산 제자들은 심드렁하기 짝이 없었다.

"생각보다 잘 잡히는데? 한 놈쯤 더 남길 걸 그랬나."

"귀찮게 뭘 그럽니까. 들어가서 잡으면 되는 걸."

"옷 젖잖아."

"아, 그건 생각 못 했네. 하나 더 남길 걸 그랬네요."

태연한 대화를 들은 마을 사람들의 얼굴이 희게 질렸다. 하지만 어른들이 어떻든, 아이들은 그저 신이 난 모양이었다. 아이들은 어디서 커다란 작대기를 가지고 오더니 제 몸만 한 물고기들을 뭍으로 밀어 댔다.

"……거."

방영이 그 상식을 초월한 광경을 멍하니 바라보다 고개를 내젓고 말았다. 백천이 얼굴을 덮은 손을 힘없이 내렸다.

"……죄송합니다. 악인은 사람 취급 안 해 주는 놈이다 보니."

방영이 말도 안 된다는 듯 손을 내저었다.

"죄송하다니요. 그럴 리가 있겠습니까. 그저 감사할 뿐이지요."

"……감사라고 하셨습니까?"

백천이 고개를 갸웃했다. 마적에게서 구해 줘서 감사하다고 하는 건 아닌 것 같은데, 설마 저 마적 놈으로 낚시하는 일이 감사하다는 건가?

"예. 괴롭힘을 당한 것은 저희인데, 다른 이가 용서와 자비를 논하는 것처럼 속이 터지는 일은 없으니까요."

"아……."

백천의 고개가 절로 끄덕여졌다. 흔한 일이었다. 협행에 나선 강호인이 가장 저지르기 쉬운 실수이기도 하다.

"비슷한 일을 몇 번 겪었는데. 그것도 참 뭐라 해야 할까……."

"무슨 말씀이신지 알 것 같습니다."

그 역시 어떻게 보면 다른 이름의 폭력이라고도 할 수 있을 것이다. 타인의 의지와는 관계없이 자신이 원하는 결과를 만들어 낸다는 점에서는 차이가 없으니까.

"그래서 차라리 속이 시원하다고 말씀을…… 드려야 하는데……."

"……이해합니다."

저건 너무 나갔지. 그래도 도사라는 놈이. 백천이 땅을 꺼트릴 듯 한숨을 내쉬었다.

물론 백천은 청명을 말릴 생각이 없었다. 아니, 정확히는 말릴 수가 없었다. 징벌보단 교화가 중요하다고 진지하게 청명을 설득하려던 혜연은 지금 산자락에 거꾸로 허리까지 처박혀 있다. 어설프게 그가 나서 봐야 산에 처박힌 인간이 둘로 늘어날 뿐이다.

"여하튼 정말 감사드립니다. 덕분에 목숨을 구했습니다. 그리고…… 어선도 되찾을 수 있었습니다. 배들이 상하긴 했지만, 손을 좀 보고 나면 예전처럼 다시 조업을 나갈 수 있을 겁니다. 그럼 굶주릴 일도 줄겠지요. 이 감사함을 다 어떻게 표해야 할지."

"그런 말씀 마십시오. 당연한 일입니다."

백천은 정중하게 고개를 숙이는 방영에게 마주 인사하고, 청명에게 두들겨 맞고 있는 마적을 바라보았다.

"되레 죄송스러운 마음뿐입니다. 저놈들을 적당히 주물러 주면 상황을 좀 더 확실히 알 수 있을 거라 여겼는데."

백천이 아쉬운 표정으로 입맛을 다셨다. 설마 아무것도 모르는 잔챙이였다니. 기세의 반만큼이라도 실력이 있었으면 좋았을 것을. 저 마적 놈은 삼류라고 쳐주기도 민망한 수준이었다.

"그래도 정말 감사합니다."

"아닙니다. 아직 할 일이 남았는데 벌써 이렇게 과한 감사를 표하시면 저희가 불편합니다."

그러자 방영이 이해를 못 하겠다는 듯 물었다.

"할 일이라니요. 이제 끝난 것 아닙니까? 저들의 본거지에서도 곧 보낸 놈들이 당했음을 알게 될 겁니다. 그럼 분명 저희 마을에 중원에서 온 사람들이 계시다는 것을 깨달을 것이고, 그럼 마을에 발을 들이지는 못할 텐데요."

확실히 방영의 말은 틀리지 않았다. 순리대로라면 이쯤에서 마적들이 물러나는 것으로 모든 일이 끝날 것이다. 다만.

"일이 그렇게 풀릴 것 같지가 않아서 그렇습니다."

"……예?"

백천의 입에서 작은 침음이 흘러나왔다.

"저도 그저 기우로 끝났으면 좋겠습니다."

방영이 이해하기 어렵다는 듯 백천을 바라보았지만, 백천은 그저 쓴웃음을 지을 뿐이었다. 아직은 뭐라 설명할 수 없다. 예감은 그저 예감일 뿐이니까.

"그보다, 저것들도 처리해야 할 텐데."

푸르르르릉. 마을 한쪽에 묶여 있는 말들 중 한 마리가 백천의 말을 알아들었는지 투레질을 했다. 말을 하나씩 헤아리던 백천이 머리를 긁적였다.

"돌려주는 건 좀 그렇겠죠?"

"……."

"농담이니까 그런 눈으로 보지 않으셨으면 좋겠네요."

"죄송합니다. 농담인 줄은 아는데, 그……."

다른 놈들이 하는 짓을 보니 농담이 농담으로 안 들린다는 뜻이겠지. 이쯤에서 일이 그냥 마무리되면, 이 사람들이 화산을 어떻게 생각하게 될지 두려워지는 백천이었다.

"음……. 어차피 농사도 짓는다고 하셨으니. 농사짓는 데 쓰거나 짐말로 쓰시면 되지 않을까요?"

방영의 눈이 휘둥그레졌다. 그 반응에 백천이 되레 놀랄 정도였다.

"무슨 문제라도 있습니까?"

그 순간, 백천의 귓가에 심통이 잔뜩 실린 목소리가 들려왔다.

"사형. 들었어?"

"들었지, 들었지."

"저, 저. 부잣집 아들내미 말하는 것 좀 보소."

"이해해라. 저 귀한 손으로 언제 농사를 지어 보셨겠냐."

"아니! 농사는 너도 지어 본 적 없잖아, 이 새끼야!"

백천이 버럭 고함을 질렀다. 청명이 놈이야 그렇다 치고, 옆에서 맞장구치는 놈이 조걸이면 안 된다. 저놈 집이 진가보다 부자일 텐데!

"말로 어떻게 농사를 지어, 이 양반아!"

"다, 다른 지역에서는 말이 소 대신 쟁기도 끈다고……."

"그건 농마(農馬)고! 애초에 농마는 품종부터 달라! 그것도 몰라?"

백천이 살짝 시무룩해졌다. 그런 걸 백천이 어찌 알겠는가.

"그리고, 말이 키우는 데 얼마나 돈이 많이 드는 짐승인데! 농사? 농사? 아이고, 한철겜으로 무 써는 소리 하고 자빠졌네. 내가 속이 터져서!"

할 말이 없어 점점 더 쪼그라들던 백천이 우물거리며 말했다.

"그럼 그냥 도축해서 고기라도…….."

"뭐? 고기?"

그러자 청명과 윤종, 조걸이 충격받은 듯 입을 쩌억 벌렸다. 백천만 영문을 모르고 눈을 굴렸다.

"와. 소소야, 들었냐?"

"들었죠."

어느새 등 뒤에서 다가온 당소소와 유이설이 못 볼 걸 봤다는 얼굴로 백천을 노려보았다.

"세상에, 저 귀여운 애들을 구워 먹겠다니! 불쌍하지도 않나."

……그렇게까진 말 안 한 것 같은데.

"도사라는 분이 어떻게 그런 말씀을 하실 수 있어요, 사숙."

"끔찍해."

저기요, 화산에서 고기 당긴다고 멧돼지 이마에 대침 박아 넣던 분들 아니십니까? 지금 제가 뭘 잘못 알고 있나요?

"고기로 먹자니! 왜, 아주 금으로 지게 작대기 만들어 쓰지!"

"……그럼 어떻게 하자고."

"어떡하긴 뭘 어떻게 해. 산 넘어가서 적당한 마을에 팔아 치워야지."

"……아."

"보자. 한 열 마리는 되는 것 같으니까, 곡식으로 바꾸면 한두 해는 배 터지게 먹고 남겠네. 쯧, 말 상태만 좋았으면 두 배는 더 주고 팔 수 있는데. 영 비리비리해서."

청명의 구박을 듣던 백천이 두 손으로 제 얼굴을 마구 비볐다. 그 간단한 걸 왜 생각 못 했을까.

"끄응. 그래. 그럼 되겠네."

백천이 시무룩하게 대답했다. 하지만 옆에서 이 촌극을 지켜보고 있던 방노는 화들짝 놀랄 수밖에 없었다.

"말을 팔아 곡식을 산다고 하셨습니까? 이, 이 말들을 저희에게 주신다고요? 아니, 왜?"

방노가 어안이 벙벙한 듯 물었다.

"저 말은 도사님들께서 마적 놈들에게 뺏은 것이 아닙니까."

"그렇지요. 그런데 그게 무슨 문제가 있습니까?"

백천과 방노의 고개가 동시에 모로 꺾였다. 대화가 평행선을 그리고 있었다.

"……그러니까, 그 말을 판 돈은 도사님들 것이잖습니까."

"아니죠. 저 마적 놈들이 이 마을을 습격하다가 놓고 간 거니 이 마을 거지요."

"그게 왜 그렇게 됩니까?"

두 사람의 고개가 다시 모로 꺾였다. 먼저 정신을 차리고 말을 이은 쪽은 방노였다.

"도사님, 도사님. 그래도 이건 아닙니다. 아무리 저희가 염치가 없다지만, 이만한 재물을 어떻게 넙죽 받아먹겠습니까?"

백천이 뭐라 할 새도 없이, 방노가 손사래를 치며 말했다.

"저희가 원래 드려야 할 대가도 제대로 못 드렸는데……. 오는 길에 얻은 곡식마저 받지 않았습니까. 거기에 이런 것까지 받아 챙긴다면 세상 사람들이 다 욕할 겁니다. 아이고, 저는 그렇게 못 합니다."

"아니……."

백천이 머뭇거렸다. 저 말에 동감해서가 아니라, 방노가 너무 진지하게 사양해서였다. 어찌해야 좋은가 고민하던 그때였다.

"받으셔도 돼요."

백천과 방노의 고개가 동시에 돌아갔다. 그들의 시선이 닿은 곳에, 한 사람이 생글생글 웃고 있었다.

"그 말 몇 마리 팔아 봐야 얼마 된다고."

방노와 백천이 침묵했다. 방노는 그냥 말문이 막힌 것 같았지만, 백천은 아니었다. 저 웃는 얼굴에서 뭔가 불길한 예감이 확연히 들었기 때문이었다.

"고작 열댓 마리밖에 안 되잖아요. 말은 넘쳐 나는데."

"……예?"

"적당히 온 김에 마적 놈들이나 때려잡고 가려고 했는데……. 생각해 보니까 여기가 노다지네. 그 많은 마적 새끼들이 말 한 마리씩은 다 가지고 있다는 거잖아. 마적이 수백 명이면 말이 몇 필이야?"

청명이 낄낄 웃어 대기 시작했다. 입이 찢어질 듯 벌어져 있었다.

"주인 없는 말이 수백 필이네! 이게 다 얼마야! 으헤헤헤헤헤!"

"……주인 있잖아."

"아냐. 없어. 곧 없어질 거야."

네가 없애는 게 아니고? 백천이 서글픈 얼굴로 입을 다물었다. 말이 통할 놈이 아니다. 청명이 히죽거리며 자리에서 벌떡 일어났다.

"이게 일이 이렇게 되네. 그러면 말이 좀 달라지지."

불안해진 백천이 청명을 잡으려고 손을 뻗었다. 그래도 일단 저놈을 말려야……. 그런데 그때, 누군가 그의 어깨에 손을 올렸다.

"포기하십쇼, 사숙. 저 새끼 이미 눈 돌아갔습니다. 원시천존이 오셔도 못 말려요."

"……."

청명은 얻어맞고 지쳐서 드러누워 있는 원평에게 다가가 발끝으로 옆구리를 쿡쿡 찔렀다.

"어이."

"예!"

바짝 쫄아 든 원평이 언제 누워 있었냐는 듯 상체를 벌떡 일으켰다. 그러자 청명이 그 자리에 쪼그려 앉으며 방긋 웃었다.

"너희 소굴이 어디라고?"

그 해맑은 미소를 보며, 원평은 몸을 부르르 떨었다.

* ◈ *

"끄응. 끝이 없네."

화산 제자들의 입에서 절로 우는 소리가 나왔다. 한참 동안 끙끙대는 소리를 듣고 있던 백천이 결국 참지 못하고 입을 열었다.

"……누가 들으면 상 치르는 줄 알겠다. 왜 이렇게 징징대? 걷는 건 익숙하잖아."

"아니, 그것도 뭐가 바뀌는 느낌이 들 때의 이야기죠. 사숙."

웬만해서는 우는소리를 하지 않는 당소소도 진저리를 쳤다.

"가도 가도 보이는 게 똑같잖아요."

"그건 그렇지만……."

"진법에라도 걸린 줄 알았습니다."

"꿈인 줄."

"사람이 어떻게 이런 데 살지?"

백천이 쓴웃음을 머금었다. 이들의 말이 딱히 틀린 건 아니었다. 아닌 게 아니라 백천도 진저리를 치던 와중이었으니까.

강을 건넌 그들이 처음 마주한 것은, 낮은 산이 끝없이 이어지는 푸르른 구릉 지대였다. 처음에는 그 광경이 신기하기 짝이 없었다. 하지만 그 구릉이 이어지고 또 이어지고……. 결국엔 풀 한 포기 자라지 않은 흙산이 지평선 너머까지 끝없이 펼쳐져 있는 것을 보고는 학을 떼 버렸다.

"이럴 줄 알았으면 그 말이라도 타고 올걸."

"……너 말 탈 줄은 아냐?"

"절 뭘로 보시는 겁니까? 제가 이래 봬도 뼈대 있는 상인 집안 출신입니다!"

"그래서 탈 줄 아냐고."

조걸이 말없이 고개를 돌렸다. 백천과 윤종이 들으란 듯 조걸의 뒤통수에 대고 혀를 차 댔다.

"상인은 수레에 타고 다니는 겁니다. 짐 지켜야지 말 탈 일이 어디 있습니까?"

"자랑이다."

고개를 절레절레 저은 백천이 결국 가장 앞에 서 있는 이를 불렀다.

"저기."

"……."

"저기요."

몸에 동아줄이 칭칭 감긴 원평이 고개를 돌려 백천을 바라보았다. 썩은 생선처럼 빛을 잃은 눈을 본 백천이 자신도 모르게 흠칫했다.

"그……. 얼마나 더 가야 한다고 하셨죠?"

"얼마 안 남았습니다. 이 속도면 한 사흘만 더 걸어가면 구릉 지대가 끝날 겁니다."

"뭐? 사흘? 사흘을 더 가야 한다고?"

"아니, 미친! 사흘이라니! 이 짓거리를 사흘을 더 하라고?"

원평이 움찔 몸을 떨었다. 사방에서 핏발 선 눈들이 그를 잡아먹을 듯 노려보고 있었다.

'아니, 니들이 가자며!'

시키는 대로 했는데 왜 화를 낸단 말인가? 매우 억울한 노릇이었지만, 그렇다고 감히 항변 같은 걸 꿈꿀 수는 없는 노릇이었다.

"죄, 죄송······."

"끄으으응. 어쨌든 사흘만 더 가면 된다는 거죠?"

"사흘 정도만 가면 구릉 지대가 끝나고 황무지가 나옵지요. 풀 한 포기 없는 마른 땅이 몇천 리쯤 펼쳐져 있습니다."

"······그럼 끝나는 겁니까?"

"그럴 리가요. 그때부터 시작인데. 그 황무지를 한 칠 주야 더 가로지르면 철기방의 본단이 나옵니다. 이것도 최대한 짧게 잡······."

"야, 이 새끼야!"

"꺄울!"

말하다 말고 옆구리를 걷어차인 원평이 개구리처럼 바닥에 엎어졌다.

"진작 말했어야지! 이 새끼야! 그럼 출발할 때 말을 해야지!"

"아악! 도사님! 아악! 거기, 거기 허리! 허리! 아악! 부러집니다!"

"이 새끼가, 입 꾹 다물고 한참 걸어 놓고는 뭐? 열흘을 더 가? 진짜 뒈지고 싶냐!"

"아니! 저는 그냥 시키는 대로! 악!"

청명이 원평을 자근자근 밟아 댔다. 하지만 이번만큼은 화산의 제자들도 청명을 말리는 시늉조차 하지 않았다.

"······돌아가는 게 낫지 않을까요?"

"이제 와서?"

"······계속 가는 것보다는."

"안 돼. 그럼 우리가 멍청이란 걸 인정하는 게 되잖아."

"계속 가도 마찬가지."

유이설의 뼈아픈 지적에 백천이 눈물을 삼켰다. 살다 살다 이런 세상이 있을 줄이야.

"그래서······. 계속 갈 거냐?"

원평을 마구 밟으며 씩씩대던 청명이 입술을 툭 내밀며 말했다.

"뭐, 어쩌겠어."

"돌아가는 게 낫지 않을까?"

"끄응. 이럴 리가 없는데. 슬슬 입질이 올 때가 됐는데."

"응? 뭐가?"

청명이 제 턱을 두어 번 쓰다듬더니 입을 열었다.

"저거 말이야. 미끼."

청명의 턱짓에 백천이 바닥에서 꿈틀대는 무언가(?)를 바라보았다.

"미끼? 뭔 소리야?"

"강에서 낚시할 때는 효과 좋더니, 들에서는 영 성능이 별로네."

백천이 영 이해가 안 간다는 표정으로 눈살을 살짝 찌푸렸다.

"뭔 말도 안 되는 소리야, 자꾸. 이런 데서 뭘 잡을 건데? 아무거라도 잡으려고? 애초에 사람을 미끼로 쓴다는 게 말이나……."

두두두두두. 어디선가 들려온 소음에 백천이 말끝을 흐렸다.

"말이…… 안 되는데……."

그의 고개가 천천히 돌아갔다. 저 멀리 희뿌연 먼지구름이 일고 있었다. 딱히 바람도 안 부는데 먼지구름이라……. 그럼…….

그 순간 미끼……. 아니, 엎어져 있던 원평이 광소를 터뜨리더니 자리에서 벌떡 일어났다.

"으하하하하핫! 이 멍청한 놈들! 내가 너희 같은 애송이 놈들에게 얌전히 잡혀 있을 줄 알았더냐?"

"……."

"상상도 못 했겠지. 이 멍청한 놈들아! 우리는 가도 가도 끝이 없는 사막에서 서로를 찾아내기 위해 특수한 향을 묻히고 다닌다. 나를 대동하여 밖을 나온 순간부터 너희의 운명은 정해져 있었던 것이나 마찬가지였단 말이다! 크하하하하하핫!"

원평이 통쾌해 죽겠다는 듯 동아줄에 묶인 몸을 젖혀 대며 웃었다.

"네놈들이 저지른 일이 얼마나 대책 없는 짓이었는지 똑똑히 알게 될 것이다. 사지를 부러뜨려 사막 한가운데에 버려 주마. 태양 빛에 말라 죽어 가며 감히 이 어르신을 건드린 걸 절절히 후회하도록 해라! 으하하 하하하하하핫!"

시끄럽게 웃어 젖히는 원평과 점점 다가오는 먼지구름을 번갈아 보던 백천이 청명의 옆얼굴을 바라보았다.

"뭐."

"……아니, 아무것도."

이게 되네……. 이게. 화산의 제자들이 일제히 고개를 떨궜다.

"들에서 고기를 낚네."

의기양양한 미끼(?)가 누런 이를 드러내며 낄낄댔다.

"하하하핫! 이제 좀 상황이 파악되는 모양이지? 후회해 봐야 늦었다. 감히 철기방을 건드린 대가를 톡톡히 치르게 될 것이다!"

그사이에도 먼지구름은 점점 더 가까이 다가오고 있었다.

"이랴!"

이내 그 먼지구름을 뚫고 사람을 실은 말들이 거칠게 달려 나왔다. 한눈에 보아도 기세가 보통 흉흉한 게 아니었다.

"한…… 서른쯤 되나?"

"쉰은 될 것 같은데요? 저 뒤에 보십쇼. 더 오잖아요."

눈을 가늘게 뜨고 마적을 헤아리던 윤종이 입맛을 다셨다.

"여양촌에서 상대했던 놈들과 엇비슷한 어중이떠중이들이라면 쉰이 아니라 백이 와도 별문제가 없을 텐데."

"그러지는 않을 것 같죠?"

"그러니 문제지."

그들도 느꼈다. 다가오는 이들이 내뿜는 기도가 일전의 마적들과는 확연히 달랐다. 등줄기를 타고 옅은 긴장감이 올라오려던 그때였다.

"흐흐……. 어디 보자. 오십이면 말이 쉰 필. 그럼 이게 다 얼마야."

"……."

"이야, 말 때깔 고운 거 봐라. 아주 그냥 털에 윤기가 좔좔 흐르네."

"마갑(馬甲) 입었잖아. 털이 어디 보이는데?"

"난 다 보여."

"……그래. 그러시겠지."

백천이 어련하시겠냐는 듯 한숨을 내쉬었다. 양옆으로 쭉 찢어진 청명의 입가에서 침이 줄줄 흘러내렸다.

옆에 침 흘리는 놈이 있으니 긴장을 하려야 할 수가 없다. 그러거나 말거나, 마적들은 쉴 새 없이 달려와 어느새 그들의 지척까지 치달았다. 화산의 제자들이 슬슬 검을 뽑아야 할지 고민할 때쯤, 선두에서 달려오던 이가 천천히 속도를 줄이기 시작했다.

'저놈들…….'

백천의 눈빛이 날카로워졌다. 말이고 사람이고 하나같이 전신에 갑주를 두르고 있었다. 그런 이들이 쉰이나 동시에 달려오는 광경은 마적의 습격이라기보다는 차라리 일군(一軍)의 출정과 더 닮아 있었다.

'철기방이라.'

아무래도 이 마적들에 대한 평가를 수정할 필요가 있어 보였다. 저들이 철기방 내에서도 최정예일 가능성도 있겠지만…….

'그렇다 해도 확실히 생각한 것 이상이군.'

특히나 선두에서 말을 몰아오는 자의 기세가 심상치 않다. 말이 불쌍해 보일 정도의 거대한 덩치와 떡 벌어진 어깨, 그리고 절로 섬뜩함을 자아내는 무시무시한 안광까지.

두두두두. 수십 마리의 말이 내는 말발굽 소리가 천천히 잦아들고, 이내 그들에게서 고작 오 장 정도를 앞두고 마적들이 멈춰 섰다. 선두의 사내가 냉기 어린 삭막한 눈으로 백천들을 쏘아보았다.

미끼(?)가 동아줄에 감긴 채 펄떡펄떡 뛰며 사내에게 달려갔다.

"수, 수령! 저놈들입니다! 저놈들이 방을 공격했습니다! 모조리 쳐 죽여 방의 위엄을 보여 주어야 합니다!"

사내가 호들갑을 떨어 대는 원평을 빤히 노려보았다. 그러자 원평이 무언가 더 고해바칠 듯 입을 열다가 움찔 얼어붙었다.

"왜 너 혼자만 이곳에 있느냐? 같이 간 놈들은 어쩌고?"

그의 물음에 원평의 얼굴이 희게 질렸다.

"저, 저놈들이 모조리……."

"모조리? 죽었단 말이냐? 수하들을 이끌고 간 놈이 제 목숨만 부지하고 뻔뻔스레 그 낯짝을 들이밀었다고? 감히?"

태산이 울리는 듯한 목소리였다. 그의 호통을 코앞에서 받은 원평은 거의 혼이 나가 버렸다. 그가 할 수 있는 것은 그저 변명하는 것뿐이었다.

"주, 죽은 게 아니라 황하에……. 황하에 떠내려갔습니다! 우, 운이 좋으면 살아 있을……."

쾅! 사내가 단숨에 휘둘러 낸 쇠도리깨가 원평을 후려쳤다. 원평이 비명도 지르지 못하고 저 멀리 튕겨 나갔다.

"버러지 같은 놈."

쇠도리깨를 내린 사내가 이를 으드득 갈아붙이더니 뒤로 손을 뻗었다.

"가져와라. 입을 씻어야겠다."

그 손이 내밀어지기 무섭게 뒤쪽에 있던 이들이 작은 항아리를 사내에게 건넸다. 사내가 받아 든 항아리의 마개를 열었다.

꿀꺽. 꿀꺽. 사내가 항아리 안에 든 것을 단숨에 들이켰다. 독한 주향이 사방으로 퍼져 나오는 걸 보니, 보통 독주가 아닌 모양이었다.

술 항아리를 내린 사내가 화산 일행을 노려보더니 입을 열었다.

"어디서 온 놈들이냐?"

백천이 안색을 굳히고 입을 열었다.

"우리는……."

"그거 주면 알려 줄게."

"……으응?"

사내의 고개가 천천히 돌아갔다. 정면에 선 백천이 아니라 목소리가 들려온 측면으로. 하지만 그의 눈에는 아무것도 보이지 않았다.

"여기, 여기."

사내의 시선이 아래로 내려갔다. 그제야 저 아래에 쪼그려 앉아 있는 쥐방울만 한 놈이 보였다.

"뭐라 했느냐?"

"그 술 넘겨주면 대답해 준다고."

"네가 지금 요구를 할 처지로 보이냐?"

"그건 알 바 아니고."

사내가 눈에서 불을 뿜거나 말거나, 청명이 손을 휘휘 내젓더니 씨익 웃으며 말을 이었다.

"향이 너무 기가 막혀서 말이야."

쇠도리깨를 잡은 사내의 손등에 핏발이 섰다. 백천이 저도 모르게 검을 쥔 손에 힘을 주었다. 금방이라도 쇠도리깨를 휘두를 듯 청명을 노려보던 사내가 이윽고 짧은 코웃음을 흘렸다.

휙. 사내의 손에 들려 있던 술 항아리가 허공을 날았다. 청명이 날아드는 술 항아리를 두 손으로 받아 들었다.

"크으. 향 봐라."

항아리에 얼굴을 박을 듯 냄새를 맡던 청명이 술을 단숨에 들이켰다.

"크으으으으."

술 항아리에서 입을 뗀 청명이 고개를 좌우로 내저었다.

"장난 아니네. 내가 살면서 먹은 술 중에 제일 독한 것 같아. 어이, 이 거 더 있나?"

"……마음에 드나?"

"몇 병 챙겨 가고 싶을 정돈데."

"술맛을 아는 놈이군. 안 어울리게."

"그쪽도 마찬가지야. 술 좀 먹을 줄 아네."

그러자 사내가 재미있다는 표정을 지었다.

"천하 어딜 가도 이런 술은 구할 수 없을 것이다. 대막에서나 구할 수 있는 술이지."

"맞는 말인데 또 틀린 말이네. 이런 술을 구할 수 없는 건 맞는데, 이보다 맛난 술은 있지."

"……있다고?"

"귀주에 가면 이것과 비슷하게 독하고, 향은 더 넘치는 술이 있거든."

"호오?"

물끄러미 둘을 바라보던 백천이 중얼거렸다.

"……이해하기 어렵지만, 잘 통하는 것 같은데?"

"왜 이해하기 어렵습니까, 사숙. 어차피 저 새끼도 산적 같은 놈인데. 마적이나 산적이나 어차피 동류 아닙니까."

그 와중에도 둘은 뭔가 열심히 떠들어 대고 있었다.

"오, 그럼 산동의 백주(白酒)도 드셔 보셨다는 말씀?"

"내가 먹은 술 중에서도 손꼽는 맛이었지."

"크으. 뭘 좀 아시네, 이 양반."

동류라……. 확실히 그런 것도 같다. 백천이 고개를 내저었다.

소리 내어 웃던 사내가 마음에 든다는 듯 흡족한 표정으로 말했다.

"중원 놈치고는 풍류를 아는군."

"그쪽도 마적치고는."

"하하. 마적이야말로 진짜 풍류를 즐기는 이들이지."

"어련하시겠어."

살짝 삐딱하게 들릴 수 있는 말이었지만, 사내는 개의치 않았다. 간만에 말이 통하는 이를 만났다는 즐거움이 다소의 무례를 용인하게 만들어 주었다.

"저……. 수령."

하지만 이대로 계속 환담을 이어 갈 수 없는 노릇. 용기를 있는 대로 짜낸 듯한 수하의 목소리에 사내가 미간을 찌푸렸다.

"이만하면 놀 만큼 놀아 주었지. 그래서, 어디서 온 놈들이냐?"

"화산."

"화산?"

"그래. 들어는 봤겠지?"

청명이 자신만만하게 대답하고는 술 항아리를 들어 술을 벌컥벌컥 마셨다. 하지만 사내는 뭔가 떨떠름한 표정으로 청명을 보다가 고개를 내젓고 말았다.

"화산이라니. 들도 보도 못한 놈들이로군."

술 항아리를 잡고 있던 청명의 손이 우뚝 멈추었다.

"대체 어떤 놈들이기에 간을 내놓고 날뛰나 했더니. 명성도 없는 시러베자식 같은 것들이었나. 화산? 어디에 있는 삼류 문파더냐?"

사내가 쯧 하고 재차 혀를 찼다. 그의 시선이 술병을 잡은 채 멎어 버린 청명에게로 향했다.

"아무래도 좋다. 어쨌거나 간만에 술맛을 아는 놈을 만났는데, 박하게 굴긴 어렵군. 목숨은 살려 줄 테니 중원으로 돌아가라. 그래 봐야 잠시 잠깐 명을 잇는 정도겠지. 이게 내가 베풀 수 있는 마지막 자비다."

사내가 손을 휘휘 젓더니 몸을 돌리려다 말고는 잠시 멈칫했다. 아무래도 하고 싶은 말이 조금 남은 모양이었다.

"알 수가 없군. 종남 놈들도 발을 들이지 않는 곳에 어디 비교도 되지 않는 삼류……."

째애애애애애앵. 그 순간, 청명의 손에 들린 술 항아리가 산산조각이 났다.

"근데 이 새끼가……. 뭐? 삼류 문파?"

우득. 청명이 목을 좌우로 꺾었다.

"얻어먹은 술이 있으니, 값은 치러야지. 곱게 죽여 주마. 뒈졌다고 복창해라, 이 새끼야!"

청명이 으르렁대며 앞으로 달려가려는 순간, 백천이 청명의 발을 잡아챘다.

철푸덕. 청명이 달려가던 기세 그대로 앞으로 처박혔다.

"카아아아아악!"

청명이 흙으로 범벅이 된 얼굴로 고개를 번쩍 들더니, 백천을 보며 눈을 희번덕댔다.

"사숙, 미쳤어? 이 양반이 진짜 오늘 관 짜려고 그러나!"

"가만히 좀 있어, 인마! 다짜고짜 네가 나설 때가 아니야!"

백천이 청명의 꽁지머리를 휙 잡아당기더니 뒤로 던져 버렸다. 그리고는 사내를 살짝 노려보았다.

'청명이 놈이 때려잡으면 가늠이 안 된단 말이지.'

우선은 적의 전력부터 파악할 필요가 있다.

"만만찮게 어린놈 같은데? 주제를 알고 나서는 게 좋지 않을까?"

"마적 놈만 할까."

꿈틀. 마적의 눈썹이 크게 요동친다.

"이 애송이들이 하나같이…….'"

"나는 화산의 이대제자 백천이오. 그쪽의 이름은?"

"흐. 나는 철기방의 삼대 수령 중 하나인 사마담(司馬潭)이다!"

"삼대 수령?"

백천이 뭔가 머뭇머뭇하더니 슬그머니 고개를 돌려 속삭였다.

"야, 걸아. 수령이 원래 제일 높은 사람 아니냐? 삼대 수령이란 게 말이 되는 소리야? 그거 삼대 황제라는 말이랑 같은 거잖아."

"마적이 뭘 알겠습니까? 그냥 그럴싸하니까 가져다 붙인 거지."

사마담의 눈에 불꽃이 튀었다.

"이놈들이! 감히 나를 앞에 두고 농지거리를 해 대?"

"농이라……. 그건 아닙니다. 다만 부족하나마 이들의 인솔을 맡은 입장에서, 사문이 삼류 문파로 싸잡혔는데 가만히 있을 수는 없지요."

백천이 딱딱한 목소리로 말했다.

"별수 있겠습니까? 이미 들어 버린 건 어쩔 수 없으니, 이제라도 화산이 삼류 문파가 아니라는 걸 증명하는 수밖에."

사마담이 어처구니가 없다는 듯 웃어 댔다.

"어찌 증명할 텐가?"

스르르릉. 백천이 천천히 검을 뽑았다.

"무인이 자신을 증명하는 방법은 하나밖에 없지요."

백천이 뽑은 검을 앞으로 겨눴다.

"각오하시는 게 좋을 겁니다."

백천이 저벅저벅 걸어 앞으로 나서고는 다시 검을 겨누었다. 그의 입에서 긴 호흡이 새어 나올 때였다.

"어이, 사숙."

등 뒤에서 청명의 심드렁한 목소리가 들려왔다.

"응?"

"방심하면 진짜 머리 깨진다."

"방심 같은 건 안 해."

"방심 안 해도 깨진다."

"이 새끼가 악담을……."

"마상 무예는 일반적인 무학과 달라. 조심하는 게 좋을 거야."

마지막 말에 백천이 살짝 굳은 얼굴로 고개를 끄덕였다. 확실히 그도 말을 탄 적을 상대해 본 적은 없다. 아예 없다고는 할 수 없지만, 다들 어중이떠중이 같은 것들이었으니까.

"명심하지."

백천이 검을 곧추세우는 순간, 사마담이 말을 탄 채 천천히 앞으로 나왔다. 백천의 얼굴이 살짝 굳었다. 사마담과 거리가 가까워지자 청명이 했던 말이 무슨 뜻이었는지 바로 실감이 났다.

'높다.'

사마담 자체도 덩치가 큰데, 거기 말의 높이까지 더해지니 단순히 높다는 말로는 표현이 다 되지 않는 느낌이었다. 과장 조금 보태면 까마득하다는 느낌이다.

거기에 사마담이 쓰고 있는 투구와, 말과 자신의 전신을 두른 갑주까지 더해지니, 말 그대로 철벽을 마주하는 기분이었다. 단순히 강한 이들을 맞상대하는 것과는 전혀 결이 다른 위압감이 느껴졌다.

그러나 백천이 겁을 집어먹거나 한 건 아니었다. 그는 이미 강적들을 여러 번 상대해 보았으니까. 어려운 싸움이 될지는 모르겠지만, 실력을 십분 발휘한다면 상대하지 못할 것도 없었다.

"조심하십시오!"

상대의 연배가 한참 높을 텐데, 굳이 선공을 양보할 필요는 없었다. 우선은 정탐 삼아 가볍게.

백천이 바닥을 박차며 앞으로 뛰어들었다. 장병(長柄)을 든 적을 상대할 때는 거리를 주지 않는 것이 중요하다. 육중한 쇠도리깨는 한눈에 봐도 휘두르기 어려운 무기. 품 안으로 파고든다면 얼마든지 상대할 수 있다.

'좋아!'

아니나 다를까. 갑작스러운 돌진에 당황했는지, 사마담은 백천이 그의 코앞까지 파고드는데도 전혀 반응하지 못했다.

말의 바로 코앞까지 달려든 백천이 검을 찔러 넣었다. 아니, 찔러 넣으려 했다. 그러나.

'어?'

멀다. 분명 바로 앞까지 도달했거늘, 여전히 사마담은 까마득히 멀리에 있는 느낌이었다. 아무리 말을 타고 있다지만, 이게 뭔…….

그 순간, 사마담의 쇠도리깨가 벼락처럼 휘둘러졌다.

카아아앙! 백천이 걷어차인 공처럼 튕겨 나갔다. 바닥을 두어 번 구른 백천이 원래 서 있던 자리로 돌아왔다.

그 모습을 빤히 바라보던 윤종이 떨떠름하게 입을 열었다.

"다녀오셨어요."

백천이 머리를 털며 몸을 일으켰다.

"뭐냐, 이게?"

"그러니까 말했잖아. 마상 무예는 다르다고."

백천의 입에서 바람 빠진 소리가 새어 나왔다. 말로 들은 것과는 느낌이 전혀 다르다. 거의 품 안으로 파고들었음에도 여전히 멀다. 아무리 검을 뻗어도 닿지 않을 것 같았다.

"아니, 이게 말이 되나?"

"……그래. 확실히 말이 안 되지. 사람이 이렇게 멍청할 수가 없는데."

"동감."

"솔직히 좀 그렇죠."

"바보."

입을 꾹 다문 백천이 떨떠름하게 사마담을 바라보았다.

'이래서 기병, 기병 하는 건가?'

지금껏 그가 상대했던 어중이떠중이들이야 대충 허벅지에 칼침 몇 번 놔 주면 좋아 죽겠다고 알아서 낙마하는 것들이었으니, 딱히 이런 거리감을 느낄 일이 없었다.

하지만 갑주를 입은 기병. 그것도 중갑을 두른 중갑기병은 경기병과는 완전히 다른 존재였다.

"알겠어. 실수는 한 번이면 충분해."

백천이 검을 꽉 움켜잡았다. 생각 없이 달려들어 망신을 당했지만, 실수는 만회하면 그만 아닌가.

"다시 간다. 하아아압!"

파앗. 백천이 다시 사마담에게 달려들었다. 하지만 이번에는 전과 달리 적의 지척에 도달할 때쯤, 바닥을 박차며 뛰쳐 올랐다.

'어떠냐!'

백천의 검 끝이 파르르 떨리더니 이내 수십의 검기가 사마담을 향해 쏘아졌다.

카앙! 카앙! 카앙! 날아든 검기가 사마담의 갑옷에 막혀 튕겨진다. 하지만 백천 역시 애초에 이 한 번의 수로 적을 쓰러뜨릴 거라 기대한 건 아니었다. 검기로 시선을 끈 뒤…….

'여기다!'

백천이 몸을 살짝 뒤틀며 강하게 검을 휘둘렀다. 아무리 단단한 갑옷으로 몸을 감쌌다 해도, 갑옷 사이에는 반드시 틈이 있는 법. 그 틈으로 검을 찔러 넣으면 그만이다.

백천의 검이 사마담의 목. 갑주와 투구 사이 비어 있는 작은 틈을 향해 섬전처럼 꽂혀 들었다.

하지만 그 순간, 사마담이 턱을 살짝 돌려 백천의 검을 막아 냈다.

"애송이가!"

휘이이이이이잉! 쇠도리깨가 가공할 기세로 허공에 뜬 백천을 향해 날아들었다.

콰아앙! 백천이 하늘 높이 튕겨 오른다. 그 모습을 본 화산의 제자들은 눈을 질끈 감아 버렸다.

쿵! 백천이 다시 그들의 앞에 처박혔다.

"……다녀오셨습니까."

"……오냐."

백천이 끙끙대며 몸을 일으켰다. 그 모습을 본 청명이 혀를 차 댔다.

"쟤들이 뭐 등신이야? 그렇게 덤비면 가만히 당해 주게?"

"그, 그럼? 그럼 뭐 어떻게 하라고? 저 갑옷엔 칼도 안 박힐 판인데."

소리만 들어도 알 수 있었다. 저 인간은 저 갑주를 무기처럼 쓰고 있다. 검기가 닿는 순간 내력을 불어넣어 평범한 갑주 이상으로 단단하게 만드는 것이다. 그런 갑옷을 꿰뚫고 베기란 쉬운 일이 아니었다.

환검으로 상대를 현혹하여 공격하는 화산의 검은 저런 갑옷을 상대로는 끔찍하게 효용이 없었다. 고민에 고민을 거듭하던 백천이 청명을 획 돌아보았다.

"……어떻게 해야 하냐?"

청명의 고개가 아래로 툭 하고 꺾였다.

"동룡아, 동룡아……. 동룡아! 이 새끼야!"

"내, 내가 사숙이야, 인마!"

"사숙이라 그래! 사숙이라! 너 같은 게 사숙이라서!"

바락바락 소리 지르던 청명이 앓는 소리를 내고는 힘없이 말했다.

"기병을 상대할 때 기본이 뭐야. 상대의 기동력과 높이 차이부터 해결해야 할 거 아냐."

"그게 뭔 소리야."

"말! 말! 말부터 처리하면 된다고. 말이 내공을 쓰지는 않을 것 아냐! 내력 없으면 갑옷 있어 봐야 뭐 별거냐?"

"내가 왜 그걸 생각 못 했지? 알았다. 말! 말부터!"

백천이 다시 바닥을 박차고 앞으로 나가려다가, 움찔하더니 고개를 획 돌려 청명을 바라봤다.

"말을…… 죽여?"

"그래!"

백천이 뒷머리를 긁적이며 멋쩍은 투로 말했다.

"좀 불쌍하지 않나? 말은 죄도 없는데."

"……."

"아니, 내가 그래도 도인인데. 싸움박질 한번 이겨 보겠다고 죄 없는 말에 칼을 찔러 넣는다니. 이건 좀 아닌……."

청명이 먼 하늘을 바라보았다.

'장문사형……. 내가 뭘 잘못했기에 이런 시련을 주십니까.'

- 양심 있으면 뭘 잘못했냐 소린 못 하지.

"양심 없다! 왜!"

청명이 발작하는 순간, 사마담이 눈에서 불을 뿜더니 백천을 향해 전력으로 쇠도리깨를 휘둘렀다.

휘이이이이잉! 가공할 속도로 날아드는 쇠도리깨. 백천이 아차 하고 몸을 돌렸으나, 한발 늦었다는 것을 직감했다. 그 찰나, 누군가 백천의 어깨에 손을 올렸다.

"응? 아아아아악!"

다음 순간, 저 멀리 날아가는 백천을 죽은 눈으로 바라보던 이가 고개를 돌려 사마담을 바라보았다.

"교대……. 아니."

"……."

"교체."

검을 뽑은 유이설이 고저 없는 눈으로 사마담을 노려보았다.

"이것들이……."

머리 위로 열이 올라오는 느낌이었다. 같잖은 애송이 한 놈과 적당히 놀아 줬더니, 이제 그보다 더한 애송이가 나서고 있었다.

그의 시선으로는 솜털이 보송보송하다는 말이 어울리고도 남을 만큼 어린 여자가 검을 뽑아 들고 그의 앞을 막아서고 있었다. 사마담이 살면서 이런 경험을 언제 또 해 봤겠는가.

"주제도 모르는 것들이!"

사마담이 노기를 내뿜었다. 하지만 그의 앞에 서 있는 여자는 미동조차 하지 않았다. 그의 기세 때문에 가볍게 휘날리는 머리카락만 아니었다면 동상을 세워 뒀다 해도 믿을 정도였다.

사마담의 목표도 분명해졌다. 저 눈에 거슬리는 평정을 무참하게 부수어 놓는 것. 그리고 동시에 저 몸뚱이도 함께 박살을 내어 놓는 것이다.

탓! 사마담이 말의 옆구리를 걷어찼다. 흥분한 말이 지체 없이 유이설을 향해 일직선으로 내달렸다. 거기에 더해 사마담이 긴 철회편을 크게 휘돌린다. 족히 백 근은 나갈 거대한 중병. 도리깨의 특성상, 그 위력은 끝의 한 점에 집중될 터였다. 정면으로 맞는다면 무인이고 뭐고, 일격에 뼈와 살이 으스러질 것이 분명했다.

"사고!"

그 흉흉함을 느꼈는지 화산의 제자들이 소리 질렀다. 사마담의 기세가 이전과는 완전히 달라졌다는 걸 깨달은 것이다.

부우우우우우웅! 사마담의 철회편이 듣기만 해도 전신에 소름이 돋는 파공음을 내며 강렬하게 내리쳤다. 유이설이 바닥을 가볍게 차며 뒤로 몸을 띄워 내고, 철회편이 회전하며 그녀의 얼굴 바로 앞을 아슬아슬하게 스쳤다. 콰아아아앙! 철회편이 꽂힌 바닥이 말 그대로 으스러졌다.

"소용없다!"

사마담이 고함을 치는 순간, 반응을 보인 것은 그의 철회편이 아니라 바로 말이었다. 히이이잉! 거친 울음소리를 토한 말이 그대로 앞발을 들어 유이설의 얼굴을 걷어차려 했다. 거대한 군마의 앞발에 담긴 힘은 사람 하나쯤은 우습게 절명시킬 수 있을 정도였다.

하지만 유이설은 이번에도 뒤로 두어 발짝 물러나는 것으로 흘려 냈다. 최소한의 움직임만으로 사마담의 공격을 완벽히 무력화한 것이다.

"이 쥐새끼가!"

사마담이 다시금 철회편을 휘둘렀다. 긴 봉과 사슬로 이어진 철회편의 추(椎)가 유성 같은 궤적을 그리며 유이설을 향해 날아들었다. 콰아아앙! 이번에도 철회편은 여지없이 바닥만 으깨어 놓았다.

다음 순간, 사마담의 두 눈이 이채를 띠었다. 유이설의 모습이 그의 시야에서 사라진 것이다.

'위!'

본능에 가까운 감각으로 유이설의 종적을 잡아낸 사마담이 고개를 급히 꺾었다. 그 순간 사마담의 눈앞을 채운 것은, 다름 아닌 그의 눈을 찔러 오는 날카로운 검 끝이었다. 사마담이 반사적으로 고개를 꺾었다.

카가가가각! 검이 투구를 긁어 대는 소리가 섬뜩하게 들려왔다.

'감히!'

사마담이 내리쳤던 철회편을 회수하는 대신 거꾸로 잡고 휘둘렀다. 추를 활용하지 못하면 그 위력이 반감되지만, 철봉 그 자체만으로도 훌륭한 무기임은 틀림없었다.

철봉이 질풍처럼 빠르게 휘둘러졌다. 거무튀튀한 궤적이 거대한 팽이처럼 사마담의 주위를 휘감았다. 사람이든 무엇이든, 그 사이를 뚫고 살아남는다는 건 불가능해 보였다.

하지만 유이설은 평범한 이가 아니었다.

날아들던 유이설이 검 끝으로 철봉을 가볍게 때렸다. 그러고는 그 반동을 이용하여 다시 허공으로 몸을 띄웠다.

"흡!"

사마담이 저도 모르게 헛바람을 삼켰다. 그의 회선격에서 이런 식으로 빠져나가는 이는 처음이었다.

아무리 빠르게 도는 바람개비도 영원히 돌 수는 없는 법. 내력을 순간적으로 끌어 올린 만큼 탈력감 역시 빠르게 찾아왔다. 그리고 유이설은 그럴 줄 알고 있었다는 듯, 절묘하게 그 순간에 맞춰 강하했다.

유이설의 검이 짧게 흔들리더니 이내 수십의 꽃잎을 피워 냈다. 그리고 사마담은 그 꽃잎들을 굳이 피하지 않았다.

타다다당! 갑옷에 부딪힌 매화검기가 힘을 쓰지 못하고 튕겨 나갔다.

화산의 검술에 있어 단 하나 부족한 것을 꼽으라면, 두말할 것 없이 파괴력이라 할 수 있었다. 피와 살로 이루어진 인간을 상대할 때는 결코 부족함이 없지만, 사마담은 강철을 전신에 두른 자였다.

"소용없다!"

사마담 역시 그 사실을 파악했는지 호기롭게 소리쳤다. 마적으로 살아온 사마담에게 있어서 기세를 잡는 건 무엇보다 중요한 일이었다.

쇄애애액! 그 순간, 유이설의 검이 다시 뻗어 왔다. 목표는 조금 전 백천이 노렸던, 투구와 갑옷 사이의 실낱같은 틈.

사마담이 코웃음을 치며 턱을 당겼다. 이따위 검격은 굳이 철회편을 들어 막을 필요도 없다는 듯. 하지만 그건 명백한 실수였다. 유이설의 검이 사마담의 투구에 닿기 바로 직전, 갑자기 뚝 아래로 떨어졌다.

푸욱! 낙뢰처럼 꺾인 검이 노린 곳은 사마담의 겨드랑이였다. 철회편처럼 큰 병기를 휘두르는 이가 차마 갑옷으로 막을 수 없는 곳.

사마담이 얼굴을 일그러뜨리며 뒤늦게 철회편을 휘둘렀다. 하나 반사적인 공격에 맞아 줄 만큼 유이설은 녹록한 이가 아니었다. 허공에서 몸을 회전시키며 철회편을 피해 낸 유이설의 검이, 이번에는 사마담의 안쪽 허벅지에 파고들었다.

"끄아아악!"

이것만은 참기 어려웠는지 사마담이 커다란 비명을 내질렀다.

"이 찢어 죽일 년이!"

사마담의 철회편이 가공할 속도로 유이설을 향해 날아들었다. 그 순간 유이설이 말의 머리를 가볍게 밟으며 사마담의 바로 앞으로 돌진했다.

'늦었어!'

사마담의 눈에서 불이 뿜어진다. 아무리 빨리 검을 휘둘러 봐야 그의 철회편이 저 몸뚱이를 부수는 게 먼저일 것이다. 그리 생각하는 찰나, 유이설이 검을 강하게 휘둘렀다.

'소용없⋯⋯.'

콰직! 사마담의 생각은 더 이어지지 못했다. 유이설이 든 매화검의 검두(劍頭)가, 철회편을 잡은 손가락에 틀어박힌 것이다. 단 한 대였지만, 손가락의 살이 짓뭉개지고 뼈가 으스러졌다.

활시위를 놓는 듯한 소리와 함께, 유이설의 검이 쏘아진 살처럼 앞으로 튕겨졌다. 손가락을 으깬 검두가 철봉과 맞닿은 순간, 반탄력을 이용해 검을 더 강하게 앞으로 쏘아 낸 것이다.

그 검이 노린 것은 다름 아닌 가슴의 정중앙. 사마담은 다급히 내력을 있는 대로 끌어 올렸다.

그러나 그 노력은 결과로 이어지지 못했다. 유이설의 매화검은 사마담의 갑옷을 여지없이 찢어 내고 그의 가슴에 틀어박혔다.

"커헉⋯⋯."

사마담의 몸이 천천히 옆으로 쓰러졌다. 힘을 잃은 육신이 둔중한 소리와 함께 말에서 굴러떨어져 바닥에 처박혔다. 쓰러진 그의 옆으로 유이설이 가볍게 내려섰다.

"끝."

뒤에서 그 광경을 지켜보고 있던 화산 제자들이 입을 딱 벌렸다. 복잡한 수 싸움이 오고 간 듯하지만, 실제로 전투가 벌어진 건 말 그대로 순식간이었다. 유이설은 고작 십수 번 호흡하는 사이 저 강해 보였던 이를 제압한 것이다.

"최고예요! 사고!"

"역시."

"과연 훌륭하십니다."

모두가 감탄을 내뱉을 때, 어디선가 불퉁한 목소리가 따라붙었다.

"나도…… 할 수 있었어."

화산의 제자들이 죽은 생선 같은 눈빛으로 뒤를 돌아보았다. 그들의 바로 뒤에 선 백천이 떨떠름한 얼굴로 부연했다.

"다시 붙었으면……. 할 수 있었어."

모두가 미련 없이 백천을 외면했다.

"아니, 진짜라니까! 할 수 있었다니까! 그냥 조금 당황해서!"

"두 번 당황했으면 송장 치웠겠네."

백천의 위엄은 처참히 무너졌지만, 유이설이 간만에 제 실력을 똑똑히 보여 주었다.

"수, 수령!"

한편 환호하는 화산 제자들과 달리, 철기방의 마적들은 당황할 수밖에 없었다. 사막에서는 아수라와 다름없었던 사마담이 새파랗게 어린 검수에게 형편없이 당한 것이다.

"끄으……."

그때, 쓰러져 있던 사마담이 몸을 덜덜 떨더니, 고개를 들고 핏발이 선 눈으로 유이설을 노려보았다. 그 움직임에 마적들이 퍼뜩 정신을 차렸다. 사마담이 아직 살아 있다. 그렇다면 그들이 해야 할 일은 하나다.

"죽여라! 저놈들을 모두 죽여!"

"수령을 구출해라!"

그들이 말의 옆구리를 걷어차고 달려들려는 순간, 유이설의 검이 갑주 사이로 드러난 사마담의 목에 가 닿았다.

"움직이면 벤다."

마적들이 이를 갈며 머뭇거렸다. 달려들려는 기세를 완전히 거둬들이지는 않았다.

유이설은 허세를 부리는 사람이 아니었다. 무심히 움직인 그녀의 검이 사마담의 목을 가볍게 긁었다. 피부가 쩍 갈라지며 붉은 피가 주르륵 흘러내렸다. 사마담의 눈에서 빠르게 전의가 사라졌다.

"제기랄, 멈춰라!"

마적들이 결국 그 자리에 멈춰 섰다. 수장의 명줄이 적의 손에 잡혀 있는 이상, 함부로 움직이기는 쉽지 않았다.

곧 기묘한 대치 상황을 깨고, 조걸이 손을 비비며 나섰다.

"자, 그럼 다들 하마(下馬)해 주실까? 그리고 하나씩 뒤로 돌아 손을 내밀어 주시면 좋겠는데."

그러자 마적들이 서로 눈빛을 교환했다.

"어, 어. 눈 돌아간다. 조심해라. 까딱하면 너희 대장 모가지가 댕강 잘리는 수가 있어."

그러자 뒤에서 상황을 지켜보던 청명이 쯧 하고 혀를 찼다.

"응? 왜?"

이유는 곧 밝혀졌다. 마적들의 눈에 독심이 차오르기 시작한 것이다.

"쳐라! 우리가 살 방법은 그것뿐이다!"

마적들이 마치 하나인 것처럼 동시에 말을 몰아 돌진하기 시작했다.

이게 아닌데? 조걸이 당황한 기색을 숨기지 못하고 돌아보았다. 청명이 한숨을 푹 내쉬었다.

"마적한테 그런 게 어딨어."

"아니, 이러면 얘기가 달라지는데."

조걸이 재빠르게 검을 뽑자, 윤종도 발검하며 앞으로 나섰다. 유이설이 사마담을 잡으며 저들을 상대하는 법을 보여 주었지만, 안타깝게도 조걸과 윤종은 유이설이 아니었다.

그들은 그녀만큼 가볍게 움직이고 정확하게 검을 놀려 적의 약점을 찌를 수 없었다. 특히나 이만한 이들이 한번에 달려드는 상황에서는 더욱.

"어떻게 합니까?"

"어떻게 하긴! 싸워야지!"

"저 갑주는 어떻게 하고요?"

"누구에게나 어렵다! 누구에게나! 엄살 부리지 말고……. 엥?"

이를 악물고 마적들을 막아서려는 그때, 윤종의 눈앞에 반짝이는 해가 떴다. 아니, 해 같은 민머리가 떴다.

쿵! 혜연이 진각을 밟자, 그의 가사 자락이 크게 휘날렸다. 왼손으로 반장을 한 혜연이 오른 주먹을 느리게 뒤로 당겨 제 옆구리에 붙였다.

그사이 말은 지척에 다다랐다. 마적들이 뻗은 장창이 혜연을 꿰뚫으려는 그 순간.

"아미타불!"

혜연의 우수가 달려드는 말의 가슴팍을 향해 뻗어졌다.

투우우우우우웅! 거대한 범종을 후려치는 듯한 소리와 함께 말이 보이지 않는 무언가에 부딪혀 뒤로 튕겨 나간다. 타고 있는 말이 날아가는데 그 위의 사람이 멀쩡할 수는 없었다.

"아아아아악!"

일권. 단 일권만으로 기병 십여 기가 말 그대로 박살이 나 널브러졌다.

그 뒤에 달려오던 이들 역시 전의를 잃고 그 자리에 얼어붙었다. 아니, 얼어붙은 건 사람이 아니라 말일지도 몰랐다.

팔다리가 괴이한 방향으로 꺾인 이들이 말에 깔려 신음했다. 뒤집힌 말들이 내뿜는 울음소리가 처연하게 황무지에 흘렀다.

멍하니 그 광경을 보던 조걸이 힘없이 중얼거렸다.

"누구에게나요?"

"저 양반은 빼자…….'

세상에는 언제나 예외가 있는 법이다.

혜연이 미소를 지으며 앞으로 걸어 나가더니 주인을 잃고 홀로 투레질을 하는 말의 목을 가볍게 쓸었다.

"시주들. 우리 폭력이 아닌, 대화를 나눠 보는 건 어떻습니까?"

완전히 전의를 상실한 마적들이 고개를 끄덕였다.

"아미타불."

더없이 해맑은 불호가 울려 퍼졌다.

마적들의 무장을 해제하고 적당히 포박하는 데에는 그리 오랜 시간이 걸리지 않았다. 물론 어설픈 포박으로 내력을 익힌 이들을 완전히 묶어 둘 수는 없겠지만, 갑옷까지 벗겨 낸 이상 마적 따위를 두려워할 이유는 없었다.

조걸은 여전히 억울한지 신경질적으로 마적을 묶은 밧줄을 당겨 댔다.

"이게 사기지, 이게. 소림 제자 아닌 사람은 어디 억울해서 살겠냐고."

"이번에는 나도 동감이다."

물론 조걸도 윤종도 알고 있었다. 이건 무학의 문제가 아니라 사람의 문제라는 걸. 소림의 제자라 해서 모두 혜연과 같은 권력을 뿜어낼 수 있는 건 아니다. 혜연의 실력은 굳이 과장할 것도 없이 소림의 장로급에 필적할 테니.

하지만 그걸 머리로 이해하는 것과 가슴으로 받아들이는 것은 전혀 다른 문제였다. 혜연의 일권에 기병들이 작대기 맞은 개구리처럼 날아가는 걸 눈으로 본 이들이라면 다들 공감할 것이다.

"안 그렇습니까, 사숙?"

"……이번엔 유독 심하긴 했지."

하지만 당소소는 생각이 다른 모양이었다.

"아니, 그게 왜 혜연 스님 잘못이에요! 우리 잘못이지!"

"응? 우리 잘못이라고?"

"혜연 스님이 대단한 게 아니라 화산 검술이 잘 안 먹힌 것뿐이잖아요."

당소소가 답답해하며 설명을 이어 갔다.

"생각해 보세요. 여기에 저희 아버지……. 아니, 아버지가 아니라 오라버니만 있었어도 독연만 대충 뿌렸으면 반은 누워 버렸을걸요? 사람이든 말이든."

백천이 볼을 긁었다. 일리가 있는 말이었다. 화산의 무학은 강호인들을 상대로 쓰는 것을 전제하고 있다. 저리 전신을 갑옷으로 두른 이들을 상대하기 위한 무학이 아니라는 것이다.

물론 만류귀종이라 하니, 그들의 무학이 경지에 오르면 상대가 누구이든 제 위력을 발휘할 날도 올 것이다. 하지만 아직 이들에게는 요원한 일이었다.

'대비책을 생각해 둘 필요가 있겠어.'

저런 이들을 상대하는 게 이걸로 마지막이 아니라면 말이다. 사실 지금도 유이설이 사마담을 꺾어 사기를 부숴 놓고, 어설프게 달려드는 이들을 혜연이 손쉽게 처리했기에 어찌어찌 항복을 받아 낸 것이지.

'제대로 맞붙었다면 악전고투를 치러야 했을지도 모르겠…….'

"흐흐……. 말이 한 마리. 말이 두 마리…….."

아니……. 악전고투는 이미 치르고 있다. 상대가 다를 뿐이지.

청명이 곱게 매 둔 말들을 보며 광소를 터뜨렸다.

"으하하하하하핫! 난 이제 부자다!"

"넌 원래 부자야, 청명아."

"으하하하하핫! 더 큰 부자다!"

당소소가 이해하기 어렵다는 듯 중얼거렸다.

"술 사 먹는 거 빼고는 돈 쓸 일도 없는 사람이 왜 저렇게 돈을 좋아하는 걸까요? 스님, 어떻게 생각하세요. 불교에서 저런 마음을 고쳐먹고 반성하라고 가르치지 않나요?"

그러자 혜연이 당소소를 바라보며 빙그레 웃었다.

"가장 어려운 것이 욕심을 버리는 것이외다."

"욕심이요?"

"그렇지요. 욕심만 버리면 다 평화로워지거늘, 그 욕심을 버리지 못해 고통을 받는 게 사람 아니겠습니까?"

당소소가 이해했다는 듯 고개를 끄덕였다.

"사형이 욕심을 버리지 못해서 고통받는다는 뜻이군요."

"아닙니다. 고통을 받는 사람은 바로 시주 본인입니다."

"엥?"

"청명 시주를 멀쩡한 사람으로 만들겠다는 욕심을 버리십시오. 다 집착입니다. 집착하니 힘든 것 아니겠습니까?"

아, 내가 문제였구나. 당소소가 고개를 끄덕였다.

'너무 납득이 가서 순간 귀의할 뻔했네.'

안 될 일이지. 이미 도사가 됐는데 다시 비구니가 될 수는 없으니까.

당소소가 미래를 생각하는 사이, 백천은 사마담에게 다가갔다.

그가 보기에 사마담은 꽤 거물이었다. 아무리 마적이라고 한들, 수령이라는 호칭을 아무에게나 붙이지는 않을 것이다. 즉, 철기방이라는 곳에서는 사마담이 최고위급 인물이라 봐야 했다.

딱히 얻어 낼 것이 없었던 미끼(?)에 비하면, 그래도 쓸 만한 정보를 토해 낼 가능성이 있다는 뜻이다.

"몇 가지 묻고 싶은 게 있습니다."

그러자 사마담이 이를 빠득 갈더니 외쳤다.

"그냥 죽여라! 중원 놈들은 패자를 농락하는 법이나 배우는 모양이구나. 네놈들과 더 섞을 말은 없으니, 시간 끌지 말고 목이나 베……."

빠아아아악! 그 순간, 사마담의 고개가 앞으로 격하게 꺾였다. 돌연 날아와 그의 머리를 강타한 누군가의 신발이 툭 떨어졌다.

"이게 어디서 목에 힘을 줘? 마적 나부랭이가 돼지려고."

발가락을 까딱거리며 청명이 말했다. 사마담이 황망한 눈으로 청명을 돌아보았다. 그의 눈에 어린 것은 진득한 배신감이었다. 굳이 말로 표현하자면 '네가 어떻게 나에게? 사내끼리 마음이 통한 줄 알았건만!' 같은 비통한 마음이 담겨 있었다.

"뭘 봐? 눈 안 깔아?"

사마담이 슬쩍 고개를 돌렸다. 그도 나름 독하게 살면서 정신 나간 인간을 많이 봐 왔다. 저 희번덕대는 눈알만 봐도 청명이 보통 인간이 아니라는 건 대충 알 수 있었다.

"아무튼, 몇 가지만 묻겠습니다."

슬그머니 끼어든 백천이 부드럽게 사마담을 달랬다.

"당신들의, 그러니까 그 철기방인가 하는 곳에 무장한 기병이 몇이나 있습니까?"

하지만 사마담은 코웃음을 칠 뿐 침묵했다. 죽이라느니 어쩌니 하는 말을 입에 담지는 않았지만, 여전히 협조할 생각이 없어 보였다. 과연 기개가 있는 이였다.

"어디 보자. 이거 괜찮네."

그때, 어느새 일어난 청명이 사마담이 흘린 철회편을 잡아 들었다.

"무게감도 적절하고, 돼지 잡기는 딱 좋아 보이는데."

청명이 기지개를 쭉 켜고는 몸을 돌렸다. 그러자 사마담이 죽일 듯한 눈으로 청명을 쏘아보았다.

"……삼백쯤."

야, 기개는 어디 갔냐? 백천이 차가운 눈길을 보냈지만, 사마담은 모르는 척하며 뻔뻔하게 말을 이었다.

"완전무장한 병력은 삼백에 달하고, 무장을 갖추지 못한 기병도 이백은 될 것이다."

"전력은……."

"놈들의 전력은 내가 이끌고 온 이들과 그리 다르지 않다. 그리고 다른 두 수령의 무위는 나보다 살짝 처지기는 하지만, 비등한……. 그날그날 상태에 따라 승부가 갈린다."

사마담의 말이 점점 빨라졌다. 청명이 쇠도리깨를 휘휘 돌리기 시작한 탓이었다.

"그 외에도 몇백쯤 세력을 더 동원할 수 있긴 하지만, 그놈들은 이전에 여양에 갔던 놈들처럼 하찮은 잡것들에 불과하다. 딱히 전력이라고도 할 수 없는 것들이지. 이쯤 되면 대답은 이미 충분히 한 것 같은데. 아닌가? 더 있나? 아니, 살려 줘! 살려! 나를 살려라!"

사마담은 말을 이을수록 식은땀을 줄줄 흘리더니, 급기야 백천을 향해 비명을 질러 댔다.

"좀 말려 봐라! 어서!"

"……청명아. 저리 좀 가 있어라."

"어? 안 죽여?"

"죽이더라도 좀 있다가."

사실 하고 싶은 말은 따로 있었지만, 입만 아픈 소리라는 걸 백천도 알았다.

"정신 사나우니까 그거도 좀 그만 돌려."

"나름 재밌는데."

"알았으니까 내리라고!"

"아, 왜 승질이야!"

청명이 구시렁대며 철회편을 든 채 조금 더 멀어졌다. 백천이 지끈거리는 이마를 짚으며 생각에 잠겼다.

'오백이라…….'

적지 않은 수다. 아니, 과히 많은 수였다. 지금 그들이 상대한 이들은 마적이라는 말이 무색할 정도로 강했다. 이런 이들의 수가 오백이라면 웬만한 문파 하나는 찜 쪄 먹고도 남을 전력이다.

'거기에 이만한 기동력이라면…….'

이들이 마음먹고 난장을 부리기 시작한다면 중원에서도 감당하기가 쉽지 않을 것이다. 이기기 어렵다는 게 아니라, 피해를 입지 않을 수가 없다는 의미다.

"이제 됐지? 말할 것은 다 말했다."

"아니, 제일 중요한 게 남았습니다."

백천이 사마담의 눈을 똑바로 보며 말했다.

"당신들의 방주가 어떤 이인지."

그리고 그 순간 백천은 똑똑히 보았다. 사마담의 두 눈에 흐르는 짙은 두려움을 말이다.

"방주……. 누가 방주에 대해 지껄였지?"

"……그야."

백천이 말끝을 흐렸다. 사마담의 고개가 휙 돌아갔다.

"저 미친놈이 감히…….”

사마담의 목소리가 잘게 떨렸다. 그는 미끼, 그러니까 원평이 방주에 대한 정보를 입에 올렸을 거라고는 상상도 하지 못한 얼굴이었다. 그 당황과 분노가 얼마나 강렬했는지, 뻔히 사마담이 묶여 있음을 아는 원평도 재빨리 고개를 떨굴 정도였다.

창백해진 사마담이 입술을 질끈 깨물고 말했다.

"방주에 대해서는 더 알려고 하지 마라. 아직 너희는 무사히 중원으로 돌아갈 수 있다. 하지만 방주에 대해 알게 되면, 너희는 단 하나도 남김 없이 사막의 고혼이 될 것이다. 반드시!"

그 격렬한 어투에 백천이 마른침을 삼켰다. 사마담의 말에 겁을 집어먹은 것은 아니다. 그럼에도 긴장한 건 사마담의 감정이 고스란히 전해져 왔기 때문이다. 이자는 방주라는 이를 진정으로 두려워하고 있었다.

그들이 포박한 다른 마적들도 입만 열지 않았다뿐이지, 사마담과 그리 다를 것 없는 얼굴을 하고 있었다. 표정만 보자면 황제가 숨기려 하는 비밀을 저도 모르게 발설해 버린 내관이 따로 없었다.

"……방주의 존재 말고, 뭘 더 알고 있는 거냐?"

"니들이 중원을 치려고 한다는 것?"

사마담이 흠칫하며 고개를 돌렸다. 그 시선의 끝에는 어느새 철회편을 저 멀리 던져 버린 청명이 있었다.

"그리고 그 중심에 방주가 있다는 것."

사마담은 입을 꾹 다물고 침묵했지만, 청명은 피식 웃었다.

"아니야?"

"어디서 그런…… 헛소리를."

"조금만 생각해 보면 간단한 일이지. 네가 말한 대로라면 철기방은 거의 일천에 달하는 세력이다."

"그게 뭐 어쨌다는 거냐?"

"딱히 이상한 건 없지. 그런데 여기는 중원은 중원이라도 사막이거든."

"……."

"천 명을 너끈히 먹여 살릴 수 있는 곳에 마적 따위가 생길 리가 없지. 그러니 천 명의 마적 집단이라는 건 애초에 존재할 수가 없다는 거야."

사마담의 반응이 심상치 않았다. 안색이 굳어진 백천이 물었다.

"뭔 소리냐?"

"말 그대로야. 마적 천 명이 모이는 건 불가능해."

"어째서? 존재하지 않는 이들이 갑자기 나타난 건 아니잖으냐. 누군가 통합을 하다 보면 점차 커지다가 천 명쯤 되어 버릴 수도 있지."

"그럴 수가 없어. 이건 능력이 어떻다 수준의 문제가 아니니까."

청명이 무심한 표정으로 식은땀을 흘리는 사마담을 바라보았다.

"먹고사는 문제야. 이런 사막에서 천 명이 먹고살 식량을 확보하는 게 가능할 것 같아? 그것도 노략질로?"

청명이 말하고자 하는 바를 깨달은 백천이 입을 살짝 벌렸다.

"소문이 퍼지면 상단은 피해 가고, 인근의 마을은 떠나겠지."

당장 백천만 하더라도 여양 사람들에게 이주를 권하지 않았던가.

마적은 약탈로 연명한다. 여기서 모순이 한 가지 존재한다. 마적단의 크기가 커지면 커질수록 강해지겠지만, 수입은 줄어든다는 점이다.

"그러니 마적이란 놈들 스스로도 먹고살기 위해서 일정 규모 이상으로 모이는 걸 기피할 수밖에 없어."

"하지만 수적이나 산적은 그렇지 않잖아?"

윤종의 물음에 청명이 간단한 이치라는 듯 피식 웃음을 흘렸다.

"수적이 있다고 장강에 배를 띄우지 않을 수는 없고, 산적이 있다고 해서 산을 아예 넘지 않을 수는 없잖아. 그런데 여긴? 어차피 사막은 길이란 게 없는 곳이야. 돌아서 피해 가는 게 어렵지도 않아."

모두가 고개를 끄덕였다. 이것이 강호사를 통틀어도 마적이 녹림이나 장강수로채처럼 거대한 집단을 이룬 적 없는 근본적인 이유였다. 다시 말하자면, 철기방은 그 문제에서 완전히 벗어난 집단이라는 거다.

"여기서 중요한 건 왜지. 놈들이 왜 이런 일을 벌였는가?"

"중원을 공격하기 위해서라며."

"왜 중원을 공격하는데?"

백천이 고개를 갸웃했다. 마적이 중원을 공격하는 데 이유가 있나?

그러자 청명이 제 옆을 굴러다니던 갑주를 툭 하고 찼다. 갑주가 쩔그렁 소리를 내며 밀려 났다.

"이런 걸 그냥 마음만 먹는다고 갖출 수 있겠어?"

"그건……."

그제야 백천도 입을 다물었다. 이들은 마적이고, 이곳은 사막이다. 마적은 다른 무엇보다 먹고사는 게 우선이고, 모은 돈은 죄다 향락에 써 버리는 이들이다. 그리고 사막은 중원의 모든 곳을 통틀어 가장 황량한 곳이다.

이들이 이만한 갑주들을 만들기 위해 쓴 시간과 노력이 절대 적지 않으리라는 의미다. 백천이 처음 생각한 것처럼 모이다 보니 강해졌고, 강해졌으니 중원을 공격한다는 어설픈 흐름으로는 불가능한 일이었다.

그렇다면 결론은 하나뿐.

"……처음부터 중원을 공격하기 위해 마적을 규합했다는 건가?"

"못해도 십여 년은 걸렸겠지. 어쩌면 그 이상일지도 모르고."

백천이 반사적으로 사마담의 낯빛을 살폈다. 동요하는 기색만 봐도 청명의 말이 사실과 그리 다르지 않다는 것을 짐작할 수 있었다.

"아니, 왜 그런 짓을……."

"나야 모르지. 다만…… 이런 짓을 벌이는 놈들의 동력이 보통 뭔지는 생각해 볼 수 있겠지."

청명이 싸늘한 눈빛으로 사마담을 바라보았다.

"복수."

그 담담한 목소리는 기이할 정도로 서늘했다.

"사람이 가장 지독해질 때는, 누가 뭐라 해도 원한을 품었을 때야. 다른 어떤 감정도 그에 미치지는 못하거든."

백천이 말없이 고개를 끄덕였다. 이 말에는 확실히 그도 공감하는 바다. 하지만 그 복수의 대상이 중원이라면 너무 모호하지 않은가.

"그럼, 중원의 누구에게 복수하려는 거지?"

청명이 알 수 없는 표정으로 어깨를 으쓱해 보였다.

"글쎄. 어쩌면 중원 자체일지도 모르지."

휘적휘적 사마담에게 다가간 청명이 무릎 꿇은 그의 앞에 쪼그려 앉아 빤히 그를 바라봤다.

"어이, 마적. 하나만 대답해 봐."

사마담의 얼굴에 비장한 기색이 어렸다. 어떤 질문을 받더라도 이번만은 절대로 대답하지 않겠다는 듯이. 하지만 이어진 청명의 질문은 그의 예상을 한참 벗어난 것이었다.

"그 방주란 놈, 혼자가 아니지?"

"뭐? 너, 너……. 대체."

사마담의 눈에 숨기지 못한 충격이 떠올랐다. 그리고 그것만으로 대답은 충분했다. 청명이 앓는 소리를 내고는 몸을 일으켰다.

"알 만하군. 끄응. 골치 아프게 됐네."

"뭐가 어떻게 돌아가는 거냐? 설명 좀 해 봐."

"설명도 좋은데, 일단 중원으로 돌아가야 할 것 같아."

백천은 뒷머리를 긁적이는 청명을 빤히 바라보았다.

"아무래도 지원이 좀 필요하겠네. 여기 있는 이들만으로는 무리야."

"지원이라니. 아무리 마적이 많다지만……."

"마적이야 아무래도 좋아. 중요한 건 마적과 함께 있는 놈들이지."

그 말에 백천은 물론, 다른 이들 역시 긴장한 듯 마른침을 삼켰다.

"강하냐?"

"글쎄……. 마적을 포함한 전력이라고 해도 그렇게 대단한 정도는 아니야. 만인방과 비교하면 뭐……. 잡졸이라고 해도 과하지 않겠지."

"그런데 지원까지 필요하다고?"

"착각하지 마, 사숙."

청명이 나직한 한숨을 내쉬고는 모래 언덕 너머를 손으로 가리켰다.

"우리가 보기에 대단치 않은 전력이라고 해도, 평범한 양민들에게는 마귀나 다름없어. 여양을 봤으니 알 것 아니야."

그제야 백천은 고개를 끄덕였다. 여양에 쳐들어왔던 건 불과 스무 명이 조금 넘는 마적들이었다. 그들 정도는 백천 혼자서도 제압 가능했다. 윤종과 조걸이 아니더라도 화산의 제자라면, 서넛 정도가 나서서 상대할 수 있을 것이다.

하지만 그 대단치 않은 놈들에게 여양 사람들은 지독하게 시달렸다. 무학을 익히지 않은 이에게는 삼류니 절정이니, 그런 강호의 변변찮은 구분은 의미가 없다. 칼만 들어도 두려움을 주기에 충분한데, 그 칼에 기운이 어린 순간 대항 자체가 불가능하니까.

"알다시피 섬서 북쪽에는 제대로 된 문파가 거의 없어. 있어 봐야 공동 정도인데……. 그 엉덩이 무거운 놈들이 양민들을 보호하러 재빨리 달려오는 건 꿈도 꾸기 힘든 일이야."

청명이 씁쓸한 것인지 허탈한 것인지 모를 목소리로 말했다.

"종남은 봉문 했고, 남은 건 우리뿐이지. 다시 말하자면 화산이 움직이지 않으면, 그 사람들이 다 저항도 못 해 보고 당할 거라는 거야. 그런데……."

그의 말을 유이설이 받았다.

"놈들은 원한이 있어. 중원에."

"맞아. 복수를 위해 마적을 규합할 정도니, 강호인이고 양민이고 구분하지 않을 거야. 어쩌면 엄청난 일이 벌어질지도 몰라."

상황의 심각성을 이해한 백천도 표정이 어두워졌다.

"아미타불. 그럼 서둘러야 하는 일 아닙니까."

"서둘러야지. 일단은 최대한 빨리 화산에 연락해서 지원을 받는 게 좋겠어."

"가능할까?"

"어렵더라도 해야 해. 우리가 아무리 날고 기어도 말 타고 날뛰는 수백 명을 일일이 쫓아다니는 건 불가능하니까."

놈들의 본거지에 쳐들어가는 건 차라리 쉽다. 이 넓은 들에서 마적들을 일일이 찾아 제거하는 건, 방 안에 풀어놓은 개미 떼를 젓가락으로 잡는 거나 다름없는 일이다. 정리가 끝날 때쯤에는 방이 엉망진창이 되어 있을 것이다.

"유일한 방법은 놈들에게 대항할 인원을 늘리거나……."

"애초에 중원으로 향하지 못하게 하는 것. 그렇지?"

청명이 묵묵히 고개를 끄덕였다.

"그럼 이러고 있을 시간이 없겠네."

마음 같아서는 당장이라도 움직이고 싶지만, 무엇보다 우선적으로 확인해야 하는 것이 있었다. 백천이 차가워질 대로 차가워진 눈으로 사마담을 노려보았다.

"본대는 어디 있습니까?"

하지만 사마담은 입을 꾹 다물었다. 백천이 지체 없이 사마담의 멱살을 움켜잡아 확 끌어당겼다.

"대답해."

"……어디냐고 해 봐야."

사마담이 입술을 우물거리던 바로 그때였다.

삐이이이익! 그들의 귓가에 날카로운 소리가 들렸다. 모두의 시선이 소리가 들려온 곳, 하늘로 향했다.

"매?"

허공에 한 마리의 매가 크게 선회하고 있었다. 이내 매가 아래로 빠르게 강하해 사마담의 어깨로 향했다.

뒤늦게 무언가 잘못되었음을 느꼈는지, 주춤한 매가 내려앉기 전에 방향을 틀려 했으나 그보다 청명이 더 빨랐다. 청명이 훌쩍 뛰어올라 매를 낚아챘다.

바닥에 내려선 청명이 매를 내려다보며 눈살을 찌푸렸다.

"이거…… 맛있을까?"

"뭔 개소리야, 이 미친놈아! 이건 전서응이잖아!"

"전서응도 먹을 수 있지 않나?"

가만뒀다가는 숫제 침까지 흘릴 기세였다. 윤종이 재빨리 매를 빼앗아 들었다. 그리고 매의 발에 달린 통을 열어 서찰을 꺼냈다.

"뭐라고 적혀 있어요, 사형?"

심각한 얼굴로 내려다보던 윤종이 고개를 돌려 당소소를 바라보았다.

"못 읽겠는데?"

"아이, 사형! 무슨 청명이도 아니고! 글도 못 읽어요?"

"그럴 리가 있냐! 이거 한자가 아니라고. 이상한 꼬부랑 글씨가……."

윤종을 빙 둘러싸고 서찰을 바라보던 이들이 약속이라도 한 듯이 일제히 사마담을 향해 고개를 획 돌렸다. 사마담이 어깨를 움찔했다.

"읽을 수 있죠?"

당소소가 서찰을 쫙 펼쳐 사마담의 얼굴 앞에 들이댔다. 사마담이 눈을 피하며 코웃음을 쳤다.

"읽을 수 있으면? 내가 너희 같은 놈들에게 협조할 것 같으냐? 나를 대체 뭘로 보고 하는 소리냐!"

"그러니까 읽을 수 있냐고!"

"그야 당연히……."

사마담이 뭐라 말하려다 말고 입을 다물었다. 그리고 화산의 제자들은 서찰을 곁눈질한 사마담의 눈이 격하게 떨리는 걸 놓치지 않았다. 그 반응만 보더라도 서찰 안의 내용이 보통 심각한 게 아님을 능히 짐작할 수 있었다.

"뭐예요, 뭐라 적혀 있는데."

"……말 못 한다."

"이봐요!"

"죽이든 살리든 마음대로 해라. 나는 말할 수 없다."

이번만은 사마담도 정말 함구하겠다는 듯 결연히 입술을 깨물었다. 그 단단한 각오를 본 화산 제자들은 떨떠름하게 침음을 흘렸다.

"음, 별수 없나."

"아미타불."

화산의 제자들이 빠르게 눈빛을 교환했다. 그 묘한 눈빛에 사마담은 절로 불안해질 수밖에 없었다.

"사람이 할 짓은 아니지만, 워낙 많은 이의 목숨이 걸린 문제니까요."

"이번만은 부처께서도 인정하실 것이외다."

쑥덕대던 이들과 혜연이 슬그머니 사마담에게서 뒤돌아섰다. 마치 이쪽을 보지 않겠다는 듯. 어리둥절하여 눈을 치켜뜨고 그들을 바라보던 사마담의 시야에 무언가 들어왔다.

"아, 말 못 하겠다고?"

만면에 웃음을 띤 채 다가오는 청명의 모습이.

"그런데 너, 돼지가 물구나무설 수 있다고 생각하냐?"

"무, 무슨 말도 안 되는 소리를……."

"그렇지? 말도 안 되지? 나도 그렇게 생각했어. 근데 되더라니까? 내가 확인해 봤거든."

도통 이해가 가지 않는 말이었지만, 어쩐지 등줄기가 싸했다.

"그러니까 궁금해지는 거지. 돼지도 잘 어르고 달래면 물구나무를 서는데……. 사람은? 못 하는 말 정도는 할 수 있게 되지 않을까?"

청명이 히죽 웃으며 사마담의 머리채를 움켜잡았다.

"마, 말하겠다! 말!"

"아니, 아니. 말하지 말아 봐. 일단 해 보게."

"말한다니까! 당장 말하겠다!"

"괜찮아. 내가 일단은 확인을 해 볼 테니까……."

"본단! 본단이 지금 중원으로 남하를 시작했으니, 하던 일을 모두 제쳐 두고 당장 합류하라는 명령서다!"

사마담이 다급히 외쳤다. 청명의 눈이 가늘어졌다.

"남하한다고? 어디로?"

"주, 중원이겠지."

청명이 다른 손으로 제 머리를 가볍게 긁적였다.

"철기방인지 철가방인지 하는 놈들이 지금 중원으로 내달리기 시작했다는 거냐?"

"그렇다. 거기엔 분명히……."

"이렇게 갑작스럽게?"

"갑작스러운 게 아니다. 이미 준비는 다 끝난 상황이었으니까. 언제 명이 떨어지느냐의 문제였을 뿐이다. 설마 내가 본단에 없는 사이 명이 떨어질 줄은 몰랐지만."

"그야 네가 별로 중요하지 않은 놈이니까 그렇겠지."

사마담이 발끈했지만, 딱히 부정하지는 못했다. 지금은 부정할 방법도 딱히 없었다.

"어디로 합류하라고 했지?"

"아까 말했다시피……. 우리는 특수한 향으로 서로의 위치를 추적한다. 그러니 따로 진격로는 언급되어 있지 않다."

사마담의 머리채를 놓아준 청명이 제 볼을 손가락 끝으로 두드렸다.

"그렇다 이거지. 좀 골치 아파졌는데."

"그럼 화산에 원군을 요청할 시간이……."

"없겠지."

백천이 미간을 와락 찌푸렸다. 당소소가 급히 끼어들었다.

"그럼 어떻게 해요?"

"어떻게 하긴, 늦었지만 그래도 원군을 청해 봐야지."

"아니, 사형! 못 들었어요? 그사이에 죄 없는 사람들이 피해를 본다니까요?"

"알지만 방법이 없다잖아."

당소소가 답답하다는 듯 조걸을 노려보았다.

"없어도 만들어야죠."

"억지 부린다고 될 일이 아니잖아."

"그럼 그냥 구경이나 하겠다는 거예요?"

"……그럴 순 없지. 그렇긴 한데."

조걸이 한숨을 푹 내쉬었다. 이럴 때 해답을 주어야 할 청명은 침묵 중이었다.

"막으면 돼."

그때, 사람들의 시선이 한곳으로 향했다. 속삭이듯 말을 꺼낸 유이설이 무심한 얼굴로 다시 말했다. 전혀 대수롭지 않다는 듯이.

"우리가 막으면 돼."

"아니, 사고……. 그게 어려우니까 하는 말 아닙니까. 저들은 그 수가 오백이에요. 아무리 마적 떼라지만……."

조걸의 말에 윤종이 무겁게 고개를 끄덕였다.

"달리는 기병을 상대로는 우리가 제힘을 발휘하기 어렵습니다. 사고라면 가능할지 모르겠지만, 우리 모두가 사고처럼은 할 수 없어요."

그 말에 다들 고개를 끄덕였다. 이건 자존심을 논할 문제가 아니었다. 가능한가 불가능한가의 문제다.

"그럼 나 혼자라도 보내 줘. 끌어 볼게. 시간. 그게 나으니까."

"사매!"

아무것도 하지 않는 것보다는 발목이라도 잡고 늘어지는 게 낫다는 소리다. 백천도 그 말에는 십분 공감했다. 다만.

"안 된다. 너무 위험하다. 시간 끌자고 네 목숨을 걸 수는 없어."

유이설이 눈을 살짝 가늘게 떴다. 미묘한 변화지만 화산의 제자들은 저게 유이설이 표현할 수 있는 거의 최대치의 분노라는 걸 알고 있었다.
"사형."
"안 돼. 지금 인솔자는 나다. 나는 너희를 안전하게 화산으로 복귀시켜야 할 의무가 있어."
"다른 사람이 죽는 건 괜찮습니까?"
"윤종아."
"해 볼 수 있는 게 있다면 해야지요. 저도 구경만 하지는 않겠습니다."
"저도요."
당소소까지 유이설의 역성을 들고 나서자, 백천이 한숨을 푹 내쉬었다. 이대로 물러나고 싶지 않은 마음이야 그리고 다를 리가 없었다. 입맛을 다신 백천이 청명을 돌아보았다.
"청명아, 다른 방법이 없을까?"
"흐음……. 있을 것도 같은데."
백천이 반색했다.
"있다고? 원군을 청할 방법이 있다는 거냐?"
청명이 썩은 얼굴로 백천을 돌아보았다.
"사숙, 바보야? 못 한다고 벌써 말했잖아."
"아니……. 방법이 있다고 하길래."
"방법이야 있지. 원군을 청하는 건 아니지만."
"그게 뭔데?"
"나, 사숙, 그리고 우리가 가서 두들겨 패는 거지."
이번에는 백천의 얼굴이 썩어 들어갔다.
"허허. 차라리 천지신명께 도와 달라고 제를 지내는 게 낫겠다."
"와……. 진짜 멍청하다. 그런 게 될 리가 있나."
"이 새끼야! 니가 한 말은 그럼!"

조걸과 윤종이 양쪽에서 백천의 팔을 붙잡고 만류했다.

"워. 워. 진정하세요. 하루이틀 일도 아니잖습니까."

"하루이틀 일이 아니라 그러는 거잖아……."

청명이 뭔가 고민하는 듯하더니 사마담을 돌아보았다.

"야. 넌 중원에 왜 가는데? 약탈하러 가는 거냐?"

사마담이 피식 헛웃음을 흘렸다.

"말하지 않았던가? 그게 방의 목적……."

"아니. 방 말고 너 말이야. 너는 왜? 술이라도 구하러 가? 아니면? 사람 죽이는 게 너무 즐거워서 한번 날뛰어 보는 게 소원인가?"

비아냥대는 말에 사마담의 얼굴이 살짝 달아올랐다.

"누굴 백정쯤으로 아는 거냐?"

"아니면?"

반면 청명의 표정은 웃음기 하나 없이 서늘하기 짝이 없었다.

"아니면 왜? 먹고살기 힘들어 약탈하려는 것도 아니고, 사람 죽이는 게 너무 신나서 날뛰는 것도 아닌데. 그럼 중원에는 왜 가는데? 거기 가면 살아 돌아오기 힘들다는 것 정도는 너희도 알 텐데."

사마담과 마적들의 침묵이 이어지자 청명이 코웃음을 쳤다.

"너희 방주가 참 대단한 사람인가 봐. 너희 같은 머저리들이 이렇게 충성을 바치는 걸 보면. 마적 새끼들 주제에 의리 있는 척하네."

사마담이 표정을 구기며 이를 악물었다. 그래도 끝까지 입을 열지 않고 고개를 돌리려던 그때, 그의 등 뒤에서 악에 받친 고함이 들려왔다.

"의리 같은 소리 하고 있네!"

"응소! 입 다물어라!"

하지만 사마담의 만류에도 고함은 잦아들지 않았다.

"죽기 싫으니까 가는 거지! 누가 중원 따위를!"

청명이 잘됐다는 듯 입꼬리를 말아 올렸다.

"죽기 싫다니? 죽기 싫으면 중원에 안 가야 하는 거 아닌가?"

"가지 않으면 당장 죽을 판인데 뭘 어쩌겠소!"

"달아나면 되잖아."

"말했잖소! 우리의 몸에는 향이 묻어 있다고! 그놈들은 이 향을 귀신같이 맡고 지옥 끝까지 쫓아온단 말이오! 달아났다 잡히면 곱게 죽을 수도 없소. 사막에 산 채로 묶여 벌레에 뜯기다 아사한단 말이외다!"

응소라 불린 이가 생각만 해도 끔찍하다는 듯 고개를 내저었다.

"수령이라고 좋아서 들러붙어 있는 줄 아시오? 수령께서는……."

"닥치라니까!"

사마담이 버럭 소리를 내질렀다. 잡아먹을 듯한 눈빛으로 응소를 노려본 사마담이 다시금 청명을 바라보았다.

"대체 얼마나 사람을 조롱해야……."

"근데 이 새끼가."

퍽! 청명의 발이 뭐라 말하려던 사마담의 얼굴에 틀어박혔다.

"마적 주제에 비장한 척하지 마, 확 뒤로 접어 버릴라."

청명이 빙긋 웃었다.

"아무튼, 너희도 중원에는 가기 싫다는 거지?"

"……틀린 말은 아니지."

"그런데 그 방주인가 뭔가 하는 놈이 무서워서 가지 않을 수가 없고. 도망가자니 쫓아오고, 싸우자니 이길 수 없다는 소리잖아. 너희뿐 아니라 그…… 철 무슨 방 애들 생각도 별다르지 않을 거고. 그렇지?"

사마담이 불만스레 청명을 바라보았다. 맞는 말이지만, 이런 이야기를 해서 뭘 어쩌겠다는 건가? 청명이 가볍게 손뼉을 쳤다.

"결론 났네."

청명이 말을 더 이어 가지 않고 다른 이들을 돌아보았다. 지켜보던 화산 제자들과 혜연이 고개를 끄덕였다.

"이해는 했다. 그러니까."

"그 방주라는 놈만 잡으면 된다는 거죠?"

"하나가 아니라고 했으니까, 방주 패거리들만 잡으면 된다고 해야죠."

"아미타불. 그럼 마적들은 뿔뿔이 흩어질 것이외다. 애초에 그리 충심이 강한 이들 같지는 않으니."

청명이 싱긋 웃었다. 이제는 구구절절 설명하지 않아도 척 하면 착 알아듣는다. 하지만 사마담은 전혀 알아듣지 못한 모양이었다.

"너희는 모른다. 방주가 얼마나 강한지. 너희 정도로는 방주를 상대할 수 없다. 아니, 방주 주위의 장로들도 상대하기 어렵다. 방주의 지척에도 이르지 못하고 죽을 것이다."

"그래, 그래."

"그게 전부가 아니다. 방주 주위에는 오백의 철기방도들이 있다. 그걸 뚫는 건……."

"아, 그건 걱정할 것 없어. 우리만 있는 건 아니니까. 괜찮을 거야."

"……일행이 더 있다는 거냐? 어디에? 종적은 없었는데."

"여기 있잖아, 여기."

청명의 손가락 끝이 사마담을 가리켰다. 어리둥절해하던 사마담의 눈가가 잘게 떨렸다. 청명이 흐뭇하게 웃으며 사마담의 어깨에 손을 올리자 그의 얼굴이 괴상하게 일그러졌다.

"너희를 도우라고?"

"응."

"무슨 미친 소리를! 왜 내가 너희를 도와야 하지?"

"죽기 싫다며? 그럼 도와야지."

사마담의 입이 조용히 다물어졌다.

"도와줄 거지?"

"……."

"응?"

"……."

　　　　　　　◆ ❖ ◆

일련의 무리가 먼지구름을 일으키며 들판을 질주했다.

"이랴!"

갑주를 입은 기병들이 흉흉한 눈빛을 뿜어내며 말들을 채근한다. 중장기병의 특성상 그리 빠르지는 않았지만, 그렇다 해도 사람의 걸음으로 이동하는 것과는 비할 바 없이 신속했다.

그리고 그들 중앙에, 유독 눈에 띄는 복색의 이들이 있었다. 갑주가 아닌 잿빛의 장포로 몸을 두른 이들. 묵묵히 기병들과 속도를 맞추던 이들 중 하나가 입을 열었다.

"문주. 마침내 이 날이 왔습니다."

늙수그레한 음성. 이제는 세상사에 조금은 초탈할 만한 연륜이 느껴지는 목소리건만, 그 목소리는 묻어난 세월의 무게답지 않게 격동에 가득 차 있었다.

"기어코……. 기어코 이 날이 왔습니다. 이 날이."

문주라 불린 사내는 노인의 말에 딱히 반응을 보이지 않았다. 그저 감정 없는 듯한 눈으로 저 멀리 어딘가를 쏘아보았을 뿐이다.

"전대 문주께서 이 모습을 보셨다면 얼마나 감격하셨을지."

"……그만."

사내가 노인의 말을 끊었다. 딱히 감정은 실려 있지 않았지만, 그 목소리에 어린 미미한 불편함을 노인은 놓치지 않았다.

"문주, 기억하셔야 합니다. 선대께서 얼마나 비통해하셨는지. 저들이 얼마나 간악했었는지."

말을 잇던 노인의 얼굴이 참혹하게 일그러졌다.

"저곳에서는 그 배신자들이 여전히 떵떵거리며 살아가고 있습니다. 문주! 이건 복수가 아닙니다. 하늘이 우리를 빌어 저들에게 내리는 천벌입니다."

노인에게 문주라 불린 이가 느릿하게 고개를 끄덕였다.

"나도 알고 있소."

"부디, 부디 잊지 마시옵소서."

회색 장포 속에서 이를 가는 섬뜩한 소리가 새어 나왔다.

"잊을 리가 없지."

노인의 말에 무슨 불만이 있어서 제지한 것은 아니다. 뻔히 아는 사실을 몇 번이고 다시 말할 필요가 없다고 여겼을 뿐.

기억이 있는 시절부터 노인이 될 때까지 오직 이 날만을 기다려 온 이들은 가슴속의 격동을 억누르기 힘들겠지만, 사내는 그런 건 모든 일을 마무리할 때나 되어야 느껴야 한다 여겼다. 다만······.

사내, 조호산(趙湖山)이 고개를 들어 하늘을 보았다. 그새 꽤 많이 이동했다. 결벽적으로 중원과 거리를 두던 그들이다 보니, 이 땅에 직접 발을 디디는 건 처음이었다.

'딱히 다를 건 없구나.'

사막과 다르지 않은 중원의 하늘을 보는 조호산의 눈동자에 복잡한 감정이 깃들었다.

갑주로 몸을 두른 이들이 전력을 다해 앞으로 내달렸다.

"아오! 느려 터져서는! 더 빨리 못 가?"

"그럼 내리시든가! 사람 둘을 태우고 어떻게 빨리 갑니까!"

"어쭈? 이 마적 새끼 말본새 보소? 내가 너만 할 때는, 인마!"

"······미치겠네. 진짜."

사마담이 빠득빠득 이를 갈았다. 하지만 그 와중에도 그의 등 뒤에 달라붙은 쥐방울만한 놈은 그의 뒤통수를 찰싹찰싹 때려 대고 있었다.
 "늦으면 너도 뒈지는 거야! 어?"
 "제기랄! 그럼 말을 타라고! 들러붙지 말고!"
 "말을 못 타는데 그럼 어떻게 해."
 "끄으으으."
 이를 갈던 사마담이 고개를 돌린다. 뒤로 따라붙는 수하들 역시 그와 마찬가지로 한 사람씩을 등 뒤에 태우고 있었다. 그래도 그들은 그의 뒤에 탄 마귀만 한 철면피는 아닌지, 무척 겸연쩍은 표정을 짓고 있었다.
 "그, 미안합니다."
 "……말을 탈 일이 있어야지."
 "아미타불."
 이게 무슨 짓인지. 현기증이 인 사마담이 끄응 앓는 소리를 냈다.
 오해는 그리 어렵지 않게 풀렸다. 청명이란 마귀 놈이 말한 '죽기 싫다며?'라는 말은 '처맞아 뒈지기 싫으면 협조해라.'가 아니라 '어차피 중원에 가도 죽고 항명해도 죽는 거면, 우리한테 협조하는 게 그나마 살 확률이 높잖아?'라는 뜻이었다.
 '영 믿음은 안 가지만.'
 말은 된다, 말은. 사마담도 알고 있었다. 이대로 그들이 중원으로 돌진한다면 살아남는 사람은 단 하나도 없을 거라는 사실을.
 물론 중원에 큰 피해를 줄 수 있을진 모르겠지만, 사마담은 딱히 중원에 피해를 입힐 의지가 없었다. 그저 죽고 싶지 않기에 저들에게 협조했을 뿐. 저들이 그들에게 묻힌 추종향은 사마담의 능력으로는 제거할 수 없으니까.
 "어차피 네놈들이 방주를 이길 것이라고는 생각하지 않는다."
 "호오? 그럼?"

"그래도 안 하는 것보다는 낫겠지. 거기에 있는 놈들도 다들 좋아서 중원으로 향하는 게 아니니까. 도살장에 끌려가는 소 새끼처럼 울면서 억지로 가고 있는 거란 말이다. 너희가 난장을 부린다면 한 놈이라도 더 달아날 기회가 생길지도 모르지."

청명이 피식 웃으며 말했다.

"쫓아올 거라며."

"한두 놈이 달아나면 금방 잡히겠지만, 수백이 한 번에 달아나면 오래 걸리겠지. 그럼 당장 중원으로 가는 것보다는 하루라도 더 살 수 있을 테고."

"나름 생각은 했나 보네."

사마담이 잠시 입술을 짓깨물며 치미는 감정을 가라앉혔다.

"……어차피 그놈들도 무작정 우리 모두를 처분할 수는 없을 거다. 놈들에게는 우리가 필요하니까. 하지만 못해도 반수는 죽어 나가겠지. 그럼 저들은 다시 시간이 필요해져."

"어쩌면 수십 년쯤 말이지? 너, 생각보다 머리가 있네. 풍뎅이쯤 되는 줄 알았는데, 비둘기 정도는 되는 것 같아. 인정."

사마담은 치솟는 혈압을 감당하기 어려웠다. 그래도 곰이나 소는 나올 줄 알았는데! 풍뎅이라니!

"아무리 그래도 사람을 벌레에 비교해?"

"그렇지? 내 생각에도 좀 과했던 것 같아. 아무리 그래도 죄 없는 풍뎅이를 마적 새끼 따위랑 비교하는 건 좀 선 넘었지."

사마담이 조용히 입을 닫았다. 이 미친놈과 대화를 지속하는 게 그리 현명한 일이 아니라는 것을 이제는 인정해야 했다.

"이 속도면 얼마 가지 않아 따라잡는다. 놈들은 혹시 몰라 군량까지 대동하고 있는 데다, 오백에 달하는 이들이 이동하는 속도는 생각보다 느리니까."

심지어 그들은 사마담의 합류도 기다려야 했다. 당연히 속도를 조절할 수밖에 없다. 설마 방도들을 오십이나 끌고 나간 사마담이 일방적으로 당했을 거라고는 상상하지 못할 테니까.

'내가 칼끝을 돌려 이놈들을 등 뒤에 태우고 올 거라고는 더 생각하지 못하겠지.'

절대 상상 못 할 것이다. 그도 지금 제가 무슨 짓거리를 하는 건지 이해가 안 되니까. 청명에게는 그럴싸한 이유를 가져다 대긴 했지만, 그게 진짜 이유가 될 수 없다는 건 누구보다 사마담이 잘 알고 있었다.

'나는 왜…….'

애초에 그는 방주에게 충성심 따위는 없는 인간이다. 이유는 굳이 말할 것도 없다. 그는 살기 위해 방주의 휘하에 들어간 것에 불과했으니까.

철기방에 합류하기 전, 그는 독마대(毒馬隊)라 불렸던 마적단의 일원에 불과했다. 그의 아비가 수장으로 있는 마적단 말이다.

그리고 방주는 그들을 찾아와 선택지를 주었다. 죽음 혹은 굴복이라는 간명한 선택지를. 그 황당한 강요에 저항하던 두목, 그러니까 그의 아버지는 방주의 손에 말 그대로 찢겨 죽었다.

아비의 죽음에 분노하느냐, 살기 위해 고개를 숙이느냐. 둘 중 하나를 선택하는 건 그리 어렵지 않았다. 다만 가슴에 비수 한 자루를 품었을 뿐. 그 순간에도 사마담은 알고 있었다. 어쩌면 그는 죽을 때까지 이 비수를 꺼내 들지 못할 것이라는 사실을.

아마 그건 그의 수하들도 마찬가지일 것이다. 그런데 왜 이제 와 그 숨겼던 비수를 다시 품 밖으로 꺼내 들려 하는 것일까? 등 뒤에 탄 이들이 믿음직스러워서? 그럴 리 없다. 그렇다면…….

그때, 그의 뒤에서 히죽 웃는 소리가 들려왔다.

"어차피 뒈질 거면 한바탕 날뛰어 보고 뒈져야지. 머저리같이 픽 죽어 버릴 순 없잖아?"

사마담이 고개를 돌려 청명을 바라보았다. 히죽히죽 웃는 그의 얼굴을 빤히 바라보던 사마담이 정면을 향해 시선을 돌렸다.

"……어처구니가 없군."

말고삐를 잡은 사마담의 손에 힘이 들어갔다.

"꽉 잡아라, 전력으로 간다."

"최고 속도였다며, 이 마적 새끼야."

"말이 그렇다는 거지, 말이!"

앞쪽에서 사마담과 청명이 티격태격하는 사이, 다른 화산 일행들도 나름의 각오를 다지고 있었다.

"지금이라도 원군을 요청하는 게 어떻습니까, 사형?"

"여긴 전서구도 없다, 걸아. 여양 가서 부탁하면 그 사람들이 인편으로 전달해 주긴 할 텐데, 그게 빨라 봐야 얼마나 빠르겠냐."

"……그때쯤엔 뼈만 남아 있겠네."

"내 말이."

양옆으로 빠르게 지나쳐 가는 풍경을 바라보던 백천이 피식 웃었다.

"뭐, 좋다. 다른 길이 있다면 고민이라도 해 볼 테지만, 길이 하나뿐이라면 뚫는 수밖에 없지."

백천의 두 눈에 강렬한 정광이 흘렀다.

"그러니까 해 보자고."

그 말을 들은 화산의 제자들이 감탄을 흘렸다.

"와, 뚫으려다 공처럼 날아간 사람이 누구였더라?"

"나는 사람이 그렇게 높이 날 수 있다는 걸 처음 알았어."

"명줄도 참 질겨. 그렇게 맞고도 살아 있네."

"공룡."

하여간 뭐라 말을 못 하겠네. 이를 뿌득뿌득 갈아붙인 백천이 검 손잡이를 꽉 움켜잡았다.

이 전투에서 명예를 회복하지 못하면 평생 동룡이가 아니라 공룡이로 불리게 생겼다. ······아니, 동룡이로 불리는 것도 문제긴 한데.

그 고민은 금세 해결이 되었다.

"쉿!"

백천이 손을 들었다. 그러자 낄낄대며 떠들어 대던 조걸도 바로 입을 다물었다. 그러고는 굳은 얼굴로 앞을 응시했다.

뿌연 먼지구름. 시야를 가릴 만큼 짙은 먼지구름은 아니다. 이미 인가 근처까지 도달한 만큼, 그들이 내달리는 바닥도 더는 모래 바닥이 아니었으니까. 하지만 비록 옅다 해도 저 커다란 먼지구름이 의미하는 바는 단 하나였다.

스르릉. 화산의 제자들이 말없이 검을 뽑았다. 조금 전까지 서로 놀리고 웃어 젖히던 얼굴은 온데간데없었다. 그들 역시 이 전투가 얼마나 중요한지 알고 있기에.

"다들 알겠지? 우리가 실패하면 우리만 죽는 게 아니다. 여기부터 서안에 이르기까지, 양민들이 떼로 죽어 갈 것이다."

마적은 강호인이지만, 또한 강호인이 아니다. 보통은 상황에 따라 관이 나서겠지만, 냉정히 말하면 아마 그럴 수 없을 거라고 봐야 한다. 지금 관은 국경의 전쟁만으로도 버거운 상태니까.

"그러니까 죽지 마라. 우리 목에 수백, 수천의 목숨이 걸려 있다고 생각해라."

대답 같은 건 굳이 필요하지 않았다. 대신 서늘한 살기가 흘러나오기 시작했다. 화산의 제자들을 태운 마적들이 등 뒤에서 흘러나오는 살기에 놀라 움찔하며 허리를 세웠다.

백천이 저를 태운 마적의 어깨를 톡톡 두드렸다.

"놈들이 중앙에 있을 거라고 했죠?"

"보통은 그렇습니다. 확신할 수는 없지만."

"댁들이 우릴 태우고 온다는 걸 저들이 알면 어떻게 나오겠습니까?"
그러자 마적이 고민하는 듯하다가 입을 열었다.
"……일단은 막아설 겁니다. 그게 원칙이니까요. 설사 아무런 의심의 여지가 없더라도 한 번은 막아서고 신분을 확인하게 되어 있습니다."
백천이 알겠다는 듯 고개를 끄덕였다. 모두의 시선이 그에게로 모였다.
"어쩌실 겁니까, 사숙?"
"어쩌긴. 우리 특기가 하나 더 있잖냐."
"……예?"
저 멀리 점점 더 짙어지는 먼지구름을 응시하던 백천이 빙긋 웃었다.
"현혹."

"방주님."
조호산이 고개를 돌렸다. 저 멀리서 일련의 무리가 그들을 향해 다가오는 모습이 보였다.
"철기 이대(二隊)입니다. 이수령(二首領)이 복귀하는 모양입니다."
조호산의 눈가가 살짝 일그러졌다.
'사마담.'
그가 거느린 철기방을 통솔하는 세 수령 중 하나. 하지만 조호산은 사마담을 딱히 좋아하지 않았다. 자신에게 충성을 바치지 않기 때문은 아니었다. 사마담이 아무리 호한 흉내를 낸다고 해도 고작해야 마적. 마적에게 충성을 바랄 만큼 조호산은 멍청하지 않았다.
그가 사마담을 꺼리는 이유는 사마담이 워낙 돌발 행동을 자주 하는 이였기 때문이다. 이번만 해도 마찬가지다. 곧 출진할 테니 대기하라는 명을 내린 지 얼마나 됐다고, 자리를 비워 문제를 만들다니. 좋은 의미로든 나쁜 의미로든 정말 마적 같은 이였다.
'상관없지.'

이제는 딱히 의미 없는 생각이다. 더는 통제 따위가 필요하지 않으니까. 중원에 닿는 순간부터 그 숨이 다할 때까지 날뛰어 주기만 하면 된다.

지금 사마담의 움직임 따위는 중요한 게 아니다. 그들의 숙원이 이뤄지는 날, 쓸데없는 사유로 시간을 낭비하고 싶지는 않았다. 장로들만큼은 아닐지라도 그 역시 이 날을 신성시하는 것은 분명 사실이었으니 말이다.

하지만 관심을 거두려는 찰나, 묘한 광경이 그의 눈에 들어왔다.

"비켜라! 방주께 보고드릴 것이 있다!"

전력을 다해 그들을 따라잡은 철기 이대 놈들이 속도를 줄이지 않고 그대로 안으로 파고들었다. 당연히 그들이 후미에 붙을 거라 생각했던 기병들이 당황하며 좌우로 밀려났다.

"비켜라! 비키라니까!"

선두에 선 부대주 응소가 신경질적으로 고함을 질러 댔다. 마치 지금 당장 방주에게 전하지 않으면 큰일 날 건수를 가져왔다는 듯이.

물론 의문은 있었다. 보고를 위해서라면 이리 많은 이들이 함께 움직일 필요는 없으니까. 하지만 급박해 보이는 표정과 목소리가 절로 말고삐를 틀도록 만들었다. 기병들이 조금은 당황한 얼굴로 안쪽으로 파고드는 이들을 바라보던 찰나였다.

'저게 뭐지?'

이대와 가까워진 이의 얼굴에 의아함이 피어났다. 다급하게 말을 재촉하는 응소의 뒤, 그러니까 말 등에 무언가가 얹혀 있었다. 커다란 천으로 덮여 있는 알 수 없는 물건. 그 크기가 웬만한 사람 정도는 되는 것 같았다.

"잠깐!"

결심을 굳힌 마적 하나가 창을 뻗어 냈다. 제 앞을 막은 창대를 본 응소가 신경질적으로 고개를 획 돌렸다.

"그 등 뒤에 실은 건 뭐냐?"

"제기랄, 일일이 설명하고 있을 시간 없어! 저리 비켜!"

"한번 보여 주기만 하면 될 일인데, 뭘 그리?"

그 순간 창을 겨눈 이는 분명히 보았다. 짜증을 내던 응소의 눈에 어리는 미미한 불안감을. 뭔가 있다. 확신을 가진 이가 막 고함을 내지르려던 찰나였다.

콰드득! 쇠와 쇠가 맞닿아 끊어지는 소리에 그는 움찔하고 고개를 숙였다.

"……어?"

무언가 그의 가슴에 박혀 있다. 날카롭고 길쭉한…….

'검?'

하지만 그의 생각은 더 이어지지 못했다. 의식이 끊어진 마적이 스르륵 말 등 위에서 흘러내렸다. 그의 몸이 바닥에 닿을 즈음, 짐을 덮고 있던 천도 허공으로 떠올랐다가 나풀나풀 내려왔다.

"들켰네."

무심한 얼굴의 유이설이 그 천 안에서 몸을 드러냈다.

"괜찮아! 이 정도만 해도!"

동시에 사방에서 검기가 터져 나왔다. 얇은 철판이 빠르게 진동하는 소리와 함께 피어오른 붉은 검기가 사방을 뒤덮는다.

'매, 매화?'

난데없이 피어난 매화 꽃잎들에 당황할 틈도 없이, 붉은 매화 검기가 사방을 휩쓸었다.

타다다당! 연약한 매화 꽃잎들이 두꺼운 갑옷을 뚫는 건 쉽지 않았다. 하지만 피어난 매화는 너무도 많았고, 아무리 전신 갑옷이라도 몸의 모든 부위를 덮을 수는 없는 법이었다.

"아아아아아악!"

매화 검기가 갑옷의 틈을 파고들었다. 아군 사이에서 갑자기 펼쳐진 공격이었다. 방비도 못 하고 검기에 꿰뚫린 마적들이 비명을 내질렀고, 검기에 스친 말들이 경기를 일으키며 앞발을 치켜들었다.

새하얀 천들이 허공으로 치솟아 오른다. 더는 숨어 봐야 무의미하다고 판단한 화산 제자들이 즉각적으로 그 모습을 드러냈다.

"배신이다!"

"놈들이 외부인을 끌어들였다!"

발악하는 듯한 마적들의 목소리가 귀를 파고들었지만, 백천은 꿈쩍도 하지 않은 채 전방으로 시선을 고정했다.

가장 먼저 확인한 것은 목표와의 거리. 이렇게 뚫고 왔는데도 목표는 아직 여전히 멀었다.

'어림잡아 삼십 장. 좋아. 이 정도면 해 볼 만해!'

백천의 입에서 즉시 명령이 터져 나왔다.

"마적들은 내버려둬라! 단숨에 파고든다!"

이미 말을 맞춰 둔 대로, 화산의 제자들을 태운 말들이 앞으로 마구 내달렸다.

"으라차아아아!"

말을 모는 마적의 어깨에 제 발을 턱 올린 조걸이 앞쪽으로 검기를 날려 댔다. 날카롭기 짝이 없는 검기가 여러 갈래로 쪼개지며 당황한 마적들을 연이어 꿰뚫었다.

카앙! 카강! 충분히 힘이 실리지 않은 검기는 갑옷을 뚫지 못했다. 하지만 상관없다. 갑옷은 꿰뚫리는 걸 막아 줄 뿐, 검기에 실린 힘까지 없애 주지는 않으니까.

"커헉!"

자세가 흐트러진 상태에서 급소를 가격당한 마적들이 뒤로 튕겨 나가며 연이어 낙마한다. 주인을 잃어버린 말들이 놀라 이리저리 날뛰었다.

"파고들어!"

"빌어먹을! 알았다!"

조걸의 고함을 들은 철기 이대의 마적이 이를 악물고 말 옆구리를 박찼다. 말이 한층 힘을 내며 앞으로 돌진해 나갔다.

"막아라!"

"적이다! 방주께 접근하지 못하게 해라!"

마적들도 그냥 보고만 있지는 않았다. 달리던 기병들이 방향을 바꾸어 그들의 앞으로 모여든다. 굳이 창을 들고, 대도를 휘두를 필요도 없다. 달리는 와중에는 그저 앞을 가로막는 것만으로도 충분한 효과를 볼 수 있으니까. 갑옷으로 무장한 인간과 말이 거대한 방벽을 만들어 냈다.

'이놈들!'

검을 휘두르던 윤종의 눈에 이채가 떠올랐다. 고작 약탈이나 하며 먹고사는 마적들이라기에는 신속하기 짝이 없는 대처. 심지어 전략적인 판단도 나쁘지 않다.

그렇기에 윤종은 더욱 강한 위기감을 느꼈다. 절대 이들이 중원에 진입하게 두어서는 안 된다. 중원 전체를 놓고 보면 작은 환란에 불과할지 모르지만, 이들을 맞닥뜨리는 양민들에게는 감당하기 어려운 재앙이 될 게 분명했다.

"뚫어라! 걸아!"

"아니, 사형! 말이 쉽지!"

조걸이 당혹해하며 소리를 질렀다. 제 발로 달려들 수 있는 상황이라면 뭐라도 해 보겠지만, 말 등에 탄 이는 마음대로 움직일 수가 없다.

"우왁!"

그리고 그 순간 긴 창이 그의 머리로 날아들었다. 급히 고개를 꺾어 창날을 피한 조걸의 얼굴이 희게 질렸다.

"비켜!"

"예?"

그가 이해하기 전에 기척을 느낀 말들이 먼저 움직였다. 조걸과 윤종을 태운 말이 좌우로 움직여 간격을 벌리자, 그 사이로 백천을 태운 기병이 치고 나왔다. 다섯 자루의 창이 그들을 노리고 쏟아졌다.

카아아아아아아앙! 하지만 백천의 검이 크게 휘둘러지며 날아드는 창들을 단번에 쳐 냈다.

"이야……. 힘 좋은 거 봐."

조걸이 눈을 끔뻑였다. 그는 감히 따라 할 엄두도 내지 못할 강검(强劍).

하지만 그렇게 강한 검을 펼친 보람도 없이, 백천은 결국 저들의 안으로 파고들지 못했다. 그의 발이 땅에 닿아 있었다면 창대를 쳐 낸 순간 뛰쳐 들어 거리를 좁혔겠지만, 지금 그의 움직임을 책임지는 건 발이 아닌 말이었으니까.

"이 애송이 놈. 마상에서 싸우는 건 처음인 모양이구나! 겁대가리를 상실한 대가를 치르게 해 주지!"

그 사실을 알아챘는지, 마적들이 이죽거리며 달려들었다. 하지만 그 말을 들은 백천은 여유롭게 웃었다. 그의 역할은 다했다.

"말 위라고 해서 너희가 딱히 유리하진 않아."

그 순간, 마적들의 머리 위로 검은 그림자가 드리워졌다.

백천의 등을 밟고 뛰쳐 오른 유이설이 한 마리의 매처럼 그들의 머리 위로 날아들고 있었다.

그러나 마적들은 강하하는 유이설에게 겁을 먹기는커녕, 되레 창을 쑤시려 들었다.

문제는 그저, 그들의 상대가 유이설이라는 점이었다.

스아아아앗! 가볍다 못해 선연하다는 느낌마저 드는 파공음이 귀를 파고든다. 유이설의 검기가 섬전처럼 뻗어졌다. 목표는 하나. 두꺼운 투구가 채 가리지 못한 마적들의 눈이었다.

"끄아아아아아악!"

마적들이 제 눈을 움켜잡았다. 굳이 정밀하게 눈을 공격할 필요는 없다. 눈두덩이든, 눈꺼풀이든 상관없다. 어디를 베어 내든 눈 주변이 피투성이가 될 테니까.

아무리 갑옷을 입어도 소용없다. 진득한 핏물이 눈으로 흘러드는데 고작해야 마적들이 제대로 대처할 수 있겠는가.

파앗. 유이설이 마적들의 어깨를 밟고 다시 뛰어오른다. 마치 빙판 위를 미끄러지듯 유려하게 앞으로 이동한 유이설이 당황한 마적들의 한가운데서 원을 그리듯 검을 휘둘렀다.

"크아악!"

"이, 이 망할 년이!"

말을 탄 채로 검을 휘두른다면, 그녀의 힘은 평소의 절반도 발휘되지 못할 것이다. 하지만 굳이 그래야 할 이유는 없었다. 바닥이 아니라도 유이설이 딛고 뛰어오를 발판은 수도 없이 많으니까. 심지어 마적들이 발작적으로 뻗어 낸 창끝마저도 그녀에게는 도약할 수 있는 수단이었다.

창끝을 검으로 가볍게 누른 유이설이 그 반동으로 몸을 날렸다.

"허억!"

마적들이 입에서 심장을 토해 낼 듯 경악한다. 그들 역시 말 위에서의 움직임이라면 세상 누구에게도 뒤지지 않는다고 자부하는 이들이었으나, 이건 차원이 달랐다.

그리고 당황한 마적들에게로 또 다른 화산의 검수가 들이닥쳤다.

"타아아아앗!"

백천의 검이 풍압을 떨치며 마적들의 배를 후려쳤다.

콰앙! 마적 하나가 허공으로 튕겨 올랐다. 약점을 노린다느니, 일격필살로 꿰뚫어 낸다느니 하는 말들을 모두 무색하게 만들 만큼 어처구니없는 강검이었다.

"죽고 싶지 않으면 저리 비켜라!"

백천의 어깨가 들썩였다. 본인이 말을 모는 건 아니었지만, 거의 다 들이받을 기세로 달려갔다. 백천의 뒤를 쫓으며 윤종이 절레절레 고개를 내저었다.

"신나셨네, 신나셨어."

어쨌든 백천의 검이 효과가 있다는 것은 확실했다. 무엇보다 갑옷 사이의 작은 틈을 꿰뚫기 위해 심력을 소모하는 것보다는 무식하게 쳐 날려 버리는 쪽이 빠르고 편했다.

"으아아아압!"

카아아아앙! 또 한 명의 마적을 저 하늘의 별로 만들어 버리는 백천을 보며 윤종이 떨떠름한 소회를 내뱉었다.

"……산적이 마적 잡네."

한편, 전방의 유이설이 적들에게 포위되는 모습을 본 혜연이 말 등을 박차고 앞으로 뛰어들었다. 터어엉! 그의 발이 마적의 가슴을 걷어찬다. 이어 몸을 회전시키며 사방으로 권력을 뿜어내자 마적들이 반응조차 하지 못하고 폭죽처럼 사방으로 튕겨 올랐다.

화산 일행들이 말 그대로 날뛰고 있었지만, 철기방이라고 대책 없이 당하고 있지만은 않았다. 사태를 파악한 후미의 기병들이 이를 악물고 그들을 뒤쫓기 시작한 것이다.

"이 개 같은 놈들이!"

달려온 마적들이 두 눈에 핏발을 세우며 달려와 창을 들이밀었다. 그러나 어디선가 날아든 거대한 쇠몽둥이가 그들의 창을 모조리 쳐 날렸다.

"물러나라!"

사마담이 쩌렁쩌렁한 노호를 터뜨리며 그들 앞을 가로막았다.

"이수령! 이게 무슨 짓입니까! 배신이라니!"

"배신은 얼어 죽을! 우리가 언제부터 저 작자에게 충성을 바쳤느냐!"

성난 범의 울부짖음 같은 고함이 터져 나왔다.

"저놈들에게 죽은 동료가 몇이냐? 그런데 충성이라니! 말 같지도 않은 소리! 솔직해져라! 너희도 알지 않느냐! 이대로 중원으로 가 봐야 다 개죽음할 뿐이다!"

그 말에 달려들던 마적들이 움찔했다. 그들도 제 주제는 아는 이들이었다. 그들이 사막에서야 사신 취급을 받는다지만, 저 중원은 사막의 마적 따위가 날뛸 수 있는 땅이 아니었다.

살아 있는 신선들이 산을 노닐고, 거지 차림을 한 고수들이 빌어먹는 용담호혈. 이대로 중원을 공격한다면 어떤 과정을 겪든 결과는 정해져 있는 것이나 다름없었다.

"겁쟁이 놈이! 겁을 먹었다는 말을 잘도 돌려 하는구나!"

"겁? 그래, 나는 겁이 난다! 덧없이 죽고 싶지 않다! 개죽음하는 게 언제부터 용기였는가!"

사마담은 조금도 기죽지 않고 목소리를 높였다.

"지금이 유일한 기회다. 이들과 함께 방주를 쓰러뜨리면 우리도 살 수 있다. 개죽음을 당하지 않을 수 있다!"

마적들이 달아오른 얼굴로 사마담을 향해 달려들었다.

"까불지 마라!"

휘이이이잉! 사마담의 철회편이 허공을 갈랐다. 달려들던 마적들의 몸에 철회편이 틀어박힌다. 철회편은 땅을 딛고 선 이들을 상대로도 두려운 무기였지만, 말 위에 앉은 이들에게는 저승사자나 다름없을 만큼 위력적이었다.

콰앙! 철회편에 맞은 이들이 피를 내뿜으며 날아가 바닥에 처박혔다. 그 모습을 본 마적들이 부르르 몸을 떨었다.

"내가 누군지 잊었느냐? 죽고 싶은 놈들은 나서라! 모조리 머리를 부숴 주마!"

"이야! 멋있는데? 그래! 대가리를 깨 버려!"

"아, 좀 닥쳐!"

등 뒤에서 청명이 얄밉게 외쳤다. 사마담이 이제 거의 간청하며 눈물을 흩뿌릴 때였다. 어디선가 들려온 파공음에 사마담이 반사적으로 철회편을 치켜들었다.

콰아아앙! 터진 폭음과 함께 사마담의 몸이 넘어갈 듯 휘청였다.

"이수령. 간이 배 밖으로 나온 모양이로군. 감히 배신을 하다니."

크다기보다는 육중하다는 말이 어울리는 덩치를 가진 이가 느릿하게 그들과의 거리를 좁혀 왔다.

"와, 말이 거의 갈대로 보이네."

청명이 중얼거렸다. 쟤는 전생에 무슨 죄를 지어서…….

거대할 뿐, 살이 흘러넘친다는 느낌은 아니다. 거대하지만 탄력 있는 고무공을 보는 느낌이랄까. 사마담과는 전혀 다른 종류의 위압감을 주는 이였다.

사마담은 최선을 다해 청명의 말을 무시했다. 정확히는 청명과 농을 나눌 여유가 없었다.

"사마담. 지금이라도 무기를 내리면 내 방주께 선처를 부탁하겠네."

"하……. 웅환 네가? 사갈 같은 놈이 잘도 그러겠구나. 무기를 내린 순간 나를 죽이려 들겠지."

"잘 아는군. 애초에 나는 사마담 네놈이 마음에 안 들었다."

"피차 마찬가지다!"

둘의 대치를 지켜보던 청명이 뚱한 표정을 지었다.

"웅환이면 곰이랑 오소리라는 뜻인데. 저건 곰이라기보다는 돼지 쪽에 좀 더……."

"좀 닥치라고!"

"아, 감상도 못 하냐?"

사마담을 괴롭히던 청명이 코웃음을 치며 고개를 돌렸다.

"뭐, 안 그래도 슬슬 그만해야겠네. 열심히 싸워라, 마적 놈아."

"뭘 하려고?"

청명이 히죽 웃으며 매화검을 움켜잡았다.

"뭘 하긴. 애새끼한테 한 방 맞았으니 갚아 주는 게 어른의 도리 아니겠어?"

동시에 청명의 발이 말 등을 박찼다. 그의 육신이 한 줄기 빛살이 되어 쏘아졌다.

"헉!"

"사형!"

당소소와 운종, 조걸마저 지나친 청명이 중간중간 말 머리를 밟으며 더욱 가속한다.

서걱! 앞을 가로막는 마적의 코앞에서 청명이 위로 튀어 오른다. 마적의 머리에서 붉은 피가 뿜어져 나왔지만, 청명의 시선은 이미 저 높은 하늘에 닿은 뒤였다.

청명의 몸이 허공에서 회전했다. 아래의 백천을 포착한 청명의 시선이 혜연에게로 옮겨 갔다. 이어 유이설까지 확인한 그의 눈에 당황한 마적들의 얼굴이 들어왔다.

하지만 그가 노리는 건 마적 따위가 아니었다. 청명이 매화검을 단숨에 뽑아내 허공에서 한 바퀴 회전시켜 다시 손에 움켜쥐고, 이내 강렬하게 내리쳤다.

카아아아아앙! 귀를 찢는 파공음과 함께 청명의 검이 멈춰 섰다. 상처투성이의 손등이 그의 검과 맞닿아 있었다. 검을 두고 마주한 얼굴을 본 청명이 희게 웃었다.

"어이, 구면이지?"

조호산. 철기방주의 얼굴이 일순 일그러졌다. 하지만 그도 잠시, 조호산의 손이 짧게 회전하며 손등에 닿은 검을 튕겨 냈다. 이어 굴을 뛰쳐 나오는 독사처럼 뻗어 온 조호산의 손이 튕겨 오른 매화검을 그대로 움켜잡았다.

"와아아아악!"

조호산이 잡은 매화검을 그대로 휘두르자, 청명의 몸이 허공에서 잡아 채진 듯 쭉 끌려갔다. 조호산이 손을 놓음과 동시에 청명을 향해 장력을 발출했다. 음유(陰柔)한 기운이 소리 없이 청명의 가슴을 파고들었다.

청명의 좌수에 붉은 기운이 어렸다. 매화산수(梅花散手). 화산이 자랑하는 수공(手功)이 무형의 기운들을 놓치지 않고 격추하듯 내리눌렀다.

하지만 그 순간, 청명의 몸이 다시 허공으로 회전하며 튕겨 올랐다.

"엥?"

이번만은 청명도 당황한 듯 눈을 크게 떴다. 분명 기운을 모두 흩어 놓았는데?

"가라."

조호산의 손이 초록빛의 수영을 발출했다. 뒤집힌 채 허공으로 떠오른 청명으로서는 도저히 막아 낼 수 없을 것만 같았다.

하지만 당황한 듯하던 청명이 이내 씨익 입꼬리를 말아 올렸다.

텅! 청명의 발이 아무것도 없는 허공을 걷어찬다. 그러고는 날아드는 수영을 향해 쇄도하듯 몸을 날렸다. 그리고.

파아아아앙! 그의 손에 들린 매화검이 위에서 아래로 더없이 강렬하게 내리쳐진다. 뻗어 오던 조호산의 수영이 반으로 갈리며 그의 좌우를 스쳐 지나갔다.

"웃차."

쇄애애액! 연이어 청명의 발이 조호산의 머리를 두들겼다. 허공에서 뻗었다고는 믿기지 않을 만큼 깔끔한 연환각. 한순간에 십여 번이 넘게 쏟아지는 발길질에, 조호산이 얼굴을 일그러트렸다.

타다다다다닥! 조호산의 손과 청명의 발이 허공에서 수없이 부딪혔다. 다시 뻗어 오는 발을 막기 위해 조호산이 반사적으로 팔목을 들어 올리는 순간, 청명이 발을 쭉 뻗더니 그의 팔목을 발등으로 낚아챘다.

그러고는 그대로 조호산을 끌어당긴다. 조호산은 딸려 가지 않기 위해 순간적으로 내력을 끌어 올렸다.

바로 그 찰나, 청명의 검이 위에서 아래로 강렬하게 내리그어졌다. 이 순간만큼은 조호산도 당황하지 않을 수가 없었다.

피하면 그만인 단순한 검격이었다. 끌려가지 않기 위해 미약하게 전개한 천근추만 아니었다면.

청명은 마치 조호산의 몸이 둔중해지기만을 기다렸다는 듯 검기를 내뿜었다. 아니, 그것도 틀린 표현이다. 그의 움직임이 둔중해지도록 유도한 것이다.

조호산의 눈에 옅은 살기가 일었다. 동시에 그의 손에 잿빛의 기운이 맺혔다.

우우우우우우웅! 알 수 없는 기운을 손끝에 모은 조호산이 망설임 없이 날아드는 검기에 제 손을 내밀었다. 다른 이가 본다면 비명이 절로 나올 정도로 무모한 짓. 하지만 그 순간 조호산의 손에 닿은 청명의 검기가 햇살에 닿은 눈처럼 스러졌다.

조호산이 이어 우수를 벼락같이 내뻗었다. 목표는 당연히 당황하여 막아 낼 생각도 못 할 청명이었다.

'단숨에······.'

하지만 그 순간 조호산은 보았다. 한 치의 흐트러짐도 없이 그를 마주 보고 있는 청명의 서늘한 시선을.

공기를 찢는 파공음과 쇠와 쇠가 맞부딪히는 듯한 쇳소리가 거의 동시에 울려 퍼졌다. 뻗어 나가던 조호산의 손이 누가 잡아챈 것처럼 제 머리 위로 획 튕겨 나간다.

콰앙! 휑히 비어 버린 가슴에 청명의 회선퇴가 작렬하고, 조호산의 몸이 뒤로 넘어갈 듯 젖혀졌다. 이어 청명의 발이 조호산의 가슴을 그대로 짓밟아 왔다. 조호산이 손을 들어 날아드는 청명의 발을 막았다.

그런데 그때, 그의 귓가에 심드렁한 목소리가 들려왔다.

"어른이 말씀하실 땐……."

그의 손목을 밟을 듯 다가오던 발이 허공에서 뚝 멈춰 섰다.

"얌전히 들어야지!"

이윽고 청명의 무릎이 벼락처럼 접히며 조호산의 턱을 내려 쳤다.

쾅! 눈앞이 아찔해질 정도의 커다란 충격. 말 위에 있던 조호산의 몸이 버티지 못하고 휘청였다.

"큭!"

처음으로 조호산의 입에서 신음이 터져 나왔다. 연이어 치고 들어올 청명의 공격을 막아 내기 위해 조호산이 재빨리 균형을 잡고 몸을 당겨 세웠다.

하지만 청명은 공격을 이어 가는 대신, 조호산이 타고 있던 말의 머리 위에 내려앉았다. 그러더니 손가락으로 말의 머리를 톡톡 두드렸다.

"잠깐 자고 있어라."

순간 말의 머리가 옆으로 획 꺾인다. 휘청휘청 균형을 잡으려 애쓰던 조호산의 애마가 이내 정신을 잃은 듯 옆으로 쿵 넘어갔다. 조호산이 반사적으로 말 등을 차고 허공으로 몸을 날렸다.

바닥에 내려서자, 그의 머리를 덮고 있던 장포가 젖혀지며 얼굴이 훤히 드러났다. 그의 앞으로 청명이 여유롭게 내려섰다. 조호산을 마주 본 청명이 씨익 웃음을 흘렸다.

"어떡할래? 이러면 도망도 못 칠 텐데."

조호산의 얼굴이 참혹하게 일그러졌다.

"방주!"

회색 장포를 둘러쓴 이들이 다급하게 말을 재촉해 달려왔다. 조호산이 멈춰 버린 이상 그들도 나아갈 수 없다. 조호산을 내버려두고 갈 수는 없지 않은가. 그러자 자연히 철기방의 움직임이 멎었다. 기병들이 말들을 진정시키며 속도를 줄이기 시작했다.

"방주를 모셔라!"

조호산을 호위하던 장로들이 급히 말에서 내려서며 조호산의 주위를 둘러쌌다.

"네 이놈! 감히 누구에게!"

"목숨이 아깝지 않으냐!"

청명이 새끼손가락으로 귀를 후비적댔다.

"거, 늙은이들 말 많다."

"뭐라?"

"……이 망둥이 같은 놈이!"

청명이 피식 웃었다. 사실 나이야 저들보다 청명이 훨씬 많지 않은가. 물론 저들에게는 그리 보이지 않을 테지만.

그때, 청명의 뒤에서 몇 개의 그림자가 솟아올랐다. 때맞춰 도착한 화산 제자들이 청명의 등 뒤에 도열하듯 섰다. 그 모습을 본 장로들이 눈살을 찌푸렸다.

"뭐냐, 네놈들은?"

"누군데 감히 우리의 앞을…….'

장로들이 분분히 분노를 쏟아 내려는 순간. 그들 중 하나가 앞으로 나섰다. 가슴까지 자란 흰 수염이 인상적인 노인. 그가 나서자 장로들이 당황한 듯 입을 다물었다. 노인이 부드럽게 입을 열었다.

"어디에서 오신 분들이시오?"

정중한 말투. 단순히 말투만이 아니라 그에게서는 점잖은 분위기가 배어 나왔다. 마적에게서 볼 수 있을 거라고는 생각지도 못한 태도였다.

"우린……."

윤종이 대답하려는 찰나, 백천이 살짝 손을 들었다. 그러고는 입을 다문 윤종 대신에 한 발 앞으로 나서 노인을 똑바로 마주 보았다.

"그런 게 중요하겠습니까?"

"……무슨 의미요?"

"말 그대로입니다. 마적을 막아서는 데 출신 따위가 중요하겠냐는 말입니다."

분노한 것인지 침통한 것인지, 노인의 얼굴이 차게 굳었다.

"부정이라도 할 셈입니까?"

백천이 날카롭게 묻자, 노인이 허허 웃음을 터뜨렸다.

"마적이라, 마적……. 그래, 부정할 수는 없겠지."

노인의 말투에 묘하게 씁쓸한 기색이 배어났다.

"하지만 마적이라 하여 출신을 물을 자격마저 없는 건 아니지 않겠소?"

그 말을 들은 백천이 입을 다물었다. 평소 같았으면 마적의 말 따위 깔끔하게 무시해 버렸겠지만, 이 노인은 어쩐지 쉽게 대할 수 없었다. 고민하던 백천이 입을 떼었다.

"우리는……."

"화산."

하지만 노인의 말에 대답해 준 건 백천이 아니라, 바로 조호산이었다.

"이들은 화산파다."

조호산이 힘주어 다시 한번 말했다. 백천이 작게 고개를 끄덕였다.

"예. 우리는 화산에서 왔습니다."

노인은 전혀 동요를 숨기지 못했다. 노인뿐만이 아니었다. 노인과 조호산의 뒤를 지키고 있던 장로들도 당혹감을 숨기지 못했다. 어쩌면 동요를 숨길 생각조차 없는 것도 같았다.

"너희가…… 화산의 후예라고?"

후예라. 딱히 이상한 말은 아니다. 하지만 백천은 그 말에 담겨 있는 미묘한 속뜻을 알아챘다.

 '화산과 인연이 있는 이들인가? 하지만 마적들에게서는 그런 흔적을 전혀 찾을 수 없었는데.'

 뒤이어 들려온 노인의 목소리는 백천을 혼란으로 몰아넣기에 충분했다. 감정이 복받친 듯한 노인이 소리 질렀다.

 "어째서……. 어째서 막는 것인가? 화산이, 왜 화산이 우리 앞을 막는 것인가! 어째서!"

 이해할 수 없는 말이었다. 어째서라니?

 하지만 그 말에 담긴 함의는 즉각적으로 백천에게 전해졌다. 이들에게는 무언가 사연이 있다. 그리고 그 사연에 화산도 직간접적으로 관계가 있다. 그런 속사정도 파악하지 못할 만큼 백천은 아둔하지 않았다.

 울분인지, 원망인지 알 수 없는 감정. 아니, 어쩌면 우려라고 표현해야 할지도 모른다.

 "대체……."

 알고 싶었다. 저 노인이 무엇을 말하려 드는 건지. 저 복잡한 감정의 근원이 무엇인지 말이다. 하지만 백천의 생각을 막아서는 이가 있었다.

 "웃기지도 않네. 마적 때려잡는 데도 자격이 필요한가?"

 노인이 굳은 얼굴로 입을 연 이, 청명을 바라보았다.

 "우리는……."

 "마적이지."

 청명이 노인의 말을 끊으며 잘라 말했다.

 "그게 전부야. 아닌가?"

 노인의 얼굴에 순간 여러 감정이 떠올랐다. 하지만 그 감정이 미처 몰아치기도 전에 무감정한 목소리가 그들 사이에 끼어들었다.

 "그래. 그게 전부다."

조호산이 무심한 눈빛으로 청명을 보았다. 노기도, 적의도 느껴지지 않는다. 저 눈은 청명을 그저 장애물로 인식하고 있었다.

"막는 자는 죽인다. 간단한 논리지."

청명이 입꼬리를 말아 올렸다.

"드디어 좀 마음에 드는 소리를 하네."

노인이 두 사람을 바라보다가 옅게 한숨을 내쉬었다. 이내 그의 고개가 선선히 끄덕여졌다.

"그렇지."

오랜 감정을 정리한 듯 담담하게 흘러나오는 목소리. 하지만 예민한 이라면 그 목소리에 옅게 묻어나는 씁쓸함을 놓치지 않을 것이다.

"우리는 마적이외다. 그러니 막아서는 이들은 그저 죽이고 나아갈 뿐. 그게 화산이든 누구든. 차라리 잘된 것일지도 모르지. 예외는 없으니."

그 말에 동요하던 장로들도 일제히 고개를 끄덕였다. 그들의 눈빛에 적의가 들어찼다. 반대로 말하면, 조금 전까지 이들에게는 적의가 없었다는 의미다. 그들의 수하를 베고, 방주를 공격했음에도.

그 사실이 백천에게 못내 지울 수 없는 껄끄러움을 안겨 주었다. 그러나 저들이 결정을 내린 이상, 그도 더는 미적댈 수 없었다.

"당신들을 중원으로 가게 둘 수는 없습니다."

"상관없다. 우리는 반드시 갈 테니까."

노인이 사납게 이를 드러내며 대답했다. 백천은 직감했다. 설득 같은 건 통하지 않는다는 것을. 애초에 설득할 생각도 없었지만 말이다. 백천이 손에 든 검을 들어 올렸다.

"그럼 남은 건 하나뿐이군요. 막겠습니다. 죽여서라도."

"할 수 있으면 어디 해 보거라."

백천은 빠르게 상대를 살폈다. 방주와 장로 넷. 하지만 수가 많다고 하여 이쪽이 유리한 상황은 아니다. 그들은 애초에 철기방의 기병들에

둘러싸여 있으니까. 사마담이 끌고 온 철기 이대가 분전하고 있지만, 저 적은 수로 언제까지 시간을 끌 수는 없을 것이다.

아니, 기병들이 조금만 더 적극적으로 달려들었다면 이리 마주하는 상황조차 만들어 낼 수 없었을 것이다. 사마담이 말한 것처럼, 이들 역시 내심은 중원으로 가고 싶지 않기에 적당히 꾸물대고 있는 거겠지.

'하지만 그것도 계속 이어지지는 않을 텐데.'

그리고 그 해답은 백천이 아니라 청명이 내어놓았다.

"어이. 땡중."

"아미타불. 말씀하십시오, 시주."

"가서 말 대가리들 좀 못 오게 막고 있어."

혜연이 슬쩍 고개를 돌려 청명을 바라보았다. 청명의 표정이 그답지 않게 무겁게 가라앉아 있는 걸 확인한 혜연이 두말없이 고개를 끄덕였다.

"그리고 소소. 저기 한 놈 온다."

청명이 턱짓으로 한쪽을 가리켰다.

"……삼수령 중 남은 하나인 모양이네요."

저 멀리서 풍겨 오는 기세부터 벌써 만만치 않다. 하지만 그쪽을 돌아본 당소소는 조금도 겁먹은 기색 없이 고개를 끄덕였다.

"제가 맡을게요."

"조심해라. 시간만 끌어도 돼."

"걱정도 많으시지."

당소소가 곧장 바닥을 박차고 그들의 뒤로 멀어졌다. 청명이 히죽 웃으며 조호산을 돌아보았다.

"이제 수가 맞는 것 같은데."

조호산이 감정 없는 눈으로 청명을 바라보다 입을 열었다.

"수가 맞다 해서 전력이 동등한 건 아니지. 어째서지? 굳이 목숨을 걸 이유는 없을 텐데."

"고작 오백으로 중원에 들이받으려는 놈한테 그런 말 듣고 싶지 않거든?"
"이쪽은 이유가 있다."
"이쪽에도 이유는 있어. 너희처럼 너절한 이유는 아니지만."
"이유가 있다고?"
"어. 너희 같은 놈들에게 누군가 피를 흘리게 둘 수는 없지."
말없이 그를 바라보던 조호산이 느릿하게 한숨을 내뱉었다.
"어째서지? 거짓말을 하고 있군. 딱히 필요 없을 텐데?"
그러자 청명이 대답 없이 입을 닫았다.
"아닌가?"
정말 모르겠다는 듯 되묻는 말에 청명이 쿡 하는 웃음소리를 흘렸다.
"……이래서 눈치 빠른 애새끼는."
청명이 조호산을 보며 고개를 까딱까딱 꺾어 댔다.
"듣고 싶은 말이 있으면……. 하게 만들어 보든가."
서늘한 눈빛이 조호산을 꿰뚫었다. 조호산의 입꼬리가 살짝 꿈틀댔다. 그의 손에 회색 기운이 구름처럼 맺혔다.
"안 그래도 그럴 참이었다. 화산."
두 무리 사이에 서늘한 공기가 흘렀다. 잠시 서로를 마주 보던 이들이 약속이라도 한 듯이 서로를 향해 돌진하기 시작했다.

"정신 차려! 이 새끼들아!"
점차 수세에 몰리는 동료들을 독려하던 응소의 얼굴이 일그러졌다.
'수령은?'
그의 눈이 사마담을 좇았다. 사마담은 웅환을 상대하는 것만으로도 버거워 보였다. 사마담이 철기맹에서 대적할 자가 몇 없는 실력자인 것은 분명하지만, 웅환은 바로 그 '몇'에 해당하는 이였다.

'냉정하게 실력만 놓고 보자면 웅환 쪽이 위일지도.'

그럼에도 웅소는 사마담의 승리를 믿어 의심치 않았다. 더 강한 자와 마지막에 이기는 자는, 일견 비슷하지만 늘 같지는 않으니까. 문제는 사마담이 아니라 바로 그들이었다.

'어떻게 해야 하지?'

사마담의 예견은 틀리지 않았다. 애초에 수적 열세로 시작한 싸움. 철기 이대가 사마담이 공들여 키운 이들이라고는 하나, 다른 대와 실력은 크게 차이가 나지 않는다. 제대로 맞붙었다면 시작하자마자 박살이 났을 것이다. 저들이 미온적으로 나온 덕에 버틸 수 있었다고 봐야 했다.

하지만 그것도 한계가 있다. 이유는 저들이 바로 마적이기 때문이다. 마적은 약한 모습을 보이는 이들을 결코 내버려두지 않는다. 처음엔 철기 이대의 기세에 주춤했던 놈들이, 조금 약세를 보이는 순간 눈빛부터 달라졌다.

'빌어먹을, 이대로면!'

웅소가 두 눈을 질끈 감으려는 그 순간이었다.

터어어어엉! 커다란 가죽 북을 있는 힘껏 두드리는 듯한 소리와 함께, 그를 공격하던 마적이 말째로 튕겨 나갔다. 마치 쏘아 낸 화살처럼 날아간 그는 뒤쪽의 다른 마적들과 충돌하며 바닥을 굴렀다.

"아미타불."

웅소의 귀에 작은 불호가 들려왔다. 반장을 취하는 혜연을 돌아본 웅소가 저도 모르게 실소를 흘렸다.

"손발을 맞추기에는 조금 어색한 관계이기는 하나, 도움이 될까 하여 왔습니다."

웅소가 제 손에 들린 극을 있는 힘껏 움켜잡았다.

"마적도 부처를 믿을 수 있습니까?"

"당연한 말씀입니다. 부처께서는 누구도 마다하지 않으시지요."

"관세음보살!"

응소의 가슴에 꿋꿋한 신앙이 자리 잡았다.

탁탑천왕 염진충(廉嗔充)이 눈을 찌푸렸다. 그는 철기방의 세 수령 중 공식적으로는 일수령(一首領)의 자리에 올라 있는 이다. 하지만 비공식적으로는 모두가 그를 일수령이 아니라 대수령(大首領)이라 불렀다.

방주를 비롯한 장로들이 실질적으로 방에 딱히 관여하지 않는다는 것을 고려하면, 그는 삼백에 달하는 중갑 기병과 이백의 경기병, 그 외 그들을 따르는 수백의 방도들을 통솔하는 이라 해도 과언이 아니었다.

"화산의 당소소."

그런데 지금 그의 앞을 웬 조그마한 여자가 막아섰다. 땋은 머리를 양쪽으로 말아 올린 여자가 당당히 그를 올려다보며 말했다. 염진충이 헛웃음을 흘렸다. 신분이 궁금한 것이 아닌데.

"그래서? 나를 상대하겠다고?"

"귓구멍이 막혔나?"

염진충이 고개를 휘휘 저었다. 말이 통하지 않는다. 만약 지금 그가 마음이 급했다면, 이리 느긋하게 대화를 나누지도 않았을 것이다. 그냥 그를 막아선 순간 두 쪽으로 만들어 버리고, 방주를 도우러 갔겠지.

하지만 염진충은 지금 딱히 급할 게 없었다. 방주에게 지킬 의리 따위는 없다. 방주는 그의 목줄을 쥔 이지, 동지라 부를 수는 없는 이다. 그러니 저놈들이 혹여라도 방주를 죽인다면, 느긋하게 상황을 보다가 남은 놈들을 쓸어 버리고 철기방을 그의 것으로 만들면 그만이다.

방주가 이긴다면? 그럼 늦지 않게 달려들어 고개를 조아리면 그뿐이다. 어느 쪽이건 그에게 손해는 없었다.

'거꾸로 말하면 빨리 가면 오히려 손해가 생긴다는 거겠지.'

하지만 눈치가 있으니 계속 미적댈 수는 없는 노릇. 그의 앞에 나타난 여자는 그에게 있어 좋은 핑곗거리였다.

"껄껄껄. 그래, 어디 한번 해 봐라."

"뭔 산적도 아니고 마적이 호탕한 척 웃네. 기분 나쁘게."

염진충의 미간이 살짝 꿈틀했다.

"적당히 놀아 주려 했더니."

염진충의 두 눈에 살기가 차올랐다. 염진충의 애마가 범처럼 뛰쳐 오른다. 동시에 그의 손에 들린 중철봉(重鐵棒)이 벼락처럼 내리쳐졌다.

쾅! 당소소가 검을 들어 날아드는 중철봉을 막아 냈지만, 봉에 실린 힘을 감당하지 못하고 뒤로 튕겨 나 바닥을 굴렀다.

"그런 침 같은 검으로 나를 상대하겠다고?"

염진충이 크게 코웃음을 쳤다. 그의 무기인 중철봉은 말 그대로 통짜 철로 만든 막대일 뿐이다. 창도, 극도 아니다. 하지만 제대로 힘이 실린다면 날 따위는 오히려 방해에 불과하다. 이 중철봉 앞에서는 그 어떤 무기도 버텨 내지 못하니까.

"죽이지는 않으마. 전신이 으깨져서 살아남는 게 더 고통스럽다는 것을 똑똑히 알게 해……. 음?"

염진충이 의아한 눈으로 당소소를 바라보았다. 바닥을 구른 그녀가 몸을 일으키더니, 한쪽 무릎을 꿇은 채 흘끔 뒤를 돌아보았다. 감히 그를 앞에 두고 시선을 돌리는 데에 분노도 일지 않았다. 그저 한심할 뿐이다.

"구원이라도 바라는 거냐? 일격에 전의를 잃는 주제에 무슨 배짱으로 내 앞을 막아 섰느……."

"좀 닥쳐 봐."

"뭐라고?"

당소소가 뒤를 빤히 바라보다가 천천히 고개를 돌렸다. 제 입가로 흐르는 한 줄기 핏물을 소매로 훔친 그녀가 짧은 한숨을 내쉬었다.

"네게 불행한 점이 세 가지 있어."

당소소가 천천히 몸을 일으켜 염진충을 똑바로 보고 섰다.

"첫 번째는 내가 검에 그렇게 익숙하지 않다는 거."

"내 불행이라지 않았나?"

"끝까지 들어."

당소소가 제 머리에 손을 가져다 댔다. 머리카락을 고정한 침들을 잡아 뽑자 그녀의 땋은 머리가 풀리며 길게 늘어진다.

"두 번째는…… 지금 사형들이 이쪽을 보고 있지 않다는 거. 나이가 많은 막내 사제는 눈치 볼 일이 많아. 별로 떳떳한 일도 아니니까."

"대체 뭐라고 지껄이는 거냐?"

"그리고 세 번째는……."

염진충을 응시하는 당소소의 눈에 시퍼런 한기가 흘렀다.

"내 아버지가 팔불출이라는 거지."

염진충은 어처구니가 없었다. 대체 무슨 말을 하고 싶은 건가? 그 셋 중 무엇도 위협이 될 만한 것이 없었다.

"정신이 나가 버리기라도 했나?"

"사형이 나한테 일을 맡겼거든. 그게 무슨 의미인지 아니? 수단과 방법을 가리지 말고 해결하라는 거야."

당소소는 그가 뭐라고 하든 들리지 않는 것처럼 말했다.

"그러니까 마지막으로 나도 각오는 해야 하지 않겠어?"

"뭘 각오한다는 거냐?"

"화산의 제자로서 외도를 저지를 각오."

당소소가 피 묻은 제 입술을 훔쳤다. 염진충이 더는 대화를 이어 갈 의욕을 느끼지 못하고 고개를 내저으려 할 때였다.

그녀의 왼손에서 손가락 두 마디만 한 짧은 유엽도들이 모습을 드러냈다. 동시에 우수에서는 긴 대침들이 손가락 사이사이로 삐죽이 솟아올랐다.

"너같이 무식한 마적이 알지 모르겠지만, 당가에서는 여자에게 독을 가르치지 않는다. 망할 가법이 그렇거든. 심지어 제대로 된 비전 극독은 소지하는 것조차 불가능하지."

당혹한 염진충이 미간을 찌푸렸다.

"네가 당가라고?"

"그런데…… 우리 아버지란 사람은 말이지. 그 가법을 그리 좋아하지 않는 사람이야. 아니, 그보다는 독도 제대로 못 쓰는 딸내미가 어디 가서 변을 당하지 않을까 안절부절못하는 사람이라고 해야겠지."

당소소가 소매 안에서 두 알의 환약을 꺼내 들었다. 그러고는 그중 붉은 환약을 입안에 던져 넣고, 푸른 환약을 으깨 제 암기에 덧발랐다.

"가법을 무시하고, 출가하는 딸한테 독을 챙겨 줄 만큼. 알려진다면 가주위가 뒤흔들릴 일이지. 그런데 지금 네가 그걸 알아 버렸네?"

검푸른 색으로 변한 암기의 표면에 무표정한 당소소의 얼굴이 비쳤다.

"그러니까 알겠지? 네가 왜 꼭 죽어야 하는지."

새가 날아오르듯, 그녀의 손에서 작은 유엽도가 발출되었다.

투웅! 윤종의 검이 옆으로 튕겨 나갔다. 이어 날아드는 쾌속한 장력에 윤종이 몸을 뒤로 있는 힘껏 젖혔다. 지근거리에서 발출된 장력이 윤종의 턱 바로 위를 스쳐 간다.

하지만 안심할 틈 따위는 없었다. 윤종이 지체 없이 몸을 옆으로 회전시켰다. 윤종이 있었던 곳에 장로의 발꿈치가 떨어졌다. 바닥이 부서질 듯 진동하며 사방으로 여파가 퍼졌다.

"그 좋던 기세는 다 어디로 갔나?"

노인이 벼락같이 소리쳤다. 바닥을 박차며 거리를 벌리던 윤종이 마른침을 삼켰다. 강하다. 그것도 무척. 마적이라고 무시할 게 아니었다.

'아니, 그보다 이 영감님이 쓰는 무학…….'

이상했다. 그가 생각해도 말도 안 된다. 하지만 부정할 수 없는 진실이기도 했다.

'정공(正功)의 느낌이 나는데?'

명문정파의 신공 느낌은 아니었다. 하지만 마적이나 산적들이 익히는 사공 특유의 사이(似而)함은 조금도 느껴지지 않는다.

마적들의 우두머리가 정파인이라고? 차라리 늑대 우두머리가 사슴이라는 게 더 이해 갈 판이다. 문제는 지금 그가 직접 보고 느끼고 있으니, 부정할 도리가 없다는 점이었다.

타앙! 검면을 때린 장심에서 전해지는 내력이 베일 듯 날카롭다. 이건 대개 거칠고 투박한 사공과는 전혀 다르다. 검과 맞닿은 장심에서 순간 반탄지기가 밀려들었다.

'침투경(浸透勁)!'

상승의 내가중수법. 검을 타고 들어온 기운이 몸속에 닿기 전에 윤종이 팔을 비틀어 냈다. 바닥을 박찬 윤종이 재차 장로와 거리를 벌렸다. 하나 왼쪽 어깨에 생채기를 입는 것만은 도리가 없었다.

장로가 윤종을 빤히 바라보다 입을 열었다.

"화산이라……. 그래도 너희는 이어 냈구나."

"아까부터 대체 무슨 말을 하는 겁니까?"

손끝에 남은 기운 때문인지 말이 좋게 나오지 않았다. 그와 마주 선 장로가 고개를 몇 번 내젓더니, 진각을 밟으며 그를 다시 압박해 오기 시작했다.

"너와는 상관없는 일이다, 아해야."

"그럼 말을 마시든가!"

윤종이 검을 든 손에 힘을 주고 날카롭게 휘둘렀다.

백천의 발이 질질 끌리며 뒤로 밀려난다.

'무슨 힘이!'

정확히는 힘이 아니라 내력의 차라고 해야겠지만, 수사(手士)를 상대하는 이는 그 미묘한 차이를 구분하기가 쉽지 않다. 이 노인의 내력은 백천으로서는 감당하기 어려울 만큼 깊었다.

"잘 배웠군."

하지만 그보다 더 백천을 압박해 오는 것은 노인의 태도였다. 다른 이들에게 '대장로'라 불리던 노인이 그를 보며 느릿하게 고개를 끄덕였다.

"뿌리 깊은 나무인가. 그 잿더미 속에서도 이런 제자를 길러 내다니. 과연 화산이라 해야 할지."

백천이 살짝 입술을 깨물었다. 그를 당혹스럽게 만드는 건 대장로의 실력이 아니었다. 중간중간 그가 화산을 향해 보이는 존중이었다.

적에게 존중을 받는다. 물론 그런 경우가 아주 없는 것은 아니었지만, 이번엔 결이 달랐다. 이 노인에게는 분명 화산을 향한 호의가 존재했다.

"기본이 잘 닦였어. 화려한 검기를 탄탄한 뿌리가 뒷받침하는군. 다만 내력의 운용은 아직 미숙하다. 검을 움직이는 게 아니라, 검로에 맞추기에 급급한 느낌이야."

어색하기 짝이 없다. 적에게 이런 말을 듣는다는 게. 마치 명사와 대련하며 가르침을 받는 듯하지 않나. 그렇기에 백천은 그 말을 입에 담았다. 적과 싸우는 중에 결코 하지 않을 말을.

"어째서입니까?"

친절한 말은 아니다. 지금의 백천에겐 여유가 별로 없었으니까. 속에 있는 복잡한 생각을 적절히 표현해 낼 말을 골라 뱉을 만큼의 여유가 말이다. 하지만 그렇기에 그 짧은 한마디에는 수많은 의미가 담겨 있었다.

멈춰 서서 손을 늘어뜨린 채 침묵하던 대장로가 옅게 웃었다.

"자네들과는 무관한 이야기이네."

"저희도 중원인입니다."

"그래. 그렇겠지. 하지만 그럼에도 관계없는 이야기일세. 그대들이 화산의 후예니까."

"……그게 무슨 의미입니까?"

대장로가 고개를 내저었다. 노인의 표정에는 회한이 가득했다.

"진절머리 나는 이야기일 뿐이라네. 그저 우리에게는 반드시 해야 할 일이 있다고만 알아 두게나."

백천의 얼굴이 일그러졌다. 여양 사람들이 머릿속에 스쳐 지나간다.

"죄 없는 이들의 피를 흘리며 말입니까?"

"죄 없는 이라……. 그럴지도 모르겠군."

공허한 눈빛으로 하늘을 한번 올려다본 대장로의 시선이 백천에게로 다시 고정되었다.

"물러나지 않겠는가?"

"무슨……."

"정공이란 시간이 흐를수록 맛이 더 깊어지는 미주(美酒)와도 같지. 사람도 마찬가지일세. 자네들에게는 커다란 가능성이 있네. 이쯤에서 자족하고 물러난다면……. 약속하지. 우리가 뒤를 쫓는 일은 없을 걸세."

간곡한 어조였다. 백천이 입을 일 자로 다물었다.

"오래 걸리진 않을 게야. 자네의 사문에는 피해가 가는 일이 없을 걸세. 그건 우리가 할 수 없는 일이니까. 그러니……."

침묵하던 백천이 대장로를 향해 검을 겨눴다. 그의 눈빛에 옅게 남아 있던 망설임이 사라졌다.

"무슨 사연이 있었는지는 모릅니다. 필시 억울한 일이 있었겠지요."

"……."

"하지만 그렇다 해서 죄 없는 이들을 해치게 둘 수는 없습니다. 당신이 말한 대로, 내가 화산이기에 그럴 수는 없는 겁니다. 중원으로 가고 싶다면 나를 죽여야 할 겁니다."

잠시 눈을 감고 있던 대장로가 천천히 눈을 떴다. 깊은 삶의 무게가 그의 눈 안에서 침잠했다.

"그래. 화산은 그런 문파였지."

아래로 내린 대장로의 손에 묵직한 경기가 모이기 시작했다.

"그럼 각오하게나. 나 역시 더는 사정을 봐주지 않을 테니."

"얼마든지!"

기운이 더 커지기 전에 백천이 전력을 다해 그를 향해 뛰쳐 들었다.

끼기기기긱! 부러질 듯 휘어진 검 끝이 눈 바로 앞에서 흔들렸다. 검면을 내리누르는 손끝에 더욱 힘이 들어갔다. 다음 순간, 눌러 오는 손을 튕겨 낸 검이 수십의 매화 꽃잎을 만들어 낸다. 하지만 그 매화 꽃잎이 미처 개화하기도 전에 짙은 잿빛의 기운이 꽃봉오리들을 뒤덮었다.

매화 꽃잎들이 저항조차 하지 못하고 소멸된다. 부딪혀 으스러지는 것이 아니라, 애초부터 존재하지 않았던 것처럼 말 그대로 사라졌다.

콰아앙! 청명이 서 있던 바닥이 산산조각 났다. 늦지 않게 뒤로 몸을 띄워 낸 청명의 눈이 날카롭게 일그러졌다. 허공에서 몸을 회전시킨 청명이 사방으로 검기를 흩뿌렸다.

하지만 조호산은 일말의 망설임도 없이 검기를 뚫고 청명을 향해 달려들었다. 아무리 많은 검기가 닥쳐온다고 하더라도 자신에게는 조금의 피해도 입히지 못할 것을 확신하듯이.

곧 그는 그 확신이 오만이 아니라는 것을 증명했다. 양손에서 뻗어 나온 잿빛의 기운이 장막처럼 그의 앞에 펼쳐지고, 그 기운에 닿은 청명의 검기는 이번에도 여지없이 소멸했다.

그 기세 그대로 단숨에 청명의 앞까지 쇄도한 조호산이 청명의 가슴을 향해 장력을 뻗어 낸다. 조호산의 손과 청명의 손이 짧은 시간 빠르게 얽혔다 떨어졌다.

박투(搏鬪)는 무기를 들지 않은 이가 유리하다는 건 상식이다. 손과 손이 닿을 만큼 가까운 거리. 조호산이 연이어 청명을 몰아붙여 왔다.

하지만 세상에는 그 상식이 통하지 않는 이도 있는 법이다.

카앙! 역수로 잡은 검이 조호산의 주먹을 막아 낸다. 조호산이 다시 권을 발출하려는 순간, 검을 잡은 청명의 손이 마치 권(拳)처럼 조호산을 향해 쏘아졌다.

쾅! 조호산이 다급하게 손을 당겨 앞을 가로막는 순간, 청명의 손이 쫙 펼쳐졌다. 검이 살아 있는 듯 회전하며 조호산의 머리를 노려 왔다.

"큭!"

조호산이 고개를 뒤로 젖히며 아슬아슬하게 검을 피해 낸다. 순간 청명이 손을 뒤집어 검을 바로잡고는, 십여 개의 검영을 만들며 조호산의 전신을 찔러 들어왔다.

"잔재주를!"

조호산의 손이 수십으로 불어나며 날아드는 검영들을 상대해 나갔다.

"어이."

조호산이 퍼뜩 고개를 쳐들었다. 쏟아지는 검영들 위로, 검을 한껏 뒤로 뺀 청명이 몸을 눕힌 채 날아들고 있었다.

파아아아앙! 검이 대기를 찢어발기며 아래로 내리그어졌다. 그 강렬한 검격에는 조호산도 차마 맞설 엄두를 내지 못하고 뒤로 몸을 날렸다.

검이 조호산의 가슴을 길게 그어 냈다. 피륙의 상처라곤 해도 일검을 허용했다는 건 분명한 일. 연이어 청명이 수십 개의 붉은 검기를 조호산을 향해 쏘아 보냈다.

하지만 날아든 검기는 예의 잿빛의 기운에 남김없이 집어삼켜졌다. 바닥에 내려선 청명이 나직하게 혀를 찼다. 조호산 역시 가쁜 숨을 몰아쉬며 호흡을 골랐다.

'대체 뭐지, 저자는?'

어처구니가 없을 정도다. 그의 무학을 상대하는 이는 누구나 당황한다. 그 실력이 높으면 높을수록 그 정도는 더욱 심해진다. 실력이 높아질수록 내력에 의존하고, 실력이 높을수록 검기와 같은 격공(隔空)의 묘리를 적극적으로 활용하기 때문이다.

하지만 저자는 마치 그의 무학이 무엇인지 이미 알고 있는 것처럼 대처해 오고 있었다.

'아니, 그뿐이 아니다.'

검수임에도 근거리 박투를 주저하지 않는다. 오히려 그쪽이 장기인 것처럼 적극적으로 들러붙어 온다. 이런 자는 상대해 본 적이 없었다.

"확실히 대단해. 너 같은 애송이 놈을 상대로도 쩔쩔맬 정도라니."

"……무슨 소리냐?"

"껄끄럽다는 거지. 구원공(究原功)."

그 순간, 얼음을 씌운 듯 냉막하던 조호산의 얼굴에 균열이 생겼다. 예민한 이가 아니더라도 바로 알아차릴 수 있을 만큼 확연한 변화였다.

"네가…… 네가 어떻게 그 이름을."

"가물가물하긴 했지. 분명 아는 무학 같은데, 기억이 잘 안 나더라고. 왜 그런가 했더니……. 내가 알던 거랑은 꽤 달라졌어."

조호산이 멍하니 청명을 바라보았다. 그가 놀란 건 청명이 그의 무학을 알아봤기 때문이 아니었다. 구원공이란 이름을 언급했기 때문이다. 강호에 구원공이란 이름은 없다. 강호에서는 다른 이름으로 불렸으니까.

"……어떻게 불령신공(不逞神功)의 진명(眞名)을."

"아, 그래. 불령신공. 그랬지. 그런 이름이었지. 환사(幻師)의 사문이 불령문이었던가."

환사라는 이름이 나오자 조호산이 입을 꾹 다물었다.

"궁금하군. 불령문은 완벽한 정파라고 할 수는 없어도, 적어도 도의를 아는 문파였지. 그런데 그 후예라는 놈들이 왜……."

"더러운 입으로 그 이름을 담지 마라."

조호산의 가면이 산산조각으로 부서졌다. 안색이 희게 질린 조호산이 발작하듯 소리쳤다.

"너희는 그 이름을 언급할 자격이 없다! 중원의 배덕자들이 감히!"

"……."

"너희가! 너희 따위가 뭘 안다는 거냐! 감히!"

그건 분노였고, 또한 통곡이었다. 깊이 눌러 놓은 만큼 짙게 문드러진 감정이 폭발하듯 뿜어져 나왔다.

"지금 뭐라고?"

조걸의 두 눈이 더 커질 수 없을 만큼 커졌다. 그리고 그 틈을 놓치지 않고 새하얀 손이 조걸의 머리를 향해 날아들었다.

"크악!"

겨우겨우 검을 들어 막아 냈지만, 그 여력을 감당하지 못한 조걸이 뒤로 나뒹굴었다. 하지만 그를 날려 버린 장로는 조걸을 뒤쫓지 않고 제자리에 선 채로 이를 드러냈다.

"왜? 내가 거짓말이라도 하는 것 같은가? 우린 버림받은 자들이다. 정확히는 희생당한 이들이라 해야겠지. 바로 너희 중원인들에게 말이다."

"그런……."

"양민들에게 피해를 끼치면 안 된다고? 으하하핫! 그들은 우리의 죽음을 돌아보았던가? 그들은 우리에게 일말의 안타까움이라도 가졌던가?"

울분을 토해 내던 장로가 정신 나간 사람처럼 광소를 터트렸다.

"우리의 죽음으로 그들은 평화를 얻었지. 우리의 희생으로 그들은 안온함을 누렸다. 그런데…… 그 모든 것을 바친 우리에게 그들은 무엇을 주었느냐?"

줄줄 흘러내리던 울분이 끝끝내 화산처럼 폭발했다.

"망각! 망각! 오직 그것뿐이다! 불령의 이름은 사라졌고, 우린 이름 없는 이가 되어 새외를 떠돌았다. 살아남기 위해서! 그저 살아남기 위해서!"

검을 잡은 조걸의 손에서 힘이 풀렸다.

"악귀 같은 마교 놈들의 손에 문도들이 죽어 나가고, 살아남기 위해 새외로 달아났던 이들은 노예나 다름없는 처지가 되어 고통받아야 했다. 그런데 너희는 우리를 기억조차 하지 않았다. 믿었던 이들에게 배신당하고, 우리가 존재했었다는 사실조차 지워졌다. 우리의 심정을 너희가 짐작이라도 할 수 있느냐!"

저들의 말이 그의 가슴을 찌르기 때문이 아니었다.

'이건 너무…… 비슷하잖아.'

알고 있었다. 저들이 느낀 감정을. 저들이 느낀 억울함을. 그렇기에 조걸은 저 말에 차마 반박할 수 없었다.

청명을 만나기 전에는 알지 못했다. 그가 느껴야 할 분노가 무엇인지. 그 울분이 얼마나 큰지.

하지만 지금이라면, 지금 그가 과거의 화산과 같은 일을 당한다면? 그때도 지난 일은 지난 일이라며 잊을 수 있을 것인가? 이들은 어떤 심정으로 삶을 이어 왔겠는가.

"물러나라."

핏발이 선 장로의 눈에서 붉은 눈물이 흘러내렸다.

"마지막 경고다. 물러나라. 내가 너에게 이 기회를 주는 이유는 하나뿐이다. 너희가 화산이기 때문이지. 이 천하에 오직 한 곳. 우리를 이해할 수 있는 유일한 이들."

그가 자조하듯 중얼거렸다.

"어린 너는 알 수 없다. 절대 이해할 수 없다. 하지만 너의 선대들은 우리와 그리 다를 바 없는 고통을 겪었다. 그 후예들의 목숨만은 끊고 싶지 않다. 그러니……."

이를 갈아붙인 장로가 가공할 기세를 뿜으며 조걸을 내리눌렀다.

"물러나라. 화산의 후예여."

"……임무."

"그랬지."

차분한 기색의 장로가 천천히 고개를 끄덕였다. 유이설이 그런 그를 감정 없는 얼굴로 마주 보았다.

"위험한 임무였네. 우리가 마교를 유인하면 본대가 뒤를 치기로 했었지. 그 말도 안 되는 임무를 받아들인 이유는 하나였네. 아니, 두 가지였지. 하나는……. 우리 불령문의 무학이 적의 공격을 받아 내는 데 있어서는 그 어떤 무학보다 뛰어났기에, 임무 도중에 전멸할 확률이 가장 적다는 것."

유이설이 고개를 끄덕였다. 이들의 무공을 보면, 확실히 일리가 있다.

"그리고 다른 하나는……. 그러지 않으면 결국 마교를 막아 낼 수 없다고 여겼기 때문이네. 어차피 누군가 희생해야 한다면, 할 수 있는 일을 미루지 말자 여겼지."

유이설이 문득 고개를 들어 하늘을 바라보았다. 어쩐지 이들의 얼굴을 마주 보기가 힘들었다.

"불령문은 최선을 다했네. 모든 힘을 다해 마교를 유인했지. 하지만…… 약속했던 본대는 오지 않았네. 나중에야 알게 되었네. 그들은 올 생각이 없었던 걸세."

"……."

"차라리 처음부터 거짓이었다면……. 그랬다면 마음이라도 편했겠지. 속았다며 자책했을 테니까. 하지만 그조차 아니었네. 그들은 우리가 유인한 본대를 공격하는 대신, 남아 있는 세력들을 공격하는 쪽을 택했어. 어째서인 줄 아는가?"

"……두려우니까."

느리게 고개를 끄덕인 노인이 씁쓸한 목소리로 뇌까렸다.

"아무리 후미를 기습하는 것뿐이라 해도, 마교는 마교. 겁이 났겠지. 그들 역시 막대한 피해를 감수해야 할 테니까. 하지만 우리는 그들이 그럼에도 피하지 않을 거라 여겼네. 그러지 않으면 세상은 무너질 게 아닌가. 하지만……."

말하다 말고 노인이 헛헛한 웃음을 흘렸다.

"있었던 거지. 세상의 안위보다 제 목숨이 중요한 이들이. 이제 알겠는가, 우리가 품은 분노가 무엇인지?"

유이설이 천천히 고개를 끄덕였다. 화산이 같은 꼴을 당했다면 그녀 역시 한 마리의 복수귀가 되었을 것이다. 그건 부정할 수 없었다. 이들을 완전히 이해하긴 힘들어도 그 분노에는 공감했다.

"그럼 물러나 줄 수 있겠는가?"

무슨 생각을 하는지 모를 눈빛으로 말없이 한참이나 그를 응시하던 유이설의 입이 천천히 열렸다.

"아니."

백천이 입에 고인 핏물을 거칠게 뱉어 냈다. 입가를 소매로 문질러 닦은 그가 양손으로 검을 단단히 움켜잡았다.

"아무리 그래도 길을 열어 드릴 순 없습니다."

대장로가 노기 어린 눈빛으로 백천을 바라보았다.

"어째서인가?"

"화가 나겠죠. 모든 것을 지워 버리고 싶을 만큼. 하지만……."

"자네가 뭘 아는가? 이해한다고? 겪어 보지 않은 자네가 무엇을 안다는 말인가!"

지독한 울분에 대장로가 목이 터져라 소리쳤다.

"이들 중에서도 모든 일을 겪은 이는 오직 나뿐일세. 아니, 나조차 모든 일을 겪지는 못했네. 나는 무공이 폐해져 노예가 된 어미에게서 태어났으니까!"

백천이 더 말을 잇지 못하고 눈을 질끈 감았다.

"말도 통하지 않는 이국에서 노예로 사는 삶이 어떨지 이해할 수 있는가? 태어날 때부터 노예였던 이의 삶을 이해하는가? 그렇게 된 이유가 다른 이들을 지키기 위해서였다는 걸 알았을 때, 내가 느낀 심정을 일말이라도 짐작할 수 있겠는가?"

말이 비명이 되어 간다.

"선대들은 그 꼴이 되어서도 홀린 듯이 말했지. 반드시 중원에서 구하러 올 것이라고. 언젠가 반드시 우리를 구하러 올 거라고! 우릴 잊지 않았을 거라고!"

"……선배."

"끝끝내 오지 않는다는 것을 알았을 때, 그들이 지른 절규를 자네가 들어 보았는가? 모든 것이 끊어진 사람이 어떤 소리를 내며 무너지는지 네가 아느냔 말이다!"

대장로에게서 가공할 기운이 쏟아졌다. 백천은 그 기세를 저항하지 않고 받아들였다.

"대답해 보아라, 화산의 후예여. 저들은 우리의 피를 먹고 자랐다. 저들은 우리의 살을 뜯어 먹고 잠을 잤다. 우리가 이역만리에서 짐승처럼 살아가는 동안, 그들은 평화를 얻었고, 행복을 누렸다."

악에 받친 대장로가 분노로 몸을 떨며 소리 질렀다.

"그럼에도 저들에게 죄가 없는가! 그럼에도 저들이 무고한가! 대답해 보아라!"

백천이 차마 입을 열지 못했다. 그에겐 대답할 자격이 없었다. 그는 화산의 상처를 이은 이였으나, 그 상처로 고통받은 당사자는 아니니까.

아니, 백천이 아닌 그 누구라도 대답할 수 없을 것이다. 누구도 이들만큼 희생하지 않았고, 누구도 이들만큼 고통받지 않았다. 그런데 누가 무슨 자격으로 이들의 옳고 그름을 논할 수 있겠는가.

"우리는 받아 낼 것이다. 우리의 빚을, 강호가 우리에게 안긴 고통을. 고작 작은 상처를 내고 끝날지라도, 불령문이 세상에 존재했음을 모두가 알게 하리라!"

스스로를 태워 내는 듯한 외침과 함께 대장로가 백천을 향해 달려들었다.

카가가각! 검과 손이 치열하게 맞닿았다.

"중원의 모두가 우리를 잊었다."

"그래서?"

"불령이라는 이름 두 글자마저도 저들은 남기지 않았다!"

"그래서?"

쾅! 청명이 거칠게 검을 휘둘러 조호산을 밀쳐 냈다.

"그게 뭐 어쨌다는 거냐! 이 머저리 같은 새끼야!"

벼락과 같은 호통이 쩌렁쩌렁 울렸다. 바닥을 박찬 조호산이 발악하듯 다시 청명을 향해 달려들었다.

우우우웅! 그의 손에 모인 잿빛의 기운이 구슬프게 울어 댔다. 흐드러지게 피어난 매화 꽃잎들이 구원공, 한때 불령신공이라는 이름으로 불렸던 기운 앞에 철저하게 지워졌다.

"익히고 싶지도 않았다! 이 저주받을 무학 따위!"

어쩌면 이 무학이 모든 일의 시작이었을지도 모른다. 이 무학 때문에, 그들은 누구도 감당할 수 없었던 마교를 상대로 지연전을 펼칠 수 있었으니까. 그렇기에 마교는 그들을 지독하게 추적했고, 불령문은 철저하게 분쇄됐다.

"어리광 부리지 마! 애새끼 놈이!"

불령신공을 꿰뚫은 청명의 검이 조호산의 손에 틀어박혔다. 붉은 피가 선명하게 튀어 오르는 순간, 조호산의 반대 주먹이 청명의 턱을 후려갈겼다.

쾅! 청명이 쏘아진 살처럼 튕겨 나갔다. 조호산이 비호처럼 날아 청명에게 따라붙었다.

"내 조부는 채찍질에 맞아, 끝내 전신이 썩어 죽었다! 죽는 그 순간까지 중원 놈들이 우릴 구해 줄 거라 믿었다!"

검과 주먹이 서로를 향해 미친 듯이 쏘아졌다.

"아비는 내 바짓가랑이를 잡고 매달려 죽었다! 저들에게 반드시 복수해 달라고 피눈물을 흘리며!"

"그래서!"

콰앙! 청명의 발이 조호산의 관자놀이에 틀어박혔다. 조호산이 바닥에 처박히며 크게 튕겨 올랐다.

"그래서, 관계도 없는 이들에게 분풀이라도 하겠다는 거냐?"

크게 휘두른 검이 조호산의 어깨를 향해 날아들었다. 양손에 경기를 모아 낸 조호산이 날아드는 검을 받아 쳐 올렸다.

그그그극! 충격파가 사방에 퍼지고, 바닥에 발이 끌리는 소리가 길게 울린다. 죽일 듯한 눈으로 서로를 노려보던 두 사람이 발끝에 힘을 빼지 않은 채 그대로 멈춰 섰다.

"망각 역시 죄다."

"잊은 건 죄가 아니야."

"그들은 우리의 시체를 밟고 살아갔다."

"그건 다 마찬가지야. 그 전쟁에서 죄 없이 뒈진 놈들이 너희뿐이냐!"

"그럼!"

조호산이 분노에 못 이겨 턱까지 떨며 하늘을 향해 노호를 터뜨렸다.

"그럼 우리는 대체 어디에서 이 억울함을 풀어야 하는가! 어떻게 해야 저들이 우리를 다시 기억하겠는가! 뭘 어떻게 해야 중원이, 자신들이 지은 죄를 이해하겠는가!"

"……."

"대답해 봐라!"

조호산이 피눈물을 흘리며 흐느끼듯 외쳤다.

"우리를 이해할 수도 없는 자에게……."

"안다."

"……뭐?"

청명이 고개를 들어 하늘을 바라보았다. 푸른 하늘은 그날과 다를 바가 없었다.

"알고 있다. 그게 어떤 심정인지."

- 검존. 우리는 이번에 마교 놈들을 유인하러 대막으로 떠납니다. 아무리 생각해 봐도 이 방법밖에는 없습니다. 문파 모두를 이끌고 갈 생각입니다.

마지막으로 본 환사(幻師)의 표정은 밝았다. 어쩌면 두려움을 애써 감추려는 거였을지도 모르지만.

- 위험하다. 윗대가리들을 믿는 거냐?

- 솔직히 완전히 믿는 건 아니지만……. 다른 도리가 없지 않습니까. 저희가 아니면 할 수 없는 일입니다. 그러니 가야지요. 설령 그 끝이 비참하다 해도…….

어렴풋하게 목소리가 들려오는 듯했다. 청명이 눈을 감았다.

- 누군가는 해야 할 일이니까요.

시간이 지나서야 듣게 되었다. 불령문이 마교의 손에 전멸했다는 소식을. 다른 전선에서 가장 치열하게 싸우고 있던 청명으로서는 할 수 있는 게 없었다. 그를 구할 수도, 원수를 갚을 수도 없었다.

"······네 원한을 이해 못 하는 바는 아니다."

오히려 이해한다. 뼈에 사무치도록.

"하지만 원한이 있다 해서, 모든 것이 정당한 건 더더욱 아니야."

때로는 그 역시 시달렸다. 이 울분을 그들의 후예들에게 퍼부어 버리고 싶은 충동에.

"옳지 않은 일에 저항하기 위해, 옳지 않은 방법을 쓸 수는 없다."

알고 있다. 입바른 말에 불과하다는 것을. 어떤 논리도 감정 앞에서는 무의미하다. 그건 청명이 가장 잘 알고 있다. 그러나 그래서, 청명은 자신을 누르는 그 무거운 말을 이자 앞에서 할 수밖에 없었다.

"녀석이······ 환사가 원하지 않을 거다."

청명을 빤히 바라보던 조호산이 피식 웃었다.

"그분이 복수를 원치 않을 거라고?"

청명이 짧게 고개를 내저었다.

"······그는 자신의 후예가 이런 일에 제 목숨을 내버리는 걸 원치 않을 거다."

그 말에 조호산의 눈동자가 떨렸다. 묵언하는 조호산을 향해 청명이 자조하듯 말했다.

"복수를 말릴 생각은 없어. 그건 너의 몫이지. 내가 판단할 일은 아니야. 설사 그게 내 정의와 어긋난다 해도. 하지만 이건 복수도 뭣도 아니야. 그냥 미친 살풀이일 뿐이다. 네 목표는 이뤄지지 않을 거고, 저들은 너희를 기억해 주지 않을 거다. 어차피 다시 잊혀 가겠지."

"······."

"진짜 복수는 살아남는 거다. 누구도 기억하지 않는다면, 너희가 기억하면 된다. 너희가 사라진다면, 그때는 정말 누구도 너희를 기억하지 않게 될 거다."

청명은 잘게 떨리는 조호산의 어깨를 물끄러미 바라보았다.

"여기서 멈춰라……. 여기서."

"흐……."

울음 같은 소리가 조호산의 입에서 새어 나왔다. 하지만 그 소리는 이내 선명한 웃음이 되어 터져 나왔다. 조금은 서글프고, 조금은 헛헛한.

"멈추라고? 이제 와서? 여기까지 와서 멈추라고? 아니, 너무 늦었어."

물기 어린 조호산의 눈동자가 붉게 물들었다.

"너……."

청명의 얼굴이 딱딱하게 굳었다. 저 눈. 저 붉은 눈은.

"이 멍청한 새끼가!"

콰아아아아아아아! 조호산의 주위로 시커먼 기류가 휘돌기 시작했다. 동시에 숨이 막히는 지독한 기운이 사방으로 번져 나갔다. 청명이 이를 악물며 조호산을 노려보았다.

'불완전해.'

제대로 된 마공도 아니라, 조악하기 짝이 없는 마공이다. 익힌 이의 심성은 물론이고, 생명까지 갉아먹는. 하지만 그런 마공이라 해서 위력도 조악한 건 결코 아니었다.

"복수를 포기하라고? 복수를? 으하하하하하핫!"

조호산의 두 눈으로 붉은 피눈물이 흘러내렸다. 그 모습을 바라보던 청명이 눈을 감았다.

- 검존.

'안다.'

그리 그렇게 재촉할 것 없어.

청명의 매화검이 바닥을 긁어 냈다. 그가 다시 눈을 떴을 때, 망설임 따위는 더 이상 존재하지 않았다. 청명이 앞으로 한 발을 내디뎠다.

"포기할 수 없다면 강제로 포기하게 해 주마. 그 목을 잘라서라도."

그의 손에 잡힌 매화검이 서글픈 검명을 터뜨렸다.

마공이 왜 저주받을 무학인가. 이유는 간단하다. 마공을 익힌 이들은 결국 광증에 사로잡히기 때문이다. 다른 결과는 존재하지 않는다. 늦건 빠르건, 언젠가는 자아를 잃고 피를 갈구하는 괴물이 되어 버린다.

극마(極魔)의 경지에 오른다면 그 천형(天刑)을 극복할 수 있겠지만, 말 그대로 만에 하나에 불과하다. 게다가 조악한 삼류 마공을 익힌 이가 극마지경에 오른다는 건 애초에 불가능한 일이나 다름없으니, 결국 조호산의 파멸은 마공을 익힌 그 순간부터 예정되어 있었다는 말이다.

그러니 끊어야 한다. 사람이 괴물이 되기 전에, 고통에 울부짖는 이가 누군가를 고통에 빠트리기 전에.

거친 마기가 조호산을 휘감고 돈다. 응축되지 못한, 말 그대로 휘몰아치기만 하는 마기. 심지어 그 마기조차 제대로 이어지지 못하고 끊기고 내뿜어지길 반복했다. 마공의 완전한 비급을 손에 넣지 못한 게 분명하다. 아마 핵심만을 불령문의 무학에 접목한 듯했다.

평범한 무학이라면 손해밖에 나지 않을 어리석은 짓. 하지만 마공의 두려움은 위력 이전에 그 말도 안 되는 범용성에 있었다. 어떤 무학에도 마공은 스며들 수 있다. 그리고 마(魔)의 세례를 받은 무학은 이전까지와 전혀 다른 곳으로 나아간다.

"오오오오오오!"

아직은 인간의 목소리에 가까운, 하지만 짐승의 울부짖음처럼 들리는 고함이 터져 나왔다. 조호산이 청명을 향해 검은 유성이 되어 쏘아졌다.

"흡!"

예상치 못한 속도. 이번 생애에서는 단 한 번도 경험해 보지 못한 속도에 청명의 반응이 한순간 늦고 말았다.

콰아앙! 청명의 이가 부러질 듯 맞물린다. 조호산의 머리에 들이박힌 그의 몸이 포탄처럼 뒤로 튕겨 나갔다. 가슴과 머리 사이에 힘겹게 끼워 넣은 매화검이 아니었다면 일격에 가슴뼈가 으스러져 즉사했을 것이다.

이 사이사이로 붉은 피가 새어 나왔다. 그러다 끝내 거칠게 터져 나온 신음과 함께 함지박만 한 핏덩어리가 뿜어졌다.

다음 순간 검은 기류를 휘감은 조호산의 우수가 위로 크게 휘둘러지며 청명의 머리를 노려 온다. 무학이라기보다는 차라리 짐승의 앞발질에 가까운 공격. 하지만 그 위력만은 끔찍할 지경이었다.

콰앙! 전력을 다해 끌어당긴 매화검이 조호산의 우수를 가로막는다. 검과 손이 충돌하는 순간 손목이 모조리 으스러지는 듯한 충격이 전해졌다. 조호산의 힘을 모두 분산하지 못한 검이 밀려 나며 청명의 가슴에 틀어박혔다.

"고작 이 정도냐!"

악을 쓴 조호산이 검 바로 앞에서 회전하며 다시 우수를 내리찍었다. 바닥에 처박힌 청명이 허공으로 석 자는 튕겨 오르며 붉은 피를 분수처럼 뿜어냈다.

지면으로 가속하는 유성처럼, 조호산이 청명을 향해 달려들었다. 그 순간, 청명의 검이 십여 줄기의 반월형 검기를 뿜어냈다.

조호산의 좌수에서 불령신공이 전개되었다. 날아들던 검기가 불령신공의 기운과 맞닿으며 허무하게 스러졌다. 조호산의 손이 청명의 목을 찢어발길 듯 날아갔다.

그러나 마지막 순간, 등줄기를 스친 예감에 그는 뒤로 몸을 뒤집었다.

허공에서 방향을 꺾는다는 건 상상 이상의 기운을 소모하는 일. 하지만 조호산의 움직임에는 단 한 치의 망설임도 없었다. 청명에게서 한참 떨어진 바닥에 내려선 조호산이 두 눈을 부릅뜨고 청명을 바라봤다.

'……뭐였지, 방금 그 감각은?'

살아생전 단 한 번도 느껴 본 적 없는 섬뜩함이었다. 마치 새파랗게 벼린 검이 피부를 긁어 대는 듯 오싹한 감각. 마공이 끓어올라 뜨거워진 머리가 단번에 식었다.

청명이 피가래를 뱉어 내고는 그를 넘겨보았다.

"……감은 살아 있네. 망할 애송이 놈이."

몸 쪽으로 끌어당겼던 검을 느릿하게 풀어 낸 청명이 조호산을 향해 발을 옮겼다. 핏발이 선 두 눈에 살기가 넘실댔다. 그그그극. 아래로 늘어트린 검이 바닥을 긁었다. 그 소리가 더없이 소름 끼치게 들려왔다.

저열하기 짝이 없는 수준이지만 그래도 마공은 마공이다. 숨을 쉴 때마다 밀려 들어오는 마기의 향이 청명의 속을 뒤틀어 놓았다.

"덕분에 떠올랐다. 아주 엿 같은 기억이 말이야."

입안에 감도는 피의 맛. 온몸이 으스러질 것 같은 격통. 그리고 겁에 질린 이들의 신음과 폭발하듯 흘러나오는 투기(鬪氣).

눈에 보이는 광경에 익숙한 모습이 겹치기 시작한다. 초점을 잃고 흔들리던 세상이 완전히 포개지기 전, 청명이 바닥을 박찼다.

공간을 접듯 엄청난 속도. 소스라치게 놀란 조호산의 얼굴이 바로 앞에 나타났다. 조호산이 반사적으로 바닥을 짓밟고 몸을 띄우며 빛살처럼 뒤로 물러섰다.

하지만 청명은 마치 알고 있었다는 듯, 한 발 더 빠르게 그에게 따라붙었다. 그 서늘한 눈빛에 일순 움찔한 조호산이 발작적으로 우수를 휘둘렀다. 시커먼 마기를 휘감은 손이 청명을 향해 뻗어졌다.

순간, 매화검이 빛살처럼 허공을 갈랐다. 검 끝의 한 점에 모든 힘을 집중한 검이 마기를 흩으며 조호산의 손에 틀어박혔다.

콰드득! 평소처럼 흐르는 듯한 검이 아니다. 없는 공간을 강제로 비틀어 열어 내는 듯한, 파괴적인 검로. 검 끝이 손등을 뚫고 삐죽이 튀어나왔다. 조호산이 고통을 이기지 못하고 이를 악물었다.

붉게 물든 그의 두 눈에 오기가 치밀었다. 있는 힘을 다해 손바닥에 박힌 검을 움켜잡으려는 찰나, 매화검이 꺾이듯 비틀리더니 뼈를 갉아 대는 소리와 함께 뽑혀 나왔다.

"끄아아악!"

둥글게 팬 살점이 뜯겨 바닥으로 떨어진다. 끔찍한 고통에 조호산이 절규를 내질렀다. 짐승처럼 꿈틀거린 조호산이 물어뜯듯 청명을 향해 양팔을 휘둘렀다.

파앗! 그와 동시에 한 줄기 광채가 조호산의 팔꿈치 안쪽에 틀어박힌다. 비틀린 청명의 검이 질긴 인대를 자르다 못해 잡아 뜯어 버린 것이다.

남은 한쪽 손으로 청명의 왼쪽 어깨를 강타하려는 순간, 청명의 몸이 빙글 회전하며 조호산의 등 뒤로 돌아갔다. 이어 아래에서 위로 솟구친 매화검이 조호산의 등을 길게 갈라 냈다.

조호산이 비명도 지르지 못하고 휘청였다. 손을 휘두른 관성마저 감당하지 못한 그의 몸이 앞으로, 앞으로 비척거리며 나아갔다.

파라라락. 얇은 종이가 바람에 날리는 듯한 소리와 함께, 둘 사이에 수십 송이의 매화가 피어났다. 선명히 피어난 매화들은 흐드러지며 수백 개의 꽃잎으로 화했다.

격하게 몸을 돌린 조호산이 반사적으로 불령신공을 두 손에 전개했다.

'막아 내…….'

붉게 물든 조호산의 두 눈이 일순 멍해졌다. 믿기지 않는 광경이었다. 붉은 꽃잎들이 끝없이 온 세상에 휘날린다. 막을 수 없다. 막아 낼 수 없었다. 형용할 수 없는 아득한 감정이 그를 덮쳐 왔다.

서걱! 서걱! 꽃잎들이 조호산의 전신을 스치고, 베고, 박혀 든다.

이대로는 농락당할 뿐이라는 것을 직감한 조호산이 날아드는 매화 꽃잎 사이로 돌진했다.

목표는 오직 그 너머에 있는 청명. 조호산의 양손에서 뿜어져 나온 불령신공의 기운이 마치 잿빛의 구름처럼 불어나 그의 앞을 뒤덮었다. 피어난 검기들을 잿빛 구름이 집어삼킨다. 극성으로 전개한 불령신공은 그 무엇이라도 막아 낼 것만 같았다.

하지만 그 순간, 손안에서 흐르던 기운 사이에 균열이 일었다.

'뭐?'

조호산이 두 눈을 부릅떴다. 적이 만들어 낸 기사(奇事)가 아니다. 그의 기운이…….

콰드득! 그 순간, 청명의 매화검이 불령신공의 균열에 파고들어 그의 손을 찢고, 어깨에 박혀 들었다. 어깨에 독니를 박아 넣은 검이 쉴 새 없이 위아래로 세차게 진동하며 상처를 잡아 뜯는다.

"아아아아아악!"

지독한 고통에 불령신공이 허물어진다. 그 순간을 완벽하게 파고든 청명의 주먹이 직선으로 날아가 조호산의 턱에 꽂혔다. 조호산이 피를 뿜으며 힘없이 뒤로 튕겨 나갔다.

청명이 검을 휘저었다. 다시 흐드러지게 피어난 매화가 바닥에 처박힌 조호산의 위로 쏟아진다. 미처 불령신공을 끌어 올릴 틈을 찾지 못한 조호산이 바닥을 굴러 매화검기들을 피해 냈다.

조호산이 네발짐승처럼 양팔과 양다리로 바닥을 내리찍었다. 그의 몸이 다시 유성처럼 청명을 향해 쇄도했다. 하지만 청명은 동요하지 않고 시리도록 차가운 눈으로 그런 조호산을 노려보다가 검을 올려 세웠다.

내리쳐진 일검. 조호산이 뿜어낸 검은 마기가 한순간 반으로 갈라졌다. 청명의 검이 연이어 분열하며, 넋이 나간 조호산의 가슴을 향해 수많은 검영을 쏟아 냈다.

"크아아아아악!"

순식간에 가슴을 난자당한 조호산이 처절한 비명을 터뜨렸다. 이어 진각을 밟은 청명이 조호산의 품 안으로 뛰쳐 들었다.

조호산이 반사적으로 휘두르려던 오른팔의 겨드랑이에 매화검이 박혀 들었다. 어깨의 근육을 모조리 끊어 놓은 검이 비정하게 조호산의 아랫배를 갈랐다.

검을 휘두르는 여세를 몰아 몸을 회전시킨 청명이 어깨로 조호산의 가슴을 들이받았다.

쾅아앙! 조호산이 쏘아 낸 포탄처럼 날아갔다. 바닥에 처박히고는 다시 튕겨 올라 바닥을 나뒹굴었다.

조호산이 손이 덜덜 떨렸다. 그의 입으로 시커먼 피가 줄줄이 흘러나왔다. 하지만 조호산은 고통에 몸부림치는 게 아니었다. 그의 눈에 가득 찬 감정은 경악, 그리고 불신이었다.

"왜!"

엉망이 된 조호산이 바닥에 널브러진 채 절규를 터뜨렸다.

"마공까지 익혔는데 어째서! 왜 나는 너를 이기지 못하는 거냐! 왜!"

"마공이 너를 강하게 할 거라 믿었나?"

청명이 가라앉은 눈으로 절규하는 조호산을 바라보았다. 한참 동안 그를 지켜보던 청명이 무겁게 입을 열었다.

"너도 알 텐데? 너는 오히려 약해졌다. 그 마공을 덮어쓰며 말이다."

"무슨, 말도 안 되는……."

조호산의 눈동자가 크게 흔들렸다. 머리는 그렇지 않다고 말한다. 하지만 조호산은 본능적으로 청명의 말을 이해하고 있었다.

"환사는 구원공이 불령신공이라 불리는 걸 좋아하지 않았다."

"……뭐?"

"구원공은 말 그대로 근원(原)을 궁구(究)하는 무학이기 때문이지."

조호산이 듣거나 말거나, 청명은 입안에 고인 피를 뱉어 내고는 한숨을 내쉬나 싶더니 이내 하늘을 올려다보며 말했다.

"구원공은 무엇이든 막아 낸다. 하지만 구원공 그 자체로는 누구도 상처입히지 못하지."

"…….'

"불령문은 그런 문파였다. 그들은 극단 사이에 무언가가 있다 믿었다.

극에 치달은 인간은 반드시 서로를 배척한다. 그렇기에 백도 흑도 아닌 무언가를 평생 찾아 헤맸다. 그 심부에 있을 무언가를."

"……구원."

조호산이 홀린 듯 중얼거렸다. 청명이 천천히 고개를 끄덕였다.

"어쩌면 환사는 구원공을 통해 구원(救援)을 찾았던 건지도 모른다. 자신을 구원할 무언가가 아니라, 이 지긋지긋한 강호를 구원할 무언가를. 끊기지 않는 원한의 고리를 끊을, 지금까지와는 다른 무언가를 말이다."

"……."

"나는 그런 환사를 비웃었다. 몽상이라 생각했으니까. 무학이 아닌 인간의 문제를 무학으로 풀겠다니. 어처구니없는 짓이라 여겼으니까. 그런데 환사는 그러더군. 그래도 누군가는 해야 하지 않느냐고."

그때는 그 말조차 비웃었다. 하지만 지금은 그럴 수 없다. 끊어 내지 못한 것이 끝내 어떻게 세상을 물들였는지 봐 버렸으니까.

"환사는 그런 사람이었다."

조호산의 혈안이 흔들렸다. 어처구니없는 이야기다. 이 화산의 애송이가, 그의 선조가 어떤 사람인지 어찌 안다는 말인가. 하지만 그런데도 저 말을 무시할 수가 없었다. 어째서인지 부정할 수가 없다.

"불령문을 자처하는 너희가……. 마공에 손을 댄 순간부터, 이미 결말은 정해져 있었던 거다. 마에 잠식되어 극단으로 치달은 불령은 더 이상 불령(不靈)일 수 없으니까."

씁쓸한 목소리로 중얼거리던 청명이 고개를 내저었다.

"너는 졌다. 아니……."

그 목소리는 알 수 없는 자조를 담고 있었다.

"너희는…… 진 거다."

충격을 받은 대장로의 눈이 잘게 떨렸다.

'무슨 일인가? 방주가 밀린다고?'

방주는 불령문의 무학을 혹독하게 익혀 왔다. 비록 완전한 불령문의 무학은 아니라 해도, 그의 실력은 중원의 절대자들도 쉬이 무시할 수 있는 수준이 아니다.

거기에 마공, 그 저주받은 무학마저 받아들였으니 가히 천하를 오시할 무위일 터. 한데 어째서……. 어째서 저 화산의 어린 제자에게 밀리고 있단 말인가.

아무리 죽으러 가는 길이라 한들, 목숨을 쉬이 내다 버릴 생각은 없었다. 방주의 실력에 자신이 없었다면 중원으로 향하지 않았을 것이다.

"곤란한 놈이죠."

대장로가 백천을 돌아보았다. 무복 곳곳이 찢기고, 드러난 살은 붉게 멍들어 있다. 하지만 여전히 흐트러짐 없이 그와 마주 서 있었다.

"제 눈에는 놈이 강해진 게 아니라, 당신들의 방주가 약해진 것 같습니다만. 그렇지 않습니까?"

대장로의 입술이 고집스레 맞물렸다.

"우리가 틀렸다는 건가?"

"그 대답 역시 선배가 더 잘 알고 있을 겁니다."

대장로가 말없이 백천을 바라보았다. 그러고는 고개를 떨어트리고 이내 선선히 대답했다.

"그래. 옳지 않았겠지."

"……."

"알고 있네. 옳은 방법은 아니라는 것을. 하지만…… 우리에게는 이 길밖에 없었네."

"그럴지도 모르죠."

저들의 마음을 부정하고 싶지는 않다. 긍정할 수는 없지만, 부정하지도 않는다. 웃긴 소리지만 백천의 솔직한 마음이었다.

"그럼에도 잘못되었다는 건가?"

"당신들의 목적은 틀리지 않았을지도 모릅니다. 하지만 그 수단이 잘못되었습니다."

"그 방법밖에 없었는데도?"

"만약 당신들이 그토록 원망하는 이들이 당신들의 앞에 있다면, 그들이 똑같은 말을 한다면 뭐라 대답하시겠습니까?"

대장로는 아무 말을 하지 않았다. 아니, 하지 못하는 것일지도 몰랐다.

"그들에게도 정당한 목적이 있었습니다. 어쩌면 그들도 그 방법밖에는 없다고 여겼을지 모릅니다. 하지만 아무리 목적이 정당하다 해도, 방법이 잘못되었다면 틀린 겁니다."

그는 더는 백천의 눈을 바라볼 수 없었다.

"당신들에게는 감수해야 할 일이었을지 모르겠지만, 희생되는 이들에게는 절망, 그 이상도 이하도 아닙니다."

"닥치게."

"모르겠습니까? 당신들은 지금 당신들과 똑같은 희생자들을 만들어 내려 하는 겁니다!"

노기 어린 백천의 목소리가 터져 나왔다.

"그런데도 정말 스스로 옳다 믿는 겁니까? 정말로?"

대장로가 말없이 눈을 감았다. 한참 동안 침묵하던 그가 천천히 눈을 떴다. 그 눈에는 백천이 감히 짐작하지 못할 것들이 수없이 담겨 있었다.

"그렇다면…… 우리의 억울함은 어찌 풀어야 하는가."

그 목소리는 지친 듯 초라하고 허탈했다.

염진충의 입에서 검은 피가 줄줄이 흘러나왔다. 땅에 떨어진 그의 피에서 새하얀 증기가 올라왔다.

"너……. 너, 이……. 쿨럭!"

피부는 물론이고 손톱까지 검게 물든 염진충이 공포에 질린 얼굴로 당소소를 바라보았다. 당소소가 제 입가에 고인 피를 손끝으로 훔쳐 냈다.
 "말했잖아. 네겐 불행이라고."
 "이…… 개 같은……."
 커다란 거목이 쓰러지는 듯한 소리와 함께 염진충의 몸이 완전히 바닥에 처박혔다. 그리고 이내 그에게서 들려오던 거친 숨소리가 완전히 잦아들었다.
 당소소가 짧게 한숨을 내쉬었다.
 "그러니까 열심히 도 닦는 사람을 왜 건드려."
 그녀는 양손으로 흘러내린 머리를 걷어 올려 다시 질끈 묶었다. 그러고는 고개를 휙 돌려 저 멀리 솟구치는 매화를 바라보았다. 오늘따라 저 매화가 처연해 보였다.
 "사형……."

 유이설의 검이 유려한 선을 그리며 춤을 춘다.
 "이!"
 노한 음성이 터져 나왔다. 하지만 그 울분에 찬 목소리는 유이설에게 아무런 위협도 주지 못했다.
 막대한 공력을 담은 손이 그녀의 상체를 쓸어 온다. 유이설이 가볍게 보법을 밟으며 날아드는 손을 피해 냈다. 손에 머금은 경기가 바닥을 곤죽으로 만들었다. 소름이 돋아야 할 위력이건만, 유이설은 그저 냉정하고 침착하기만 했다.
 '아니야.'
 강하다. 분명 강하고 위력적이다. 하지만 강하지 않다고 여겨진다. 괴이한 말이다. 분명 강한데 강하지 않다니. 그러나 유이설이 느끼기에는 분명한 사실이었다.

뭐라고 해야 할까. 날이 무디어진 커다란 대검. 무거운 데다 녹까지 슬어, 차라리 쇠몽둥이라고 불러야 할 무언가. 한때는 더없이 날카로운 검이었으나, 이제는 그 쓸모를 잃어버린 것.

다만 안타까운 것은, 검이 녹슨 게 바로 검 자신 탓이라는 점이었다.

"감히! 감히 중원 것이!"

이들의 분노는, 이들의 울분은 분명 꾸며 낸 것이 아니다. 하지만 이들의 분노는 그저 원망에 그쳤을 뿐, 자신들을 갈고닦을 원동력이 되지는 못했다. 그저 원독에 잡아먹혀 버렸을 뿐.

유이설의 검이 장로의 허벅지를 스쳤다. 연이어 장로의 뒤로 파고든 매화검이 반대쪽 장딴지를 길게 베었다.

"아아악!"

장로가 앞으로 엎어진다. 두 다리를 모두 당해 버린 그는 이제 더는 유이설에게 닿을 수 없었다. 바닥을 짚고 몇 번 몸을 일으키려던 장로가 털썩 그 자리에 주저앉고는 유이설을 노려봤다.

"그런 눈으로 보지 마라! 그런 눈으로!"

유이설의 무심한 눈을 마주한 장로의 얼굴에 숨길 수 없는 울분과 고통이 차올랐다.

"너라면 뭐가 달랐을 것 같으냐! 네가 내 꼴이 되었어도, 지금 같은 눈으로 볼 수 있겠느냐!"

"……."

"모두가 같다. 나와 같은 처지였다면, 다들 나같이 되었을 것이다. 그런데! 그런데 네가 무슨 자격으로 나를 그런 눈으로 본단 말이냐!"

가슴 한쪽이 갑갑해졌다. 형용하기 어려운 감정. 유이설의 입에서 짧은 탄식이 흘러나왔다.

"달라."

"……뭐라?"

장로를 내려다보던 유이설이 고개를 내저었다.

"나라면 미루지 않아. 다른 이에게."

"무슨 개 같은 소리냐! 나는 내 복수를 다른 이에게 맡긴 적이 없다. 이건 불령문의······."

"방주."

그의 말을 끊고 흘러나온 유이설의 목소리에 장로의 눈이 짧게 흔들렸다.

"당신이 지켜야 할 사람. 어린아이였던."

장로의 손이 바닥을 움켜잡았다. 무언가 말을 하려는 듯 벌어졌던 입이 힘없이 닫혔다. 그를 바라보는 유이설의 눈에 작은 차가움이 맺혔다.

"지켜야 할 이를 내몰아서 이루는 것은 없어."

"······."

"그게 의무."

장로가 참혹하게 얼굴을 일그러트린 채 유이설을 바라보았다. 이윽고 짓이기듯 제 입술을 깨문 노인의 눈이 축축이 젖어 들었다.

"잘도 지껄이는구나······. 잘도."

"······."

"잘도······."

장로의 목소리에서 점점 힘이 빠져 갔다. 그 떨리는 목소리에 유이설이 짧은 한숨을 내쉬었다. 그래도 가슴속에 답답하게 고인 것은 풀리지 않았다.

• ❖ •

조호산의 눈에는 더 이상 초점이 없었다. 붉게 물든 눈은 어딘가 멍하게 보였다.

청명은 알았다. 어떤 이들이 저런 눈빛인지. 목표를 잃어버린 이들. 삶의 목적을 잃은 이들의 눈은 저처럼 흐리다.

"우리가…… 졌다고?"

검은 기운이 들어찬다. 마기가 그를 빠른 속도로 잠식하고 있었다. 조악한 마공의 부작용. 이대로라면 얼마 지나지 않아 이지를 상실하고, 완전한 마귀로 화할 것이다. 천하를 오시하는 마인이 아니라, 한 마리의 마귀가 될 뿐이다.

조호산이 비척이며 몸을 일으켰다. 이미 두 팔은 제대로 움직일 수 없다. 하지만 조호산은 벌레처럼 몸을 뒤틀고 머리로 바닥을 밀어 가며 어떻게든 일어났다.

"웃기지 마……."

"……."

"웃기지 마라! 우린 질 수 없다. 우린 멈출 수 없다. 저 중원 놈들이 우리의 이름을 기억하기 전에는 절대로!"

"이봐."

"나는 복수를 위해 태어났다. 저들에게 불령이라는 두 글자를 영원히 새겨 놓기 위해 태어났다! 나는! 나는! 나는 그 임무를 완수해야 한다. 모두를 위해! 죽어 간 모두를 위해서!"

처절하다. 그 말밖에는 할 수 없었다. 하지만 청명은 저 처절한 절규가 그저 어린아이의 울음으로밖에 들리지 않았다.

"나는……."

"복수를 위해 태어난 인간 같은 건 없어."

숨 막히게 부르짖던 조호산이 절규를 멈추고 청명을 바라보았다.

"너를 낳은 이들도 그런 걸 바라지는 않았을 거다. 이제 그만해라."

"나는…… 우리의 이름을……."

"내가 기억한다."

청명의 작은 목소리가 얼어붙은 조호산의 귓가에 울렸다.
"내가 죽어도 화산이 기억할 것이다. 화산의 이름이 사라지지 않는 이상, 불령이라는 두 글자는 영원히 남을 거다."
"……."
"화산의 이름마저 사라진다 해도 마찬가지다. 글자는 사라져도 뜻은 남을 테니까. 너희의 뜻은 사라지지 않는다. 우리가 이어 갈 테니까."
조호산이 고개를 흔들었다. 아이가 이해 가지 않는 말을 들은 것처럼.
"너도 알고 있겠지? 곧 너는 사라진다. 하지만 나는 멈출 수 있다. 네 단전을 부수고, 마공을 제거하면 긴 시간은 몰라도 네가 너로서 죽음을 준비할 시간은 벌어 줄 수 있다."
이건 제안이었다. 어쩌면 부탁일지도 몰랐다. 아니, 차라리 간절히 애원하는 건지도 모른다.
"사람으로서……. 죽을 수 있다. 복수에 잡아먹히지 않고, 온전한 너로서."
할 수 있는 건 고작 이것밖에 없다. 자신의 무력함에 신음하면서도 청명은 조호산이 그 끈을 놓지 않길 바랐다. 그렇지 않으면 너무 슬프니까. 처음부터 끝까지 증오만 품고 살아간 이의 눈에 비쳤을 이 세상이 너무 서글프니까.
"네 선대들도 그걸 바랄 거다. 분명히. 그러니까……."
제발. 그 마지막 말은 입안에서 뭉그러졌다. 하지만 전해졌을 것이다. 분명히. 조호산이 빤히 청명을 쳐다봤다.
"왜…… 내게 그런 제안을 하는 거지?"
"글쎄……."
환사 때문일까? 아니, 아마 아닐 것이다. 그저 이 손안에 여전히 남아 있어서다. 지키지 못하고 죽어 간 이들의 마지막 온기가. 그리고 죽음조차 보답받지 못했던 이들의 서글픔이.

그리고 그건 청명도 마찬가지였다. 다르지만 다르지 않다. 어쩌면 지금 청명이 보고 있는 건, 그의 다른 삶일지도 몰랐다.
"고작 한 발이다."
"……."
"용서하라고 하지 않는다. 외면하라고도 하지 않는다. 하지만 고작 한 발짝 물러서는 것은, 어렵지만 어렵지 않은 일이다. 다른 누구를 위해서도 아니고, 너를 위해서."
조호산의 얼굴이 일그러졌다. 하지만 청명은 그 일그러짐이 옅은 웃음이라는 걸 알 수 있었다. 조호산은 웃는 게 너무도 버거운 듯, 그토록 힘겹게 웃었다.
"고작 한 발이라. 그래, 그럴지도 모르지."
조호산의 천천히 발을 내뻗었다. 뒤가 아닌 앞으로. 지독한 마기가 그의 등 뒤에서 솟구쳐 오른다.
"문주!"
청명은 조호산을 방주라 부르지 않았다. 그는 온당히 문주라 불려야 한다. 불령문의 문주. 그 비극의 마지막 생존자로서.
"아아아아아아아아!"
마기가 조호산을 휘감는다. 불규칙한 마기가 아니라, 당장이라도 폭발할 듯 짙디짙은 마기. 청명조차 오싹함을 느낄 정도의 마기다. 그를 이룬 모든 것이 무너져 간다. 조호산이 마기 그 자체가 되어 청명에게 달려들었다. 입술을 깨문 청명이 느릿하게 발을 내디뎠다.
"이…… 멍청한 놈아."
콰드득. 청명의 검이 조호산의 왼쪽 가슴에 박혀 든다. 등을 뚫고 삐죽이 솟아오른 검에서 붉은 피가 점점이 흘러내렸다. 무섭게 휘몰아치던 마기가 천천히 잦아들었다.
설 힘도 잃은 조호산이 비틀거리며 청명 쪽으로 무너졌다. 조호산의 고개가 힘없이 청명의 어깨에 파묻혔다.
"······못 해. 이제 와 다 잊은 척 사는 건."
잘게 떨리는 목소리가 한숨처럼 들렸다. 조호산이 피를 토하며 웃었다.
청명은 조호산이 아닌 먼 하늘로 시선을 돌렸다. 보고 싶지 않다. 이 자의 숨이 끊기는 광경 같은 건.
"중원은 어떤······ 곳이지?"
끊어질 듯한 목소리가 들려왔다. 청명이 이를 악물었다. 목소리가 떨리지 않도록.
"지독하고, 우습고, 때로는 진절머리가 나지만. 그래도······. 그래도 돌아가고 싶은 곳이지."
"그렇군······. 나는 중원인인데······. 한 번도 중원에 가 본 적이 없거든. 그래서······ 신기했다. 내가 살던 곳에는 꽃이······ 피지 않거든. 모든 곳이 그저······ 황량하기만 해······."
조호산의 목소리가 희미해지는 것을 느낀 청명이 눈을 감았다.
검을 들었다. 그의 검이 허공을 수놓는다. 한 송이, 또 한 송이. 수많은 매화가 만발했다. 화산의 정경을 옮겨 온 듯 피어나는 매화들.
그 만발한 매화가 모두 시들어 떨어졌을 때, 조호산의 숨소리는 더 이상 들리지 않았다.
청명이 허물어져 내린 그의 옆에 한쪽 무릎을 꿇고 앉아, 피투성이가 된 조호산의 얼굴을 조심스레 닦아 냈다.
"······고생 많았다."
담담한 목소리 끝에 한 줄기 애수가 묻어났다.
"이제 편히 쉬어라."
조호산의 얼굴이 처음으로 편해 보였다.

'호산아······.'

대장로가 서글픈 눈으로 조호산의 시신을 바라보았다. 결국은 이리될 것을……. 무엇을 위해 저 아이를 그리 몰아넣었던가. 그저 잊고 살았으면 될 것을.

"선배."

백천이 그를 불렀지만, 대장로는 돌아보지 않았다. 그 대신 조금 떨어진 곳에 있는 조호산의 시신에 시선을 고정한 채 입을 열었다.

"장로들이 모두 같은 마음이었던 것은 아닐세. 문주를 잃었으니, 저들은 감히 더 준동하지 못할 걸세. 가만히 놔두어도 수명이 길지 않을 이들이야. 응전하지 않는 장로들은 놓아 주게나."

"……."

"마지막 부탁이네."

백천이 대답 없이 고개를 끄덕였다. 이게 옳은 판단인지는 모르겠지만, 그의 마음이 그리하라 시키고 있었다.

"고맙네."

눈 안에 새기듯 조호산을 바라보던 대장로가 천천히 고개를 돌렸다.

"……선배."

입에서 검은 피가 흘러내려 그의 흰 수염을 적시고 있었다. 하지만 대장로는 차라리 홀가분한 얼굴이었다.

"누군가는 책임을 져야겠지. 복수를 포기할 수는 없었네. 나는 너무 많은 것을 보았으니까. 하지만…… 저 아이를 충동질한 죄는 두고두고 나를 괴롭혔다네."

백천은 차마 그 얼굴을 마주 보지 못하고 고개를 숙이고 말았다.

"이걸로 죄의 대가를 다 치를 수는 없겠지만……. 적어도 저 아이가 저승에서까지 쓸쓸하도록 둘 수는 없잖은가."

쓸쓸한 목소리로 중얼거리던 대장로가 작게 미소 지었다.

"하나만 더 부탁해도 되겠는가?"

"예. 말씀하십시오."

"우리를 기억해 주게."

백천이 담담히 고개를 끄덕였다. 대장로가 멍하니 하늘을 바라보았다.

"어쩌면 나는……. 그저 중원에 가 보고 싶었던 걸지도 모르겠군."

대장로의 노구가 천천히 허물어졌다. 빠르게 식어 가는 그의 시신을 말없이 바라보던 백천이 씁쓸한 표정으로 납검했다. 윤종이 그를 향해 다가오고 있었다.

"장로 중 둘은 항전을 포기했고, 둘은…….

굳이 그의 뒷말을 듣지 않아도 알 수 있었다.

이겼다. 하지만……. 이토록 뒷맛이 쓴 승리는 처음이었다.

"방주를 이긴 놈과 무슨 수로 싸워. 난 못 해!"

"달아나자! 싸워 봤자 개죽음이야!"

철기방도들이 말 머리를 돌려 달아나기 시작했다. 체계도 없이 뿔뿔이 흩어진 기병들이 중구난방으로 내달리기 시작했다. 방주의 복수를 할 의리도, 중원으로 갈 이유도 없으니 다시 사막으로 돌아가는 것이다.

그 뒷모습을 노려보던 응소가 힘없이 말 위에 엎어졌다.

"……죽는 줄 알았네."

마지막에는 창에 맞아 죽는 게 아니라, 기력이 달려 죽을 뻔했다.

"아미타불. 괜찮으십니까?"

아니, 아니지. 저 스님이 없었더라면 벌써 죽고 남았겠지.

"예. 스님 덕분에."

"그저 부처의 공덕입니다."

"아미타불."

응소가 합장할 때, 한 필의 말이 그를 향해 다가왔다. 사마담이 손에 든 둥그런 것을 응소의 발치에 던졌다. 눈을 부릅뜬 웅환의 머리였다.

"수령! 아, 아니. 대주, 이기셨군요. 믿었습니다."

"그딴 돼지 하나 못 잡아서야 쓰나."

사마담이 코웃음을 쳤다. 물론 갑옷 이곳저곳이 박살 난 몰골이 쉬이 이긴 건 아닌 듯 보였지만, 어쨌든 이기고 살아남았다는 것이 중요했다. 하지만 사마담은 그 이상 젠체할 수 없었다.

"⋯⋯진짜 방주를 이겼네."

설마하니 정말 그 괴물을 잡을 줄이야. 그것도 단독으로. 저놈들이 시간을 끄는 사이 틈을 봐서 달아나려 했더니⋯⋯.

"지금이라도 도망칠까요?"

응소가 소리 죽여 물었다. 하지만 사마담이 창백한 얼굴로 고개를 저었다.

"아까 확인했는데. 저 인간, 그 냄새 맡을 줄 알더라."

"냄새라니요?"

"천리추종향인가 뭔가 하는 거 있잖아."

"⋯⋯."

"도망치면 지옥 끝까지 쫓아올 거다."

• ✤ •

"그래서? 저 마적 새끼들을 그냥 풀어 주자고?"

청명의 얼굴이 와락 일그러졌다. 그러자 사마담을 비롯한 철기 이대가 움찔하고 고개를 푹 숙였다.

"아니, 사숙. 제정신이야? 마적이라니까! 마적! 저 새끼들이 사람을 얼마나 쏙삭 했는지 알기나 해?"

"뭐 어쩌겠냐. 알아보니 얘들은 딱히 사람 죽이고 다니지는 않았더라. 했더라도 죽기 싫어서 시킨 대로 한 거고."

"아이고, 동룡아. 그럼 목줄 잡힌 마적 새끼들이 '나는 사람을 떼로 죽이고 다녔습니다. 으하하하핫.' 하겠어?"

"이름 부르지 말라고, 이 새끼야!"

버럭 소리를 지른 백천이 한숨을 푹 내쉬었다.

"그래도 풀어 줘야 한다. 다른 마적들이 도망가지 않았느냐. 그놈들이야 하던 가락이 있으니 곧 다시 마적질을 해 대겠지. 그렇다고 우리가 영원히 여기 죽치고 있을 수는 없잖아."

"그래서?"

"이들이 그 마적 놈들을 사냥할 거다."

"마적이 마적을 쫓는다고?"

청명이 어처구니가 없다는 얼굴로 사마담을 바라보았다. 그러자 사마담이 격하게 고개를 끄덕였다.

"돈도 없는 마을 열 곳 터느니, 마적 조지는 게 낫다나."

백천이 어깨를 으쓱였다. 사마담이 잽싸게 말을 보탰다.

"정말 양민은 안 건드리마. 내가 건드리면 다시 오면 될 일 아니냐?"

"아니냐? 마적 새끼가 주제도 모르고 겸상하려 드네?"

"……아닙니까."

눈을 부라리던 청명이 끄응 하고 앓는 소리를 냈다.

"그럼 끝난 거지?"

"응. 철기방 놈들이 옮기던 곡식들은 여양에 풀었다. 반쯤은 이 작자들이 마을마다 나눠 줄 거다. 다른 철기방 놈들이 가져간 곡식은 차차 회수할 거고. 그렇죠?"

"당연합니다. 한 톨도 남기지 않고 챙겨 오겠습니다."

"그러고는?"

"나눠 줘야죠······. 한 톨도 남기지 않고."

청명 때문에 기가 완전히 죽은 사마담이 눈물을 머금고 말했다. 청명이 격하게 마른세수를 했다. 차라리 고양이에게 생선을 맡기지. 마적에게 곡식을 맡겨야 한다니.

"하……. 그냥 다 죽이고 내가 할까."

"지, 진짜 잘할 수 있습니다! 믿어 주십쇼. 형님!"

"누가 형님이야, 이 새끼야!"

"도, 도사님!"

청명이 당장이라도 쥐어 팰 듯 발을 들어 올리자, 사마담이 납작 엎드렸다. 백천이 쓴웃음을 지으며 청명을 달랬다.

"그러니까 여긴 이제 이 사람들에게 맡기자. 사람이 달라질 수 있다는 걸 믿어 보자고."

"그걸 진짜 믿어?"

"여양에서 한 번씩 소식을 보내 주기로 했다. 사람이 안 오거나, 나쁜 소식이 전해지면 바로 달려오기로 했다."

"……그건 마음에 드네."

청명이 그제야 고개를 주억거리곤 바짓가랑이를 붙잡는 사마담을 발로 차 밀어 냈다.

"그러니까 그만 가자꾸나. 시간을 너무 끌었다."

"아니. 가기 전에……. 잠깐 들를 데가 있어. 술을 한 병 구해야 할 것 같은데."

백천이 의아한 눈으로 청명을 돌아보았다.

◆ ◈ ◆

비석을 깨끗하게 닦은 청명이 허리춤에 찬 술을 꺼냈다. 자연스레 술을 입가로 가져가던 청명이 멈칫하더니 입맛을 다시고는 술병을 뒤집어 남김없이 비석에 부었다.

비석 옆에 몇 개의 봉분이 더 생겨났다. 그 봉분들을 바라보던 청명이 비석 옆에 털썩 주저앉았다.

"너희에게 가장 두려운 건, 복수하지 못하는 게 아니라 잊히는 거였을 텐데."

주저앉아 하늘을 올려다보던 청명의 입가에 쓴웃음이 맺혔다.

"그런데 나조차 잊었더라고. 너희를."

청명의 손이 비석을 천천히 매만졌다.

"내가…… 너희를 잊지 않았더라면. 조금이라도 빨리 이곳으로 왔다면……. 그럼 무언가 달라졌을까?"

그 답은 청명도 알 수 없었다.

"두 번을 살아도 마찬가지더라. 사람은…… 살아가며 후회를 쌓아 나가는 것 같아. 아무리 노력해도 후회할 일은 생기더라고."

작게 읊조리던 청명이 피식 웃었다.

"하지만 뭐 어쩌겠냐. 그래도 누군가는 해야지. 그래, 너희처럼."

비석의 바닥까지 쓰다듬은 청명의 손이 메마른 황무지의 흙을 매만졌다. 마음에 들지 않는다. 이들을 여기에 두고 가는 게. 하지만 중원으로 옮기지는 않기로 했다. 이들이 원치 않을 테니까.

"걱정할 것 없어. 내가 그래도 섬서 제일가는 문파 사람이잖아. 불령문이 있던 곳에, 다시는 마적 새끼들 따위는 얼씬거리지 못하게 해 줄게. 그러니까 걱정하지 말고 이제……. 이제는……."

말을 잇던 청명이 눈을 감았다. 메마른 사막의 바람이 그의 얼굴을 스쳤다.

그가 천천히 눈을 떴다. 두 눈에 푸른 하늘이 한껏 들어온다. 사막의 하늘도, 중원의 하늘과 그리 다르지 않았다.

"언제 또 올 수 있을지 모르겠다. 사실 우리가 그렇게 친한 건 아니었잖아. 그렇지?"

청명이 몸을 일으키고는 흙 묻은 옷을 탈탈 털어 냈다.
"그래도…… 다시 오게 되면. 그때는 섬서의 술을 가지고 오마. 거나하게 한번 마셔 보자."
그때, 저 멀리서 백천의 목소리가 들려왔다.
"청명아. 이제 가자."
짧게 고개를 끄덕인 청명이 비석에 손을 올렸다.
"간다. 멍청한 놈들아."
비석에서 몸을 돌린 청명이 얼른 발을 내딛지 못하고 머뭇거리더니, 작게 한마디를 남겼다.
"……잊지 않으마."
작은 발자국이 비석 앞에 새겨졌다. 이윽고 사막의 바람이 몇 번 불어온 뒤에는, 사람도 발자국도 남지 않았다. 홀로 남은 비석의 귀퉁이에 그저 새로 새긴 듯한 선명한 글귀만 남아 있었다.

대불령문(大不靈門) **문주**(門主) **조호산**(趙湖山) **여기 잠들다**(長眠於此).

세월에 글귀가 흐려지고, 비석마저 남지 않게 되는 날도 언젠가 올 것이다. 하지만 세상에 뿌려진 불령이란 두 글자는 언제까지고 잊히지 않을 것이다.

화산귀환 10

발행 I 2025년 6월 9일

지은이 I 비가
펴낸이 I 강호룡
펴낸곳 I ㈜러프미디어
디자인 I 크리에이티브그룹 디헌
기획 편집 I 러프미디어 편집부

ISBN 979-11-7326-081-0 04810
        979-11-7326-078-0 (set)

출판등록 I 2020년 6월 29일
주소 I 경기도 부천시 송내대로 29 리슈빌딩 3층
전화 I 070-4176-2079
E-mail I luffmedia@daum.net
블로그 I http://blog.naver.com/luffmedia_fm

해당 도서는 ㈜러프미디어와 독점 계약되었으며, 저작권법에 의해 보호받는 저작물입니다.
무단 전재와 무단 복제를 엄금합니다.